COLEÇÃO LINHA DO TEMPO

JOSEPH ROTH
Marcha de Radetzky

TRADUÇÃO E POSFÁCIO
Luis S. Krausz

*mundaréu

Título original
Radetzkymarsch

A tradução desta obra contou com o apoio do Instituto Goethe, que é financiado pelo Ministério de Relações Exteriores da Alemanha.

EDIÇÃO E TEXTOS COMPLEMENTARES
Silvia Naschenveng

CAPA E PROJETO GRÁFICO
Claudia Warrak e Raul Loureiro

REVISÃO
Bianca Galafassi, Isabela Norberto e Editorando Birô

DIAGRAMAÇÃO
Bianca Galafassi, Isabela Norberto e Editorando Birô

Edição conforme o Acordo Ortográfico da Língua Portuguesa (1990).

Dados Internacionais de Catalogação na Publicação (CIP)
(Câmara Brasileira do Livro, SP, Brasil)

Roth, Joseph, 1894-1939.
Marcha de Radetzky / Joseph Roth ;
tradução de Luís S. Krausz. -- São Paulo :
Editora Mundaréu, 2014.
Título original: Radetzkymarsch.
ISBN 978-85-68259-19-1
1. Romance alemão - Escritores austríacos I. Título.
14-08847 CDD-833.91

Índices para catálogo sistemático:
1. Romances : Literatura austríaca em alemão

1ª edição, 2014; 2ª edição, 2018; reimpressão, 2025

São Paulo — SP
editoramundareu.com.br
vendas@editoramundareu.com.br
editoramundareu

Sumário

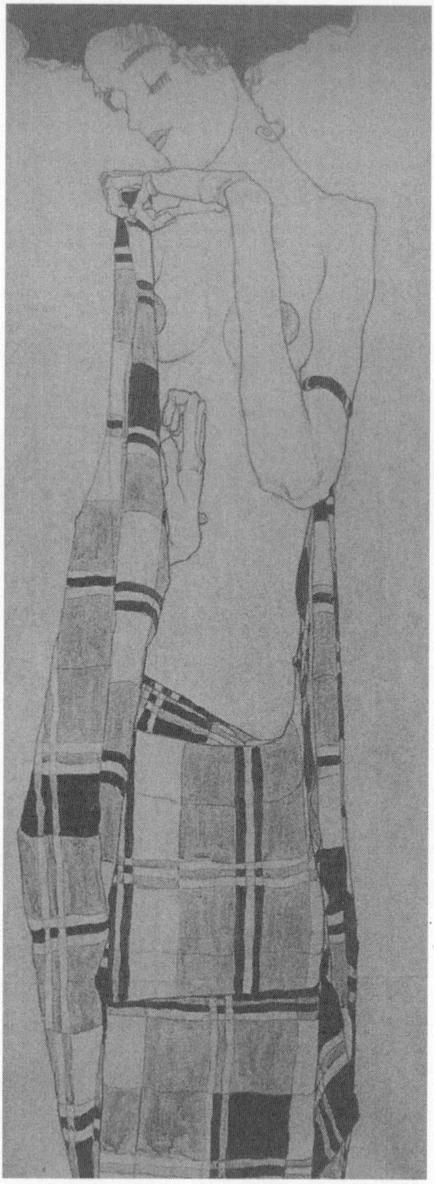

Egon Schiele (Tulln an der Donau, 1890 – Viena, 1918),
Stehendes Mädchen in kariertem Tuch, c. 1910.

APRESENTAÇÃO

Joseph Roth (1894-1939), judeu austríaco, nasceu na Galícia – então franja leste do Império Austro-Húngaro e hoje dividida entre Ucrânia e Polônia. Em 1916, abandonou seus estudos na Universidade de Viena para servir o exército austríaco na Primeira Guerra.

Após o fim da guerra, trabalhou como jornalista em Viena, Berlim (foi colaborador do notável *Frankfurter Zeitung* entre 1923 e 1932) e Paris, para onde foi em razão da tomada do poder pelos nazistas na Alemanha, em 1933. Lá morreu pouco antes do início da Segunda Guerra Mundial, depois de um colapso ao saber do suicídio de seu amigo Ernst Toller[1], exilado em Nova Iorque. Paralelamente à atividade de jornalista, escreveu romances, novelas e contos, como *Jó – Romance de um homem simples* (1930), *Hotel Savoy* (1924) e *A lenda do santo beberrão* (1939).

A ligação de Joseph Roth com o Império Austro-Húngaro é elemento essencial de sua obra. *Marcha de Radetzky* (1932), considerada sua obra-prima, aborda o declínio do Império Austro-Húngaro, cuja queda foi consumada ao final da Primeira Guerra. Para Roth, a guerra significou a perda de um mundo – sua terra, seu lar e os costumes e relações a que se havia habituado desde sempre.

À época, o Império Austro-Húngaro ia da atual Áustria à Rússia, expandindo-se ao sul até os Bálcãs, compreendendo territórios das atuais República Tcheca, Eslováquia, Polônia, Ucrânia,

1 Dramaturgo alemão, autor de *Uma juventude na Alemanha*, publicado pela Mundaréu nesta mesma Coleção Linha do Tempo.

Hungria, Eslovênia, Croácia, Bósnia, Romênia e Itália, com uma população de várias etnias e línguas. Um domínio férreo manteve esse explosivo mosaico de culturas e ambições políticas unido por longos anos de governo dos Habsburgos, a mais antiga casa reinante europeia.

A estrutura do império permitia, entretanto, concessões: raras, porém presentes possibilidades de ascensão (especialmente via carreiras militares ou no funcionalismo público, e profissões liberais) social e tratamento mais equânime; exceções que confirmavam a regra, mas que fomentavam o sentimento de pertencimento em muitos súditos, especialmente os mais marginalizados. Entre os marginalizados, os judeus do leste do império tinham uma relação especial com o domínio Habsburgo, que demonstrava uma tolerância nunca antes experimentada.

Marcha de Radetzky retrata esse mundo de tradições rígidas, profundamente arraigadas e definitivamente moribundas através da história de um pai, seu filho e seu neto, os Trottas. Não por acaso, o avô, Joseph Trotta, é um militar esloveno, um dos vários "povos do império", alçado à nobreza por salvar a vida do *Kaiser* na Batalha de Solferino[2].

Os Trottas vivem à sombra e à luz do Herói de Solferino, consideram-se súditos fiéis e protegidos, e têm gratidão pessoal ao *Kaiser*, por quem nutrem um sincero afeto reverencial.

São exemplares na sustentação do governo reinante e destinados a manter suas tradições, ainda que decadentes e esvaziadas de sentido. O próprio império é um dos personagens do livro, por quem os personagens principais acreditam terem sido moldados e de quem se julgam devedores. Tanto para o avô como para o neto o *status* adquirido e as funções a ele associadas são alheios e desconfortáveis, mesmo assim são resignados e devotados a honrá-los e a manter a estabilidade personificada no domínio Habsburgo.

Roth narra a saga desses pequenos e involuntários heróis com sua linguagem límpida, fluente e povoada de associações

2 Em 1859, tropas francesas e sardo-piemontesas venceram o exército austro-húngaro. A Batalha de Solferino foi um episódio importante no processo de unificação da Itália.

inusitadas. A beleza e precisão da composição das cenas – que não são propriamente de ação, mas momentos anímicos – são marcantes e características do desenvolvimento narrativo de Roth.

Ao leitor é permitido ver, para além da rigidez das relações, uma intensidade inicialmente insuspeita (especialmente no engessado e comovente amor entre o Comissário Distrital e seu filho Carl Joseph) e, com pálidos personagens, os desdobramentos de uma época e de um mundo.

Roth não nos serve nada frio.

São Paulo, outubro de 2014

*mundaréu

Divisão do antigo Império Austro-Húngaro proposta nas negociações dos tratados de Saint Germain e Trianon. Fonte: The Independent *(Nova Iorque), edição de 14 de junho de 1919.*

Marcha de Radetzky

Radetzkymarsch

Parte Um

I

Os Trottas eram uma dinastia jovem. Seu fundador tinha recebido o título de nobreza depois da batalha de Solferino. Ele era esloveno. Sipolje[1] – o nome de sua aldeia natal – tornou-se seu epíteto de nobreza. O destino escolhera-o para um gesto extraordinário. Ele, porém, fez sua lembrança ser apagada nas gerações posteriores.

Na batalha de Solferino ele tinha sido tenente de infantaria, no comando de um pelotão. Havia meia hora que a batalha se desenrolava. Três passos adiante dele estavam os dorsos brancos dos seus soldados. Os da primeira fileira do pelotão estavam ajoelhados; os da segunda, de pé. Reinavam a serenidade e a segurança da vitória. Todos tinham se alimentado fartamente e bebido conhaque, às custas e em honra ao *Kaiser*. E o próprio *Kaiser*, desde a véspera, encontrava-se no campo de batalha. Aqui e acolá, nas fileiras, um soldado tombava. Trotta saltava, com agilidade, para preencher as lacunas que assim se formavam, e atirava com as armas órfãs dos mortos e dos feridos. Ora cerrava a fileira, atenuada pelas baixas, ora voltava a expandi-la, espiando em todas as direções com seu olhar aguçadíssimo, e escutando com seus ouvidos sensíveis. Em meio ao estampido das balas, seus ouvidos muito atentos captavam a voz clara das poucas ordens que seu capitão proferia. O foco preciso do seu olhar atravessava a névoa cinzenta e azulada, ante as linhas do inimigo. Jamais atirava sem mirar.

1 Pronuncia-se Sipolye, pois o "j", em alemão, tem o som do "y" em português. No entanto, optou-se pela grafia original. (N.T.)

Nenhum dos seus tiros deixava de atingir o alvo. Seus homens sentiam a presença da sua mão e do seu olhar. Escutavam suas ordens. Sentiam-se seguros.

O inimigo fez uma pausa. Pelas fileiras de soldados, que se estendiam para além do ponto que era possível alcançar com a vista, ouviu-se uma ordem: "Cessar fogo!". Aqui e ali ainda se ouviam os estalos de armas sendo carregadas. Aqui e ali ainda se ouvia o estampido de um tiro atrasado, solitário. A névoa cinzenta e azulada que pairava entre as duas fileiras inimigas atenuou-se um pouco. Subitamente, todos se viram sob o calor do sol do meio-dia de um dia encoberto, prateado, grávido de chuva. E então surgiu, entre o tenente e o dorso dos soldados, o *Kaiser*. Vinha acompanhado de dois oficiais do comando supremo. Justamente naquele instante, ele tentava colocar diante dos olhos o binóculo que lhe foi alcançado por um membro do seu séquito. Trotta sabia exatamente o que aquilo significava: mesmo quando parecia que o inimigo estava recuando, a retaguarda certamente estaria voltada contra os austríacos. Quem levantasse um binóculo estaria enviando um sinal para essa retaguarda e mostrando um alvo possível, que valia a pena atingir. E este alvo era o jovem *Kaiser*. Trotta sentiu que seu coração lhe subia até a garganta. O medo de uma catástrofe inconcebível, de uma catástrofe sem limites, que significaria a destruição dele mesmo, do regimento, do exército, do império, do mundo inteiro, provocou uma onda de suor gelado em seu corpo inteiro. Seus joelhos tremiam. E o eterno ódio que o oficial subalterno da frente de batalha tem pelos grandes senhores do comando supremo, que não têm a mais pálida ideia sobre as amargas realidades da luta, ordenou aquele gesto do tenente, aquele gesto que eternizou, de forma indelével, seu nome e a história do seu regimento. Com as duas mãos, ele agarrou o ombro do monarca, forçando-o a abaixar-se. O tenente apanhou-o com demasiada força. O *Kaiser* caiu, imediatamente. Os membros do séquito atiraram-se sobre o *Kaiser* que caía e, naquele mesmo instante, um tiro perfurou o ombro esquerdo do tenente. Era, precisamente, o tiro que se dirigia para o coração do *Kaiser*. E enquanto o *Kaiser* voltava a se erguer, o tenente tombava. Por toda a parte, ao longo de toda a frente de batalha, despertaram os estampidos enlouquecidos e caóticos de armas assustadas, subitamente despertas da modorra. Agora, o séquito do *Kaiser* exortava-o, impacientemente, a deixar o quanto antes aquele lugar perigoso. O *Kaiser* ainda inclinou-se, um instante, sobre o tenente que jazia, inconsciente e, lembrando-se de seus deveres imperiais, indagou qual era o seu nome. O tenente, porém, já não ouvia mais nada. Um médico do regimento, um suboficial enfermeiro e dois soldados carregando uma padiola chegaram a galope. Iam com as costas encurvadas e as cabeças baixadas. Os oficiais do comando supremo primeiro voltaram a derrubar o *Kaiser*, para que ele ficasse junto ao chão e logo se lançaram, eles também, ao solo. "Aqui! O tenente!", gritou o *Kaiser*, dirigindo-se ao ofegante médico do regimento.

O fogo inimigo, enquanto isto, voltou a acalmar-se. E enquanto o cadete que exercia a função de representante do oficial se punha à frente do pelotão e anunciava, em voz alta, "eu assumo o comando!", Franz Joseph e o seu séquito ergueram-se novamente. Os enfermeiros ataram cuidadosamente o tenente à padiola e todos bateram em retirada. Dirigiram-se ao comando do regimento. Lá, uma tenda branca como neve abrigava a estação de primeiros socorros.

A clavícula esquerda de Trotta estava estilhaçada. A bala, que ficara retida logo abaixo da clavícula esquerda, foi retirada ante a presença do líder supremo da guerra, e em meio aos urros desumanos do ferido, desperto, pela dor atroz, da sua inconsciência.

Passadas quatro semanas, Trotta estava curado. Ao retornar para sua guarnição, no sul da Hungria, tinha sido agraciado não só com o posto de capitão, mas com a mais elevada das distinções militares: a ordem de Maria Teresa. Recebera, além disto, um título de nobreza. Chamava-se, agora, capitão Joseph Trotta von Sipolje.

Como se sua própria vida tivesse sido trocada por outra vida, por uma vida nova, desconhecida, que acabava de sair de uma oficina, ele repetia para si mesmo, todas as noites, antes de dormir, e todas as manhãs, logo ao acordar, os nomes de seus novos títulos. Punha-se na frente do espelho, só para ter certeza de que o seu rosto ainda era o mesmo de antes, e proferia aqueles nomes.

Perdido entre a desajeitada intimidade com a qual os antigos camaradas tentavam contornar a distância que um destino incompreensível estabelecera entre eles, e seus próprios esforços malogrados para colocar-se diante de todos com a mesma naturalidade de antigamente, o nobre capitão Trotta parecia incapaz de encontrar algum equilíbrio. Era como se, doravante, ele estivesse condenado a caminhar, sempre, sobre um solo escorregadio, calçando botas que não se ajustavam bem aos seus pés, perseguido por comentários secretos, espreitado por olhares receosos. Seu avô tinha sido apenas um pequeno camponês. Seu pai tinha sido suboficial da intendência e, mais tarde, sargento numa região fronteiriça no sul do império. Desde que perdera uma vista em escaramuças com contrabandistas bósnios que agiam na fronteira, vivia como inválido de guerra. Era vigia dos jardins do castelo de Laxenburg. Lá, alimentava os cisnes, podava as cercas vivas, na primavera cuidava dos laburnos; mais tarde, protegia os frutos dos sabugueiros das mãos ávidas dos ladrões de frutas e, nas noites de clima ameno, afastava os casais que, por não terem um teto, abrigavam-se sob a benevolente escuridão dos bancos. O posto de simples tenente da infantaria parecia natural e conveniente para alguém que era filho de um suboficial. Porém, o pai afastara-se, subitamente, do capitão assinalado pelo título de nobreza e pela condecoração, do capitão que perambulava enquanto pairava, à sua volta, o brilho estranho e quase sinistro da graça imperial, como se estivesse sempre envolto por uma nuvem dourada. O amor parcimonioso que o descendente sempre manifestara por seu antepassado agora parecia exigir de ambos um novo tipo de comportamento, parecia impor uma mudança no relacionamento entre pai e filho. Havia cinco anos que o capitão não via o pai. Antes, duas vezes por mês, logo ao retornar da sua ronda noturna, sempre idêntica, na guarnição militar, ele se sentava na sala de vigia, sob a luz austera e inquieta da vela da mesa de serviço, para escrever ao velho uma carta simples. Fazia-o depois da inspeção noturna dos vigilantes, e depois de registrar, num caderno, os horários das suas dispensas do serviço, e de ter anotado, na coluna reservada aos "acontecimentos excepcionais", um claro e enérgico "não" – um "não" que negava, enfaticamente, até mesmo uma possibilidade, por mais remota que fosse, de quaisquer acontecimentos extraordinários. Como se fossem autorizações de dispensa de serviço ou memorandos de ordens, essas cartas ao pai eram sempre idênticas umas às outras, sempre escritas em pequenas folhas amareladas de um papel cheio de fiapos de madeira. No alto, à esquerda, a quatro dedos de distância da margem superior e a dois dedos de distância da margem lateral, iam grafadas as palavras "Caro pai!" e a seguir, primeiramente, uma breve comunicação sobre o bem-estar do remetente, à qual se seguia uma expressão da esperança quanto ao bem-estar do destinatário. Encerrava-se a missiva com uma outra expressão sempre idêntica, formulada num novo parágrafo, que ia desenhada na parte inferior da folha, a uma distância simetricamente diagonal em relação ao título, "Respeitosamente, seu fiel e agradecido filho, Joseph Trotta, Tenente". Mas agora, quando, por causa dos novos títulos, ele já não mais participava das antigas rondas noturnas, como haveria de mudar a forma consagrada e estabelecida daquelas cartas, concebidas para se repetirem, sempre idênticas, ao longo de toda a existência de um soldado? Como introduzir, em meio às frases convencionais e bem estabelecidas, informações incomuns sobre situações incomuns, que nem ele mesmo tinha, até agora, conseguido compreender? Naquela noite silenciosa quando, pela primeira vez desde que tinha sido curado, o capitão Trotta sentou-se para cumprir com o dever da correspondência com o pai, àquela mesa repleta de marcas e de sulcos feitos pelas pontas brincalhonas de facas de soldados entediados, ele se deu conta de que jamais seria capaz de ir além da saudação "Caro pai!". Assim, pousou a pena estéril no tinteiro, arrancou um pedaço do pavio bruxuleante da vela, como se esperasse que aquela luz atenuada fosse lhe dar alguma boa ideia e alguma expressão adequada, e pôs-se a divagar, suavemente, por suas lembranças de infância, da aldeia natal, de sua mãe, da escola de cadetes. Contemplava as sombras gigantescas de pequenos objetos, que se projetavam nas paredes nuas, pintadas de azul, e a linha reluzente, suavemente arqueada, do sabre que pendia de um gancho ao lado da porta. Sobre a bainha do sabre estava colocado o escuro colar que representava sua nova dignidade. Ouvia a chuva incansável lá fora, e a canção dos pingos que tamborilavam na veneziana de lata. Por fim, levantou-se, decidido a visitar o pai na semana seguinte, logo depois da audiência de agradecimento compulsória com o *Kaiser*, marcada para dentro de poucos dias, e para a qual obtivera uma dispensa de serviço. Uma semana mais tarde, imediatamente após a audiência, que mal durara dez minutos, não mais do que dez minutos lhe tinham sido concedidos pelo *Kaiser*, e dez ou doze perguntas – que eram lidas de uma folha de papel, e às quais ele sempre respondera, conforme lhe tinha sido recomendado, com as palavras "Sim, Majestade!", que eram proferidas em posição de sentido e disparadas como um tiro de espingarda, suave, porém preciso – ele estava a bordo de um fiacre, a caminho de seu pai, em Laxenburg. Encontrou o velho na cozinha do seu apartamento de guardião do jardim. Ele estava em mangas de camisa, sentado à mesa lustrosa e nua. Sobre a mesa, estava estendido um lenço azul-escuro com bordas vermelhas e sobre o lenço fumegava uma grande xícara de café aromático. A bengala de cerejeira, cheia de nós, pendia, pelo cabo, do canto da mesa e vacilava. Uma bolsa de couro enrugada, cheia de tabaco ordinário, contaminado com fiapos, jazia, estufada, entreaberta, junto a um cachimbo comprido, de louça branca, já amarelada e marcada por manchas marrons. A cor do cachimbo combinava com a barba branca e portentosa do pai. O capitão Joseph Trotta von Sipolje postou-se, em meio ao pobre aconchego que era proporcionado ao velho pai pelo erário, como uma divindade militar, com seus reluzentes ornamentos prateados, com seu capacete laqueado, que espalhava à sua volta uma espécie de luz solar própria, negra, com suas botas de batalha reluzentes, lustradas com fervor, com suas esporas brilhantes, com suas duas fileiras de botões luminosos, quase faiscantes, em seu paletó, abençoado com o poder celeste da ordem de Maria Teresa. Assim postou-se o filho ante o pai, que se ergueu, devagar, como se a lentidão de sua saudação quisesse competir com os brilhos que emanavam do filho. O capitão Trotta beijou a mão do pai, baixou ainda mais a cabeça e recebeu um beijo na testa e outro na bochecha. "Sente-se!", disse o velho. O capitão desfez-se de uma parte do seu esplendor e se sentou. "Parabéns!", disse o pai, com sua voz habitual, naquele alemão duro dos eslavos que tinham sido convocados para o exército. Deixou as consoantes saírem de sua boca como trovões, acentuando as sílabas finais com uma tonalidade enfática. Cinco anos antes, ele ainda falava com o filho em esloveno, muito embora o jovem apenas fosse capaz de compreender uma ou outra palavra daquele idioma, e não fosse capaz de falar nenhuma. Hoje, porém, parecia ao velho que o uso da língua-mãe ante o filho que, por graça do destino e do *Kaiser*, alcançara um título tão elevado, pudesse lhe parecer uma intimidade excessivamente ousada. Enquanto isto, o capitão olhava com atenção para os lábios do pai e ansiava pela primeira sílaba eslovena como quem anseia por algo conhecido e distante, por algo familiar e perdido. "Meus parabéns! Meus parabéns!", repetiu o vigia dos jardins do castelo, trovejando. "No meu tempo, estas coisas não iam tão depressa assim! No meu tempo, *Radetzky* ainda nos maltratava!" "Está tudo acabado!", pensou o capitão Trotta. O pai e ele estavam separados pela montanha intransponível dos seus novos títulos. "O senhor ainda tem *Rakija*,[2] senhor meu pai?", disse ele, para confirmar a existência de um último resto da antiga solidariedade familiar. Eles beberam, brindaram, voltaram a beber e, ao término de cada gole o pai suspirava, perdia-se numa tosse sem fim, ficava roxo, cuspia, acalmava-se aos poucos e começava a contar aquelas histórias de sempre sobre os seus tempos de exército, cujo propósito evidente era, agora, o de diminuir os méritos da carreira do filho. Por fim, o capitão levantou-se, beijou a mão paterna, recebeu na testa e na bochecha beijos do pai, atou o sabre à cintura, colocou o capacete e partiu. Em sua consciência, estava claro que aquela seria a última vez que veria o pai na vida...

Foi a última vez. O filho continuou a escrever ao pai as cartas costumeiras. Mas, além destas, nenhuma outra relação visível existia entre os dois. O capitão Trotta separara-se, para sempre, da longa corrente dos seus antepassados eslavos. Com ele, uma

2 Aguardente típica dos Bálcãs, feita a partir de frutas fermentadas e destiladas. (N.T.)

nova dinastia começava. Os anos passaram, rolando uns sobre os outros, como rodas pacíficas e bem azeitadas. Como convinha a alguém em sua posição, Trotta casou-se com a sobrinha do seu coronel, uma mulher de posses, já não muito jovem, filha de um alto funcionário da Boêmia ocidental. Criou um filho. Desfrutava da tranquilidade da existência de militar numa pequena guarnição. Todos os dias, ao amanhecer, cavalgava até o lugar onde eram realizados os exercícios militares. Jogava xadrez, à tarde, no café, com o tabelião. Habitou-se ao seu posto, aos seus títulos, à sua dignidade, à sua fama. Tinha dons militares medianos, que demonstrava, de forma mediana, todos os anos, nas manobras. Era bom marido. Desconfiava das mulheres. Mantinha-se longe do jogo. Era inimigo mortal de qualquer tipo de mentira, de comportamentos afeminados, de covardia, de lisonjarias e de ambições. Era tão simples e tão irrepreensível quanto o código de conduta militar e só a raiva, que às vezes o dominava, levaria um conhecedor dos seres humanos a intuir que, mesmo na alma do capitão Trotta, subsistiam, nas penumbras, abismos noturnos onde dormem tempestades e vozes desconhecidas de antepassados anônimos.

Ele não lia livros, o capitão Trotta. Em silêncio compadecia-se de seu filho, que crescia, e era obrigado a entender-se com canetas, lousas, apagadores, papéis, réguas e tabuadas, e a quem os inevitáveis livros já espreitavam. O capitão ainda estava convicto de que seu filho haveria de tornar-se soldado. Não lhe ocorrera que, doravante – e até que chegasse o dia da extinção da sua dinastia – um Trotta pudesse vir a exercer qualquer outra profissão. Se ele tivesse tido dois, três, quatro filhos – mas sua mulher era fraca, precisava de médicos e de tratamentos, e a gravidez colocava sua vida em risco – todos teriam se tornado soldados. Era assim que ainda pensava, então, o capitão Trotta. Falava-se de uma nova guerra e ele estava sempre de prontidão, dia após dia. Sim, parecia-lhe quase certo que estivesse destinado a morrer no campo de batalha. Em sua ingenuidade sincera, acreditava que a morte no campo de batalha fosse uma consequência inevitável da fama de guerreiro. Até o dia em que, com curiosidade displicente, tomou nas mãos a primeira cartilha de seu filho, que acabava de completar a idade de cinco anos e a quem, graças às ambições da mãe, um professor particular já impusera, cedo demais, os sofrimentos da vida escolar. Ele leu a prece matinal, em versos, sempre os mesmos havia décadas, dos quais ainda se lembrava. Leu "As Quatro Estações"; "A Lebre e a Raposa"; "O Rei dos Animais". Examinou o índice e nele encontrou o título de uma crônica que lhe parecia tratar dele mesmo, pois levava o seguinte título: "Franz Joseph I na batalha de Solferino". Teve que se sentar para ler. "Na batalha de Solferino" – assim começava o trecho em questão – "nosso *Kaiser* e Imperador Franz Joseph I correu grande perigo". O próprio Trotta aparecia no texto. Mas quão transformado! "O Monarca" – lia-se – "avançara tanto em meio ao fervor da batalha que subitamente viu-se cercado por cavaleiros inimigos. Neste instante de mais grave perigo, um jovem tenente, na flor da idade, surgiu, de repente, sobre um cavalo coberto de suor, brandindo seu sabre. Eia! Como choveram os golpes sobre as cabeças e as nucas dos cavaleiros inimigos!". E, mais adiante: "Uma lança inimiga perfurou o peito do jovem herói, porém a maior parte dos inimigos, a esta altura, já tinham sido abatidos. Com um punhal desnudo na mão, o jovem e corajoso Monarca facilmente pôde defender-se dos ataques, que se tornavam cada vez mais fracos. Naquele momento, a maior parte dos cavaleiros inimigos foi aprisionada. Mas o jovem tenente – Josef Cavaleiro de Trotta era seu nome – recebeu a mais alta das condecorações que nossa Pátria concede aos heróis entre os seus filhos: a ordem de Maria Teresa".

Com o livro nas mãos, o capitão Trotta dirigiu-se ao pequeno pomar nos fundos da sua casa. Lá, sua mulher ocupava-se nas tardes de tempo ameno. Perguntou-lhe, com lábios pálidos e em voz baixa, se ela conhecia aquele texto infame. Ela assentiu com a cabeça, sorrindo. "Trata-se de uma mentira!", gritou o capitão, atirando o livro sobre a terra úmida. "É para as crianças", respondeu ela, com voz suave. O capitão lhe deu as costas. A fúria o fazia vacilar, como a tempestade faz vacilar a um galho frágil. Saiu de casa às pressas. Seu coração palpitava. Era chegada a hora do jogo de xadrez. Retirou o sabre do gancho, atou, em fúria, o cinto com um golpe impetuoso e deixou a casa a passos largos e selvagens. Quem o visse assim, poderia imaginar que estava saindo para a guerra, para abater um pelotão de inimigos. Depois de perder duas partidas seguidas de xadrez, no café, sem dizer uma palavra sequer, quatro rugas profundas surgiram em sua testa pálida e estreita, logo abaixo da linha dos cabelos duros e curtos, e ele então derrubou, com a mão desesperada, as peças vacilantes e disse a seu parceiro: "Preciso me aconselhar com o senhor!" – pausa. "Fui abusado", ele continuou, então, olhando diretamente para as lentes reluzentes dos óculos do tabelião. Logo percebeu que as palavras lhe faltavam. Deveria ter trazido a cartilha consigo. Com aquele objeto detestável em mãos, a explicação teria sido muito mais fácil. "Como, abusado?", perguntou o jurista. "Jamais servi na cavalaria", respondeu o capitão Trotta. Esta lhe pareceu a melhor maneira de começar, embora ele mesmo já tivesse se dado conta de que ninguém o compreenderia assim. "E agora, estes escritores sem-vergonha escrevem nas cartilhas que eu saltei sobre um cavalo, um cavalo coberto de suor, eles escrevem, para salvar o Monarca, eles escrevem." O tabelião compreendeu. Ele mesmo conhecia aquele trecho das cartilhas dos seus filhos. "O senhor está exagerando a importância disto tudo, senhor capitão", disse ele. "Lembre-se, é só uma cartilha para crianças!" Trotta olhou-o, assustado. Naquele instante pareceu-lhe que o mundo inteiro se aliara contra ele: os escritores das cartilhas, o tabelião, sua mulher, seu filho, o professor particular. "Todos os feitos históricos", disse o tabelião, "são relatados de um modo diferente para o uso escolar. E sou da opinião de que isto está certo assim. As crianças precisam de exemplos que possam compreender, que são por elas incorporados. A verdade verdadeira, eles aprendem só mais tarde!" "A conta!", gritou o capitão e levantou-se. Foi para a caserna, surpreendeu o oficial em serviço, o tenente Amerling, com uma moça no gabinete do oficial da intendência, visitou pessoalmente os postos de vigia, mandou chamar o sargento, convocou o suboficial em serviço para fazer um relatório, mandou o batalhão preparar-se e ordenou exercícios com armas, no pátio. Os soldados obedeceram, transtornados, trêmulos. Em cada pelotão, faltavam alguns soldados. Era impossível encontrá-los. O capitão Trotta ordenou que fossem lidos os nomes dos ausentes. "Os ausentes devem apresentar-se para um inquérito amanhã!", disse ele ao tenente. Com a respiração ofegante, as tropas faziam exercícios com as armas, que estalavam ao serem carregadas. As correias dos fuzis voavam. As mãos quentes batiam, espalmadas, nos canos de metal frio das armas. As coronhas portentosas golpeavam o solo macio, que abafava suas batidas. "Carregar!", comandava o capitão. O ar fremia com os estalos ocos das balas de festim. "Meia hora de treinamento de saudações!", comandava o capitão. Passados dez minutos, ele mudou de ideia: "Ajoelhem-se para rezar!". Acalmando-se, ele ouviu o barulho abafado dos joelhos duros na terra, nos pedregulhos, na areia. Ele ainda era capitão, o senhor de sua companhia. Ele ainda haveria de mostrar a estes escritores como se fazem as coisas.

Naquele dia ele não foi ao clube dos oficiais, não comeu, não se deitou para descansar. Dormiu um sono pesado e sem sonhos. Na manhã seguinte, na hora da audiência com os oficiais, apresentou sua queixa ao seu superior imediato. A queixa foi encaminhada aos canais competentes. E assim teve início o martírio do capitão Joseph Trotta, Cavaleiro de Sipolje, o cavaleiro da verdade. A resposta do Ministério da Guerra levou semanas para chegar. Dizia que a reclamação tinha sido encaminhada ao Ministério da Educação e da Cultura. E mais semanas transcorreram, até que um dia chegou a resposta do ministro, que dizia:

> "Excelentíssimo, prezado senhor capitão!
> Em resposta à reclamação de Vossa Excelência, referente ao texto de número quinze da cartilha autorizada para escolas públicas e privadas da Áustria, de acordo com a lei de 21 de Julho de 1864, escrita e editada pelos professores Weidner e Srdncy, o senhor ministro da educação permito-me chamar mui respeitosamente a sua atenção para o fato de que os textos de significado histórico, especialmente aqueles que fazem referência à Sua Majestade o *Kaiser* Franz Joseph de forma pessoal, ou os que dizem respeito aos demais membros da família imperial e soberana, devem, conforme decreto de 21 de Março de 1840, ser adaptados à capacidade de compreensão dos alunos escolares, para que possam cumprir com seus objetivos pedagógicos. O texto de número quinze, mencionado por Vossa Excelência

em vossa reclamação, foi apresentado pessoalmente a Sua Excelência, o ministro da cultura, e foi por ele autorizado para o uso escolar. É intenção dos funcionários mais altos do sistema escolar, tanto quanto de todos os demais funcionários, apresentar aos estudantes do império os feitos heroicos dos membros do exército de maneira adequada ao caráter infantil, à fantasia e aos sentimentos patrióticos das novas gerações, sem com isto alterar a veracidade dos acontecimentos descritos, mas também de maneira a evitar um tom excessivamente despojado que deixasse de lado a fantasia e os sentimentos patrióticos. Em decorrência desta e de outras considerações, solicitamos mui respeitosamente a Vossa Excelência que queira distanciar-se de vossas reclamações."

Esta carta estava assinada pelo ministro da educação e da cultura. O coronel entregou-a ao capitão Trotta com palavras paternais: "Deixe esta história para lá!".

Trotta recebeu a carta e calou-se. Uma semana mais tarde ele solicitou, por meio dos canais competentes, uma audiência com Sua Majestade e três semanas mais tarde ele estava, numa manhã, no palácio imperial, diante do supremo senhor da guerra.

"Veja, meu caro Trotta!", disse o *Kaiser*. "Este assunto é mesmo muito desagradável. Mas nenhum de nós dois está representado aí de maneira vergonhosa! Deixe este assunto para lá!"

"Majestade", respondeu o capitão, "trata-se de uma mentira!".

"Mas o mundo está cheio de mentiras", confirmou o *Kaiser*.

"Não sou capaz de mentir", disse, finalmente, meio engasgado, o capitão.

O *Kaiser* aproximou-se do capitão. O monarca era só um pouco mais alto do que Trotta. Olharam-se nos olhos.

"Meus ministros", Franz Joseph começou a dizer, "devem saber, eles mesmos, o que estão fazendo. Eu tenho que confiar neles. O senhor entende, caro capitão Trotta?". E, depois de uma pausa: "Queremos reparar esse erro. O senhor verá!".

A audiência estava encerrada.

O pai ainda estava vivo. Mas Trotta não foi para Laxenburg. Voltou para o seu quartel e pediu para ser dispensado do exército.

Foi reformado com o título de major. Mudou-se para a Boêmia, onde passou a viver na pequena propriedade rural de seu sogro. A graça imperial não o abandonou. Duas semanas mais tarde, ele recebeu uma notificação de que o *Kaiser* decidira destinar cinco mil *Gulden* de seu cofre particular para os estudos do filho daquele que lhe salvara a vida. Ao mesmo tempo, Trotta foi agraciado com o título de barão.

Joseph Trotta, barão de Sipolje, recebeu os presentes do *Kaiser* de má vontade, como se fossem ofensas. A ofensiva contra a Prússia foi conduzida sem a sua presença e a guerra foi perdida. Ele se enfureceu. Suas têmporas já se tornavam prateadas, seus olhos, opacos, seus passos, lentos, suas mãos, pesadas, sua boca, ainda mais silenciosa do que antes. Muito embora ele fosse um homem em seus melhores anos, parecia que ele estava envelhecendo rapidamente. Fora expulso do paraíso da confiança simples no *Kaiser* e na virtude, na verdade e no direito e, preso em seu silêncio e em sua tolerância, reconheceu que a esperteza é que assegurava a ordem do mundo, assim como a força das leis e o brilho das majestades. Graças ao desejo que o *Kaiser* terminou por manifestar, o texto de número quinze desapareceu das cartilhas do império. O nome Trotta agora só subsistia nos anônimos anais do regimento. O major levava a vida monótona de dono desconhecido de uma fama cedo desaparecida, como a sombra passageira que um objeto guardado em segredo lança ao mundo claro dos vivos. Na propriedade de seu sogro, ele manobrava o regador e a tesoura de jardim e, assim como o seu pai nos jardins do castelo de Laxenburg, o barão podava as cercas vivas e cortava a grama, na primavera cuidava dos laburnos; mais tarde, protegia os frutos dos sabugueiros das mãos ávidas dos ladrões de frutas, substituía as estacas podres das cercas por novas, bem aplainadas, reparava as ferramentas e os utensílios, colocava, ele mesmo, os arreios e as selas nos cavalos castanhos, consertava as fechaduras enferrujadas de portas e portões, colocava novos suportes de madeira cuidadosamente trabalhados em meio às dobradiças que se vergavam com o tempo, passava dias inteiros na floresta, caçava pequenos animais, pernoitava na cabana do guarda-florestal, cuidava das galinhas, do esterco e da colheita, das frutas e das flores que nasciam nas trepadeiras, do servente e do cocheiro. Mesquinho e desconfiado, fazia as compras necessárias, tirava, com os dedos magros, as moedas de um saquinho de couro felpudo e voltava a escondê-lo sobre o peito. Ele se tornou um pequeno camponês esloveno. Às vezes, sua antiga fúria voltava e o sacudia como uma ventania sacode um galho frágil. E então ele espancava o servente e os flancos dos cavalos, batia as portas que ele mesmo consertara, ameaçava matar e destruir os diaristas, afastava o prato de comida para longe de si na hora do almoço, com um empurrão raivoso, jejuava e resmungava. Com ele viviam a esposa, fraca e doentia, que dormia num quarto separado; o filho, que só via o pai à mesa e cujas notas escolares lhe eram apresentadas duas vezes por ano, sem que isto despertasse no pai elogios ou reprovação; e o sogro, que consumia sua pensão tranquilamente, que amava as moças, que passava semanas a fio na cidade e tinha medo de seu genro. Ele era um pequeno e velho camponês esloveno, o barão Trotta. Duas vezes por mês, tarde da noite, junto a uma vela bruxuleante ele continuava a escrever as cartas ao pai, em folhas pequenas, a quatro dedos de distância da borda superior e a dois dedos de distância da borda lateral, ia a saudação “Caro pai!”. Só muito raramente recebia alguma resposta.

É verdade que às vezes o barão pensava em fazer uma visita a seu pai. Havia muito tempo que sentia saudades do guardião dos jardins do castelo, da sua pobreza austera de funcionário, do tabaco ordinário e cheio de fiapos e do *Rakja* que ele mesmo preparava. Mas o filho temia os custos desta viagem, da mesma forma que o tinham feito seu pai, seu avô e seu bisavô. Agora, ele se sentia outra vez mais próximo do inválido do castelo de Laxenburg do que naquela noite, anos atrás, quando, ainda envolvido pelo brilho recente de seu recém-adquirido título de nobreza, ele se sentara na cozinha pintada de azul do pequeno apartamento funcional para comer e para beber *Rakja*. Jamais conversava a respeito de sua origem com sua mulher. Sentia que a filha de uma antiga família de funcionários públicos haveria de se sentir distanciada de um guardião esloveno por um orgulho constrangido. Por isto, não convidava o pai a visitá-los. Certa vez, num dia claro de março, enquanto o barão pisoteava a terra nua e dura, recém-arada, a caminho da casa do administrador da propriedade, um servente trouxe-lhe uma carta da administração do castelo de Laxenburg. O inválido estava morto. Morrera sem dor, dormindo, com a idade de oitenta e um anos. O barão disse simplesmente: "Vá à senhora baronesa e diga a ela que façam minha mala. Hoje à noite vou viajar para Viena". Seguiu seu caminho, entrou na casa do administrador, perguntou sobre a colheita, falou sobre o tempo, mandou encomendar três novos arados, mandou chamar o veterinário na segunda-feira e mandou chamar a parteira, no mesmo dia, para atender à empregada grávida. "Meu pai morreu. Vou passar três dias em Viena!" Saudou com o dedo, de maneira displicente, e foi embora.

Sua mala estava pronta. Os cavalos foram atrelados à carruagem; a viagem até a estação de trens levava uma hora. Tomou a sopa com pressa e comeu a carne. E então disse à sua mulher: "Não posso mais! Meu pai era um homem bom. Você nunca o viu!". Aquilo era um obituário? Um lamento? "Você virá comigo!", disse ele ao filho assustado. A mulher levantou-se para aprontar também as coisas do menino. Enquanto ela estava ocupada no andar superior, Trotta disse para o pequeno: "Agora você vai ver seu avô". O menino baixou os olhos, trêmulo. O vigia dos jardins do castelo já estava em seu ataúde quando chegaram. Jazia em sua farda azul-escura, rodeado por oito velas de um metro de altura cada, velado por dois de seus colegas inválidos. Em seu peito reluziam três medalhas. O ataúde repousava sobre um suporte negro na sala de sua morada. Uma freira da ordem das ursulinas rezava num canto, junto à única janela, que estava coberta por uma cortina. Os inválidos ergueram-se, em posição de sentido, quando Trotta entrou no recinto. Ele trajava sua farda de major com a ordem de Maria Teresa, e ajoelhou-se. Seu filho também se ajoelhou aos pés do morto, e as portentosas solas das botas do morto ficaram diante de seu rosto jovial. Pela primeira vez em sua vida, o barão Trotta sentiu uma pontada estreita e aguda na região do coração. Seus olhos pequenos permaneceram secos. Ele murmurou dois ou três pais-nossos, por constrangimento piedoso, ergueu-se, inclinou-se sobre o morto, beijou sua grande barba, acenou para os inválidos e disse a seu filho: "Venha!".

"Você o viu?", perguntou, quando já estavam fora dali. "Sim", disse o menino.

"Ele era apenas um sargento", disse o pai, "eu salvei a vida do *Kaiser* na batalha de Solferino – e então nós recebemos o título de barão".

O menino não disse nada.

O inválido foi sepultado na seção reservada aos militares do pequeno cemitério de Laxenburg. Seis de seus camaradas, trajados de azul-escuro, carregaram o ataúde da capela até a sepultura. O major Trotta, em sua farda de gala, com um capacete portentoso, deixou, o tempo todo, sua mão pousada sobre o ombro do menino. O menino soluçava. A música triste da banda militar, o cantarolar sofrido e monótono dos sacerdotes, que era ouvido sempre que a banda fazia uma pausa, e o incenso que pairava, suave, no ar, causaram no menino uma dor sufocante e incompreensível. E os tiros que meio pelotão de soldados dispararam ante o túmulo o comoveram com o seu eco longo e implacável. Saudações de soldados eram disparadas para acompanhar a alma do morto, que se dirigia, em linha reta, para o céu, desaparecendo, para todo o sempre, deste mundo.

Pai e filho voltaram juntos. No caminho, o barão permaneceu, o tempo todo, em silêncio. Só quando deixaram o trem e embarcaram na carruagem que os aguardava atrás do jardim da estação o major disse: "Não se esqueça dele, do seu avô!".

E o barão voltou às suas atividades costumeiras. Os anos passaram, redondos, rolando uns sobre os outros, como rodas pacíficas e mudas. O sargento não foi o último morto que o barão teve que sepultar. Primeiro, sepultou seu sogro; poucos anos mais tarde, sua mulher, que morrera depressa, modestamente e sem se despedir, depois de uma virulenta pneumonia. Mandou o filho para um pensionato em Viena e determinou que jamais poderia tornar-se soldado da ativa.

Permaneceu sozinho, em sua propriedade, na casa branca e espaçosa, na qual ainda pairava o hálito dos finados. Falava apenas com o guarda-florestal, com o administrador, com o servente e com o cocheiro. Seus acessos de fúria tornaram-se cada vez mais raros. Mas a criadagem sentia, o tempo todo, o peso de seu punho camponês, e seu silêncio carregado de ódio repousava, como um jugo pesado, sobre as nucas da gente. Duas vezes por mês ele recebia as cartas obedientes que eram enviadas pelo seu filho. Uma vez por mês respondia, com duas frases curtas, escritas em papeizinhos pequenos e econômicos, que eram as margens deixadas em branco, em sinal de respeito, das cartas que ele recebia, e que ele recortava. Uma vez por ano, no dia 18 de agosto, o dia do aniversário do *Kaiser*, ele se dirigia, trajando sua farda, à cidade mais próxima, onde havia uma guarnição do exército. Duas vezes por ano, o filho vinha visitá-lo, nas férias de Natal e nas férias de verão. Nas noites de Natal o menino sempre recebia três *Gulden* de prata maciça, pelos quais era obrigado a dar em troca um recibo assinado, e que ele não tinha o direito de levar consigo para Viena. Na mesma noite, ainda, aqueles *Gulden* eram guardados numa caixa de metal, no baú do velho. Junto deles ficavam guardados, também, os boletins com as notas escolares do filho, certificando que ele era ordeiro e diligente, e que seus dons modestos eram sempre suficientes. O menino nunca ganhava brinquedos de presente, nem dinheiro para gastar, nem livros para ler, exceto aqueles determinados pela escola. Nada parecia faltar-lhe. Tinha uma inteligência cristalina, sóbria e honesta. Sua fantasia austera não lhe inspirava nenhum desejo, exceto o de concluir os anos escolares o quanto antes.

Ele tinha dezoito anos de idade quando o pai lhe disse, na noite de Natal: "Este ano você não vai mais receber três *Gulden*! Você pode retirar nove *Gulden* do cofre, contra a entrega de um recibo. Tome cuidado com as meninas! A maioria delas é doente!". E, depois de uma pausa: "Eu decidi que você vai se tornar jurista. Até lá, você ainda tem dois anos. E quanto ao serviço militar, temos tempo. Pode ser adiado até você terminar seus estudos".

O jovem recebeu os nove *Gulden* e acatou o desejo do pai com a mesma obediência. Ele visitava as meninas raramente, escolhia-as com cuidado e ainda possuía seis *Gulden* quando voltou para as férias de verão. Pediu ao pai autorização para convidar um amigo. "Está bem", disse o major, um tanto espantado. O amigo veio com pouca bagagem, mas com uma caixa de pintura completa, que não agradou ao dono da casa. "Ele pinta?", perguntou o velho. "Muito bem!", disse Franz, o filho. "Diga a ele para não emporcalhar a casa! Que vá pintar a paisagem!" O hóspede pintava fora, mas não pintava a paisagem. Ele retratava o barão Trotta, de memória. Dia após dia, à mesa, ele observava o dono da casa e gravava seus traços.

"Por que ele olha tanto para mim?", perguntava o barão. Os dois jovens enrubesceram e baixaram o olhar sobre a toalha de mesa. Ainda assim, o retrato pôde ser concluído, e foi entregue ao velho, na hora da despedida, já emoldurado. Ele o observou cuidadosamente, sorrindo. Virou-o, como se buscasse, no verso, detalhes que tivessem sido deixados de lado na parte anterior, colocou-o diante da janela, afastou-o dos seus olhos, olhou-se no espelho, comparou-se com o retrato e, por fim, disse: "Onde devo pendurá-lo?". Aquela era sua primeira alegria depois de muitos anos. "Se o seu amigo precisar, você pode lhe emprestar dinheiro", disse ele a Franz, em voz baixa. "Entendam-se bem!" Aquele foi o primeiro e o último retrato jamais feito de Trotta. Anos mais tarde, foi pendurado na sala da casa de seu filho, e ainda ocupou a fantasia do seu neto...

Enquanto isto, o major passou semanas tomado por um humor que lhe era estranho. Ora pendurava o retrato nesta parede, ora naquela. Observava, lisonjeado e satisfeito, seu nariz másculo, sua boca pálida, estreita e sem bigode, suas faces magras, onde os ossos despontavam como colinas sob os olhos negros e pequenos, e a testa estreita, marcada por muitas rugas, coberta por uma cabeleira eriçada, de cabelos espetados e voltados para a frente como os de um porco-espinho. Só então foi capaz de conhecer seu rosto, e às vezes conversava, silenciosamente, com aquele rosto, que despertava nele pensamentos desconhecidos, lembranças, sombras incompreensíveis e fugidias de melancolia. Fora preciso aquele retrato para que ele se desse conta da sua velhice precoce e da sua solidão que, vindas da tela, se derramavam sobre ele – sua solidão e sua velhice. Fora sempre assim?, ele se perguntava.

Sempre fora assim? Sem propósito, vez por outra ele ia ao cemitério, ao túmulo de sua mulher, observava a lápide verde e a cruz branca como giz, as datas do nascimento e da morte, calculava que ela tinha morrido cedo demais e confessava não ser mais capaz de se lembrar bem dela. Das mãos, por exemplo, ele já se esquecera. China-Eisenwein veio-lhe à memória, um preparado com ferro que ela tomara por muitos anos. O rosto dela? Ainda era capaz de lembrar-se dele com os olhos fechados, mas logo ele desaparecia e submergia numa luz crepuscular avermelhada. Ele se tornou delicado em sua casa e em sua propriedade. Às vezes, acariciava um cavalo, sorria para as vacas, tomava uma aguardente com mais frequência do que antes e um dia escreveu uma breve carta a seu filho, fora das datas habituais. Começaram a cumprimentá-lo com sorrisos e ele inclinava a cabeça, satisfeito. O verão chegou e as férias trouxeram seu filho e o amigo dele, e o velho foi com os dois até a cidade, entrou numa taverna, tomou uns goles de *Sliwowitz*[3], e pediu uma refeição farta para os jovens.

O filho tornou-se jurista, visitava seu lar com frequência, olhando a propriedade, sentiu, um dia, vontade de administrá-la e de deixar de lado a carreira jurídica. Confessou seu desejo ao pai, que lhe respondeu: "É tarde demais! Você não vai mais se tornar um camponês e um agricultor nesta vida! Você vai se tornar um diligente funcionário imperial, e nada mais!" O assunto estava encerrado. O filho tornou-se funcionário político, comissário distrital na Silésia. Se o nome Trotta tinha desaparecido dos livros escolares autorizados pelo poder imperial, não desaparecera dos arquivos secretos dos altos funcionários políticos, e os cinco mil *Gulden* que tinham sido ofertados do cofre do Imperador asseguraram ao funcionário Trotta uma atenção sempre benevolente e um apoio constante por parte de superiores hierárquicos que lhe eram desconhecidos. Ele avançou rapidamente em sua carreira.

3 *Sliwowitz* é uma aguardente de ameixas, muito apreciada na Europa Central. (N.T.)

Dois anos antes de sua nomeação para o cargo de comissário distrital, o major morreu.

Deixou um testamento surpreendente. Como tinha certeza de que o filho – assim ele escreveu – nunca viria a ser um bom agricultor, e como esperava que os Trottas, agradecidos ao *Kaiser* por sua permanente benevolência, chegassem a alcançar postos e dignidades no serviço público, tornando-se mais felizes na vida do que ele, o autor do testamento, resolvera legar a propriedade, recebida de seu sogro anos antes, com tudo o que nela havia de móvel e de imóvel, ao fundo de pensões dos inválidos do serviço militar, em memória a seu pai, que Deus o tenha, ficando os beneficiários do testamento tão somente obrigados a sepultar, com a maior modéstia possível, o autor do testamento naquele mesmo cemitério onde fora sepultado o seu pai e, se possível, perto do falecido. Ele, o autor do testamento, pedia para que se abstivessem de qualquer pompa. O dinheiro disponível, quinze mil *Gulden*, juntamente com juros, investido no Banco Efrussi em Viena, assim como o dinheiro que se encontrava na casa, as pratarias e os objetos de cobre, o anel, o relógio e o colar da mãe, que Deus a tenha, pertencem ao único filho do autor do testamento, o barão von Trotta und Sipolje.

Uma banda militar de Viena, um batalhão de infantaria, um representante dos cavaleiros da ordem de Maria Teresa, representantes do batalhão da Hungria Meridional, cujo modesto herói tinha sido o major, assim como todos os militares inválidos ainda capazes de marchar, dois funcionários das chancelarias da corte e do gabinete, um oficial do gabinete militar e um suboficial que levava a ordem de Maria Teresa sobre uma almofada forrada de preto: estes eram os membros do cortejo fúnebre oficial. Franz, o filho, ia trajado de preto, sozinho e encolhido. A banda militar tocava a mesma marcha que tinham tocado no enterro do avô. As salvas que foram disparadas desta vez foram mais fortes, e seu eco ressoou por mais tempo.

O filho não chorou. Ninguém chorou o morto. Tudo permaneceu seco e solene. Ninguém fez discursos junto ao túmulo. Perto do sargento jazia, agora, o major barão von Trotta und Sipolje, o cavaleiro da verdade. Uma pedra tumular simples, como convém a um militar, foi-lhe erigida, e sobre ela estava gravado, junto ao seu nome, grau e regimento, o orgulhoso epíteto: "O herói de Solferino".

Pouco restou do morto além do túmulo, da fama esquecida e do retrato. Assim um camponês caminha, na primavera, sobre o campo – e mais tarde, no verão, as marcas dos seus passos desaparecem sob a bênção do trigo que ele semeou. Ainda naquela mesma semana, o comissário real e imperial Trotta von Sipolje recebeu de Sua Majestade uma carta de pêsames, na qual eram mencionados duas vezes "os inesquecíveis serviços" prestados pelo falecido, que Deus o tivesse.

II

Em todo o território que se encontrava sob a jurisdição daquela divisão, não havia nenhuma banda militar mais bonita do que a do Décimo Regimento de Infantaria, na pequena capital distrital de W., na Morávia. O maestro era ainda um daqueles músicos militares austríacos que, graças a uma memória precisa e a uma necessidade sempre viva de novas variações de antigas melodias, era capaz de compor, a cada mês, uma nova marcha. As marchas eram idênticas umas às outras, como os soldados. A maior parte delas começava com um rufar de tambores, continha o toque que sinalizava aos soldados o fim do expediente, porém num ritmo acelerado de marcha, e um sorriso franco e alegre do prato. Terminavam com um estrondoso trovão do grande tímpano, que é a alegre e breve tempestade da música militar. O que distinguia o maestro Nechwal de seus colegas era menos a tenacidade extraordinariamente fértil da sua atividade como compositor do que a severidade ao mesmo tempo serena e diligente com que exercia seu ofício de músico. O costume displicente de outros maestros de bandas militares, de deixar um músico sargento reger a primeira marcha e só assumir a direção da banda a partir da segunda peça do programa, era algo que Nechwal via como sinal evidente do declínio da monarquia real e imperial. Assim que a banda estivesse postada em semicírculo, conforme previsto nas regras, e os pezinhos delicados das minúsculas estantes de notas estivessem fincados na terra negra que aparecia pelas fendas entre os grandes paralelepípedos do calçamento da praça, o maestro da banda já se colocava em meio aos seus músicos, com sua batuta de ébano adornada por uma bainha de prata discretamente erguida. Todos os concertos apresentados na praça – eles se realizavam diante do terraço do comissário distrital – começavam com a *Marcha de Radetzky*. Ainda que esta marcha fosse velha conhecida de todos os músicos da banda, a tal ponto que seriam capazes de tocá-la no meio da noite, dormindo, evidentemente sem a presença do maestro, ele considerava necessário ler cada uma das notas da partitura. E como se ele estivesse ensaiando a *Marcha de Radetzky* pela primeira vez com seus músicos a cada domingo, consciencioso de suas obrigações militares e musicais, ele erguia a cabeça, a batuta e o olhar e os dirigia, simultaneamente, àqueles segmentos do semicírculo de músicos, em que ele estava e lhe pareciam necessitar das suas ordens. Os tambores reverberavam, cortantes, as doces flautas assoviavam e os pratos graciosos ressoavam. Nos rostos de todos os ouvintes surgia um sorriso bem-disposto e reconciliado, e em suas pernas o sangue formigava. Estando ainda parados, imaginavam-se marchando. As moças mais jovens seguravam a respiração e deixavam os lábios entreabertos. Os homens mais maduros permitiam que suas cabeças pendessem e se recordavam de suas manobras. As mulheres mais velhas sentavam-se no parque, ao lado daquela praça, e suas cabecinhas grisalhas estremeciam. E era verão.

Sim, era verão. Só ao amanhecer as velhas castanheiras diante da casa do comissário distrital balançavam a folhagem vasta e abundante das suas copas verde-escuras. Durante o dia, permaneciam estáticas, exalavam um aroma penetrante e suas sombras amplas e frescas alcançavam até o meio da rua. O céu permanecia azul. As cotovias, invisíveis, cantavam acima da cidade silenciosa. Às vezes, as rodas de um fiacre chocavam-se contra a superfície áspera do calçamento de pedras, conduzindo algum forasteiro da estação de trens até o hotel. Às vezes os cascos da parelha de cavalos que conduzia o coche de *Herr* von Winternigg em seu passeio tamborilavam na alameda larga que levava de norte a sul, do castelo do senhor de terras até a imensa área florestal que lhe era reservada para a caça. Mirrado, velho, insignificante, um velhinho amarelado envolto num grande cobertor amarelado, com um rosto minúsculo e ressecado, *Herr* von Winternigg seguia em seu coche. Ele cruzava a saciedade do verão como se fosse um fragmento insignificante do inverno. A bordo de rodas altas, emborrachadas, elásticas e silenciosas, cujos raios laqueados em marrom refletiam o sol, ele seguia, diretamente de seu leito para sua riqueza rural. As florestas, grandes e escuras, e os guardas florestais verdes e loiros já o aguardavam. Os moradores da cidade cumprimentavam-no. Ele não respondia. Paralisado, navegava sobre um mar de saudações. A cartola do seu cocheiro moreno, que se erguia acima da carruagem, portentosa, quase resvalava nas copas das castanheiras. O chicote esguio acariciava os lombos marrons dos cavalos e a boca cerrada do cocheiro emitia, a cada tanto, em intervalos perfeitamente regulares, um estampido, mais alto do que o estampido dos cascos, assemelhando-se à melodia de um tiro de espingarda.

Naquela época do ano começavam as férias. Para o filho do comissário distrital, Carl Joseph von Trotta, que aos quinze anos de idade era aluno da academia de cadetes da cavalaria na cidade de Weisskirchen, na Morávia, sua cidade natal parecia uma localidade estival. Era a terra-mãe do verão, assim como era a sua própria terra-mãe. O Natal e a Páscoa, ele passava na casa de seu tio. Só voltava à casa dos pais nas férias de verão. Chegava sempre num domingo. Este era o desejo do seu pai, o senhor comissário distrital Franz Barão von Trotta und Sipolje. Não importava em que dia da semana começassem as férias na academia de cadetes: em casa, elas começavam sempre aos sábados. No domingo, o senhor von Trotta und Sipolje não exercia seu ofício na repartição pública. Ele reservava a manhã inteira, das nove até o meio-dia, ao seu filho. Pontualmente às dez para as nove, quinze minutos antes da primeira missa dominical, o jovem estava de prontidão, trajando a farda de verão, diante da porta do pai. Às cinco para as nove, Jacques, trajando seu libré cinzento, descia a escadaria e dizia: "Jovem senhor, papai está chegando". Carl Joseph puxava, ainda uma vez mais, o paletó, ajeitava o cinturão, segurava o quepe na mão e a pressionava contra a coxa, em conformidade com os regulamentos. O pai chegava, o filho batia os calcanhares e um estampido ecoava pelo casarão velho e silencioso. O velho abria a porta e, fazendo uma discreta saudação com a mão, permitia ao filho entrar primeiro. O menino permanecia imóvel, sem tomar conhecimento do convite. O pai, então, antecipava-se e entrava. Carl Joseph seguia-o, mas parava no limiar da porta. "Acomode-se!", dizia, depois de algum tempo, o comissário distrital. Só então Carl Joseph aproximava-se da grande poltrona estofada de veludo vermelho e se sentava à frente do pai, com os joelhos, sobre os quais repousavam o quepe e as luvas brancas, rigidamente erguidos. Através das fendas estreitas das venezianas verdes, listras delgadas de sol despejavam-se sobre o tapete escarlate. Uma mosca zumbia, o relógio de parede começava a soar. Encerrados os nove toques dourados, o comissário distrital começava: "Como vai o coronel Marek?". "Ele vai bem, papai, obrigado!" "As notas de geometria continuam fracas?" "Obrigado, papai. Estão um pouco melhores." "Leu os livros?" "Sim, certamente, papai!" "E como vai a equitação? Ano passado não ia muito bem..." "Neste ano", começou Carl Joseph, mas foi imediatamente interrompido. Seu pai tinha estendido a mão estreita que até ali permanecia semioculta pelo punho arredondado e reluzente da camisa.

A abotoadura quadrada reluzia, dourada e imponente. "No ano passado não ia muito bem, como eu acabo de dizer. Foi" – e aqui o comissário distrital fez uma pausa para então dizer, com uma voz inexpressiva: "uma vergonha!", pai e filho se calaram. Ainda que a palavra "vergonha" tivesse sido pronunciada em voz baixa, ela ainda reverberava pelo aposento. Carl Joseph sabia que, depois de ouvir uma crítica severa do pai, era preciso observar o silêncio por algum tempo. O julgamento do pai tinha que ser absorvido na plenitude de seu significado, tinha que ser elaborado, tinha que ser cuidadosamente observado, para ser incorporado ao cérebro e ao coração. O relógio estalava, a mosca zumbia. E então Carl Joseph começou – em alto e bom tom: "Neste ano foi bem melhor. O próprio sargento o disse, várias vezes. Também recebi um elogio do senhor tenente-coronel Koppel". "Isto me alegra", observou o senhor comissário distrital, com uma voz sepulcral. Empurrou o punho da camisa de volta para dentro da manga do paletó golpeando com ele a borda da mesa e o tecido recuou, emitindo um suave tinido. "Continue contando!", disse ele, e acendeu um cigarro. Era o sinal para o alvorecer de uma nova atmosfera, mais cordial e aconchegante, no aposento. Carl Joseph pousou suas luvas e seu quepe em uma mesinha, levantou-se e começou a relatar todos os acontecimentos do ano anterior. O velho assentiu com a cabeça. Subitamente ele disse: "Meu filho, você já é um rapagão! Sua voz já está mudando! Você já está apaixonado?". Carl Joseph enrubesceu. Seu rosto ardia como um lampião vermelho, mas ele continuou a encarar o pai, corajoso. "Ah! Então ainda não!", disse o comissário distrital. "Não se incomode com isto! Continue contando!" Carl Joseph engoliu em seco, o rubor sumiu de sua face, subitamente, ele estremeceu de frio. Seu relato avançava devagar, em meio a muitas pausas. Depois, ele tirou do bolso a carteirinha da biblioteca, entregando-a ao pai. "Parece que leu decentemente!", disse o comissário distrital. "Queira descrever o conteúdo de *Zriny*[4]!" Carl Joseph descreveu a peça, ato por ato. Depois sentou-se, cansado, pálido, com a língua seca.

Lançou um olhar secreto para o relógio, ainda eram dez e meia. A prova ainda duraria uma hora e meia. Talvez ocorresse ao velho examinar seus conhecimentos de história antiga ou de mitologia germânica. Fumando, ele andava de um lado para outro, com a mão esquerda apoiada nas costas. Sobre a mão direita, o punho da camisa estalava. As listras de sol sobre o tapete tornavam-se cada vez mais intensas, e se aproximavam, cada vez mais, da janela. O sol já devia estar alto no céu. Os sinos da igreja começaram a badalar, penetravam no aposento como se estivessem balançando muito perto dali, colados nas venezianas. Hoje o velho somente examinou seus conhecimentos de literatura. Falou, de forma exaustiva, sobre o significado de Grillparzer e recomendou ao filho, como "leitura leve" para os dias de férias, Adalbert Stifter e Ferdinand von Saar. Depois, voltou aos temas militares, vigílias,

4 Obra do dramaturgo Theodor Körner, encenada pela primeira vez no Teatro Imperial de Viena, que glorifica o amor à pátria. (N.T.)

a segunda seção do regulamento de serviço, a composição de uma corporação militar, o poder de fogo dos diferentes regimentos. Subitamente, ele perguntou: "O que é subordinação?". "Subordinação é o dever da obediência incondicional", declamou Carl Joseph, "que cada subordinado deve a seu chefe e cada inferior...". "Pare!", interrompeu-o o pai, corrigindo: "... *assim como* cada inferior a seu superior" – e Carl Joseph prosseguiu "deve, quando..." – "sempre que", corrigiu o velho, "sempre que eles pronunciem alguma ordem". Carl Joseph respirou, aliviado. O relógio soou meio-dia. Só agora começavam as férias. Mais um quarto de hora e ele ouviu, vindo da caserna, o primeiro rufar de tambores da música que começava. Todos os domingos, a música tocava, ao meio-dia, diante da residência oficial do comissário distrital, que era o representante, naquela cidadezinha, de ninguém menos do que de Sua Majestade o Imperador. Carl Joseph permanecia escondido atrás da densa parreira que cobria o terraço e ouvia a música da banda militar como se fosse uma honraria. Ele se sentia um pouco aparentado com os Habsburgos, cujo poder seu pai representava e defendia ali, e pelos quais ele mesmo estava destinado a partir, um dia, para a guerra e para a morte. Sabia de cor os nomes de todos os membros da casa real. Amava-os sinceramente, com um coração devotado e infantil, sobretudo o *Kaiser*, que era bondoso e grande, sublime e justo, infinitamente distante e muito próximo, e que estimava, especialmente, os oficiais do exército. O melhor era morrer por ele ao som de música militar. O mais fácil era morrer para ele ao som da *Marcha de Radetzky*. Os ágeis projéteis sibilavam ao ritmo da música em torno da cabeça de Carl Joseph, seu sabre desnudo reluzia, e o coração e o cérebro estavam embriagados pela rapidez encantadora da marcha; ele mergulhou na onda tamborilante da música, e seu sangue gotejava num fio delgado e escarlate sobre o ouro reluzente dos trompetes, sobre o preto profundo dos tímpanos, sobre o prateado vitorioso dos pratos.

Jacques, postado às suas costas, pigarreou. Era o sinal de que o almoço estava para começar. Quando os músicos fizeram uma pausa, ouviu-se o estalar suave de pratos que vinha da sala de refeições. Aquela sala era separada do terraço por dois aposentos amplos, e ficava exatamente no meio do primeiro andar. Durante a refeição, a música soava distante, porém com clareza. Era uma pena que não tocasse todos os dias.

Era boa e útil, e emoldurava a cerimônia solene de maneira suave e reconciliadora, e não permitia que emergisse nenhuma das conversas breves, embaraçosas e duras que o pai tanto gostava de começar. Era possível permanecer calado, ouvir e desfrutar. Os pratos eram circundados por um fio estreito, de um dourado azulado, que empalidecia aos poucos. Carl Joseph amava-os. Muitas vezes, ao longo do ano, ele se lembrava desses pratos. Os pratos, a *Marcha de Radetzky* e, na parede, o retrato da mãe, já falecida, da qual ele já não mais se lembrava, e a pesada colher de servir, e a terrina onde ficava o peixe, e as facas de cortar frutas com seus dorsos serrilhados e as minúsculas xícaras de café e as frágeis colherinhas, tão delgadas quanto moedas de prata adelgaçadas pelo tempo: tudo isto junto significava verão, liberdade, torrão natal.

Ele entregou a Jacques o cinturão, o quepe e as luvas e dirigiu-se à sala de refeições. O velho entrou na sala ao mesmo tempo e sorriu para o filho. *Fräulein* Hirschwitz, a governanta, chegou pouco depois, trajando seu vestido dominical de seda cinza, com a cabeça erguida, o cabelo preso num coque pesado junto à nuca e uma portentosa faixa recurva a lhe cobrir o peito como uma espécie de sabre tártaro. Ela parecia ostentar armas e brasões. Carl Joseph beijou, com muita delicadeza, sua mão alongada e rija. Jacques afastou as cadeiras. O comissário distrital fez um sinal para que todos se sentassem. Jacques desapareceu e voltou a aparecer, um pouco mais tarde, com as mãos cobertas por luvas brancas, que pareciam transformá-lo inteiramente. Elas pareciam derramar um brilho de neve sobre sua face que já era alva, sobre sua barba que já era alva, sobre sua cabeleira que já era alva. Mas aquelas luvas eram mais claras que tudo o que poderia ser chamado de claro neste mundo. Com estas luvas ele segurava uma bandeja escura e sobre a bandeja fumegava a terrina de sopa. Logo, ele a pousou no centro da mesa, com muito cuidado, em silêncio absoluto e com grande rapidez. Conforme o antigo costume, *Fräulein* Hirschwitz serviu a sopa. Os pratos, que por ela eram oferecidos, eram recebidos por braços estendidos e hospitaleiros e com a gratidão de um sorriso nos olhos. Ela retribuía estes sorrisos. Um reluzir dourado e quente nadava nos pratos; era a sopa: sopa de macarrão, translúcida, na qual tinham naufragado diminutos e delicados macarrões amarelo-ouro. *Herr* von Trotta und Sipolje comia muito depressa, às vezes com fúria. Era como se ele estivesse destruindo a sucessão de pratos que compunham o almoço com um ódio silencioso, nobre e habilidoso, como se estivesse acabando com eles. À mesa, *Fräulein* Hirschwitz servia-se de porções diminutas e, terminada a refeição, voltava a servir-se de toda a sequência de pratos do almoço dominical na reclusão de seu quarto. Carl Joseph engolia, temeroso e apressado, as colheradas de sopa quente e os grandes bocados. E assim, todos terminavam no mesmo instante. Ninguém dizia uma palavra enquanto *Herr*von Trotta und Sipolje permanecesse calado.

Depois da sopa era servido um *Tafelspitz* completo, a refeição dominical do velho havia muitos anos. A contemplação satisfeita que ele dedicava a esta iguaria durava mais do que a metade da refeição. O olhar do comissário distrital acariciava, primeiro, a delicada borda de toucinho que cercava o pedaço colossal de carne bovina, depois os pratinhos nos quais estavam acomodadas as diversas verduras: as beterrabas violetas, reluzentes, o sério espinafre, de um verde saciado, a alface clara e alegre, o branco severo da raiz forte, o oval impecável das batatas jovens que se banhavam em manteiga derretida e pareciam delicados brinquedos. Ele tinha uma relação muito peculiar com a comida. Era como se ele comesse os nacos mais importantes com os olhos; era o seu sentido estético que, antes de qualquer outro, consumia o conteúdo em certa medida espiritual das iguarias. O resto, sem graça, que depois alcançava sua boca e seu paladar, era entediante e devia ser engolido sem demora. A bela vista das iguarias proporcionava ao velho tanto prazer quanto a simplicidade do seu preparo. Pois ele fazia questão da assim chamada comida burguesa: era um tributo a seu gosto tanto quanto à sua postura filosófica, que ele denominava de espartana. Assim, portanto, combinava, com grande habilidade, a satisfação do seu desejo com o cumprimento das suas obrigações. Era um espartano. Mas era um austríaco.

Então, como sempre fazia aos domingos, pôs-se a talhar o assado. Enfiou os punhos da camisa dentro da manga do paletó, ergueu as mãos e, ao fincar a faca e o garfo na carne, começou a dizer, voltando-se para *Fräulein* Hirschwitz: "Veja, cara senhora, não basta pedir ao açougueiro um pedaço macio de carne. É preciso prestar muita atenção e ver como foi cortado. Se horizontal ou verticalmente. Os açougueiros de hoje já não entendem mais nada do seu ofício. A boa carne se estraga por meio de um corte inadequado. Veja aqui, caríssima senhora! Mal consigo ainda salvá-lo. Está se desfazendo em fiapos, está se despedaçando mesmo. Visto como um todo, este assado bem poderia ser considerado macio. Mas a senhora verá que os pedaços estarão duros. Quanto aos complementos, como dizem os alemães, devo dizer que, da próxima vez, gostaria que o *Kren*, também chamado de raiz forte, estivesse um pouco mais seco. Ele não pode perder sua pungência no leite. Além disto, precisa ser preparado poucos instantes antes de ser trazido à mesa. Ficou molhado por tempo demais. Um erro!".

Fräulein Hirschwitz, que vivera por muitos anos na Alemanha, falava sempre o alemão da Alemanha, e era a este alemão estrangeiro que *Herr* von Trotta aludia ao se referir a "complementos" e à "raiz forte", em vez de usar os termos coloquiais austríacos. Ela tinha um gosto especial por expressões literárias e assentia com a cabeça, devagar, pesarosa. Evidentemente, custava-lhe esforço sustentar o peso considerável do coque que lhe pendia sobre a nuca para balançar a cabeça afirmativamente. Assim, sua gentileza solícita adquiria um ritmo pausado, sim, parecia até mesmo conter uma certa tentativa de defender-se. E o comissário distrital viu-se compelido a dizer: "Sim, minha cara senhora, eu certamente não estou errado no que lhe estou dizendo!".

Ele falava naquele alemão anasalado dos altos funcionários e da baixa nobreza, que lembrava um pouco o som de violões soando distantes, na noite, e também o das últimas badaladas que ecoam, suavemente, dos sinos, antes que eles se calem. Era uma maneira de falar suave e ao mesmo tempo precisa, simultaneamente delicada e cruel. Combinava bem com as faces magras e ossudas do comissário distrital, com seu nariz estreito e recurvo, ao qual pareciam apegar-se as consoantes que ressoavam de maneira um tanto melancólica. Quando o comissário distrital falava, sua boca e seu nariz pareciam-se mais com algum tipo de instrumentos de sopro do que com partes de seu rosto. Excetuando-se os lábios, o rosto permanecia totalmente imóvel. Uma barba escura recobria as bochechas de *Herr* von Trotta e ele a ostentava como uma espécie de farda, como uma marca de que ele fazia parte daquele grupo de homens que serviam a Franz Joseph I[5], como uma prova de sua filosofia de vida dinástica. E esta barba também permanecia imóvel enquanto *Herr* von Trotta und Sipolje falava. Ereto, ele permanecia sentado à mesa como se suas mãos enrijecidas estivessem segurando as rédeas de um cavalo. Enquanto estava sentado, parecia que estava em pé, e quando ele se levantava, sua postura perfeitamente ereta voltava sempre a surpreender. Ele se vestia sempre de azul-marinho, tanto no verão como no inverno, tanto aos domingos como nos dias de semana: um paletó azul-marinho e calça cinza, listrada, justa, quase colada às suas pernas compridas, que fitas bem atadas tensionavam em torno das suas botinas. Entre o segundo e o terceiro prato do almoço, ele costumava se levantar para "movimentar-se um pouco". Parecia, porém, que na verdade ele queria demonstrar para os demais moradores da casa como uma pessoa deve levantar-se, ficar em pé e caminhar, sem para isto ter que abrir mão da total imobilidade. Enquanto Jacques tirava a carne da mesa, captava um rápido olhar de *Fräulein* Hirschwitz, por meio do qual ela o advertia e mandava-o esquentar-lhe as sobras. *Herr* von Trotta caminhava a passos comedidos até a janela, arejava um pouco a cortina e voltava para a mesa. Neste instante apareciam os *Knödel* de cereja[6] sobre um prato grande. O comissário distrital servia-se apenas de um, cortava-o com a

5 As barbas que cobriam as bochechas do *Kaiser* Franz Joseph I, com longas suíças, e seu queixo barbeado eram uma espécie de marca registrada, imitada por muitos dos seus súditos. (N.T.)

6 *Knödel* são bolinhos típicos da culinária tradicional austríaca, feitos com uma massa de farinha de trigo, e que podem ser servidos salgados, como acompanhamento colher e dizia a *Fräulein* Hirschwitz: "Isto, cara senhora, é um *Knödel* exemplar: possui a consistência necessária, quando é partido, e ainda assim rende-se à língua imediatamente". E, voltando-se a Carl Joseph: "Recomendo-lhe servir-se de dois hoje!". Carl Joseph servia-se de dois e engolia-os num instante. Terminava a refeição um segundo antes do seu pai e, em seguida, tomava um copo de água – pois vinho só era servido à noite – para empurrar para dentro do estômago os restos do *Knödel* que ainda pudessem ter ficado parados em seu esôfago. No mesmo ritmo que o velho, ele dobrava seu guardanapo. Todos se levantavam. Fora, a banda tocava a abertura de *Tannhäuser*.

Em meio às notas sonoras, caminhava-se em direção à sala de estar dos cavalheiros[7]. *Fräulein* Hirschwitz ia à frente. Ali, Jacques servia o café. Todos esperavam pela chegada do maestro Nechwal. Ele chegava, enquanto lá embaixo seus músicos se preparavam para a marcha de volta à caserna, trajando um paletó de gala azul-marinho, enfeitado com um punhal reluzente. Duas pequenas harpas de ouro reluziam no seu colarinho. "Estou entusiasmado com o seu concerto", dizia *Herr* von Trotta, como sempre fazia aos domingos. "Foi realmente extraordinário hoje!" *Herr* Nechwal fazia uma mesura. Já havia almoçado, uma hora antes, na cantina dos oficiais, onde não pudera esperar pelo café preto. Os sabores do almoço estavam ainda em sua boca e ele ansiava por um bom charuto da Virgínia. Jacques trazia uma caixa de charutos. O maestro sugava o charuto demoradamente enquanto Carl Joseph segurava um palito de fósforo aceso junto à sua ponta – tão demoradamente que se arriscava a queimar os dedos. Todos se sentavam em largas cadeiras de couro. *Herr* Nechwal contava sobre a

para carnes, ou doces, recheados com frutas e polvilhados com açúcar e farinha de rosca. (N.T.)

7 No original, *Herrenzimmer*, isto é, o aposento dos cavalheiros, que é como se chamavam, no século XIX e no início do século XX, as salas reservadas, nas casas dos membros da elite, ao dono da casa e aos seus convidados e às quais, normalmente, as mulheres da casa não tinham acesso. Ali era costume discutir, após as refeições, assuntos que não diziam respeito às mulheres, tais como política e economia. Um típico *Herrenzimmer* austríaco era decorado com objetos que diziam respeito à juventude de seu dono, ao seu serviço militar e a seus hobbies, tal como a caça. (N.T.)

última opereta de Franz Lehár em Viena. Ele, o maestro da banda militar, era um homem cosmopolita. Duas vezes por mês, viajava a Viena, e Carl Joseph intuía que o músico guardava, nos recônditos de sua alma, muitos segredos do grande *demi-monde* noturno. Ele tinha três filhos e uma mulher "de origem simples", mas vivia, ele mesmo, sob a luz da ribalta do mundo, afastado de sua família. Gostava de contar e de ouvir piadas sobre judeus, e o fazia com deleite e esperteza. O comissário distrital não compreendia aquelas piadas, e também não ria, mas dizia: "Muito bom! Muito bom!". "Como vai sua esposa?", perguntava, sempre, *Herr* von Trotta. Havia anos que fazia esta mesma pergunta. Ele nunca vira *Frau* Nechwal, nem tinha qualquer desejo de ser apresentado à "mulher de origem simples". Ao despedir-se, dizia sempre a *Herr* Nechwal: "Mande as minhas lembranças à sua esposa, muito embora eu não a conheça!". E *Herr* Nechwal lhe prometia que haveria de mandar as lembranças, e o assegurava de que sua mulher iria alegrar-se muito. "E como vão as crianças?", perguntava *Herr* von Trotta, que sempre voltava a esquecer se eram filhos ou se eram filhas. "O mais velho está indo muito bem na escola!", dizia o maestro. "Vai se tornar músico também?", perguntava *Herr* von Trotta, com um quê de desprezo. "Não!", respondia *Herr* Nechwal, "mais um ano e ele vai ingressar na escola de cadetes". "Ah! Oficial!", disse o comissário distrital. "Certo. Infantaria?" *Herr* Nechwal sorria. "Mas é claro! Ele é muito diligente e talvez um dia faça parte do comando militar." "Certamente, certamente!", dizia o comissário distrital. "Já vimos coisas assim acontecerem antes!" Passada uma semana, já se esquecera de tudo. Era impossível lembrar-se dos filhos do maestro.

Herr Nechwal tomava duas xicrinhas de café, nem mais, nem menos. Lamentava ter que esmagar o último um terço do charuto. Precisava ir embora, e não se saía de uma casa fumando. "Hoje o concerto foi realmente extraordinário. Mande minhas lembranças para sua esposa. Infelizmente ainda não tive o prazer!", disse *Herr* von Trotta und Sipolje. Carl Joseph bateu os saltos das suas botas. Acompanhou o maestro até o primeiro segmento da escadaria. Depois, voltou à sala de estar dos cavalheiros. Pôs-se diante do pai e disse: "Papai, vou passear!" "Muito bem! Muito bem! Bom descanso!", dizia *Herr* von Trotta, acenando com a mão.

Carl Joseph saía. Pretendia passear tranquilamente, queria flanar e provar a seus próprios pés que estavam de férias. Mas, assim que ele avistava o primeiro soldado, era tomado, por assim dizer, por um comando invisível e começava a marchar. Chegava aos confins da cidade, onde se erguia o edifício amarelo e grandioso da Secretaria da Fazenda, que reluzia ao sol, tranquilamente. O aroma doce dos campos soprava ao seu encontro, assim como o canto penetrante das cotovias. A ocidente, o horizonte era delimitado por colinas de um azul-acinzentado, e pelos primeiros casebres da aldeia, com seus telhados de feno e de ripas. As vozes das aves golpeavam o silêncio estival como fanfarras. A terra dormia, abrigada pelo dia e pela claridade.

Atrás do leito da ferrovia ficava o comando da gendarmeria, que era chefiado por um sargento. Carl Joseph conhecia-o – sargento Slama. Resolveu bater à porta. Entrou na varanda, onde fazia um calor opressivo, bateu à porta, puxou o fio da campainha, ninguém apareceu. Uma janela abriu-se. *Frau* Slama curvou-se sobre os gerânios e gritou: "Quem é?". Ela avistou o jovem Trotta e disse: "Só um momento!". Abriu a porta do corredor, onde pairava um aroma fresco, um pouco perfumado. *Frau* Slama tinha pingado uma gota de perfume em seu vestido. Carl Joseph lembrou-se da noite vienense. Ele perguntou: "O sargento não está?". "Ele está no serviço, *Herr* von Trotta!", respondeu a mulher. "Entre!"

Agora Carl Joseph estava sentado na sala de visitas dos Slama. Era um cômodo avermelhado, de teto baixo, muito fresco, como uma geladeira, os encostos altos das poltronas estofadas eram feitos de madeira lavrada, decorada com desenhos de folhas, que machucavam as costas. *Frau* Slama foi apanhar dois copos de limonada gelada, tomou golinhos pequenos, arrebitando o dedo mínimo, com as pernas cruzadas. Ela estava sentada ao lado de Carl Joseph, virada para ele, e balançava um dos seus pés, aprisionado num chinelo de veludo vermelho, nu, sem meia. Carl Joseph olhava para o pé, e logo para a limonada. Mas não olhava para o rosto de *Frau* Slama. Seu quepe repousava sobre seus joelhos, e seus joelhos estavam rijos. Ereto, ele permanecia sentado diante da limonada como se bebê-la fosse uma obrigação militar. "Há tempo que o senhor não vem, *Herr* von Trotta!", disse a mulher do sargento. "Como o senhor está grande! Já passou dos quatorze?" "Sim, certamente, há tempos!" Ele pensou em deixar a casa o quanto antes. Era preciso engolir a limonada de um só gole e então fazer uma mesura e mandar lembranças ao marido e sumir dali. *Frau* Slama voltou a encher o seu copo. Ela trouxe cigarros. Era proibido fumar. Ela mesma acendeu um cigarro e tragou, displicentemente, dilatando as narinas e balançando o pé. E então, sem dizer palavra, tirou o quepe de sobre os joelhos dele e o colocou sobre a mesa. E então enfiou o cigarro na boca de Carl Joseph. Sua mão cheirava a fumaça e a água de colônia, e a manga clara do seu vestido florido de verão reluzia ante os seus olhos. Educadamente, ele continuou a fumar o cigarro, em cuja ponta ainda permanecia a umidade dos lábios dela, e olhou para a limonada. *Frau* Slama voltou a enfiar o cigarro entre os dentes e colocou-se atrás de Carl Joseph. Ele tinha medo de se voltar para trás. Subitamente, os dois braços reluzentes dela estavam em volta do seu pescoço, e o rosto dela repousava sobre os seus cabelos. Ele permaneceu imóvel. Mas seu coração batia forte, uma grande tempestade começou, em seu interior, retida, com muito esforço, pelo seu corpo rijo e pelos botões firmes da farda. "Venha!", sussurrou *Frau* Slama. Ela se sentou no colo dele, beijou-o apressadamente e o olhou de um jeito safado. De algum lugar, um cacho de cabelos dourados despencou sobre a testa dela, ela o afastou e tentou soprá-lo para longe fazendo um biquinho com os lábios. Ele começou a sentir o peso dela nas pernas e, ao mesmo tempo, sentiu dentro de si uma nova força, que retesou os músculos das suas coxas e dos seus braços. Abraçou a mulher e sentiu o frescor macio dos seios através do tecido rijo da sua farda. Uma risadinha baixa brotou da garganta dela, era, ao mesmo tempo um soluço e um trinado. Os olhos dela estavam cheios de lágrimas. E então ela se inclinou para trás e, com uma precisão delicada, começou a desabotoar-lhe os botões da farda, um a um. Colocou a mão delicada e fresca sobre o peito dele, beijou-o na boca, com um prazer prolongado e sistemático, e se levantou, subitamente, como se tivesse sido assustada por algum ruído. Ele se levantou, sobressaltado, e ela sorriu, puxando-o lentamente, enquanto andava de costas, com as duas mãos estendidas e a cabeça solta para trás, com o rosto iluminado, em direção à porta, que ela abriu, de costas, com o pé. Entraram no quarto de dormir.

Como alguém que estivesse acorrentado e inconsciente, ele via, pelas pálpebras semicerradas, que ela o estava despindo, devagar, completamente, maternalmente. Com um certo pavor, deu-se conta de que, peça por peça, sua farda de gala desabava, murcha, no assoalho. Ouviu o baque surdo dos seus sapatos e logo sentiu a mão de *Frau* Slama no seu pé. Vindas de baixo, ondas de frio e de calor subiam até o seu peito. Ele se deixou cair. Recebeu a mulher como uma grande onda macia de prazer, fogo e água.

Ele despertou. *Frau* Slama estava à sua frente, e lhe entregava sua roupa, peça por peça. Ele começou a se vestir, apressadamente. Ela correu para a sala de visitas e lhe trouxe suas luvas e seu quepe. Ela se aproximou do seu paletó e ele sentia o olhar dela fixo no seu rosto, mas evitava olhá-la. Bateu os saltos das suas botas, provocando um estampido, apertou a mão da mulher, olhando, porém, teimosamente para o seu ombro direito, e foi embora.

De uma torre, soavam sete horas. O sol aproximava-se das colinas, que agora estavam tão azuis quanto o céu, e era quase impossível distingui-las das nuvens. As árvores à beira do caminho exalavam um perfume adocicado. O vento do entardecer penteava a relva dos campos, dos dois lados da estrada. Via-se como a relva ondulava, trêmula, sob a mão vasta, silenciosa e invisível do vento. Em pântanos distantes os sapos começavam seu coaxar. Pela janela aberta de uma casinha de subúrbio pintada de amarelo berrante, uma moça olhava sobre a estrada vazia. Embora Carl Joseph nunca a tivesse visto antes, ele a saudou, ereto e respeitoso. Ela acenou com a cabeça, estranhando um pouco, mas agradecida. Para ele, era como se só agora estivesse realmente se despedindo de *Frau* Slama. Aquela mulher, ao mesmo tempo conhecida e desconhecida, à janela, era como um marco na fronteira entre a vida e o amor. Depois de saudá-la, sentiu que tinha sido devolvido ao mundo. Apressou o passo. Às quinze para as oito, em ponto, chegou à casa e avisou o pai da sua chegada, pálido, breve e decidido, como convém aos homens.

A cada dois dias, o sargento participava da patrulha. Todos os dias ele levava ao comissariado regional um pacote com atas. Nunca encontrava o filho do comissário distrital. A cada dois dias, à tarde, às quatro horas, Carl Joseph marchava em direção ao comando da gendarmeria. Às sete horas, voltava a deixá-lo. O perfume, que ele trazia de *Frau* Slama, misturava-se com os cheiros das noites secas do verão e ficava impregnado nas mãos de Carl Joseph noite e dia. Ele tomava cuidado para não se aproximar mais do que o estritamente necessário do pai, à mesa. "Está cheirando a outono", disse, certa noite, o velho. Ele falava em termos gerais. *Frau* Slama usava apenas perfume de resedá.

III

Na sala de estar dos cavalheiros do comissário distrital, o retrato ficava diante da janela. Estava colocado a uma altura tal que a testa e os cabelos apagavam-se na sombra marrom-escura do antigo forro de madeira. A curiosidade do neto pairava sempre em torno daquela figura apagada e da fama desaparecida do avô. Às vezes, em tardes silenciosas – as janelas permaneciam abertas, a sombra verde-escura das castanheiras do parque inundava o aposento com a saciedade e com a força do sossego estival, o comissário distrital conduzia uma das suas comissões longe da cidade, de escadarias distantes ecoavam os passos fantasmagóricos de Jacques, que andava pela casa calçado com chinelos de feltro para reunir os sapatos, as roupas, os cinzeiros, os lampiões e as lamparinas que precisavam de cuidados – Carl Joseph subia numa cadeira e observava de perto o retrato do avô. Ele se desfazia numa pletora de sombras profundas e de manchas claras de luz, em pinceladas e bolotas, numa rede de mil fios de pintura, num jogo de cores rígidas de óleo ressecado. Carl Joseph descia da cadeira. A sombra escura das árvores brincava sobre o paletó marrom do avô, as pinceladas e bolotas de tinta outra vez submetiam-se à fisionomia conhecida, porém insondável, e os olhos recuperavam o costumeiro olhar distante em direção à penumbra do forro, que se apagava. Todos os anos, nas férias de verão, repetiam-se aquelas silenciosas conversas entre neto e avô. O velho não revelava nenhum dos seus segredos. O jovem não ficava sabendo de nada. A cada ano o retrato parecia tornar-se mais apagado, mais distante deste mundo, mais próximo do além, como se a cada ano o herói de Solferino voltasse a morrer, como se a sua própria lembrança também aos poucos deixasse a Terra para juntar-se a ele, como se houvesse de chegar o dia em que uma tela vazia olharia sobre o seu descendente, do meio de sua moldura negra, ainda mais silenciosa do que o retrato mudo.

Embaixo, no pátio, à sombra do terraço de madeira, Jacques estava sentado num banquinho, diante das botas engraxadas e lustradas, enfileiradas como soldados. Sempre que Carl Joseph voltava de suas visitas a *Frau* Slama, aproximava-se de Jacques, no pátio e se sentava num canto. "Jacques, conte-me sobre o meu avô!" E Jacques colocava de lado a escova, a graxa e a lata do polidor de metais da marca Sidol, e esfregava as mãos como se as estivesse livrando do trabalho e da sujeira antes de começar a falar do falecido, que Deus o tenha. E como sempre, como já fizera ao menos umas vinte vezes, começava: "Sempre me dei muito bem com ele! Eu já não era jovem quando fui trabalhar na fazenda, nunca me casei, isto não teria agradado ao falecido, que Deus o tenha. Ele não gostava de ver mulheres, exceto sua própria esposa, a senhora baronesa, mas ela logo morreu, de uma doença do pulmão. Todos sabiam que ele tinha salvado a vida do *Kaiser* na batalha de Solferino, mas ele não dizia uma palavra sobre isto, nem um sussurro. É por isto que, no túmulo dele, escreveram 'O herói de Solferino'. Ele ainda estava longe de ser velho quando morreu, à noitinha, lá pelas nove horas, acho que foi em novembro. Já estava nevando. Naquela tarde ele apareceu no pátio e disse: 'Jacques, onde você colocou as botas de pele?'. Eu não sabia onde estavam, mas disse a ele: 'Já vou buscar as botas, senhor barão!'. 'Pode deixar até amanhã!', disse ele – e no dia seguinte ele já não precisou mais delas. Nunca me casei!".

Era isso.

Uma vez (eram as últimas férias, no ano seguinte Carl Joseph teria que se alistar) o comissário distrital disse, na hora da despedida: "Espero que tudo corra bem. Você é o neto do herói de Solferino. Graças a ele, nada pode acontecer a você!". O coronel, todos os professores, todos os suboficiais pensavam nisso e efetivamente nada poderia acontecer a Carl Joseph. Muito embora ele não fosse um cavaleiro excelente, muito embora ele fosse fraco em reconhecimento de terrenos e totalmente incapaz em trigonometria, foi aprovado com boas notas, foi alistado como tenente e designado para o Décimo Batalhão de Lanceiros da Cavalaria.

Com os olhos embriagados pelo novo brilho de sua posição e pela solenidade da última missa, com os ouvidos saturados pelo discurso trovejante do coronel, trajado com sua farda de guerra azul com botões dourados, com o porta-munição de prata, em cujo dorso estava a dignidade da dupla águia dourada do brasão real e imperial, com a *Tschapka*, o capacete à moda polonesa característico dos lanceiros da cavalaria, preso por uma correia de couro trançado, enfeitado com uma cauda de crina de cavalo do lado esquerdo, com suas calças de cavaleiro de um tom vivo de vermelho, botas reluzentes, esporas que cantavam, o sabre com sua ampla bainha junto ao quadril: assim Carl Joseph apresentou-se a seu pai, num dia quente de verão. Desta vez, não era um domingo. Um tenente tinha permissão para chegar também numa quarta-feira. O comissário distrital estava sentado em seu gabinete. "Acomode-se!", disse ele. Tirou o pince-nez, juntou as sobrancelhas, levantou-se, examinou o filho e encontrou tudo em perfeita ordem. Abraçou Carl Joseph, beijaram-se rapidamente nas faces. "Sente-se!", disse o comissário distrital e empurrou o tenente para uma poltrona. Ele mesmo andava pelo aposento, de um lado para o outro. Pensava em qual seria a maneira apropriada para dar início à conversa. Desta vez, não havia o que reprovar, mas tampouco se podia começar com uma expressão de satisfação. "Agora", começou ele, por fim, "você deveria começar a se interessar pela história do seu regimento e também ler um pouco sobre a história do regimento no qual seu avô lutou. Tenho que viajar a Viena a trabalho, por dois dias. Você vem comigo". Em seguida, tocou a sineta em sua mesa. Jacques chegou. "Diga a *Fräulein* Hirschwitz", ordenou o comissário distrital, "que mande subir o vinho da adega e, se possível, que mande preparar carne e *Knödel* de cereja. Hoje vamos comer vinte minutos mais tarde do que de costume". "Sim, senhor barão", disse Jacques; olhou para Carl Joseph e sussurrou:

"Meus parabéns!". O comissário distrital foi até a janela. A cena ameaçava tornar-se comovente. Às suas costas, percebeu que o filho dava a mão ao mordomo, Jacques esfregava os pés no assoalho enquanto murmurava alguma coisa a respeito do finado, que Deus o tenha. Só se voltou quando o mordomo deixou o aposento.

"Que calor, não?", começou a falar o velho. "Sim, papai!"

"Acho que é melhor sairmos para tomar um pouco de ar!" "Sim, papai!"

O comissário distrital apanhou sua bengala negra, de ébano, com cabo de prata, em vez do cajado amarelo que gostava de usar para caminhar nas manhãs ensolaradas. E também não segurou as luvas com a mão esquerda, como era seu hábito, mas calçou-as. Cobriu a cabeça com uma cartola baixa e deixou o aposento, seguido pelo jovem. Devagar, e sem trocar uma palavra sequer, saíram para caminhar em meio ao silêncio estival do parque municipal. O guarda saudou-os. Senhores erguiam-se dos bancos e os cumprimentavam. Ao lado da gravidade escura do velho, o colorido berrante do jovem parecia ainda mais ruidoso e extravagante. Numa das alamedas, uma moça loira vendia água gasosa com suco de framboesas ao abrigo de um guarda-sol. O velho parou e disse: "Um copo de bebida fresca não pode fazer-nos mal!". Pediu duas águas com gás sem suco e, com discreta dignidade, observava a senhorita loira, cujo olhar parecia naufragar, com deleite involuntário, no brilho colorido de Carl Joseph. Beberam e seguiram adiante. A cada tanto, o comissário distrital balançava um pouco sua bengala num gesto que era como uma alusão a um orgulho que sabe manter-se dentro dos limites. Muito embora permanecesse em silêncio, sério como de costume, hoje parecia quase frívolo. De suas entranhas satisfeitas brotava, a cada tanto, uma tossezinha agradável, uma espécie de risada. Se alguém o cumprimentasse, ele levantava, brevemente, o chapéu. Havia instantes em que até mesmo se permitia formular ousados paradoxos, como por exemplo: "A cortesia também pode se tornar um fardo!". Preferia dizer uma palavra ousada a deixar que alguém percebesse o prazer que sentia com os olhares admirados dos passantes. Quando se aproximavam novamente do portão da casa, ele parou, mais uma vez.

Voltou o rosto para o filho e disse: "Quando eu era jovem, também queria ter sido soldado. Mas seu avô me proibiu expressamente. Agora, estou satisfeito que você não seja um funcionário!". "Sim, papai!", respondeu Carl Joseph.

Havia vinho e a carne e os *Knödel* de cereja também tinham sido preparados. *Fräulein* Hirschwitz estava trajada com o vestido dominical de seda cinza e, ao olhar para Carl Joseph, deixou de lado, imediatamente, a maior parte da sua rigidez habitual. "Me alegra muito", disse ela, "meus cordiais parabéns!". E começaram a comer.

"Não precisa se apressar!", disse o velho. "Se eu terminar antes de você, posso esperar um pouquinho." Carl Joseph ergueu o olhar. Ele compreendeu que o pai sabia, desde sempre, quanto esforço lhe custava acompanhar seu ritmo à mesa. E pela primeira vez em sua vida era como se o seu olhar pudesse alcançar o coração vivo do pai e a rede dos seus pensamentos secretos, atravessando sua couraça. Muito embora já fosse tenente, Carl Joseph enrubesceu. "Obrigado, papai!", disse ele. As colheradas do comissário distrital prosseguiam, em seu ritmo habitual. Parecia que ele não ouvia.

Alguns dias depois, embarcaram no trem para Viena. O filho estava lendo o jornal, o velho estava lendo seus papéis e documentos. E então o Comissário Distrital ergueu o olhar e disse: "Em Viena, vamos mandar fazer uma calça social, você só tem duas". "Obrigado, papai." Eles continuaram a ler. Faltava pouco mais de um quarto de hora para a chegada em Viena quando o pai fechou os documentos em sua pasta. Imediatamente, o filho afastou o jornal. O comissário distrital olhava pela vidraça, depois, por alguns segundos, para o filho. Subitamente, ele disse: "Você conhece o sargento Slama?". O nome reverberou na memória de Carl Joseph, um clamor de outros tempos. Imediatamente, viu o caminho que conduzia ao comando da gendarmeria, a sala de teto baixo, o robe florido, a cama larga e bem-feita, sentiu o perfume dos campos e, ao mesmo tempo, o perfume de resedá de *Frau* Slama. Ouviu, atentamente:

"Infelizmente, ele enviuvou, este ano", continuou o velho. "Que tristeza! A mulher morreu no parto. Você deveria ir visitá-lo."

Subitamente o calor no compartimento do trem tornou-se insuportável. Carl Joseph tentou soltar o colarinho. Enquanto procurava, em vão, por alguma palavra apropriada, um desejo tolo, intenso e infantil de chorar brotou do seu peito, sufocando-o. Sua boca secou, como se houvesse dias em que ele não tomava água. Sentiu o olhar de seu pai, esforçou-se para ver a paisagem, e sentiu que a aproximação do destino da viagem, do qual chegavam cada vez mais perto, acirrava ainda mais seu sofrimento. Desejou, ao menos, sair para o corredor e, ao mesmo tempo, compreendeu que não tinha como escapar do olhar do velho. Depressa, conseguiu reunir forças escassas e precárias e disse: "Vou visitá-lo!".

"Parece que você não suporta bem a viagem de trem", observou o pai.

"Sim, papai!"

Mudo e ereto, torturado por um sofrimento que não era capaz de nomear, e que nunca conhecera antes, que era como uma doença enigmática vinda de regiões distantes, Carl Joseph foi para o hotel. Ainda foi capaz de dizer: "Perdão, papai!". E então trancou-se no seu quarto, desfez sua mala e retirou uma pasta na qual havia algumas cartas de *Frau* Slama, ainda nos envelopes nos quais ele as havia recebido, com o endereço cifrado, Mährisch-Weisskirchen, *poste restante*. As páginas azuis tinham a cor do céu e um hálito de resedá e as letras negras e delicadas esvoaçavam como uma tropa bem ordenada de delgadas andorinhas. Cartas da falecida *Frau* Slama! Aos olhos de Carl Joseph, pareciam anunciações prematuras do próprio fim súbito da mulher, de uma fineza fantasmagórica, como só mãos já consagradas à morte são capazes de escrever. Pareciam saudações antecipadas do além. À última carta, não chegara a responder. Seu alistamento, os discursos, a despedida, a missa, a nomeação, seu novo posto e as novas fardas perderam seu significado ante a sequência escura e etérea das letras que esvoaçavam sobre um fundo azul. Em sua pele ainda estavam os rastros da mão carinhosa da mulher morta e em suas mãos mornas ainda se abrigava a lembrança do seu peito fresco, e com os olhos fechados ele via a serenidade fatigada do rosto saciado de amor da mulher, e a boca rubra, aberta, e o brilho branco dos dentes, o braço casualmente flexionado, em cada linha do seu corpo, o reflexo fluido de sonhos livres de desejos e de sono satisfeito. Agora, os vermes rastejavam sobre o seu peito e as suas coxas, e a podridão absoluta devorava seu rosto. Quanto mais horrendas se tornavam as imagens do apodrecimento ante os olhos do jovem, mais se incendiava sua paixão, que parecia alcançar aquelas regiões incompreensíveis e sem fronteiras para as quais a morta se dirigira, desaparecendo. Provavelmente, eu nem teria voltado a visitá-la!, pensou o tenente. Eu a teria esquecido. Suas palavras eram delicadas, ela era uma mãe, ela me amava, ela morreu! Estava claro que ele tivera culpa pela sua morte. Ela se encontrava no limiar de sua vida, um cadáver amado.

Este foi o primeiro encontro de Carl Joseph com a morte. Ele já não se lembrava mais de sua mãe. Só o que conhecia dela era o túmulo e o canteiro de flores à volta da lápide, e duas fotografias. E agora, a morte contorcia-se à sua frente, como um raio negro, atingia sua alegria inofensiva, aniquilava sua juventude e o atirava às margens dos penhascos que separavam os vivos dos mortos. À sua frente, agora, estendia-se uma vida cheia de tristeza. Ele se equipava para suportá-la, pálido e decidido, como convém a um homem. Voltou a guardar as cartas. Fechou a mala. Foi até o corredor e bateu à porta do quarto do pai, entrou e ouviu, como através de uma grossa parede de vidro, a voz do velho: "Me parece que você tem um coração mole!". O comissário distrital arrumava a gravata diante do espelho. Ainda tinha compromissos no palácio do governo, na direção central de polícia e no tribunal superior. "Você vem comigo!", disse ele. Foram num coche com dois cavalos e rodas de borracha.

As ruas da capital pareciam a Carl Joseph mais festivas do que nunca. O ouro amplo e estival da tarde derramava-se sobre as casas e árvores, bondes, pedestres, policiais, bancos verdes, monumentos e jardins. Ouvia-se o estampido rápido dos cascos no calçamento. Moças passavam, como luzes claras e delicadas. Os soldados saudavam. As vitrines reluziam. O verão acariciava, suave, a grande cidade.

Mas o olhar de Carl Joseph deslizava, indiferente, por todas as belezas do verão. Em seu ouvido, ressoavam as palavras do pai. O velho notava centenas de mudanças na cidade: tabacarias que tinham mudado de endereço, novas bancas de jornais, linhas de ônibus que tinham sido estendidas, paradas que tinham sido removidas para outros lugares. Havia muita coisa que era diferente no tempo dele. Mas sua memória fiel permanecia apegada a tudo o que desaparecera e a tudo o que permanecia inalterado. Com uma voz baixa, de ternura incomum, ele se recordava de minúsculos tesouros de tempos que jaziam sob escombros, sua mão magra apontava, saudando-as, localidades nas quais, um dia, florescera sua juventude. Carl Joseph calou-se. Ele também acabava de perder sua juventude. Seu amor estava morto, mas seu coração estava aberto à melancolia paterna, e ele começou a se dar conta de que, por trás da rigidez óssea do comissário distrital, um outro alguém se escondia, alguém mais misterioso e também mais conhecido, um Trotta, descendente de um esloveno inválido e do singular herói de Solferino. E quanto mais vívidos se tornavam os chamados e as observações do velho, tanto mais contidas e inaudíveis tornavam-se as obedientes e habituais confirmações do filho, e o disposto e servil "Sim, papai!" no qual sua língua tinha sido adestrada desde a infância agora soava diferente, mais fraterno, mais doméstico e familiar. O pai parecia tornar-se mais jovem e o filho parecia tornar-se mais velho. O coche parou diante de vários edifícios públicos, nos quais o comissário distrital procurava por antigos camaradas, que tinham testemunhado sua juventude. O Brandl tornara-se comissário de polícia; o Smekal, chefe de seção; Monteschnitzky, coronel, e Hasselbrunner, conselheiro do corpo diplomático. Pararam, também, diante de lojas. Na casa Reitmeyer, na Tuchlauben[8], encomendaram um par de botinas de couro de cabrito fosco, para o baile da corte e para as audiências; uma calça social no alfaiate oficial da corte e do exército Ettlinger, que ficava no Wieden, e o inacreditável aconteceu: o comissário

8 Tuchlauben e Wieden são duas das mais elegantes ruas de comércio no centro de Viena. (N.T.)

distrital escolheu para si, no joalheiro da corte Schafransky, uma caixinha para tabaco de prata maciça, com dorso estriado, um objeto de luxo no qual ele mandou inscrever as seguintes palavras animadoras: "*In pericolo securitas*. Seu pai"[9].

Eles desceram diante do Volksgarten[10] e tomaram café. Brancas, em meio às sombras de um verde-escuro, as mesas reluziam no terraço, e das bombas de gaseificar água, sobre as toalhas, emanava uma luz azulada. Quando a música cessava, ouvia-se o canto jubilante dos pássaros. O comissário distrital ergueu a cabeça e, como se captasse das alturas as suas lembranças, começou a falar: "Aqui conheci, certa vez, uma mocinha. Há quanto tempo será?". Perdeu-se em cálculos silenciosos. Anos muito longos pareciam ter passado desde então. Parecia a Carl Joseph que agora ele não estava mais sentado ao lado do seu pai, e sim ao lado de algum ancestral remoto. "Ela se chamava Mizzi Schinagl!", disse o velho. Nas copas densas das castanheiras ele procurava pela imagem desaparecida de *Fräulein* Schinagl, como se ela tivesse sido um pássaro. "Ela ainda está viva?", perguntou Carl Joseph, por cortesia, e como que para obter, assim, alguma referência a partir da qual lhe fosse possível avaliar as épocas desaparecidas. "Espero que sim! Sabe, no meu tempo a gente não era sentimental. A gente se despedia das moças, e também dos amigos..." Interrompeu, subitamente, sua fala. Um estranho colocara-se junto à mesa deles, um homem com um chapéu mole e com uma gravata esvoaçante, trajando uma casaca cinzenta, muito velha, mole também, com uma cabeleira densa que lhe descia pelo pescoço, o rosto largo e cinzento mal barbeado, imediatamente reconhecido como um pintor que representava, de maneira exagerada, uma fisionomia artística tradicional, que parecia recortada de antigas ilustrações. O estranho pousou sua pasta sobre a mesa, e parecia querer oferecer seus trabalhos, com uma indiferença arrogante que talvez decorresse, em partes iguais, de sua pobreza e de sua vocação. "Mas, Moser!", disse *Herr* von Trotta. O pintor ergueu, vagarosamente,

9 No perigo está a segurança. (N.T.)

10 Literalmente "Jardim do Povo", parque na região central de Viena. (N.T.)

as pálpebras, observou por alguns segundos o comissário distrital com seus olhos claros, estendeu a mão e disse: "Trotta!".

Já no instante seguinte abriu mão da delicadeza tanto quanto do desânimo, jogou a pasta com força, fazendo estremecerem os copos e gritou três vezes seguidas: "Raios!", com tanta força que os raios pareciam emanar dele mesmo; deixou seu olhar triunfante percorrer as mesas à sua volta, como se estivesse esperando aplausos dos clientes do café, sentou-se, abanou o chapéu mole e o atirou sobre os pedregulhos ao lado da cadeira, empurrou com o cotovelo a pasta, fazendo-a despencar da mesa, chamou-a, tranquilamente, de "lixo", inclinou a cabeça em direção ao tenente, juntou as sobrancelhas, voltou a recostar-se e disse: "Como? Senhor governador, este é o senhor seu filho?".

"Este é o meu amigo de juventude, o professor Moser!", explicou o comissário distrital.

"Raios, senhor governador!", repetiu Moser. Ao mesmo tempo, agarrou o fraque de um dos garçons, levantou-se e cochichou um pedido como se fosse um segredo, sentou-se e calou-se, voltando os olhos para a direção de onde o garçom deveria vir com as bebidas. Por fim, um copo alto, daqueles que se usa para beber água com gás, surgiu à sua frente, cheio até a metade com um *Sliwowitz* transparente como água. Ele o levou algumas vezes até o nariz, dilatando as narinas, e atacou, com um movimento impetuoso do braço, como se estivesse prestes a esvaziar, de um só gole, uma pesada caneca de cerveja, por fim tomou apenas um gole minúsculo e então recolheu, com a língua estendida, as gotinhas da bebida que tinham ficado sobre seus lábios.

"Há duas semanas que você está aqui e não veio me visitar!", ele começou a falar, com o rigor inquisitivo de um superior hierárquico.

"Caro Moser", disse *Herr* von Trotta, "eu cheguei ontem e amanhã já tenho que voltar".

O pintor olhou, demoradamente, para o rosto do comissário distrital. Então, ergueu novamente o copo e o esvaziou, sem parar, como se fosse um copo d'água. Quando quis colocá-lo de volta na mesa, não encontrou mais o pires, e deixou que Carl Joseph o apanhasse da sua mão. "Obrigado!", disse o pintor, apontando com o dedo estendido para o tenente: "É extraordinária a semelhança com o herói de Solferino! Só um pouco mais suave! Um nariz fraco! Uma boca lânguida! Mas pode ser que isto mude com o tempo...!".

"Foi o professor Moser quem pintou o retrato do avô!", observou o comissário distrital. Carl Joseph olhou para o pai e para o pintor e em sua memória surgiu o retrato do avô, cujas cores se apagavam sob o forro da sala de estar dos cavalheiros. A relação entre seu avô e aquele pintor parecia-lhe incompreensível, a intimidade entre Moser e o pai o assustava. Ele viu a mão larga e suja do estranho desferir um tapa amigável na calça listrada do comissário distrital e viu o recuar defensivo e delicado da coxa do pai. Ali estava o pai, recostado em sua dignidade habitual e ao mesmo tempo repelido pelo cheiro de álcool que o pintor exalava na direção do seu peito e do seu rosto, sorrindo, receptivo a tudo. "Você deveria dar um jeito em si mesmo", disse o pintor, "você está bem acabado! Seu pai tinha outra aparência".

O comissário distrital acariciou sua barba e sorriu. "Sim, o velho Trotta!", começou, outra vez, o pintor.

"A conta!", disse, subitamente, o comissário distrital. "Você vai nos desculpar, Moser, mas temos um compromisso."

O pintor permaneceu sentado. Pai e filho deixaram o parque.

O comissário distrital apoiou o braço no braço do filho. Era a primeira vez em sua vida que Carl Joseph sentia o braço ressecado do pai contra seu tórax. A mão paterna, envolta por uma luva de pelica cinzenta, estava enganchada, confiante, na manga azul da farda. Era a mesma mão que, forte e furiosa, envolta pelo punho rijo da camisa, era capaz de advertir e de admoestar, de folhear papéis com seus dedos silenciosos e pontiagudos, empurrar, com golpes raivosos, as gavetas, tirar as chaves de suas fechaduras com gestos tão decididos que parecia que elas permaneceriam trancadas para todo o sempre. Era a mão que tamborilava, em impaciente tocaia, no canto da mesa quando as coisas não estavam em conformidade com os desejos do seu dono, ou na vidraça quando, no aposento, surgia qualquer tipo de constrangimento.

Esta mão erguia o magro indicador quando proibia alguma coisa a alguém da casa, cerrava-se num punho que jamais golpeava, acomodava-se, delicadamente, na testa, tirava, cuidadosamente, o pince-nez, envolvia, gentilmente, um copo de vinho, conduzia, amorosamente, o charuto para entre os lábios. Era a mão esquerda do pai, há tanto tempo conhecida por seu filho. E, no entanto, era como se só agora ele se desse conta de que aquela fosse a mão do pai, a mão paterna. Carl Joseph sentiu um desejo de apertar aquela mão junto ao peito.

"Você viu, o Moser!", começou a falar o comissário distrital, calou-se por um instante, procurou por uma palavra justa e, por fim, disse: "Ele poderia ter se tornado alguém".

"Sim, papai!"

"Quando pintou o retrato do avô, tinha dezesseis anos de idade. Nós dois tínhamos dezesseis anos de idade! Ele era o meu único amigo na classe! Depois, foi estudar na Academia de Belas Artes. Tornou-se uma vítima da bebida. E mesmo assim, ele é..." O comissário distrital calou-se e, só passados alguns minutos, disse: "Dentre todos os que eu revi hoje, ele é meu amigo, apesar de tudo!".

"Sim – pai."

Era a primeira vez em sua vida que Joseph dizia a palavra "pai"! "Sim, papai!", ele logo corrigiu-se.

Escurecia. A noite despencava, com violência, sobre a avenida.

"Você está com frio, papai?" "De jeito nenhum!"

Mas o comissário distrital pôs-se a caminhar com pressa.

Logo estavam perto do hotel.

"Senhor governador!", ecoou uma voz, atrás deles. O pintor Moser evidentemente os perseguira. Eles se voltaram para trás. Lá estava ele, com o chapéu na mão, cabisbaixo, como se quisesse revogar aquele seu chamado irônico. "Senhores, me desculpem!", disse ele. "Só tarde demais percebi que a minha caixa de cigarros estava vazia!" Ele mostrou uma latinha vazia. O comissário distrital puxou do bolso seu estojo de charutos. "Não fumo charutos!", disse o pintor.

Carl Joseph ofereceu-lhe um maço de cigarros. Desajeitado, Moser pousou sua pasta diante dos próprios pés, no calçamento, encheu sua latinha de cigarros, pediu fogo, protegeu a chama azulada com ambas as mãos. Suas mãos estavam vermelhas e grudentas, eram desproporcionalmente grandes em relação aos seus punhos, estremeciam, faziam pensar em ferramentas inúteis. Suas unhas eram como pequenas pás, negras e achatadas, com as quais, ainda há pouco, ele tivesse cavoucado na terra, na lama, em pastas coloridas e em nicotina líquida. "Então não haveremos de nos rever", disse ele, inclinando-se sobre a sua pasta. Levantou-se, lágrimas pesadas derramavam-se sobre as suas faces. "Nunca voltaremos a nos ver", soluçava ele. "Preciso subir um instante para o quarto", disse Carl Joseph, entrando no hotel.

Subiu as escadas, correndo, e debruçou-se na janela, observando, temeroso, seu pai. Viu que o velho tirava do bolso a carteira e que, dois segundos depois, o pintor, com suas forças renovadas, pousava a mão desagradável no ombro do pai, e ouviu Moser dizer: "Muito bem, Franz, então no dia três, como de costume!". Carl Joseph correu novamente, descendo, era como se tivesse o dever de proteger seu pai. O professor saudou-o e afastou-se, com uma última despedida, atravessando a rua de cabeça erguida, em linha perfeitamente reta e, com a segurança de alguém habituado a caminhar pela noite, acenou ainda uma vez, da calçada, do outro lado da rua, antes de desaparecer numa travessa. Passado um instante, porém, ele voltou a aparecer, e gritou: "Espere um momento!". Suas palavras ecoavam pela ruazinha silenciosa enquanto, com saltos incrivelmente amplos e seguros, ele voltava a atravessar a rua, colocando-se diante do hotel, despreocupado e, ao mesmo tempo, parecendo que acabava de chegar ali, como se não tivessem se despedido apenas um minuto antes. E agora, como se estivesse revendo pela primeira vez seu amigo de infância, acompanhado pelo filho, começou a dizer, com uma voz lamentosa: "Que tristeza reencontrar-se desta maneira! Você ainda se lembra como nós nos sentávamos juntos na terceira fila da classe? Você era bem fraco em grego e eu sempre lhe passava cola. Se você for realmente sincero, confesse isto diante do seu filho! Eu não deixava você colar tudo?". E, voltando-se para Carl Joseph: "Ele era um bom camarada, o senhor seu pai, mas era um medroso. E as meninas ele também só procurou bem tarde, eu tive que encorajá-lo, senão, ele nunca teria ido. Seja sincero, Trotta! Diga que fui eu quem lhe levou lá!".

O comissário distrital sorriu e permaneceu calado. O pintor Moser parecia preparar-se para começar um longo discurso. Apoiou sua pasta no calçamento, tirou o chapéu, colocou um pé mais à frente do outro e começou a falar: "Quando encontrei o velho pela primeira vez, foi nas férias, você deve se lembrar". Interrompeu sua fala, subitamente, apalpando, ansiosamente, todos os bolsos. O suor brotava, em gordas pérolas, na sua testa. "Eu perdi!", ele gritou, tremendo e oscilando. "Eu perdi o dinheiro!"

Naquele instante, o porteiro do hotel apareceu à porta. Ele saudou o comissário distrital e o tenente com um gesto impetuoso de seu quepe com faixas douradas e mostrou um rosto hostil. Parecia que, no instante seguinte, iria expulsar o pintor Moser dali, por fazer barulho e incomodar os hóspedes. O velho Trotta enfiou a mão no bolso interno do paletó e o pintor calou-se. "Você pode me ajudar?", perguntou o pai. O tenente disse: "Vou acompanhar um pouco o senhor professor. Até logo, papai!". O comissário distrital arejou sua cartola baixa e entrou no hotel. O tenente deu uma nota de dinheiro ao professor e seguiu seu pai. O pintor Moser ergueu sua pasta e afastou-se, com dignidade vacilante.

A noite já pousara sobre as ruas e também o saguão do hotel estava escuro. O comissário distrital estava sentado na poltrona de couro, segurando a chave do quarto e o chapéu e a bengala estavam ao seu lado. Era como se ele mesmo fosse parte da penumbra que pairava ali. O filho permanecia em pé, a uma distância respeitosa do pai, como se quisesse relatar a conclusão do caso Moser a seu superior hierárquico. As luzes ainda não tinham sido apagadas. Da penumbra silenciosa ressoava a voz do velho: "Vamos partir amanhã à tarde, às duas e quinze".

"Sim, papai."

"Enquanto ouvíamos a música, lembrei que você deveria ir visitar o maestro Nechwal. Depois de visitar o sargento Slama, é claro. Você ainda tem algum assunto a resolver em Viena?"

"Preciso mandar buscar as calças e a cigarreira." "Alguma outra coisa?"

"Mais nada, papai!"

"Amanhã de manhã você ainda tem que fazer uma visita ao seu tio. Evidentemente, você esqueceu. Quantas vezes você se hospedou na casa dele?"

"Duas vezes por ano, todos os anos, papai!"

"Então! Mande lembranças a ele. Diga que eu peço para me desculpar. E como ele está, o bom Stransky?"

"Estava muito bem quando o vi pela última vez."

O comissário distrital apanhou sua bengala e apoiou a mão estendida sobre o cabo de prata, como costumava fazer quando estava em pé, e como se, ao falar daquele Stransky, fosse preciso fazer uma postura especial, mesmo estando sentado:

"Há dezenove anos que o vi pela última vez. Naquele tempo, ele ainda era tenente-coronel. E já estava apaixonado por aquela Koppelmann. Incurável! Foi uma história fatal. Pois ele estava apaixonado por uma Koppelmann." Ele pronunciava aquele sobrenome mais alto do que as demais palavras, introduzindo uma cesura claramente audível entre as suas partes. "Evidentemente eles não tinham como pagar a fiança. Sua mãe quase me fez pagar a metade."

"Ele deixou o exército?"

"Sim, deixou. E arrumou um emprego na ferrovia do norte. Que cargo ele ocupa agora? Acho que é membro do conselho, não é?"

"Sim, papai!"

"Então. E ele não mandou o filho tornar-se farmacêutico?"
"Não, papai, Alexander ainda está no colégio."

"Ah. Ele é meio manco, segundo ouvi, certo?" "Tem uma perna mais curta que a outra."

"Pois é!", terminou o velho, satisfeito, como se já tivesse previsto, dezenove anos antes, que Alexander seria manco.

Ele se levantou. As luzes, no vestíbulo, estavam acesas e iluminavam a palidez do seu rosto. "Vou buscar dinheiro", disse ele.

Aproximou-se da escada. "Deixe que eu vou, papai!", disse Carl Joseph. "Obrigado!", disse o comissário distrital.

Enquanto eles estavam comendo a sobremesa, ele disse: "Recomendo-lhe o Salão Baco. Parece que é a grande novidade! Talvez você encontre o Smekal lá".

"Obrigado, papai! Durma bem!"

Entre as onze da manhã e o meio-dia, Carl Joseph visitou o tio Stransky. O conselheiro da ferrovia ainda estava no seu gabinete, sua mulher, nascida Koppelmann, mandou lembranças ao comissário distrital. Carl Joseph seguiu pelo Ringkorso[11] até o hotel. Entrou na Tuchlauben, mandou entregarem suas calças no hotel, e foi buscar a cigarreira. A cigarreira era fria e podia-se sentir na pele o frio que atravessava o tecido da camisa fina. Ele se lembrou da visita de condolências que teria que fazer ao sargento Slama, e tomou a decisão firme de não entrar na sala da casa. Meus sentimentos, *Herr* Slama! Ele diria, da varanda. As cotovias trinam, invisíveis, no céu azul. Ouve-se o sussurro abrasivo dos grilos. No ar, o cheiro do feno e o perfume tardio das acácias, cujos botões florescem no jardinzinho do comando da gendarmeria. *Frau* Slama está morta. Kathi. Katharina Luise conforme o certificado de batismo. Ela está morta.

Voltaram para casa. O comissário distrital afastou suas atas de si, pousou a cabeça entre as almofadas de veludo vermelho durante a longa viagem e cerrou os olhos.

Pela primeira vez em sua vida, Carl Joseph viu a cabeça do comissário distrital em posição horizontal. As extremidades do nariz ossudo, com suas narinas dilatadas, a delicada cavidade no queixo meticulosamente barbeado e coberto de pó de arroz, a barba que cobria suas faces até a altura das bochechas, tranquilamente estendida em duas largas asas negras. Já começava a tornar-se grisalha nas extremidades, a idade já o atingia, ali, e também nas

11 Trecho da avenida monumental com luxuosos palácios e edifícios públicos que circunda, como um anel, o Primeiro Distrito de Viena, erigida nas últimas décadas do século XIX como emblema do esplendor real e imperial da capital dos Habsburgos. (N.T.)

têmporas. Um dia ele vai morrer!, pensou Carl Joseph. Vai morrer e será sepultado. E eu vou ficar.

Estavam sozinhos no compartimento do vagão. O rosto do pai, que cochilava, era docemente acolhido pelo vermelho crepuscular do estofado. Abaixo da barba negra seus lábios exangues e estreitos pareciam um simples risco, em seu pescoço fino, entre as pontas brancas do colarinho erguia-se o pomo de adão, calvo, a pele azulada das suas pálpebras cerradas, coberta por mil rugas, estremecia suavemente e sem parar, sua gravata cor de vinho erguia-se e voltava a abaixar-se, num ritmo regular, e suas mãos também dormiam, abrigadas nas axilas, sob os braços cruzados sobre o peito. Um grande silêncio emanava do pai em seu repouso. Seu rigor, adormecido, entorpecido, dormia também, no aconchego da silenciosa ruga vertical que se estendia entre a testa e o nariz, assim como a tempestade dorme numa fenda íngreme entre as montanhas. Aquela ruga era bem conhecida de Carl Joseph. Estava presente, igualmente, no rosto do avô, no retrato da sala de estar dos cavalheiros, adornando-o. Era a insígnia furiosa dos Trottas, a herança do herói de Solferino.

O pai abriu os olhos: “Quanto tempo falta?”. “Duas horas, papai!”

Começou a chover. Era quarta-feira. A visita de condolências ao sargento Slama estava irrevogavelmente marcada para quinta-feira à tarde. Na quinta-feira, pela manhã, também estava chovendo. Quinze minutos após o almoço, quando eles ainda estavam tomando o café na sala de estar dos cavalheiros, Carl Joseph disse: “Vou à casa dos Slama, papai!”. “Uma lástima que ele esteja sozinho!”, respondeu o comissário distrital. “A melhor hora para encontrá-lo é às quatro horas.” Naquele instante, ouviram duas badaladas ressonantes vindas da torre da igreja. O comissário distrital ergueu o indicador e apontou para a janela, na direção dos sinos. Carl Joseph enrubesceu. Parecia que o pai, a chuva, os relógios, as pessoas, o tempo e a natureza conspiravam, para tornar mais difícil o seu caminho. Também naquelas tardes, quando ainda era possível ver *Frau* Slama viva, ele ficava atento às badaladas douradas dos sinos, tão impaciente quanto hoje, mas preocupado, justamente, em não encontrar o sargento. Aquelas tardes agora pareciam ocultar-se atrás de muitas décadas, na sombra e na escuridão da morte. A morte separava o ontem do hoje, impondo, em toda sua extensão, a sua escuridão atemporal entre o passado e o presente. E ainda assim as badaladas douradas das horas eram as mesmas – e assim como então, hoje estavam sentados na sala e tomavam café.

"Está chovendo", disse o pai, como se só agora estivesse percebendo a chuva. "Não será melhor ir de coche?"

"Eu gosto de andar na chuva, papai!" E com isto ele queria dizer que o caminho que tinha a percorrer deveria ser longo, muito longo. Talvez, naquela época em que ela ainda estava viva, eu devesse ter tomado um coche! No silêncio, a chuva tamborilava nas vidraças. O comissário distrital levantou-se. "Tenho que ir para lá!" Com isto ele queria referir-se a seu gabinete. "Nos veremos mais tarde!" Com mais delicadeza do que de costume, ele cerrou a porta. A Carl Joseph parecia que o pai ainda permanecia do outro lado da porta, escutando.

Agora a torre soou duas e quinze. Duas e meia. Faltava, ainda, uma hora e meia. Ele saiu para o corredor, apanhou seu casaco, ajeitou, demoradamente, os vincos nas costas, conforme o regulamento, puxou, com força, a bainha do sabre pela fenda do bolso, cobriu a cabeça com o quepe, mecanicamente, diante do espelho e deixou a casa.

IV

Ele seguiu, pelo caminho de sempre, cruzando os trilhos do trem por uma passagem subterrânea, passando diante do prédio sonolento e amarelo da Secretaria da Fazenda. Daqui, já era possível avistar a sede solitária do comando da gendarmeria. Ele seguiu adiante. Dez minutos depois do comando da gendarmeria ficava o pequeno cemitério, isolado por uma cerca de madeira. O véu da chuva parecia derramar-se sobre os mortos com mais intensidade. O tenente tocou a maçaneta molhada, gelada, e entrou. Um pássaro perdido esvoaçava por ali. Onde estaria escondido? Será que estava cantando de dentro de algum túmulo? Abriu a porta do escritório do zelador. Uma velha, de óculos, descascava batatas. Deixou as batatas e as cascas precipitarem-se do seu colo para dentro de um balde e se levantou. "Estou procurando o túmulo de *Frau* Slama!" "Penúltima fileira, décima quarta, sepultura número sete!", respondeu a mulher, imediatamente, como se há tempos estivesse esperando por esta pergunta.

A sepultura ainda era recente, um montinho de terra, um pequeno crucifixo provisório, de madeira, e um buquê de violetas vítreas, murchas pela chuva, que o faziam pensar em bombons e em confeitarias. "Katharina Luise Slama, nascida, falecida." Ali ela jazia, os vermes gordos, cujos corpos eram marcados por anéis, justamente começavam a roer, tranquilamente, os seios brancos e redondos. O tenente cerrou os olhos e tirou o quepe da cabeça. Com uma ternura molhada, a chuva acariciava seus cabelos penteados. Ele não prestou atenção ao túmulo. O corpo que apodrecia sob o montinho de terra nada tinha a ver com *Frau* Slama. Ela estava morta. Morta. E isto significava que estava inalcançável, ainda que ele estivesse diante do seu túmulo. O corpo que jazia em sua memória parecia-lhe mais próximo do que aquele cadáver sob o montinho de terra. Carl Joseph cobriu, novamente, a cabeça com o quepe e consultou seu relógio. Faltava, ainda, meia hora. Deixou o cemitério.

Alcançou o comando da gendarmeria, tocou a campainha, ninguém apareceu. O sargento ainda não estava em casa. A chuva ressoava sobre a videira exuberante e selvagem que cobria a varanda. Carl Joseph caminhava de um lado para o outro, acendeu um cigarro, atirou-o longe, sentiu que se parecia com um vigia, virava para o outro lado a cabeça a cada vez que seu olhar encontrava aquela janela da qual Katharina sempre olhava. Apertou, mais uma vez, o botão branco da campainha, esperou.

Vindas da cidade, as quatro badaladas da torre da igreja reverberaram, abafadas. E então o sargento apareceu. Fez uma saudação mecânica, antes mesmo de ver quem estava ali, à sua frente. E como não se tratasse de reagir a uma saudação, mas sim a uma ameaça do gendarme, Carl Joseph gritou, num tom mais alto do que ele pretendia: "Saudações, *Herr* Slama!". Ele estendeu a mão, precipitou-se em sua saudação como se mergulhasse numa trincheira, e observou, com a impaciência de quem espera por um contra-ataque, os demorados preparativos do sargento, o esforço com o qual ele descalçava suas luvas de linha, molhadas, seu dedicado esforço nesta atividade, e seu olhar baixo. Por fim, a mão nua, úmida encostou-se na mão do tenente, sem apertá-la. "Obrigado por sua visita, senhor barão!", disse o sargento, como se o tenente não estivesse chegando, mas estivesse prestes a ir embora. O sargento tirou a chave do bolso. Destrancou a porta. Um golpe de vento fazia a chuva forte açoitar a varanda. Era como se fosse para forçar o tenente a entrar na casa. Uma penumbra pairava no corredor. Parecia-lhe que via um exíguo facho de luz, estreito, prateado, um rastro terrestre dos mortos? O sargento abriu a porta da cozinha e o rastro afogou-se na luz que inundava a passagem. "Por favor, tire seu casaco!", disse Slama. Ele mesmo ainda estava com o casaco e o cinturão. Meus sentimentos!, pensa o tenente. Direi isto, rapidamente, e irei embora outra vez. E agora Slama estende os braços para ajudar Carl Joseph a tirar o casaco. Carl Joseph entrega-se à gentileza do sargento, cuja mão roça, por um instante, sua nuca, onde começa a cabeleira, logo acima do colarinho, justamente naquele lugar onde as mãos de *Frau* Slama costumavam se cruzar, como delicados fechos das cadeias amadas. Quando, exatamente em que momento será possível finalmente expressar as condolências, conforme exigem as formalidades? Quando entrarmos na sala de visitas? Ou só quando nos sentarmos? Será que é preciso levantar-se na hora de falar? Era como se não fosse lícito emitir nem mesmo o mais ínfimo dos sons, antes de pronunciar aquelas palavras tolas, aquelas palavras que ele tinha carregado consigo ao longo de todo o caminho, dentro da boca. Elas repousam sobre a língua, como um fardo inútil e sem gosto.

O sargento aperta a maçaneta, mas a porta da sala de visitas está trancada. Ele diz: "Perdão!", muito embora não tenha nenhuma culpa. Enfia, outra vez, a mão no bolso do casaco, que ele já tirou – parece que há muito tempo – e sacode o molho de chaves. Enquanto *Frau* Slama vivia, aquela porta nunca era trancada. Então ela não está!, pensa o tenente, subitamente, como se não tivesse ido para lá justamente porque ela não estava mais lá, e percebe que, o tempo todo, ele ainda acalentava a esperança secreta de que pudesse encontrá-la ali, sentada numa sala, à sua espera. Agora, com certeza, ela não estava mais lá. De fato, ela jaz lá fora, dentro da sepultura que ele vira ainda agora.

Um cheiro úmido pairava na sala. Das duas janelas, uma estava fechada e pela outra insinuava-se a luz cinzenta da tarde encoberta. "Entre, por favor!", repetiu o sargento. Ele está bem atrás do tenente. "Obrigado!", diz Carl Joseph. E ele entra e se aproxima da mesa redonda; conhece, exatamente, o desenho da toalha listrada, que a cobre, e a pequena mancha pontiaguda que há em seu centro, as pernas de um marrom lustroso e os entalhes decorativos nos pés sulcados. Ali está a cristaleira envidraçada, que abriga as taças de prata, as bonequinhas de porcelana e um porquinho de argila amarela, com uma fenda nas costas, pela qual se podem inserir as economias. "Por favor, me dê a honra de acomodar-se!", murmura o sargento. Ele está postado atrás do encosto de uma poltrona, segurando-a com as mãos, coloca-a à sua frente como se fosse um escudo. Passaram-se mais de quatro anos desde que Carl Joseph o viu pela última vez. Naquela época, ele estava a serviço. Ostentava um penacho reluzente sobre o capacete, cintas cruzavam-se sobre o seu peito; postara sua arma em posição de sentido, aguardando à porta do gabinete do comissário distrital. Ele era o sargento Slama, o nome correspondia a seu posto, o penacho era parte da sua fisionomia tanto quanto a barba loira. Agora o sargento está ali, com a cabeça descoberta, sem sabre, sem cintas, sem cinturão; vê-se o brilho engordurado do tecido estriado da sua farda na suave concavidade do seu ventre recostado, e não é mais o sargento Slama de antigamente, mas sim *Herr* Slama, um sargento da gendarmeria em serviço, antes, o marido de *Frau* Slama, agora o viúvo e dono daquela casa. Os cabelos loiros, curtos, repartidos ao meio, repousam como uma escova dupla sobre a testa livre de rugas, onde permanecem as marcas verticais vermelhas deixadas pela demorada pressão do quepe rijo. Esta cabeça, sem quepe nem capacete, parece órfã. O rosto, livre da sombra de uma aba, tem um formato oval e regular, preenchido por bochechas, nariz, barba e olhinhos azuis, obstinados e fiéis. Ele espera Carl Joseph sentar-se, aproxima, então, a poltrona, senta-se também e apanha sua cigarreira, cuja tampa é decorada com esmalte policromado. O sargento pousa-a no centro da mesa, entre ele e o tenente, e diz: "Aceita um cigarro?". Agora chegou a hora de expressar as condolências, pensa Carl Joseph, levantando-se e dizendo: "Meus sentimentos, *Herr* Slama!". O sargento permanece sentado, com as duas mãos à sua frente apoiadas na borda da mesa, parece não compreender, imediatamente, do que se trata, tenta sorrir, levanta-se, tarde demais, no mesmo instante em que Carl Joseph está prestes a sentar-se, tira as mãos da mesa e as põe sobre a calça, baixa a cabeça e volta a erguê-la, olha mais uma vez para Carl Joseph como se quisesse perguntar o que ele deveria fazer. Eles se sentam. Passou. Permanecem em silêncio. "Era uma mulher de valor, *Frau* Slama, que Deus a tenha!", diz o tenente.

O sargento leva a mão à barba e, segurando entre os dedos uma ponta fina da barba, diz: "Foi uma mulher bonita, o senhor barão a conhecia". "Eu a conhecia, sua senhora. Ela teve uma morte fácil?" "Demorou dois dias. Demoramos tempo demais para chamar o médico. Senão, ela ainda estaria viva. Naquela noite eu estava em serviço. Quando cheguei em casa, ela estava morta. A mulher do funcionário da Secretaria da Fazenda, que mora lá do outro lado, estava com ela." E logo em seguida: "Aceita um copo de refresco de framboesa?".

"Por favor, por favor!", disse Carl Joseph, num tom mais alegre, como se o refresco de framboesas fosse capaz de criar uma situação totalmente diferente, e viu o sargento levantar-se e aproximar-se da cômoda, e ele sabe muito bem que lá não há nenhum refresco de framboesa. O refresco de framboesa fica na cozinha, dentro do armário branco, atrás de uma porta envidraçada. É de lá que *Frau* Slama sempre o trazia. Atentamente, ele acompanha todos os movimentos do sargento, os braços curtos e fortes envoltos pelas mangas apertadas da camisa, que se erguem para alcançar a garrafa na prateleira superior e depois voltam a precipitar-se, desamparados, enquanto os pés esticados novamente desabam sobre as solas e Slama, como se acabasse de voltar de um território desconhecido, pelo qual empreendera uma expedição de reconhecimento supérflua e lamentavelmente malograda, volta-se outra vez e, com a marca de um desamparo comovente nos olhos azuis como relâmpagos, informa sucintamente: "Peço desculpas, não consigo encontrá-lo!".

"Não tem importância, *Herr* Slama!", consola-o o tenente. O sargento, porém, como se não tivesse ouvido este consolo, ou como se estivesse obrigado a obedecer a uma ordem que, expressamente decretada por uma instância superior, não mais pudesse ser atenuada por meio da interferência de subalternos, deixou o recinto. Ouve-se sua movimentação na cozinha, e logo ele volta, trazendo nas mãos a garrafa de xarope de framboesa, busca copos decorados com bordas opacas na cristaleira e coloca uma garrafa de água na mesa, e derrama nos copos o líquido denso, vermelho como um rubi, da garrafa verde-escura, e repete, mais uma vez:

"Me dê a honra, senhor barão!". O tenente deita a água da garrafa sobre o xarope de framboesa; enquanto eles permanecem em silêncio a água escorre, num jorro intenso, pela boca recurva da garrafa, ondula um pouco, e é como uma pequena resposta ao incansável jorro da chuva, lá fora, que se ouve o tempo todo. Eles sabem que a chuva envolve a casa solitária, e parece tornar os homens ainda mais solitários. Estão sozinhos. Carl Joseph ergue o copo, o sargento faz o mesmo, o tenente sente o sabor da bebida doce, grudenta. Slama esvazia o copo de um só gole, ele tem sede, uma sede estranha e inexplicável naquele dia frio. "Agora o senhor foi incorporado ao Décimo Batalhão de Lanceiros da Cavalaria?", pergunta Slama. "Sim, ainda não conheço este regimento." "Conheço um sargento lá, o suboficial da contabilidade Zenower. Ele serviu comigo no batalhão de infantaria e depois pediu transferência. Vem de uma família muito nobre, muito culta. Com certeza vai passar no exame para oficial. Nós aqui permanecemos onde estamos. Não há mais perspectivas na gendarmeria." A chuva tornou-se mais forte, os golpes de vento, mais violentos, a água martela nas janelas. Carl Joseph diz: "É difícil a nossa profissão, quero dizer, o exército!". O sargento lança um sorriso incompreensível, parece alegrar-se muito com o fato de que a profissão que ele e o tenente exercem seja difícil. Ele ri um pouco mais alto que desejava. Vê-se que sua boca está mais aberta do que seria necessário para rir, e que permanece aberta mesmo depois que o riso se acabou. Por um instante tem-se a impressão de que, já por razões físicas, seria difícil para o sargento decidir voltar à sua seriedade habitual. Será que ele se alegra mesmo porque ele e Carl Joseph têm uma vida difícil? "Agrada ao senhor barão", começou ele a dizer, "falar sobre a 'nossa' profissão? Por favor, não me leve a mal, mas para gente como eu as coisas são um pouco diferentes". Carl Joseph não sabe o que responder. Ele sente (de alguma maneira indefinida) que o sargento nutre ódio por ele e talvez pela situação geral do exército e da gendarmeria. Na academia de cadetes, nunca lhe ensinaram como um oficial deve portar-se diante de uma situação como aquela. De qualquer maneira, Carl Joseph sorri, um sorriso que separa seus lábios como se fosse um gancho de ferro e depois volta a juntá-lo, como se ele estivesse sendo mesquinho com aquela expressão de prazer que o sargento desperdiça tão prodigamente. O refresco de framboesa, que ainda agora parecia tão doce em sua língua, emana, da garganta, um gosto amargo, deteriorado, que talvez só um conhaque possa apagar. A sala avermelhada parece hoje mais baixa e menor, talvez reduzida pela chuva. Sobre a mesa está o álbum que ele conhece bem, com a capa de latão lustroso. Carl Joseph conhece todas as fotografias. O sargento Slama diz: "O senhor me permite?", e abre o álbum, colocando-o diante do tenente. Ali há fotografias dele em trajes civis, ao lado de sua esposa, recém-casado. "Naquela época eu ainda era cabo!", diz, num tom um tanto amargo, como se quisesse dizer que, já naquela época, fora merecedor de um posto mais elevado. *Frau* Slama está sentada ao seu lado, trajando um vestido de verão, de tecido claro, com um corte muito justo, como se fosse uma armadura vaporosa, e com um chapéu amplo, branco, de abas muito largas, inclinado sobre a cabeleira. O que é isto? Carl Joseph nunca viu aquela fotografia? Por que ela lhe parece tão nova agora? E tão velha? E tão desconhecida? E tão ridícula? Sim, ele sorri como se estivesse observando alguma fotografia engraçada de um tempo muito distante, como se *Frau* Slama nunca lhe tivesse sido próxima e querida, como se ela tivesse morrido não há alguns meses, mas já há muitos anos. "Dá para ver como ela era bonita!", ele diz, não mais por constrangimento, como antes, mas por hipocrisia. Pois é preciso dizer algo gentil a respeito do morto diante do viúvo a quem se está apresentando as condolências.

Imediatamente ele se sente liberto e separado da morta, como se tudo, tudo estivesse apagado. Tinha sido apenas imaginação! Termina de tomar o refresco de framboesa, levanta-se e diz: "Então, vou indo, *Herr* Slama!". Sem esperar nem mais um instante, ele se volta e o sargento mal tem tempo de se levantar e já estão ambos outra vez no corredor, Carl Joseph já vestiu seu casaco, calça, devagar e com satisfação, sua luva esquerda, parece que subitamente ele tem tempo de sobra e quando diz "Bom, até logo, *Herr* Slama!", ele mesmo percebe, com satisfação, um tom estranho e arrogante em sua voz. Ali está Slama, com olhos baixos, sem saber o que fazer com as mãos, que subitamente se veem vazias, como se até aquele instante estivessem segurando algo que fora derrubado, perdendo-se para sempre. Eles dão as mãos um ao outro. Será que Slama ainda tem alguma coisa a dizer? Não importa! "Até uma próxima vez, quem sabe, senhor tenente!", ele diz, entretanto. Sim, decerto ele não acredita realmente que voltarão a se ver. Carl Joseph já se esqueceu da cara de Slama. Ele só enxerga as extremidades amarelo-ouro do seu colarinho e as três pontas douradas na manga negra do paletó da gendarmeria. "Adeus, sargento!"

A chuva continua, fraca, incansável, às vezes atingida por golpes de vento. Era como se já há muito tempo devesse ter anoitecido, mas mesmo assim não anoitecia. Sempre este cinza arranhado e úmido. Pela primeira vez, desde que usa a farda, lembra-se de que seria bom levantar o colarinho do casaco. E, por um instante, chega a erguer as mãos, mas então lembra que está usando a farda, e as deixa cair novamente. É como se, por um instante, tivesse se esquecido da sua profissão. Caminha devagar e suas botas fazem um ruído agudo ao pisotearem o cascalho molhado do jardim diante da casa, e ele se alegra com a própria lentidão. Não tem nenhum motivo para se apressar. Não aconteceu nada. Foi tudo um sonho. Que horas serão? O relógio de bolso está guardado bem no fundo do bolsinho da calça, debaixo do paletó, longe do seu alcance. Não valia a pena desabotoar o casaco. De qualquer forma, logo ouvirá as badaladas da torre.

Abre o portão do jardim, sai para a rua. "Senhor barão!", diz, subitamente, às suas costas, o sargento. Estranho, como ele o seguiu sem ser ouvido. Sim, Carl Joseph leva um susto. Ele para, mas não consegue se decidir a se voltar imediatamente. Talvez o cano de uma pistola esteja apoiado exatamente sobre a prega do seu casaco, entre os vincos do tecido, passado a ferro conforme estabelece o regulamento. Que ideia horrenda e infantil! Será que tudo vai recomeçar? "Sim!", diz ele, ainda com uma displicência arrogante, que é como um cansativo prolongamento de sua despedida, e que lhe exige muito esforço – e se volta. Sem casaco e com a cabeça descoberta, o sargento está postado sob a chuva, e a escova dupla de sua cabeleira está molhada e grossas gotas d'água repousam sobre a sua testa lisa. Nas mãos ele tem um pacotinho azul, envolto, em cruz, por uma fita prateada. "Isto é para o senhor, senhor barão!", diz ele, baixando os olhos. "Por favor, me desculpe! São ordens do senhor comissário distrital. Eu logo tinha levado à sua casa. O senhor comissário distrital leu rapidamente e me disse para entregar-lhe pessoalmente!"

Por um instante, faz-se silêncio, só a chuva continua a tamborilar sobre o pobre pacotinho de um tom pálido de azul, tingindo-o com um tom escuro, o pacotinho não pode mais esperar. Carl Joseph apanha-o, oculta-o no bolso do casaco, enrubesce, pensa, por um instante, em descalçar sua luva direita, muda de ideia, estende a mão, envolta em couro, para o sargento, diz "Muito obrigado!" e vai, apressado.

Ele apalpa o pacotinho no bolso. De lá, subindo pela mão e pelo braço, brota um calor desconhecido que enrubesce ainda mais o seu rosto. Agora, sente que deveria abrir o colarinho, assim como antes sentira que deveria erguê-lo. O gosto amargo do refresco de framboesa volta a surgir em sua boca. Carl Joseph tira o pacotinho do bolso. Não há dúvida. São as suas cartas.

Agora, já deveria anoitecer e a chuva deveria parar. Algumas coisas deveriam mudar no mundo, talvez o sol crepuscular ainda mandasse um último raio de luz para cá. Através da chuva, os campos exalam um perfume bem conhecido e o canto solitário de uma ave desconhecida ressoa; ele nunca o ouviu ali, é como se aquela região lhe fosse estranha. Ouve-se o relógio bater cinco horas. Então, faz exatamente uma hora – não mais do que uma hora. Será que ele deveria andar depressa ou devagar? O tempo tem um ritmo estranho, enigmático. Uma hora é como um ano. O relógio bate cinco e quinze. Ele mal andou uns poucos passos. Carl Joseph aperta o passo. Agora, caminha sobre os trilhos. Aqui começam a aparecer as primeiras casas da cidade. Passa pelo café da cidadezinha. É o único estabelecimento cuja entrada tem uma porta giratória. Talvez fosse bom entrar, tomar um conhaque, de pé mesmo, e depois seguir adiante. Carl Joseph entra.

"Rápido, um conhaque", diz, no balcão. Ele continua com o quepe e o casaco. Alguns dos clientes levantam-se. Ouve-se o estalar das bolas de bilhar e das peças de xadrez nos tabuleiros. Oficiais da guarnição estão sentados à sombra dos nichos, Carl Joseph não os vê e também não os saúda. Nada é mais urgente do que o conhaque. Ele está pálido; a balconista, com seus cabelos de um loiro apagado, sorri, maternal, do seu lugar elevado e, com um gesto bondoso, coloca um cubo de açúcar ao lado de uma xícara. Carl Joseph engole a bebida de um só trago. E pede, imediatamente, mais um copo. Do rosto da balconista, ele vê apenas um reflexo loiro claro e os dois selos de ouro nos cantos da boca. Ele se sente como se estivesse fazendo alguma coisa proibida, e não sabe por que haveria de ser proibido tomar dois copos de conhaque. Afinal, ele não é mais aluno da academia de cadetes. Por que a balconista olha-o com um sorriso tão estranho? O olhar azul-marinho daquela mulher incomoda-o, assim como o preto de carvão de suas sobrancelhas. Ele se volta e olha para o salão. Lá no canto, junto à janela, está sentado seu pai.

Sim, é o comissário distrital – e o que há de surpreendente nisto? Todos os dias ele se senta ali, das cinco às sete horas, lê o *Fremdenblatt*[12] e o jornal oficial e fuma um charuto. A cidade inteira sabe disto, há trinta anos. O comissário distrital está sentado ali, ele observa o seu filho e parece sorrir. Carl Joseph tira o quepe da cabeça e se aproxima do seu pai. O velho senhor von Trotta ergue os olhos do jornal, por um instante, sem deixar o jornal de lado, e diz: “Você está vindo da casa do Slama?”. “Sim, papai!” “Ele lhe entregou as suas cartas?” “Sim, papai!” “Sente-se, por favor!” “Sim, papai!”

Por fim, o comissário distrital solta o jornal, apoia os cotovelos na mesa, volta-se para o filho e diz: “Ela lhe deu um conhaque ordinário. Eu só tomo Hennessy”. “Vou prestar atenção da próxima vez, papai!” “A propósito, você deve beber só de vez em quando.” “Sim, papai!” “Você está um pouco pálido. Tire o casaco! O major Kreidl está lá do outro lado, olhando para cá!” Carl Joseph tira a casaco. “Onde estão as cartas?”, pergunta o comissário distrital. O

12 O *Fremdenblatt* era um jornal vienense próximo ao governo imperial, especialmente ao Ministério das Relações Exteriores e com tendência nacionalista pan-germânica. (N.T.)

filho tira o pacotinho do bolso do casaco. O velho senhor von Trotta agarra-o. Ele o pesa, com a mão direita, volta a colocá-lo sobre a mesa e diz: "São muitas cartas!". "Sim, papai!"

Em meio ao silêncio ouvem-se os estalos das bolas de bilhar e das peças de xadrez, e fora a chuva escorre. "Depois de amanhã você começa o serviço!", disse o comissário distrital, olhando para a janela. Subitamente, Carl Joseph sentiu a mão ressecada do seu pai sobre a sua mão direita. A mão do comissário distrital repousa sobre a mão do tenente, fria e ossuda, uma casca rija. Carl Joseph baixa os olhos sobre o tampo da mesa. Ele enrubesce. Ele diz: "Sim, papai!".

"A conta!", grita o comissário distrital, retirando sua mão. "Diga para a mocinha", ele se dirige ao garçom, "que nós só bebemos Hennessy!".

Descrevendo uma diagonal perfeita, eles atravessam o estabelecimento em direção à porta, o pai e, atrás dele, o filho.

Agora só está pingando suavemente e as gotas de água cantarolam, precipitando-se das copas das árvores, enquanto eles caminham vagarosamente pelo parque úmido em direção à sua casa. Diante do portão da sede do comissariado distrital está o sargento Slama, a cabeça coberta por seu capacete, a arma de prontidão, a baioneta erguida e o caderno de serviço debaixo do braço. "Salve, caro Slama!", diz o velho senhor von Trotta. "Nada de novo, certo?"

"Nada de novo", repete o chefe da guarda.

V

A norte da cidade fica o quartel. Fica no fim de uma estrada larga e bem cuidada, que se transforma do outro lado do edifício de tijolos vermelhos, conduzindo para longe na terra azul. Parecia que aquele quartel fora construído pelo exército real e imperial naquela província eslava como um sinal do poder dos Habsburgos. Pois o quartel obrigava aquela antiquíssima estrada, que se tornara tão larga por meio das andanças seculares de gerações eslavas, a desviar-se. A estrada contornava o quartel, descrevendo um arco à sua volta. Da extremidade setentrional da cidade, no fim da estrada, naquele ponto onde as casas se tornavam cada vez menores e finalmente se tornavam cabanas de aldeias, era possível enxergar, em dias claros, ao longe, o portão amplo do quartel, em forma de arco, pintado de preto e amarelo, que se erguia como um imponente escudo habsbúrgico diante da cidade, uma ameaça, uma proteção, e ambas coisas ao mesmo tempo. A sede do regimento era na Morávia. Mas as tropas não eram constituídas por tchecos, como se poderia imaginar, e sim por ucranianos e romenos.

Duas vezes por semana, os exercícios militares eram realizados num terreno ao sul. Duas vezes por semana o regimento atravessava a cidadezinha a cavalo. O som claro e penetrante dos trompetes interrompia, em intervalos regulares, as batidas ritmadas dos cascos dos cavalos e as calças vermelhas dos cavaleiros sobre os lombos marrons e reluzentes dos cavalos inundavam a cidade com um esplendor sanguíneo. Os cidadãos ficavam parados à beira das ruas. Os comerciantes deixavam as suas lojas e os ociosos clientes do café, as suas mesas; os policiais deixavam seus postos costumeiros e os agricultores, que tinham vindo das aldeias para a praça do mercado, com suas verduras frescas, deixavam seus cavalos e carroças. Só os cocheiros, montados nos poucos fiacres, que faziam ponto junto ao parque municipal, permaneciam imóveis em suas boleias. Lá do alto eles contemplavam o espetáculo militar ainda melhor do que da beira da rua. E os velhos cavalos pareciam saudar, com muda indiferença, a chegada esplendorosa dos seus camaradas mais jovens e mais saudáveis. Os corcéis dos membros da cavalaria eram parentes distantes daqueles animais entrevados que, há quinze anos, só puxavam fiacres, indo e vindo na estação de trens.

Carl Joseph, barão von Trotta, permanecia indiferente àqueles animais. Às vezes, imaginava sentir nas veias o sangue dos seus antepassados: eles não tinham sido cavaleiros. Com o ancinho em suas mãos rijas, tinham caminhado sobre a terra, passo a passo. Abriam fendas na terra com o arado, no solo suculento dos campos, e com os joelhos flexionados seguiam atrás das pesadas parelhas de bois. Com varas de salgueiro, conduziam os animais, não com chicotes e nem com esporas. Com seus braços erguidos, manobravam foices afiadas com a rapidez de um raio, e cortavam o fruto daquilo que eles mesmos tinham plantado. O pai do avô ainda tinha sido um agricultor. Sipolje era o nome da aldeia de onde vinham. Sipolje: aquela palavra tinha um significado muito antigo. Também para os eslovenos de hoje era um lugar quase esquecido. Ele o via, quando se lembrava do retrato do avô, que pendia, em meio à penumbra, junto ao forro da sala de estar dos cavalheiros. Repousava em meio a montanhas desconhecidas, sob o brilho dourado de um sol desconhecido, junto a humildes choupanas de barro e de palha. Uma bela aldeia, uma boa aldeia! Ele seria capaz de abrir mão de sua carreira de oficial em troca daquele lugar!

Oh! Mas ele não era camponês, e sim barão e tenente no pelotão dos lanceiros da cavalaria! Ele não tinha um quarto próprio na cidade, como os outros. A morada de Carl Joseph era a caserna. A janela do seu quarto abria-se para o pátio do quartel. Do outro lado, ficavam os alojamentos dos soldados. Sempre que ele retornava à caserna, à tarde, e o grande portão duplo fechava-se às suas costas, ele se sentia aprisionado; nunca mais aquele portão voltaria a abrir-se para ele. Suas esporas ressoavam, enregeladas, na escadaria de pedra nua e suas botas ressoavam no assoalho marrom de madeira encerada do corredor. As paredes brancas, caiadas, retinham ainda um pouco da luz do dia que se apagava e a refletiam como se, em sua austeridade nua, ainda quisessem economizar o dinheiro do erário, evitando que os lampiões a querosene nos cantos fossem acessos antes que a noite tivesse caído completamente, como se tivessem poupado na hora conveniente para despender na escura hora da necessidade. Ele não acendia a luz, Carl Joseph. Com a testa encostada na janela, que parecia separá-lo da escuridão, mas que na realidade era como a bem conhecida parede externa da própria escuridão, ele olhava para a intimidade iluminada por uma luz amarelada dos dormitórios dos soldados. Ele bem que gostaria de trocar de lugar com um daqueles homens. Ali eles permaneciam sentados, seminus, em suas camisas militares amareladas e grosseiras, balançavam os pés nus das bordas das suas beliches, cantavam, conversavam e tocavam gaita. Àquela hora do dia – o outono já avançara bastante –, uma hora depois de receberem as suas ordens e uma hora e meia antes da hora de se recolherem, a caserna inteira parecia-se com um gigantesco navio. E a Carl Joseph parecia que a caserna vacilava, suavemente, e que os lampiões a querosene, com sua luz amarela e decepcionante, e com suas grandes cúpulas brancas, estivessem se movimentando no mesmo ritmo uniforme das ondas de algum oceano desconhecido. Os soldados cantavam suas canções numa língua desconhecida, uma língua eslava. Os velhos camponeses de Sipolje certamente a teriam compreendido! Talvez o avô de Carl Joseph ainda as teria compreendido! Seu retrato enigmático desaparecia na penumbra, sob o forro da sala de estar dos cavalheiros. A memória de Carl Joseph apegava-se àquela imagem como se fosse o último e o único sinal que lhe tivesse sido deixado pela longa e desconhecida linhagem dos seus antepassados. Ele era o descendente deles. Desde que fora incorporado pelo regimento, sentia-se como o neto do seu avô, e não como o filho do seu pai. Sim, ele era o neto de um avô notável. Do outro lado, eles continuavam a soprar em suas gaitas, sem parar. Era possível distinguir claramente os movimentos das mãos bronzeadas e grosseiras, que empurravam os instrumentos de lata de um lado para outro, à frente dos lábios vermelhos. Aqui e ali, o metal reluzia. A grande melancolia daqueles instrumentos derramava-se através das janelas fechadas sobre a escuridão do pátio quadrado e a preenchia com uma premonição de lar, mulher, filhos e terra natal. Em seus lares, eles viviam em choupanas humildes, à noite, fertilizavam suas mulheres e, durante o dia, fertilizavam os campos! Branca, a neve acumulava-se aos montes à volta das suas choupanas, durante o inverno. No verão, o milho oscilava, alto e amarelo, à altura dos seus quadris. Eles eram camponeses, camponeses! E a dinastia dos Trottas também vivera assim! Assim e não de outra forma!...

O outono já ia muito avançado. De manhã, à hora de levantar, o sol surgia na borda oriental do céu como uma laranja vermelha e sanguínea. E quando começava o treinamento físico no campo, sob a luz ampla e esverdeada, as névoas prateadas erguiam-se, pesarosas, rasgadas pelo movimento impetuoso e ritmado das fardas azuis. Pálido e tristonho, o sol então se erguia. Entre os galhos negros e desfolhados das árvores, irrompiam os raios prateados e opacos, frios e estrangeiros. Uma momentânea garoa gelada golpeava as peles de um marrom ferrugem dos cavalos como um pente cruel e seus relinchos erguiam-se, na clareira próxima, como gritos sofridos por lar e por estábulo. Faziam-se "exercícios com a carabina". Carl Joseph mal podia esperar pela hora de voltar à caserna. Temia os quinze minutos de "descanso" que começavam pontualmente às dez horas, assim como as conversas com os camaradas, que às vezes se encontravam num bar, perto dali, para tomar uma cerveja e esperar pelo coronel Kovacs. Ainda mais embaraçosa era a noitada no clube dos oficiais. Logo começaria. A presença era obrigatória. Já estava chegando a hora de voltar ao quartel. As sombras azul-escuras das tropas que voltavam para casa já corriam, tinindo, de um lado para o outro na escuridão quadrada do pátio da caserna. Do outro lado, o sargento Reznicek já saía pela porta, levando na mão a lanterna cuja luz amarela piscava, e os músicos, com seus instrumentos de metal, reuniam-se na escuridão. Os instrumentos de latão amarelo reluziam diante do brilho azul-escuro das fardas. Dos estábulos, vinha o relinchar sonolento dos cavalos. No céu, brilhavam o ouro e a prata das estrelas.

Bateram à porta. Carl Joseph permaneceu imóvel. Era o seu ordenança, ele já vai entrar. Vai entrar imediatamente. Chama-se Onufrij. Quanto tempo levou até aprender este nome! Onufrij! Seu avô ainda teria achado aquele um nome comum.

Onufrij entrou. Carl Joseph apertava a testa contra a janela. Às suas costas, ouviu o ordenança bater os saltos. Hoje era quarta-feira. Onufrij tinha "folga". Era preciso acender a luz e assinar um memorando. "Acenda a luz!", ordenou Carl Joseph sem se voltar. Do outro lado, os soldados continuavam a tocar gaita.

Onufrij acendeu a luz. Carl Joseph ouviu o estalar do interruptor no batente da porta. A claridade preencheu o recinto, às suas costas. Diante da janela, imperava, ainda, a escuridão quadrada e do outro lado a luz amarela e doméstica dos dormitórios dos soldados piscava. (A luz elétrica era um privilégio reservado aos oficiais.)

"Aonde você vai hoje?", perguntou Carl Joseph, olhando ainda para os dormitórios dos soldados. "Ver as meninas!", respondeu Onufrij. Era a primeira vez que o tenente chamava-o de você. "Que meninas?", perguntou Carl Joseph. "Katharina!", respondeu Onufrij. Ouvia-se como ele estava em posição de sentido. "Descansar!", comandou Carl Joseph. Era possível ouvir como Onufrij empurrava o pé direito para frente do esquerdo.

Carl Joseph voltou-se. Diante dele estava Onufrij, seus grandes dentes de cavalo reluziam entre os lábios grossos e vermelhos. Ele era incapaz de permanecer em posição de descanso sem sorrir. "E que cara tem esta sua Katharina?", perguntou Carl Joseph. "Senhor tenente, informo-lhe em obediência, ela tem grandes seios brancos!"

"Seios grandes brancos!" O tenente fechou os punhos em concha e sentiu uma fresca lembrança dos seios de Kathi. Ela estava morta, morta!

"O memorando!", ordenou Carl Joseph. Onufrij alcançou-lhe o memorando. "Onde mora Katharina?", perguntou Carl Joseph. "Ela é empregada doméstica!", respondeu Onufrij. E logo acrescentou, satisfeito: "Seios brancos e grandes!" "Dê aqui!", disse Carl Joseph. Apanhou o memorando, alisou-o e assinou. "Vá ver a sua Katharina!", disse Carl Joseph. Onufrij esfregou novamente as mãos. "Retire-se!", ordenou Carl Joseph. Ele apagou a luz. Na escuridão, tateou em busca do seu casaco. Saiu para o corredor. No mesmo instante em que ele fechava a porta, os instrumentos de sopro começaram a soar, tocando a última música que anunciava a hora de recolher-se.

As estrelas tremulavam no céu. O vigia diante do portão saudou-o. O portão fechou-se às costas de Carl Joseph. A estrada brilhava, prateada, sob a luz da lua. Como estrelas caídas, as luzes amarelas da cidade saudavam, ao longe. Seus passos ecoavam duros sobre o solo noturno, recém-congelado do outono.

Às suas costas ele ouviu as botas de Onufrij. O tenente caminhava mais rápido, para evitar que seu ordenança o ultrapassasse. Mas Onufrij também apertou o passo. E assim os dois corriam pela estrada solitária e dura, seus passos ecoando, um atrás do outro. Evidentemente Onufrij divertia-se ao tentar alcançar seu tenente. Carl Joseph parou para esperá-lo. Sob a luz da lua, Onufrij esticou-se, parecia crescer, ergueu a cabeça em direção às estrelas, como se de lá recebesse novas forças para o encontro com o seu senhor. Balançava os braços, impetuosamente, no mesmo ritmo das pernas. Era como se as suas mãos estivessem pisoteando o ar. Depois de três passos de Carl Joseph, ele parou, estufando, uma vez mais, o peito, enquanto dos saltos das suas botas partia um estampido assustador e ele o saudava com a mão, juntando os dedos. Perplexo, Carl Joseph sorriu. Qualquer um, pensou ele, seria capaz de dizer alguma palavra gentil. Era comovente como Onufrij o seguia. Na verdade, ele nunca o olhara bem. Enquanto ele não conseguia decorar seu nome, também não lhe era possível observar seu rosto. Era como se, a cada dia, tivesse um outro ordenança. Os outros falavam dos seus ordenanças com o cuidado de especialistas, assim como falavam de meninas, de roupas, de seus pratos prediletos e de cavalos. Carl Joseph lembrava-se do velho Jacques, na sua casa, quando o assunto eram serviçais, o velho Jacques que ainda servira seu avô. Exceto o velho Jacques, não havia nenhum outro serviçal na face da terra! Agora, Onufrij estava diante dele na estrada iluminada pela lua, com o peito estufado, com seus botões reluzentes, suas botas lustrosas como espelhos e em suas faces largas o prazer, oculto por muito esforço, pelo encontro com o tenente. "Descansar!", disse Carl Joseph.

Ele deveria ter dito alguma palavra gentil. O avô teria dito alguma palavra gentil a Jacques. Com um estampido, Onufrij colocou o pé direito à frente do esquerdo. Seu peito permaneceu estufado, o comando não surtira efeito. "Fique à vontade!", disse Joseph, com um pouco de tristeza e de impaciência. "Sim, à vontade, senhor!", respondeu, obediente, Onufrij. "A casa da sua menina é longe daqui?", perguntou Carl Joseph. "Não é longe. Uma hora de marcha, informo-lhe, em obediência, senhor tenente!". Não, não era possível! Carl Joseph era incapaz de encontrar uma palavra adequada. Alguma palavra de ternura permanecia engasgada na sua garganta, ele não sabia como lidar com o ordenança! Mas com quem sabia lidar? Era grande a sua perplexidade. Também diante dos camaradas custava-lhe encontrar as palavras. Por que todos sussurravam quando ele se afastava ou antes de ele se aproximar? Por que ele cavalgava de um jeito tão estranho? Ah, ele se conhecia! Ele via sua silhueta como se estivesse diante de um espelho, era impossível alguém convencê-lo de alguma coisa. Às suas costas sibilavam as conversas dos camaradas. Ele só compreendia as piadas deles depois que alguém as explicasse, e mesmo assim não conseguia achar nelas nenhuma graça. Ao contrário! Ainda assim, o coronel Kovacs gostava dele. E certamente ele dispunha de um excelente prontuário de conduta. Vivia à sombra do avô! Era isto! Era neto do herói de Solferino. O único neto! Sentia que o olhar escuro e misterioso do seu avô repousava sobre a sua nuca! Era o neto do herói de Solferino!

Carl Joseph e seu ordenança Onufrij ficaram postados, um diante do outro, em silêncio, por alguns minutos, na estrada sobre a qual tremulava uma luz esbranquiçada. A lua e o silêncio prolongaram os minutos. Onufrij permanecia imóvel. Parecia um monumento, iluminado pelo brilho prateado da lua. Carl Joseph voltou-se e começou a marchar. Onufrij seguiu-o, por três passos. Carl Joseph ouvia as batidas ritmadas das pesadas botas e o tilintar de ferro das esporas. Era a fidelidade em pessoa quem o acompanhava. Cada passo das suas botas era como uma declaração nova, breve e abafada, da fidelidade militar do ordenança. Carl Joseph receava voltar-se. Queria que, naquela estrada reta, surgisse, subitamente, algum desvio inesperado, alguma encruzilhada: uma fuga da disponibilidade de Onufrij, que parecia aguardar pelas suas ordens. O ordenança seguia-o, no mesmo passo. Ouvindo os passos das botas às suas costas, o tenente esforçava-se em manter o mesmo ritmo. Temia decepcionar Onufrij se mudasse, desatento, o seu passo. A fidelidade de Onufrij estava nas confiáveis botas que pisoteavam o chão, com firmeza. E cada novo passo comovia Carl Joseph. Era como se lá, atrás das suas costas, algum sujeito desamparado tentasse bater à porta do coração do seu senhor com suas solas pesadas, como a ternura desamparada de um urso calçado com botas e esporas.

Por fim, chegaram às bordas da cidade. A Carl Joseph ocorrera, finalmente, uma palavra simpática que poderia ser adequada à despedida. Ele se voltou e disse: "Bom divertimento, Onufrij!". E, rapidamente, entrou numa rua transversal. O agradecimento do ordenança só o alcançou na forma de um eco distante.

Era preciso desviar-se. Alcançou o clube dos oficiais dez minutos mais tarde. Ficava no primeiro andar de uma das melhores casas da antiga rua principal. Como acontecia todas as noites, uma luz derramava-se, por todas as janelas, sobre a praça e sobre o fluxo de pedestres. Já era tarde e era preciso ziguezaguear com habilidade por entre a densa multidão dos cidadãos que passeavam, alegremente, com suas esposas. Dia após dia, o tenente voltava a sentir um constrangimento indizível ao surgir, com o colorido berrante do sua farda, em meio aos civis com suas roupas apagadas, ao ser atingido por olhares curiosos, cheios de ódio ou de desejo para, por fim, desaparecer como um deus pelos portões iluminados do clube dos oficiais. Rapidamente ele serpenteava por entre a multidão que passeava. O trajeto demorava dois minutos. Dois minutos nojentos. Ele subia dois degraus de cada vez. Não queria encontrar ninguém! Era preciso evitar encontros em escadas: eram maus agouros. O calor, a luz e as vozes foram ao seu encontro no corredor. Ele entrou, trocou cumprimentos. Procurou pelo coronel Kovacs em seu canto habitual. Lá, todas as noites, ele jogava dominó, cada vez com algum outro senhor. Era um jogador de dominó entusiasmado, talvez porque tivesse medo das cartas. "Nunca segurei uma carta nas mãos", ele costumava dizer. Ele pronunciava a palavra "carta" com um certo ódio e, ao fazê-lo, olhava em direção às suas mãos, como se nelas segurasse o seu caráter irrepreensível. E às vezes ele prosseguia, dizendo: "Recomendo-lhes, meus senhores, o jogo de dominó! É um jogo limpo que ensina a temperança". E, ocasionalmente, erguia uma das pedrinhas brancas e pretas, como se fosse um instrumento mágico por meio do qual fosse possível livrar os jogadores de cartas dos seus demônios.

Hoje o capitão da cavalaria Taittinger estava encarregado de prestar ao coronel o serviço do dominó. O rosto do coronel lançava um reflexo arroxeado sobre o rosto amarelado do capitão. Carl Joseph parou diante do coronel, com um tinido suave. "*Servus!*"[13], disse o coronel, sem erguer os olhos da partida de dominó. Era um homem agradável e simpático o coronel Kovacs. Havia anos que se habituara a uma postura paternal. Só uma vez por mês era tomado por um ódio artificial, do qual ele mesmo parecia ter mais medo do que os homens do regimento. E então, qualquer coisa lhe parecia um bom motivo para enfurecer-se. Ele gritava tanto que as paredes da caserna e as antigas árvores em torno do campo de treinamento estremeciam. Seu rosto arroxeado empalidecia, assim como seus lábios, e o seu chicote golpeava, trêmulo e incansável, as suas botas. Gritava muitas coisas sem sentido, em meio às quais somente as palavras "no meu regimento", que voltavam sempre a ser repetidas, fora de qualquer contexto, soavam mais baixo do que todas as outras. Por fim, ele parava, sem qualquer motivo, assim como começara, e deixava a chancelaria, o clube dos oficiais,

13 "*Servus*" é uma saudação tipicamente austríaca, informal, usada em todas ocasiões. Derivada do termo latino que designa "servo", sugere uma cortês humildade ao sugerir que aquele que saúda se submete ao outro. (N.T.)

o campo de treinamento ou seja qual fosse o lugar escolhido para servir de palco à sua tempestade. Sim, todos o conheciam, o coronel Kovacs, aquele bom camarada! Podia-se contar com a regularidade dos seus acessos de ódio assim como com o retorno das fases da lua. O capitão de cavalaria Taittinger, que já pedira transferência duas vezes e que conhecia bem o seu superior hierárquico, confirmava a quem quisesse, incansável, que em todo o exército não existia um comandante de regimento mais inofensivo.

O coronel Kovacs finalmente ergueu os olhos da partida de dominó e estendeu sua mão a Trotta. "Já jantou?", ele perguntou. "Que pena", continuou, e seu olhar perdeu-se numa enigmática distância. "O *Schnitzel*[14] hoje estava excelente." E, pouco depois, ele repetiu "excelente!". Era uma pena que Trotta tivesse perdido o *Schnitzel*. Ele teria gostado de mastigá-lo outra vez, diante do tenente. Ou, ao menos de ver alguém comendo outro daqueles *Schnitzels* com apetite. "Bem, então, bom divertimento!", disse ele por fim, voltando-se, outra vez, para as pedras de dominó.

Àquela hora fazia-se no clube um grande tumulto e já era impossível encontrar um bom lugar. O capitão de cavalaria Taittinger, que desde tempos imemoriais era o responsável pela administração da cantina, e cuja única paixão eram os doces, com o passar do tempo arrumara o clube de acordo com o modelo daquela confeitaria na qual passava suas tardes. Lá, era visto atrás da porta envidraçada, na imobilidade escura de uma peculiar figura fardada de reclame. Era o melhor dos clientes habituais da confeitaria, e provavelmente também aquele que mais tinha apetite. Sem mudar, minimamente que fosse, a expressão tristonha, ele engolia, um após o outro, vários pratos de doces, tomava, a cada tanto, um gole de água, olhava, imóvel, para a rua através da porta de vidro, acenava, levemente, com a cabeça quando recebia a saudação de algum soldado que estivesse passando e, no interior de seu crânio, grande, magro e coberto por uma cabeleira rala, nada parecia se passar. Era um oficial delicado e muito preguiçoso. A ocupação com os assuntos da cantina, sua cozinha, os cozinheiros,

14 Bife à milanesa. (N.T.)

os ordenanças e a adega eram, de todas suas obrigações, as únicas que lhe agradavam. E sua extensa correspondência com os negociantes de vinhos e com os fabricantes de licores exigia nada menos do que dois escrivães de chancelaria. Com o passar dos anos, conseguira tornar o ambiente do clube dos oficiais semelhante ao da amada confeitaria, colocando delicadas mesinhas nos cantos e cobrindo os abajures com cúpulas avermelhadas.

Carl Joseph olhou à sua volta. Buscava por um lugar que lhe parecesse suportável. Entre o porta-estandarte da reserva Bärenstein, cavaleiro de Zaloga, um advogado rico que recentemente recebera o título de nobreza, e o róseo tenente Kindermann, de origem alemã, estava relativamente seguro. Do porta-estandarte que, com sua idade madura e sua barriga um tanto protuberante, não combinava nem um pouco com seu cargo jovial, de maneira que parecia um burguês disfarçado de soldado, em cujo rosto, com uma barbinha preta como carvão, a falta do pince-nez, que lhe seria natural, causava certo estranhamento, emanava, por todo o clube dos oficias, uma dignidade confiável. A Carl Joseph ele lembrava uma espécie de médico de família ou tio. A única concessão que o porta-estandarte doutor Bärenstein fazia ao exército, além da sua farda, era o monóculo que portava durante suas horas de serviço, pois em sua vida civil realmente usava um pince-nez.

Mais tranquilizador do que os outros era também, sem dúvida, o tenente Kindermann. Era constituído de uma substância loira, rósea e transparente, era como se fosse possível atravessá-lo com as mãos assim como se atravessa um vapor crepuscular, ensolarado e arejado. Tudo o que ele dizia era arejado e transparente, como se o seu ser exalasse aquelas palavras sem perder nada de sua substância. E mesmo a seriedade com a qual ele acompanhava as conversas sérias tinha algo de risonho e ensolarado. Uma alegre nulidade, ele permanecia sentado junto à mesa. “*Servus!*”, assoviou ele com sua voz aguda, da qual o coronel Kovacs costumava dizer que era um dos instrumentos de sopro do exército prussiano. O porta-estandarte da reserva Bärenstein levantou-se, em conformidade com o regulamento, mas com certa gravidade. “Meus respeitos, senhor tenente!”, disse ele. Carl Joseph quase respondeu, respeitosamente, boa noite, senhor doutor! "Não estou incomodando?", ele limitou-se a perguntar, sentando-se. "Hoje o Dr. Demant vai voltar", Bärenstein começou a dizer, "encontrei-o à tarde, por acaso!". "Um sujeito excelente", soou, como uma flauta, a voz de Kindermann, que parecia um delicado hálito de vento ao atingir uma harpa, atrás do barítono forense de Bärenstein. Kindermann, que sempre tentava compensar o fraquíssimo interesse que tinha por mulheres com falsas alegações de que lhes dedicava uma atenção extraordinária, anunciou, a seguir: "E sua mulher – os senhores a conhecem? – uma mulher encantadora, uma criatura adorável!". E ao pronunciar a palavra "adorável" ergueu a mão, enquanto seus dedos dançavam pelo ar. "Eu a conheci quando ela ainda era uma mocinha", disse o porta-estandarte. "Interessante", disse Kindermann. Ele evidentemente estava representando.

"O pai dela foi, no passado, um dos mais ricos fabricantes de chapéus", prosseguiu o porta-estandarte. Parecia que ele estava lendo os autos de um processo. Parecia assustado com a frase que acabara de pronunciar e parou. A palavra "fabricante de chapéus" pareceu-lhe excessivamente civil, afinal ele não estava sentado junto com advogados ali. Em silêncio, jurou a si mesmo que, doravante, refletiria, cuidadosamente, antes de pronunciar qualquer palavra. Afinal, devia aquilo à cavalaria. Tentou olhar para Trotta. Ele estava sentado à sua esquerda, e Bärenstein usava seu monóculo sobre o olho direito. Só podia enxergar bem o tenente Kindermann, que permanecia indiferente. Para tentar verificar se a referência familiar a um fabricante de chapéus tinha provocado uma impressão demolidora no tenente Trotta, Bärenstein tirou a cigarreira do bolso e a ofereceu, à esquerda, ao mesmo tempo em que se dava conta de que, sendo Kindermann tenente há mais tempo, teria que oferecer primeiro à direita e, voltando-se, com pressa, para o lado direito, disse: "Perdão!".

Agora, os três fumavam, em silêncio. Os olhares de Carl Joseph dirigiam-se para o retrato do *Kaiser* na parede à sua frente. Lá estava Franz Joseph em sua imaculada farda branca, o peito atravessado por uma larga faixa de tecido vermelho como sangue, e com a ordem do velocino de ouro pendendo de seu pescoço. O grande chapéu negro de marechal de campo, com o penacho opulento, verde como um pavão, estava ao lado do *Kaiser*, pousado sobre uma mesinha que parecia vacilante. O quadro parecia distante, num lugar mais longínquo do que a parede. Carl Joseph lembrou-se de que, nos dias que se sucederam a sua convocação, aquele quadro lhe proporcionara um certo consolo orgulhoso. Parecera-lhe, então, que a qualquer instante o *Kaiser* poderia sair caminhando daquela moldura negra e estreita. Porém, com o passar do tempo, o supremo senhor da guerra adquiriu o mesmo rosto indiferente e habitual que passava desapercebido em seus selos e em suas moedas. Seu retrato pendia da parede do clube dos oficiais como uma peculiar forma de oferenda, feita por um deus a si mesmo... Seus olhos – no passado, tinham-no lembrado do céu estival de suas férias – agora eram constituídos de uma porcelana azul e dura. E ainda assim era o mesmo *Kaiser*! Em casa, no gabinete do comissário distrital, estava o mesmo quadro. E também no grande auditório da escola de cadetes. Estava na chancelaria do coronel na caserna. E, cem mil vezes espalhado em toda a extensão de seu vasto império, o *Kaiser* Franz Joseph era uma presença ubíqua entre os seus súditos assim como Deus na terra. O herói de Solferino salvara-lhe a vida. O herói de Solferino envelhecera e morrera. Agora, era devorado pelos vermes. E o seu filho, o comissário distrital, o pai de Carl Joseph, também já estava envelhecendo. Logo os vermes haverão de comê-lo também. Só o *Kaiser*, o *Kaiser* parecia, certo dia, numa hora determinada, ter virado velho e, desde aquela hora, ter permanecido encerrado em sua velhice congelada e eterna, prateada e terrível, como dentro de uma armadura de um cristal que impusesse a mais profunda reverência. Os anos não ousavam aproximar-se dele. Seus olhos tornavam-se cada vez mais azuis e cada vez mais duros. A sua própria graça, que repousava sobre a família Trotta, era um fardo feito de gelo cortante. E Carl Joseph estremecia de frio ante o olhar azul do seu *Kaiser*.

Ele se lembrava de que, em casa, quando voltava para passar as férias e quando, aos domingos, o maestro Nechwal organizava sua banda, em semicírculo, conforme previsto nos regulamentos, todos pareciam dispostos a morrer por este *Kaiser*, uma morte luxuriante, quente e doce. A herança do avô, de ter salvado a vida do *Kaiser*, estava viva. E todos os Trottas salvavam, ininterruptamente, a vida do *Kaiser*.

Mal haviam se passado quatro meses desde que ele entrara para o regimento. Subitamente, era como se o *Kaiser*, inalcançável, abrigado em sua armadura de cristal, não precisasse mais dos Trottas. A paz já durava tempo demais. A morte estava longe de um jovem tenente da cavalaria, como o último degrau na progressão regulamentar da carreira militar. Um dia ele haveria de tornar-se coronel, e em seguida, morreria.

Enquanto isto, frequentava-se, todas as noites, o clube dos oficiais e se observava o retrato do *Kaiser*. Quanto mais o tenente Trotta o observava, mais distante tornava-se dele o *Kaiser*.

"Olhe aqui!", soou a voz de flauta do tenente Kindermann. "O olhar do Trotta se perdeu no velho!"

Carl Joseph sorriu para Kindermann. O porta-estandarte Bärenstein começara, havia tempo, uma partida de dominó e estava a ponto de perdê-la. Ele considerava que perder no dominó quando jogava com alguém da ativa fosse uma de suas obrigações, imposta pela decência. Quando estava à paisana, ganhava sempre. Até mesmo entre os advogados, era um jogador temido. Mas quando era convocado para os treinamentos anuais, ele deixava de lado seu bom senso e se esforçava para jogar como um tolo. "Ele perde o tempo todo", dizia Kindermann a Trotta. O tenente Kindermann estava convencido de que os "civis" eram criaturas inferiores, incapazes, até mesmo, de vencer uma partida de dominó.

O coronel continuava sentado em seu canto com o capitão de cavalaria Taittinger. Alguns senhores aguardavam, entediados, entre as mesas. Não ousavam deixar o clube dos oficiais enquanto o coronel estivesse jogando. A cada quarto de hora, o suave relógio de pêndulo choramingava, enfaticamente, e sua melodia lenta e melancólica interrompia o estalar das pedras de dominó e das peças de xadrez. De tempos em tempos, algum dos ordenanças batia os saltos das suas botas, corria para a cozinha e voltava trazendo um copinho de conhaque sobre uma bandeja ridiculamente grande. Às vezes ressoavam gargalhadas e quando se olhava na direção de onde vinham, viam-se quatro cabeças juntas, e compreendia-se que se tratava de uma piada. Aquelas piadas! Aquelas anedotas, diante das quais todos percebiam, imediatamente, que os homens riam por gentileza ou por compreensão. Eram elas que distinguiam os conhecidos dos desconhecidos. Não, Carl Joseph não era um deles!

Ele estava justamente propondo que começassem uma partida a três quando a porta se abriu e um ordenança saudou com um estalar extraordinariamente alto dos saltos das suas botas. Fez-se silêncio imediatamente. O coronel Kovacs saltou da sua cadeira e olhou em direção à porta. Ninguém menos do que o médico do regimento, o Dr. Demant, entrara ali. Ele mesmo se assustou com a comoção provocada pela sua chegada. Ficou parado em pé, junto à porta, sorrindo. Ao seu lado, o ordenança continuava em posição de sentido, e o incomodava visivelmente com isto. Ele acenou com a mão. Mas o rapaz não percebeu. As grossas lentes dos óculos do Dr. Demant estavam levemente embaçadas por causa da névoa outonal, fora. Ele estava habituado a tirar os óculos e limpá-los quando entrava, vindo do frio, num recinto aquecido. Aqui, porém, não ousava fazer este gesto. Demorou um certo tempo até que deixasse o limiar do salão. "Ah! Vejam! Aí está o doutor!", gritou o coronel. Ele gritava com todas as suas forças, como se estivesse se esforçando para ser ouvido em meio ao tumulto de uma festa popular. O bom homem acreditava que os míopes também fossem surdos, e que seus óculos se tornariam mais nítidos se os ouvidos pudessem escutar melhor. A voz do coronel abriu um caminho em meio à multidão. Os oficiais recuaram. Os poucos que ainda permaneciam sentados às mesas, levantaram-se. O médico do regimento colocou, cuidadosamente, um pé diante do outro, como se estivesse caminhando sobre o gelo. As lentes de seus óculos finalmente pareciam tornar-se mais transparentes. Saudações surgiram de todos os lados. Não foi sem esforço que ele reconheceu os cavalheiros. Curvou-se para a frente, para ler o que estava escrito naqueles rostos, como se estivesse estudando um livro. Por fim, parou diante do coronel Kovacs, com o peito estufado. Aquela sua postura parecia muito exagerada. Ele lançava para trás a cabeça que estava sempre inclinada para a frente, sobre o pescoço fino, e tentava alargar, com um golpe, os ombros estreitos e caídos. Durante sua longa licença de saúde, ele e seu ser nada militar tinham sido quase esquecidos. Agora, todos o observavam, sem surpresa. O coronel apressou-se em encerrar o ritual regulamentar da saudação. Ele gritou, fazendo estremecer os copos: "Está com ótima aparência, o doutor!", como se assim quisesse informar o exército inteiro. Bateu com a mão no ombro de Demant, como se com isto quisesse empurrá-lo de volta à sua posição natural. Não obstante, seu coração gostava do médico do regimento. Mas nada havia de militar naquele sujeito, raios e trovões! Se ao menos ele fosse um pouquinho mais militar, não seria necessário sempre se esforçar tanto para ser gentil com ele. Demônios! Bem que poderiam ter enviado algum outro médico! Tinha que ser justamente no seu regimento! Aquelas gentilezas forçadas representavam verdadeiras batalhas contra o gosto militar do coronel, e eram muito cansativas para um velho soldado. Este doutor ainda vai acabar comigo!, pensava o coronel quando via o médico do regimento a cavalo. E, um dia, ele lhe pediu para que se abstivesse de andar a cavalo pela cidade.

É preciso dizer alguma palavra simpática a ele, pensou, nervoso. O *Schnitzel* hoje estava excelente!, ocorreu-lhe, na pressa. E foi isto o que ele disse. O doutor sorriu. Aquele sujeito sorria como um civil, totalmente como um civil!, pensou o coronel. E então, subitamente, ele se lembrou de que havia ali uma pessoa a quem o doutor ainda não conhecia. O Trotta, naturalmente! Ele tinha sido convocado quando o médico estava de licença. O coronel gritou: "Nosso mais jovem, o Trotta! Vocês ainda não se conhecem!". E Carl Joseph colocou-se diante do médico do regimento.

"Neto do herói de Solferino?", perguntou o Dr. Demant. Ninguém imaginava que ele conhecesse tão bem a história militar do império.

"Ele sabe tudo, o nosso doutor!", disse o coronel. "Ele está o tempo todo metido nos livros!"

E pela primeira vez em sua vida a expressão "está o tempo todo metido nos livros" agradou-lhe tanto que ele a repetiu. "Está o tempo todo metido nos livros!", naquele tom carinhoso com o qual, normalmente, ele só costumava dizer: "Um lanceiro!".

Eles voltaram a se sentar e a noitada continuou, como de costume. "Seu avô", disse o médico do regimento, "foi um dos homens mais notáveis do exército. O senhor chegou a conhecê-lo?". "Não o conheci", respondeu Carl Joseph. "O retrato dele está pendurado na nossa casa, na sala de estar dos cavalheiros. Quando eu era criança, eu o olhava com frequência. E o mordomo dele, Jacques, ainda trabalha na nossa casa."

"Que retrato é este?", perguntou o médico do regimento. "Um amigo de juventude o pintou!", disse Carl Joseph. "É um quadro estranho. Está pendurado num ponto bem alto da parede. Quando eu era criança, precisava subir numa cadeira para observá-lo."

Por alguns instantes, eles permaneceram em silêncio. E então o médico disse: "Meu avô era estalajadeiro, era um estalajadeiro judeu na Galícia. A Galícia – o senhor conhece este lugar?". (O doutor Demant era um judeu. Todas as anedotas continham médicos de regimento judeus. E na escola de cadetes também tinha havido dois judeus. Depois, eles foram para a infantaria.)

"Vamos à Resi, à tia Resi!", alguém gritou, subitamente. E todos repetiram: "À Resi. Vamos à Resi!".

"À tia Resi!"

Nada poderia assustar Carl Joseph mais do que aquele chamado. Havia semanas que ele o esperava, cheio de temores. Em sua memória ainda estava gravada a última visita ao bordel da *Frau* Horwath, tudo, em seus mínimos detalhes! O espumante, que era feito de limonada doce com cânfora, a massa mole e carnuda dos corpos das mulheres, o vermelho penetrante e o amarelo enlouquecido dos papéis de parede, o cheiro de gatos, ratos e lírios no corredor e a azia, doze horas depois. Mal fazia uma semana que ele tinha sido convocado e aquela fora sua primeira visita a um bordel. "Manobras amorosas", dizia Taittinger. Era ele quem tomava a iniciativa. Era parte das obrigações de um oficial que administrava a cantina desde tempos imemoriais. Pálido e magro, segurando a bainha do sabre na mão, e com passos longos, magros, que tilintavam suavemente, ele andava de uma mesa para a outra no salão de *Frau* Horwath, a todos exortando, discretamente, a participarem daquele prazer azedo. Kindermann ficava à beira de um desmaio quando sentia o cheiro de mulheres nuas, o sexo feminino fazia-o sentir-se mal. O major Prohaska colocava-se no banheiro, esforçando-se, sinceramente, em enfiar na garganta o seu dedo curto e grosso. As saias de seda de *Frau* Resi Horwath sussurravam em todos os cantos da casa. Seus olhos negros rodavam, sem direção nem objetivo, em seu rosto largo, branco como farinha, e a dentadura brilhava, branca, do tamanho de uma tecla de piano, em sua bocarra. Do seu canto, Trautmannsdorf seguia todos os seus movimentos, piscando os olhinhos minúsculos, ágeis e verdes. Por fim, ele se levantou e enfiou uma mão no seio de *Frau* Horwath. A mão perdeu-se, ali, como um rato em meio a montanhas brancas. E Pollak, o pianista, permanecia sentado, com as costas encurvadas, um escravo da música, ante o piano negro e reluzente, e junto às suas mãos, que martelavam, os punhos da camisa estalavam, acompanhando as notas metálicas como pratos roucos.

À tia Resi. Iam à tia Resi. O coronel fez meia-volta quando chegaram embaixo e disse: "Bom divertimento, meus senhores!", e na rua silenciosa vinte vozes disseram: "Nossos respeitos, senhor coronel!", e quarenta esporas tilintaram, chocando-se umas contra as outras. O médico do regimento, doutor Max Demant, fez uma tímida tentativa de despedir-se também. "O senhor tem que ir também?", ele perguntou, em voz baixa, ao tenente Trotta. "Vou ter que ir!", sussurrou Carl Joseph. E o médico do regimento acompanhou-o, sem dizer palavra. Eles eram os últimos na fileira desordenada de oficiais, que andavam pelas ruas da cidadezinha, silenciosas e iluminadas pela lua. Não falavam um com o outro. Sentiam-se ligados um ao outro pela pergunta que fora sussurrada e pela resposta, igualmente sussurrada. Não havia o que fazer. Os dois estavam separados do restante do regimento. E mal fazia meia hora que se conheciam.

Subitamente, sem saber por quê, Carl Joseph disse: "Eu amava uma mulher chamada Kathi. Ela morreu!".

O médico do regimento parou e voltou-se totalmente para o tenente. "O senhor ainda há de amar outras mulheres!", disse ele.

E seguiram adiante.

De longe ouvia-se o assovio dos trens na estação, e o médico do regimento disse: "Quero ir embora, para longe daqui!".

Agora estavam diante da lanterna azul da tia Resi. O capitão Taittinger bateu no portão fechado. Alguém abriu. No interior da casa, o piano imediatamente começou a martelar: a *Marcha de Radetzky*. Os oficiais marcharam, salão adentro. "Dispersar!", comandou Taittinger. As moças, nuas, aproximavam-se deles, silenciosamente, um bando diligente de galinhas brancas. "Deus esteja convosco!", disse Prohaska. Agora Trautmannsdorf agarrou imediatamente, ainda em pé, o seio de *Frau* Horwath. Por enquanto, não a soltaria. Ela tinha que vigiar a cozinha e a adega e sofria, evidentemente, sob as carícias do tenente-coronel, mas a hospitalidade a obrigava a fazer sacrifícios. Ela se deixou seduzir. O tenente Kindermann empalideceu. Estava mais branco do que o pó de arroz sobre os ombros das moças. O major Prohaska pediu uma água com gás. Quem o conhecia melhor sabia, de antemão, que hoje ele haveria de se embebedar muito. Aquela água era só para abrir o caminho para o álcool, assim como se limpa uma rua antes de receber um visitante ilustre. "O doutor veio também?", perguntou, em voz alta, o capitão Taittinger. "Ele precisa estudar as doenças em sua nascente!", disse, com seriedade científica, pálido e magro como sempre. O monóculo do porta-estandarte Bärenstein estava agora diante do olho de uma moça loira platinada. Ele permanecia sentado ali, piscando os olhinhos pretos, enquanto suas mãos morenas e peludas rastejavam sobre a senhorita como estranhos animais. Por fim, todos tinham tomado seus lugares. Duas mulheres estavam sentadas no sofá vermelho, entre Carl Joseph e o doutor, rijas, com os joelhos erguidos, intimidadas pelos rostos desesperados dos dois homens. Quando o espumante foi servido – a rigorosa governanta da casa, vestida de tafetá preto, trouxe-o solenemente –, *Frau* Horwath afastou, decidida, a mão do tenente-coronel do seu decote, colocou-a sobre a calça preta dele, por amor à ordem, assim como alguém que devolve algum objeto que lhe foi emprestado, e levantou-se, poderosa e peremptoriamente. Apagou as luzes do teto. Agora só os abajures brilhavam, em seus nichos. Na penumbra avermelhada os corpos brancos, cobertos de pó de arroz, reluziam, as estrelas douradas piscavam, os sabres de prata brilhavam. Um a um, os casais levantavam-se e desapareciam. Prohaska, que já estava há tempos bebendo conhaque, aproximou-se do médico do regimento e lhe disse: "Vocês não precisam delas. Vou levá-las daqui!". E levou as mulheres consigo, e dirigiu seus passos vacilantes, em meio às duas, à escada.

E assim, subitamente, os dois estavam a sós, Carl Joseph e o doutor. O pianista Pollak apenas acariciava as teclas do piano no lado oposto do salão. Uma valsa muito suave pairava no recinto, tímida e rarefeita. Só a música interrompia o silêncio, e a atmosfera era quase de intimidade. O relógio, junto à lareira, tiquetaqueava. "Acho que nós dois não perdemos nada por aqui, não é?", perguntou o doutor. Ele se levantou, Carl Joseph olhou para o relógio junto à lareira e levantou-se também. Na penumbra era-lhe impossível ver que horas eram. Aproximou-se do relógio, e depois recuou um passo. Numa moldura de bronze, infestada de moscas, estava o soberano senhor da guerra, uma miniatura do conhecido e onipresente retrato de Sua Majestade, em trajes brancos, imaculados, com uma faixa vermelha no peito e um manto dourado. Alguma coisa tem que acontecer, pensou depressa, como uma criança, o tenente. Alguma coisa tem que acontecer! Ele sentiu-se empalidecer. Seu coração batia, acelerado. Ele apanhou a moldura, abriu-a por trás, removendo o papel negro, e retirou o retrato. Dobrou-o, duas vezes, e o enfiou no bolso. Voltou-se. Atrás dele estava o médico do regimento. Ele apontou com o dedo para o bolso no qual Carl Joseph escondera o retrato do *Kaiser*. O avô também o teria salvado, pensou o doutor Demant. Carl Joseph enrubesceu. "Que porcaria!", disse ele. "No que o senhor está pensando?"

"Em nada", respondeu o doutor. "Só estava pensando em seu avô!"

"Eu sou o neto dele!", disse Carl Joseph. "Infelizmente não tenho a oportunidade de salvar sua vida!"

Deixando quatro moedas de prata sobre a mesa, saíram da casa de *Frau* Resi Horwath.

VI

Havia três anos que o doutor Max Demant fazia parte do regimento. Morava fora da cidade, em sua extremidade meridional, lá onde saía a estrada que levava aos dois cemitérios, o "velho" e o "novo". O doutor conhecia bem ambos cemitérios. Algumas vezes por semana ia ali, para visitar os mortos, os que tinham desaparecido da lembrança há tempo assim como os mortos que ainda não tinham sido esquecidos. E às vezes demorava-se entre os túmulos, e aqui e lá ouvia-se o tilintar suave do seu sabre esbarrando em algum deles. Não há dúvidas de que ele era um homem estranho. Dizia-se que era bom médico, e portanto uma raridade entre os médicos militares. Evitava as ocasiões sociais. Só as obrigações oficiais obrigavam-no a aparecer, de vez em quando (mas, ainda assim, mais frequentemente do que lhe parecia desejável), entre seus camaradas. Por sua idade e por seu tempo de serviço, ele já deveria ter sido promovido a médico-chefe. Ninguém sabia por que ainda não o fora. Talvez ele mesmo não o soubesse. "Há carreiras com ganchos." Estas eram as palavras do capitão Taittinger, que também costumava prover o regimento com excelentes provérbios.

"Carreiras com ganchos", o próprio médico pensava, com frequência. "Vidas com ganchos", dizia ele ao tenente Trotta. "Tenho uma vida com ganchos. Se o destino me tivesse sido propício, teria me tornado assistente de um grande cirurgião vienense e provavelmente professor." Sobre a estreiteza sombria de sua infância, o grande renome dos cirurgiões vienenses lançara seu brilho havia muito tempo. Já menino, Max Demant decidira tornar-se médico.

Vinha de uma das cidades de fronteira nos confins orientais do império. Seu avô tinha sido um estalajadeiro muito religioso e seu pai, depois de doze anos de serviço militar, tinha se tornado um funcionário mediano do correio da cidade de fronteira mais próxima. Ele ainda se lembrava bem de seu avô. Passava seus dias diante do portão em arco de sua estalagem de fronteira. Sua barba portentosa, de prata cacheada, ocultava seu peito e chegava até seus joelhos. À sua volta pairava um cheiro de esterco e de leite e de cavalos e de feno. Diante da estalagem, ele permanecia sentado, um velho rei dos estalajadeiros. Quando os camponeses, voltando da feira de porcos que se realizava todas as semanas, paravam diante da estalagem, o velho levantava-se, gigantesco, como uma montanha em forma humana. Como já ouvia mal, os pequenos camponeses precisavam gritar os seus pedidos por entre as mãos em concha diante das suas bocas. Ele apenas assentia com a cabeça. Já tinha entendido. Atendia aos pedidos dos clientes como se isto fosse um gesto de misericórdia, e não como se aqueles pedidos houvessem de ser pagos com moedas. Com suas mãos fortes, ele mesmo arreava os cavalos e os conduzia aos estábulos. E enquanto sua filha servia os clientes no salão largo e baixo, oferecendo-lhes aguardente e ervilhas secas salgadas, ele, fora, alimentava os animais, tranquilizando-os com palavras. Aos sábados, curvava-se sobre os livros grandes e piedosos. Sua barba de prata cobria a metade inferior das páginas com letras negras. Se ele soubesse que um dia seu neto haveria de trajar a farda de oficial, e de carregar armas assassinas pelo mundo, teria amaldiçoado sua idade e o fruto das suas entranhas. Já o filho dele, o pai do doutor Demant, o funcionário mediano dos correios, era, para o velho, uma abominação a ser suportada com ternura. A estalagem, que tinha sido legada por seus antepassados, teve que ser deixada para as filhas e para os genros, enquanto os descendentes homens, por muitas gerações, no futuro distante, estavam destinados a permanecer como funcionários, pessoas cultas, empregados e imbecis. Até o mais longínquo futuro: mas não fora assim! O médico do regimento não tinha filhos. Nem desejava tê-los... Pois sua mulher...

Neste ponto, o doutor Demant costumava interromper o fluxo dos seus pensamentos. Ele se lembrava de sua mãe: ela vivia em busca permanente e apressada por algum tipo de rendimento extra. O pai, terminado o serviço, senta-se no pequeno café. Joga *Tarock*[15], perde, pendura a conta. Deseja que seu filho frequente os quatro anos do ensino médio para depois se tornar funcionário dos correios, é claro. "Você só pensa em subir na vida!", diz ele para a mãe. Ainda que sua vida civil seja tão desordenada, ele mantém, em ordem ridícula, todos os objetos do seu tempo de serviço militar. Sua farda, a farda de um "suboficial da intendência que serviu por muito tempo", com o dourado nas pontas das mangas, as calças negras e o capacete da infantaria estão pendurados no armário como se fossem uma personalidade dividida em três partes, ainda viva, com seus botões reluzentes, lustrados uma vez por semana. E o sabre negro, recurvo, com o cabo estriado, que é igualmente lustrado todas as semanas, pende na diagonal, sustentado por dois pregos na parede, acima da escrivaninha que nunca é usada, com a borla dourada que balança casualmente, lembrando um botão de girassol um pouco empoeirado. "Se não fosse por você", diz o pai para a mãe, "eu teria prestado o exame e seria hoje capitão da intendência". No dia do aniversário do *Kaiser*, o funcionário dos correios Demant veste sua farda da intendência, com o chapéu de abas largas e o punhal. Neste dia, ele não joga *Tarock*. Todos os anos, no aniversário do *Kaiser*, ele se propõe a iniciar um novo ano, sem dívidas. Então, embebeda-se. E volta para casa tarde da noite, desembainha o punhal no meio da cozinha e põe-se a comandar um regimento inteiro. As panelas são pelotões, as xícaras, batalhões, os pratos, companhias. Simon Demant é um coronel, um coronel a serviço de Franz Joseph I. A mãe, com sua touca rendada, sua camisola pregueada e um casaquinho esvoaçante, sai da cama para acalmar o marido.

Um dia, no dia seguinte ao aniversário do *Kaiser*, o pai sofre um ataque, dormindo. Teve uma boa morte e um enterro esplêndido. Todos os carteiros reuniram-se, formando um cortejo atrás do

15 Jogo de cartas muito apreciado pelos oficiais austríacos do século XIX. (N.T.)

seu ataúde. E na fiel memória da viúva, o morto permaneceu como um marido exemplar, morto a serviço do *Kaiser* e do correio real e imperial. As fardas – a do suboficial Demant e a do funcionário do correio Demant – ainda pendiam, uma ao lado da outra, no armário, sempre mantidas pela viúva em seu brilho original, por meio de cânfora, escova e graxa Sidol. Pareciam múmias e, sempre que o armário era aberto, o filho imaginava ver diante dos olhos dois cadáveres de seu pai, que Deus o tenha.

Queria tornar-se médico a qualquer custo. Dava aulas particulares por míseras seis coroas por mês. Usava botas rasgadas. Quando chovia, ele deixava enormes rastros molhados nos belos assoalhos encerados das casas das famílias bem de vida. Quando as solas estavam rasgadas, os pés tornavam-se maiores. Por fim, fez o exame de admissão na universidade e tornou-se médico. A pobreza estendia-se, ainda, sobre seu futuro, uma parede negra na qual ele se despedaçava. Agarrou-se nos braços do exército. Sete anos de comida, sete anos de bebida, sete anos de roupa, sete anos de abrigo, sete longos anos! Ele tornou-se médico militar, e assim permaneceu.

A vida parecia passar mais depressa do que os pensamentos. E antes que ele pudesse tomar qualquer decisão, tinha se tornado um velho.

E tinha se casado com *Fräulein* Eva Knopfmacher.

Aqui, o médico do regimento, doutor Demant, interrompeu, novamente, o fluxo das suas lembranças. Dirigiu-se à sua casa.

A noite já tinha caído, uma luz festiva, incomum, brotava de todos os aposentos. "O velho senhor chegou", avisou o rapaz. O velho senhor. Era o seu sogro, *Herr* Knopfmacher.

Naquele instante, ele saiu do banheiro, trajando um longo robe florido e peludo, segurando uma navalha na mão, com as amplas bochechas, róseas e perfumadas, recém-barbeadas. Seu rosto parecia dividir-se em duas partes. Só o bigode pontiagudo e grisalho as mantinha juntas. "Meu caro Max!", disse *Herr* Knopfmacher, colocando, cuidadosamente, a navalha sobre uma mesinha, abrindo os braços e assim fazendo abrir-se o robe. Assim eles se abraçaram, com dois rápidos beijos, e foram juntos para a sala de estar dos cavalheiros. "Quero um *Schnaps*[16]!", disse *Herr* Knopfmacher. O doutor Demant abriu o armário, contemplou as várias garrafas e voltou-se. "Não conheço", disse ele, "não sei qual deles você prefere". Ele reunira uma grande variedade de bebidas alcoólicas, assim como uma pessoa sem cultura encomenda uma biblioteca pronta.

"Você continua não bebendo!", disse *Herr* Knopfmacher. "Você tem *Sliwowitz*, *arak*, rum, conhaque, aguardente de genciana, vodca?", ele perguntou rapidamente, de uma maneira que não lhe fazia justiça. Ele se levantou. Dirigiu-se (as abas do seu robe esvoaçavam) até o armário e, com um gesto certeiro, apanhou uma das garrafas enfileiradas.

"Quis fazer uma surpresa à Eva!", começou *Herr* Knopfmacher. "E devo ir logo lhe dizendo, meu querido Max, que você esteve fora a tarde inteira. Em vez de você" – ele fez uma pausa e repetiu: "Em vez de você, encontrei aqui um tenente. Um imbecil".

"É o único amigo", respondeu Max Demant, "que encontrei desde o início do meu serviço militar. É o tenente Trotta. Uma pessoa finíssima!".

"Uma pessoa finíssima?", repetiu o sogro. "Eu também sou uma pessoa finíssima, por exemplo! Mas, ainda assim, não aconselharia você me deixar sozinho por uma hora com uma mulher bonita, por mais que você goste dela." Knopfmacher juntou as pontas do seu polegar e do seu indicador e, depois de fazer uma pausa, repetiu: "Só isto!".

O médico do regimento empalideceu. Tirou os óculos, lustrando-os demoradamente. Assim, envolvia o mundo à sua volta numa névoa benevolente, na qual o sogro em seu robe se tornava uma mancha branca pouco nítida, ainda que extremamente grande. E mesmo depois que seus óculos já estavam lustrados, ele não voltou a colocá-los, mas os deixou em sua mão e dirigiu-se à névoa com as seguintes palavras:

"Não tenho nenhum motivo, querido papai, para desconfiar de Eva ou de meu amigo."

16 Nome genérico para destilados e aguardentes de todos os tipos. (N.T.)

O médico do regimento pronunciou estas palavras com hesitação. Pareciam-lhe expressões totalmente estranhas, retiradas de alguma leitura distante ou ouvidas em alguma peça de teatro esquecida.

Colocou os óculos novamente e logo o velho Knopfmacher aproximou-se do doutor com seu contorno amplo. Agora, a expressão que ele utilizara também parecia estar muito distante. Certamente não era verdade. O médico do regimento o sabia tão bem quanto seu sogro.

"Nenhum motivo!", repetiu *Herr* Knopfmacher. "Mas eu tenho motivos! Eu conheço a minha filha! Você não conhece sua mulher! E os senhores tenentes eu também conheço! E, principalmente, os homens também! Não quero dizer nada contra o exército. Vamos nos ater ao assunto. Quando minha mulher, sua sogra, ainda era moça, eu tive a oportunidade de conhecer os jovens – os civis e os uniformizados. Sim, vocês são engraçados, vocês, vocês, vocês..."

Ele estava em busca de uma denominação adequada para uma comunidade à qual ele mesmo não conhecia bem, e da qual lhe parecia que seu genro e outros imbecis faziam parte. Ele teria preferido dizer "vocês, com sua cultura acadêmica!". Pois ele se tornara inteligente, rico e respeitado sem ter estudado. Sim, naqueles dias ele estava prestes a receber o título de conselheiro comercial. Ele estendia em direção ao futuro um sonho doce, um sonho de patrocínios, de grandes patrocínios, cuja consequência imediata seria um título de nobreza. E se, por exemplo, ele aceitasse a cidadania húngara, poderia alcançar o título de nobreza ainda mais depressa. Em Budapeste, a vida das pessoas não era tão difícil. Aliás, quem atrapalhava a vida da gente eram aqueles com formação acadêmica, um bando de funcionários com conhecimentos teóricos, imbecis! Seu próprio genro o atrapalhava. Se agora surgisse um escândalo com os filhos, ele teria que esperar muito tempo pelo título de conselheiro comercial! Em toda a parte é preciso estar atento, pessoalmente, ao que está certo! A gente é obrigada a zelar até mesmo pela virtude das mulheres dos outros!

"Meu querido Max, antes que fique tarde demais, quero lhe oferecer um copo de vinho puro!"

O médico do regimento não gostava daquelas palavras, não gostava de ouvir a verdade a qualquer preço. Sim, conhecia sua mulher tão bem quanto *Herr* Knopfmacher conhecia sua filha! Mas ele a amava, o que poderia se fazer?! Ele a amava. Em Olmütz, houvera o comissário distrital Herdall; em Graz, o juiz distrital Lederer. Desde que não fossem colegas do regimento, o médico do regimento dava graças a Deus e à sua mulher. Ah! Se ele pudesse deixar o exército. Corria-se perigo de vida o tempo todo! Quantas vezes já lhe viera o impulso de propor ao sogro... Mais uma vez, ele continuou.

"Eu sei", disse ele, "que Eva se encontra numa situação perigosa. Sempre. Há anos. Infelizmente ela é uma mulher leviana. Mas ela não leva as coisas às últimas consequências", ele parou e enfatizou: "não até as últimas consequências!". Com estas palavras, ele assassinava todas as dúvidas que o assolavam havia anos, e não o deixavam em paz. Ele acabava com sua insegurança e conquistava a certeza de que sua mulher não o traía. "De maneira nenhuma!", ele exclamou, ainda uma vez. Ele assegurou-se: "Eva é uma mulher decente, apesar de tudo!". "Com certeza!", reforçou o sogro.

"Mas esta vida", continuou o médico do regimento, "nós dois não a suportamos mais. Esta profissão não me satisfaz de maneira nenhuma, como você bem sabe. E onde estaria eu hoje, não fosse por este serviço? Teria uma grande posição no mundo e as ambições de Eva seriam satisfeitas. Pois, infelizmente, ela é ambiciosa!".

"Isto ela herdou de mim!", disse *Herr* Knopfmacher, não sem certo prazer.

"Ela está insatisfeita", prosseguiu o médico do regimento, enquanto seu sogro enchia mais um copinho, "ela está insatisfeita e procura distrações. Não posso levá-la a mal por isso".

"Você mesmo deveria se distrair!", interrompeu-o o sogro. "Eu sou..." O doutor Demant não encontrou palavra certa, calou-se por alguns instantes e olhou para o *Schnaps*. "Mas beba logo de uma vez!", disse, encorajando-o, *Herr* Knopfmacher. E ele se levantou, apanhou um copinho e o encheu. Seu robe abriu-se; via-se seu peito peludo e sua alegre barriga, tão rosada quanto suas faces.

Aproximou o copinho cheio dos lábios do seu genro. Por fim, Max Demant bebeu.

"E há mais uma coisa que, na verdade, me obriga a deixar o serviço. Quando fui convocado, ainda enxergava bastante bem. Mas agora, a cada ano que passa, vejo pior. Agora, tenho, agora não posso, agora me é impossível ver qualquer coisa nitidamente sem os óculos. Na verdade, eu deveria informar o exército sobre isto e me demitir."

"Ah é?", perguntou *Herr* Knopfmacher. "E do que..."

"Do que vocês vão viver?" O sogro cruzou as pernas. De repente, estremecia de frio. Cobriu-se com o robe segurando a gola junto ao pescoço com as duas mãos.

"Sim", disse ele, "por acaso você acha que eu vou sustentá-los? Desde que vocês se casaram, minha contribuição corresponde (por acaso eu sei este número de cor) a trezentas coroas por mês. Mas eu sei, eu já sei que Eva precisa de muito dinheiro. E se vocês forem começar uma nova vida, ela vai continuar precisando de muito. E você também, meu filho!", disse, com ternura. "Sim, meu querido, meu querido Max! As coisas já não vão mais tão bem como antigamente!"

Max calou-se. *Herr* Knopfmacher percebeu que lançara o ataque e deixou o robe abrir-se novamente. Tomou mais um *Schnaps*. Conseguia manter claras suas ideias. Ele se conhecia. Aqueles imbecis! Mesmo assim, era melhor um genro como ele do que um como o outro, o Hermann, o marido da Elisabeth. As filhas custavam-lhe seiscentas coroas por mês. Ele sabia de cor, exatamente, aquele número. "Se um dia o médico do regimento ficasse cego...", ele observou os óculos faiscantes. Ele que cuide da mulher dele! Mesmo para um míope, não deve ser difícil perceber!

"Que horas são?", perguntou ele, muito amigável, muito inofensivo.

"Logo serão sete horas!", disse o doutor.

"Vou me vestir!", decidiu o sogro. Ele se levantou, cumprimentou com a cabeça e peregrinou, digno e vagaroso, em direção à porta.

O médico do regimento permaneceu onde estava. Depois da solidão íntima do cemitério, a solidão em sua própria casa parecia-lhe gigantesca, desconhecida, quase hostil. Estava decidido a ter uma conversa com sua mulher. Saiu para o corredor. "Onde está minha mulher?" "No quarto!", disse o criado. Será que devo bater à porta?, perguntou-se o doutor. Não, ordenou seu coração de ferro. Ele abriu a porta. A mulher, de calcinhas azuis, estava diante do espelho do armário, segurando nas mãos uma grande brocha rosada de pó de arroz. "Ach!", gritou ela, cobrindo o peito com a mão. O médico do regimento parou à porta. "É você?", disse a mulher. Era uma pergunta, mas soava como um bocejo. "Sou eu!", respondeu o médico do regimento, com voz firme. Era como se alguém outro estivesse falando. Muito embora estivesse de óculos, ele dirigia suas palavras a uma névoa. "Seu pai", começou ele a dizer, "me disse que o tenente Trotta esteve aqui!".

Ela se voltou. Com suas calcinhas azuis e a brocha na mão direita como se fosse uma arma, ela se voltou contra seu marido e disse, piando como um pássaro: "Seu amigo Trotta esteve aqui! Papai chegou! Você já o viu?".

"Por isto!", disse o médico do regimento, imediatamente se dando conta de que perdera.

Fez-se um momento de silêncio.

"Por que você não bate à porta?", ela perguntou. "Queria fazer uma surpresa!"

"Você me assustou!"

"Eu...", começou o médico do regimento. Ele queria dizer: Eu sou seu marido!

Mas ele disse: "Eu amo você!".

Ele realmente a amava. Lá estava ela, com suas calcinhas azuis, segurando na mão a brocha de pó de arroz rosada. Ele a amava.

Eu sou ciumento, pensou ele. Ele disse: "Eu não gosto quando vem gente em casa e eu não fico sabendo de nada!".

"Ele é um rapaz maravilhoso!", disse a mulher e começou a cobrir seu corpo com pó de arroz diante do espelho, devagar e generosamente.

O médico do regimento aproximou-se de sua mulher e a segurou pelos ombros. Olhou no espelho. Viu suas mãos morenas e peludas sobre os ombros brancos dela. Ela sorriu. Ele viu, no espelho, o eco de vidro do sorriso dela. "Seja decente!", suplicou ele. Era como se suas mãos se ajoelhassem sobre os ombros da mulher. Imediatamente, ficou claro que ela não seria decente. Ele repetiu, então: "Por favor, seja correta!". Ele viu como ela fazia cachos com seus cabelos loiros, com suas mãos ágeis e pálidas. Um gesto supérfluo. Ela o excitava. O olhar dela encontrou-o, vindo do espelho, um olhar cinzento, frio, seco e ágil, como um tiro de aço. Eu a amo, pensou o médico do regimento. Ela me machuca e eu a amo. Ele perguntou: "Você está brava comigo porque eu fiquei fora a tarde inteira?".

Ela se voltou. Agora, com o torso encurvado sobre a bacia, ela permanecia sentada, um ser sem vida, um modelo de cera e de roupas de seda. Sob a cortina das suas pálpebras longas e negras surgiram os olhos claros, raios falsificados, imitações de gelo. Suas mãos delgadas repousavam sobre a calcinha como pássaros brancos, bordados sobre um fundo de seda azul. E, com uma voz profunda, que lhe parecia nunca ter ouvido antes, e que parecia sair do seu peito como de um mecanismo, ela disse, vagarosamente:

"Eu nunca sinto sua falta!"

Ele começou a andar de um lado para o outro, sem olhar para a mulher. Empurrou duas cadeiras que estavam no seu caminho. Era como se ainda precisasse remover muitas coisas que se colocavam no seu caminho, talvez até empurrar as paredes, destruir o forro do teto com a cabeça, pisotear o assoalho e enterrá-lo com os pés. Suas esporas tilintavam suavemente em seus ouvidos, de longe, como se alguém outro as estivesse usando. Uma única palavra animava sua cabeça, sussurrando, esvoaçando sem parar, de um lado para o outro, no seu cérebro. Chega! Chega! Chega! Uma pequena palavra, rápida, leve como uma pluma e, ao mesmo tempo, pesada como chumbo. Seus passos tornavam-se cada vez mais rápidos, os pés mantinham o mesmo ritmo do movimento pendular acelerado da palavra em sua cabeça. Subitamente, ele parou: "Então você não me ama?", ele perguntou. Tinha certeza de que ela não responderia àquela pergunta. Ela vai ficar calada, pensou. Ela respondeu: "Não!". Ergueu a cortina negra das suas pálpebras e o mediu, de cima a baixo, com seus olhos terríveis, nus, acrescentando: "Você está bêbado!".

Ele compreendeu que tinha bebido demais. Pensou, tranquilizando-se: Estou bêbado e quero mesmo estar bêbado. E, com uma voz estranha, como se agora tivesse a obrigação de se portar como um bêbado e não como ele mesmo, disse: "Ah! Aha!". Conforme suas ideias não muito claras, estas eram as palavras e este era o tom com os quais um homem bêbado deveria cantar em ocasiões como aquela. E então pôs-se a cantar. E fez mais uma coisa: "Eu vou matar você!", disse ele, vagarosamente.

"Me mate então!", ela piou, com sua antiga voz, aguda como de costume. Ela se levantou. Ela se levantou ágil e flexível, segurando a brocha de pó de arroz na mão direita. O impulso delgado e completo das suas pernas de seda lembrava-o de um pedaço de manequim na vitrine das lojas de modas. A mulher inteira era uma montagem, uma montagem feita de vários pedaços. Ele não a amava mais, ele não a amava mais. Ele estava repleto de um ódio que ele mesmo odiava, de uma fúria que viera a ele de algum lugar distante como um inimigo desconhecido e que agora habitava seu coração. Em voz alta, ele disse aquilo que pensara uma hora antes: "Fazer ordem! Vou fazer ordem!".

Ela riu, com uma voz ressoante que ele não conhecia. Uma voz de teatro! Ele pensou. Um impulso irresistível para provar a ela que era capaz de fazer ordem preencheu seus músculos e deu aos seus olhos fracos uma força incomum. Ele disse: "Vou deixar você com seu pai! Vou atrás daquele Trotta!".

"Vá! Vá!", disse a mulher.

Ele foi. Antes de deixar a casa, voltou, ainda uma vez, para a sala de estar dos cavalheiros para tomar um *Schnaps*. Retornava ao álcool como a um amigo íntimo, pela primeira vez em sua vida. Encheu um copinho, depois outro, e depois mais um. Deixou a casa com passos que tilintavam. Dirigiu-se ao clube dos oficiais. Perguntou ao ordenança: "Onde está o tenente Trotta?".

O tenente Trotta não estava no clube dos oficiais.

O médico do regimento tomou a estrada em linha reta que levava à caserna. A lua já decrescia. Brilhava ainda, forte e prateada, quase cheia. Pela estrada silenciosa, nenhum hálito se movia. As sombras ressecadas das castanheiras calvas desenhavam uma teia confusa sobre a superfície levemente côncava, no meio da estrada. Duros e congelados ressoavam os passos do doutor Demant. Ia em busca do tenente Trotta. De longe, envolta em branco azulado, avistava as imponentes muralhas da caserna, às quais se dirigia como para atacar uma fortaleza inimiga. O som frio e feito de lata do toque de recolher veio a seu encontro. O doutor Demant marchava, em linha reta, em direção aos sons metálicos e congelados. Pisoteava-os. Logo, a qualquer instante, o tenente Trotta apareceria. Ele se destacou, como um traço negro, diante do branco imponente da caserna, e se aproximava do doutor. Mais três minutos. Estavam de pé, um diante do outro. O tenente o saudou. O doutor Demant ouviu sua própria voz como se viesse de um lugar infinitamente distante: "O senhor esteve com minha mulher hoje à tarde, senhor tenente?".

A pergunta ecoava pela abóbada azul e vítrea do céu. Havia semanas que tratavam um ao outro por você. Tratavam-se por você. Mas agora estavam, um diante do outro, como inimigos. "Estive com sua mulher hoje à tarde, senhor médico do regimento!", disse o tenente.

O doutor Demant chegou bem perto do tenente. "O que há entre a minha mulher e o senhor, senhor tenente?" Os pesados óculos do doutor faiscavam. O médico do regimento não tinha mais olhos, só óculos.

Carl Joseph calou-se. Era como se, em toda a imensidão do mundo, não houvesse resposta para a pergunta do doutor Demant. Poder-se-ia buscar em vão por uma resposta por décadas a fio; como se a língua dos homens tivesse se esgotado e secado por toda a eternidade. Seu coração golpeava suas costelas com batidas rápidas, secas e duras. Seca e dura sua língua colava-se ao palato. Um vazio enorme e terrível sussurrava em sua cabeça. Era como se estivessem muito perto de algum perigo inominável e, ao mesmo tempo, como se este perigo já os tivesse engolido. Estavam diante de um gigantesco abismo negro e, ao mesmo tempo, já estavam envoltos pela sua escuridão. As palavras do doutor Demant soavam vindas de uma distância vítrea e congelada, palavras mortas, cadáveres de palavras. "Responda, senhor tenente!"

Nada. Silêncio. As estrelas faíscam e a lua brilha. "Responda, senhor tenente!" Com estas palavras, ele se dirige a Carl Joseph. Ele é obrigado a responder. Junta os restos insignificantes de suas forças. No vazio que sussurra em sua cabeça rasteja uma frase rala e sem valor. O tenente bate os saltos das suas botas (por instinto militar e também para ouvir algum tipo de ruído) e o tilintar das suas esporas tranquiliza-o. E ele diz, em voz baixa: "Senhor médico do regimento, não há absolutamente nada entre mim e a sua mulher!".

Nada. Silêncio. As estrelas faíscam e a lua brilha. O doutor Demant não diz nada. Por meio dos seus óculos mortos, ele olha para Carl Joseph. O tenente repete, em voz baixa: "Absolutamente nada, senhor médico do regimento!".

Ele ficou louco, pensa o tenente. E: quebrou! Alguma coisa se quebrou. É como se ele tivesse ouvido o ruído seco de alguma coisa que se estilhaça. Quebra de fidelidade! Ocorre-lhe, ele leu esta expressão em algum lugar. Quebra de amizade. Sim, trata-se de uma amizade que se quebrou.

Subitamente, ele se dá conta de que o médico do regimento é seu amigo, há semanas, um amigo! Eles se viram todos os dias desde então. Certa vez, ele foi com o médico do regimento passear pelo cemitério, em meio aos túmulos. "Há tantos mortos", disse o médico do regimento. "Você também sente que nós vivemos dos mortos?" "Eu vivo do meu avô", disse Trotta. Ele via o retrato do herói de Solferino desaparecendo na penumbra junto ao forro da casa paterna. Sim, havia algo de fraternal que emanava do médico do regimento, no coração do doutor Demant algo de fraterno batia, como um pequeno fogo. "Meu avô", disse o médico do regimento, "era um judeu grande e velho, com uma barba prateada!". Carl Joseph via o judeu grande e velho com a barba prateada. Eles eram netos, ambos eram netos. Quando o médico do regimento monta em seu cavalo, ele parece um pouco ridículo, menor, mais minúsculo do que quando está a pé; o cavalo carrega-o no lombo como se ele fosse um saquinho de aveia. E Carl Joseph também é insignificante quando está a cavalo. Ele se conhece muito bem. Ele se enxerga como se estivesse diante de um espelho. Há dois oficiais no regimento inteiro às costas dos quais os outros têm assunto de sobra para cochichar: o doutor Demant e o neto do herói de Solferino. Eles são dois, no regimento inteiro. Dois amigos.

"Me dá a sua palavra de honra, senhor tenente?", perguntou o doutor. Sem responder, Trotta lhe estendeu sua mão. O doutor disse: "Obrigado!", e lhe tomou a mão. Juntos, eles voltam pela estrada, dez passos, vinte passos, e não dizem uma palavra sequer.

Subitamente, o médico do regimento começa a dizer: "Não me leve a mal. Eu bebi. Meu sogro chegou hoje. Ele viu você. Ela não me ama. Ela não me ama. Você entende?".

"Você é jovem!", disse o médico do regimento, passado um tempo, como se com isto ele quisesse dizer que falara à toa. "Você é jovem!"

"Entendo!", diz Carl Joseph.

Seguem marchando no mesmo passo, suas esporas vão tinindo, seus sabres vão tilintando. As luzes da cidade acenam em sua direção, amarelas e familiares. Os dois desejam que a estrada não termine nunca. Querem continuar marchando assim, um ao lado do outro, por muito tempo. Cada um deles tem alguma coisa a dizer e ambos permanecem em silêncio. Uma palavra. É fácil dizer uma palavra. Mas eles não dizem nada. O tenente pensa que esta será a última vez que andarão assim, um ao lado do outro!

Agora, chegam aos limites da cidade. O médico do regimento ainda tem alguma coisa a dizer antes de entrarem na cidade. "Não é por causa da minha mulher", diz ele. "Isto já não tem mais importância! Eu aceito isto. É por sua causa." Ele espera por uma resposta e sabe que não receberá resposta alguma. "Está bem, obrigado!", diz ele, muito depressa. "Ainda vou até o clube dos oficiais. Você vem comigo?"

Não. O tenente Trotta não vai ao clube dos oficiais hoje. Ele faz meia-volta. "Boa noite!", diz ele, e faz meia-volta. Ele vai para a caserna.

VII

O inverno chegou. De manhã, quando o regimento saía, o mundo ainda estava escuro. A fina crosta de gelo que cobria as estradas estilhaçava-se sob os cascos dos cavalos. As narinas dos animais e as bocas dos cavaleiros exalavam um hálito cinzento. Sobre as bainhas dos sabres negros e sobre os canos das carabinas leves o hálito opaco do gelo formava pérolas. A cidadezinha tornava-se ainda menor. O clamor congelado e abafado dos trompetes já não mais atraía os espectadores habituais à beira das ruas. Só os cocheiros, em seu lugar de sempre, erguiam, todas as manhãs, suas cabeças barbudas. Quando nevava bastante, conduziam trenós. Os sininhos nos arreios dos seus cavalos soavam baixinho, movidos pelo movimento incessante dos animais que estremeciam de frio. Os dias eram idênticos uns aos outros, como o eram os flocos de neve. Os oficiais do regimento de lanceiros da cavalaria esperavam por algum acontecimento extraordinário, que interrompesse a monotonia dos seus dias. Mas ninguém sabia dizer que tipo de acontecimento seria este. O inverno parecia ocultar em seu colo, que tinia de frio, alguma surpresa terrível. E um dia a surpresa surgiu, como um relâmpago vermelho na neve branca... Naquele dia o capitão de cavalaria Taittinger não estava sentado, como era seu costume, atrás do grande espelho junto à porta da confeitaria. Desde o início da tarde, ele estava numa salinha nos fundos, cercado de camaradas mais jovens. Parecia aos oficiais mais pálido e mais magro do que de costume. Aliás, todos estavam pálidos. Tomavam muitos licores, mas seus rostos não coravam. Não comiam nada. Só diante do capitão da cavalaria erguia-se, como sempre, uma montanha de doces. Sim, hoje ele parecia comer ainda mais do que nos outros dias. Pois a preocupação roía suas entranhas, deixando um vazio, e ele precisava manter-se vivo. E assim, enquanto enfiava um confeito depois do outro com os dedos magros na boca aberta, ele repetia sua história, já pela quinta vez, diante dos seus ouvintes sempre curiosos.

"Então, meus senhores, o principal é manter a mais absoluta discrição diante da população civil! No tempo em que eu ainda fazia parte do regimento da infantaria montada, havia lá um tagarela como este, evidentemente na reserva, aliás, muito rico, e logo que ele foi convocado a coisa aconteceu!

Evidentemente quando, então, enterramos o pobre barão Seidl a cidade inteira já sabia a causa da sua morte súbita. Espero, meus senhores, que desta vez tenhamos um... " ele quis dizer "enterro", interrompeu-se, pensou, por muito tempo, não encontrou a palavra adequada, olhou para o teto e em sua cabeça, assim como nas cabeças dos seus ouvintes, sussurrava um terrível silêncio. Por fim, ele terminou: "tenhamos um acontecimento mais discreto". Respirou aliviado, por um instante, engoliu um doce e tomou seu copo d'água de um só gole.

Todos sentiam que ele tinha conjurado a morte. A morte pairava sobre eles, e eles não tinham com ela nenhuma intimidade. Tinham nascido em tempos de paz e tinham se tornado oficiais por meio de manobras e de exercícios pacíficos. Naquele tempo, eles ainda não sabiam que cada um deles, sem exceção, haveria de encontrar a morte, poucos anos mais tarde. Naquele tempo, nenhum deles tinha ouvidos suficientemente sensíveis para perceber o ruído das gigantescas engrenagens dos grandes moinhos ocultos, que já começavam a moer a grande guerra. Uma paz hibernal e branca regia aquela pequena guarnição. E, preta e vermelha, a morte esvoaçava sobre eles na penumbra da salinha dos fundos. "Não consigo entender!", disse um dos rapazes. Todos já tinham dito alguma coisa semelhante. "Mas já contei um monte de vezes!", retrucou Taittinger. "Tudo começou com aquele grupo de teatro itinerante. Foi o diabo quem me deu a ideia de ir àquela opereta, aquela, como se chamava, agora esqueci de novo o nome, como era mesmo?" "*Der Rastelbinder*[17]!" "Isto mesmo! Tudo começou com *Der Rastelbinder*. Eu estava justamente saindo do teatro quando dei de cara com o Trotta, esquecido por Deus, sozinho sobre a neve, na praça. Pois eu saí do teatro antes de a opereta terminar, sempre faço assim, meus senhores! Nunca aguento ficar até o fim, tudo vai ter um final feliz, já dá para perceber, assim que começa o terceiro ato, e então eu já sei de tudo mesmo, e por isso vou-me embora, saio da sala sem fazer barulho. Além disto, já assisti a esta opereta três vezes! Bom! Então, lá está o pobre Trotta, totalmente abandonado, em meio à neve. E eu digo a ele: 'Até que foi bem simpática a peça'. E ainda lhe falo do comportamento estranho do Demant! Ele mal olhou para mim, deixou sua mulher sozinha no segundo ato, simplesmente foi embora e não voltou! Ele bem poderia ter me confiado sua mulher, mas sair do teatro assim, simplesmente, isto já é quase um escândalo, e eu digo tudo isto ao Trotta. 'Sim', ele responde, 'há muito tempo que não falo com o Demant...'"

"Mas o Trotta e o Demant foram vistos juntos por semanas a fio!", alguém gritou.

"Mas é claro, eu sei disto, e é por isto que contei ao Trotta sobre o comportamento estranho do Demant. Mas também não gosto de me meter nos assuntos dos outros, e por isto perguntei ao Trotta se ele ainda queria dar uma passadinha na confeitaria comigo. 'Não', diz ele, 'ainda tenho um encontro marcado'. Então, lá vou eu. E justamente naquela noite, a confeitaria fechou mais cedo. É o destino, meus senhores! Eu – naturalmente vou para o clube dos oficiais.

Sem saber de nada, conto tudo ao Tattenbach e a todos os que estavam por lá, a história do Demant, e que o Trotta tinha um encontro marcado no meio da praça diante do teatro. Ainda ouço, agora, o assovio do Tattenbach. 'O que você está assoviando aí?',

17 *Der Rastelbinder* é uma opereta de Franz Léhar, com libreto de Victor Léon, apresentada pela primeira vez em Viena em 20 de dezembro de 1902. *Rastelbinder* significa, no alemão da Áustria, o mesmo que *Kesselflicker* na Alemanha, isto é, consertador de panelas e caldeirões. (N.T.)

eu pergunto. 'Nada, nada', diz ele. 'Atenção, não digo nada além de: atenção! O Trotta e a Eva, o Trotta e a Eva, ele cantarola duas vezes, como se fosse uma canção do teatro de variedades, e eu não sei quem é a Eva, penso que é aquela do Paraíso, ou seja, simbólica, geral, meus senhores! Compreendem?"

Todos tinham compreendido e confirmaram com palavras e com acenos de cabeça. Não só tinham compreendido a história do capitão da cavalaria como já a conheciam exatamente, do início ao fim. E, ainda assim, pediam a ele para contar mais e mais vezes, pois, no lugar mais tolo e mais secreto dos seus corações, eles esperavam que a história do capitão de cavalaria pudesse se alterar, deixando em aberto uma exígua possibilidade de um fim melhor. Voltavam, sempre, a interrogar Taittinger. Mas sua história soava sempre idêntica. Nenhuma única de suas tristes particularidades se alterava.

"E então?", perguntou um deles.

"O resto vocês já sabem!", respondeu o capitão da cavalaria. "No mesmo instante em que deixamos o clube dos oficiais, o Tattenbach, o Kindermann e eu, damos de cara com o Trotta e com a *Frau* Demant. 'Atenção!', diz o Tattenbach. 'O Trotta não falou que tinham um encontro marcado?' 'Pode ser uma coincidência', eu digo ao Tattenbach. E agora eu sei que foi uma coincidência. *Frau* Demant saiu sozinha do teatro. O Trotta sentiu-se na obrigação de acompanhá-la até a casa dela. E teve que abrir mão do seu encontro marcado. Nada disto teria acontecido se, no intervalo, o Demant me tivesse confiado a mulher dele! Nada!"

"Nada!", confirmaram todos.

"Na noite seguinte, como de costume, o Tattenbach se embebedou no clube dos oficiais. E assim que o Demant entra, ele se levanta e diz: '*Servus*, querido doutor!' Foi assim que tudo começou!"

"Uma vergonha!", observam dois deles, simultaneamente. "Uma vergonha, mas ele estava bêbado! O que se poderia fazer? Eu o cumprimentei corretamente: '*Servus*, senhor médico do regimento!'. E o Demant, com uma voz da qual eu não imaginava que ele fosse capaz, diz ao Tattenbach: 'Senhor capitão da cavalaria, o senhor deve saber que eu sou médico do regimento!'. 'Se eu fosse o senhor, ficaria em casa prestando atenção no que está acontecendo!', diz o Tattenbach, segurando-se na poltrona. A propósito, era o dia do santo do qual ele tem o nome. Eu já tinha dito isto para vocês?"

"Não!", gritaram todos.

"Bom, então agora já sabem: era, justamente, o dia do santo do qual ele tem o nome!", repetiu Taittinger.

Todos sorveram esta novidade com ganância. Era como se do fato de ter sido o dia do santo do qual Tattenbach tinha o nome fosse resultar uma solução nova e vantajosa para aquele triste caso. Cada um se pôs a pensar qual poderia ser a utilidade do dia do santo do qual Tattenbach tinha o nome. E o pequeno Sternberg, em cujo cérebro os pensamentos costumavam se esvoaçar isolados como pássaros solitários por entre as nuvens vazias, sem irmãos, e sem deixar rastros, imediatamente disse, com um júbilo prematuro em sua voz: "Mas então está tudo bem! A situação é totalmente outra! Era o dia do santo do qual ele tem o nome!".

Todos se voltaram para o pequeno conde Sternberg, perplexos e inconsoláveis, mas ainda assim dispostos a agarrar aquele absurdo. Era uma tolice absoluta o que o Sternberg dizia ali, mas, pensando bem, será que não se poderia confiar naquilo, será que não havia alguma esperança, não acenava, dali, algum consolo? A gargalhada oca que Taittinger soltou, logo a seguir, renovou os seus temores. Com os lábios entreabertos e com palavras desamparadas sobre as línguas mudas, com os olhos arregalados e com os olhares vazios, eles permaneceram em silêncio, emudecidos e ofuscados, aqueles que, por um instante, acreditavam ter ouvido um som de consolo, acreditavam ter visto uma faísca de consolo. À sua volta pairava uma surdez escura. Em todo o vasto e silencioso mundo hibernal, coberto por uma grossa camada de neve, não existia nada exceto aquela história eternamente inalterada de Taittinger, que já fora repetida cinco vezes. Ele prosseguiu: "Então, 'se eu fosse o senhor, ficaria em casa prestando atenção no que está acontecendo!', diz o Tattenbach. E o doutor, vocês sabem, como se estivesse visitando doentes, e como se o Tattenbach estivesse doente, estica a cabeça em direção ao Tattenbach e diz: 'Senhor capitão, o senhor está bêbado!'. 'Se eu fosse o senhor, cuidaria melhor da minha mulher', balbucia Tattenbach. 'Nós não deixamos as nossas mulheres passearem com tenentes à meia-noite!' 'O senhor está bêbado e o senhor é um vagabundo!', diz o Demant. E no instante em que eu quero me levantar, e antes mesmo que eu consiga me mexer, o Tattenbach começa a gritar, como um louco: 'Judeu, judeu, judeu!'. Ele diz isto oito vezes seguidas, ainda tive a presença de espírito de contar exatamente".

"Bravo!", disse o pequeno Sternberg, e Taittinger acenou com a cabeça em sua direção.

"Mas também tenho a presença de espírito de comandar", continuou o capitão, "'Ordenanças, retirar-se!' pois por que é que os rapazes tinham que permanecer ali?".

"Bravo!", gritou o pequeno Sternberg mais uma vez. E todos assentiram com a cabeça.

Outra vez fez-se silêncio. Da cozinha da confeitaria, que ficava junto dali, ouvia-se o estampido duro da louça e da rua, o tilintar agudo de um trenó. Taittinger enfiou mais um confeito boca adentro.

"E agora as cartas estão dadas!", disse o pequeno Sternberg. Taittinger engoliu o último resto dos seus doces e disse:

"Amanhã, às sete e vinte!".

Amanhã às sete e vinte! Todos conheciam as condições: troca de tiros simultânea, dez passos de distância. Uma luta de sabres teria sido inaceitável para o doutor Demant. Ele era incapaz de lutar. Amanhã, às sete da manhã, o regimento sai para seus exercícios no prado. Do prado até a chamada "praça verde", atrás do antigo castelo, onde deve realizar-se o duelo, são menos de duzentos passos. Cada um dos oficiais sabe que amanhã, ainda enquanto estiverem fazendo ginástica, ouvirão dois tiros. Cada um deles já ouvia aqueles tiros naquele instante. Com suas asas negras e vermelhas, a morte esvoaçava sobre as suas cabeças.

"A conta!", disse Taittinger. E deixaram a confeitaria. Outra vez estava nevando. Uma horda muda, azul-marinho, eles caminhavam pela neve muda e branca, perdendo-se, aos pares, sozinhos. Todos eles tinham medo de ficar sozinhos, mas tampouco lhes era possível permanecerem juntos. Eles tentavam perder-se nas ruazinhas daquela cidade minúscula, e sempre voltavam a encontrar-se, poucos instantes depois. As ruazinhas recurvas voltavam a reuni-los. Estavam aprisionados pela pequena cidade e pela grande perplexidade. E sempre que um encontrava o outro, assustavam-se, cada um com medo do outro. Esperavam pela hora do jantar e ao mesmo tempo temiam a noite que se aproximava, no clube dos oficiais, onde hoje, já hoje, não estariam todos reunidos.

De fato, nem todos se encontravam ali! Tattenbach faltava, o major Prohaska, o doutor, o tenente-coronel Zander e o tenente Christ e, sobretudo, as testemunhas do duelo. Taittinger absteve-se de comer. Diante de um tabuleiro de xadrez, ele jogava consigo mesmo. Ninguém dizia uma palavra sequer. Os ordenanças estavam silenciosos e imóveis como pedras, junto às portas. Ouvia-se o tiquetaquear rijo e vagaroso do grande relógio, à esquerda do qual o supremo senhor da guerra olhava, com seus olhos frios de porcelana, sobre seus silenciosos oficiais. Ninguém ousava retirar-se sozinho, nem levar consigo o próximo. E assim permaneceram ali, cada qual em seu lugar. Nos lugares onde havia dois ou três oficiais, as palavras caíam, pesadas, a conta-gotas, dos lábios e, entre palavra e resposta pesava um grande e plúmbeo silêncio. Todos sentiam o silêncio às suas costas.

Pensavam naqueles que não se encontravam ali, como se os ausentes já estivessem mortos. Todos se lembravam da chegada do doutor Demant, algumas semanas antes, depois de uma longa licença de saúde. Viam seus passos hesitantes e seus óculos faiscantes. Viam o conde Tattenbach, seu corpo curto e arredondado sobre as pernas arqueadas de cavaleiro, a cabeça sempre vermelha com a cabeleira de um loiro aguado aparada e repartida ao meio e os olhinhos claros, pequenos, com bordas avermelhadas. Ouviam a voz baixa do doutor e a voz inflamada do capitão de cavalaria. E ainda que as palavras honra e morrer, atirar e golpear, morte e túmulo fossem, desde que sabiam pensar e sentir, íntimas dos seus corações e dos seus sentidos, hoje lhes parecia incompreensível que talvez fossem se separar para sempre da voz inflamada do capitão de cavalaria e da voz suave do doutor. Cada vez que soavam os sinos melancólicos do relógio de parede, os homens acreditavam que soava a sua hora final. Não queriam acreditar nos próprios ouvidos, e olhavam para a parede. Não havia dúvidas: o tempo não parava. Sete e vinte, sete e vinte, sete e vinte martelava nos cérebros de todos.

Eles se levantaram, um em seguida do outro, hesitantes e envergonhados. Enquanto se despediam, era como se estivessem traindo um ao outro. Iam quase sem fazer ruídos. Suas esporas não tilintavam, seus sabres não tiniam, suas solas surdas pisavam num solo surdo. Ainda antes da meia-noite, o clube dos oficiais estava deserto. E às quinze para a meia-noite, o tenente-coronel Schlegel e o tenente Kindermann alcançaram a caserna na qual viviam. Do primeiro andar, onde ficavam os alojamentos dos oficiais, uma única janela acesa derramava um quadrilátero amarelo na escuridão do pátio. Os dois olharam para cima, simultaneamente. "É o Trotta!", disse Kindermann.

"É o Trotta!", repetiu Schlegel. "Vamos dar uma olhada!"

"Ele não vai gostar!"

Tilintando, seguiram pelo corredor, detiveram seus passos diante da porta do tenente Trotta e pararam para escutar. Estava tudo imóvel. O tenente-coronel Schlegel apoiou a mão sobre a maçaneta da porta, mas não a abriu. Recuou com a mão e ambos se afastaram. Acenaram, um ao outro, com a cabeça e se retiraram para seus aposentos.

Efetivamente, o tenente Trotta não os ouvira. Havia agora quatro horas que ele tentava escrever a seu pai uma carta detalhada. Mas não conseguia passar das primeiras linhas. "Querido pai!", assim ele começara. "Sem ter culpa e sem saber, tornei-me o motivo de um trágico caso de honra." Sua mão estava pesada. Uma ferramenta morta, inútil, ela vacilava, com a pena trêmula, sobre o papel. Aquela era a primeira carta difícil de sua vida. Parecia impossível ao tenente aguardar pelo desfecho daquele assunto para então escrever ao comissário distrital. Desde que acontecera aquela infeliz disputa entre Tattenbach e Demant, ele vinha adiando, sempre, aquele relato. Era impossível deixar de enviá-lo hoje, hoje ainda, antes do duelo. O que teria feito o herói de Solferino naquela situação? Carl Joseph sentia o olhar peremptório do avô em sua nuca. O herói de Solferino exigia do seu tímido neto uma decisão certeira. Ele tinha que escrever, já, imediatamente. Sim, talvez ele devesse até mesmo dirigir-se à casa do pai. Entre o herói morto de Solferino e o neto indeciso estava o pai, o comissário distrital, protetor da honra, guardião da herança. Vivo e rubro, o sangue do herói de Solferino ainda circulava nas veias do comissário distrital. E, se ele não relatasse tudo ao pai a tempo, seria como se estivesse tentando esconder alguma coisa do avô.

Mas, para escrever aquela carta, era preciso ser tão forte quanto o avô, tão simples, tão decidido, tão parecido com o camponês de Sipolje. Ele era apenas o neto! Aquela carta interrompia, de maneira terrível, a sequência uniforme dos relatos habituais, sempre idênticos, que os filhos da família Trotta escreviam aos seus pais. Uma carta sangrenta. Era preciso escrevê-la.

O tenente prosseguiu:

> "É verdade que tinha feito um passeio inofensivo com a mulher do nosso médico do regimento, perto da meia-noite. A situação me deixou sem alternativas. Camaradas nos viram. O capitão Tattenbach, que lamentavelmente se embebeda com frequência, aludiu a este passeio de maneira vulgar. Amanhã, às sete e vinte, eles vão duelar. Provavelmente serei obrigado a desafiar o Tattenbach, se ele sobreviver, como eu espero que sobreviva. A situação é difícil.
> Seu fiel filho, Carl Joseph Trotta, tenente
> PS: Talvez eu também seja obrigado a deixar o regimento."

Agora parecia ao tenente que o mais difícil já tinha passado. Mas, ao deixar seu olhar passear pelo teto sombrio, ele reviu, subitamente, o rosto severo do avô que o admoestava. Junto ao herói de Solferino, achou que via, também, o rosto do velho estalajadeiro judeu, com sua barba branca, cujo neto era o doutor Demant. E ele sentia que os mortos chamavam os vivos e era como se ele mesmo já fosse duelar amanhã, às sete e vinte da manhã. Duelar e cair. Cair! Cair e morrer!

Naqueles domingos há tanto tempo desaparecidos, nos quais Carl Joseph permanecia no terraço da casa paterna e a banda militar de *Herr* Nechwal tocava a *Marcha de Radetzky*, cair e morrer teria sido uma coisa sem importância! A morte era alguma coisa conhecida para o aluno da academia real e imperial de cadetes da cavalaria, mas era uma morte muito distante! Amanhã de manhã, às sete e vinte, a morte esperava por seu amigo, o doutor Demant. Depois de amanhã, ou alguns dias depois, pelo tenente Carl Joseph von Trotta. Oh! Horror e trevas! Ser a causa de sua chegada negra e acabar tornando-se sua vítima! E será que ele não deveria mesmo ser sua vítima? Quantos cadáveres ainda o aguardavam em seu caminho? Assim como os marcos estavam nos caminhos dos outros, os túmulos estavam no caminho de Trotta. Ele tinha certeza de que nunca voltaria a ver seu amigo, assim como nunca voltara a ver Katharina. Nunca! Ante os olhos de Carl Joseph, esta palavra estendia-se sem margens e sem limites, um oceano morto de eternidade surda. O pequeno tenente cerrou seu punho branco e fraco, opondo-se à grande e negra lei, que trazia os túmulos e os cadáveres, que não opunha barreiras à inexorabilidade do jamais e que se recusava a iluminar a escuridão. Ele cerrou seu punho e aproximou-se da janela para erguê-lo em direção ao céu. Mas apenas ergueu seus olhos. Observava o faiscar frio das estrelas hibernais. Lembrava-se da noite em que, pela última vez, caminhara ao lado do doutor Demant, da caserna até a cidade. Ele já sabia, então, que aquela seria a última vez.

Subitamente, ele sentiu saudade de seu amigo, e também a esperança de que ainda seria possível salvar o doutor!

Era uma e vinte. Certamente ainda restavam seis horas de vida ao doutor Demant, seis longas horas. E agora este tempo parecia ao tenente Trotta quase tão imponente quanto lhe parecera, pouco antes, a eternidade sem limites. Ele se lançou sobre o gancho onde estava pendurado seu casaco, atou o sabre, enfiou-se no casaco, precipitou-se ao longo do corredor e desceu a escada quase esvoaçando sobre os degraus, correu pelo quadrilátero noturno do pátio e saiu pelo portão, passando pelo vigia, correu pela estrada silenciosa, em dez minutos alcançou a cidadezinha e, um pouco mais tarde, o único trenó que fazia um silencioso plantão noturno, e deslizou, em meio a um soar tranquilizante, em direção à margem meridional da cidade e à casa do doutor. Atrás da grade, a casinha dormia, com suas janelas cegas. Trotta apertou a campainha. Nenhum movimento. Ele esperou. Mandou o cocheiro estalar o chicote. Ninguém respondia.

Se ele tivesse ido procurar o conde Tattenbach, teria sido fácil encontrá-lo. Na véspera do seu duelo ele provavelmente estava no bordel da Resi, bebendo à sua própria saúde. Mas era impossível adivinhar onde se encontrava Demant. Talvez o médico do regimento estivesse vagando pelas ruelas da cidade. Talvez estivesse passeando em meio aos túmulos conhecidos, à procura de um para si mesmo. "Para o cemitério!", o tenente ordenou ao cocheiro, assustando-o. Os dois cemitérios ficavam, um junto ao outro, perto dali. O trenó parou diante do velho muro e do portão fechado. Trotta desceu. Aproximou-se do portão. Seguindo adiante com a louca ideia que o trouxera até ali, ele pôs as mãos em concha diante da boca e pôs-se a gritar o nome do doutor Demant na direção dos túmulos, com uma voz estranha, que era como um choro que vinha do seu coração, e ele mesmo acreditava, enquanto gritava assim, que já estivesse chamando os mortos e não mais os vivos. Assustou-se e começou a tremer como se fosse um dos galhos desfolhados em meio aos túmulos, sobre os quais agora assoviava a tempestade noturna, e o sabre tilintava, junto aos quadris do tenente.

O cocheiro, na boleia do seu trenó, ficou horrorizado com seu passageiro. Sendo um simplório, pensou que o oficial fosse um fantasma ou um louco. Mas também tinha medo de tocar o cavalo e fugir dali. Seus dentes batiam, seu coração lançava-se, com toda a força, contra o pesado casaco de pele felina. "Suba no trenó, senhor oficial!", ele pedia.

O tenente atendeu ao seu chamado. "De volta para a cidade!", disse ele. Na cidade, desembarcou e seguiu, cuidadosamente, em marcha pelas ruazinhas recurvas e pelas poucas praças. As melodias de lata de uma caixa de música automática, que começaram, vindas de algum lugar, a cortar o silêncio da noite, ofereceram-lhe um destino provisório e apressou o passo em direção ao tinido abafado. Aproximou-se da porta de vidro de uma taverna, iluminada por uma luz opaca, junto ao estabelecimento de *Frau* Resi, uma taverna muito frequentada pelas tropas e na qual era proibido aos oficiais entrarem. O tenente aproximou-se da janela iluminada, olhando para o interior do estabelecimento por meio da cortina avermelhada. Viu o balcão e o estalajadeiro magro, em mangas de camisa. Três homens jogavam cartas, sentados a uma mesa, eles também em mangas de camisa. Numa outra mesa estava um cabo com uma moça ao seu lado. Havia, à frente dos dois, copos de cerveja. Num canto, um homem estava sentado sozinho, segurando um lápis na mão. Encurvado sobre uma folha de papel, ele escrevia alguma coisa, parava, tomava um gole de *Schnaps*, olhava o vazio. Subitamente, voltou as lentes dos seus óculos para a janela. Carl Joseph o reconheceu. Era o doutor Demant, em trajes civis.

Carl Joseph bateu à porta de vidro e o estalajadeiro veio atendê-lo. O tenente pediu a ele para chamar aquele homem solitário. O médico do regimento saiu para a rua. "Sou eu, Trotta!", disse o tenente, estendendo-lhe a mão. "Você me encontrou!", disse o doutor. Pareceu ao tenente que ele falava baixo como sempre, mas de maneira muito mais clara do que de costume, pois, estranhamente, suas palavras quase silenciosas superavam os sons da caixa de música. Era a primeira vez que ele se punha diante de Trotta em trajes civis. A voz conhecida, vinda da aparência alterada do doutor, aproximava-se do tenente como uma boa saudação vinda de sua terra-mãe, do seu lar. Sim, a voz soava tanto mais familiar quanto mais estranho lhe parecia Demant. Todos os pavores que, naquela noite, o levavam à loucura, agora se dispersavam, diante da voz do amigo que Carl Joseph já não ouvia havia muitas semanas, e da qual sentira muita falta. Sim, sentira a falta dela, agora ele o sabia. A caixa de música parou de martelar. Agora ouviam-se, a cada tanto, os gemidos do vento da noite, e sentia-se, nas faces, a poeira de neve que se erguia. O tenente deu mais um passo em direção ao doutor. (Parecia-lhe nunca estar suficientemente perto dele). Ele queria dizer: Você não deve morrer! Ocorreu-lhe, então, que Demant estava diante dele sem casaco, na neve e no vento. Quando se está com trajes civis, não se percebe imediatamente, ele pensou. E, com uma voz delicada, ele disse: "Você ainda vai se resfriar!".

No rosto do doutor Demant luziu, imediatamente, o antigo e bem conhecido sorriso, que encurvava um pouco seus lábios e erguia sua barbinha preta. Carl Joseph corou. Ele já não vai mais ter tempo de se resfriar, pensou o tenente. Ao mesmo tempo, ele ouviu a voz delicada do doutor Demant: "Já não me resta mais tempo para ficar doente, meu caro amigo". Ele era capaz de falar enquanto sorria. As palavras do doutor atravessavam seu antigo sorriso e, mesmo assim, o sorriso permanecia intacto: como um pequeno véu, branco e tristonho, pendia dos seus lábios. "Mas vamos entrar!", prosseguiu o doutor. Como uma sombra negra e imóvel, ele estava postado diante da luz opaca da porta, ao mesmo tempo em que projetava uma segunda sombra, mais pálida, sobre a rua coberta de neve. Sobre os seus cabelos negros pairava a poeira prateada da neve, iluminada pelo brilho opaco que luzia de dentro da taverna. Sobre a sua cabeça já pairavam as luzes do mundo celestial, e Trotta estava a ponto de fazer meia-volta. Boa noite!, ele queria dizer, e ir embora dali, depressa.

"Vamos entrar!", repetiu o doutor Demant. "Vou perguntar se há algum jeito de você entrar sem ser visto!". Ele entrou, deixando Trotta fora. Depois voltou, acompanhado do estalajadeiro. Atravessaram um corredor e um pátio interno e chegaram à cozinha do estabelecimento. "Você é conhecido aqui?", perguntou Trotta. "Às vezes venho aqui", respondeu o doutor, "quer dizer, costumo vir aqui com frequência!". Carl Joseph olhou para o doutor. "Você está surpreso? Pois é, eu tinha meus hábitos peculiares", disse o médico do regimento. Por que ele diz "tinha"?, pensou o tenente e lembrou-se das aulas de gramática alemã que algo assim era chamado de "pretérito imperfeito". Tinha! Por que o médico do regimento dizia "tinha"?

O estalajadeiro trouxe uma mesinha e duas cadeiras para a cozinha e acendeu um lampião de gás esverdeado. No salão do bar, a caixa de música automática voltara a martelar um pot-pourri de marchas conhecidas, em meio ao qual soavam também, em intervalos determinados, os primeiros compassos do tambor da

Marcha de Radetzky, distorcidos por ruídos roucos, mas ainda assim reconhecíveis. Na penumbra esverdeada que a copa do lampião desenhava sobre as paredes da cozinha, pintadas de branco, pairava o conhecido retrato do supremo senhor da guerra, em sua farda impecavelmente branca, entre duas gigantescas frigideiras de cobre avermelhado. Os trajes brancos do *Kaiser* estavam manchados por incontáveis rastros de moscas, como se estivessem perfurados por minúsculos projéteis, e os olhos de Franz Joseph I, evidentemente pintados, também naquele retrato, de um azul que parecia de porcelana, apagavam-se em meio à sombra da copa do lampião. Estendendo o dedo, o doutor apontou para o retrato do *Kaiser*. "Há um ano, este retrato estava pendurado no salão do bar!", disse ele. "Agora, o estalajadeiro não deseja mais provar que é um súdito fiel." A caixa de música automática emudeceu. No mesmo instante, ressoaram duas rijas badaladas do relógio de parede. "Já são duas horas!", disse o tenente. "Faltam cinco horas!", retrucou o médico do regimento. O estalajadeiro trouxe-lhes *Sliwowitz*. Sete e vinte! Martelava no cérebro do tenente.

Ele apanhou um copinho, ergueu-o no ar e, com a voz forte que aprendera a usar para proferir suas ordens militares, disse:

"À sua saúde! Viva!"

"A uma morte fácil!", retrucou o médico do regimento, esvaziando o copo, enquanto Carl Joseph voltava a pousar o *Schnaps* sobre a mesa.

"Esta morte não tem sentido!", prosseguiu o doutor. "Ela é tão sem sentido quanto a minha própria vida!"

"Eu não quero que você morra!", gritou o tenente, batendo com os pés nos ladrilhos da cozinha. "E eu também não quero morrer! E minha vida também não tem sentido!"

"Cale-se!", respondeu o doutor Demant. "Você é o neto do herói de Solferino. E ele também quase teve uma morte sem sentido, muito embora haja uma diferença entre morrer com tanta crença quanto ele e morrer com tanta tristeza quanto nós dois." Ele se calou. "Como nós dois", ele retomou, depois de uma pausa. "Nossos avós não nos legaram muita força, pouca força para viver, apenas o suficiente para uma morte sem sentido. Oh!" O doutor empurrou o copinho à sua frente e com este gesto era como se ele estivesse empurrando o mundo inteiro para longe de si, e com o mundo também o seu amigo. "Oh!", ele repetiu. "Estou cansado, há anos que estou cansado! Amanhã vou morrer como um herói, como um assim chamado herói, bem ao contrário do que é o meu jeito, e bem ao contrário do jeito dos meus pais e da minha família, e contra a vontade do meu avô. Nos grossos e antigos livros que ele lia estava escrito: 'Quem ergue a mão contra si mesmo é um assassino'. Amanhã, alguém vai erguer uma pistola contra mim e eu vou erguer uma pistola contra ele. E serei um assassino. Mas sou míope e não vou atingir o alvo. Vou obter minha pequena vingança. Se eu tirar os óculos, não vou enxergar nada, nada! E vou atirar sem enxergar! Isto vai parecer mais natural, mais honroso e perfeitamente adequado!"

O tenente Trotta não entendia tudo o que o médico do regimento dizia. A voz do doutor lhe era familiar, assim como seu rosto e sua figura, depois que ele se habituou a vê-lo em trajes civis. Mas os pensamentos do doutor Demant vinham de uma distância incomensurável, daquela região infinitamente distante na qual vivera o avô de Demant, o rei de barbas brancas dos estalajadeiros judeus. Trotta esforçou-se, como fizera, nos tempos de academia de cadetes, nas aulas de trigonometria. Mas compreendia cada vez menos. Só sentia que a sua crença recente de que ainda seria possível salvar tudo se apagava, assim como a sua esperança aos poucos se consumia, como um pedaço de lenha, e se despedaçava em cinzas brancas, como os fios da teia que se apagava sobre a chama de gás que cantarolava no lampião. Seu coração batia alto como as batidas secas de lata do relógio de parede. Ele não conseguia compreender seu amigo. Talvez tivesse chegado tarde demais. Ainda tinha muito a dizer. Mas sua língua repousava, pesada, em sua boca, oprimida por pesos. Ele abriu os lábios. Estavam pálidos, estremeciam suavemente e só com muito esforço ele conseguiu voltar a cerrá-los.

"Você deve estar com febre!", disse o médico do regimento, assim como costumava falar com seus pacientes. Bateu na mesa. O estalajadeiro apareceu, trazendo mais copinhos de *Schnaps*. "E você ainda nem bebeu o primeiro copo!"

Obediente, Trotta esvaziou o primeiro copo. "Só descobri o *Schnaps* tarde demais – uma pena!", disse o doutor. "Você não vai acreditar no que vou lhe dizer: sinto que é uma pena eu nunca ter bebido."

O tenente fez um grande esforço, ergueu a cabeça e olhou para o rosto do doutor por alguns segundos. Ergueu o segundo copo, estava pesado, sua mão estremecia e derrubou algumas gotas. Bebeu de um só gole: o ódio queimava em suas entranhas, subiu-lhe à cabeça, enrubesceu seu rosto. "Então vou-me embora!", disse ele. "Não suporto as suas piadas. Fiquei feliz quando consegui encontrar você! Passei por sua casa. Toquei a campainha. Passei diante do cemitério. Gritei, como um louco, no portão, chamando o seu nome. Eu..." Calou-se. Entre seus lábios formavam-se palavras sem som, palavras surdas, sombras surdas e sons surdos. Subitamente os seus olhos encheram-se de água morna e um soluço alto brotou do seu peito. Queria levantar-se e ir embora pois estava muito envergonhado. Estou chorando! Ele pensou. Estou chorando! Sentiu-se impotente, totalmente impotente ante a força incompreensível que o forçava a chorar. Entregou-se a ela, de boa vontade. Entregou-se ao prazer da sua impotência. Ouvir os soluços dava-lhe prazer, ele se envergonhava e tinha prazer com sua vergonha. Lançou-se nos braços da doce dor e repetiu, algumas vezes em seguida, em meio ao soluçar ininterrupto, palavras sem sentido: "Eu não quero que você morra, eu não quero que você morra, eu não quero, eu não quero!".

O doutor Demant levantou-se, andou algumas vezes de um lado ao outro da cozinha, deteve-se diante do retrato do supremo senhor da guerra, começou a contar as manchas deixadas pelas moscas sobre o paletó do *Kaiser*; interrompeu esta ocupação estúpida, aproximou-se de Carl Joseph, pousou sua mão, delicadamente, sobre seus ombros trêmulos e aproximou as lentes faiscantes dos seus óculos dos cabelos do tenente. O esperto doutor Demant já se separara dos assuntos terrenos, enviara sua mulher para junto do pai dela, em Viena, dispensara o rapaz que trabalhava em sua casa, trancara-a. Desde que tivera início aquele caso infeliz, hospedara-se no hotel Zum goldenen Bären. Ele estava pronto. Desde que ele começara a beber aquele *Schnaps*, ao qual não estava acostumado, até conseguia encontrar algum sentido secreto neste duelo sem sentido, e lhe parecia que conjurar a morte seria o término correto para uma vida de equívocos, sim, um meio para intuir um reflexo do além, no qual ele sempre acreditara. Ainda muito antes de se colocar na perigosa situação em que estava, conhecia bem os túmulos e os amigos mortos. O amor infantil por sua esposa extinguira-se. O ciúme, que algumas semanas antes ainda provocava uma queimação dolorosa em seu coração, tinha se transformado num montinho de cinzas. Seu testamento, que ele acabara de escrever, dirigido ao coronel, encontrava-se no bolso do seu paletó. Não tinha nada a legar, só tinha poucas pessoas das quais se lembrar e, portanto, não esquecera nada. O álcool tornava-o leve, só a espera deixava-o impaciente. Sete e vinte, a hora que, havia dias, martelava, terrível, no cérebro de todos seus camaradas, badalava em sua cabeça como um sininho de prata. Pela primeira vez desde que vestira a farda, ele se sentia leve, forte e corajoso. Desfrutava da proximidade da morte assim como um convalescente desfruta da proximidade da vida. Ele encerrara, estava pronto!...

E agora estava outra vez de pé, míope e desamparado como sempre, diante de seu jovem amigo. Sim, ainda existiam a juventude, a amizade e lágrimas que eram derramadas por ele. Subitamente ele sentiu outra vez saudades da insignificância da sua vida, na guarnição repugnante, da farda odiada, do embotamento das visitas aos doentes, do fedor dos soldados despidos, das vacinações estéreis, do cheiro de ácido carbólico do hospital, dos horríveis humores da sua mulher, da estreiteza segura de sua casa, dos dias de semana cinzentos e dos domingos bocejantes, das torturantes cavalgadas, das manobras tolas e de sua própria angústia ante todas essas platitudes entediantes. Por meio dos soluços e dos gemidos do tenente surgia, violento, o chamado dilacerante desta terra dos vivos, enquanto o doutor buscava uma palavra para tentar acalmar Trotta, seu coração foi inundado de compaixão e o amor acendeu-se, com mil línguas de fogo. Já estava longe a indiferença na qual tinha passado os últimos dias.

E então ouviram-se três badaladas rijas do relógio de parede. Trotta calou-se, subitamente. Ouvia-se o eco das três badaladas naufragando, aos poucos, nos sussurros do lampião de gás. O tenente começou a falar, num tom tranquilo: "Você deveria saber quão tola é toda esta história! O Taittinger me entedia, assim como entedia a todos. Disse a ele que tinha um encontro marcado, naquela noite, em frente ao teatro. Então sua mulher aparece, sozinha. Sou obrigado a acompanhá-la. E justamente no instante em que estamos passando diante do clube dos oficiais, todos saem para a rua".

O doutor tirou as mãos de sobre os ombros de Trotta e começou, outra vez, a andar de um lado para o outro. Andava quase sem fazer ruídos, com passos suaves e atentos.

"Ainda tenho que lhe dizer mais uma coisa", prosseguiu o tenente, "logo percebi que alguma coisa ruim estava para acontecer. Mal tive a oportunidade de dizer uma palavra gentil à sua esposa. E quando estava diante do jardim da sua casa, o lampião estava aceso, lembro-me de ver nitidamente na neve, no caminho do portão até a porta da casa, as marcas dos seus passos, e então tive uma ideia estranha, uma ideia louca...".

"Sim?", disse o doutor, e parou.

"Uma ideia engraçada: pensei, por um instante, que as suas pegadas são como guardas, não sei como explicar, pensei que elas estavam olhando, da neve, para mim e para a sua mulher."

O doutor Demant sentou-se novamente, olhou bem para Trotta e disse:

"Talvez você ame minha mulher, e sequer saiba disto?" "Não tenho nenhuma culpa nisto tudo!", disse Trotta.

"Não, você não tem culpa!", confirmou o médico do regimento.

"Mas o tempo todo é como se eu tivesse culpa!", disse Carl Joseph. "Você sabe, eu contei a você como foi com a *Frau* Slama!" Calou-se. E então sussurrou: "Tenho medo, tenho medo em todos os lugares!".

O médico do regimento abriu os braços, ergueu os ombros e disse: "Você também é um neto!".

Naquele instante, ele não estava pensando nos temores do tenente. Parecia-lhe ainda bem possível escapar de tudo o que o ameaçava. Desaparecer!, pensou ele. Perder a honra, ser degradado, servir por três anos como soldado raso ou fugir para o exterior! Não ser morto a tiros! O tenente Trotta, neto do herói de Solferino, já lhe parecia totalmente estranho, uma pessoa vinda de outro mundo. E ele disse, alto e com um prazer simulado:

"Estas besteiras! Esta honra que pende desta tola borla do meu sabre. Não se pode acompanhar uma mulher até a porta da sua casa? Você percebe como isto é uma estupidez? Você não salvou aquele lá" – ele apontava para a imagem do *Kaiser* – "do bordel? Estupidez!", ele gritou, subitamente, "infame estupidez!".

Bateram à porta, o estalajadeiro entrou trazendo dois copinhos cheios. O médico do regimento bebeu. "Beba", disse ele. Carl Joseph bebeu. Ele não compreendia exatamente o que o médico dizia, mas intuiu que Demant não estava mais disposto a morrer. O relógio tiquetaqueava seus segundos de lata. O tempo não parava. Sete e vinte, sete e vinte! Algum milagre teria que acontecer se fosse para Demant não morrer. Mas os milagres não aconteciam, disto o tenente já sabia! Ele mesmo – um pensamento fantástico – vai se apresentar amanhã, às sete e vinte, e dizer: "Meus senhores, o Demant enlouqueceu esta noite e eu vou duelar no lugar dele!". Que ridícula infantilidade! Impossível! Outra vez olhou, desacorçoado, para o doutor. O tempo não parava, o relógio continuava a pontuar os segundos. Logo serão quatro horas: mais três horas!

"Então!", disse, por fim, o médico do regimento. Soava como se ele já tivesse tomado uma decisão, como se ele soubesse exatamente o que devia ser feito. Mas ele não sabia nada ao certo! Seus pensamentos seguiam, cegos e confusos, caminhos perdidos na neblina densa. Ele não sabia de nada! Uma lei sem valor, infame, estúpida, férrea e violenta prendia-o e enviava-o, cativo, a uma morte tola. Do salão do bar ouviam-se os ruídos da madrugada. Evidentemente não havia mais ninguém sentado ali. O estalajadeiro enfiava na pia os copos de cerveja que tilintavam e espirravam água, empurrava as cadeiras, puxava as mesas, estalava o chaveiro. Era hora de ir embora. Da rua, do inverno, do céu noturno, das suas estrelas e da neve talvez viessem conselhos e consolo. Ele se aproximou do estalajadeiro, pagou a conta, vestiu seu casaco preto e, sob um chapéu preto de abas largas, estava outra vez mascarado, outra vez transformado, diante do tenente. Parecia, a Carl Joseph, que ele estava armado, melhor armado do que alguém que estivesse trajando a farda com o sabre e o capacete.

Atravessaram o pátio, voltaram sobre seus passos, no corredor, entrando na noite. O doutor ergueu seus olhos para o céu, e das tranquilas estrelas não lhe veio nenhum conselho, pareciam ainda mais frias que a neve à sua volta. As casas estavam escuras, as ruazinhas, surdas e mudas, o vento da noite soprava, erguendo poeira de neve; as esporas de Trotta tiniam, suavemente: as solas do doutor rangiam ao seu lado. Andavam depressa, como se tivessem algum objetivo determinado. Em suas cabeças agora esvoaçavam retalhos de ideias, de pensamentos, de imagens. Seus corações batiam como martelos ágeis e pesados. Sem saber, ele dirigia os passos do médico do regimento, e, sem saber, o doutor seguia o tenente. Aproximavam-se do hotel Zum Goldenen Bären. Estavam diante do portão em arco da hospedaria. Na imaginação de Carl Joseph despertou a imagem do avô de Demant, o rei de barbas de prata dos estalajadeiros judeus. Diante de um portão como aquele, provavelmente muito maior do que aquele, ele permanecera sentado por toda a sua vida. Ele se levantava quando os camponeses paravam ali. Como ele já não ouvia mais, os pequenos camponeses gritavam o que desejavam por entre as mãos em concha, em direção a ele, lá no alto. Sete e vinte, sete e vinte, ele ouvia novamente. Às sete e vinte o neto daquele avô estaria morto. "Morto!", disse, em voz alta, o tenente. Oh! Ele não era mais esperto, o esperto doutor Demant! Ele fora livre e corajoso à toa, só por uns poucos dias. Agora estava claro que ele não tinha terminado tudo. Não era fácil terminar as coisas! Com sua cabeça esperta, herdada de uma longa cadeia de pais espertos, ele não sabia como resolver aquela situação e a cabeça simplória do tenente, cujos antepassados tinham sido camponeses simples de Sipolje, tampouco. Uma lei férrea e estúpida não permitia nenhum desvio.

"Sou um tolo, meu caro amigo!", disse o doutor. "Eu deveria ter me separado de Eva há muito tempo. Não tenho forças para escapar deste duelo estúpido. Vou me tornar um herói por simples estupidez, conforme o código de honra e os regulamentos militares. Um herói!" Ele riu. Seu riso ecoou pela noite. "Um herói!", ele repetiu, andando de um lado para o outro diante do portão da hospedaria.

Pelo cérebro jovem, ansioso por consolo, do tenente surgiu, como um raio, uma esperança infantil: em vez de atirarem um no outro, eles vão se reconciliar! Tudo vai terminar bem! Eles serão transferidos para um outro regimento! E a mim também! Tolice, ridículo, impossível!, ele pensou, logo a seguir. E, perdido, desesperado, com a cabeça cansada, a boca seca, os membros pesados, ele permanecia, imóvel, diante do doutor, que andava de um lado para o outro.

Que horas seriam? Ele não ousava olhar para o relógio. Logo o relógio da torre haveria de soar. Ele deveria esperar. "Se não voltarmos a nos ver", disse o doutor, interrompeu sua fala e continuou, alguns segundos depois: "Vou lhe dar um conselho, deixe este exército!". E então estendeu-lhe a mão. "Adeus! Volte para a sua casa! Vou terminar tudo sozinho! *Servus*!" Puxou o fio da campainha. Ouvia-se as badaladas da sineta vindo do interior da hospedaria. E logo passos, que se aproximavam. Abriram a porta. O tenente Trotta agarrou a mão do doutor. Com uma voz comum, que o espantou, ele disse um "*Servus*!" perfeitamente comum. Sequer descalçara sua luva. Logo a porta voltou a se fechar. Já não havia mais doutor Demant. Como se estivesse sendo puxado por uma mão invisível, o tenente Trotta seguiu por seu caminho habitual para a caserna. Ele não ouviu mais o ruído de uma janela que era aberta no segundo andar, acima dele. O doutor se debruçou, ainda uma vez, e viu seu amigo desaparecer na esquina. Fechou a janela, acendeu todas as luzes do quarto, foi até a pia, afiou sua navalha, testou-a na unha do polegar, ensaboou seu rosto, tranquilamente, como fazia todas as manhãs. Lavou-se. Tirou a farda do armário. Vestiu-se, atou o sabre e cochilou por um instante. Dormiu, sem sonhos, tranquilamente, sentado na poltrona diante da janela.

Quando despertou, o céu já clareava sobre os telhados e um brilho suave e azulado pairava sobre a neve. Logo alguém haveria de bater à porta. De longe ele já ouvia o tilintar de um trenó. O trenó aproximou-se e parou. Agora, a campainha soava. Agora, a escada estalava. Agora, as esporas tilintavam. Agora, batiam à porta.

Agora estavam no quarto o tenente-coronel Christ e o capitão Wangert do regimento de infantaria da guarnição. Permaneciam perto da porta, o tenente um meio passo atrás do capitão. O médico do regimento olhou de relance para o céu. Como um eco distante de sua infância longínqua, a voz apagada de seu avô tremulava: "Escuta, ó Israel", dizia, "o Eterno é nosso Deus, o Eterno é um!". "Estou pronto, meus senhores!", disse o médico do regimento.

Estavam sentados, um pouco apertados, no pequeno trenó; as sinetas tilintavam, corajosas, os cavalos marrons erguiam suas caudas aparadas e derramavam grandes maçãs, redondas, amarelas e fumarentas, sobre a neve. O médico do regimento, que por toda sua vida mantivera-se indiferente aos animais, subitamente sentiu saudade do seu cavalo. Ele vai sobreviver a mim!, pensou ele. Seu rosto não revelava nada do que ele estava pensando. Seus acompanhantes permaneciam em silêncio.

Pararam a cerca de cem metros da clareira. Seguiram a pé até a "praça verde". A manhã já estava raiando, mas o sol ainda não se erguera no horizonte. Os pinheiros erguiam-se, silenciosos, suportando, orgulhosos, delgados e eretos, a neve em seus galhos. De longe os galos cantavam, respondendo um ao outro. Tattenbach falava alto com seus acompanhantes. O médico-chefe, doutor Mangel, andava de um lado para o outro entre os adversários e seus acompanhantes. "Meus senhores!", disse uma voz. Naquele instante, o médico do regimento, doutor Demant, tirou os óculos com um gesto demorado, como era seu costume, pousando-os, cuidadosamente, num largo toco de árvore. Curiosamente, continuava enxergando nitidamente o caminho à sua frente, o lugar determinado, a distância entre ele e o conde Tattenbach, e o próprio conde. Esperou. Até o último instante, esperou pela neblina, mas tudo permanecia perfeitamente nítido, como se o médico do regimento nunca tivesse sido míope. Uma voz contava: "Um!". O médico do regimento ergueu a pistola. Outra vez sentia-se livre e corajoso, sim, corajoso até demais, pela primeira vez em sua vida. Mirou como o fizera nos exercícios de tiro ao alvo do seu primeiro ano de serviço militar (muito embora, já naquela época, ele fosse um péssimo atirador). Não sou míope, pensou ele, nunca mais vou precisar de óculos. Do ponto de vista da medicina, aquilo era inexplicável. O médico do regimento prometeu a si mesmo investigar a oftalmologia. No instante em que lhe ocorreu o nome de um determinado especialista, a voz contou: "Dois". O doutor continuava a enxergar perfeitamente. Um pássaro desconhecido começou a piar, timidamente, e de longe ouvia-se o soar dos trompetes. Naquele instante, o regimento dos lanceiros da cavalaria alcançava o lugar de exercícios.

No segundo esquadrão cavalgava, como todos os dias, o tenente Trotta. O hálito opaco do gelo formava pérolas sobre as bainhas dos pesados sabres e sobre os canos das leves carabinas. Os trompetes congelados despertavam a cidadezinha adormecida. Os cocheiros com seus pesados casacos de peles, erguiam suas cabeças barbudas no lugar onde costumavam fazer ponto. Quando o regimento alcançou o prado, apeando, e as tropas, como de costume, organizaram-se em fileiras duplas para fazerem os exercícios matinais de todas as manhãs, o tenente Kindermann aproximou-se de Carl Joseph e lhe perguntou: "Você está doente? Você tem ideia da sua aparência agora?". Sacou seu vaidoso espelho de bolso e o colocou ante os olhos de Trotta. No quadrilátero pequeno e reluzente o tenente Trotta enxergou o rosto de um homem muito velho, que ele conhecia muito bem: olhos estreitos, incandescentes, negros, o contorno ossudo e penetrante de um grande nariz, faces caídas, cinzentas e uma boca estreita, delgada, cerrada e exangue, que separava o queixo do bigode como se fosse uma cicatriz antiga de um golpe de sabre. Só aquele bigodinho marrom parecia estranho a Carl Joseph. Em casa, junto ao forro da sala de estar dos cavalheiros do seu pai, o rosto do avô, envolto pela penumbra, era totalmente barbeado.

"Obrigado!", disse o tenente. "Não dormi esta noite." Ele deixou o lugar dos exercícios.

Seguiu em meio aos troncos, à esquerda, onde um caminho se desviava para a estrada larga. Eram sete e quarenta. Não tinham sido ouvidos tiros. Está tudo bem, está tudo bem dizia ele, um milagre aconteceu! Dentro de no máximo mais dez minutos o major Prohaska deve chegar, a cavalo, e então ficaremos sabendo de tudo. Ouviam-se os ruídos hesitantes da cidadezinha que despertava e da estação ressoavam os gemidos demorados de uma locomotiva.

Quando o tenente alcançou aquele ponto onde o caminho desembocava na estrada, o major surgiu, montado em seu cavalo castanho. O tenente Trotta o saudou. "Bom dia!", disse o major, e nada mais. No estreito caminho não havia espaço para acolher, simultaneamente, um cavaleiro e um pedestre lado a lado. O tenente Trotta, então, seguiu atrás do major e de seu cavalo. Cerca de dois minutos antes de alcançarem o prado (já se ouviam os comandos dos suboficiais) o major estacou, voltou-se para trás, em sua sela, e disse apenas: "Ambos!". Então, enquanto cavalgava, adiante, disse, mais para si mesmo do que para o tenente: "Não houve nada a fazer!".

Naquele dia o regimento voltou para a caserna uma hora antes do que de costume. Os trompetes soaram, como nos demais dias. À tarde, os suboficiais em serviço leram diante das tropas o comunicado no qual o coronel Kovacs informava que o capitão da cavalaria Tattenbach e o médico do regimento doutor Demant tinham morrido como soldados, pela honra do regimento.

VIII

Naquela época, antes da grande guerra, quando se deram os acontecimentos que são relatados nestas páginas, ainda não era indiferente se um ser humano estava vivo ou morto. Quando algum membro das hordas terrestres falecia, ele não era imediatamente substituído por outro, para que o morto fosse esquecido, mas deixava uma lacuna, na qual ele faltava, e as testemunhas do seu desaparecimento, tanto as próximas como as distantes, emudeciam ante a vista daquela lacuna. Quando o fogo eliminava uma casa da fileira de casas de uma rua, o lugar do incêndio permanecia vazio por muito tempo. Pois os mestres de obras trabalhavam devagar e com cuidado e os vizinhos, assim como os eventuais passantes, lembravam-se, ao verem o lugar vazio, das formas e das paredes da casa desaparecida. Assim eram as coisas naquele tempo! Tudo o que crescia precisava de muito tempo para crescer, e tudo o que desaparecia precisava de muito tempo para ser esquecido. Mas tudo o que existira uma vez deixava rastros e naquele tempo vivia-se de lembranças assim como hoje se vive da capacidade de esquecer, depressa e enfaticamente. A morte do médico do regimento e do conde Tattenbach comoveu e abalou, por muito tempo, as almas dos oficiais, das tropas do regimento de lanceiros da cavalaria, assim como a população civil. Os mortos foram enterrados em conformidade com os regulamentos militares e os ritos religiosos. Muito embora nenhum dos camaradas permitisse que qualquer palavra a respeito do tipo de morte que haviam sofrido vazasse para além das suas próprias fileiras, aparentemente a população da pequena guarnição ficara sabendo que ambos tinham sido vítimas das suas rigorosas honras militares. E agora era como se, doravante, cada um dos oficiais sobreviventes levasse em seu rosto a marca de uma morte próxima e violenta, e aos comerciantes e artesãos da cidade aqueles senhores estranhos tinham se tornado ainda mais estranhos. Como os devotos de alguma religião incompreensível, de alguma divindade estranha e cruel, pela qual fossem, também, trajados com suas roupas coloridas e seus esplêndidos ornamentos, os oficiais andavam pela cidadezinha como animais sacrificiais. As pessoas observavam-nos e balançavam as cabeças. Tinha-se, até mesmo, pena deles. Eles têm muitos privilégios, dizia a gente. Têm o direito de andar por aí portando seus sabres, agradam às mulheres, até o *Kaiser* preocupa-se com eles como se fossem seus próprios filhos. Mas, assim, um, dois, três, você nem vê, se algum deles ofende o outro, a ofensa tem que ser lavada com sangue vermelho!...

Aqueles de quem se falava com tais palavras efetivamente não tinham por que serem invejados. Até mesmo o capitão Taittinger, de quem se falava que testemunhara, em outros regimentos, duelos com resultados fatais, mudou seu comportamento habitual. Enquanto aqueles que costumavam ser ruidosos e levianos se tornavam silenciosos e tímidos, o capitão de cavalaria, que sempre fora reservado, magro e guloso, foi tomado por uma estranha intranquilidade. Já não era mais capaz de permanecer por horas a fio sozinho atrás da porta de vidro da pequena confeitaria, engolindo doces, nem de jogar xadrez e dominó, consigo mesmo ou com o coronel, em absoluto silêncio. Temia a solidão. Apegava-se aos outros. Se não houvesse nenhum camarada por perto, ele entrava em alguma loja para comprar alguma coisa supérflua. Demorava-se na loja e conversava com o comerciante a respeito de coisas tolas e inúteis, e não conseguia decidir-se a deixar a loja a menos que visse algum conhecido passando pela rua, sobre o qual, então, atirava-se imediatamente.

Assim o mundo se transformara. O clube dos oficiais permanecia vazio. Os passeios dos camaradas ao estabelecimento de *Frau* Resi foram proibidos. Os ordenanças tinham pouco a fazer. Quem pedisse um *Schnaps* logo pensava, ao ver o copo, que fosse aquele no qual, ainda poucos dias antes, bebera Tattenbach. Continuava-se a contar as mesmas velhas piadas, porém ninguém mais ria alto, no máximo, sorria. E o tenente Trotta não era mais visto fora das horas de serviço.

Era como se uma mão rápida e mágica tivesse lavado a tinta da juventude do rosto de Carl Joseph. Em todo o exército real e imperial não seria possível encontrar um tenente parecido com ele. Era como se agora ele tivesse que realizar algum feito extraordinário – mas não havia nada de extraordinário no horizonte! Era evidente que ele deixaria aquele regimento para ser alistado noutro. Mas procurava para si alguma missão difícil. Na verdade, estava, voluntariamente, à procura de uma punição. Ele jamais teria sido capaz de expressar aquilo, mas nós podemos dizer dele que se sentia indizivelmente oprimido por ter sido uma ferramenta nas mãos de um desastre.

Era neste estado que ele se encontrava quando relatou a seu pai o resultado do duelo e anunciou sua iminente transferência para outro regimento. Omitiu o fato de que, por ocasião desta transferência, teria direito a uma breve licença, pois tinha medo de se mostrar ao pai. Mas provou-se que ele não conhecia o velho. Pois o comissário distrital, um funcionário público exemplar, conhecia os costumes militares. E, curiosamente, também parecia conhecer os problemas e as perplexidades do seu filho, o que ficava evidente nas entrelinhas da resposta que lhe enviou. A resposta do comissário distrital dizia o seguinte:

> "Caro filho!
> Agradeço por suas informações precisas e por sua confiança. O destino que tiveram seus camaradas me causa dor. Eles morreram como convém a pessoas honradas.
> No meu tempo, os duelos eram ainda mais frequentes e a honra era considerada muito mais preciosa do que a vida. No meu tempo, parece-me também, os oficiais eram talhados de uma madeira mais dura. Você, meu filho, é oficial e neto do herói de Solferino. Você saberá como suportar o fato de ter tido uma parte involuntária e inocente nesse acontecimento. Certamente você também lamenta ter que deixar o regimento, mas em cada regimento, e em todos os âmbitos do exército, você serve ao nosso *Kaiser*.

Seu pai
Franz von Trotta

P.S.: A licença de duas semanas, à qual você tem direito por causa de sua transferência, você pode passar em minha casa, se assim desejar ou, talvez ainda melhor, no lugar onde será sua nova guarnição, para que você possa se habituar mais facilmente ao novo ambiente.
O suprassubscrito"

O tenente Trotta leu a carta não sem uma certa vergonha. O pai adivinhara tudo. A figura do comissário distrital agigantava-se, ante os olhos do tenente, atingindo uma estatura quase assustadora. Sim, já quase atingia a estatura do avô. E se antes o tenente já tinha medo de se apresentar diante do velho, agora lhe era impossível passar em casa seu período de licença. Mais tarde, mais tarde, quando eu tiver a licença normal, dizia o tenente, que era talhado de uma madeira totalmente diferente daquela dos tenentes dos tempos de juventude do comissário distrital.

"Certamente você também lamenta ter que deixar o regimento", escrevia o pai. Será que ele escrevia aquilo porque intuía que, na verdade, era o oposto? O que Carl Joseph poderia lamentar? Talvez aquela janela, a vista para os alojamentos dos soldados, do outro lado, os próprios soldados, quando eles se agachavam nas suas camas, os sons nostálgicos das suas gaitas e os seus cantos, as canções distantes, que soavam como ecos incompreendidos de canções parecidas com aquelas que eram cantadas pelos camponeses de Sipolje! Talvez fosse preciso ir para Sipolje, pensou o tenente. Pôs-se diante do mapa militar geral, o único ornamento das paredes do seu quarto. Ele seria capaz de encontrar Sipolje até mesmo em meio ao próprio sono. Ficava na extremidade meridional da monarquia aquela aldeia boa e sossegada. Em meio a um marrom-claro, levemente estriado, encontravam-se as letras finas como véus, negras e minúsculas, que formavam o nome Sipolje. E, perto delas, estavam: um poço, um moinho d'água, a pequena estação de uma linha de trens de uma só via que cruzava a floresta, uma igreja e uma mesquita, um bosque de árvores jovens, trilhas estreitas em meio à floresta, caminhos que cruzavam os campos e casebres solitários. É fim de tarde em Sipolje. Diante do poço estão as mulheres, com as cabeças cobertas por lenços coloridos. O crepúsculo tinge seus rostos com um tom dourado. Os muçulmanos estão prostrados sobre seus tapetes, na mesquita, orando. A minúscula locomotiva do trem que cruza a floresta tilinta em meio à densidade verde-escura dos cedros. O moinho d'água estala e o córrego murmura. Era o jogo conhecido dos tempos da academia de cadetes. As imagens costumeiras surgiam, logo ao primeiro olhar. E sobre tudo aquilo brilhava o olhar enigmático do avô. Provavelmente não havia, perto dali, nenhuma guarnição da cavalaria. Portanto, seria necessário solicitar uma transferência para a infantaria. Não era sem uma certa piedade que os camaradas da cavalaria olhavam para as tropas que seguiam a pé, e não sem uma certa piedade, também, eles haveriam de olhar para o Trotta depois de sua transferência. O avô também fora um simples sargento da infantaria. Marchar a pé sobre o solo da terra-mãe era quase um retorno aos antepassados camponeses. Com os pés pesados, eles pisoteavam o solo duro, calcavam o arado na carne suculenta dos campos, espalhavam as sementes férteis com gestos que eram como bênçãos. Não! Certamente o tenente não lamentava deixar este regimento, e talvez nem lamentasse deixar a cavalaria! Seu pai haveria de lhe permitir isto. Ainda teria que se submeter a um curso da infantaria, que talvez fosse um pouco irritante.

Era preciso despedir-se. Uma breve noitada no clube dos oficiais. Uma rodada de *Schnaps*. Um breve discurso do coronel. Uma garrafa de vinho. Um aperto de mão cordial nos camaradas. Às suas costas, eles já cochichavam. Uma garrafa de espumante. Talvez, quem sabe, ao final ainda haverão de marchar, todos juntos, até o estabelecimento de *Frau* Resi: mais uma rodada de *Schnaps*. Oh! Se ele já tivesse sobrevivido a esta despedida! O ordenança Onufrij ele levaria consigo.

Não é possível acostumar-se outra vez, com esforço, a um novo nome! Da visita ao pai ele vai abster-se. De um modo geral, vai tentar abster-se de todos os compromissos difíceis e irritantes associados à sua transferência. Restava ainda, porém, a difícil, muito difícil visita à viúva do doutor Demant.

Que visita! O tenente Trotta tentava convencer-se de que, depois do enterro do marido, *Frau* Eva Demant tinha viajado de volta para Viena, para a casa de seu pai. Então, ele vai ficar parado diante da casa, soando a campainha demoradamente e em vão, descobrir o endereço em Viena e escrever uma carta breve e tão cordial quanto possível. É bom saber que só é preciso escrever uma carta. Ele não se sente nada corajoso, pensa o tenente, ao mesmo tempo. Se ele não sentisse o tempo todo, sobre a nuca, o olhar enigmático do avô, sabe-se lá quão miseravelmente teria que cambalear por esta vida difícil. Só sentia coragem quando pensava no herói de Solferino. Era sempre preciso retornar ao avô para se fortalecer um pouco.

E, vagarosamente, o tenente se pôs em seu difícil caminho. Eram três horas da tarde. Diante das suas lojas, os pequenos comerciantes esperavam, congelados e insignificantes, pela parca clientela. Das oficinas dos artesãos ressoavam ruídos terríveis e conhecidos. A bigorna era alegremente martelada; da oficina do encanador vinha um trovejar oco e estrepitoso; do porão do sapateiro, um martelar apressado e na oficina do marceneiro as serras zumbiam. Da sela do seu cavalo era possível observar as velhas tabuletas brancas e azuis, abaixo de sua cabeça. Todos os dias, ele via o interior dos cômodos iluminados pela luz da manhã nos primeiros andares, as camas, os bules de café, os homens em mangas de camisa, as mulheres com os cabelos soltos, os vasos de flores nos peitoris das janelas, as frutas secas e os pepinos em conserva atrás das grades enfeitadas.

Agora, encontrava-se diante da casa do doutor Demant. O portão rangeu. Ele entrou. O rapaz abriu a porta. O tenente esperou. *Frau* Demant chegou. Ele estremeceu. Lembrou-se da visita de condolências na casa do sargento Slama. Sentia a mão pesada, úmida, fria e frouxa do sargento. Via a antessala escura e a sala de visitas avermelhada. Sentia no palato o gosto deteriorado do refresco de framboesas. Então ela ainda não está em Viena, pensou o tenente, só no instante em que avistou a viúva. Seu vestido negro o surpreendeu. Era como se só agora ele se desse conta de que *Frau* Demant era a viúva do médico do regimento. A sala na qual ele entrava agora também não era a mesma na qual se sentara à época em que seu amigo ainda estava vivo. Na parede, emoldurado de veludo negro, estava um grande retrato do morto. Ele se tornava cada vez mais distante, assim como o *Kaiser* no clube dos oficiais, como se não estivesse perto dos olhos e ao alcance das mãos, mas num lugar inalcançável, longe, do outro lado da parede, como se estivesse sendo visto por meio de uma janela. "Obrigada por ter vindo!", disse *Frau* Demant. "Queria me despedir", respondeu Trotta. *Frau* Demant levantou o rosto pálido. O tenente viu o brilho cinzento, lindo e claro dos seus grandes olhos. Voltavam-se diretamente para ele, duas luzes redondas de gelo nu. Na penumbra da tarde hibernal da sala só os olhos da mulher luziam. O olhar do tenente refugiou-se em sua testa branca e estreita, e de lá seguiu para a parede, para o retrato longínquo do morto. Aquela saudação estava demorando demais, já era tempo de *Frau* Demant convidá-lo para se sentar. Mas ela não dizia palavra. Enquanto isto, sentia-se como a escuridão da noite que se aproximava e desabava pelas janelas, trazendo consigo um temor infantil de que, naquela casa, jamais luz alguma fosse acesa. Nenhuma palavra apropriada surgia para socorrer o tenente. Ele ouvia a respiração baixa da mulher. "Estamos os dois em pé aqui, à toa", disse ela, por fim. "Vamos nos sentar!" Sentaram-se à mesa, um diante do outro. Assim como antes, na casa do sargento Slama, Carl Joseph estava sentado com as costas voltadas para a porta. E a porta parecia ameaçá-lo, como daquela vez. Ela parecia abrir-se, silenciosamente, a cada tanto, e voltar a fechar-se, e não havia nenhum sentido neste movimento. O crepúsculo tingiu-se de um tom mais escuro e o vestido negro de *Frau* Demant desfez-se na penumbra. O tenente podia ver o reluzir dos seus dentes, mais brancos do que a sua face. Por fim, distinguiu outra vez o brilho nu dos seus olhos. "O senhor era o único amigo dele! Ele sempre dizia isto! Quantas vezes ele falou do senhor! Se o senhor soubesse! Não consigo compreender que ele esteja morto. E" – ela sussurrou – "que eu seja a culpada por isto!".

"Eu sou o culpado!", disse o tenente. Sua voz soou muito forte, dura, estranha até mesmo aos seus próprios ouvidos. Aquilo não era nenhum consolo para a viúva Demant. "Eu sou o culpado!", ele repetiu. "Eu deveria ter trazido a senhora para casa com mais cuidado. Sem passar na frente do clube dos oficiais."

A mulher começou a soluçar. Via-se seu rosto pálido, que se curvava cada vez mais profundamente sobre a mesa, como uma grande flor oval e branca que desfalecesse aos poucos. Subitamente, à direita e à esquerda, emergiram as mãos alvas, apanharam o rosto que caía e o acolheram. E então, por algum tempo, nada mais se ouviu, um minuto, mais um minuto, só os soluços da mulher. Uma eternidade para o tenente. Levantar-se, deixá-la chorando e ir embora, pensou ele. Realmente, levantou-se. No mesmo instante, as mãos dela desabaram sobre a mesa. Com uma voz tranquila, que parecia vir de uma garganta diferente daquela que chorava, ela perguntou: "Aonde o senhor vai?".

"Acender a luz!", disse Trotta.

Ela se levantou, deu a volta na mesa e esbarrou nele. Ele sentiu uma onda suave e passageira de perfume que já desaparecia no vento. A luz era dura e Trotta obrigou-se a olhar para ela, diretamente. *Frau* Demant protegia os olhos com a mão. "Acenda a luz sobre a prateleira", ordenou ela. O tenente obedeceu. Ela esperava junto ao batente da porta, protegendo os olhos com a mão. Quando a pequena lâmpada começou a brilhar sob a delicada cúpula amarelo-dourada, ela apagou a luz do teto. Tirou a mão de diante dos olhos como se estivesse tirando uma viseira. Parecia muito ousada em seu vestido negro, com o rosto pálido, que ela erguia em direção a Trotta. Era uma mulher corajosa, furiosa. Em suas bochechas viam-se os minúsculos córregos ressecados das suas lágrimas. Seus olhos brilhavam, como sempre.

"Sente-se ali no sofá!", ordenou *Frau* Demant. Carl Joseph sentou-se. Vindas de toda a parte, do encosto, dos lados, as confortáveis almofadas deslizaram, traiçoeiras e cuidadosas, sobre o tenente. Ele sentiu que era perigoso sentar-se ali e moveu-se, decidido, em direção à borda do assento, colocou a mão sobre a bainha do sabre postado à sua frente e viu *Frau* Eva aproximar-se.

Ela parecia o perigoso senhor de todos os travesseiros e almofadas. Na parede, à direita do sofá, estava o retrato do amigo morto. *Frau* Eva sentou-se. Entre os dois jazia um travesseiro macio e pequeno. Trotta permaneceu paralisado. Como de costume, sempre que não via como escapar de uma das muitas situações constrangedoras em que costumava cair, imaginou que já estava prestes a ir embora.

"Então o senhor vai ser transferido?", perguntou *Frau* Demant.

"Eu pedi uma transferência!", disse ele, baixando o olhar em direção ao tapete, com o queixo apoiado nas mãos e as mãos sobre a bainha da espada.

"Isto é necessário?" "Sim, é necessário!"

"Lamento! Lamento muito!"

Frau Demant permanecia sentada assim como ele, os cotovelos apoiados nos joelhos, o queixo apoiado nas mãos, os olhos voltados para o tapete. Provavelmente aguardava por alguma palavra de consolo, por uma esmola. Ele permaneceu calado. Desfrutava do sentimento prazeroso de vingar a morte de seu amigo de maneira terrível, por meio de um silêncio de coração duro. Ocorreram-lhe aquelas histórias sempre recorrentes nas conversas dos camaradas, que tratavam de mulherzinhas perigosas, assassinas de homens, lindas. Tudo levava a crer que ela pertencesse àquela perigosa família de assassinas fracas. Era preciso empenhar-se para escapar urgentemente do seu território. Ele se preparou para partir. Naquele instante, *Frau* Demant mudou de posição. Tirou as mãos do queixo. Com a mão esquerda, começou a alisar, cuidadosamente, a fita de seda que emoldurava as bordas do sofá. Seus dedos percorriam, assim, o caminho estreito e reluzente que levava dela até o tenente Trotta, indo e voltando, devagar e sempre. Os dedos dela insinuavam-se no seu campo de visão, e ele desejou ter viseiras. Os dedos brancos envolveram-no numa conversa muda, mas que não era possível interromper. Fumar um cigarro: ótima ideia! Ele puxou a cigarreira, os palitos de fósforos. "Me dê um!", disse *Frau* Demant. Ele foi obrigado a olhar para o rosto dela ao lhe oferecer fogo. Não achava lícito que ela fumasse, como se o consumo de nicotina não fosse apropriado durante o luto. E a maneira como ela deu a primeira tragada, e como fez um biquinho com os lábios, formando um pequeno anel vermelho, do qual saía a nuvem azul e delicada, pareceu-lhe arrogante e pecaminosa.

"O senhor tem alguma ideia sobre o lugar para onde será transferido?"

"Não", disse o tenente, "mas vou me empenhar para que seja um lugar bem distante daqui".

"Muito distante? Onde, por exemplo?"

"Talvez para a Bósnia!"

"O senhor acha que poderá ser feliz lá?"

"Não acho que possa ser feliz em lugar algum!"

"Desejo-lhe que seja feliz!", disse ela, ágil, muito ágil, como pareceu a Trotta.

Ela se levantou, voltou trazendo um cinzeiro, colocou-o no chão, entre os dois, e disse:

"Então provavelmente nunca voltaremos a nos ver!"

Nunca! A palavra temida, o mar morto e sem margens da surda eternidade! Nunca mais ele veria Katharina, nem o doutor Demant, nem esta mulher! Carl Joseph disse:

"Provavelmente! É uma pena!" Ele queria acrescentar: Também nunca voltarei a ver Max Demant!

As viúvas devem ser incineradas!, ocorreu, naquele instante, ao tenente. Era um dos ousados provérbios de Taittinger.

Ouviu-se a campainha e, logo a seguir, passos no corredor. "É meu pai!", disse *Frau* Demant. *Herr* Knopfmacher já entrava. "Ah! É o senhor, é o senhor!", disse ele. Trouxe consigo um cheiro áspero de neve para dentro da sala. Desdobrou um grande lenço, impecavelmente branco, assoou-se, ruidosamente, abrigou o lenço cuidadosamente no bolso do paletó, como quem guarda alguma propriedade valiosa, estendeu a mão em direção ao batente da porta e acendeu a luz do teto, aproximou-se de Trotta, que se levantara à entrada de Knopfmacher e já esperava de pé por algum tempo, e lhe apertou a mão, sem dizer palavra. Naquele aperto de mão, *Herr* Knopfmacher anunciava toda a tristeza que cabia expressar sobre a morte do doutor. E, apontando para a lâmpada do teto, disse à sua filha: "Me desculpe, não consigo suportar a tristeza desta penumbra!”. Era como se tivesse atirado uma pedra em direção ao retrato emoldurado de veludo do morto.

“Mas o senhor está com péssima aparência!”, disse Knopfmacher no instante seguinte, com uma voz triunfante. “Esta desgraça o abalou profundamente, não?”

“Ele era meu único amigo!”

“O senhor vê”, disse Knopfmacher, sentando-se à mesa enquanto pedia, sorrindo: “Por favor, tome assento!”, e prosseguiu, enquanto o tenente voltava a se sentar no sofá: “É exatamente isto que ele dizia a respeito do senhor enquanto ainda vivia. Que pena!”. E balançou a cabeça algumas vezes, suas bochechas rechonchudas e coradas oscilaram um pouco.

Frau Demant tirou um lencinho da manga, colocou-o diante dos olhos, levantou-se e saiu da sala.

“Quem sabe como ela haverá de sobreviver a isto!”, disse Knopfmacher. “Pois é, antes que tudo acontecesse eu me cansei de falar com ela. Mas ela nunca quis me ouvir! Veja, caro senhor tenente! Cada posição social traz consigo seus perigos. Mas um oficial! Na verdade, um oficial – me perdoe – não deveria se casar. Entre nós, mas decerto ele também falou a respeito disto com o senhor, ele queria reformar-se para se dedicar inteiramente à ciência. E nem vou lhe dizer o quanto eu estava satisfeito com esta decisão. Ele certamente teria se tornado um grande médico. O querido, bom Max!” *Herr* Knopfmacher ergueu os olhos para o retrato, pousou-os ali, demoradamente, e encerrou seu obituário dizendo: “Uma capacidade!”.

Frau Demant trouxe o *Sliwowitz* de que seu pai gostava. “O senhor bebe?”, perguntou Knopfmacher, servindo-o.

Ele mesmo levou o copinho cheio, cuidadosamente, até o sofá. O tenente levantou-se. Sentia um gosto amargo na boca, como aquela vez, depois de beber o refresco de framboesa. Bebeu o álcool em um só gole.

“Quando o senhor o viu pela última vez?”, perguntou Knopfmacher.

“Na véspera!”, disse o tenente.

"Ele pediu para Eva viajar para Viena, sem dar a entender por quê. E ela foi, sem saber o motivo. E então chegou a carta de despedida dele. E logo entendi que já não havia mais nada a ser feito."

"Sim, não havia mais nada a fazer!"

"O senhor vai me desculpar, mas já há alguma coisa de anacrônico neste código de honra! Já estamos no século XX, lembre-se! Já temos gramofones, telefones por meio dos quais é possível falar com localidades situadas a centenas de milhas de distância, e Blériot e outros até mesmo voam pelos ares! E eu não sei se o senhor também costuma ler jornais e sabe o que se passa na política: dizem que a constituição vai ser totalmente modificada. Desde que instituíram o direito de voto universal, secreto e igualitário, muita coisa mudou, entre nós e no mundo. Nosso *Kaiser*, que Deus o mantenha entre nós por muitos anos, não pensa de maneira tão antiquada quanto muita gente acredita. Evidentemente que os assim chamados círculos conservadores não estão tão errados. É preciso agir devagar, com cautela, usando a cabeça. Só não se precipitar!"

"Não entendo nada de política!", disse Trotta. Knopfmacher sentiu má vontade em seu coração. Detestava aquele exército tolo e suas instituições sem sentido. Agora, sua filha era viúva, o genro estava morto, era preciso encontrar um novo, um civil desta vez, e também a outorga do título de conselheiro comercial talvez fosse adiada. Já era mais do que tempo de acabar com estas irresponsabilidades. Em pleno século XX já não se podia mais permitir a jovens inúteis como aquele tenente semelhantes comportamentos. As nações querem os seus direitos. Cidadão é cidadão, basta de privilégios para a nobreza. A social-democracia era um perigo, mas um bom contrapeso. Fala-se de guerra o tempo todo, mas a guerra certamente não virá. Já vamos lhes mostrar. Os tempos são de esclarecimento. Na Inglaterra, por exemplo, o rei não manda em nada.

"Claro", disse ele. "A política não é adequada ao exército. Ele" – Knopfmacher apontou para o retrato – "entendia alguma coisa a este respeito".

"Ele era muito inteligente!", disse Trotta em voz baixa. "Não havia nada a fazer!", repetiu Knopfmacher. "Talvez", disse o tenente, e lhe parecia que falava de uma sabedoria desconhecida, de uma sabedoria vinda dos antigos, grandes livros do rei de barbas prateadas dos estalajadeiros, "talvez ele fosse muito inteligente e totalmente solitário!".

Empalideceu. Sentia os olhares brilhantes de *Frau* Demant. Agora era preciso ir embora. Fez-se um grande silêncio. Não havia mais nada a dizer.

"Tampouco o barão Trotta nós voltaremos a ver, papai! Ele será transferido!", disse *Frau* Demant.

O tenente levantou-se. "Tudo de bom!", disse Knopfmacher. Sua mão era graúda e mole, como se fosse feita de veludo morno. *Frau* Demant foi à frente. O criado veio, segurou-lhe o casaco. *Frau* Demant aguardava, ao seu lado. Trotta bateu os saltos de suas botas. Muito rápido, ela disse: "O senhor me escreva! Quero saber por onde o senhor anda". Era apenas um rápido hálito morno, que já se desfizera. O criado já abria a porta. Lá estavam os degraus. Agora o portão abria-se, como daquela vez, quando ele deixara o sargento.

Dirigiu-se, apressado, para a cidade, entrou no primeiro café que encontrou em seu caminho e, de pé junto ao balcão, bebeu um conhaque, e depois mais um. "Nós só bebemos Henessy!" – ele ouviu a voz do comissário distrital. Apressou-se em direção à caserna.

Diante da porta do seu quarto, como um traço azul em meio ao branco nu das paredes, Onufrij aguardava-o. Por ordem do coronel, o soldado da chancelaria trouxera um pacote para o tenente Trotta. Era um embrulho estreito, de papel castanho, que estava encostado num canto. Sobre a mesa estava uma carta.

O tenente leu:

> "Meu querido amigo, deixo para você meu sabre e meu relógio de bolso.
> Max Demant"

Trotta desembrulhou o sabre. Da bainha pendia o relógio liso e prateado do doutor Demant. Estava parado. Seus ponteiros marcavam dez minutos para as doze horas. O tenente deu corda no relógio, aproximando-o do ouvido. Sua voz delicada, rápida, tiquetaqueava, consolando-o. Ele abriu a tampa do relógio com seu canivete, curioso e brincalhão como um menino. No interior estavam as iniciais: M.D. Ele puxou, desembainhou o sabre. Junto à empunhadura, o doutor Demant gravara no aço, com a ponta de uma faca, alguns sinais desamparados e pesarosos: "Viva livre e feliz!", dizia a inscrição. O tenente pendurou o sabre no armário. Segurou a bainha na mão. A seda envolta em uma teia de metal escorria entre os seus dedos como uma chuva fresca e dourada. Trotta fechou o armário. Fechou um ataúde.

Apagou a luz e esticou-se, ainda vestido, na cama. O brilho amarelado dos alojamentos dos soldados flutuava sobre a pintura branca da porta e se refletia na maçaneta reluzente. Do outro lado, uma sanfona suspirava, rouca e melancólica, em meio às vozes graves e volumosas dos homens. Eles cantavam a canção ucraniana do *Kaiser* e da *Kaiserin*:

> "Oh! Nosso *Kaiser* é um homem bom e corajoso, E nossa senhora é sua esposa, a *Kaiserin*, Ele cavalga ante todos seus lanceiros, Ela permanece sozinha, no castelo.
> E espera por ele –
> Pelo *Kaiser* ela espera, a *Kaiserin*"

A *Kaiserin* já estava morta havia muito tempo. Mas os camponeses rutenos acreditavam que ela ainda estivesse viva.

Fim da parte um

Parte Dois

IX

Os raios do sol habsbúrgico alcançavam o oriente até a fronteira do *Czar* russo. Era o mesmo sol sob o qual a dinastia dos Trottas tinha alcançado a nobreza e o reconhecimento. A gratidão de Franz Joseph tinha uma longa memória e a sua graça, um longo braço. Quando algum dos seus filhos prediletos estivesse a ponto de cometer alguma tolice, os ministros e criados do *Kaiser* interferiam na hora certa e obrigavam o tolo a tomar cuidado e a ser razoável. Certamente não seria adequado deixar que o único descendente da dinastia dos Trottas e Sipolje, recentemente elevada ao grau de nobreza, servisse naquela província da qual provinha o herói de Solferino, o neto de camponeses eslovenos analfabetos, o filho de um sargento da gendarmeria. Quisesse o descendente trocar o serviço na cavalaria por aquele mais modesto, na infantaria: ele assim permanecia fiel à memória do avô, que salvara a vida do *Kaiser* como simples tenente da infantaria. Mas a prudência do Ministério Real e Imperial da Guerra evitava que o portador de um título de nobreza, que tinha o mesmo nome da aldeia da qual vinha o fundador da dinastia, fosse enviado para perto daquela aldeia. Como os funcionários pensava, também, o comissário distrital, o filho do herói de Solferino. Ainda assim, ele permitiu – e certamente o fez com pesar no coração – a transferência do seu filho para a infantaria. Mas de maneira nenhuma estava de acordo com o pedido de Carl Joseph para ser enviado à província eslovena. Ele mesmo, o comissário distrital, nunca sentira o desejo de ver o lugar de origem de seus antepassados. Ele era um austríaco, funcionário a serviço dos Habsburgos, e seu lugar era o palácio imperial em Viena. Se ele tivesse algum tipo de ideia política a respeito de uma transformação útil do grande e multifacetado império, agradar-lhe-ia ver, em todas as províncias da coroa, grandes e coloridas antessalas do palácio imperial, e em todos os povos da monarquia, servidores dos Habsburgos. Ele era um comissário distrital. Era o representante de Sua Majestade Apostólica em seu distrito. Portava o colarinho dourado, o chapéu de abas largas e a adaga. Não desejava conduzir o arado sobre a abençoada terra eslovena. Na carta decisiva que enviara a seu filho estava escrito: "O destino fez que, de camponeses da fronteira, nos tornássemos uma dinastia austríaca. E assim devemos permanecer".

Assim aconteceu que a fronteira meridional do império permaneceu inacessível ao filho Carl Joseph, cavaleiro de Trotta e Sipolje, restando-lhe só a escolha entre servir no interior do império ou em sua fronteira oriental. Ele se decidiu pelo batalhão de infantaria que ficava estacionado a não mais do que duas milhas da fronteira russa. Perto dali ficava a aldeia de Burdlaki, lugar de nascimento de Onufrij. Esta província era também o lugar de origem dos camponeses ucranianos, de suas melancólicas sanfonas e de suas inesquecíveis canções: era a irmã setentrional da Eslovênia.

Durante dezessete horas o tenente Trotta permaneceu sentado no trem. Na décima-oitava hora surgiu a última estação de trens no oriente da monarquia. Ali ele desembarcou. Seu ordenança Onufrij acompanhou-o. A caserna da infantaria ficava no centro da cidadezinha. Antes que eles entrassem no pátio da caserna, Onufrij fez o sinal da cruz três vezes. Era manhã. A primavera, que há muito se sentia em casa no interior do império, era uma recém-chegada ali. Os laburnos já brilhavam dos lados da ferrovia. Os lilases já floriam nas florestas úmidas. Os sapos já coaxavam nos pântanos intermináveis. As cegonhas já rondavam os telhados baixos de palha dos casebres da aldeia, à procura das bases circulares de suas moradas estivais.

A fronteira entre a Áustria e a Rússia, no nordeste da monarquia, era, àquela época, uma das regiões mais peculiares. O batalhão de infantaria de Carl Joseph situava-se numa localidade de dez mil habitantes. Tinha uma espaçosa praça circular, em cujo centro duas largas estradas se cruzavam. Uma conduzia do oriente para o ocidente, a outra do norte para o sul. Uma conduzia da estação de trens para o cemitério. A outra, das ruínas do castelo para o moinho a vapor. Dos dez mil habitantes da cidade, cerca de um terço vivia de trabalhos manuais de todos os tipos. Um outro terço vivia miseravelmente de suas escassas propriedades de terras. E o restante ocupava-se de uma espécie de comércio.

Dizemos uma espécie de comércio, pois nem as mercadorias nem os hábitos comerciais correspondiam às ideias sobre comércio no mundo civilizado. Os comerciantes daquela região viviam mais de acasos do que de perspectivas, muito mais de imponderáveis premonições do que de ponderações comerciais, e cada comerciante estava pronto a agarrar a mercadoria que o destino lhe oferecesse a cada momento, e também a inventar alguma mercadoria, se Deus não lhe destinasse nenhuma. Efetivamente, a vida desses comerciantes era um enigma. Eles não tinham lojas. Eles não tinham nomes. Eles não tinham crédito. Mas eles possuíam um apurado sentido sobrenatural para todas as fontes secretas e misteriosas do dinheiro. Eles viviam do trabalho dos outros, mas criavam trabalho para os outros. Eram modestos. Viviam tão miseravelmente como se se mantivessem com o trabalho de suas próprias mãos. Mas era o trabalho dos outros. Sempre em movimento, sempre a caminho, com a língua corrente e o cérebro claro, eles seriam capazes de conquistar a metade do mundo, se soubessem o que o mundo significa. Mas não o sabiam. Pois viviam longe do mundo, entre o oriente e o ocidente, entalados entre o dia e a noite, eles mesmos como uma espécie de fantasmas vivos, paridos pela noite, que vagam pelo dia.

Dissemos que eles viviam "entalados"? A natureza de sua terra natal não os deixava sentirem-se assim. A natureza criara para eles um horizonte infinito, em volta daquela gente da fronteira, e os envolvera com um anel nobre de florestas verdejantes e de montanhas azuis. E quando eles caminhavam em meio à escuridão dos cedros, eram até mesmo capazes de acreditar que tivessem sido privilegiados por Deus. Isto se sua preocupação diária com o pão para suas mulheres e seus filhos lhes deixasse espaço para reconhecerem a bondade de Deus. Mas, tão logo chegava o inverno, eles se punham a perambular pelas florestas de pinheiros, para negociar madeiras para os compradores das cidades. Pois também negociavam com madeiras. E também negociavam com corais, para as camponesas que viviam do outro lado da fronteira, em terras russas. Negociavam com plumas para edredons, com crinas de cavalos, com tabaco, com cálices de prata, com joias, com chá da China, com frutas meridionais, com cavalo e com gado, com aves e ovos, com peixes e com verduras, com juta e com lã, com manteiga e com queijo, com terras e com florestas, com mármore da Itália e com cabelos humanos da China, para a manufatura de perucas, com lagartas de bicho-da-seda e com seda pronta, com tecidos de Manchester e com rendas de Bruxelas e com galochas de Moscou, com linho de Viena e com chumbo da Boêmia. Nenhuma das mercadorias maravilhosas e nenhuma das mercadorias baratas, que a terra possui com tanta abundância, permanecia estranha aos comerciantes e aos negociantes desta região. Tudo o que fossem incapazes de obter ou de revender de acordo com as leis vigentes, obtinham e vendiam à revelia da lei, ágeis e misteriosos, com cálculos e com astúcia, em segredo e com ousadia.

Sim, havia até mesmo alguns entre eles que negociavam com pessoas, com pessoas vivas. Eles despachavam desertores do exército russo para os Estados Unidos e jovens filhas de camponeses para o Brasil e para a Argentina. Tinham agências de navegações e representações de bordéis estrangeiros. E, ainda assim, os lucros que obtinham eram míseros e eles não tinham ideia da vasta e esplêndida abundância na qual um homem pode viver. Seus sentidos, tão treinados e habilidosos em encontrar dinheiro, e suas mãos, que eram capazes de arrancar ouro de seixos como se arrancam faíscas de pedras, não eram capazes de proporcionar deleite ao coração e saúde ao corpo. As pessoas daquela região eram nascidas em pântanos. Pois os pântanos estendiam-se, hostis, por toda a superfície daquela terra, dos dois lados da estrada, com sapos e com bacilos da febre e com uma relva traiçoeira que significava, para quem passasse por ali sem conhecer a terra, uma sedução terrível que conduzia a uma morte terrível. Havia muitos que morriam ali, e ninguém ouvia seus últimos gritos de socorro. Mas todos os nativos dali conheciam o caráter traiçoeiro do pântano, e possuíam, também, algo daquele caráter traiçoeiro. Na primavera e no verão, o ar ficava saturado do coaxar incessante e saciado dos sapos. Sob o céu jubilava o canto igualmente saciado das cotovias. Era um diálogo incansável entre o céu e o pântano.

Dentre os comerciantes, a respeito dos quais falamos, muitos eram judeus. Uma ironia do destino, talvez a lei misteriosa de uma descendência desconhecida do lendário povo dos cazares, fazia muitos dos judeus da fronteira serem ruivos. Os cabelos faiscavam como chamas sobre as suas cabeças. Suas barbas pareciam-se com incêndios. Nos dorsos das suas mãos ágeis, pelos vermelhos e rijos pareciam-se com minúsculos espetos. E em suas orelhas uma lã avermelhada e suave prosperava como os vapores das labaredas vermelhas que ardiam no interior das suas cabeças.

Alguém que, vindo de longe, alcançasse esta região, estava fadado a se perder. Ninguém era tão poderoso quanto o pântano. Ninguém era capaz de enfrentar a fronteira. Àquela época, os grandes senhores em Viena e em Petersburgo já começavam a preparar a grande guerra. E a gente das fronteiras sentia a sua chegada antes dos outros. Não só por estarem habituados a intuir o que estava por acontecer, mas também porque viam, diariamente, com seus próprios olhos, os sinais do declínio. Mas até mesmo destes preparativos eles eram capazes de auferir lucros. Assim, havia alguns que viviam de espionagem e de contraespionagem, recebiam *Gulden* austríacos da polícia austríaca e rublos russos da polícia russa. E no vazio pantanoso daquela guarnição, longe do mundo, um ou outro oficial sucumbia ao desespero, aos jogos de azar, às dívidas e às pessoas sombrias. Os cemitérios das guarnições de fronteira abrigavam muitos corpos jovens de homens fracos.

Mas também aqui, como nas outras guarnições do império, os soldados exercitavam-se diariamente. Todos os dias o batalhão da infantaria, com a farda manchada pela lama da primavera e as botas cheias de lodo cinzento, deixava a caserna. À frente, cavalgava o major Zoglauer. O Segundo Pelotão da Primeira Companhia era conduzido pelo tenente Trotta. O ritmo no qual os soldados marchavam era ditado pelos sinais amplos e sinceros de um corneteiro e não pelo arrogante clamor das fanfarras, que organizava e interrompia a batida dos cascos dos corcéis da cavalaria, ressoando à sua volta. Carl Joseph seguia a pé e imaginava que assim estava melhor. À sua volta, as botas ferradas dos soldados estalavam sobre os pedregulhos pontiagudos que, todas as semanas, na primavera, voltavam a ser derramados como oferendas sobre o pântano dos caminhos, a pedido das autoridades militares. O solo insaciável da estrada engolia todas as pedras, milhões de pedras. E camadas sempre renovadas do lodo vitorioso, reluzente e cinzento como a prata, brotavam das profundezas, devoravam os pedregulhos e a argamassa e espirravam sobre as botas dos soldados, que o pisoteavam.

A caserna situava-se atrás do jardim municipal. À esquerda, ao lado da caserna, ficava o tribunal distrital e, à sua frente, o comissariado distrital. Atrás de suas paredes festivas e arruinadas, ficavam as duas igrejas, uma romana e uma grega, e à direita da caserna erguia-se o prédio do colégio. A cidade era tão minúscula que em vinte minutos era possível atravessá-la. Seus edifícios importantes amontoavam-se, uns sobre os outros, numa proximidade promíscua. Assim como prisioneiros no pátio de um presídio, as pessoas passeavam, ao entardecer, em torno do círculo regular do jardim. Era preciso uma boa meia hora de marcha para chegar à estação de trens. A cantina dos oficiais da infantaria ficava instalada em dois pequenos cômodos de uma casa particular. A maior parte dos camaradas fazia suas refeições no restaurante da estação de trens. Carl Joseph também. Ele gostava de marchar sobre a lama e de ouvir os estampidos das suas botas só para ir ver a estação de trens. Aquela era a última estação de trens da monarquia, mas mesmo assim: aquela estação também ostentava dois pares de vias férreas reluzentes que se estendiam, sem interrupção, até o interior do império. Naquela estação também ressoavam sinais claros, vítreos e alegres, nos quais tilintava um eco suave de sons familiares, e um aparelho de código Morse que tiquetaqueava ininterruptamente, e no qual as vozes esplêndidas e confusas de um mundo vasto e perdido eram diligentemente marteladas, como se fossem costuradas por uma ágil máquina de costura. Esta estação também tinha um porteiro, e nas mãos deste porteiro oscilava um sino trovejante, e este sino significava partida, embarcar! Uma vez por dia, justamente à hora do almoço, o porteiro soava o seu sino para o trem que partia em direção ao ocidente, para Cracóvia, Oderberg, Viena. Um bom e amado trem! Durante quase todo o almoço, o trem permanecia parado diante das janelas do refeitório da primeira classe, no qual se acomodavam os oficiais. Só quando era servido o café a locomotiva sibilava. O vapor cinzento golpeava as janelas. E quando começava a escorrer pelos vidros, em pérolas úmidas e em listras, o trem já tinha partido. Tomava-se o café e retornava-se, em grupos lerdos e desconsolados, pelo lodo cinza-prata. Até mesmo os generais evitavam esta localidade em suas visitas de inspeção. Eles não vinham. Ninguém vinha. No único hotel da cidadezinha, no qual vivia, como hóspedes permanentes, a maior parte dos oficias da infantaria, só duas vezes por ano hospedavam-se os ricos comerciantes de lúpulo, vindos de Nürnberg, de Praga e de Saaz. Quando seus incompreensíveis negócios eram bem-sucedidos, eles chamavam músicos e jogavam cartas no único café, que pertencia ao hotel.

Do segundo andar do Hotel Brodnitzer, Carl Joseph avistava a cidadezinha inteira. Via o frontão triangular do tribunal distrital, a diminuta torre branca do comissariado distrital, a bandeira preta e amarela que tremulava sobre a caserna, a cruz dupla da igreja grega, o cata-vento em forma de galo sobre a magistratura e todos os telhados cinzentos das casinhas térreas. O Hotel Brodnitzer era o edifício mais elevado da região. Era um ponto de referência, assim como a igreja, a magistratura e os demais edifícios públicos. As ruazinhas não tinham nomes e as casinhas não tinham número e quem perguntasse, ali, por algum lugar determinado, era obrigado a orientar-se pelas indicações aproximadas que lhe eram dadas. Este morava atrás da igreja, aquele, diante do presídio municipal, o terceiro, à direita do tribunal distrital. Vivia-se como numa aldeia. E os segredos das pessoas nos casebres baixos, sob os telhados cinzentos e escuros, atrás das vidraças pequenas e quadradas e das portas de madeira, escapavam pelas fendas e rachaduras para as ruazinhas enlameadas e penetravam até mesmo no grande pátio permanentemente cerrado da caserna. Este fora enganado por sua mulher e aquele vendera sua filha ao capitão russo; aqui havia um que comercializava ovos podres e ali outro que vivia do contrabando regular; este passara tempo na cadeia e aquele fugiu do presídio; este emprestava dinheiro aos oficiais e seu vizinho embolsava um terço dos honorários. Os camaradas, em sua maior parte de origem burguesa e de ascendência alemã, viviam havia muitos anos nesta guarnição, sentiam-se em casa ali, tinham sido capturados por ela. Isolados dos costumes de suas terras natais, isolados de sua língua-mãe alemã, que ali se tornara a língua burocrática do serviço, entregues ao desconsolo infinito dos pântanos, eles sucumbiam aos jogos de azar e à aguardente fortíssima, que ali era vendida sob o nome de *Neunziggrädiger*[18]. Da mediocridade inofensiva para a qual tinham sido educados pela escola de cadetes e pelo treinamento tradicional, eles deslizavam para a podridão daquela terra, sobre a qual já pairava o grande hálito do grande reino do *Czar* inimigo. Estavam a menos de quarenta quilômetros de distância da Rússia. Não era raro que os oficiais russos do regimento de fronteira viessem para lá, em seus longos casacos amarelos como a areia e cinzentos como as pombas, com suas pesadas ombreiras prateadas e douradas sobre os ombros largos e com as botas lustrosas recobertas por galochas igualmente lustrosas, fosse qual fosse o tempo. As guarnições mantinham até mesmo um certo relacionamento de camaradagem. Às vezes atravessavam a fronteira no interior de pequenos coches de bagagem cobertos com lona para assistir aos espetáculos de acrobacias a cavalo dos cossacos e para beber o *Schnaps* russo. Do outro lado, na guarnição russa, os barris de *Schnaps* ficavam à beira das calçadas de madeira, vigiados por tropas armadas com longas baionetas triangulares plantadas sobre o solo. Quando anoitecia, os barris rolavam, eloquentes, pelas ruas esburacadas, conduzidos

18 *Neunziggrädiger* significa "de noventa graus" e refere-se ao teor alcoólico elevadíssimo desta aguardente. (N.T.)

pelas botas dos cossacos, em direção ao clube dos oficiais russos, e um ruído suave de risadas contidas e de líquido jorrando revelava à população o conteúdo daqueles barris. Os oficiais do *Czar* mostravam aos oficiais de Sua Majestade Apostólica o significado da hospitalidade russa. E nenhum dos oficiais do *Czar* e nenhum dos oficiais da Sua Majestade Apostólica sabia, àquela época, que a morte já cruzava suas mãos magras e invisíveis sobre os calicezinhos de vidro nos quais eles bebiam.

Entre as duas florestas da fronteira, a floresta russa e a floresta austríaca, as *Sotnies*[19] dos cossacos de fronteira percorriam a vasta planície como ventos uniformizados em ordem militar, sobre os velozes e pequenos cavalos das suas estepes natais, balançando suas lanças acima de seus altos gorros de pele como se fossem raios da ponta de longas estacas de madeira, raios vaidosos com graciosos aventaizinhos de bandeiras. O solo do pântano, macio como plumas, amortecia o ruído dos cascos, que se tornava quase inaudível. A terra molhada respondia só com um suspiro baixo e úmido aos golpes dos cascos que voavam. Eles mal faziam as folhinhas da relva verdejante se abaixarem. Era como se os cossacos estivessem pairando sobre os campos. E quando eles se lançavam sobre a estrada amarela e arenosa, uma coluna grande, clara e dourada de grãos finíssimos erguia-se, faiscando ao sol, espalhando-se em todas as direções, e logo voltando a dissolver-se e a precipitar-se em milhares de nuvenzinhas. Os hóspedes convidados sentavam-se em tribunas feitas de madeira crua. Os movimentos dos cavaleiros eram quase mais rápidos do que os olhares dos espectadores. Com seus dentes amarelos, fortes como os dos cavalos, os cossacos apanhavam do chão, em suas selas e em meio ao galope, seus lenços vermelhos e azuis. Seus corpos abaixavam-se, subitamente derrubados, sob as barrigas dos cavalos e suas pernas, metidas nas botas reluzentes, apertavam, ao mesmo tempo, os flancos dos animais. Outros atiravam suas lanças à frente, longe, as armas vibravam no ar e logo caiam outra vez, obedientes, nos punhos erguidos dos cavaleiros. Voltavam às mãos dos seus

19 *Sotnie* é uma divisão de cossacos. (N.T.)

senhores como falcões de caça vivos. Outros, ainda, saltavam, abaixados, com o corpo na horizontal sobre o corpo do cavalo e com as bocas fraternalmente apoiadas sobre o focinho do animal, pelo orifício espantosamente pequeno de círculos de ferro, cujas dimensões talvez fossem suficientes para envolver um barril mediano. Os corcéis estendiam, diante de si, as quatro patas. Suas crinas erguiam-se como asas, suas caudas repousavam na horizontal como lemes, suas cabeças estreitas pareciam proas delgadas de velozes canoas. Outros, ainda, saltavam sobre vinte barris de cerveja enfileirados um depois do outro, o fundo de cada um encostado no fundo do outro. Aqui, os cavalos relinchavam antes de saltar. O cavaleiro vinha galopando de uma distância infinita, era primeiro um minúsculo ponto cinzento que crescia, em velocidade estonteante, para se tornar um traço, um corpo, um cavaleiro, tornava-se um pássaro lendário, gigantesco, cujo corpo era composto de corpos de gente e de cavalo, um ciclope alado que, depois do salto bem-sucedido, estacava, como se fosse feito de ferro, cem passos adiante dos barris, uma estátua, um monumento feito de um material sem vida. Outros, ainda, atiravam, enquanto voavam com a rapidez de flechas (e eles mesmos, os atiradores, pareciam ser tiros), na direção de alvos voadores, que outros cavaleiros, cavalgando também em alta velocidade, seguravam ao lado deles, grandes placas brancas e redondas: os atiradores galopavam, atiravam e acertavam o alvo. Um ou outro caía da sua montaria. Os camaradas, que o seguiam, voavam sobre os seus corpos e nenhum casco os atingia. Havia cavaleiros que faziam um segundo cavalo galopar ao seu lado e, durante o galope, saltavam de uma sela para a outra, voltavam para a primeira, caíam, novamente, sobre o cavalo acompanhante e, por fim, com as mãos apoiadas uma em cada sela, e com as pernas pendendo entre os corpos dos animais, paravam, de um só golpe, no ponto determinado, segurando ambos corcéis, de maneira que eles permanecessem imóveis como se fossem cavalos de bronze.

Estas festas de cavalaria dos cossacos não eram as únicas que se realizavam na região fronteiriça entre a monarquia e a Rússia. Na guarnição estava estacionado, também, um regimento de infantaria montada. Entre os oficiais da infantaria, da infantaria montada e os senhores dos regimentos de fronteira russos o conde Chojnicki, um dos mais ricos proprietários de terras da região, estabeleceu as mais íntimas relações. O conde Wojciech Chojnicki, aparentado dos Ledochowski e dos Potocki, cunhado dos Sternberg, amigo dos Thun, conhecedor do mundo, quarenta anos de idade, mas sem idade reconhecível, capitão de cavalaria da reserva, solteiro, bon-vivant e melancólico ao mesmo tempo, amava os cavalos, o álcool, a companhia, a leviandade e também a seriedade. Passava o inverno nas grandes cidades e nos cassinos da Riviera. Como uma ave migratória, quando os laburnos começavam a florir à beira da estrada de ferro, ele iniciava a viagem de volta à terra dos seus antepassados. Trazia consigo um hálito levemente perfumado do *grand monde* e histórias galantes e aventurescas. Era um daqueles homens incapazes de ter inimigos, mas também incapazes de ter amigos – só companheiros, camaradas e indiferentes. Com seus olhos claros, pequenos e um pouco arregalados, sua calva perfeitamente lisa e lustrosa, seu bigodinho loiro, seus ombros estreitos e as pernas desproporcionalmente compridas, ele conquistava a estima de todos aqueles em cujo caminho surgia, por acaso ou deliberadamente.

Habitava, alternadamente, duas casas, que eram conhecidas pela população como o "velho" e o "novo castelo". O assim chamado "velho castelo" era um pavilhão de caça espaçoso e arruinado que, por motivos incompreensíveis, o conde não queria mandar pôr em ordem. O "novo castelo" era um sobrado espaçoso cujo pavimento superior era sempre ocupado por estrangeiros estranhos e às vezes também sinistros. Eram os "parentes pobres" do conde. Mesmo se ele se dedicasse com toda a seriedade aos estudos sobre a história de sua família, não seria capaz de estabelecer o grau de parentesco dos seus hóspedes. Por fim, tornara-se costume dos parentes de Chojnicki irem ao "novo castelo" e ali passarem o verão. Saciados, descansados, às vezes munidos de roupas novas feitas pelo alfaiate local do conde, assim que se tornavam audíveis os primeiros bandos de estorninhos nas noites e terminava a época das espigas de milho, eles retornavam àquelas localidades desconhecidas nas quais haveriam de sentir-se em casa. O dono da casa não reparava na chegada, nem na permanência e nem na partida dos seus hóspedes. Ele determinara, de uma vez por todas, que o administrador judeu da sua propriedade deveria verificar as relações de parentesco dos recém-chegados, regular seu consumo e determinar que partissem antes da chegada do inverno. A casa tinha duas entradas. Enquanto o conde e seus hóspedes que não fizessem parte da família usavam a entrada da frente, seus parentes eram obrigados a fazer um grande desvio pelo pomar, e a entrar e a sair por um pequeno portão no muro do jardim. Fora isto, os hóspedes que não tinham sido convidados tinham o direito de fazer o que bem entendessem.

Duas vezes por semana, às segundas e às quintas-feiras, realizavam-se as chamadas "pequenas noitadas" na casa do conde Chojnicki e, uma vez por mês, a assim chamada "festa". Nas "pequenas noitadas" só seis salas eram iluminadas e destinadas à permanência dos convidados, mas nas "festas" eram doze salas. Nas "pequenas noitadas" os criados serviam sem luvas, trajando um libré cinza-escuro. Nas "festas" os lacaios usavam luvas brancas e paletós cor de tijolo com golas de veludo preto e botões de prata. Começava-se, sempre, com vermute e com um vinho espanhol de sabor intenso. Depois servia-se vinho da Borgonha e de Bordeaux. Em seguida, vinha o champanhe. Este era seguido pelo conhaque. E para terminar pagando o tributo devido à terra, vinha por último o produto nativo, o *Neunziggrädiger.*

Os oficiais do regimento feudal extraordinário de infantaria montada e os oficiais, na maior parte de origem burguesa, do batalhão de infantaria, estabeleciam comoventes laços para a vida inteira naquelas recepções do conde Chojnicki. Durante o verão, as alvoradas observavam, por meio das vastas janelas em arco do castelo, uma mistura colorida de fardas de infantaria e de cavalaria. Os que dormiam, roncavam diante do sol dourado. Perto das cinco da manhã, um bando de ordenanças desesperados corria em direção ao castelo, para despertar os senhores. Pois às seis horas tinham início os exercícios dos regimentos. O dono da casa, a quem o álcool não deixava cansado, já se encontrava, havia muito tempo, no seu pavilhão de caça. Ali manuseava estranhos tubos de vidro, chamas, aparelhos. Dizia-se, na região, que o conde queria produzir ouro. E, de fato, ele parecia dedicar-se a tolos experimentos de alquimia. Ainda que não tivesse sucesso em sua tentativa de produzir ouro, sabia como ganhar no jogo de roleta. Às vezes dava a entender que herdara um "sistema" de um jogador misterioso, morto há muito tempo.

Havia anos que era membro do parlamento, voltando sempre a ser eleito pelo seu distrito, e derrotando todos os candidatos adversários com dinheiro, com violência e com ataques surpresa. Protegido do governo, desprezava a corporação parlamentar à qual pertencia. Nunca fizera um discurso nem nunca interferira no discurso de ninguém. Descrente, irônico, destemido e inconsequente, Chojnicki costumava dizer do *Kaiser* que era um velho de cabeça oca; do governo, que era um bando de trouxas; do parlamento, que era uma assembleia de idiotas patéticos de boa-fé; dos funcionários públicos, que eram corruptos, covardes e preguiçosos. Dos austríacos alemães[20], que eram dançarinos de valsas e cantores de tavernas; dos húngaros, que eram fedorentos; dos tchecos, que eram lambedores de botas natos; dos rutenos, que eram russos disfarçados e traidores; dos croatas e dos eslovenos, que ele chamava de "*Krowoten*" e "*Schlawiner*", que eram fabricantes de escovas e assadores de castanhas, e dos poloneses, grupo ao qual ele mesmo pertencia, que eram cortejadores, cabeleireiros e fotógrafos de moda. Depois das suas voltas de Viena e de outras partes do *grand monde*, no qual ele se sentia em casa, ele costumava fazer um discurso negativo que soava mais ou menos assim:

> "Este império está condenado a desaparecer. Assim que o nosso *Kaiser* cerrar seus olhos, vamos quebrar em cem pedaços. Os Bálcãs vão se tornar mais poderosos do que nós. Cada um dos povos vai construir seu estadozinho encardido e até os judeus vão nomear um rei, na Palestina. Em Viena já se sente o fedor

20 Isto é, os de língua e cultura alemã, grupo que dominava a monarquia, composta por muitas línguas, culturas e etnias. (N.T.)

dos democratas, não suporto mais andar pela *Ringstrasse*[21]. Os operários portam bandeiras vermelhas e não querem mais trabalhar. O prefeito de Viena é um zelador crente. Os padres andam junto com o povo, nas igrejas, os sermões são feitos em língua tcheca. No teatro imperial, são apresentadas porcarias judaicas e a cada semana mais um fabricante de privadas húngaro adquire o título de barão. Eu lhes digo, meus senhores, se não começarmos a atirar logo, tudo vai se acabar. Nós ainda vamos ver isto acontecer!"

Os ouvintes do conde riam e tomavam mais um copinho. Eles não o compreendiam. Às vezes, davam-se tiros, especialmente durante as eleições, por exemplo para assegurar o mandato do conde Chojnicki, e assim deixava-se claro a todos que o mundo não poderia simplesmente desaparecer assim. O *Kaiser* ainda estava vivo. Depois dele, vinha o herdeiro do trono. O exército exercitava-se, ostentando todas as cores regulamentares. Os povos amavam a dinastia e a honravam, portando suas mais diversas roupas tradicionais. Chojnicki estava apenas fazendo piadas.

Mas o tenente Trotta, mais sensível do que seus camaradas, mais triste do que eles e com a alma atormentada pelo eco permanente do som das asas escuras da morte, que ele já encontrara duas vezes, o tenente sentia, às vezes, o peso escuro das profecias.

21 Avenida monumental, construída sob o reino do *Kaiser* Franz Joseph, que circunda o centro antigo da capital austríaca, ao longo da qual se sucedem as mais esplêndidas edificações da capital, e que era um símbolo da consolidação do poder imperial. (N.T.)

X

Cada semana, quando tinha serviço noturno, o tenente Trotta escrevia seus relatos monótonos ao comissário distrital. Na caserna, não havia luz elétrica. Nos postos de vigia ardiam, conforme o regulamento militar, as antigas velas de serviço, como nos tempos do velho herói de Solferino. Agora eram velas da marca "Apollo", feitas de estearina branca como neve, menos quebradiças, com um pavio bem trançado e com uma chama constante. As cartas do tenente nada revelavam a respeito de sua nova forma de vida, nem sobre as condições incomuns da fronteira. O comissário distrital evitava perguntas de qualquer tipo. As respostas que ele enviava regularmente ao filho, a cada quarto domingo, eram tão uniformes quanto as cartas do tenente.

Todas as manhãs o velho Jacques levava a correspondência ao aposento no qual o comissário distrital costumava, havia muitos anos, tomar o café da manhã. Era um aposento um pouco distante, que não era usado durante o resto do dia. A janela, voltada para o oriente, de boa vontade deixava todas as manhãs entrarem livremente – as claras, as encobertas, as mornas, as frescas e as chuvosas. Inverno e verão, permanecia aberta à hora do café da manhã. No inverno, o comissário distrital cobria as pernas com uma manta quente, a mesa era colocada junto à ampla estufa e, na estufa, o fogo, que o velho Jacques acendia meia hora antes, ardia, ruidoso. A cada ano, no dia quinze de abril, Jacques parava de acender a estufa. A cada ano, no dia quinze de abril, independentemente do tempo, o comissário distrital retomava seus passeios matinais.

O ajudante do barbeiro vinha, ainda não barbeado e não bem descansado, às seis horas da manhã ao quarto de Trotta. Às seis e quinze o queixo do comissário distrital estava liso e coberto com pó de arroz em meio às asas levemente prateadas da barba que recobria suas bochechas. Seu crânio careca já estava massageado, um pouco avermelhado pelas gotas de água de colônia que nele tinham sido esfregadas, e todos os pelos supérfluos que cresciam, nas narinas e nas orelhas, e que às vezes também proliferavam na nuca, acima do colarinho alto, tinham sido removidos sem deixar rastro. Em seguida, o comissário distrital apanhava sua bengala de caminhada clara e seu chapéu alto cinzento e se dirigia ao jardim municipal. Portava um colete branco com botões cinzentos e com uma minúscula gola e um paletó cinzento como uma pomba. As calças justas e sem vinco envolviam, presas por fitas elásticas cinza-escuras, as botinas estreitas e pontiagudas, sem ponteiras nem costuras, feitas do mais tenro couro de cabrito. As ruas ainda estavam desertas. O carro-pipa municipal, puxado por dois pesados cavalos marrons, avançava, ruidoso, pelo calçamento de pedras esburacado. O cocheiro, na boleia, abaixava o chicote no instante em que avistava o comissário distrital, prendia as rédeas em torno do manete do freio e abaixava sua boina até a altura dos joelhos. Era a única pessoa da cidadezinha, do distrito, a quem *Herr* von Trotta acenava com a mão, alegremente, quase com exagero. À entrada do parque municipal o policial saudava-o. A ele o comissário distrital dizia um cordial "*Grüss Gott!*"[22], sem mover a mão. Em seguida, dirigia-se à proprietária loira do quiosque de bebidas gasosas. Ali arejava um pouco seu chapéu, tomava um cálice de aguardente, tirava uma moeda do bolso do colete sem tirar suas luvas cinzentas e continuava seu passeio. Padeiros, limpadores de chaminés, vendedores de verduras e açougueiros encontravam-no. Todos saudavam. O comissário distrital cumprimentava de volta, pousando suavemente o indicador na borda do seu chapéu. Só diante do farmacêutico Kronauer, que também amava os passeios matinais e que, aliás, era conselheiro comunal, *Herr* von Trotta tirava o

22 Saudação tradicional austríaca, que significa "saúdo a Deus". (N.T.)

chapéu. Às vezes ele dizia: "Bom dia, senhor farmacêutico!", parava por um instante e perguntava: "Como vai?". "Excelente!", dizia o farmacêutico. "Alegra-me!", observava o comissário distrital, arejava mais uma vez o chapéu e prosseguia em seu passeio.

Não voltava antes das oito horas. Às vezes, encontrava o carteiro no corredor ou na escadaria. Então, dirigia-se, por alguns minutos, ao gabinete. Gostava de encontrar sua correspondência junto à bandeja do café da manhã. Era-lhe impossível ver alguém durante o café da manhã e, menos ainda, falar com alguém. O velho Jacques tinha licença para entrar sem aviso, em dias de inverno, para ver se a estufa estava aquecendo bem, e em dias de verão para fechar a janela se estivesse chovendo muito forte. Mas de *Fräulein* Hirschwitz ele não podia nem ouvir falar. Antes da uma da tarde, a vista dela era-lhe insuportável.

Certo dia, no fim de maio, *Herr* von Trotta voltou para casa do seu passeio às oito e cinco. O carteiro decerto passara por ali havia tempo. *Herr* von Trotta sentou-se logo à mesa na sala do café da manhã. Assim como em todos os dias, o ovo cozido, com a gema macia, estava no suporte de prata. O mel reluzia, dourado, e os pãezinhos frescos exalavam um aroma de fogo e de fermento. A manteiga brilhava, amarela, repousando numa enorme folha verde-escura e no bule de porcelana com borda dourada o café fumegava. Não faltava nada. Ao menos, num primeiro instante parecia a *Herr* von Trotta que nada estivesse faltando. Mas, logo em seguida, ele se levantou, colocou o guardanapo de volta sobre a toalha e examinou, uma vez mais, a mesa. No lugar habitual, faltava a sua correspondência. Desde que era capaz de se lembrar, não passara um único dia sem correspondência oficial. *Herr* von Trotta aproximou-se primeiro da janela aberta, como se precisasse convencer-se de que o mundo continuava a existir, lá fora. Sim, as velhas castanheiras do parque municipal ainda ostentavam suas copas densas e verdes. Nelas, os pássaros invisíveis continuavam com seu alarido, como todas as manhãs. Também a carroça do leiteiro, que costumava parar, àquela hora, diante da sede do comissariado distrital, estava ali, como sempre, como se aquele dia fosse igual a todos os outros. Então tudo lá fora permanece inalterado, constatou o comissário distrital. Era possível que não tivesse recebido nenhuma correspondência? Era possível que Jacques a tivesse esquecido? *Herr* von Trotta soou a sineta sobre a mesa. Seu tilintar prateado percorreu, rapidamente, a casa silenciosa. Ninguém veio atender. O comissário distrital absteve-se, por enquanto, de tocar em seu café da manhã. Soou, mais uma vez, a sineta. Finalmente alguém veio bater à porta. Ele ficou espantado, assustado e ofendido ao ver sua governanta, *Fräulein* Hirschwitz, entrando pela porta.

Ela trajava uma espécie de vestimenta matinal que ele nunca tinha visto antes. Um grande avental de oleado azul-marinho envolvia-a da cabeça aos pés e uma touca branca assentava-se, justa, em sua cabeça, deixando à vista suas grandes orelhas com os lóbulos macios, largos e carnudos. E assim ela pareceu extraordinariamente horrenda a *Herr* von Trotta – ele não suportava o cheiro de oleado.

"Que fatalidade!", disse ele, sem responder ao seu cumprimento. "Onde está Jacques?"

"Jacques foi acometido de um mal-estar hoje." "Acometido?", repetiu o comissário distrital, sem entender exatamente. "Ele está doente?", ele perguntou.

"Ele está com febre!", respondeu *Fräulein* Hirschwitz. "Obrigado!", disse *Herr* von Trotta, acenando com a mão. Sentou-se à mesa. Só tomou o café. O ovo, o mel, a manteiga e os pãezinhos ficaram na bandeja. Ele então compreendeu que Jacques adoecera e por isto não estava em condições de lhe trazer sua correspondência. Mas por que Jacques estava doente? Ele sempre fora tão saudável quanto, por exemplo, o correio. Se, subitamente, o correio parasse de entregar a correspondência, ele não teria ficado mais surpreso. O comissário distrital não adoecia nunca. Quando se adoecia, morria-se. A doença não era nada além de uma tentativa da natureza de acostumar o homem à morte. A doenças epidêmicas – na época de juventude de *Herr* von Trotta ainda se temia a cólera – um ou outro ainda era capaz de sobreviver. Mas as outras doenças que se insinuavam, isoladamente, eram fatais, fossem quais fossem os seus nomes. Os médicos – a quem o comissário distrital chamava de enfermeiros – alegavam que eram capazes de curar, mas só o faziam para não morrerem de fome. Ainda que houvesse exceções, de pessoas que tinham sobrevivido depois de uma doença, *Herr* von Trotta não conseguia se lembrar de nenhuma exceção como aquela, nem em seu círculo mais próximo, nem em seu círculo mais distante.

Ele voltou a soar a sineta. "Quero a minha correspondência", disse ele a *Fräulein* Hirschwitz, "mas faça o favor de enviá-la por alguém outro! A propósito, qual é o problema com Jacques?".

"Ele está com febre!", disse *Fräulein* Hirschwitz. "Certamente apanhou um resfriado!"

"Resfriado? Em maio?" "Ele não é mais jovem!" "Chame o doutor Sribny!"

Este era o médico do distrito. Atendia na sede do comissariado distrital das nove ao meio dia. Logo deveria estar ali. Na opinião do comissário distrital, tratava-se de um "homem honesto".

Enquanto isto, um servente do comissariado trouxe-lhe a correspondência. O comissário distrital apenas olhou os envelopes, devolveu-os e mandou colocá-los no seu gabinete. Junto à janela, não cessava de admirar-se com o fato de que o mundo, lá fora, ainda parecia não saber nada a respeito das mudanças em sua casa. Hoje ele nem tinha tomado café, nem tinha lido sua correspondência. Jacques sucumbira a uma doença misteriosa. E a vida continuava, em sua marcha habitual.

Muito devagar, ocupado com pensamentos pouco claros, *Herr* von Trotta entrou na sede do comissariado distrital e, vinte minutos mais tarde do que de costume, sentou-se à mesa. O primeiro-comissário veio apresentar seu relatório. Na véspera, realizara-se uma nova reunião de trabalhadores tchecos. Uma festa do *Sokol*[23] estava sendo anunciada e delegados dos "estados eslavos" – o que significava a Sérvia e a Rússia, cujos nomes nunca eram

23 *Sokol*, que nas línguas eslavas significa "falcão" era o nome de um movimento esportivo do qual participavam diferentes etnias eslavas da Europa Central. Paralelamente à atividade física, o sentido comunitário e nacionalista era fundamental a este movimento. As festas do *Sokol* reuniam representantes de diferentes nações eslavas e eram expressões do pan-eslavismo. (N.T.)

mencionados no idioma dos funcionários públicos - deveriam chegar já no dia seguinte. E os sociais-democratas de língua alemã também já se faziam notar. Na tecelagem, um operário fora espancado por seus camaradas, aparentemente, conforme relataram os espiões, porque se recusou a ingressar no partido vermelho. Tudo isto incomodava o comissário distrital, feria-o, causava-lhe dores, ofendia-o. Tudo aquilo que as parcelas desobedientes da população faziam para enfraquecer o estado, causar danos diretos ou indiretos à Sua Majestade, o *Kaiser*, tornar impotentes as leis, que já o eram de qualquer forma, perturbar o sossego, desafiar a decência, desprezar a dignidade, criar escolas tchecas, eleger representantes da oposição: tudo isto eram atividades que se dirigiam contra ele, o comissário distrital. Primeiro, ele desprezara as nações, a autonomia e o "povo", que exigia "mais direitos". Com o passar do tempo, começara a detestá-los, os marceneiros, os incendiários, os demagogos. Ele exortou o primeiro-comissário a dissolver imediatamente qualquer reunião na qual ocorresse às pessoas quererem tomar "resoluções". Ele odiava, aquela palavra ainda mais do que todas as outras palavras que tinham se tornado modernas nos últimos tempos. Talvez porque bastava uma minúscula letra adicional para transformá-la na mais vergonhosa de todas as palavras: revolução. Esta, ele eliminara totalmente. Em seu vocabulário, mesmo no vocabulário oficial, ela não existia. E quando lia, nos relatórios de algum dos seus subordinados, a denominação "agitador revolucionário" para referir-se a algum dos sociais-democratas ativos, riscava esta palavra e corrigia em tinta vermelha: "indivíduo suspeito". Talvez, em algum lugar da monarquia, houvesse mesmo revolucionários. Mas no distrito de *Herr* von Trotta, não.

"Amanhã à tarde mande chamar o sargento Slama!", disse *Herr* von Trotta ao comissário. "Solicite reforços para a gendarmeria para essa festa do *Sokol*. Escreva uma carta breve ao governador e traga-a amanhã. Talvez amanhã tenhamos que entrar em contato com o Ministério da Guerra. De qualquer maneira, a partir de amanhã a guarda da gendarmeria deve estar em estado de alerta. Quero um resumo breve do último decreto ministerial referente ao estado de alerta."

"Sim, senhor comissário distrital!"

"Muito bem. O doutor Sribny já esteve aqui?"

"Logo que chegou, foi chamado para atender Jacques." "Gostaria de falar com ele."

Naquele dia, o comissário distrital não tocou mais em nenhum documento. Antigamente, nos anos tranquilos, quando ele começara a se instalar no comissariado, ainda não havia autonomistas, nem sociais-democratas, e só relativamente poucos "indivíduos suspeitos". E com a passagem vagarosa do tempo, eles tinham crescido, tinham se espalhado e tinham se tornado perigosos, imperceptivelmente. Agora, era como se a doença súbita de Jacques o tivesse despertado, subitamente, para as terríveis mudanças que tinham ocorrido no mundo, e como se a morte, que agora parecia sentada à beira da cama do serviçal, não ameaçasse apenas a ele. Se Jacques morrer, ocorreu ao comissário distrital, então, de certa forma, o herói de Solferino também morrerá mais uma vez e talvez – e aqui o coração de *Herr* von Trotta parou por um instante – também aquele que salvou a vida do herói de Solferino. Oh! Não era apenas Jacques que adoecera hoje! As cartas permaneciam fechadas sobre a escrivaninha do comissário distrital: quem sabe qual seria seu conteúdo! Sob os olhos dos funcionários públicos e dos gendarmes, os participantes do *Sokol* reuniam-se no interior do império. Estes participantes do *Sokol* – que o comissário distrital chamava, para si mesmo, de "sokolistas", como para fazer destes, que representavam um grande grupo em meio aos povos eslavos, uma espécie de partido político menor – alegavam serem apenas esportistas, empenhados em fortalecer seus músculos. Na verdade, porém, eram espiões ou rebeldes, patrocinados pelo *Czar*. Ainda ontem estivera escrito, no Fremdenblatt, que os estudantes alemães de Praga ocasionalmente cantavam a *Wacht am Rhein*[24], este hino dos prussianos, esses aliados que eram, ao mesmo tempo, inimigos hereditários da Áustria. Em que se podia confiar em tempos como aqueles? O comissário distrital sentiu

24 *Wacht am Rhein* ou "vigília junto ao Reno" é o nome de um hino patriótico alemão que foi muito popular durante a Guerra Franco-Prussiana e a Primeira Guerra Mundial. (N.T.)

um calafrio. E, pela primeira vez desde que começara a trabalhar naquele gabinete, ele se aproximou da janela, naquele dia de primavera inegavelmente morno, e a cerrou.

Herr von Trotta interrogou o médico distrital, que acabara de entrar na sala, sobre o estado de saúde do velho Jacques. O doutor Sribny disse: "Se isto se tornar uma pneumonia, ele não vai sobreviver. Ele já está muito velho. Agora, está com quarenta graus de febre. Pediu para chamar um padre". O comissário distrital inclinou-se sobre a mesa. Temia que o Dr. Sribny percebesse qualquer alteração em seu rosto, e efetivamente sentia que alguma coisa começava a se alterar em seu rosto. Abriu a gaveta, tirou charutos e ofereceu um ao doutor. Apontou, sem dizer palavra, para a poltrona. Agora, ambos fumavam. "Então o senhor tem poucas esperanças?", perguntou, por fim, *Herr* von Trotta. "Na verdade, muito poucas!", respondeu o doutor. "Nesta idade..." Ele não concluiu a frase e olhou para o comissário distrital como se quisesse verificar se ele era muito mais jovem do que seu serviçal. "Ele nunca esteve doente!", disse o comissário distrital, como se isto fosse algum atenuante, e como se o médico fosse uma instância da qual a vida dependesse. "Sim, sim", disse apenas o doutor. "Isto acontece. Que idade ele tem?" O comissário distrital refletiu e disse: "Entre setenta e oito e oitenta". "Sim", disse o doutor Sribny, "é o que eu imaginava. Quer dizer, só hoje. Enquanto as pessoas estão andando por aí, a gente pensa que vão viver para sempre!".

E então o comissário distrital levantou-se e se debruçou sobre seu trabalho.

Herr von Trotta escreveu num bilhete: "Estou no apartamento de Jacques", colocou o papel sob um peso de cartas e saiu para o pátio.

Ele nunca tinha entrado no apartamento de Jacques antes. Era um casebre minúsculo com uma chaminé grande demais sobre seu telhadinho, construído junto ao muro posterior do pátio. Tinha três paredes feitas de tijolos amarelados e uma portinha marrom no meio. Entrava-se pela cozinha e depois passava-se, por uma porta de vidro, para a sala. O canário domesticado de Jacques estava postado sobre a alça da sua gaiola em forma de abóbada, junto à janela coberta com a cortina branca, um pouco curta, atrás da qual a vidraça parecia muito grande. A mesa, muito bem aplainada estava encostada na parede e sobre ela pendia um lampião de querosene azul, com um espelho redondo e um refletor de luz. A Santa Virgem Mãe de Deus estava em meio a uma grande moldura, sobre a mesa, encostada na parede, assim como são colocados os retratos de parentes. Na cama, com a cabeça voltada para a parede e para a janela, estava deitado Jacques, sob uma montanha branca de lençóis e de travesseiros. Ele achava que fosse o padre chegando e suspirou profundamente, aliviado, como se a misericórdia divina já o estivesse alcançando. "Oh! Senhor barão!", disse ele, então. O comissário distrital aproximou-se do velho. Num quarto semelhante àquele, na sede da associação dos inválidos de Laxenburg, o avô do comissário distrital, o sargento da gendarmeria, jazera em seu ataúde. O comissário distrital olhou ainda uma vez para o brilho amarelo das grandes velas brancas na penumbra do quarto cuja janela estava coberta pela cortina, e as solas de suas botas, exageradamente grandes, e o cadáver trajado de gala surgiram diante do seu rosto. Estaria para chegar a hora de Jacques? O velho criado apoiou-se nos cotovelos. Portava uma touca de dormir de tricô, feita de lã azul-escura, e entre os pontos densos reluzia sua cabeleira prateada. Seu rosto bem barbeado, ossudo e corado pela febre, lembrava marfim tingido. O comissário distrital sentou-se numa cadeira junto à cama e disse: "Bom, não é nada tão grave, segundo acaba de me dizer o doutor. Deve ser catarro!". "Sim, senhor barão!", respondeu Jacques e, sob as cobertas, fez uma fraca tentativa de bater os calcanhares. Sentou-se, erguendo-se. "Peço desculpas!", ele acrescentou. "Acho que, até amanhã, já vai ter passado!" "Ou daqui a alguns dias, com toda certeza!" "Estou à espera do padre, senhor barão!" "Sim, sim", disse *Herr* von Trotta, "ele já deve estar chegando. Mas para isto ainda há muito tempo!". "Ele já está a caminho!", respondeu Jacques, num tom como se estivesse vendo, com os próprios olhos, o padre se aproximando. "Ele já está chegando", ele prosseguiu, e subitamente parecia não saber mais que o comissário distrital estava sentado ao seu lado. "Quando o barão, que Deus o tenha, faleceu", ele continuou a dizer, "nenhum de nós sabia. De manhã, ou talvez tenha sido na véspera, ele ainda foi até o pátio e disse: 'Jacques, onde estão as minhas botas?'. Sim, foi na véspera. E de manhã ele já não precisava mais delas. O inverno estava apenas começando, era um inverno muito frio. Acho que eu ainda aguento até a chegada do inverno. Já não falta mais tanto tempo até o inverno chegar, só preciso ter um pouco de paciência. Já estamos em julho, então, julho, junho, maio, abril, agosto, novembro e, quando o Natal chegar, acho que posso partir, marchar, companhia, marche!". Ele parou de falar e olhou através do comissário distrital com seus grandes e reluzentes olhos azuis, como se estivesse olhando através de uma janela.

Herr von Trotta tentou empurrá-lo delicadamente de volta para sobre os travesseiros, mas o corpo de Jacques estava rijo e não cedia. Só sua cabeça tremia, e sua touca de dormir azul-escura também tremia sem parar. Sobre sua testa alta, amarela e ossuda brilhavam minúsculas pérolas de suor. O comissário distrital enxugava-as, a cada tanto, com seu lenço, mas outras surgiam em seu lugar. Segurou a mão do velho Jacques, observando a pele avermelhada, áspera e cheia de escamas no largo dorso e o polegar forte, bem afastado. Depois pousou novamente a mão, com muito cuidado, sobre o cobertor, voltou para seu gabinete, ordenou ao servente do comissariado que mandasse buscar o padre e uma irmã caridosa, mandou *Fräulein* Hirschwitz ficar junto de Jacques enquanto isto, mandou apanharem seu chapéu, sua bengala e suas luvas e, nesta hora incomum, pôs-se a caminhar pelo parque, para a surpresa de todos os que se encontravam ali.

Mas logo se viu impelido a deixar as sombras profundas das castanheiras e a retornar para casa. Quando estava se aproximando da porta, ouviu os sons prateados do padre com a hóstia consagrada. Tirou o chapéu e inclinou a cabeça e assim permaneceu diante da entrada da casa. Alguns dos passantes também detiveram seus passos ali. Agora, o padre deixava a casa. Alguns esperavam até que o comissário distrital desaparecesse no corredor, seguiram-no, curiosos, e ficaram sabendo do servente do comissariado que Jacques estava agonizando. Ele era conhecido na cidadezinha. E dedicaram ao velho que partia deste mundo alguns minutos de respeitoso silêncio.

O comissário distrital atravessou o pátio em linha reta e entrou no quarto do moribundo. Cuidadosamente, procurava um lugar na cozinha escura para o seu chapéu. Por fim, colocou tudo numa prateleira, em meio às panelas e aos pratos. Mandou *Fräulein* Hirschwitz sair e se sentou na cama. Agora o sol estava tão alto no céu que preenchia toda a extensão do amplo pátio do comissariado distrital e se derramava pela janela de Jacques. A cortina branca e curta agora pendia como um alegre aventalzinho ensolarado diante da vidraça. O canário chilreava alegremente e sem parar, as tábuas nuas e lustrosas do assoalho reluziam, amareladas, sob o brilho do sol: uma faixa larga e prateada de sol jazia sobre a parte da cama onde estavam os pés de Jacques, a parte inferior do acolchoado branco agora ostentava uma brancura mais intensa, como a brancura celestial, e aquela faixa de sol também galgava, visivelmente, a parede junto à qual estava a cama. A cada tanto um vento suave soprava pelo pátio, acariciando as duas árvores antigas que se erguiam ao longo das paredes do pátio, e que talvez tivessem a idade de Jacques, ou fossem ainda mais velhas, e cujas sombras o tinham abrigado, todos os dias. O vento soprava e as copas das árvores oscilavam, e Jacques parecia saber. Pois ele se ergueu e disse: "Por favor, senhor barão, a janela!". O comissário distrital abriu a janela e imediatamente os ruídos alegres do pátio, característicos do mês de maio, penetraram no quartinho. Ouviam-se os sussurros das árvores, a respiração cuidadosa da brisa, o zumbido exagerado das reluzentes moscas espanholas e o canto das cotovias vindo de alturas azuis e inalcançáveis. O canário alçou-se para fora, mas só para mostrar que ainda era capaz de voar. Pois, passados uns instantes, voltou, sentou-se no peitoril da janela e começou a cantar com força redobrada. O mundo era alegre, tanto fora como dentro. E Jacques curvou-se, afastando-se do leito, ouviu, imóvel; as minúsculas pérolas de suor reluziam em sua testa dura e sua boca estreita se abriu, vagarosamente. Primeiro, apenas sorriu, mudo. Depois, cerrou os olhos. Suas bochechas magras e vermelhas dobraram-se junto aos ossos da face – agora ele parecia um velho palhaço, e uma risadinha saiu da sua garganta. Ele ria.

Ele ria sem parar. Os travesseiros estremeciam e a cama até gemia um pouco. O comissário distrital também sorria. Sim, a morte aproximava-se do velho Jacques como uma mocinha alegre na primavera, e Jacques abria sua velha boca, e lhe mostrava seus dentes, poucos e amarelados. Ele ergueu a mão, apontou para a janela e balançou a cabeça, rindo sempre. "Que lindo dia, hoje!", observou o comissário distrital. "Aí vem ela! Aí vem ela!", disse Jacques. "Sobre um cavalo branco, toda vestida de branco, por que ela cavalga tão devagar? Veja, veja como ela cavalga devagar! *Grüss Gott! Grüss Gott!* A senhora quer se achegar? Venha! Venha! Lindo dia, hoje, não?" Ele recuou sua mão, dirigiu o olhar ao comissário distrital e disse: "Como ela cavalga devagar! É porque ela está vindo do além! Ela já morreu há muito tempo e não está mais acostumada a cavalgar aqui, sobre as pedras! Sim, antigamente! Você ainda sabe que cara ele tinha? Quero ver o retrato. Será que ele se modificou mesmo? Traga o retrato aqui, por favor, traga-o aqui! Por favor, senhor barão!".

O comissário distrital compreendeu, imediatamente, que se tratava do retrato do herói de Solferino. Obediente, ele saiu. E, na escadaria, subia dois degraus de cada vez, entrou rapidamente na sala de estar dos cavalheiros, subiu numa cadeira e tirou do gancho o quadro do herói de Solferino. Estava um pouco empoeirado. Ele o soprou e depois passou o lenço por cima dele, o mesmo lenço com o qual, pouco antes, enxugara a testa do moribundo. Também agora o comissário distrital continuava com sua risadinha. Estava alegre. Havia tempo que ele não se sentia tão alegre. Com pressa e com o grande quadro debaixo do braço, atravessou o pátio. Aproximou-se da cama de Jacques. Jacques olhou demoradamente para o retrato, esticou o indicador, passando-o pelo rosto do herói de Solferino e, por fim, disse: "Coloque-o ao sol!". O comissário distrital obedeceu. Segurou o quadro na faixa ensolarada ao pé da cama; Jacques ergueu-se e disse: "Sim, era exatamente assim que ele era!", e voltou a recostar-se em seus travesseiros.

O comissário distrital colocou o quadro sobre a mesa, ao lado da imagem da Mãe de Deus, e voltou a aproximar-se da cama. "Logo, logo vamos lá para cima!", disse Jacques sorrindo e apontando para o teto. "Você ainda tem muito tempo!", retrucou o comissário distrital. "Não, não!", disse Jacques, rindo muito alto. "Já tive tempo bastante. Agora vamos lá para cima. Veja aí quantos anos eu tenho. Eu esqueci." "Ver onde?" "Aí embaixo", disse Jacques, apontando para a cama, sob a qual havia uma gaveta. O comissário distrital a abriu. Viu um pacotinho bem-feito, de papel de embrulho pardo, atado com barbante, ao lado do qual estava uma caixa de lata em cuja tampa havia uma imagem colorida, porém desbotada, que retratava uma pastora com uma peruca branca, e lembrou-se de que era uma daquelas latas de confeitos que, em sua infância, jaziam sob as árvores de natal de alguns dos seus camaradas. "Aqui está o livrinho!", disse Jacques. Era a caderneta militar de Jacques. O comissário distrital colocou o pince-nez e leu: "Franz Xaver Joseph Kromichl". "Esta é a sua caderneta?", perguntou *Herr* von Trotta. "Certamente!", disse Jacques. "Mas você se chama Franz Xaver Joseph?" "Deve ser assim que me chamo!" "Por que você chamava a si mesmo de Jacques?" "Porque ele mandou!" "Ah!", disse *Herr* von Trotta e leu o ano do nascimento dele. "Então em agosto você vai completar oitenta e dois anos!" "E que dia é hoje?" "Dezenove de maio!" "Quanto tempo falta até agosto?" "Três meses!" "Ah!", disse Jacques, tranquilamente, voltando a se recostar. "Então não vou chegar até lá!" "Abra a caixa!", disse Jacques, e o comissário distrital abriu a caixa. "Aí estão santo Antônio e são Jorge", prosseguiu Jacques. "Pode ficar com eles. E também um pedaço de raiz de espinheiro do bosque, contra a febre. Dê ele ao seu filho Carl Joseph. E mande minhas lembranças a ele! Talvez ele vá precisar disto, porque lá onde ele está é cheio de pântanos. E agora feche a janela. Quero dormir!"

Era a hora do almoço. A cama agora estava totalmente iluminada pela faixa de sol. Grudadas na vidraça, as moscas espanholas amontoavam-se e o canário não cantava mais, e bicava um torrão de açúcar. A torre da assembleia soou doze horas e o eco dourado ressoava pelo pátio. Jacques respirava tranquilamente. O comissário distrital foi para a sala de refeições.

"Hoje não vou almoçar!", avisou ele a *Fräulein* Hirschwitz. Percorreu a sala de refeições com o olhar. Aqui, neste lugar, Jacques sempre se colocava, com a bandeja nas mãos, assim ele se aproximava da mesa e assim ele aproximava a bandeja. Hoje, *Herr* von Trotta não conseguia comer nada. Saiu para o pátio, no fundo, sentou-se no banco junto à parede, sob as colunas marrons do terraço de madeira e pôs-se a esperar pela irmã caridosa. "Agora ele está dormindo!", disse ele, quando ela chegou. Um vento suave soprava de tempos em tempos. A sombra do terraço aos poucos tornava-se mais larga e mais comprida. As moscas zumbiam em volta da barba do comissário distrital. De tempos em tempos, ele as golpeava com a mão e o punho de sua camisa chiava. Pela primeira vez em sua vida, desde que estava a serviço do *Kaiser*, ele encontrava-se no meio de um dia de semana sem fazer nada. Nunca sentira necessidade de férias.

Era a primeira vez que experimentava um dia de folga. Pensava, sem parar, no velho Jacques e, ainda assim, estava alegre. O velho Jacques estava morrendo, mas era como se estivesse comemorando um grande acontecimento, que era o motivo do primeiro dia de férias do comissário distrital.

Subitamente ele ouviu a irmã caridosa sair pela porta. Ela disse que Jacques, aparentemente em sã consciência e sem febre, levantara-se da cama e estava se vestindo. Efetivamente, logo a seguir o comissário distrital avistou o velho na janela. Colocara o pincel de barba, o sabão e a navalha no peitoril da janela, como costumava fazer em todas as manhãs dos seus dias de saúde, pendurara o espelho na maçaneta da janela e estava se barbeando. Jacques abriu a janela e, com sua costumeira voz saudável, disse: "Estou bem, senhor barão, estou totalmente sadio, por favor, me desculpe, por favor, não se incomode!".

"Então está tudo bem! Isto me alegra, me alegra demais. Agora você vai começar uma nova vida como Franz Xaver Joseph!"

"Prefiro ficar com o nome Jacques!"

Herr von Trotta, alegre com aquele acontecimento espantoso, mas também um pouco perplexo, voltou para o seu banco, pediu à irmã caridosa para permanecer ali, em todo caso, e perguntou a ela se já tinha visto alguma vez uma cura tão rápida em uma pessoa de tanta idade. A irmã, com o olhar baixado sobre o rosário, colheu a resposta com os dedos, por entre as contas, e respondeu que as curas e as doenças, as rápidas tanto quanto as demoradas, estavam nas mãos de Deus, e a Sua vontade já muitas vezes fizera de moribundos, vivos. Uma resposta científica teria agradado mais ao comissário distrital. E ele decidiu que, no dia seguinte, consultaria o médico distrital. Por enquanto, dirigiu-se ao gabinete, livre de uma grande preocupação, mas também tomado por um desassossego ainda maior e inexplicável. Não conseguia mais trabalhar. Instruiu o sargento Slama, que o aguardava havia tempo, a respeito da festa do *Sokol*, mas sem rigor e sem ênfase. Todos os perigos que ameaçavam o distrito W. e a monarquia agora pareciam menores do que pela manhã. Ele dispensou o sargento, mas logo a seguir chamou-o de volta: "Ouça, Slama, o senhor já ouviu falar de uma coisa assim? Hoje pela manhã, o velho Jacques parecia estar morrendo. E agora está, outra vez, em plena forma!".

Não, o sargento Slama nunca tinha ouvido falar de nada assim. E à pergunta do comissário distrital, se ele queria ver o velho, Slama respondeu que certamente estava disposto a isto. E os dois foram juntos até o pátio.

E lá estava Jacques, sentado no seu banquinho com uma fileira de pares de botas dispostas à sua frente como soldados, com a escova na mão, e cuspindo com força na caixa de madeira que continha graxa. Ele quis se levantar quando viu o comissário distrital à sua frente, mas não foi capaz de fazê-lo suficientemente rápido, e logo sentiu as mãos de *Herr* von Trotta sobre o seu ombro. Alegre, saudou com a escova, diante do sargento. O comissário distrital sentou-se sobre o banco, o sargento apoiou sua arma na parede e se sentou também, a uma distância respeitosa. Jacques permaneceu em seu banquinho, lustrando as botas, ainda que mais devagar e com menos força do que de costume. Enquanto isto, a irmã caridosa rezava, sentada na salinha dele.

"Agora me ocorreu", disse Jacques, "que hoje tratei o senhor barão de você! Lembrei, de repente!".

"Não tem importância, Jacques!", disse *Herr* von Trotta. "Foi por causa da febre!"

"Sim, eu estava falando como um morto. E agora, senhor sargento, o senhor precisa me prender por calúnia. Porque, na verdade, eu me chamo Franz Xaver Joseph! Mas sobre o meu túmulo gostaria que fosse gravado o nome Jacques. E a minha caderneta de poupança está debaixo da caderneta militar, lá há alguma coisa para o enterro e para uma missa, mas lá meu nome aparece como Jacques!"

"Quando chegar a hora, saberemos o que fazer!", disse o comissário distrital. "Temos tempo!"

O sargento riu, alto, e secou a testa.

Jacques lustrara todas as botas. Estremecia um pouco; entrou em sua casinha, saiu, abrigado com seu casaco de peles de inverno, que ele também usava nos dias de chuva do verão, e se sentou sobre o banquinho. O canário seguia-o, esvoaçando sobre sua cabeça prateada; procurou, um pouco, por um lugar, colocou-se sobre a estaca da qual pendiam alguns tapetes e pôs-se a cantar. Seu canto despertou centenas de vozes de pardais nas copas das poucas árvores e por alguns minutos o ar encheu-se de uma engraçada confusão de chilros e assovios. Jacques ergueu a cabeça e escutou, não sem um certo orgulho, a voz vencedora do seu canário, que sobrepujava todas as demais. O comissário distrital sorriu. O sargento sorriu, colocando o lenço diante da boca, e Jacques deu uma risadinha. Até mesmo a irmã interrompeu sua reza e sorriu pela janela. O sol dourado da tarde já se derramava sobre o terraço de madeira e brincava no alto das copas verdes das árvores. Os mosquitos dançavam, cansados, ao entardecer, em delicadas hordas redondas e às vezes alguma joaninha zumbia, passando pelos senhores sentados, dirigindo-se em linha reta para a folhagem e para a morte nos bicos abertos dos pardais. O vento tornava-se mais forte. Agora, os pássaros calaram-se. O contorno do céu tornou-se azul-escuro e as nuvenzinhas brancas, cor-de-rosa. "Agora você vai para a cama!", disse *Herr* von Trotta a Jacques.

"Ainda preciso levar o quadro de volta lá para cima!", murmurou o velho. Ele apanhou o retrato do herói de Solferino e desapareceu, na escuridão da escadaria. O sargento o seguiu com o olhar e disse: "Estranho!".

"Sim, realmente estranho!", respondeu *Herr* von Trotta. Jacques voltou e aproximou-se do banco. Sentou-se sem dizer palavra, de maneira surpreendente, entre o comissário distrital e o sargento, abriu a boca, respirou fundo e antes mesmo que os dois pudessem se voltar em sua direção, sua nuca precipitou-se sobre o encosto, suas mãos desabaram sobre o assento, seu casaco de peles abriu-se, suas pernas estenderam-se, rijas, e as pontas dos seus chinelos ergueram-se no ar. O vento soprava pelo pátio, curto e intenso. No alto, as nuvenzinhas avermelhadas navegavam suavemente, desaparecendo. O sol desaparecera por trás da parede. O comissário distrital acolheu com a mão esquerda a cabeça prateada do seu criado e tocou com a direita o coração do homem que jazia, inconsciente. Assustado, o sargento levantou-se. Sua boina negra estava no chão. A irmã caridosa aproximou-se, com passos largos e apressados. Tomou a mão do velho, segurou-a, por um instante, entre os dedos, pousou-a suavemente sobre o casaco de peles e fez o sinal da cruz. Olhou silenciosamente para o sargento. Ele compreendeu e segurou Jacques pelos ombros. Ela apanhou suas pernas. Assim o levaram para dentro de sua casinha, colocaram-no sobre a cama, cruzaram suas mãos e a envolveram com o rosário, e pousaram o retrato da Mãe de Deus junto de sua cabeça. Ajoelharam-se à beira da sua cama, e o comissário distrital rezou. Havia muito tempo que ele não rezava. Das profundezas cobertas de escombros da sua infância, uma prece surgiu-lhe, uma prece pelo bem da alma de parentes mortos, e ele a sussurrou. Ele se levantou, lançou um olhar sobre as calças, tirou a poeira dos joelhos e saiu, seguido pelo sargento.

"Eu também quero morrer assim, meu caro Slama!", disse ele, em vez do costumeiro "*Grüss Gott*!" e foi para a sala de estar dos cavalheiros.

Escreveu as instruções para o velório e para o enterro de seu criado sobre uma grande folha de papel da chancelaria, com todo o cuidado, como um mestre de cerimônias, ponto por ponto, em parágrafos e alíneas. Na manhã seguinte, foi ao cemitério para procurar uma sepultura, comprou um túmulo e deu as instruções para a inscrição: "Aqui descansa em Deus Franz Xaver Joseph Kromichl, conhecido como Jacques, um velho criado e um amigo fiel", e encomendou um enterro de primeira classe, com quatro cavalos brancos e um séquito de oito homens trajados de libré. Três dias depois, ele seguia a pé, atrás do ataúde, o único enlutado, seguido, a uma distância respeitosa, pelo sargento Slama e por alguns outros que a ele se juntaram porque conheciam Jacques e, sobretudo, porque viam *Herr* von Trotta a pé. E foi assim que um número considerável de pessoas acompanhou o velho Franz Xaver Joseph Kromichl, conhecido como Jacques, até a sua sepultura.

A partir daquele dia, a casa do comissário distrital parecia-lhe mudada, vazia, estranha. Não encontrava mais suas correspondências junto da bandeja do café da manhã e também hesitava em dar novas instruções ao servente do comissariado distrital. Nunca mais voltou a tocar nenhum dos seus sininhos de mesa, de prata, e quando às vezes estendia a mão, distraído, em sua direção, apenas os acariciava. Às vezes, à tarde, ouvia com atenção e imaginava ouvir os passos do espírito do velho Jacques na escadaria. Às vezes entrava na casinha na qual vivera Jacques e dava um pedacinho de açúcar ao canário, por entre as grades da gaiola.

Um dia, justamente na véspera da festa do *Sokol*, quando sua presença no comissariado era importante, ele tomou uma decisão surpreendente.

A respeito dela, falaremos no próximo capítulo.

XI

O comissário distrital decidiu visitar seu filho na distante guarnição de fronteira. Para um homem como *Herr* von Trotta isto não era um empreendimento simples. Ele tinha ideias incomuns acerca dos confins orientais da monarquia. Dois de seus colegas de escola tinham sido transferidos para aquela distante terra da coroa, em cujas bordas provavelmente já se ouviam os ventos da Sibéria, por causa de constrangedoras infrações no serviço público. Ursos e lobos e criaturas ainda mais terríveis como piolhos e percevejos ameaçavam, ali, um austríaco civilizado. Os camponeses rutenos faziam oferendas a divindades pagãs e os judeus atacavam com fúria as posses dos estrangeiros. *Herr* von Trotta levou consigo seu revólver. Não tinha medo de aventuras; ao contrário, ele sentiu, novamente, aquela sensação embriagante de uma adolescência há muito sepultada, que o levara, com seu velho amigo Moser, às florestas misteriosas da propriedade do seu pai, às caçadas e ao cemitério, à meia-noite. Alegremente ele se despediu, rapidamente, de *Fräulein* Hirschwitz, com a esperança incerta e ousada de nunca mais voltar a vê-la. Dirigiu-se, sozinho, à estação de trens. Atrás do guichê, o caixa disse: "Enfim, um longo trajeto. Boa viagem!". O chefe da estação acorreu à plataforma. "O senhor viaja a serviço?", ele perguntou. E o comissário distrital, naquele humor alegre, no qual às vezes a gente gosta de parecer misterioso, respondeu: "Por assim dizer, senhor chefe da estação! Pode-se dizer que seja 'a serviço'!". "Ficará muito tempo fora?" "Ainda não sei." "Decerto vai visitar seu filho?" "Se for possível!" O comissário distrital estava junto à janela e acenava com a mão. Despedia-se, alegremente, de seu distrito. Não pensava na volta. No roteiro de viagem, leu mais uma vez os nomes de todas as estações. "Trocar de trem em Oderberg!", ele repetiu para si mesmo. Comparou os horários previstos com os horários reais de chegada e de partida e comparou seu relógio de bolso com os relógios de todas as estações pelas quais o trem passava. Curiosamente, cada discrepância alegrava e rejuvenescia seu coração. Em Oderberg, ele perdeu um trem. Curioso e olhando para todos os lados, perambulava pelas plataformas, pelas salas de espera e também um pouco pelo longo caminho que levava à cidade. De volta à estação, fez como se tivesse se atrasado involuntariamente e disse expressamente ao porteiro: "Perdi o meu trem!". Ficou decepcionado que o porteiro não se admirasse. Precisaria mudar de trem ainda uma vez, em Cracóvia. Isto lhe agradava. Se não tivesse informado a Carl Joseph de sua vinda e se, naquele "ninho perigoso", chegassem dois trens diários, ele ainda faria de bom grado uma pausa, para observar o mundo. Mas, também era possível observar o mundo através da janela do vagão. A primavera saudava-o ao longo de toda a viagem. Ao entardecer, ele chegou. Com toda tranquilidade, desceu do estribo do vagão com aquele "passo elástico" que os jornais costumavam atribuir ao velho *Kaiser*, e que, com o tempo, muitos dos funcionários públicos mais velhos tinham aprendido a imitar. Pois naquele tempo havia, na monarquia, uma maneira muito especial, desde então completamente esquecida, de desembarcar de vagões e de veículos, de entrar em tavernas, casas e plataformas de trens, de se aproximar de parentes e de amigos; uma maneira de caminhar que talvez também fosse determinada pelas calças estreitas dos senhores mais velhos, e pelas tiras de elástico que muitos deles ainda gostavam de prender em suas botinas. Com este passo peculiar, então, *Herr* von Trotta deixou o vagão. Abraçou seu filho, que se colocara diante do estribo. *Herr* von Trotta era o único estrangeiro que hoje desembarcava do vagão da primeira e da segunda classe. Alguns viajantes em férias, funcionários da ferrovia e judeus em trajes compridos e esvoaçantes desceram do vagão da terceira classe. Todos olhavam para o pai e seu filho. O comissário distrital apressou-se em direção à sala de espera. Lá, beijou Carl Joseph na testa. No bufê, pediu dois conhaques. Na parede, atrás das prateleiras com as garrafas, pendia o espelho. Enquanto bebiam, pai e filho observavam seus rostos. "Será que o espelho é tão ruim assim", perguntou *Herr* von Trotta, "ou será que sua aparência está mesmo tão ruim?". Você ficou mesmo tão grisalho?, Carl Joseph quis perguntar. Pois via muitos fios prateados reluzindo em meio à barba escura e às têmporas do pai. "Deixe-me olhar para você!", continuou o comissário distrital. "Não, não é por causa do espelho. Talvez seja por causa do serviço aqui?! As coisas vão mal?!" O comissário distrital deu-se conta de que seu filho não tinha a aparência que convém a um jovem tenente. Talvez ele esteja doente, pensou o pai. Além das doenças fatais, havia apenas aquelas doenças medonhas que, segundo se dizia, acometiam frequentemente os oficiais. "Você pode beber conhaque?", ele perguntou, para obter, de maneira indireta, informações sobre a situação. "Sim, papai, certamente", disse o tenente. Esta mesma voz que o examinara, anos antes, nas silenciosas manhãs de domingo, permanecia ainda em seus ouvidos, aquela voz anasalada dos funcionários públicos, aquela voz rigorosa, sempre um pouco admirada e inquisitiva, diante da qual todas as mentiras desfaleciam quando ainda pairavam sobre a língua. "Você gosta da infantaria?" "Muito, papai!" "E o seu cavalo?" "Eu o trouxe comigo, papai!" "Você cavalga com frequência?" "Raramente, papai!" "Não gosta?" "Não, nunca gostei, papai!" "Pare de dizer 'papai'", disse subitamente *Herr* von Trotta. "Você já está grande o bastante! E eu estou de férias!"

Dirigiram-se à cidade. "Ah! Até que este lugar não é tão selvagem assim!", disse o comissário distrital. "Há com que se divertir aqui?"

"Muito!", disse Carl Joseph. "Na casa do conde Chojnicki. Todo o mundo se reúne ali. Você vai vê-lo. Gosto muito dele."

"Então este é o primeiro amigo que você jamais teve?" "O médico do regimento, Max Demant, também foi meu amigo", respondeu Carl Joseph.

"Aqui está o seu quarto, papai!", disse o tenente. "Os camaradas moram aqui e às vezes fazem barulho à noite. Mas não há nenhum outro hotel. E eles vão se conter enquanto você estiver aqui!"

"Não faz mal, não faz mal!", disse o comissário distrital. Tirou da mala uma lata redonda, abriu a tampa e a mostrou a Carl Joseph. "Isto aqui é uma raiz – parece que é boa contra a febre palustre. Foi Jacques quem mandou para você!"

"Como vai ele?"

"Ele já está do outro lado!" O comissário distrital apontou para o teto.

"Ele está do outro lado!", repetiu o tenente. Ao comissário distrital parecia que quem lhe falava assim fosse um velho. O filho parecia ter muitos segredos. O pai não os conhecia. Diziam: pai e filho, mas entre os dois havia muitos anos, grandes montanhas! Não se sabia mais sobre Carl Joseph do que sobre qualquer outro tenente. Ele fora convocado pela cavalaria e depois solicitara uma transferência para a infantaria. Ele usava os galões verdes da infantaria em vez dos galões vermelhos da infantaria montada. Pois bem! Mais, ninguém sabia. Evidentemente ele, o comissário distrital, estava envelhecendo. Estava envelhecendo. Não pertencia mais totalmente ao serviço e às obrigações! Pertencia a Jacques e a Carl Joseph. Trazia as raízes envelhecidas e duras como pedras de um para o outro.

O comissário distrital abriu a boca, ainda encurvado sobre sua mala. Falava para dentro da mala como quem fala para uma sepultura aberta. Mas ele não dizia, como ele queria dizer, eu amo você, meu filho e sim: "Ele teve uma morte fácil! Era uma noite típica de maio e todos os pássaros estavam cantando. Você se lembra do canário? Era ele quem cantava com mais força. Jacques lustrou todas as botas. E então morreu, no pátio, sentado sobre o banco! O Slama também estava presente. De manhã ele apenas estava com febre. Ele mandou lembranças!".

E então o comissário distrital ergueu os olhos de sobre a mala e olhou seu filho nos olhos: "Eu também quero morrer assim quando chegar a minha vez!".

O tenente foi para o seu quarto, abriu o armário e colocou na prateleira superior o pedacinho de raiz contra a febre, junto das cartas de Katharina e do sabre de Max Demant. Consultou o relógio de bolso do doutor. Acreditava ver o delgado ponteiro de segundos percorrer o círculo diminuto do mostrador mais velozmente do que qualquer outro, e ouvir com maior intensidade o tiquetaquear metálico. Os ponteiros não tinham objetivo, o tiquetaquear não tinha sentido.

Logo também vou ouvir o tiquetaquear do relógio de papai, vou herdá-lo. Na minha sala vão estar o retrato do herói de Solferino, o sabre de Max Demant e um objeto herdado de papai. E comigo tudo isto irá para a cova. Sou o último Trotta!

Ele era suficientemente jovem para obter um prazer doce de sua tristeza e uma dignidade dolorosa da certeza de ser o último de sua estirpe. Dos pântanos ao redor vinha o amplo e ruidoso coaxar dos sapos. O sol que se punha tingia de vermelho os móveis e as paredes do aposento. Ouvia-se um carro leve que se aproximava e o trotar macio dos cascos sobre a rua poeirenta. O carro parou, uma *Britschka*[25] amarela como palha. Era o veículo estival do conde Chojnicki. Por três vezes, os estalos do seu chicote interromperam o canto dos sapos.

Ele estava curioso, o conde Chojnicki. Era a curiosidade a paixão que o fazia viajar pela imensidão do mundo, que o prendia às mesas dos grandes cassinos, que o trancava atrás das portas do seu antigo pavilhão de caça, que o levava ao banco dos parlamentares, que o obrigava a voltar à sua casa, todos os anos, ao chegar da primavera, que o fazia celebrar suas festas costumeiras e que impedia o seu caminho para o suicídio. Era apenas a curiosidade que o mantinha vivo. Era insaciavelmente curioso. O tenente Trotta lhe contara que estava à espera do seu pai, o comissário distrital. Muito embora o conde Chojnicki conhecesse pelo menos uma dúzia de comissários distritais austríacos, e incontáveis pais de tenentes, estava ansioso por conhecer o comissário distrital Trotta.

25 Carruagem comprida, com quatro rodas e puxada por dois cavalos, com capota e boleia, muito usada em viagens longas, e que também podia abrigar os passageiros à noite. (N.T.)

"Sou o amigo do seu filho", disse Chojnicki. "O senhor é meu hóspede. Seu filho certamente lhe falou sobre isto! Aliás, já o vi em algum lugar. O senhor não conhece o doutor Swoboda do Ministério do Comércio?" "Fomos colegas de escola!" "Então!", disse Chojnicki. "Ele é um amigo querido, o Swoboda. Com o tempo, ficou meio caduco! Mas é uma excelente pessoa! O senhor me permite a franqueza? O senhor me lembra Franz Joseph."

Fez-se silêncio por um instante. O comissário distrital jamais tinha pronunciado o nome do *Kaiser*. Em ocasiões solenes, dizia-se: Sua Majestade. Na vida quotidiana, dizia-se: o *Kaiser*. Mas este Chojnicki dizia: Franz Joseph, assim como ainda agora dissera Swoboda. "Sim, o senhor me lembra Franz Joseph", repetiu Chojnicki.

Eles partiram. De ambos lados coaxavam os intermináveis corais de sapos e se estendiam os intermináveis pântanos verde-azulados. A noite navegava em direção a eles, violeta e dourada. Ouviam o rolar macio das rodas na areia macia do caminho pelo campo e o tinido agudo dos eixos. Chojnicki estacionou diante do pequeno pavilhão de caça.

O vento que soprava às suas costas debruçava-se sobre a borda escura da floresta de cedros. O pavilhão era separado da rua estreita por um pequeno jardim e por uma mureta de pedra. Havia tempo que ninguém podava os buxos que emolduravam, de ambos lados, o caminho curto que levava do portão até a entrada da casa, e eles proliferavam, selvagens e voluntariosos, invadiam o caminho, erguiam seus galhos, uns contra os outros, e não permitiam que duas pessoas passassem por ali ao mesmo tempo. Assim, os três homens foram caminhando em fila indiana, e o cavalo os seguiu, obediente, puxando o carrinho. Parecia acostumado com esse caminho, como se fosse um deles e morasse no pavilhão. Atrás dos buxos estendiam-se planícies vastas, cheias de cardos floridos, vigiadas pelas faces verde-escuras e largas da tussilagem. À direita, erguia-se uma coluna quebrada, feita de pedra, talvez as ruínas de uma torre. Como um gigantesco dente partido, a pedra alçava-se, do colo do jardim, em direção ao céu, com muitas manchas verdes de musgos e delicadas rachaduras negras. O pesado portão de madeira ostentava o brasão dos Chojnicki, um escudo azul dividido em três partes, com três alces dourados cujos chifres se emaranhavam inextricavelmente. Chojnicki acendeu a luz. Encontravam-se num aposento amplo e baixo. As últimas luzes do crepúsculo ainda penetravam pelas fendas das venezianas verdes. Sobre a mesa posta, abaixo da lâmpada, havia pratos, garrafas, jarros, talheres de prata e terrinas. "Me permiti preparar-lhes um pequeno lanche!", disse Chojnicki. Encheu três copinhos com o *Neunziggrädiger* transparente como água, alcançou os dois copos e ergueu, por sua vez, o terceiro. Todos beberam. O comissário distrital estava um pouco confuso quando voltou a pousar o copinho sobre a mesa. Ainda assim, a realidade das iguarias contrapunha-se à natureza misteriosa do pavilhão, e o apetite do comissário distrital era maior do que a sua confusão. O patê de fígado castanho, misturado com trufas negras como piche, repousava sobre uma coroa reluzente de cristais de gelo. O delicado peito de faisão erguia-se, solitário, num prato branco como a neve, rodeado por uma colorida sequência de verduras e legumes verdes, vermelhos, brancos e amarelos, cada qual sobre uma travessa ornamentada com o brasão e emoldurada de ouro azulado. Num grande vaso de cristal faiscavam milhões de minúsculas pérolas de caviar negro-acinzentado, rodeadas por fatias douradas de limão. E os anéis de presunto rosado, vigiados por um grande garfo de prata de três pontas, enfileiravam-se, respeitosamente, numa travessa comprida, acompanhados por rabanetes de bochechas vermelhas que faziam pensar em pequenas e crocantes moças de aldeia. Cozidos, assados e marinados com cebolas agridoces, os estreitos e escorregadios lúcios e as largas e espessas fatias de carpa repousavam sobre o vidro, a prata e a porcelana. Pães redondos, pretos, castanhos e brancos, descansavam em simples cestinhas camponesas de palha trançada como crianças em berços. Mal era possível perceber que estavam cortados, pois as fatias tinham sido colocadas umas junto às outras com tanta habilidade, que os pães pareciam intactos e inteiros. Em meio às iguarias estavam garrafas gordas e bojudas e outras altas e esbeltas, garrafas de cristal quadradas e sextavadas e outras lisas e redondas, algumas com pescoços compridos, outras com pescoços curtos, com e sem etiquetas, todas elas seguidas por um regimento de copos e de copinhos, de todas as formas.

Começaram a comer.

Ao comissário distrital esta maneira incomum de tomar um "lanche" numa hora que não era costumeira pareceu um sinal extremamente agradável dos costumes incomuns da fronteira. Na antiga monarquia real e imperial até mesmo naturezas espartanas como a de *Herr* von Trotta eram apreciadoras consideráveis de deleites. Já havia passado muito tempo desde que o comissário distrital comera, pela última vez, de maneira extraordinária. Fora por ocasião da despedida do governador, o duque M., que fora transferido, numa missão honrosa, para os recém-ocupados territórios da Bósnia e da Herzegovina, graças aos conhecimentos de línguas pelos quais era famoso, e graças, também, à suposta arte de "domar povos selvagens". Sim, daquela vez o comissário distrital comera e bebera de maneira extraordinária! E aquele dia, juntamente com outros dias de festas e de banquetes, permanecia gravado em sua memória tão fortemente quanto os dias especiais nos quais recebera elogios do governo, como o dia em que fora nomeado procurador distrital superior e, mais tarde, comissário distrital. Ele experimentava as qualidades da comida com os olhos assim como os outros faziam com o paladar. Seu olhar varreu a mesa opulenta algumas vezes, deleitando-se, demorando-se, aqui e lá, em seu deleite. Ele quase esquecera do ambiente misterioso e um tanto sinistro. Comiam. Bebiam das diferentes garrafas. E o comissário distrital elogiava tudo, dizendo, sempre que passava de uma iguaria à outra: "delicadíssimo" e "excelente". Suas faces enrubesciam aos poucos. E as asas de sua barba moviam-se, incessantemente.

"Convidei os senhores aqui", disse Chojnicki, "porque no 'novo castelo' seríamos incomodados. Lá minhas portas permanecem, por assim dizer, sempre abertas e todos meus amigos vêm quando querem. Normalmente, uso este lugar só para trabalhar".

"O senhor trabalha?", perguntou o comissário distrital. "Sim", disse Chojnicki, "eu trabalho. Trabalho, por assim dizer, para me divertir. Apenas continuo a tradição dos meus antepassados, mas devo confessar que não levo as coisas com a mesma seriedade do meu avô. Os camponeses desta região o consideravam um feiticeiro poderoso – e talvez ele o tenha mesmo sido. Quanto a mim, também me consideram um feiticeiro, mas eu não sou. Até o momento, nem mesmo fui capaz de fazer um pouco de pó".

"Um pouco de pó?", perguntou o comissário distrital, "um pouco de pó do quê?". "De ouro, naturalmente!", disse Chojnicki, como se aquilo fosse a coisa mais óbvia do mundo. "Sei um pouco de química", ele prosseguiu, "é um antigo talento de minha família. Como o senhor pode ver, ao longo dessas paredes tenho os aparelhos mais antigos e também os mais modernos". Ele apontou para a parede. O comissário distrital viu seis fileiras de prateleiras de madeira em cada parede. Sobre as prateleiras estavam pilões, saquinhos de papel menores e maiores, recipientes de vidro como em antigas boticas, estranhas esferas de vidro, cheias de líquidos coloridos, lamparinas, bicos de gás e tubos.

"Muito estranho, estranho, estranho!", disse *Herr* von Trotta. "E eu mesmo não sei dizer exatamente", prosseguiu o conde Chojnicki, "se levo estes experimentos a sério ou não. Sim, às vezes sou tomado pela paixão, quando entro aqui de manhã, e leio as receitas do meu avô, e faço os experimentos, rio e vou embora. Mas volto sempre para cá, e volto sempre aos experimentos".

"Estranho! Estranho!", repetiu o comissário distrital. "Não é mais estranho", disse o conde, "do que todas as outras coisas que eu poderia fazer. Deveria me tornar ministro da cultura e da educação? Me ofereceram este cargo. Deveria me tornar chefe de seção no Ministério do Interior? Também este cargo me ofereceram. Devo ir para a corte imperial, para a administração superior? Isto também eu poderia fazer, pois Franz Joseph me conhece...".

O comissário distrital recuou sua cadeira duas polegadas. Quando Chojnicki se referia ao *Kaiser* pelo nome, com tanta intimidade, como se ele fosse um daqueles parlamentares ridículos que se sentavam na câmara desde que fora introduzido o voto universal, igualitário e secreto, ou como se, no melhor dos casos, ele já tivesse morrido e fosse uma figura da história pátria, o comissário distrital sentia uma pontada no coração.

Chojnicki corrigiu-se: “Sua Majestade me conhece!”.

O comissário distrital voltou a aproximar a cadeira da mesa e perguntou: “E por que – me desculpe pela pergunta – lhe parece que servir à pátria seria tão supérfluo quanto fazer ouro?”.

“Porque a pátria já não existe mais.”

“Não compreendo!”, disse *Herr* von Trotta.

“Logo imaginei que o senhor não me compreendesse!”, disse Chojnicki. “Nós todos já não estamos mais vivos!”

Fez-se silêncio. As últimas luzes do crepúsculo já tinham se apagado havia tempo. Por meio das fendas estreitas das persianas verdes já era possível avistar algumas estrelas no céu. O canto amplo e penetrante dos sapos fora substituído pelo canto noturno e metálico dos grilos. A cada tanto, ouviam-se os gritos duros do cuco. O comissário distrital, tomado por uma espécie de encantamento, causado pelo álcool, pelo ambiente desconhecido e pelos estranhos discursos do conde, olhava, sorrateiramente, para seu filho, apenas para ver uma pessoa próxima e conhecida. Mas mesmo Carl Joseph não lhe parecia mais próximo, nem conhecido! Talvez o que Chojnicki dissera estava certo, e eles não estivessem mesmo mais ali: nem a pátria, nem o comissário distrital, nem o filho! Com muito esforço, *Herr* von Trotta ainda conseguiu fazer uma pergunta: “Não entendo! Como seria possível que a monarquia não existisse mais?”.

“É evidente!”, retrucou Chojnicki. “Nominalmente ela ainda existe. Ainda temos um exército” – o conde apontou para o tenente – “e funcionários” – o conde apontou para o comissário distrital. “Mas ela está se despedaçando viva. Ela está se despedaçando, já está acabada! Um velho, já prometido para a morte, cuja vida é posta em risco por qualquer resfriado, ocupa o velho trono, simplesmente porque, por algum milagre, ainda é capaz de se sentar. Por quanto tempo ainda, por quanto tempo ainda? O tempo já não nos quer mais! Nosso tempo quer criar estados nacionais independentes! Ninguém mais acredita em Deus. A nova religião é o nacionalismo. O povo não frequenta mais as igrejas. Frequenta as associações nacionais. A monarquia, a nossa monarquia, está assentada sobre a piedade: sobre a crença de que Deus escolheu os Habsburgos para regerem todos estes povos cristãos. Nosso *Kaiser* é o irmão mundano do Papa e Sua Majestade Apostólica Real e Imperial depende da misericórdia divina, e depende da crença do povo na misericórdia divina, como nenhuma outra majestade em toda a Europa. O *Kaiser* alemão continuará a governar ainda que Deus o abandone; eventualmente graças à misericórdia da nação. O *Kaiser* da Áustria-Hungria não pode ser abandonado por Deus. Mas agora Deus o abandonou!"

O comissário distrital levantou-se. Ele nunca imaginava que pudesse existir no mundo uma pessoa capaz de dizer que Deus abandonou o *Kaiser.* Ainda assim, para ele, que por toda sua vida deixara para os teólogos as questões concernentes aos céus, e que sempre considerara a igreja, a missa, as cerimônias do *Corpus Christi*, o clero e o bom Deus como instituições da monarquia, subitamente as palavras do conde pareciam capazes de explicar a perplexidade que ele sentia nas últimas semanas, sobretudo depois da morte do velho Jacques. Decerto Deus abandonara o velho *Kaiser*! O comissário distrital deu alguns passos e o velho assoalho rangeu sob os seus pés. Aproximou-se da janela e, pelas fendas das persianas, observou as listras estreitas da noite azul-escura. Subitamente, todos os acontecimentos da natureza e todos os acontecimentos da vida cotidiana adquiriram um significado ameaçador e incompreensível. O coro sussurrante dos grilos era-lhe incompreensível, incompreensível o faiscar das estrelas, incompreensível o azul aveludado da noite, era incompreensível ao comissário distrital sua viagem até a fronteira e sua estadia junto àquele conde. Voltou para a mesa, acariciou com a mão uma das asas de sua barba, como costumava fazer quando não sabia bem o que fazer. Não sabia bem o que fazer! Nunca, em sua vida, sentira tamanha perplexidade!

Diante dele estava ainda um copinho cheio. Ele o bebeu, rapidamente. "Então", disse ele, "o senhor acredita, o senhor acredita que nós...".

"Estamos perdidos", completou Chojnicki. "Estamos perdidos, o senhor, o seu filho e eu. Digo-lhe que somos os últimos de um mundo no qual Deus ainda concede sua misericórdia às majestades, e loucos como eu fazem ouro. Ouça! Veja!" E Chojnicki levantou-se, aproximou-se da porta, girou um interruptor e as lâmpadas começaram a brilhar no grande lustre. "Veja!", disse Chojnicki, "este tempo é o tempo da eletricidade, não da alquimia. E da química também, o senhor entende? O senhor sabe como se chama aquela coisa? Nitroglicerina", o conde pronunciava cada uma das sílabas separadamente. "Nitroglicerina!", ele repetiu. "Não é mais o ouro! No palácio de Franz Joseph frequentemente ainda se acendem velas! O senhor entende? A nitroglicerina e a eletricidade vão acabar conosco! E não vai mais demorar muito! Não vai mais demorar muito!"

O brilho que as lâmpadas elétricas espalhavam à sua volta despertou das paredes acima das prateleiras reflexos tremulantes verdes, vermelhos e azuis, estreitos e largos que se derramavam sobre os tubos de vidro. Carl Joseph permanecia sentado, pálido e silencioso. Passara o tempo todo bebendo. O comissário distrital olhou para o tenente. Pensou em seu amigo, o pintor Moser. E como ele mesmo já bebera, o velho *Herr* von Trotta vislumbrou, como num espelho muito distante, a imagem pálida do seu filho bêbado sob as árvores verdejantes do Volksgarten, com um chapéu de abas moles na cabeça, uma pasta grande debaixo do braço, e era como se os dons proféticos do conde, de ver o futuro histórico, tivessem sido transmitidos ao comissário distrital, possibilitando-lhe reconhecer o futuro do seu descendente. Os pratos, terrinas, garrafas e copos estavam semivazios e tristonhos. As luzes brilhavam, com seu feitiço, nos tubos nas paredes ao redor. Dois velhos serviçais, com as bochechas cobertas por barbas, ambos parecidos com o comissário distrital e com o *Kaiser* Franz Joseph, como se fossem seus irmãos, começaram a tirar a mesa. De tempos em tempos o clamor duro do cuco desabava como um martelo sobre o estrilar dos grilos. Chojnicki ergueu uma garrafa. "Do doméstico" – assim ele chamava o *Schnaps* – "o senhor ainda precisa tomar. Só resta um pouco!". E eles tomaram o último resto do "doméstico".

O comissário distrital consultou seu relógio de bolso, mas não foi capaz de reconhecer exatamente a posição dos ponteiros. Era como se eles estivessem rodando tão depressa sobre o círculo branco do mostrador que houvesse uma centena de ponteiros em vez de dois. E em vez dos doze números, parecia-lhe haver doze vezes doze! Pois os números amontoavam-se como se fossem os riscos dos minutos. Talvez fossem nove horas da noite e talvez já fosse meia-noite.

"Dez horas!", disse Chojnicki.

Os serviçais, com suas bochechas cobertas por barbas, apanharam delicadamente os convidados pelos braços e os conduziram para fora. A grande carruagem de Chojnicki aguardava-os. O céu estava muito próximo, como se fosse uma abóbada boa e conhecida, feita de um conhecido vidro azul, e pairava ali, ao alcance da mão, sobre a terra. A coluna de pedra, à direita do pavilhão, parecia tocá-lo. As estrelas tinham sido espetadas por mãos terrestres no céu próximo com alfinetes, como bandeirinhas num mapa. Às vezes, a noite azul revolvia, em sua totalidade, em torno do comissário distrital, oscilava suavemente e então voltava a estacionar. Os sapos coaxavam nos pântanos sem fim. Um cheiro úmido de chuva e de relva pairava no ar. O cocheiro, em seu manto negro, erguia-se acima dos fantasmagóricos cavalos brancos atrelados à carruagem negra. Os cavalos relinchavam e seus cascos arrastavam-se suavemente sobre o solo úmido e arenoso, como se fossem patas de gatos.

O cocheiro estalou a língua e eles partiram.

Voltaram pelo mesmo caminho da ida, entraram na larga alameda coberta de cascalhos em meio à alameda de bétulas e alcançaram as lanternas que anunciavam o "novo castelo". Os troncos prateados das bétulas reluziam, ainda mais claros do que as lanternas. As fortes rodas de madeira da carruagem rolavam, lisas e com um murmúrio abafado, sobre os cascalhos e só se ouviam os golpes rápidos dos cascos dos cavalos. A carruagem era ampla e confortável. Nela, era possível recostar-se como num divã. O tenente Trotta dormia. Ia sentado ao lado de seu pai. Seu rosto pálido estava recostado, quase na horizontal, sobre o encosto do banco estofado. Pela janela aberta, o vento soprava. A cada tanto, o rosto era iluminado por uma lanterna. E então Chojnicki, que ia sentado diante de seus hóspedes, via os lábios exangues e entreabertos do tenente, e seu nariz ossudo, duro e protuberante. "Ele está dormindo profundamente!", disse ele ao comissário distrital. Era como se os dois fossem os pais do tenente. O vento noturno restituía a sobriedade ao comissário distrital, mas um temor indefinido ainda se alojava em seu coração. Ele via um mundo que declinava, e aquele era o seu mundo. Sentado à sua frente, vivo, estava Chojnicki. Tudo levava a crer que ainda estivesse vivo, e seus joelhos às vezes até atingiam a coxa de *Herr* von Trotta, e ainda assim havia nele algo de sinistro. O velho revólver que *Herr* von Trotta trouxera consigo apertava-o, alojado no bolso traseiro de sua calça. Para que um revólver? Não se viam ursos nem lobos na fronteira! Via-se, apenas, o declínio do mundo.

O coche estacionou diante do portal de madeira em forma de arco. O cocheiro estalou com o chicote. Os portões abriram-se e, devagar, os cavalos brancos galgaram a ladeira suave. Por todas as janelas da fachada uma luz amarela derramava-se sobre os pedregulhos e sobre os gramados, que se estendiam dos dois lados do caminho. Ouviam-se vozes e música de piano. Tratava-se, sem dúvida, de uma "grande festa".

O jantar já tinha sido servido. Os lacaios serviam, apressados, bandejas com aguardentes coloridas. Os convidados dançavam, jogavam *Tarock* e *Whist*, bebiam; ali havia um que fazia um discurso diante de gente que não lhe dava ouvidos. Alguns cambaleavam pelas salas. Outros dormiam pelos cantos. Só os homens dançavam, uns com os outros. As fardas negras dos cavaleiros da infantaria apertavam-se contra as fardas azuis dos homens da infantaria. Nas salas do "novo castelo" o conde mandara acender velas. Em portentosos candeeiros de prata, pousados em prateleiras e em suportes de pedra ou segurados por lacaios que se revezavam a cada meia hora, erguiam-se as velas grossas, brancas como neve ou de cera amarela. Às vezes, suas chamas vacilavam ao vento noturno que penetrava pelas janelas abertas. Quando o piano se calava por alguns instantes, ouviam-se o canto dos rouxinóis e o estrilar dos grilos e, às vezes, também as lágrimas de cera que gotejavam suavemente sobre a prata dos candeeiros.

O comissário distrital procurava por seu filho. Um temor inominável levava o velho a percorrer todas as salas. Seu filho – onde estava ele? Nem entre os que dançavam, nem entre os que cambaleavam, nem entre os jogadores, nem entre os homens mais velhos e mais educados que conversavam entre si pelos cantos, aqui e ali. O tenente estava sentado sozinho numa sala distante. Uma garrafa grande e bojuda estava aos seus pés, fiel e meio vazia. Ao lado do bebedor delgado, que se precipitara, a garrafa parecia muito grande. Era quase como se estivesse a ponto de engoli-lo. O comissário distrital postou-se diante do tenente e as pontas de suas botas tocaram a garrafa. O filho viu dois e outros pais mais. Eles se multiplicavam a cada segundo. Ele se sentia acanhado diante deles. Não fazia sentido erguer-se para mostrar o respeito que cabia ao pai ante todos aqueles pais, que agora pareciam estar à sua frente. Não fazia sentido. O tenente permaneceu em sua estranha posição, isto é, a um só tempo, sentado, agachado e deitado. O comissário distrital permanecia imóvel. Seu cérebro funcionava muito depressa, parindo milhares de lembranças de uma só vez. Ele via, por exemplo, o cadete Carl Joseph, naqueles domingos ensolarados nos quais ele se sentava em seu gabinete, com as luvas brancas e a boina de cadete sobre o joelho, respondendo, com olhos infantis e obedientes e com uma voz que tinia, às perguntas que lhe eram feitas. O comissário distrital viu o recém-nomeado tenente da cavalaria entrando naquele mesmo aposento, em sua farda azul, dourada e vermelha como sangue. Mas aquele jovem agora estava muito distante de *Herr* von Trotta. Por que lhe doía tanto ver embriagado um tenente da infantaria desconhecido? Por que lhe doía tanto?

O tenente Trotta permanecia imóvel. Ainda assim, era capaz de se lembrar da chegada do pai, pouco antes, e também de reconhecer que à sua frente estava não um pai, mas muitos pais. Mas não era capaz de compreender por que motivo seu pai viera justamente hoje, nem por que ele se multiplicava com tanta rapidez, nem por que ele mesmo, o tenente, não era capaz de se erguer.

Havia muitas semanas que o tenente Trotta se habituara ao *Neunziggrädiger*. Aquela bebida não subia à cabeça, mas, como gostavam de dizer os conhecedores, ia apenas "aos pés". Primeiro, o *Schnaps* provocava um calor agradável no peito. O sangue começava a correr mais depressa pelas veias, o apetite tomava o lugar do mal-estar e da vontade de vomitar. Então, tomava-se mais um *Neunziggrädiger*. Ainda que fosse uma manhã fria e encoberta, entrava-se nela com coragem e com o melhor dos humores, como numa manhã feliz e ensolarada. Na hora do descanso, comia-se alguma coisa leve na taverna da fronteira, junto à floresta onde se exercitavam os soldados da infantaria, em companhia dos camaradas, e tomava-se mais um *Neunziggrädiger*. Descia pela garganta como um rápido incêndio, que se extingue por si só. Mal se sentia que se tinha comido alguma coisa. Voltava-se para a caserna, trocava-se de roupa e ia-se à estação de trens para almoçar. Apesar de se ter percorrido um caminho extenso, não se sentia fome alguma. E por isto tomava-se mais um *Neunziggrädiger*. Comia-se e logo se sentia sono. Tomava-se um café preto e, sobre ele, outro *Neunziggrädiger*. Em resumo: não havia nunca, no correr dos dias monótonos, nenhuma oportunidade para se deixar de tomar um *Schnaps*. Ao contrário, havia tardes e noites em que era obrigatório beber *Schnaps*.

Pois a vida tornava-se fácil depois de beber! Ah! Milagre desta fronteira! Ela tornava difícil a vida dos sóbrios, mas a quem ela deixava ficar sóbrio?! Quando bebia, o tenente Trotta via velhos e bons amigos em todos os camaradas, superiores hierárquicos e subordinados. A cidadezinha era-lhe conhecida, como se ele tivesse nascido e crescido ali. Ele era capaz de entrar nas minúsculas lojinhas, enterradas nas grossas muralhas do bazar, estreitas, escuras, apinhadas, entupidas de mercadorias de todos os tipos, como tocas de hamsters, e adquirir coisas inúteis: corais falsos, espelhinhos baratos, um sabão miserável, pentes de faia e coleiras de cachorro trançadas, só porque seguia, alegremente, as exortações de um comerciante ruivo. Sorria para todos, para as camponesas com seus lenços de cabeça coloridos e suas grandes cestas debaixo do braço, feitas de casca de árvore, para as filhas arrumadas dos judeus, para os funcionários do comissariado distrital e os professores do colégio. Uma vasta torrente de amizade e de bondade jorrava por aquele pequeno mundo. E de todas as pessoas surgiam saudações alegres ao tenente. E não havia mais nenhum tipo de constrangimento. Nada de constrangedor no serviço e nem fora do serviço! Tudo se resolvia com lisura e facilidade. Compreendia-se a língua de Onufrij. Alcançava-se, às vezes, alguma das aldeias ao redor, perguntava-se o caminho aos camponeses, eles respondiam numa língua desconhecida. Mas era possível entendê-los. Não se andava a cavalo. Emprestava-se o cavalo a este ou àquele camarada: todos eles bons cavaleiros, que sabiam apreciar um bom corcel. Em uma palavra: estava-se feliz. O tenente Trotta só não sabia que seus passos tinham se tornado incertos, que sua farda tinha manchas, que sua calça não tinha vinco, que faltavam botões em suas camisas, que sua pele se tornava amarela ao entardecer e cinzenta pela manhã, e que seu olhar não tinha mais direção. Ao menos ele não jogava cartas – e isto tranquilizava o major Zoglauer. Na vida de todas as pessoas havia épocas em que era preciso beber. Não faz mal. Já vai passar! O *Schnaps* era barato. A maioria dos homens acabava-se com as dívidas. O Trotta não fazia seu serviço de maneira mais negligente do que os demais. Ao contrário, quanto mais bebia, mais dócil ficava. Um dia ele vai se casar e vai recuperar a sobriedade! pensava o major. Ele é um protegido de instâncias superiores. Fará carreira rapidamente. Se ele quiser, poderá se tornar membro do comando supremo do exército.

Herr von Trotta sentou-se cuidadosamente à beira do sofá, ao lado do filho, à procura de uma palavra adequada. Ele não estava habituado a falar com bêbados. Depois de pensar demoradamente, ele disse: "Você tem que tomar cuidado com o *Schnaps*! Eu, por exemplo, nunca bebi mais do que poderia". O tenente fez um esforço gigantesco para deixar sua postura agachada e desrespeitosa, sentando-se. Seu esforço foi em vão. Observava o velho. Graças a Deus, agora era apenas um, que era obrigado a se dar por satisfeito com aquele assento estreito e que era obrigado a apoiar as mãos sobre os próprios joelhos. "O que foi que você disse, papai?" "Você tem que tomar cuidado com o *Schnaps*!", repetiu o comissário distrital. "Para quê?", perguntou o tenente. "O que foi que você perguntou?", disse *Herr* von Trotta, um pouco consolado porque seu filho ao menos lhe parecia suficientemente lúcido para compreender o que ele dissera. "O *Schnaps* vai acabar com você, você se lembra do Moser?" "O Moser, o Moser", disse Carl Joseph. "Claro! Mas ele tem toda a razão! Me lembro dele. Foi ele quem pintou o retrato do avô!" "Você esqueceu?", disse *Herr* von Trotta, baixinho. "Não o esqueci", respondeu o tenente. "Sempre me lembro do retrato. Não sou forte o bastante para este retrato. Os mortos! Não sou capaz de esquecer os mortos! Pai, não sou capaz de esquecer nada! Pai!"

Perplexo, *Herr* von Trotta permanecia sentado ao lado do seu filho. Não compreendia bem o que Carl Joseph dizia, mas percebia que não era apenas a embriaguez que falava no jovem. Sentiu que o tenente clamava por socorro, e ele não tinha como socorrê-lo! Tinha ido à fronteira em busca de um pouco de ajuda. Pois estava totalmente sozinho neste mundo! E este mundo estava desaparecendo! Jacques estava sepultado, ele estava sozinho, ele queria ver seu filho mais uma vez, e o filho também estava sozinho e talvez, porque ele fosse mais jovem, estava também mais próximo do declínio do mundo. Como o mundo lhe parecera sempre simples!, pensou o comissário distrital. Para cada situação existe um comportamento adequado. Quando o filho vinha passar férias, era examinado. Quando se tornava tenente, era cumprimentado. Quando escrevia suas cartas respeitosas, nas quais havia tão pouco conteúdo, respondia-se com algumas linhas apropriadas. Mas como deveria se comportar quando o filho estava bêbado? Quando ele gritava "pai"? Quando uma voz dentro dele gritava "Pai!"?

Viu Chojnicki entrar e se levantou com mais ímpeto do que de costume. "Chegou um telegrama para o senhor!", disse Chojnicki. "O criado do hotel o trouxe." Era um telegrama oficial. Convocava *Herr* von Trotta a voltar. "Infelizmente o senhor já está sendo chamado de volta!", disse Chojnicki. "Deve ser por causa da festa do *Sokol*." "Sim, provavelmente", disse *Herr* von Trotta. "Vai haver desordem!" Agora ele sabia que era fraco demais para fazer qualquer coisa contra a desordem. Estava muito cansado. Ainda lhe faltavam alguns anos até a aposentadoria. Mas naquele instante ocorreu-lhe, subitamente, que deveria pedir a aposentadoria logo. Poderia, então, ocupar-se de Carl Joseph, uma tarefa adequada para um pai velho.

Chojnicki disse: "Não é fácil fazer alguma coisa contra as desordens quando se está de mãos atadas, como nesta maldita monarquia. Experimente mandar prender dois ciclistas e o senhor verá os maçons, os parlamentares, os líderes populares e os jornais caírem em cima até que todos voltem a ser libertados. Experimente dissolver a Liga *Sokol* – e o senhor receberá uma reprimenda do governo do estado. Autonomia! Sim, esperem! Aqui, no meu distrito, todas as desordens terminam com tiroteios. Sim, enquanto eu estiver vivo, serei o candidato do governo e serei eleito. Felizmente, esta província fica suficientemente distante de todas as ideias modernas que eles inventam em suas redações!".

Ele se aproximou de Carl Joseph e disse, com o tom e com o conhecimento de um homem habituado ao convívio com bêbados: "Seu papai vai ter que viajar!". E Carl Joseph compreendeu, imediatamente. Até mesmo foi capaz de se levantar. Com os olhos vidrados ele procurava seu pai.

"Sinto muito, pai!"

"Estou um tanto preocupado com ele!", disse a Chojnicki o comissário distrital.

"E o senhor tem razão!", respondeu Chojnicki. "Ele precisa ir embora desta região. Quando ele tiver uma licença, vou tentar mostrar a ele um pouco do mundo. E então ele não vai mais ter vontade de voltar para cá. Talvez ele se apaixone..."

"Eu não vou me apaixonar", disse Carl Joseph, muito devagar.

Voltaram para o hotel juntos.

Durante o caminho inteiro só uma palavra, uma única palavra, foi pronunciada: "Pai!", disse Carl Joseph e mais nada.

O comissário distrital acordou muito tarde na manhã seguinte. Já se ouviam os trompetes do batalhão que retornava. Dentro de duas horas, partiria o trem. Carl Joseph veio. Embaixo, o sinal dos chicotes de Chojnicki já estalava. O comissário distrital comeu na mesa dos oficiais da infantaria no restaurante da estação de trens.

Sua partida do seu distrito, W., recuara para um tempo muito distante. Só com esforço ele conseguia lembrar que havia apenas dois dias que embarcara no trem. Além do conde Chojnicki, ele era o único civil sentado à mesa comprida e em forma de ferradura dos oficiais, com suas fardas coloridas. Magro e escuro, ele se colocara sob o retrato de parede de Franz Joseph I, aquele retrato conhecido e ubíquo do supremo senhor da guerra trajado com o paletó branco como a neve de marechal de campo, com uma faixa vermelha sobre o peito. Justo abaixo da barba branca que recobria as bochechas do *Kaiser*, e quase paralelas a ela, erguiam-se as asas negras e levemente prateadas das barbas que recobriam as bochechas de Trotta. Os oficiais mais jovens, que estavam acomodados nas extremidades da ferradura, conseguiam perceber a semelhança entre Sua Majestade Apostólica e seu serviçal. De seu lugar, o tenente Trotta também conseguia comparar o rosto do *Kaiser* com o do seu pai. E por alguns segundos pareceu ao tenente que na parede pendia o retrato do seu pai envelhecido, e que o *Kaiser*, um pouco rejuvenescido e em trajes civis, estivesse vivo ali, sentado à mesa. E seu *Kaiser*, assim como seu pai, tornara-se estranho e distante para ele.

O comissário distrital, enquanto isto, lançou um olhar desesperado e inquisidor pela mesa à sua volta, sobre os rostos ainda quase imberbes dos oficiais jovens e sobre os rostos barbudos dos mais velhos. Ao seu lado estava sentado o major Zoglauer. Ah! Com ele, *Herr* von Trotta, ainda gostaria de trocar algumas palavras preocupadas a respeito de Carl Joseph! Mas não havia mais tempo. Fora, diante da janela, o trem já estava sendo preparado.

O senhor comissário distrital havia perdido todo o ânimo. Em todos os lados, bebiam à sua saúde, desejando-lhe uma boa viagem e uma boa resolução de suas incumbências profissionais. Ele lançava sorrisos para todos os lados, levantou-se, brindou para um lado e para o outro, e sua cabeça estava pesada de tantas preocupações, e seu coração abatido por intuições sombrias. Já se passara muito tempo desde a sua partida do distrito W.! Sim, o comissário distrital tinha estado alegre e entusiasmado ao partir para uma região desconhecida em busca de seu filho conhecido. Agora ele voltava, solitário, da visita ao seu filho solitário e a esta região fronteiriça, na qual já se via com tanta clareza o declínio do mundo, assim como se vê uma tempestade às margens de uma cidade cujas ruas, sem noção do que as espreita, ainda brilham alegremente sob o céu azul. A alegre sineta do porteiro já soava. A locomotiva já sibilava. O vapor úmido do trem já golpeava, com suas pérolas finíssimas, a janela do refeitório. A refeição já tinha terminado e todos se levantaram. O "batalhão inteiro" acompanhou *Herr* von Trotta até a plataforma. *Herr* von Trotta ainda desejava dizer alguma coisa especial, mas não lhe ocorria nada de adequado. Lançou um último olhar afetuoso ao seu filho. Mas, logo em seguida, temendo que alguém fosse perceber este olhar, baixou os olhos. Apertou a mão do major Zoglauer. Agradeceu a Chojnicki. Arejou o digno chapéu alto e cinzento que costumava usar em suas viagens. Segurou o chapéu na mão esquerda e bateu com a mão direita nas costas de Carl Joseph. Beijou as faces do filho. E embora ele quisesse dizer: Não me cause tristezas! Eu amo você, meu filho!, ele disse simplesmente: "Comporte-se!" – pois os Trottas eram pessoas tímidas.

E já ele embarcava, o comissário distrital. Já estava postado junto à janela. Sua mão, dentro da luva cinza-escura de couro de cabrito, estava apoiada na janela aberta. Seu crânio calvo reluzia. Mais uma vez, seu olhar preocupado procurou o rosto de Carl Joseph. "Quando o senhor vier novamente, senhor comissário distrital", disse o sempre bem-humorado capitão Wagner, "o senhor irá encontrar aqui uma filial de Monte Carlo!". "Como assim?", perguntou o comissário distrital. E antes que *Herr* von Trotta pudesse chamar seu filho para junto de si, para adverti-lo, cordialmente, a respeito da anunciada filial de Monte Carlo, a locomotiva sibilou, os para-choques bateram, estrondosamente, e o trem se pôs em movimento. O comissário distrital acenava com a luva cinzenta. E todos os oficiais saudavam. Carl Joseph permanecia imóvel.

No caminho de volta, Carl Joseph ia ao lado do capitão Wagner. "Será um cassino esplêndido!", disse o capitão. "Um verdadeiro cassino! Oh! Deus! Há quanto tempo não vejo uma roleta!

Você sabe, gosto tanto de vê-la girando. E o barulhinho que faz! Me alegra muito!”

Não era só o capitão Wagner quem aguardava a inauguração do novo cassino. Todos esperavam. Havia anos que a guarnição de fronteira esperava pelo cassino, que deveria ser inaugurado por Kapturak.

Uma semana depois da partida do comissário distrital, Kapturak chegou. E talvez ele tivesse chamado muito mais atenção se não fosse pela estranha coincidência de que, ao mesmo tempo que ele, chegara aquela senhora à qual se voltavam as atenções de todas as pessoas.

XII

Nos confins da monarquia austro-húngara havia, àquela época, muitos homens do tipo de Kapturak. Eles começaram a gravitar em torno do antigo império como os pássaros negros e covardes que espreitam os moribundos a partir de distâncias infinitas. Com batidas de asas impacientes e sombrias, eles aguardavam seu fim. Com bicos pontiagudos, precipitam-se sobre suas presas. Não se sabe de onde eles vêm nem para onde eles vão. São os irmãos alados da enigmática morte, seus anunciadores, seus acompanhantes e seus seguidores.

Kapturak é um homenzinho de rosto insignificante. Os boatos sussurram à sua volta, esvoaçam à sua frente pelas linhas tortas dos seus caminhos e seguem os rastros quase imperceptíveis que ele deixa. Ele se hospeda na taverna da fronteira. Circula com os agentes das companhias de navegação sul-americanas que levam, todos os anos, nos seus vapores, milhares de desertores do exército russo para uma terra nova e cruel. Ele gosta de jogar e bebe pouco. Não deixa que lhe falte uma certa sociabilidade ressentida. Ele conta que, por anos a fio, dirigiu o contrabando de desertores russos do outro lado da fronteira, e que deixou uma casa, mulher e filhos lá, por medo de ser deportado para a Sibéria, depois que vários funcionários e militares foram apanhados e condenados. E quando lhe perguntam o que ele pretende fazer aqui, Kapturak responde, com precisão: "Negócios".

O proprietário do hotel onde residiam os oficiais, um certo Brodnitzer, de origem silesiana e que viera parar naquela região fronteiriça por motivos desconhecidos, abria o refeitório. Pendurou um cartaz na janela do café. O cartaz anunciava que ele tinha jogos de todos os tipos à disposição, que uma banda musical apresentaria "concertos" todas as noites, até a madrugada, e que uma renomada cantora de teatro de variedades tinha sido contratada. A "reforma" do estabelecimento começou com os concertos da banda de música, que consistia em oito músicos reunidos a esmo.

Mais tarde chegou o chamado "rouxinol de Mariahilf[26]", uma moça loira de Oderberg. Ela cantava valsas de Lehár, assim como o ousado *Lied*[27]. "Quando caminho na madrugada cinzenta da noite de amor..." e ainda, como bis, "Sob meu vestidinho uso uma combinação cor-de-rosa toda pregueada...". Era assim que Brodnitzer ampliava as expectativas de sua clientela. Provou-se que, além das numerosas mesas de carteado curtas e compridas, Brodnitzer também instalara uma mesa de roleta, num canto sombrio e oculto por uma cortina. O capitão Wagner contou a todos, e despertou entusiasmo. Aos homens que já serviam na fronteira havia muitos anos a bolinha (e muitos nunca tinham visto uma roleta) parecia um daqueles objetos mágicos do *grand monde*, com a ajuda dos quais os homens conquistavam, de uma hora para a outra, lindas mulheres, cavalos caros e ricos palácios. A quem não haveria de ajudar aquela bolinha? Todos eles tinham passado anos tristonhos nas escolas da igreja, anos de juventude duros nas escolas de cadetes, anos cruéis no serviço na fronteira. Esperavam pela guerra. Em vez da guerra, viera uma mobilização parcial contra a Sérvia, da qual se retornava sem nenhuma fama, na costumeira espera por uma promoção automática. Manobras, serviço, clube dos oficiais, clube dos oficiais, serviço e manobras! Ouviram pela primeira vez o estalar da bolinha e souberam que, agora, a própria sorte rolava entre eles, para encontrar hoje a este e amanhã àquele. Senhores estrangeiros, pálidos e mudos, nunca vistos antes, permaneciam sentados ali. Um dia o capitão Wagner ganhou quinhentas

26 Bairro residencial de Viena, Sexto Distrito da Capital, próximo ao centro da cidade. (N.T.)

27 Canção lírica. (N.T.)

coroas. No dia seguinte, todas suas dívidas estavam pagas. Naquele mês, pela primeira vez, ele recebeu seu soldo inteiro, três terços. Mas o tenente Schnabel e o tenente Gründler tinham perdido cem coroas cada. Amanhã poderiam ganhar mil!...

Quando a bolinha branca começava a rolar, parecendo um círculo leitoso, precipitada pela periferia de campos negros e vermelhos, e quando os campos negros e vermelhos também se misturavam num único círculo pouco nítido de cor indefinida, os corações dos oficiais estremeciam e em suas cabeças surgia um estrondo desconhecido, como se em cada cérebro rolasse uma bolinha particular, e diante de seus olhos tudo se tornava negro e vermelho, negro e vermelho. Os joelhos vacilavam, muito embora todos permanecessem sentados. Os olhares voavam, com pressa desesperada, atrás da bolinha, mas eram incapazes de capturá-la. Por fim, seguindo suas próprias leis, ela começava a cambalear, embriagada por sua corrida, e estacionava, exausta, numa das cavidades numeradas. Todos suspiravam, aliviados. Até os que tinham perdido sentiam-se libertos. Na manhã seguinte, um contava ao outro. E um grande entorpecimento tomava conta de todos. Os oficiais frequentavam o cassino cada vez em maior número. De regiões insondáveis vinham também civis desconhecidos. Eram eles que punham fogo no jogo, enchiam os caixas, tiravam notas de valor elevado das suas carteiras, ducados de ouro das algibeiras, e relógios e correntes, e anéis dos dedos. Todos os quartos do hotel estavam ocupados. As *Droschkas*[28] adormecidas, que sempre ficavam esperando no ponto, com os cocheiros que bocejavam em suas boleias e as éguas magras e cansadas, atreladas à sua frente, como se fossem imitações de veículos num *panoptikum*[29] – também elas despertavam e, veja, as rodas efetivamente giravam, as éguas magras trotavam, estalando os cascos, no trajeto entre a estação de trens e o hotel, entre o hotel e a fronteira, e de lá de

28 Carruagem leve, com molejo e boleia, que pode levar até cinco passageiros, também conhecida como fiacre. (N.T.)

29 Numa época que antecedeu a invenção do cinema, o *panoptikum* era um pavilhão onde ficavam expostas curiosidades do mundo inteiro, como uma espécie de museu de cera. (N.T.)

volta à cidadezinha. Os comerciantes aborrecidos sorriam. As lojinhas sombrias pareciam se tornar mais claras e as mercadorias expostas, mais coloridas. Noite após noite, o "rouxinol de Mariahilf" cantava. E como se sua canção tivesse despertado mais irmãs, novas moças, enfeitadas, nunca vistas, vinham ao café. As mesas eram afastadas e se dançava ao som das valsas de Lehár. O mundo inteiro estava alterado.

Sim, o mundo inteiro! Em outros lugares, surgiam bizarros cartazes, de um tipo que nunca fora visto por ali. Nas línguas de todos os países, eles exortam os operários da fábrica de escovas a interromperem seu trabalho. A fabricação de escovas é a única e pobre indústria desta região. Os trabalhadores são camponeses empobrecidos. Uma parte deles vive, no inverno, de cortar madeira, e no outono, de trabalhar na colheita. No verão, todos são obrigados a recorrer à fábrica de escovas. Há outros que provêm das classes mais baixas dos judeus. Não sabem fazer contas e não sabem fazer comércio, tampouco aprenderam algum tipo de trabalho manual. Em toda a região ao redor, a uma distância superior a vinte milhas, não há nenhuma outra fábrica.

A fabricação de cerdas[30] era regida por regras onerosas e complexas: os fabricantes não gostavam de obedecê-las. Era preciso adquirir para os operários máscaras que filtrassem a poeira e os bacilos, instalar galpões amplos e claros, incinerar os detritos duas vezes ao dia e substituir por outros aqueles operários que começassem a tossir. Pois todos os que se ocupavam com a limpeza das cerdas, em pouco tempo começavam a tossir sangue. A fábrica era um pavilhão em ruínas, com pequenas janelas e um telhado danificado, feito de ardósia, cercado por uma cerca viva que proliferava de maneira selvagem e rodeado por um terreno amplo e abandonado, no qual se acumulava o lixo desde tempos imemoriais, onde gatos e ratazanas mortas eram entregues ao apodrecimento, utensílios de lata enferrujavam e cerâmicas partidas jaziam ao lado de sapatos rasgados. Em volta, estendiam-se os

30 Trata-se, aqui, de cerdas extraídas de porcos, daí seu alto grau de contaminação. (N.T.)

campos, repletos das bênçãos douradas do milho, rodeados pelo estrilar incessante do canto dos grilos, e os pântanos verde-escuros, nos quais ecoava, permanentemente, o ruído alegre dos sapos. Diante das janelas pequenas e cinzentas junto às quais se sentavam os operários, penteando, incansáveis, com grandes rastelos de ferro, o denso matagal dos maços de cerdas, e engolindo as nuvenzinhas secas de poeira que eram paridas por cada novo maço, as ágeis andorinhas voavam, as faiscantes moscas de verão dançavam, as borboletas brancas e coloridas esvoaçavam, e pelos grandes orifícios do telhado penetrava o canto vitorioso das cotovias. Os operários, que tinham chegado de suas aldeias livres, apenas alguns meses antes, que tinham nascido e crescido em meio ao hálito doce do feno, ao hálito frio da neve, em meio ao odor penetrante do esterco, em meio ao canto cortante dos pássaros, em meio a toda a variedade de bênçãos da natureza, os trabalhadores olhavam para as andorinhas através das nuvenzinhas de poeira, e para as borboletas e para os mosquitos que esvoaçavam, e sentiam saudades. Quando as cotovias estrilavam, eles ficavam infelizes. Antes, eles não sabiam que a lei ordenava cuidados para com sua saúde; que havia um parlamento na monarquia; que deste parlamento participavam representantes que eram, eles mesmos, trabalhadores. Homens desconhecidos chegavam, escreviam cartazes, promoviam assembleias, explicavam a Constituição e as falhas da Constituição, liam em voz alta trechos de jornais, falavam nas línguas de todos os países. Suas vozes eram mais altas do que as das cotovias e as dos sapos: os trabalhadores começaram uma greve.

Era a primeira greve naquela região. Foi um susto para as autoridades políticas. Havia décadas, os funcionários estavam habituados a realizar confortáveis recenseamentos, celebrar o aniversário do *Kaiser*, participar do recrutamento anual de soldados e enviar relatórios monótonos ao governador. Uma vez ou outra eram capturados ucranianos russófilos, um padre ortodoxo, judeus que tinham sido apanhados contrabandeando tabaco e espiões. Havia décadas que ali se limpavam cerdas, que eram enviadas para a Morávia, para a Boêmia e para a Silésia, para as fábricas de escovas, e destes países recebia-se de volta as escovas prontas. Havia anos que os operários tossiam sangue, adoeciam e morriam nos hospitais. Mas greve, eles não faziam. Agora era preciso reunir os gendarmes de toda a região ao redor e enviar um relatório ao governador. Este haveria de se pôr em contato com o comando do exército. E o comando do exército notificou o comandante da guarnição.

Os oficiais mais jovens imaginavam que o povo, isto é, a camada mais baixa da população civil, estivesse exigindo os mesmos direitos dos funcionários públicos, dos nobres e dos conselheiros comerciais. E esta igualdade de direitos não poderia ser concedida de maneira nenhuma se quisessem evitar uma revolução. E ninguém queria uma revolução. E era preciso atirar antes que fosse tarde demais. O major Zoglauer fez um rápido discurso, no qual tudo aquilo era apresentado de maneira bem clara. É evidente que uma guerra é muito mais agradável. Afinal, não somos a gendarmeria e não somos oficiais da polícia. Mas, por enquanto, não há guerra. Ordens são ordens. Se for necessário, vai-se utilizar a baioneta calada e comandar: "Fogo!". Ordens são ordens! Por enquanto, ele não proíbe ninguém de frequentar o cassino de Brodnitzer e ganhar muito dinheiro.

Um dia, o capitão Wagner perdeu muito dinheiro. Um senhor estrangeiro, outrora membro ativo da cavalaria, com um nome soante, proprietário de terras na Silésia, ganhou, por duas noites seguidas, emprestou dinheiro ao capitão e, no terceiro dia, foi chamado de volta a casa por um telegrama. Eram, ao todo, duas mil coroas, uma ninharia para um membro da cavalaria. Mas não era uma ninharia para um capitão da infantaria! Podia-se pedir a Chojnicki, se já não se estivesse lhe devendo trezentas.

Brodnitzer disse: "Senhor capitão, disponha da minha assinatura!".

"Sim", disse o capitão, "e quem empresta tanto dinheiro em troca da sua assinatura?".

Brodnitzer pensou um instante: "*Herr* Kapturak!".

Kapturak apareceu e disse: "Trata-se, portanto, de duas mil coroas. O senhor tem garantias?".

"Não tenho ideia!"

"É muito dinheiro, senhor capitão!"

"Eu vou devolvê-lo!", respondeu o capitão.

"Como, em quantas prestações? O senhor sabe muito bem que só se pode empenhar um terço do soldo. E, além disto, que todos os senhores já estão empenhados. Não vejo nenhuma possibilidade!"

"*Herr* Brodnitzer", começou o capitão.

"*Herr* Brodnitzer", começou Kapturak, como se Brodnitzer nem estivesse ali, "também já me deve muito dinheiro. Eu poderia lhe conceder a soma desejada se algum dos seus camaradas que ainda não esteja comprometido quisesse participar; por exemplo senhor tenente Trotta. Ele vem da cavalaria, ele tem um cavalo!".

"Bom", disse o capitão. "Vou falar com ele." E ele despertou o tenente Trotta.

Estavam no corredor longo, estreito e escuro do hotel. "Assine aqui, depressa!", sussurrou o capitão. "Eles estão esperando ali. Eles estão vendo que você não gosta nada disto!" – Trotta assinou.

"Desça imediatamente!", disse Wagner. "Estou esperando por você!"

Carl Joseph ficou parado junto à portinha dos fundos, pela qual os hóspedes permanentes do hotel costumavam entrar no café. Pela primeira vez em sua vida, ele via o recém-inaugurado cassino de Brodnitzer. Na verdade, era a primeira vez em sua vida que via um cassino. Uma cortina fechada, de repes verde-escuro, circundava a mesa de roleta. O capitão Wagner levantou a cortina e passou para um outro mundo. Carl Joseph ouviu o sussurro macio e aveludado da bolinha. Não ousava erguer a cortina. Na outra extremidade do café, perto da porta de entrada da rua, ficava o palco e, sobre o palco, estremecia o incansável "rouxinol de Mariahilf ". Às mesas, jogava-se. As cartas caíam sobre os tampos de mármore falso, ruidosamente. As pessoas davam gritos incompreensíveis. Pareciam uniformizados, todos eles em mangas de camisa brancas, um regimento sentado de jogadores. Os paletós pendiam dos encostos das cadeiras. Suavemente, como fantasmas, as mangas vazias oscilavam, a cada movimento dos jogadores. Sobre as cabeças pairava uma densa nuvem de tempestade, de fumaça de cigarros. As cabecinhas diminutas dos cigarros luziam, vermelhas e prateadas, em meio à fumaça cinzenta e lançavam reforços de neblina azulada, sempre renovados, em direção à pesada nuvem de tempestade. E, sob a nuvem visível de fumaça parecia pairar uma outra, feita de barulho, uma nuvem ruidosa, de zumbidos profundos. Se alguém fechasse os olhos ali, acreditaria que uma colossal nuvem de gafanhotos, com seu canto medonho, tivesse se precipitado sobre os homens sentados.

Completamente transformado, o capitão Wagner voltou para o café, atravessando a cortina. Seus olhos jaziam em cavernas roxas. Sobre sua boca, o bigode marrom pendia, descabelado, e uma de suas metades parecia estranhamente encurtada, e no queixo brotavam fios de barba avermelhados, um opulento e minúsculo campo de diminutas lanças. "Onde está você, Trotta?", gritou o capitão, embora estivesse bem à frente do tenente. "Perdi duzentos!", gritou ele. "Este vermelho maldito! Acabou-se a minha sorte na roleta. Precisamos tentar de alguma outra maneira!" E ele arrastou Trotta consigo para uma das mesas de carteado.

Kapturak e Brodnitzer levantaram-se. "Ganhou?", perguntou Kapturak, pois reconhecia-se que o capitão perdera. "Perdi, perdi!", urrou o capitão.

"Que pena, que pena!", disse Kapturak. "Veja a mim, por exemplo: quantas vezes ganhei e quantas vezes perdi! Veja, já perdi tudo o que tinha! E voltei a recuperar tudo! Não se pode ficar sempre no mesmo jogo! É só não ficar sempre no mesmo jogo! Isto é o mais importante!"

O capitão Wagner arrumou a gola do paletó. A costumeira tonalidade rubra e bronzeada retornou ao seu rosto. Seu bigode acertou-se, como que por vontade própria. Bateu nas costas de Trotta. "Você nunca jogou cartas!" Trotta viu Kapturak tirar do bolso um baralho novo em folha, colocando-o cuidadosamente sobre a mesa, como se não quisesse machucar o rosto da carta inferior. Acariciou-o com seus dedos ágeis. Os dorsos das cartas reluziam como espelhinhos verde-escuros. Em sua delicada curvatura, flutuavam as luzes do teto. Algumas cartas erguem-se por vontade própria, permanecem na vertical, repousando sobre suas arestas afiadas, deitam-se novamente, sobre o dorso ou sobre o ventre, reúnem-se num montinho e este se desfolha em meio a suaves estalos, deixa passarem, sibilando, as faces negras e vermelhas, como uma breve e colorida tempestade, fecha-se novamente, desaba sobre a mesa, dividido em pilhas menores. Destas, deslizam cartas isoladas, que penetram delicadamente, umas nas outras, a seguir, dispõem-se em círculo, lembrando uma estranha alcachofra achatada e virada do avesso, voam, formando outra vez uma fileira, e por fim reúnem-se, outra vez, num baralho. Todas as cartas obedecem aos comandos silenciosos dos dedos. O capitão Wagner acompanha este prelúdio com olhos famintos. Oh! Ele amava as cartas! Às vezes, aquelas pelas quais ele chamara chegavam às suas mãos, e às vezes elas lhe escapavam. Ele amava quando seus desejos loucos galopavam atrás das cartas em fuga, e por fim, por fim, obrigavam-nas a retornarem. Às vezes, é claro, as cartas fugitivas eram mais rápidas, e os desejos do capitão eram obrigados a retornar, exaustos. Com o passar dos anos, o capitão concebera um plano de guerra dificilmente compreensível, extremamente confuso, no qual nenhum método de forçar a sorte era deixado de lado: nem o meio da conjuração, nem o da violência, nem o da surpresa, nem o da prece suplicante, nem o da sedução apaixonada. Certa vez o pobre capitão, precisando de uma carta de copas, desesperou-se e assegurou secretamente às forças invisíveis que, se a carta não lhe viesse logo, ele cometeria o suicídio ainda naquele dia. Uma outra vez ele achou que tinha melhores chances se mantivesse o seu orgulho, como se a carta que desejava tão ardentemente lhe fosse totalmente indiferente. Uma terceira vez, para ganhar, ele mesmo teve que embaralhar as cartas com sua mão esquerda, uma habilidade que ele conquistara por meio de uma força de vontade férrea, depois de muito treinar. E uma quarta vez fora mais útil sentar-se à direita da banca. Porém, na maioria das vezes, o melhor era combinar entre si todos estes métodos, ou mudar, rapidamente, de um para o outro, de maneira que os parceiros de jogo nada percebessem. Pois isto era muito importante. "Vamos trocar de lugar!", poderia, por exemplo, dizer o capitão, de maneira totalmente inofensiva. E quando imaginava ver no rosto de um dos seus parceiros de jogo um sorriso de reconhecimento, ele ria e acrescentava: "O senhor está enganado! Eu não sou supersticioso! É a luz que está me incomodando aqui!". Pois se algum dos parceiros de jogo descobrisse alguma coisa sobre os truques estratégicos do capitão, suas mãos traíam às cartas as suas intenções. As cartas, por assim dizer, enchiam-se do vento de sua astúcia e assim tinham tempo para fugir. Então, assim que o capitão se sentava à mesa do jogo, ele se punha a trabalhar, tão febril como o comando supremo do exército reunido. E enquanto seu cérebro realizava esta tarefa sobre-humana, o calor e o frio, as esperanças e as dores, o júbilo e a amargura percorriam seu coração. Ele lutava, ele brigava e ele sofria terrivelmente. Desde os dias em que haviam começado a jogar roleta ali, ele já traçava astuciosos planos de guerra contra a natureza traiçoeira da bolinha. (Mas ele sabia bem que ela era mais difícil de ser vencida do que as cartas de baralho.)

Ele jogava, quase sempre, bacará, muito embora este jogo fosse, além de proibido, também desprezado. Mas de que lhe serviam aqueles jogos que demandavam cálculo e reflexão – calcular e refletir de uma maneira sensata – quando suas especulações já alcançavam o incalculável e o inexplicável, revelando-o e muitas vezes até dominando-o? Não! Ele queria lutar, diretamente, contra os segredos do destino, e desvelá-los. Então, sentava-se para jogar bacará. E, efetivamente, ganhava. E ele tinha em suas mãos três noves e três oitos, em sequência, enquanto Trotta recebia vários valetes e reis, e Kapturak só por duas vezes recebera quatros e cincos. E então o capitão Wagner esqueceu-se de si mesmo. E muito embora uma das bases do seu comportamento no jogo fosse jamais deixar que a sorte percebesse que ele contava com ela, subitamente ele triplicou o valor da sua aposta. Pois hoje esperava obter o dinheiro para quitar sua dívida. E assim começou a desgraça. O capitão perdeu, e hoje Trotta só perdera, o tempo todo. Por fim, Kapturak ganhou quinhentas coroas. O capitão foi obrigado a assinar uma nova nota promissória.

Wagner e Trotta levantaram-se. Começaram a misturar conhaque e *Neunziggrädiger* e também *Neunziggrädiger* com cerveja de

Okocim[31]. O capitão Wagner envergonhava-se por sua derrota não menos do que um general que sai derrotado de uma batalha à qual convidou um amigo para com ele compartilhar da vitória. E ambos sabiam que, sem álcool, não seriam capazes de olhar um nos olhos do outro. Bebiam devagar, em goles pequenos e regulares.

"À sua saúde!", disse o capitão. "À sua saúde!", disse Trotta. E cada vez que repetiam estes desejos, olhavam-se, corajosamente, provando assim que permaneciam indiferentes à própria desgraça. Mas subitamente pareceu ao tenente que o capitão, o seu melhor amigo, fosse a pessoa mais infeliz de toda a terra, e ele começou a chorar amargamente. "Por que você está chorando?", perguntou o capitão, e seus lábios também começavam a estremecer. "Por você, por você!", disse Trotta, "Meu pobre amigo!". E eles se perderam em lamentos, lamentos mudos e também lamentos cheios de palavras.

Um velho plano ressurgiu na mente do capitão Wagner. Dizia respeito ao cavalo de Trotta, que ele costumava cavalgar diariamente, ao qual se afeiçoara e o qual quisera, primeiro, comprar. E logo em seguida lhe ocorreu que, se tivesse em suas mãos uma quantia em dinheiro equivalente ao valor do cavalo, certamente ganharia uma fortuna no jogo de bacará, o que lhe permitiria possuir muitos cavalos. E logo a seguir ele pensou em tirar o cavalo do tenente, sem pagar por ele, apenas tomá-lo emprestado, empenhá-lo, jogar com o dinheiro e, em seguida, resgatar o animal. Havia algo de errado nisto? A quem isto poderia prejudicar? Quanto tempo demoraria? Duas horas de jogo e tudo estava resolvido! A maneira mais segura de ganhar era sentar-se para jogar sem medo e sem fazer nenhum cálculo. Ah! Se ele pudesse, apenas uma vez, jogar assim, como um homem rico e independente! Uma vez! O capitão amaldiçoou seu soldo. Era tão mísero que sequer lhe permitia jogar com "dignidade".

Agora, estando sentados lado a lado, tão emocionados, tendo se esquecido do mundo à sua volta, e estando convictos de que

31 Nome de uma célebre cervejaria fundada em 1845 na cidade de Brzesko, no sudeste do atual território polonês, mas que no tempo ficcional do romance era parte da Galícia austro-húngara. (N.T.)

tinham sido esquecidos pelo mundo à sua volta, o capitão achou que, finalmente, poderia dizer: "Venda-me o seu cavalo!". "Eu o dou de presente", disse Trotta, comovido. Mas um presente não se pode vender, nem mesmo temporariamente, pensou o capitão, e disse: "Não, venda!". "Pegue-o!", suplicou Trotta. "Vou pagar", insistiu o capitão.

Assim discutiram, por alguns minutos. Por fim, o capitão levantou-se, cambaleou um pouco, e gritou: "Eu lhe ordeno que me venda o cavalo!". "Sim, senhor capitão!", disse Trotta, mecanicamente. "Mas não tenho dinheiro!", balbuciou o capitão, voltando a sentar-se e tornando-se, outra vez, gentil. "Não importa! Eu lhe dou o cavalo de presente." "Não, justamente não! Também não quero mais comprá-lo. Ah! Se ao menos eu tivesse dinheiro!"

"Posso vendê-lo a alguém outro!", disse Trotta. Brilhava de alegria por causa daquela sua ideia incomum.

"Excelente!", gritou o capitão. "Mas, para quem?" "Chojnicki, por exemplo!" "Excelente!", repetiu o capitão. "Estou devendo quinhentas coroas a ele!" "Eu assumo esta dívida!", disse Trotta.

Como ele tinha bebido, seu coração estava transbordando de pena do capitão. Este pobre camarada precisa ser salvo! Ele se encontra em grande perigo. Era-lhe íntimo, o querido capitão Wagner. Além disto, o tenente considera que, naquela hora, seja absolutamente necessário dizer uma boa palavra de consolo, talvez até uma grande palavra, e realizar um gesto de amparo. Nobreza, amizade e a necessidade de parecer muito forte e disposto a ajudar confluíam em seu coração como se fossem três córregos quentes. Trotta levanta-se. A manhã já raiou. Só umas poucas lâmpadas ardem, ainda, já apagadas pela luz cinzenta do dia, que penetra, impetuosa, pelas persianas. Exceto *Herr* Brodnitzer e seu único garçom, não resta mais ninguém no estabelecimento. Traídas, inconsoláveis, mesas e cadeiras permanecem em torno do palco sobre o qual o "rouxinol de Mariahilf" saltitou durante a noite inteira. O terrível vazio à sua volta despertava imagens assustadoras de uma saída súbita que poderia ter ocorrido ali, como se os clientes do café, surpreendidos por algum perigo, tivessem deixado o estabelecimento em bando, de uma só vez. Longas ponteiras de cigarros, feitas de papelão, amontoavam-se no assoalho ao lado de curtas bitucas de charutos. São os restos de cigarros russos e de charutos austríacos, que revelam que convidados do país estrangeiro jogaram e beberam ali, junto com os nativos.

"A conta!", gritou o capitão. Ele está abraçado com o tenente. Abraça-o demoradamente. "Então, com a ajuda de Deus!", diz ele, com os olhos cheios de lágrimas.

Na rua, a manhã já estava presente em sua totalidade, a manhã de uma pequena cidade austríaca, cheia do perfume das flores das castanheiras, dos lilases, cujas folhas acabavam de surgir, e dos pães frescos, escuros e ácidos, que eram retirados das padarias em grandes cestos. Os pássaros chilreavam, era um mar interminável de chilros, um mar ressonante no ar. O céu, transparente, de um azul pálido, estendia-se, liso e baixo, sobre os telhadinhos cinzentos e inclinados dos casebres. As pequenas carroças dos camponeses rolavam devagar, ainda sonolentas, pela estrada poeirenta e espalhavam feno seco, do ano passado, e palha por todos os lados. No horizonte aberto, do lado oriental, o sol erguia-se muito depressa. O tenente Trotta caminhava em sua direção, recuperando um pouco a sobriedade graças ao vento suave que soprava sobre o dia, e tomado pelo orgulhoso propósito de salvar seu camarada. Não era simples vender assim o cavalo, sem antes pedir a permissão do comissário distrital. Mas ele o fazia para seu amigo! E tampouco era simples – e o que era simples nesta vida para o tenente Trotta? – propor o negócio com o cavalo para o conde Chojnicki. Mas quanto mais difícil parecesse o empreendimento, mais robusto e decidido Trotta marchava ao seu encontro. O relógio já soava, na torre. Trotta alcançou a entrada do "novo castelo" no instante em que Chojnicki, calçado com botas e com o chicote na mão, estava prestes a embarcar em sua carruagem estival. Ele notou, no falso frescor rosado das faces magras, ainda não barbeadas do tenente, a maquiagem dos bêbados. Ela encobria a verdadeira palidez do seu rosto como o reflexo de uma lâmpada vermelha sobre uma mesa branca. Ele está se acabando! pensou Chojnicki.

"Gostaria de lhe fazer uma proposta!", disse Trotta. "O senhor quer o meu cavalo?" Ele mesmo se assustou com esta pergunta. Subitamente tornara-se difícil para ele continuar a falar.

"Eu sei que o senhor não gosta de andar a cavalo. E o senhor pediu para ser transferido da cavalaria, sim – simplesmente não lhe parece agradável ter que se preocupar com um animal que o senhor não gosta de usar, sim – mas o senhor poderá se arrepender."

"Não!", disse Trotta. Ele não queria esconder nada. "Preciso de dinheiro."

O tenente sentia vergonha. Não era considerado desonroso, duvidoso ou desprezível tomar dinheiro emprestado de Chojnicki. Mas, ainda assim, Carl Joseph sentia que, com aquele primeiro empréstimo, começava uma nova etapa de sua vida, e era como se ele precisasse de uma permissão paterna para isto. O tenente sentia-se envergonhado. Ele disse: "Vou lhe falar claramente: fui fiador de um empréstimo de um camarada. Foi uma grande soma. Além disto, esta noite ele perdeu mais uma pequena quantia. Eu não quero que ele fique devendo ao dono do café. E não tenho como tomar um empréstimo. Sim", repetiu o tenente, "é simplesmente impossível. A pessoa em questão já está lhe devendo".

"Mas o senhor não tem nada a ver com isto!", disse Chojnicki. "O senhor não tem nada a ver com esta situação. Os senhores vão me devolver logo. É uma ninharia! Veja, eu sou rico. A isto chamam ser rico. Não me interesso pelo dinheiro. Se o senhor me pedisse um *Schnaps* seria a mesma coisa. Veja que situação! Veja", e Chojnicki estendeu a mão em direção ao horizonte, descrevendo um semicírculo, "todas estas florestas me pertencem. Para mim, não tem nenhuma importância, só para lhe poupar dores de consciência. Sou grato a todo aquele que tira um pouco de mim. Não, é ridículo, não tem importância nenhuma, é uma pena que estejamos desperdiçando tantas palavras. Vou lhe fazer uma proposta: vou comprar seu cavalo, mas o deixo com o senhor por um ano. Depois de um ano, será meu".

É evidente que Chojnicki está ficando impaciente. Aliás, logo o batalhão deve sair para seus exercícios matinais. O sol continua a galgar o céu, sem repouso. É pleno dia.

Trotta apressa-se em direção à caserna. Dentro de meia hora, o batalhão estaria de prontidão. Já não lhe resta mais tempo para barbear-se. O major Zoglauer chegava perto das onze horas. (E ele não gostava de comandantes de pelotões barbudos. A única coisa à qual ele ainda aprendera a dar atenção ao longo de seus anos de serviço na região da fronteira era "asseio e boa conduta no serviço".) Agora era tarde demais! Corria para a caserna. Ao menos, tinha recuperado a sobriedade. Encontrou o capitão Wagner diante da companhia reunida. "Sim, está resolvido!", disse, apressado, colocando-se diante do seu pelotão. Já soavam. O batalhão partia.

O capitão Wagner hoje pagava o assim chamado "refresco" na taverna da fronteira. Tinham meia hora de tempo, suficiente para tomar dois ou três copinhos de *Neunziggrädiger*. O capitão Wagner sabia exatamente que começava a apanhar a própria sorte com as mãos. Agora, ele era capaz de dirigi-la! Hoje à tarde, duas mil e quinhentas coroas! Mil e quinhentas, ele devolveria imediatamente e então se sentaria à mesa de bacará com toda a tranquilidade, sem nenhuma preocupação, como um homem rico! Tomaria a banca! Ele mesmo embaralharia as cartas! E o faria com a mão esquerda! Talvez, por enquanto, pagasse apenas mil, e se sentasse para jogar com mil e quinhentas, com toda a tranquilidade, sem nenhuma preocupação, como um homem rico! Quinhentas para a roleta e mil para o bacará! Isto seria ainda melhor! "Coloque na conta do capitão Wagner!", gritou ele em direção ao balcão. E eles se levantaram. O descanso terminara e os "exercícios de campo" deveriam começar.

Felizmente, hoje o major Zoglauer já desaparecera depois de meia hora. O capitão Wagner passou o comando para o tenente-coronel Zander e partiu, a cavalo, apressadamente, para o estabelecimento de Brodnitzer. Indagou se à tarde, perto das quatro horas, haveria gente para jogar. Sim, sem dúvida! Tudo se acertava maravilhosamente! Até mesmo os "espíritos domésticos", aquelas criaturas invisíveis cuja presença o capitão Wagner era capaz de sentir em todas as salas em que tinha jogado, e com as quais às vezes ele conversava sem ser ouvido – e às vezes também num dialeto que ele mesmo criara com o passar dos anos –, até mesmo aqueles espíritos domésticos hoje estavam cheios de boa vontade para com Wagner. E para agradá-los ainda mais, ou para evitar que mudassem de ideia, Wagner decidiu que excepcionalmente hoje almoçaria no café Brodnitzer, e que não sairia de lá enquanto não chegasse o tenente Trotta. Ali permaneceu. Perto das três horas começaram a chegar os primeiros jogadores. O capitão Wagner começou a estremecer. E se aquele Trotta o deixasse na mão e, por exemplo, só lhe trouxesse o dinheiro amanhã? Então, talvez, todas as chances estariam perdidas. Talvez nunca mais houvesse um dia tão propício quanto o de hoje! Os deuses estavam bem-dispostos e era quinta-feira. Mas na sexta-feira! Atrair a sorte na sexta-feira era o mesmo que exigir de um médico-chefe que fizesse os exercícios da companhia! Quanto mais o tempo passava, mais terríveis eram os pensamentos de Wagner a respeito daquele delinquente do tenente Trotta. Ele não chegava, aquele vagabundo! E ele tinha se esforçado tanto, deixando o lugar dos exercícios antes da hora, negociando demoradamente com os espíritos domésticos para assim segurar, em certa medida, a vantajosa quinta-feira! E então era deixado na mão. O ponteiro no relógio de parede avançava, incansável, e Trotta não chegava, não chegava, não chegava!

Sim! Ele está chegando! A porta abre-se e os olhos de Wagner brilham! Ele sequer dá a mão a Trotta! Seus dedos estremecem, como os dedos impacientes dos ladrões. No instante seguinte, eles já apertam um esplêndido e crocante envelope. “Sente-se!”, ordenou o capitão. “Dentro de meia hora no máximo você me verá novamente!” E desapareceu por trás da cortina verde.

A meia hora passou. E mais uma hora. E mais uma. Já anoitecia, as lâmpadas ardiam. O capitão Wagner aproximou-se devagar. A única coisa que ainda permitia que fosse reconhecido era sua farda, mas até mesmo esta estava alterada. Os botões estavam abertos, do colarinho erguia-se uma fita negra de elástico, a empunhadura do sabre estava enfiada debaixo do paletó, os bolsos estavam estufados e cinzas de cigarro estavam espalhadas por sua camisa. Sobre a cabeça do capitão revolviam os fios de sua cabeleira castanha desgrenhada e sob a bigode revirado estavam os lábios. O capitão gemeu: “Tudo!”, e se sentou.

Não tinham mais nada a dizer um ao outro. Algumas vezes Trotta tentou fazer uma pergunta. Wagner pedia por silêncio, estendendo a mão e estendendo, ao mesmo tempo, os olhos. Então ele se levantou. Arrumou sua farda. Compreendeu que sua vida não tinha mais nenhuma utilidade. Agora iria, enfim, acabar com aquilo. "Adeus!", disse ele, solenemente – e partiu.

Fora, porém, uma noite generosa, já estival, envolveu-o com suas brisas, com centenas de milhares de estrelas e com cem perfumes. Afinal, era mais fácil nunca mais jogar do que nunca mais viver. E ele deu sua palavra de honra que nunca mais voltaria a jogar. Melhor morrer do que voltar a tocar em uma carta. Nunca mais! Nunca mais era muito tempo, era melhor encurtá-lo. Dizia a si mesmo: até o dia 31 de agosto, nada de jogo! Depois, vamos ver! Portanto, palavra de honra, capitão Wagner!

E com a consciência recém-purificada, orgulhoso de sua firmeza e alegre por ter salvado a própria vida, o capitão Wagner dirige-se à residência do conde Chojnicki. Chojnicki está diante da porta. Ele conhece o capitão há tempo suficiente para perceber, à primeira vista, que Wagner perdeu, e que novamente tomou a decisão de nunca mais jogar. E ele grita: "Onde o senhor deixou o tenente Trotta?".

"Não o vi!"

"Tudo?"

O capitão baixou a cabeça, olhou para as pontas de suas botas e disse: "Dei minha palavra de honra...".

"Ótimo!", diz Chojnicki, "já era tempo!".

Ele está decidido a livrar o tenente da amizade com o louco Wagner. Vamos acabar com isto! pensa Chojnicki. Por enquanto, vamos enviá-lo de férias por uns dias, com Wally! E ele se dirige à cidade.

"Sim!", diz Trotta, sem hesitar. Ele tem medo de Viena e da viagem com uma mulher. Mas é obrigado a ir. Agora, ele sente aquela ansiedade bem característica, da qual sempre foi acometido antes de todas as mudanças em sua vida. Ele sente presente a ameaça de um novo perigo, o maior de todos os perigos que pode haver, isto é, o perigo pelo qual ele mesmo ansiava. Ele não ousa perguntar quem era aquela mulher. Subitamente, os rostos de muitas mulheres estranhas, olhos azuis, castanhos e negros, cabelos loiros e negros, quadris, seios e pernas, mulheres que talvez um dia ele tenha acariciado, quando era um menino, quando era um adolescente: todos esvoaçam rapidamente à sua volta; todos de uma vez: uma tempestade maravilhosa e delicada de mulheres estranhas. Ele sente o perfume das desconhecidas; ele sente o frescor e a delicadeza rija dos seus joelhos; em volta de seu pescoço, já sente o doce jugo de braços nus e, em sua nuca, o fecho de mãos entrelaçadas.

Há um medo do prazer que é, ele mesmo, prazeroso, assim como o medo da morte pode ser mortal. E este medo tomava conta, agora, do tenente Trotta.

XIII

Frau von Taussig era bonita e já não era mais jovem. Filha de um chefe de estação, já viúva de um capitão da cavalaria recém-falecido, chamado Eichberg, ela se casou, poucos anos antes, com um certo senhor Taussig, a quem recentemente havia sido concedido um título de nobreza, um industrial rico e doente. Ele sofria de uma perturbação mental leve, assim chamada circular. Seus ataques voltavam, regularmente, a cada seis meses. Já com semanas de antecedência, ele sentia que estavam se aproximando. E então dirigia-se àquela clínica junto ao Lago de Constança onde eram tratados, com cuidado e em troca de muito dinheiro, os loucos mimados vindos de casas ricas, e onde os enfermeiros eram tão delicados quanto parteiras. Pouco antes de um daqueles seus ataques, seguindo o conselho de um daqueles médicos mundanos e levianos, que recomendam a seus pacientes "emoções espirituais" com a mesma facilidade com que os antigos médicos de família receitavam ruibarbo ou óleo de rícino, *Herr* von Taussig casara-se com a viúva do seu amigo Eichberg. Efetivamente, Taussig sentiu uma "emoção espiritual", mas seu ataque também veio, mais depressa e mais violento. Durante seu curto casamento com *Herr* von Eichberg, sua mulher conquistara muitas amizades e, depois da morte do marido, tinha recusado alguns pedidos muito cordiais de casamento. Sobre as suas traições, ninguém falava, por puro respeito. Como se sabe, aqueles eram tempos de austeridade. Mas era um tempo que conhecia exceções, e até mesmo as amava. Segundo um dos poucos fundamentos da visão de mundo dos aristocratas, os cidadãos comuns, os burgueses, eram pessoas de segunda categoria, mas um ou outro oficial de origem burguesa podia se tornar ajudante do *Kaiser*. Os judeus não podiam, de maneira nenhuma, aspirar a distinções mais elevadas, porém um ou outro judeu recebia um título de nobreza e se tornava amigo de arquiduques. As mulheres viviam de acordo com uma moral tradicional, mas era permitido a elas amar alguém como, por exemplo, um oficial da cavalaria. (Eram aqueles fundamentos que hoje chamamos de "falsos", porque somos muito mais implacáveis. Implacáveis, honestos e desprovidos de humor.)

O único entre os amigos íntimos da viúva que não lhe fizera um pedido de casamento era Chojnicki. O mundo no qual ainda valia a pena viver estava condenado ao desaparecimento. O mundo que viria a seguir já não merecia habitantes decentes. Por isto, não havia sentido em amar de forma duradoura, casar-se ou criar descendentes. Com seus olhos tristonhos, de um tom desmaiado de azul, um pouco arregalados, Chojnicki olhou para a viúva e lhe disse: "Me desculpe por eu não querer me casar com você!". Com estas palavras, ele terminou sua visita de condolências.

Assim, a viúva casou-se com o louco Taussig. Ela precisava de dinheiro, e era mais fácil ter que lidar com ele do que com uma criança. Logo que seu ataque passava, ele lhe pedia para vir. Ela ia, permitia que ele lhe desse um beijo e o levava de volta para casa. "Até a próxima vez!", dizia, alegremente, *Herr* von Taussig ao professor que o acompanhava até o portão da seção fechada da clínica. "Até a volta, em breve!", dizia a mulher. (Ela amava os períodos em que seu marido estava doente.) E assim se dirigiam à sua casa.

Havia dez anos que ela visitara Chojnicki pela última vez. Naquele tempo, ela ainda não era casada com Taussig, não era menos bonita do que hoje, e era dez anos mais jovem. Também naquela ocasião, ela não voltara sozinha da visita. Um tenente, jovem e tristonho como este, a acompanhara. Ele se chamava Ewald e era tenente da cavalaria. (Naquela época, havia ali um regimento de cavalaria.) Voltar para casa sozinha teria sido a primeira dor verdadeira de sua vida, e voltar acompanhada, por exemplo, de um tenente-coronel teria sido uma decepção. Ela ainda se sentia jovem demais para detentores de postos mais elevados. Talvez dez anos mais tarde.

Mas a idade aproximava-se, com seus passos silenciosos e cruéis, disfarçada em vestes traiçoeiras. Ela contava os dias que passavam e, cada manhã, contava também as rugas finas que a idade tecia, como redes de fios finíssimos, em torno dos seus olhos que dormiam, inconscientes, durante a noite. Mas seu coração era o coração de uma menina de dezesseis anos. Abençoado com a eterna juventude, ele vivia em meio a um corpo que envelhecia, um lindo segredo num castelo decadente. Cada jovem que *Frau* von Taussig tomava em seus braços era um hóspede ansiado. Infelizmente, permanecia apenas na antessala. Ela não vivia, apenas esperava! Um depois do outro, ela os via partir, com seus olhos tristes, insatisfeitos e amargos. Por fim, ela acabou se acostumando a ver homens virem e irem embora novamente; a família dos gigantes infantis que pareciam insetos tolos do tamanho de mamutes, fugidios e ainda assim pesados, um exército de gordinhos tolos que tentavam esvoaçar com suas asas de chumbo; guerreiros que imaginavam tê-la conquistado quando, na verdade, eram desprezados, que imaginavam possuir quando eram ridicularizados, que imaginavam desfrutar quando mal haviam experimentado; uma horda bárbara pela qual, no entanto, ela ansiava enquanto vivia. Talvez, talvez algum dia, algum deles se erguesse, um único em seu meio escuro e confuso, brilhante, reluzente, um príncipe com mãos abençoadas. Mas ele não surgia! Ela esperava, e ele não aparecia! Ela envelhecia, e ele não surgia! *Frau* von Taussig opunha os homens jovens à idade como se eles fossem diques. Por medo dos seus olhares, capazes de perceber tudo, ela entrava de olhos fechados em cada uma das suas assim chamadas aventuras. E com os seus desejos ela enfeitiçava os homens tolos, para seu próprio uso. Infelizmente, eles eram incapazes de perceber o que acontecia. E em nada mudavam. Ela desprezou o tenente Trotta. Parece velho para a idade que tem – pensou ela –, ele viveu grandes tristezas, mas não aprendeu nada com elas. Ele não ama apaixonadamente, e talvez também não ame de forma passageira. Ele já está tão infeliz que, no melhor dos casos, talvez ainda seja possível alegrá-lo.

Na manhã seguinte, Trotta recebeu uma licença de três dias "para assuntos de família". À uma da tarde, ele se despediu dos camaradas no refeitório. Embarcou com *Frau* von Taussig, invejado e comemorado por todos, num compartimento de primeira classe, pelo qual, no entanto, ele tivera que pagar um suplemento.

Quando a noite caiu, ele sentiu medo, como uma criança diante da escuridão, e deixou o compartimento para fumar, isto é, sob o pretexto de querer fumar. Postado no corredor do vagão, tomado por ideias confusas, ele contemplava pela janela noturna as serpentes voadoras que se formavam, por um instante, com as fagulhas brancas e reluzentes lançadas ao ar pela locomotiva, e que no instante seguinte se apagavam, e a escuridão densa das florestas e as tranquilas estrelas na abóbada celeste. Cuidadosamente, ele abriu a porta e entrou no compartimento, na ponta dos pés. "Talvez nós devêssemos ter ido no vagão-leito!", disse a mulher, surpreendendo-o, assustando-o na escuridão. "O senhor precisa fumar o tempo todo! O senhor também pode fumar aqui!" Quer dizer que ela ainda não estava dormindo. O palito de fósforo iluminou o rosto dela. Branco, emoldurado por cabelos negros e desgrenhados, estava recostado no estofamento bordô. Sim, talvez devessem ter ido no vagão-leito. A cabecinha incandescente do cigarro reluzia, vermelha, na escuridão. Atravessavam uma ponte, as rodas batiam com mais força. "As pontes!", disse a mulher. "Eu tenho medo que desabem!" Sim, pensou o tenente, espero que não desabem! Era simplesmente uma escolha entre uma desgraça súbita e uma outra desgraça, que se insinuava aos poucos. Imóvel, ele permanecia sentado diante da mulher, via as luzes das estações que passavam rapidamente iluminarem o compartimento por alguns segundos, tornando ainda mais pálido o pálido rosto de *Frau* von Taussig. Não conseguia dizer uma palavra sequer. Imaginou que tivesse a obrigação de beijá-la em vez de dizer alguma coisa. Mas sempre deixava aquele beijo devido para depois. Depois da próxima estação, ele dizia a si mesmo. Subitamente, a mulher estendeu a mão, à procura da trava do compartimento, encontrou-a e travou a porta. E Trotta inclinou-se sobre a sua mão.

Naquela hora, *Frau* von Taussig amou o tenente com o mesmo ímpeto com o qual, dez anos antes, amara o tenente Ewald, naquele mesmo trecho da ferrovia, àquela mesma hora e, talvez, naquele mesmo compartimento. Mas, por enquanto, aquele oficial da cavalaria tinha sido esquecido, assim como os que o precederam, assim como os que o sucederam. O desejo brandia sobre as lembranças e todos os rastros submergiam. O primeiro nome de *Frau* von Taussig era Valerie, e ela era conhecida pelo apelido Wally, comum no país. Aquele nome, que lhe era sussurrado em todos os momentos de ternura, soava-lhe inteiramente novo naquele momento de ternura. Aquele homem jovem acabava de batizá-la novamente, ela era uma criança (tão jovem quanto o seu nome). Ainda assim, agora, como de costume, ela percebeu, dolorosamente, que era "muito mais velha" do que ele: uma observação que ela sempre ousava fazer aos homens jovens com, em certa medida, uma cautela imprudente. Aliás, esta observação inaugurava uma sequência de palavras afetuosas. Todas as palavras de amor que ela conhecia, e que ela já dissera a este e àquele, eram relembradas. E agora vinha – infelizmente ela já conhecia muito bem a sequência – o pedido do homem, que sempre soava idêntico, para que ela não falasse do tempo e nem da idade. Ela sabia quão pouco significavam estes pedidos – e acreditava neles. Esperava. Mas o tenente Trotta permanecia em silêncio, um homem jovem e renitente. Ela temia que o seu silêncio fosse um julgamento, e começou cautelosamente: "O que você acha? Quantos anos tenho a mais do que você?". Ele não sabia o que responder. Não havia como responder àquela pergunta. E, ademais, aquilo não lhe interessava. Ele sentia a rápida mudança de um frescor liso para um calor igualmente liso na pele dela, aquelas súbitas mudanças climáticas que são parte das manifestações mágicas do amor. (No intervalo de uma única hora, elas reúnem todas as características de todas as estações do ano num único ombro de mulher. Efetivamente, elas suspendem as leis da temporalidade.) "Eu poderia ser sua mãe!", sussurrou a mulher. "Adivinhe quantos anos eu tenho?" "Não sei!", disse o infeliz. "Quarenta e um!", disse *Frau* Wally. Havia apenas um mês que ela completara quarenta e dois anos. Mas a algumas mulheres a própria natureza proíbe de dizerem a verdade; a natureza preserva-as do envelhecimento. Talvez *Frau* von Taussig fosse orgulhosa demais para descontar três anos inteiros. Mas roubar da verdade um único, um mísero ano, isto não era roubar a verdade.

"Você está mentindo!", disse ele, por fim, de forma muito grossa, por delicadeza. E ela o abraçou, por gratidão, numa nova onda. As luzes brancas das estações passavam correndo pelas janelas, iluminavam o compartimento, derramavam-se sobre o seu rosto branco e pareciam despir, ainda mais uma vez, os seus ombros. O tenente estava inclinado sobre o seu peito como uma criança. Ela sentia uma dor benfazeja, serena, uma dor maternal. Um amor maternal percorria os seus braços, enchendo-a de novas forças. Queria bem ao seu amado como a seu próprio filho, como se o seu próprio colo o tivesse dado à luz, o colo que agora o acolhia.

"Meu filho! Meu filho!", repetia ela. Ela já não temia mais a idade. Sim, pela primeira vez ela abençoou os anos que a separavam do tenente. Quando a manhã, uma manhã radiante do começo do verão, penetrou pela janela do compartimento que corria, ela mostrou, sem medo, seu rosto, ainda não preparado para o dia, para o tenente. Mas contava com a ajuda da alvorada. Pois, casualmente, o oriente estava diante da janela junto à qual estava sentada.

O mundo parecia transformado ao tenente Trotta. Por isto, ele se deu conta de que acabara de conhecer o amor, isto é: a realização das suas ideias a respeito do amor. Na verdade, ele apenas estava agradecido, uma criança saciada. "Vamos permanecer juntos em Viena, não?" Querido filho, querido filho! ela pensava, sem parar. Ela olhava para ele, cheia de orgulho materno, como se tivesse algum mérito pelas virtudes que ele não possuía, mas que ela lhe atribuía, como convém a uma mãe.

Ela preparara uma sequência infinita de pequenas festas. Uma sorte que eles chegassem a Viena justamente durante o *Corpus Christi*. Ela iria conseguir dois lugares na tribuna. Vai desfrutar, com ele, da colorida procissão, que ela amava assim como todas as mulheres austríacas da sua classe social àquela época.

Conseguiu os lugares na tribuna. A pompa alegre e solene da parada proporcionava-lhe uma aparência calorosa e rejuvenescida. Desde a sua juventude, ela conhecia, provavelmente tão bem quanto o chefe do cerimonial da corte, todas as fases, partes e regras da procissão de *Corpus Christi*, assim como os velhos frequentadores habituais dos camarotes de óperas conhecem todas as cenas das suas peças prediletas. Sua vontade de contemplar, porém, não diminuía, mas, ao contrário, nutria-se deste conhecimento íntimo. Em Carl Joseph, os velhos sonhos heroicos e infantis voltaram a despertar, aqueles mesmos sonhos que o preenchiam e o alegravam em sua casa, nas férias, no terraço paterno, ante os sons da *Marcha de Radetzky*. Toda a majestade do poder do velho império desfilava diante dos seus olhos. O tenente pensou em seu avô, o herói de Solferino, e no patriotismo inabalável do seu pai, que era comparável a um rochedo pequeno porém fortíssimo, em meio às montanhas íngremes do poder dos Habsburgos. Ele pensava em sua própria missão sagrada, de morrer pelo *Kaiser*, a qualquer instante, na água, na terra e também no ar, em uma palavra, em qualquer lugar. Os significados da promessa que ele fizera algumas vezes, mecanicamente, ganharam vida. Elas se erguiam, as palavras, uma depois da outra, cada uma delas, uma bandeira. Os olhos azuis como porcelana do supremo senhor da guerra, congelados em tantos retratos e em tantas paredes do reino, enchiam-se com uma benevolência paternal e olhavam para o neto do herói de Solferino como se fossem um céu azul. As calças azul-claras da infantaria reluziam. Como encarnações da seriedade da ciência balística, a artilharia, uniformizada em marrom-café, desfilava. Os chapéus marroquinos vermelhos como sangue sobre as cabeças dos soldados bósnios, trajados de azul-claro, ardiam no sol como pequenos fogos de artifício lançados pelo islã em honra a Sua Majestade Apostólica. Nas carruagens negras e laqueadas iam, sentados, os cavaleiros do velocino de ouro, com seus adornos, e os conselheiros, com suas roupas negras e faces rubras. Depois deles, vinham os cavalos de guerra de Sua Majestade, que domam sua fúria perto do *Kaiser*, e junto a eles os penachos de crina de cavalo dos guarda-costas da infantaria. E, por fim, erguia-se, sobre a multidão em pé, antecedido pelo cortante rufar dos tambores da marcha militar, o hino real e imperial dos querubins do exército, terrenos, mas ainda assim apostólicos: *Gott erhalte, Gott beschütze*[32]. E então os soldados, em marcha, os cavalos que trotavam suavemente e as carruagens que rolavam, silenciosas. O hino pairava sobre todas as cabeças, um céu de melodia, um baldaquim de sons negros e amarelos. E o coração do tenente paralisava-se e, ao mesmo tempo, batia violentamente – uma aberração médica. Em meio aos acordes vagarosos dos hinos, os vivas esvoaçavam como bandeirolas brancas em meio a grandes estandartes ornamentados com brasões. Os cavalos brancos, os Lipizzaner[33], vinham, dançando, com a vaidade majestática de sua famosa dinastia, educada nas escolas equestres reais e imperiais. Seguiam-se as batidas dos cascos do esquadrão da infantaria montada, um relâmpago encantador em meio à procissão. Os capacetes negros e dourados faiscavam sob o sol. O clamor das fanfarras ressoava. E as vozes alegres anunciavam: Prestem atenção! Prestem atenção! O velho *Kaiser* está se aproximando!

E ali vinha o *Kaiser*. Oito cavalos imaculadamente brancos puxavam o seu coche. E sobre os cavalos, em suas fardas negras bordadas com fios de ouro, as cabeças cobertas por perucas brancas, cavalgavam os lacaios. Eles se pareciam com deuses e na verdade eram apenas os serviçais de semideuses. De cada um dos lados do coche iam dois guarda-costas húngaros. Peles de pantera, amarelas e negras, repousavam sobre os seus ombros. Pareciam os vigias das muralhas de Jerusalém, da cidade santa cujo rei era o *Kaiser* Franz Joseph. O *Kaiser* portava seu paletó branco como neve, conhecido por todos pelos retratos da monarquia, e sobre o chapéu, um portentoso penacho verde de papagaio. As penas tremulavam suavemente ao vento. O *Kaiser* lançava sorrisos para todos os lados. Em meio às suas faces envelhecidas, um sorriso brilhava, como um pequeno sol que ele mesmo tivesse criado. Da catedral

32 *Gott erhalte, Gott beschütze* – Deus conserve, Deus proteja – são as primeiras palavras do antigo hino da Áustria imperial, cuja melodia foi criada por Joseph Haydn em 1797. (N.T.)

33 Raça de cavalos brancos originários da localidade eslovena de Lipica, cuja grande capacidade de adestramento criou uma rica cultura equestre no império, ainda hoje vigente na Áustria. (N.T.)

de santo Estevão ressoavam os sinos, as saudações que a igreja romana enviava ao *Kaiser* da nação românico-germânica. O velho *Kaiser* desceu do coche e entrou na igreja como um homem simples, a pé; ele entrava na igreja, o *Kaiser* da nação românico-germânica, rodeado pelas badaladas dos sinos.

Nenhum tenente do exército real e imperial poderia permanecer indiferente àquela cerimônia. E Carl Joseph estava entre os mais sensíveis. Ele via o brilho dourado que emanava da procissão e não ouvia as sinistras batidas das asas dos abutres. Pois os abutres, os inimigos fraternos da dupla águia dos Habsburgos, já a espreitavam, voando ao seu redor.

Não, não era verdade que o mundo estava desaparecendo, como dissera Chojnicki. Era possível ver com os próprios olhos que aquele mundo continuava vivo! Sobre a larga *Ringstrasse* desfilavam os moradores daquela cidade, os alegres súditos de Sua Majestade Apostólica, todos eles membros do seu séquito. A cidade inteira era uma grande corte imperial. Sob os portões em arco dos velhos palácios postavam-se, imponentes, os porteiros com seus librés e com seus bastões, deuses entre os lacaios. Carruagens negras sobre rodas altas, nobres, de raios delicados e envoltas em borracha, estacionavam diante dos portões. Os cavalos acariciavam o calçamento com cascos cuidadosos. Funcionários públicos com chapéus negros de abas largas, golas douradas e punhais estreitos voltavam, dignos e suados, da procissão. As alunas pálidas das escolas, os cabelos enfeitados por flores e portando velas nas mãos, voltavam para casa, entre as roupas festivas dos seus pais, como se fossem as suas almas encarnadas, um pouco perturbadas e talvez também um pouco maltratadas. Sobre os chapéus claros das claras senhoras, que eram levadas a passear por seus cavalheiros como que em coleiras, erguiam-se os delicados baldaquins dos guarda-sóis. Fardas azuis, marrons e negras, com ornamentos dourados e prateados, oscilavam como estranhas plantas ou arbustos que, foragidos de algum jardim meridional, ansiavam pela distante terra-mãe. O fogo negro das cartolas luzia sobre rostos rubros e ambiciosos. Faixas coloridas, os arco-íris dos burgueses, estendiam-se sobre os peitos estufados, os coletes e as barrigas. Ali seguiam, pela Ringstrasse, em duas largas fileiras, os guarda-costas cobertos com suas pelerines de anjos, com galões e penachos brancos, com lanças reluzentes em seus punhos, e os bondes, os fiacres e até mesmo os automóveis paravam diante deles como se estivessem diante dos fantasmas bem conhecidos da história. Nos cruzamentos e nas esquinas, as gordas vendedoras de flores, com seus dez aventais (eram irmãs citadinas das fadas) molhavam, com seus regadores verde-escuros, seus buquês de flores reluzentes, abençoavam, com olhares sorridentes, casais enamorados que passavam por ali, preparavam maços de lilases e deixavam correr suas velhas línguas. Os elmos dourados dos bombeiros, que marchavam para assistir ao espetáculo, reluziam, advertindo alegremente para os perigos e para as catástrofes. Havia no ar um cheiro de lilases e de rosas brancas. Os ruídos da cidade não eram suficientemente altos para sobrepujar os melros que piavam nos jardins e as cotovias que cantavam pelos ares. Sentado na carruagem ao lado de sua amiga, ele a amava e lhe parecia que atravessava, assim, o primeiro dia feliz de sua vida.

E realmente era como se a sua vida estivesse começando naquele dia. Ele aprendeu a tomar vinho assim como bebera o *Neunziggrädiger* na fronteira. Comeu com a mulher naquele famoso restaurante cuja dona tinha a dignidade de uma rainha, cujo salão era alegre e reverente como um templo, nobre como um castelo e pacífico como uma tenda. Ali, em suas mesas habituais, comiam as excelências e os garçons que as serviam pareciam, eles mesmos, excelências também, de maneira que era quase como se a certa altura os clientes e os garçons fossem trocar de papel. E cada um conhecia o outro pelo nome, como se fossem irmãos, mas eles saudavam um ao outro como um príncipe saúda outro príncipe. Conheciam-se os jovens e os velhos, os bons cavaleiros e os maus cavaleiros, os galantes e os jogadores, os rápidos, os ambiciosos, os protegidos, os herdeiros de uma antiquíssima e proverbial estupidez, santificada pela tradição e honrada em toda a parte, e também os espertos, que amanhã haveriam de tomar o poder. Ouviam-se apenas um suave ruído de garfos e de colheres bem-educadas e, nas mesas, aquele murmúrio sorridente dos que comiam, que só aqueles a quem se dirigiam as palavras ouviam, e que os vizinhos conhecedores são capazes de adivinhar de qualquer maneira. Das toalhas de mesa brancas vinha um brilho pacífico, e pelas janelas altas, protegidas por cortinas, penetrava um dia silencioso; das garrafas jorrava o vinho, gorgolejando delicadamente, e quem quisesse chamar um garçom apenas precisava levantar os olhos. Pois em meio àquele silêncio bem-educado ouvia-se uma pálpebra que se erguia assim como, em outros lugares, ouvia-se um grito.

Sim, era assim que começava aquilo que ele chamava de "a vida", e aquilo que talvez fosse mesmo a vida àquela época: os percursos em coches suaves em meio aos perfumes densos da primavera madura, ao lado de uma mulher que o amava. Cada um dos seus delicados olhares parecia-lhe justificar sua convicção juvenil de que ele era um homem excelente, cheio de virtudes, e até mesmo um excelente oficial, no sentido em que esta expressão era utilizada no exército. Ele se lembrava de que, durante quase toda sua vida, fora tristonho, tímido, poder-se-ia até mesmo dizer amargurado. Mas agora, conhecendo seu estado atual, ele não entendia mais por que fora triste, tímido e amargurado. A proximidade da morte assustara-o. Mas também dos melancólicos pensamentos que ele dirigia a Katharina e a Max Demant ele agora derivava um certo prazer. Em sua opinião, enfrentara situações difíceis. Merecia os olhares carinhosos de uma mulher bonita. No entanto, a cada pouco ele a olhava, um pouco temeroso. Será que não fora só por algum humor súbito que ela decidira levá-lo consigo, como um menino, para lhe proporcionar alguns dias agradáveis? Ele não poderia aceitar algo assim. Já estava bem claro que ele era uma pessoa excelente, e quem o amasse tinha que o amar inteiramente, e até a morte, assim como a pobre Katharina. E quem sabe em quantos homens pensava esta linda mulher enquanto achava que amava somente a ele, ou agia como se o amasse?! Será que ele sentia ciúme? Com certeza ele sentia ciúme! E também se sentia impotente, como lhe ocorreu logo a seguir. Sentia ciúmes e não tinha nenhuma possibilidade de permanecer ali, ou de seguir viagem com a mulher, de permanecer com ela o tempo que desejasse, de conhecê-la melhor e de conquistá-la. Sim, ele era um pobre e pequeno tenente, que recebia de seu pai uma mesada de cinquenta coroas, e que tinha dívidas.

"Vocês jogam em sua guarnição?", perguntou, subitamente, *Frau* von Taussig.

"Os camaradas, sim", disse ele. "O capitão Wagner, por exemplo. Ele perde muito dinheiro!"

"E você?"

"Eu não!", disse o tenente. Naquele instante, ele sabia bem como um homem pode vir a se tornar poderoso. Ele se indignou com seu destino medíocre. Desejava um destino brilhante. Se ele tivesse se tornado funcionário público, talvez tivesse tido a oportunidade de empregar de forma útil alguma das virtudes espirituais, que ele decerto tinha, para fazer carreira. O que era um oficial em tempos de paz? O que conquistara o herói de Solferino por meio de seu feito, até mesmo em tempos de guerra?!

"Mas por que você não joga?", perguntou *Frau* von Taussig. "Você tem cara de alguém que tem sorte no jogo!"

Ele se sentiu ofendido. Imediatamente foi tomado por uma ambição de provar que tinha sorte em tudo o que fizesse. Começou a nutrir planos secretos, para hoje, para agora, para esta noite. Seus abraços eram como abraços provisórios, ensaios de um amor que amanhã ele desejava dar, não só como um homem excelente, mas também como um homem poderoso. Ele pensou no tempo, olhou para o relógio, e já pensava em alguma desculpa para poder sair e não atrasar seu próprio avanço. A própria *Frau* Wally mandou-o embora. "Já está tarde, está na hora de você ir embora!" "Amanhã de manhã!" "Amanhã de manhã!"

O porteiro do hotel indicou-lhe um cassino nas proximidades. O tenente foi saudado com uma cortesia burocrática. Viu alguns oficiais mais graduados e estacou diante deles, conforme estabelecia o regulamento. Despreocupados, eles lhe acenavam, olhando sem entender, como se não fossem capazes de compreender que alguém os tratasse de maneira militar, como se eles não fossem mais membros do exército, mas apenas portadores desleixados das suas fardas, e como se este novato sem noção neles despertasse uma lembrança muito distante de uma época muito distante, na qual eles mesmos também tivessem sido oficiais. Encontravam-se numa outra fase, talvez mais misteriosa, das suas vidas, e só suas vestimentas e insígnias lembravam-nos de sua vida normal, cotidiana, que recomeçaria amanhã ao raiar do dia. O tenente contou, mais uma vez, o dinheiro que tinha consigo, eram cento e cinquenta coroas. Como vira o capitão Wagner fazer, colocou cinquenta coroas no bolso, e o restante no seu estojo de cigarros. Por algum tempo, ele se sentou junto às duas mesas de roleta, sem apostar. Conhecia muito mal os jogos de cartas, e não ousava experimentar algum deles. Estava bem tranquilo, e espantava-se com sua tranquilidade. Via as pilhas de fichas de jogo vermelhas, brancas e azuis diminuírem, aumentarem, dirigirem-se a este ou àquele lado. Mas não lhe ocorreu que fora até ali com o objetivo de vê-las se dirigir ao seu lugar. Por fim, decidiu apostar, e o fez como se fosse uma obrigação. Ganhou. Apostou a metade do que ganhara e ganhou novamente. Ele não olhava os números e não olhava as cores. Simplesmente apostava em qualquer um. Ganhou. Apostou tudo o que ganhou. Ganhou pela quarta vez. Um major acenou para ele. Trotta levantou-se. O major disse: "O senhor está aqui pela primeira vez. O senhor ganhou mil coroas. É melhor o senhor ir embora logo!". "Sim senhor, senhor major!", disse Trotta, e foi-se embora, obediente. Quando ele trocou as fichas por dinheiro, sentiu pena por ter obedecido ao major. Ficou furioso porque obedecia a qualquer um. Por que ele permitia ao major mandá-lo embora dali? Ele se foi, descontente consigo mesmo e descontente com seu primeiro ganho.

Já era tarde e o silêncio era tanto que se ouviam os passos de pedestres solitários em ruas afastadas. Nas faixas de céu que se avistavam acima das ruas estreitas, ladeadas por edifícios altos, as estrelas faiscavam, estranhas e pacíficas. Uma figura escura virou a esquina e aproximou-se do tenente. Cambaleava. Era um bêbado, com certeza. O tenente reconheceu-o imediatamente: era o pintor Moser, que fazia sua ronda noturna habitual pelas ruas do centro da cidade, com sua pasta debaixo do braço e o chapéu mole sobre a cabeça. Ele saudou com um dedo e começou a oferecer seus quadros. "Muitas mulheres, em todas as posições!" Carl

Joseph parou. Pensou que o próprio destino enviara o pintor Moser ao seu encontro. Ele não sabia que, havia anos, todas as noites, àquela hora, poderia encontrar o professor em alguma das ruas do centro da cidade. Tirou do bolso as cinquenta coroas que tinha deixado separadas e as entregou ao velho. Ele o fez como se alguém lhe tivesse dado um comando silencioso, como se estivesse obedecendo a uma ordem. Assim como eu, assim como eu, pensou o tenente, ele está satisfeito, e tem razão! Assustou-se com suas próprias ideias. Por que motivo o pintor Moser haveria de ter razão? Não encontrou resposta, assustou-se ainda mais e logo sentiu sede por álcool, a sede dos bêbados, que é uma sede do corpo e da alma. Subitamente, a pessoa enxerga como um míope, ouve mal como alguém que é meio surdo. É preciso tomar um copo, imediatamente. O tenente fez meia-volta, reteve o pintor Moser e lhe perguntou: "Onde podemos beber?".

Havia uma taverna noturna a pouca distância da Wollzeile[34]. Lá havia *Sliwowitz*, que infelizmente era cinquenta graus mais fraco do que o *Neunziggrädiger*. O tenente e o pintor sentaram-se e beberam. Por fim, ficou claro a Trotta que ele já não era mais o senhor de sua própria sorte, que ele já há tempos não era mais um homem excelente e dono de todas as virtudes. Ele era, isto sim, pobre e miserável, e estava cheio de tristeza por causa de sua obediência a um major, que o impedira de ganhar centenas de milhares. Não! Ele não tinha nascido para a sorte! *Frau* von Taussig e o major do cassino e todos os outros divertiam-se às suas custas. Só aquele pintor Moser (a quem certamente ele podia chamar de amigo) era honesto, correto e fiel. Ele deveria revelar-lhe quem era! Aquele homem excelente era o único e o mais velho amigo do seu pai. Não havia motivo para envergonhar-se dele. Ele pintara o retrato do seu avô! O tenente respirou fundo, para tirar coragem do ar, e disse: "O senhor sabe que nós nos conhecemos há tempo?". O pintor Moser ergueu a cabeça, seus olhos faiscaram sob as grossas sobrancelhas e ele perguntou:

34 Wollzeile é uma das tradicionais ruas centrais do Primeiro Distrito de Viena, perto da catedral de santo Estevão. (N.T.)

"Nós – nos – conhecemos – há – tempo? Pessoalmente? Claro que, como pintor, o senhor me conhece! Sou um pintor muito conhecido. Lamento, lamento, temo que o senhor esteja enganado! Ou" – Moser ficou entristecido – "é possível que eu esteja sendo confundido?".

"Me chamo Trotta!", disse o tenente.

O pintor Moser olhou com os olhos vidrados e sem expressão para o tenente e lhe estendeu a mão. E então surgiu, de dentro dele, um júbilo trovejante. Ele puxou o tenente pela mão até que ele estivesse inclinado sobre a mesa, curvou-se em sua direção e assim o beijou, no meio da mesa, de maneira fraternal e demorada.

"E como vai o seu pai?", perguntou o professor. "Ele continua no serviço público? Ele já foi nomeado governador? Nunca mais ouvi nada dele! Há algum tempo eu o encontrei no Volksgarten, e naquela ocasião ele me deu algum dinheiro, ele não estava sozinho daquela vez, estava acompanhado do seu filho, um rapazinho – mas, espere, aquele rapazinho é você!"

"Sim, aquele era eu", disse o tenente. "Já se passou muito tempo, já se passou muito, muito tempo."

Ele se lembrava do susto que levara, naquele tempo, ao ver aquela mão grudenta e vermelha sobre a coxa do seu pai. "Preciso pedir o seu perdão, sim, perdão!", disse o tenente. "Naquela ocasião eu tratei você de maneira miserável, miserável! Me perdoe, meu caro amigo!"

"Sim, miserável!", confirmou Moser. "Mas eu o perdoo! Não falemos mais sobre isto! Onde você está hospedado? Quero acompanhá-lo!"

A taverna estava fechando. De braços dados, foram cambaleando pelas ruas silenciosas. "Fico por aqui", murmurou o pintor. "Aqui é o meu endereço! Venha me visitar amanhã, meu jovem!" E ele deu ao tenente um daqueles cartões de visita exagerados que ele costumava distribuir pelos cafés.

XIV

O dia em que o tenente tinha que voltar à sua guarnição era um dia encoberto e tristonho. Mais uma vez, ele percorreu as ruas pelas quais, dois dias antes, passara a procissão. Naquela hora, pensou o tenente (naquele tempo, ele pensou) ele tinha tido, por uma breve hora, orgulho de si mesmo e de sua profissão. Mas hoje, o pensamento da sua volta surgiu ao seu lado como uma sentinela ao lado de um presidiário. Pela primeira vez em sua vida, o tenente Trotta voltava-se contra as leis militares que governavam sua vida. Ele obedecia a elas desde a infância. E agora, não queria mais obedecer. Não tinha nenhuma ideia sobre o significado da liberdade, mas sentia que a liberdade estava para uma licença assim como a guerra para uma manobra. Esta analogia ocorreu-lhe porque ele era soldado (e porque a guerra é a liberdade do soldado). Ocorreu-lhe que a munição que era necessária para a liberdade era o dinheiro. Mas a soma que ele levava consigo era semelhante às balas cegas que eram disparadas durante as manobras. Acaso ele possuía alguma coisa? Podia dar-se ao luxo da liberdade? Seu avô, o herói de Solferino, tinha lhe deixado alguma herança? Será que algum dia herdaria algo de seu pai? Pensamentos como estes nunca tinham lhe ocorrido antes! E agora eles voavam em sua direção como um bando de pássaros desconhecidos, faziam ninhos em sua cabeça e esvoaçavam, inquietos, à sua volta. Agora, ele ouvia todos os chamados confusos do grande mundo. Desde ontem, ele sabia que, naquele ano, Chojnicki pretendia deixar sua terra natal mais cedo do que de costume, para viajar, ainda naquela semana, para o sul, em companhia de sua amiga. E assim ficou conhecendo os ciúmes de um amigo, que o envergonharam em dobro. Ele se dirigia à fronteira nordeste do império. Mas a mulher e o conde dirigiam-se ao sul. E o "sul", que até então fora apenas uma denominação geográfica, agora reluzia em sua imaginação, em todas as tonalidades enlouquecedoras de um paraíso desconhecido. O sul situava-se num país estrangeiro! E veja, havia, então, países estrangeiros que não eram súditos do *Kaiser* Joseph I, países que tinham seus próprios exércitos, com milhares de tenentes em guarnições pequenas e grandes. Nestes outros países, o nome do herói de Solferino não tinha significado algum. Lá também havia monarcas. E aqueles monarcas tinham seus próprios salvadores. Deixava-o muito confuso seguir pensamentos como aquele. Para um tenente da monarquia, aquilo provocava tanta confusão quanto para um de nós imaginar que a terra não passa de um entre milhões e milhões de corpos celestes, que ainda existem incontáveis sóis na Via Láctea, e que cada um desses sóis tem seus próprios planetas, e que, portanto, somos indivíduos muito insignificantes, para não dizer, de maneira bem grosseira: um montinho de sujeira!

Do seu lucro, o tenente ainda possuía setecentas coroas. Ele não ousaria procurar outro cassino. Não só por medo daquele major desconhecido, que talvez tinha recebido ordens do comando da capital para vigiar os oficiais mais jovens, mas também por medo da lembrança de sua lamentável fuga. Oh! Ele sabia que voltaria, cem vezes, a deixar, imediatamente, qualquer cassino, obedecendo ao desejo e ao sinal de um superior hierárquico. E assim como uma criança se perde numa doença, ele se perdia, com um certo bem-estar, no doloroso reconhecimento de que não era capaz de dominar a própria sorte. Lamentava-se profundamente por isso. E, naquele instante, fazia-lhe bem lamentar-se. Tomou alguns copinhos de *Schnaps*. E, imediatamente, sentia-se em casa em sua impotência. E assim como um homem que se dirige a uma prisão ou a um claustro, o dinheiro que o tenente levava consigo parecia-lhe opressivo e desnecessário. Resolveu despendê-lo, de uma só vez. Dirigiu-se à loja na qual seu pai adquirira a cigarreira de prata e comprou um colar de pérolas para sua amiga. Com flores nas mãos, com o colar de pérolas no bolso e com uma expressão de dar dó no rosto, ele se apresentou ante *Frau* von Taussig. "Trouxe algo para você!", confessou, como se quisesse dizer: roubei algo para você! Parecia-lhe que estava desempenhando um papel estranho, que não lhe cabia: o papel de um homem do mundo. E apenas no instante em que segurava seu presente nas mãos ocorreu-lhe que era ridiculamente exagerado, que o rebaixava e que talvez envergonhasse aquela mulher rica. "Peço que me desculpe!", disse ele, então. "Queria comprar alguma coisa pequena – mas..." E ele não sabia mais o que dizer. E enrubesceu. E baixou os olhos. Oh! Ele não conhecia as mulheres que veem a idade aproximar-se, o tenente Trotta! Ele não sabia que cada presente é recebido como um dom mágico, capaz de rejuvenescê-las, e que os olhos experientes e saudosos destas mulheres apreciam os presentes de uma maneira totalmente diversa! Aliás, *Frau* von Taussig amava aquele desamparo, e quanto mais evidente se tornava sua juventude, mais jovem se tornava ela mesma! Então, ela se lançou, experiente e impetuosa, ao seu pescoço, beijou-o como se ele fosse o seu próprio filho, chorou, porque agora estava prestes a perdê-lo, riu, porque ainda o tinha entre seus braços, e também, um pouco, porque as pérolas eram tão lindas, e disse, em meio a uma esplêndida e violenta torrente de lágrimas: "Você é um amor, você é um amor, meu menino!". Imediatamente arrependeu-se daquelas palavras, em especial, das palavras: meu menino! Pois elas a tornavam mais velha do que ela efetivamente era, naquele instante. Por sorte, ela pôde observar, logo a seguir, que ele estava orgulhoso como alguém que recebe uma condecoração do supremo senhor da guerra em pessoa. Ele é jovem demais, ela pensou, para saber a minha idade!

Mas, para destruir a sua idade verdadeira, para acabar com ela e fazê-la naufragar no oceano de sua paixão, ela agarrou os ombros do tenente, cujos ossos tenros e mornos já começavam a enlouquecer suas mãos, e o puxou para o sofá. Ela o atacou, com seu desejo violento de se tornar outra vez jovem. A paixão emanava dela em violentos arcos de fogo, que prendiam o tenente e o subjugavam. Bastava o seu olhar para que ela se sentisse rejuvenescida. E o seu desejo de permanecer para sempre uma mulher jovem era tão grande quanto o seu desejo de amar. Por um instante, ela pensou que jamais seria capaz de deixar aquele tenente. E no entanto, no instante seguinte, ela disse: "Que pena que você tem que partir hoje!...".

"Nunca mais vou vê-la?", perguntou ele, piedoso, um jovem amante.

"Espere por mim, eu voltarei!" E: "Não me traia!", ela acrescentou, rapidamente, com o medo de uma mulher que envelhece ante a infidelidade e a juventude das outras.

"Eu amo apenas você!", respondeu, nele, a voz honesta de um jovem a quem nada parece mais importante do que a fidelidade.

Assim foi a despedida deles.

O tenente Trotta dirigiu-se à estação de trens, chegou cedo demais e foi obrigado a esperar muito. Mas, para ele, era como se já estivesse a caminho. Cada minuto adicional que ele tivesse passado na cidade seria, para ele, doloroso, talvez até mesmo humilhante. Ele atenuava a compulsão que o dominava, assumindo a aparência de alguém que parte um pouco mais cedo do que precisaria. Por fim, pôde embarcar no vagão. Caiu num sono feliz, interrompido apenas poucas vezes, e só despertou quando já estavam perto da fronteira.

Seu ordenança, Onufrij, aguardava-o e lhe informou que, na cidade, reinava a revolta. Os empregados da fábrica de cerdas faziam manifestações e a guarnição estava de prontidão.

Agora o tenente Trotta compreendeu por que o conde Chojnicki estava deixando aquela região tão cedo. Então lá ia ele "para o sul", com sua *Frau* von Taussig! E ele mesmo era um pobre prisioneiro, e não podia fazer meia-volta, embarcar no trem e voltar!

Hoje não havia carroças à espera dos passageiros, diante da estação de trens. Por isto, o tenente Trotta seguiu a pé. Atrás dele ia Onufrij, segurando a malinha nas mãos. As pequenas lojas da cidadezinha estavam fechadas. Tramelas de ferro protegiam as portas e as janelas dos casebres baixos. Gendarmes patrulhavam a cidade, com suas baionetas erguidas. Não se ouvia um só ruído além do costumeiro coaxar dos sapos, nos pântanos. A poeira, que aquela terra arenosa criava incansavelmente, fora espalhada pelo vento a mancheias, sobre telhados, paredes, moirões de cerca, o calçamento de madeira e os pastos isolados. A poeira dos séculos parecia jazer sobre aquele mundo esquecido. Não se via moradores nas ruas e parecia que, por detrás das portas e das janelas trancadas, todos tinham sido apanhados por uma morte súbita. Vigias em duplas guardavam o portão da caserna. Desde a véspera, todos os oficiais estavam instalados ali, e o hotel de Brodnitzer estava vazio.

O tenente Trotta anunciou seu retorno ao major Zoglauer. E este superior hierárquico informou-o de que a viagem lhe fizera bem. De acordo com as concepções de um homem que já servia na fronteira havia mais de uma década, uma viagem necessariamente fazia bem. E como se aquele fosse algum assunto cotidiano, o major informou ao tenente que, no dia seguinte, um pelotão de infantaria deveria sair em marcha e posicionar-se na estrada, diante da fábrica de cerdas e, eventualmente, pôr as armas em ação contra os trabalhadores em greve, que agiam "de maneira perigosa para o Estado". Este pelotão seria comandado pelo tenente Trotta. Na verdade, tratava-se de um assunto de importância menor, e tudo levava a crer que a gendarmeria seria suficiente para manter as pessoas no devido respeito, bastava manter o sangue-frio e não agir antes do tempo. Mas a decisão final sobre a ação da infantaria seria tomada pelos funcionários políticos. E esta não era uma situação muito agradável para um oficial, pois afinal como é que um oficial haveria de obedecer às ordens de um comissário distrital? Mas, enfim, essa tarefa delicada seria uma espécie de distinção para o mais jovem tenente do batalhão e, afinal de contas, os outros senhores não tinham se beneficiado de uma licença, e o simples dever da camaradagem já exigia que... e assim por diante...

"Sim, senhor major!", disse o tenente, e se retirou.

Não havia como protestar contra o major Zoglauer. Ele quase pedira ao neto do herói de Solferino, em vez de ordenar-lhe. E o neto do herói de Solferino acabara de voltar de uma licença inesperada e maravilhosa. Agora, ele cruzou o pátio em direção à cantina. O destino colocara aquela demonstração política no seu caminho. Era para isso que ele fora enviado à fronteira. Agora, acreditava compreender exatamente que um destino especial, traiçoeiro e ardiloso, primeiro lhe concedera aquela licença, para em seguida destruí-lo. Os demais permaneciam na cantina; saudaram-no com uma alegria exagerada, que era causada mais por sua curiosidade de "descobrir alguma coisa" do que pela sua amizade para com o recém-chegado, e perguntaram, todos de uma só vez, "Como foi?". Só o capitão Wagner disse: "Amanhã, depois que tudo acabar, ele poderá contar!". E todos se calaram, subitamente. "E se amanhã eu for morto?", disse o tenente Trotta ao capitão Wagner.

"Ah! Que horror!", retrucou o capitão. "Seria uma morte abominável. Aliás, esta situação toda é abominável! E na verdade trata-se de pobres-diabos. E talvez, no fim das contas, eles é que estejam com a razão!"

Ainda não ocorrera ao tenente Trotta que aqueles fossem pobres-diabos, e que talvez estivessem com a razão. A observação do capitão pareceu-lhe adequada e agora ele não duvidava mais de que eles fossem pobres-diabos. Então, tomou dois copinhos de *Neunziggrädiger* e disse: "Então não vou mandar atirar! Nem agir com a baioneta! A gendarmeria que resolva esta situação!".

"Você vai fazer o que você tiver que fazer e você sabe muito bem disto!"

Não! Naquele instante, Carl Joseph não sabia. Ele bebeu. E logo se viu naquele estado em que se sentia capaz de qualquer coisa que pudesse imaginar. Desobediência. Renúncia a seu posto no exército. Jogos de azar lucrativos. Não queria mais nenhum morto em seu caminho! "Deixe este exército!", dissera-lhe o doutor Max Demant. O tenente fora um fraco por tempo bastante. Em vez de sair do exército, solicitara uma transferência para a fronteira. E agora chegara a hora de acabar com aquilo. Não deixaria que, amanhã, o degradassem à posição de um sargento da gendarmeria! Talvez, depois de amanhã, vão obrigá-lo a vigiar as ruas e a dar informações aos estrangeiros! Era ridícula esta brincadeira de soldados em tempos de paz! Nunca haverá guerra alguma! Eles estão destinados a apodrecer nas cantinas! Mas ele, o tenente Trotta: quem sabe se, a esta hora, na semana que vem, ele também não estará lá no "sul"!

Tudo isto ele disse ao capitão Wagner, com convicção e em voz alta. Alguns dos seus camaradas colocaram-se à sua volta, ouvindo atentamente. Alguns deles não pensavam em guerra de maneira nenhuma. A maior parte deles estaria satisfeita se recebesse soldos um pouco mais elevados, se tivesse guarnições um pouco mais confortáveis e promoções um pouco mais rápidas. A alguns, o tenente Trotta parecia estranho e também um pouco sinistro. Ele era um menino protegido. Ele acabava de voltar de um maravilhoso passeio. Como? Não lhe convinha sair à frente do pelotão amanhã?

À sua volta, o tenente Trotta sentia um silêncio hostil. Pela primeira vez desde que começara a servir no exército, decidiu desafiar seus camaradas. E como sabia o que era capaz de irritá-los da forma mais exacerbada, disse: "Talvez peça para ser transferido para a academia militar!".

Claro, por que não?, diziam-se os oficiais. Ele tinha vindo da cavalaria, e também poderia ir para a academia militar! Certamente ele passaria nos exames e até se tornaria general, numa idade em que os outros, no melhor dos casos, tornavam-se capitães, passando a poder portar esporas. Por isto mesmo não haveria de lhe fazer mal algum comandar o pelotão amanhã, em meio àquela confusão.

Na manhã seguinte, teve que sair cedo à frente do pelotão. Pois era o próprio exército quem determinava a passagem das horas. O exército agarrava as horas e as colocava no lugar que lhes cabia de acordo com as decisões militares. Muito embora as "ações perigosas para o estado" fossem esperadas apenas para perto do meio-dia, às oito da manhã o tenente Trotta já marchava pela estrada larga e poeirenta.

Atrás das pirâmides de armas, arrumadas e ordenadas, que pareciam, ao mesmo tempo, pacíficas e perigosas, os soldados permaneciam recostados, de pé, ou andavam de um lado para o outro. As cotovias gorjeavam, os grilos chiavam, os mosquitos zumbiam. Nos campos distantes avistavam-se os lenços coloridos das camponesas. Elas cantavam. E às vezes os soldados nascidos naquela mesma região respondiam-lhes com as mesmas canções. Elas sabiam bem o que tinham a fazer ali do outro lado, nos campos! Mas eles não sabiam o que estavam esperando ali. Já começara a guerra? Estariam destinados a morrer hoje ao meio-dia?

Havia uma pequena taverna de aldeia perto dali. A ela dirigiu-se o tenente Trotta, para tomar um *Neunziggrädiger*. A sala, de teto baixo, estava lotada. O tenente reconheceu que ali estavam os operários que deveriam se reunir diante da fábrica, ao meio-dia. Todos se calaram no instante em que ele entrou, tinindo, com suas armas terríveis no cinturão. Ele ficou em pé junto ao balcão. Às costas de Trotta, pairava o silêncio, uma montanha de silêncio. Esvaziou o copo de um só gole. Sentia que todos esperavam que ele saísse. E bem gostaria de dizer a eles que não tinha culpa alguma. Mas ele nem estava em condições de lhes dizer alguma coisa, nem de sair imediatamente dali. Não quis parecer medroso, e bebeu vários copinhos de *Schnaps*, um em seguida do outro. Eles permaneciam, ainda, calados. Talvez estivessem fazendo sinais, um ao outro, às suas costas. Ele não se voltou. Por fim, deixou a taverna e parecia-lhe sentir que precisava forçar seu caminho pelo meio de um rochedo de silêncio. Centenas de olhares fincaram-se na sua nuca, como lanças.

Quando alcançou novamente seu pelotão, sentiu-se na obrigação de comandar: “Formação!”, muito embora ainda fossem dez horas da manhã. Ele se sentia entediado, e também aprendera que o tédio desmoraliza as tropas, e que os exercícios com armas levantam seu moral. Num instante, o pelotão estava formado à sua frente, em duas linhas, em conformidade com o regulamento, e de repente, e pela primeira vez em sua vida de soldado, pareceu-lhe que as massas corpóreas dos homens, precisamente colocadas, eram partes mortas de uma maquinaria morta que nada produzia. O pelotão inteiro permanecia imóvel, e os homens prendiam sua respiração. Mas ao tenente Trotta, que ainda agora sentira o silêncio pesado e escuro dos operários às suas costas, na taverna, tornou-se claro, subitamente, que existem dois tipos de silêncio. E talvez, ele continuou a pensar, houvesse mais tipos de silêncio, assim como há vários tipos de ruídos. Quando ele entrou na taverna, ninguém comandou “Formação!” aos operários. E ainda assim, todos se calaram, de uma só vez. E do seu silêncio emanava um ódio escuro e silencioso, assim como às vezes um abafamento silencioso e elétrico de uma tempestade que paira, emana das nuvens grávidas e infinitamente silenciosas.

O tenente Trotta escutava. Mas do silêncio morto do seu pelotão imóvel não emanava coisa alguma. Um rosto de pedra ao lado do outro. A maior parte deles lembrava-o do rosto do seu ordenança Onufrij. Tinham bocas largas e lábios pesados, que mal se fechavam, e olhos estreitos, claros e vidrados. E assim, diante do seu pelotão, coberto pela abóbada azul e brilhante de uma manhã do início do verão, envolto pelo canto das cotovias, pelo chiar dos grilos e pelo zumbir dos mosquitos, e ainda assim acreditando que ouvia mais o silêncio morto dos seus soldados do que as vozes do dia, o pobre tenente Trotta foi tomado pela consciência de que aquele não era o seu lugar. Mas onde era o seu lugar?, ele se perguntava, enquanto o pelotão aguardava pelas suas ordens. Onde é o meu lugar? Não entre aqueles que estão sentados na taverna! Em Sipolje, talvez? Em meio aos pais dos meus pais? O arado, e não o sabre, é que deveriam estar nas minhas mãos? E o tenente deixou sua tropa na imobilidade da posição de sentido. "Descansar!", comandou, por fim. "Armas ao solo!

Dispersar!"

E outra vez, como antes, os soldados colocaram-se atrás das pirâmides de armas. Dos campos distantes vinha o canto das camponesas. E os soldados respondiam-lhes com as mesmas canções.

Da cidade vinham marchando os gendarmes, três pelotões reforçados, acompanhados do comissário distrital Horak. O tenente Trotta conhecia-o. Era um excelente dançarino, polonês da Silésia, ao mesmo tempo elegante e discreto e, muito embora ninguém conhecesse seu pai, sabia-se que era parecido com ele. E seu pai tinha sido carteiro.

Hoje, conforme o regulamento oficial, ele trajava a farda preta e verde com os galões violeta e o punhal. Seu bigode curto e loiro luzia como o dourado do trigo, suas bochechas rosadas e gordas exalavam um perfume forte de talco. Estava alegre como uma parada e como um domingo. "Tenho ordens", disse ele ao tenente Trotta, "de dissolver imediatamente a reunião. O senhor está preparado, senhor tenente?". Ele dispôs seus gendarmes em torno da praça deserta diante da fábrica, no lugar onde deveria se realizar a manifestação. O tenente Trotta disse "Sim!" e lhe voltou as costas.

Ele aguardou. Gostaria de tomar mais um *Neunziggrädiger*, mas agora já não podia mais se dirigir à taverna. Viu o suboficial, o cabo e um soldado raso desaparecerem na taverna e retornarem. Deitou-se sobre a grama, à beira do caminho, e ficou à espera. O dia tornava-se cada vez mais quente, o sol subia e as canções das camponesas nos campos emudeceram. Parecia ao tenente Trotta que um tempo incomensurável transcorrera desde a sua volta de Viena. Daqueles dias longínquos, ele apenas vislumbrava aquela mulher, que hoje provavelmente estava no "sul" e que o deixara, ele pensou, traído. Ali estava ele, deitado à beira do caminho, na guarnição de fronteira, à espera – não do inimigo, mas dos manifestantes.

Eles chegaram. Vinham da direção da taverna. À frente deles, ressoava uma música, uma canção que o tenente nunca ouvira antes. Naquela região, aquela canção era praticamente desconhecida. Era a *Internacional*, cantada em três idiomas. O comissário distrital Horak a conhecia, por dever profissional. O tenente Trotta não compreendia nenhuma palavra. Mas lhe parecia que a melodia fosse aquele silêncio que pouco antes ele sentira às suas costas, transformado em música. Uma excitação solene tomou conta do ágil comissário distrital. Ele corria de um gendarme para o outro, com um caderninho e um lápis nas mãos. Novamente, Trotta comandou: "Formação!". E como uma nuvem que desabava sobre a terra, o grupo denso dos manifestantes passou pela cerca dupla das fileiras de soldados. O tenente foi tomado por uma intuição sombria do desaparecimento do mundo. Lembrou-se do brilho multicolorido da procissão de *Corpus Christi* e, um instante depois, pareceu-lhe que aquela onda de rebeldes avançava contra aquele desfile real. Por um único e rápido instante, o tenente viu-se senhor da nobre capacidade de ter visões, e ele viu o seu tempo como dois rochedos que se chocavam, e ele mesmo era despedaçado, esmagado entre ambos.

Seu pelotão ergueu as armas enquanto, do outro lado, levantado por mãos invisíveis, a cabeça e o corpo de um homem surgiam acima do círculo negro e em perpétuo movimento da multidão. Logo aquela cabeça, que parecia pairar sobre a praça, tornou-se o centro quase exato da circunferência. Suas mãos ergueram-se para o céu. De sua boca ressoavam palavras incompreensíveis. A multidão gritava. Junto ao tenente estava o comissário distrital

Horak, com o caderninho e o lápis nas mãos. Subitamente, ele fechou o caderno e saiu em direção à multidão, do outro lado da rua. Caminhava devagar, escoltado por dois gendarmes faiscantes.

"Em nome da lei!", gritou ele. Sua voz forte superava as dos que discursavam. A manifestação estava dissolvida.

Por um segundo fez-se silêncio. E então um único grito partiu, de todas as pessoas. Junto aos rostos surgiam os punhos brancos dos homens, cada rosto ladeado por dois punhos. Os gendarmes cerraram suas fileiras. No instante seguinte, o semicírculo de pessoas colocou-se em movimento. Todos caminhavam, gritando, em direção aos gendarmes.

"Abaixem as baionetas!", comandou Trotta. Ele desembainhou o sabre. Não era capaz de ver que sua arma reluzia ao sol e lançava um reflexo fugidio, brincalhão e excitante sobre o lado da rua que estava à sombra, no qual se encontrava a multidão. Os capacetes dos gendarmes e as pontas das suas baionetas subitamente desapareceram em meio à multidão. "Em direção à fábrica!", comandou Trotta. "Pelotão, marche!" Os soldados avançavam e objetos escuros, de ferro, estacas marrons e pedras brancas eram lançados em sua direção, sibilando e voando, ronronando e arquejando. Ágil como uma doninha, Horak correu para junto do tenente e sussurrou: "Mande atirar, senhor tenente, pelo amor de Deus!".

"Pelotão, alto!", comandou Trotta, e: "Fogo!".

Os soldados atiraram a primeira salva para o ar, conforme fora ordenado pelo major Zoglauer. E em seguida fez-se um silêncio completo. Durante um segundo era possível escutar todas as vozes pacíficas de um meio-dia de verão. Sentia-se o calor generoso do sol atravessando a poeira que se erguera com o movimento dos soldados e da multidão, em meio ao leve cheiro de queimado que as balas disparadas deixavam no ar. Subitamente, a voz alta e chorosa de uma mulher cortou o silêncio do meio-dia. E como alguns, na multidão, evidentemente acharam que a mulher que gritava tivesse sido atingida por um tiro, começaram, outra vez, a lançar contra os militares seus projéteis incertos. E aos poucos atiradores imediatamente seguiram-se outros e, por fim, todos. E logo alguns soldados da primeira fileira desabaram sobre a terra, enquanto o tenente Trotta, parado ali, não sabia bem o que fazer. Segurando o sabre com a mão direita e tateando com a esquerda em busca da pistola, ele ouviu, a seu lado, a voz de Horak, que sussurrava: "Atirar! Pelo amor de Deus, mande atirar!". Num único segundo, centenas de pensamentos dilacerados e ideias voavam pelo cérebro transtornado do tenente Trotta, alguns simultaneamente, e vozes confusas em seu coração ora mandavam-no ter piedade, ora mandavam-no ser cruel, diziam-lhe o que seu avô teria feito numa situação como aquela, ameaçavam-no, dizendo que no instante seguinte ele estaria morto e o levavam a achar que sua morte seria o único desfecho possível e desejável daquela batalha. Alguém ergueu sua mão, ou ao menos assim lhe parecia, e uma voz que não era a dele partiu de sua boca comandando, novamente: "Fogo!", e então ele ainda conseguiu ver que os canos das armas estavam dirigidos contra a multidão. Um segundo depois, ele já não sabia mais nada. Pois uma parte da multidão, que primeiro parecia ter fugido, ou que queria parecer que estava fugindo, apenas fizera um desvio e agora corria para atacar os soldados pelas costas de tal forma que o pelotão do tenente Trotta viu-se encurralado no meio dos dois grupos. Enquanto os soldados disparavam a segunda salva, pedras e estacas com pregos eram lançadas contra as suas costas e as suas nucas. E, atingido na cabeça por uma destas armas, o tenente Trotta caiu por terra, inconsciente. E agora, o homem que jazia era golpeado com objetos de toda sorte. Agora os soldados atiravam ao léu, sem comando, em todas as direções, contra seus atacantes e os obrigavam a fugir. Quando o pelotão, comandado pelo suboficial, colocou-se outra vez em duas fileiras, jaziam, sobre a poeira da estrada, soldados e operários feridos e as ambulâncias demoraram a chegar. O tenente Trotta foi levado ao pequeno hospital da guarnição, onde foram verificadas fraturas no crânio e na clavícula esquerda. Temia-se um edema cerebral. Um acaso evidentemente sem sentido fizera o neto do herói de Solferino sofrer um ferimento na clavícula. (Aliás, entre os vivos já não havia mais ninguém, exceto, talvez, o *Kaiser*, que soubesse que a ascensão da dinastia dos Trottas se devera a um ferimento na clavícula do herói de Solferino.)

Três dias depois, efetivamente ocorreu um edema cerebral. E certamente o comissário distrital teria sido notificado se, no dia de sua internação no hospital da guarnição, logo ao despertar de sua inconsciência, o tenente não tivesse pedido, enfaticamente, ao major para não notificar, de maneira nenhuma, seu pai a respeito dos acontecimentos. Era verdade que o tenente estava, outra vez, inconsciente, e que até mesmo havia motivos para temer por sua vida, mas o major decidiu, mesmo assim, esperar ainda. Assim aconteceu que só duas semanas depois da rebelião na fronteira o comissário distrital ficou sabendo dos acontecimentos, e do desastrado papel neles desempenhado por seu filho. Primeiro, ficou sabendo pelos jornais, aos quais a notícia chegara por meio dos políticos da oposição. Pois a oposição estava decidida a responsabilizar o exército, o pelotão de infantaria e, sobretudo, o tenente Trotta, que dera ordem de fogo, pelos mortos, pelas viúvas e pelos órfãos. E sobre o tenente pairava, efetivamente, a ameaça de um tipo de inquérito, isto é, uma investigação formal, estabelecida para tranquilizar os políticos, a ser realizada por militares, e também uma oportunidade para reabilitar o acusado e talvez até mesmo para condecorá-lo de alguma forma. Ainda assim, nada daquilo tranquilizava o comissário distrital. Ele até mesmo enviou dois telegramas a seu filho, e um ao major Zoglauer. O tenente já estava melhor. Ainda não conseguia se mexer em sua cama, porém já não mais corria risco de morte. Escreveu um breve relato ao pai. E, além de tudo, não estava preocupado com sua saúde... Pensava que, mais uma vez, havia mortos em seu caminho, e estava decidido a demitir-se. Ocupado com estes pensamentos, não lhe seria possível encontrar-se com seu pai ou falar com ele, muito embora sentisse saudade dele. Sentia um tipo de saudade do pai, mas ao mesmo tempo sabia que o lar do seu pai já não era mais o seu lar. O exército não era mais a sua profissão. E muito embora o episódio que o levara ao hospital o arrepiasse, ele recebia, de braços abertos, sua enfermidade, porque ela adiava a necessidade de tomar decisões. Entregou-se ao triste cheiro de ácido carbólico, ao vazio branco, como a neve, das paredes e do leito, à dor, aos curativos, à delicadeza rigorosa e maternal dos enfermeiros e às entediantes visitas dos camaradas, sempre contentes. Leu, outra vez, alguns daqueles livros – desde os seus tempos de aluno da escola de cadetes nunca mais voltara a ler – que seu pai uma vez lhe dera a título de leituras particulares, e cada linha o fazia lembrar-se do pai, das silenciosas manhãs estivais de domingo, de Jacques e do maestro da banda Nechwal e da *Marcha de Radetzky*.

Certo dia, o capitão Wagner fez-lhe uma visita, sentou-se, muito demoradamente, à beira da sua cama, disse uma ou outra coisa, levantou-se e tornou a se sentar. Por fim, suspirando, ele tirou do bolso do paletó uma nota promissória e pediu a Trotta para assiná-la. Trotta assinou. Eram mil e quinhentas coroas. Kapturak exigira expressamente o aval de Trotta. O capitão Wagner ficou muito animado, contou uma longa história a respeito de um cavalo de corrida, que ele pensava adquirir a um preço vantajoso para colocá-lo para correr em Baden, acrescentou algumas anedotas e foi-se embora de maneira repentina.

Dois dias depois, o médico-chefe apareceu, muito pálido e preocupado, junto à cama de Trotta e lhe contou que o capitão Wagner tinha morrido. Tinha-se suicidado com um tiro na floresta da fronteira. Deixara uma carta de despedida a todos os camaradas, e uma saudação cordial ao tenente Trotta.

O tenente não pensava, de maneira nenhuma, nas notas promissórias, nem nas consequências da sua assinatura. Foi tomado pela febre. Sonhava – e falava a respeito disto – que os mortos o chamavam, e que era chegado o tempo de partir da terra. O velho Jacques, Max Demant, o capitão Wagner e os operários desconhecidos que tinham sido mortos a tiros estavam enfileirados e chamavam por ele. Entre ele e os mortos estava uma mesa de roleta, vazia, na qual a bolinha rodava sem parar muito embora não houvesse nenhuma mão impelindo-a.

Sua febre estendeu-se por duas semanas. Uma oportunidade bem-vinda para que os militares adiassem o início do inquérito, e para que informassem às diferentes instâncias políticas que entre os membros do exército também havia vítimas, e que os funcionários políticos da localidade de fronteira eram responsáveis, e que a gendarmeria deveria ter sido reforçada a tempo. Autos de dimensões incomensuráveis foram gerados em decorrência do caso do tenente Trotta, e os autos multiplicavam-se, e cada uma das instâncias de cada um dos órgãos competentes rabiscavam-nos com um pouco mais de tinta, assim como se regam flores para que cresçam, e o assunto inteiro foi, por fim, exposto ao gabinete militar do *Kaiser* porque um auditor superior extremamente minucioso descobrira que o tenente era o neto daquele herói esquecido de Solferino, que tivera relações próximas, embora esquecidas, com o supremo senhor da guerra, e que, portanto, esse tenente deveria interessar às instâncias mais elevadas, e que seria melhor esperar antes de dar início a um inquérito.

E assim o *Kaiser*, que acabava de retornar de Ischl[35], teve que se ocupar, certa manhã, às sete horas, com um certo Carl Joseph Barão von Trotta und Sipolje. E como o *Kaiser* já era velho, muito embora estivesse refeito graças ao repouso em Ischl, não conseguia entender por que ao ler aquele nome se lembrara da batalha de Solferino, deixou sua escrivaninha e pôs-se a andar, com seus passinhos curtos de velho, de um lado para outro, de um lado para outro, em seu exíguo gabinete, de maneira que seu velho criado se admirou, e este, preocupado, bateu à porta.

"Entre!", disse o *Kaiser*. E quando avistou o criado, perguntou: "A que horas vem o Montenuovo?".

"Majestade, às oito horas!"

Ainda faltava meia hora para as oito horas. E o *Kaiser* achou que não conseguiria mais suportar aquela situação. Por que, por que o nome Trotta o lembrava de Solferino? E por que ele não conseguia mais se lembrar das circunstâncias? Será que já estava tão velho assim? Desde que voltara de Ischl, estava preocupado com uma pergunta: quantos anos, afinal, ele tinha, pois subitamente lhe parecia estranho que fosse preciso subtrair do ano do calendário o ano do seu nascimento para saber sua idade, que os anos começavam no mês de janeiro e que seu aniversário caía no dia dezoito de agosto! Sim, se os anos começassem em agosto! Ou se, por exemplo, ele tivesse nascido no dia dezoito de janeiro, então

35 Balneário de águas termais na Áustria, às margens do rio Traun. (N.T.)

seria bem simples! Mas assim, era impossível saber exatamente se ele completara oitenta e dois anos e estava em seu octogésimo-terceiro ano de vida, ou se completara oitenta e três e estava em seu octogésimo-quarto ano! E ele não gostava de fazer perguntas, o *Kaiser*. O mundo inteiro tinha muito o que fazer, e afinal não havia nenhuma importância em saber se ele era um ano mais jovem ou um ano mais velho. E, afinal, mesmo que fosse mais jovem, também não lembraria por que aquele maldito Trotta o fazia lembrar-se de Solferino. Mas ele vinha só às oito horas! Mas talvez aquele criado soubesse de alguma coisa? E o *Kaiser* parou seus passinhos curtos e perguntou ao criado:

"Diga-me uma coisa: o senhor conhece o nome Trotta?"

Na verdade, o *Kaiser* queria dizer "você" ao criado, como fazia com frequência, mas desta vez tratava-se de um assunto de história mundial, e ele até tinha respeito por aqueles que consultava a respeito de acontecimentos históricos.

"Trotta!", disse o criado do *Kaiser*. "Trotta!"

Aquele criado também já era muito velho, e tinha uma vaga lembrança sobre uma leitura de cartilha que levava o título "A batalha de Solferino". E subitamente a lembrança reluziu em seu rosto como um sol. "Trotta!", ele disse, "Trotta! Este salvou a vida de Sua Majestade!".

O rei aproximou-se da escrivaninha. Pela janela aberta de seu gabinete, entrava o júbilo dos pássaros matinais de Schönbrunn[36]. Parecia ao *Kaiser* que ele era novamente jovem, e que estava ouvindo os estampidos das armas, e parecia-lhe sentir que alguém o agarrava pelo ombro e o lançava ao solo. E subitamente o nome Trotta pareceu-lhe familiar, assim como o nome Solferino.

"Sim, sim", disse o *Kaiser*, acenando com a mão e escrevendo nas margens dos autos referentes ao caso Trotta: "Resolver de maneira favorável!".

E então ele se levantou e se aproximou da janela. Os pássaros jubilavam e o velho sorria para eles, como se os estivesse vendo.

36 Palácio de verão do *Kaiser*, nas cercanias de Viena. (N.T.)

XV

O *Kaiser* era um homem velho. Era o mais velho *Kaiser* que havia no mundo. A morte rondava-o, em círculos e, com sua foice, podava e podava. O campo inteiro já estava vazio e só o *Kaiser*, como uma espiga prateada e esquecida, permanecia ali, e aguardava. Havia muitos anos que os seus olhos claros e duros pareciam perdidos, fitando uma distância perdida. Seu crânio era calvo como um deserto convexo. A barba que lhe cobria as bochechas era como um par de asas feitas de neve. As rugas em seu rosto eram um matagal confuso onde habitavam as décadas. Seu corpo era magro e suas costas, levemente encurvadas. Em casa, ele andava de um lado para o outro com passinhos curtos e pequenos. Mas tão logo pisasse na rua, tentava enrijecer suas coxas, tornar seus joelhos flexíveis, seus pés leves e suas costas eretas. Preenchia seus olhos com uma bondade artificial, com a característica verdadeira dos olhos de um *Kaiser*: eles pareciam ver a todos os que viam o *Kaiser* e saudavam a todos que o saudavam. Na verdade, porém, os rostos apenas pairavam e esvoaçavam diante daqueles olhos, e olhavam diretamente sobre aquela risca delgada e delicada, que é a fronteira entre a vida e a morte, à beira do horizonte, que os olhos dos velhos sempre estão contemplando, mesmo quando casas, florestas ou montanhas o estão encobrindo. As pessoas imaginavam que Franz Joseph soubesse menos do que elas porque era tão mais velho. Mas talvez ele soubesse mais coisas do que alguns deles. Ele via que o sol se punha sobre o seu reino, mas ele não dizia nada. Ele sabia que morreria antes de o sol se pôr. Às vezes ele se fazia de desentendido, e se alegrava quando lhe explicavam, em detalhe, coisas que ele conhecia exatamente. Pois, com a astúcia das crianças e dos velhos, ele gostava de confundir as pessoas. E se divertia com a vaidade daqueles que provavam ser mais espertos do que ele. Ele ocultava sua esperteza na simplicidade: pois não convém a um *Kaiser* ser esperto como seus conselheiros. É melhor que ele pareça mais simplório do que esperto. Quando saía para caçar, sabia muito bem que a caça lhe era posta diante da espingarda e muito embora fosse capaz de abater também outros animais, apenas atirava naquele que fora colocado diante do cano da sua arma. Pois não convém a um velho *Kaiser* mostrar que ele percebeu uma astúcia, ou que é capaz de atirar melhor do que seu guarda-florestal. Quando alguém lhe contava alguma história, ele fazia como se estivesse acreditando. Pois não convém a um *Kaiser* apanhar alguém contando uma mentira. Quando alguém ria às suas costas, ele fazia como se nada tivesse percebido. Pois não convém a um *Kaiser* saber que estão rindo às suas costas. E esta é uma risada tola, já que o *Kaiser* não lhe dá nenhuma importância. Quando ele tinha febre, e todos à sua volta tremiam, e o seu médico particular mentia-lhe, dizendo que não tinha febre, o *Kaiser* dizia: "Então está tudo bem!", muito embora soubesse que estava com febre. Pois um *Kaiser* não pune as mentiras de um médico. Além disto, ele sabia que a hora da sua morte ainda não havia chegado. Ele também conhecia as muitas noites em que era atormentado pela febre, sem que os seus médicos soubessem algo a respeito. Pois às vezes adoecia e ninguém percebia. E às vezes estava são, e eles diziam que ele estava doente, e ele fazia como se estivesse doente. Nos assuntos em que era considerado bondoso, mantinha-se indiferente. E nos assuntos em que se dizia que era frio: naqueles, doía-lhe o coração. Vivera suficientemente para saber que dizer a verdade é uma tolice. Concedia o engano às pessoas e acreditava na solidez de seu mundo menos do que aqueles engraçadinhos que, em seu vasto império, contavam anedotas a seu respeito. Mas não convém a um *Kaiser* comparar-se a engraçadinhos ou a espertalhões. E assim o *Kaiser* permanecia calado.

Muito embora tivesse se recuperado e o seu médico particular estivesse satisfeito com seu pulso, com seus pulmões e com sua respiração, estava resfriado, desde ontem. Nem lhe ocorreu deixar que os outros percebessem esse resfriado. Pois poderiam impedi-lo de inspecionar as manobras de outono na fronteira oriental e ele queria observar manobras, ainda uma vez, pelo menos por um dia. Por meio do gesto daquele homem que lhe salvara a vida, e cujo nome ele voltara a esquecer, lembrara-se de Solferino. Ele não gostava de guerras (porque sabia que as guerras são perdidas), mas amava o exército, o jogo da guerra, as fardas, os exercícios com as armas, as paradas, os desfiles e os exercícios das companhias. Às vezes sentia-se ofendido pelo fato de que os oficiais usavam quepes que eram mais altos do que os seus, pregas e sapatos de verniz e camisas com colarinhos altos demais. Havia até mesmo muitos entre eles que se barbeavam, cuidadosamente. Pouco tempo antes, ele vira, por acaso, um oficial do exército barbeado, andando pela rua, e seu coração ficou incomodado o dia inteiro. Mas quando ele mesmo ia visitar os soldados, eles se lembravam outra vez do que eram os regulamentos e do que eram futilidades. Podia-se tratar a este e àquele de maneira mais rude, pois, no exército, não havia nada que não fosse conveniente para um *Kaiser*, no exército até mesmo o próprio *Kaiser* era um soldado. Oh! Ele amava o toque das trombetas, muito embora agisse como se estivesse interessado na estratégia militar. E muito embora soubesse que fora levado ao trono pelo próprio Deus, às vezes, em horas de fraqueza, entristecia-o que não fosse oficial no *front* e sentia certa inveja dos oficiais da ativa. Lembrava-se de que, depois da batalha de Solferino, berrara como um sargento às tropas que recuavam, indisciplinadas, e as ordenara novamente. Estava convicto de que dez bons sargentos eram mais capazes do que vinte generais do comando supremo – mas a quem ele poderia dizer uma coisa como aquela? Sentia saudade das manobras!

Assim, decidiu que não deixaria ninguém perceber o seu resfriado e que usaria o lenço tão pouco quanto fosse possível. Ninguém deveria saber antes da hora. Com aquela decisão, pretendia surpreender as manobras e toda aquela região. Divertia-se com o desespero dos funcionários civis, que pareciam não ter tomado suficientes medidas de proteção policial. Não tinha medo. Sabia, exatamente, que a hora da sua morte ainda não chegara. Assustava a todos. Tentaram persuadi-lo a não ir. Ele permaneceu inflexível. Um dia, embarcou no trem imperial, e partiu em direção ao oriente.

Na aldeia Z., a não mais de dez milhas de distância da fronteira russa, prepararam-lhe alojamento, num velho castelo. O *Kaiser* teria preferido o abrigo de uma das choupanas nas quais eram abrigados os oficiais. Havia anos que não o deixavam desfrutar da verdadeira vida militar. Uma única vez, naquela desastrada expedição italiana, ele vira, por exemplo, uma autêntica pulga viva em sua cama, mas não dissera nada a ninguém a este respeito. Pois ele era um *Kaiser* e um *Kaiser* não fala a respeito de insetos. Aquela já era sua opinião naquele tempo.

Fecharam as janelas do seu quarto. À noite, não conseguia adormecer. Mas, à sua volta, todos aqueles que deveriam vigiar por ele dormiam. O *Kaiser* desceu de sua cama, trajado com sua longa camisola pregueada e, cuidadosamente, para evitar que acordasse alguém, abriu as janelas altas e estreitas. Ficou parado ali, por algum tempo, respirando o ar fresco da noite de outono, e observando as estrelas no céu azul-escuro e as fogueiras dos soldados. Uma vez lera, num livro escrito a seu respeito, a seguinte frase: "Franz Joseph I não é um romântico". Dizem de mim, pensou o velho, que não sou romântico. Mas eu amo as fogueiras. Queria ser um jovem e simples tenente. Talvez eu não seja romântico, pensou ele, mas quero ser jovem! Se não me engano, continuou a pensar o *Kaiser*, eu tinha dezoito anos de idade quando subi ao trono. E quando subi ao trono – aquela frase parecia muito ousada ao *Kaiser* e, naquele instante, parecia-lhe difícil considerar-se o *Kaiser*. Mas sim! Estava escrito no livro que ele recebera a coroa com a solenidade e o respeito costumeiros. Não havia dúvida! Ele era Franz Joseph I! Diante da sua janela abria-se uma noite infinita, azul-escura e estrelada. A terra era vasta e plana. Haviam lhe dito que as janelas se abriam para o nordeste. Isto significava que, ali adiante, via-se a Rússia. Mas evidentemente era impossível localizar a fronteira. E o *Kaiser* Franz Joseph avistava, naquele instante, a fronteira do seu império. Seu império! Ele sorriu. A noite era azul, redonda, vasta e cheia de estrelas. Magro e velho, o *Kaiser* estava junto à janela, trajando uma camisola branca. Sentia-se muito pequeno diante da noite incomensurável. O último dos seus soldados, que talvez àquela hora estivesse diante das tendas patrulhando o acampamento, era mais poderoso do que ele. O último dos seus soldados! E ele era o senhor supremo da guerra! Cada soldado jurava por Deus fidelidade ao *Kaiser* Franz Joseph I. Ele era uma majestade por graça divina e acreditava em Deus todo-poderoso. Por trás do céu azul e das estrelas douradas ele se escondia, o Todo-Poderoso – inimaginável! Eram suas as estrelas que brilhavam no céu e era o seu céu que se estendia sobre a terra, e uma parte daquela terra, a monarquia austro-húngara, tinha sido concedida por Ele a Franz Joseph I. E Franz Joseph I era um velho magro, estava diante da janela e temia, a qualquer instante, ser surpreendido por seus guardas. Os grilos chiavam. Seu canto, infinito como a noite, despertava no *Kaiser* o mesmo respeito que as estrelas. Às vezes parecia ao *Kaiser* que eram as próprias estrelas que cantavam. Estremeceu um pouco. Mas ele ainda estava com medo de fechar a janela; talvez não fosse mais tão fácil quanto antes. Suas mãos tremiam. Ele se lembrou de que, muito tempo atrás, talvez tivesse visitado manobras naquela região. E aquele quarto também emergiu, de tempos esquecidos. Mas ele não sabia se, desde então, tinham se passado dez, vinte ou mais anos. Parecia-lhe que estivesse nadando no mar do tempo – não em direção a um objetivo, mas sem direção, na superfície, lançado, frequentemente, de encontro a rochedos que ele já devia conhecer. Algum dia, em algum lugar, iria naufragar. Precisava espirrar. Sim, seu resfriado! Ninguém se movia na antecâmara. Cuidadosamente, ele tornou a fechar a janela e foi tateando o caminho de volta para o leito com seus pés magros e descalços. Levava consigo a imagem da abóbada celeste azul e estrelada. Seus olhos cerrados a preservavam. E assim ele adormeceu, envolto pela noite, como se estivesse ao ar livre.

Como era seu costume quando se encontrava "no campo" (era assim que ele denominava as manobras), acordou pontualmente às quatro horas da manhã. Seu criado já se encontrava no seu quarto. E sabia que, atrás da porta, já o aguardavam os ajudantes. Sim, era preciso dar início ao dia. Durante o dia inteiro, mal teria uma hora para ficar só consigo mesmo. Em compensação, naquela noite, fora mais esperto do que todos eles, e tinha passado um bom quarto de hora junto à janela aberta. Agora lembrava-se daquele prazer, astuciosamente roubado, e sorria. Sorriu para o criado e para o ordenança, que agora entrara e observava, paralisado, assustado pelo sorriso do *Kaiser*, pelos suspensórios de Sua Majestade, que ele via pela primeira vez em sua vida, pela barba ainda desarrumada e um pouco amassada, em meio à qual o sorriso esvoaçava de um lado para o outro como um passarinho recatado, cansado e velho, pela cor amarelada no rosto do *Kaiser* e pela sua calva, cuja pele descamava. Sequer sabia se deveria sorrir para o *Kaiser* ou se deveria aguardar, mudo. Subitamente, o *Kaiser* se pôs a assoviar. Fez um biquinho com seus lábios, as asas das suas barbas aproximaram-se e o *Kaiser* começou a assoviar uma melodia, uma melodia conhecida, embora um pouco alterada. Soava como a flauta de um pastor. E o *Kaiser* disse: "O Hojos[37] sempre assovia esta canção. Queria muito saber o que é!". Mas nenhum dos dois, nem o criado, nem o ordenança, sabiam dizer que melodia era aquela. E, um pouco mais tarde, enquanto se lavava, o *Kaiser* já tinha esquecido aquela canção.

Era um dia difícil. Franz Joseph olhou o memorando no qual constava a agenda do dia, hora após hora. Na região, havia apenas um igreja grega ortodoxa. Um padre católico romano vai ler a missa primeiro e, em seguida, um padre grego. Mais do que todas as outras coisas, o que o cansava eram as cerimônias eclesiásticas. Ele sentia que era obrigado a se conter diante de Deus assim como diante de um superior hierárquico. E ele já era bastante velho!

37 Ao que tudo indica, referência ao conde Hoyos (1876-1937), diplomata austríaco, chefe de gabinete do Ministro de Relações Exteriores quando da eclosão da Primeira Guerra Mundial. Teve papel importante durante a crise que levou à declaração de guerra à Sérvia pelo Império Austro-Húngaro. (N. E.)

Ele bem que poderia me dispensar de algumas coisas!, pensou o *Kaiser*. Mas Deus é ainda mais velho do que eu, e suas decisões me parecem tão incompreensíveis quanto aquelas dos meus soldados no exército! E onde iríamos parar se cada subordinado se pusesse a criticar o seu superior! Pela janela alta, em arco, o *Kaiser* via o sol de Deus subindo pelo céu. Fez o sinal da cruz e dobrou os joelhos. Desde tempos imemoriais ele via, todas as manhãs, o sol subindo. Durante toda a sua vida, ele quase sempre se levantara antes do sol, assim como um soldado se levanta antes do seu superior. Conhecia todos os nasceres do sol, os alegres e fogosos do verão e os enevoados, tardios e tristes do inverno. E não se lembrava mais das datas, nem dos nomes dos dias, dos meses e dos anos nos quais sorte ou desgraças tinham se precipitado sobre ele, mas se lembrava das manhãs que tinham conduzido todos os dias importantes da sua vida. E sabia que aquela manhã fora triste e aquela outra alegre. E em todas as manhãs, fizera o sinal da cruz e dobrara seus joelhos, assim como certas árvores abrem suas folhas para o sol todas as manhãs, sejam elas as manhãs de dias de tempestade ou a manhã do machado que as derruba, ou da geada mortal, na primavera, ou de dias cheios de paz e de calor e de vida.

O *Kaiser* levantou-se. Seu barbeiro chegou. Todos os dias, ao amanhecer, estendia seu queixo diante do barbeiro, sua barba era aparada e cuidadosamente escovada. Em suas orelhas e diante das suas narinas, o metal frio da tesoura fazia-lhe cócegas. Às vezes, o *Kaiser* espirrava. Hoje, estava sentado diante de um pequeno espelho oval e com uma tensão serena observava os movimentos das mãos magras do barbeiro. Depois de cada fio de cabelo que caía, depois de cada movimento da navalha e de cada avanço do pente ou da escova, o barbeiro saltava para trás e soprava: "Majestade!", com os lábios trêmulos. O *Kaiser* não ouvia estas palavras sussurradas. Apenas via os lábios do barbeiro em perpétuo movimento, não ousava perguntar e, por fim, pensou que o homem estivesse um pouco nervoso. "Como é que o senhor se chama?", perguntou o *Kaiser*. O barbeiro – que tinha o grau de cabo, muito embora fosse soldado do exército havia apenas seis meses, mas servia a seus superiores de maneira impecável e contava com toda a boa vontade dos seus superiores – saltou, de uma só vez, até a porta, elegante como convinha à sua profissão, mas também de maneira militar. Era, ao mesmo tempo, um salto, uma reverência e uma paralisação, e o *Kaiser* assentiu com a cabeça, satisfeito. "Hartenstein!", disse o barbeiro. "Por que o senhor salta deste jeito?", perguntou Franz Joseph. Mas não recebeu resposta. Novamente o cabo aproximou-se, hesitante, do *Kaiser* e terminou seu trabalho com mãos apressadas. Queria ir embora dali, e voltar para o acampamento. "Fique mais um pouco!", disse o *Kaiser*. "Ah! O senhor é cabo! O senhor está servindo há quanto tempo?" "Há meio ano, Majestade!", sussurrou o barbeiro. "Ah, sim? E já é cabo? No meu tempo", disse o *Kaiser*, como teria dito um veterano, "as coisas não caminhavam assim tão rápido! Mas o senhor é um belo soldado. O senhor pretende ficar no exército?". O barbeiro Hartenstein tinha mulher e filho e uma bela loja em Olmütz e já tentara simular um reumatismo nas juntas algumas vezes, para ser dispensado o quanto antes. Mas não tinha como dizer não ao *Kaiser*. "Sim, Majestade!", disse ele, e naquele instante percebeu que tinha estragado sua vida inteira. "Bom, então está bem. Então doravante o senhor é sargento! Mas não fique tão nervoso assim!"

Pronto. Agora o *Kaiser* tinha feito alguém feliz. Alegrou-se. Alegrou-se. Alegrou-se. Tinha realizado um feito maravilhoso com este Hartenstein. Agora, o dia podia começar. Seu coche já o aguardava. Vagarosamente, dirigiram-se à igreja grega, subindo o morro em cujo topo ficava aquela edificação. A cruz dourada, dupla, reluzia sob a luz do amanhecer. As bandas militares tocavam o *Gott erhalte*. O *Kaiser* desembarcou e entrou na igreja. Ajoelhou-se diante do altar, movendo os lábios. Mas não rezava. O tempo todo, pensava no barbeiro. O Todo-Poderoso não podia conceder ao *Kaiser* provas de estima tão súbitas quanto aquela que o *Kaiser* concedera a um cabo, e era uma pena. Rei de Jerusalém: este era o mais alto cargo que Deus poderia conceder a uma majestade. E Franz Joseph já era rei de Jerusalém! Uma pena, pensou o *Kaiser*. Alguém sussurrou-lhe que fora, na aldeia, os judeus o aguardavam. Os judeus tinham sido completamente esquecidos. Ah! Ainda esses judeus!, pensou o *Kaiser*, aborrecido. Bom, então, que venham! Mas era preciso apressar-se. Senão, chegaria atrasado à batalha.

O padre grego rezou a missa com muita pressa. As bandas militares entoaram, mais uma vez, o *Gott erhalte*. O *Kaiser* deixou a igreja. Eram nove horas da manhã. A batalha começava às nove e vinte. Franz Joseph decidiu agora montar em seu cavalo em vez de subir novamente ao coche. Também podia receber esses judeus a cavalo. Mandou o coche de volta e foi cavalgando em direção aos judeus. À saída da aldeia, onde começava a estrada larga que levava aos alojamentos e também ao lugar da batalha, eles vinham em sua direção como uma onda, como uma nuvem escura. Como um campo cheio de estranhas espigas negras ao vento, a comunidade judaica inclinava-se diante do *Kaiser*. Da sela, ele via suas costas encurvadas. Depois, ele se aproximou ainda mais e conseguiu distinguir as longas barbas que oscilavam ao vento suave do outono, brancas como prata, negras como carvão, vermelhas como fogo, e os longos narizes ossudos, que pareciam procurar alguma coisa sobre a terra. O *Kaiser* permanecia sentado, em seu manto azul, sobre o cavalo branco. Sua barba reluzia sob o sol prateado do outono. Dos campos, à sua volta, erguiam-se os véus brancos. O líder dos judeus, um velho, cuja barba oscilava ao vento, portando o manto de rezas dos judeus, branco com listras negras, aproximava-se do *Kaiser*. O *Kaiser* cavalgava a passo. Os pés do velho judeu caminhavam cada vez mais devagar. Por fim, ele parecia parado num lugar e, ainda assim, continuar a caminhar. Franz Joseph sentiu um leve calafrio. Puxou, subitamente, as rédeas e seu cavalo branco empinou. Apeou. Seu séquito também. Ele se aproximava. Suas botas reluzentes cobriram-se com a poeira da estrada e com uma lama pesada e cinzenta em suas bordas estreitas. O monte negro de judeus movia-se, como uma onda, em sua direção. Suas costas erguiam-se e abaixavam-se. Suas barbas negras como carvão, vermelhas como fogo e brancas como prata oscilavam, sopradas pelo vento suave. O velho parou a três passos do *Kaiser*. Ele levava nos braços um rolo da Torá envolto num manto púrpura e enfeitado por uma coroa dourada, cujos sinos tilintavam levemente. E então o judeu ergueu o rolo da Torá diante do *Kaiser*. E sua boca desdentada, envolta por um bigode desgrenhado balbuciou, numa língua incompreensível, a bênção que os judeus têm de dizer quando avistam um *Kaiser*. Franz Joseph assentiu com a cabeça. Sobre o seu quepe negro, pairava um dia de outono que ainda parecia de verão; nos ares os patos selvagens grasnavam, um galo cantava em algum sítio distante. Fora isto, o silêncio era completo. Do amontoado de judeus erguia-se um murmúrio sombrio. Eles curvaram ainda mais as suas costas. Sem nuvens, infinito, o céu azul-prateado estendia-se sobre a terra. "Seja abençoado!", disse o judeu ao *Kaiser*. "Você não vai testemunhar o desaparecimento do mundo!" Eu sei!, pensou Franz Joseph. Deu a mão ao velho. Voltou-se. Montou em seu cavalo branco.

Saiu trotando em direção à esquerda, sobre o solo duro dos campos outonais acompanhado pelo seu séquito. O vento trouxe aos seus ouvidos as palavras que o capitão de cavalaria Kaunitz dizia ao amigo que cavalgava a seu lado: "Não entendi nada do que disse o judeu!". O *Kaiser* voltou-se sobre a sela do cavalo e disse: "Ele se dirigiu apenas a mim, caro Kaunitz!", e seguiu cavalgando.

Ele não compreendia o sentido daquelas manobras. Sabia, apenas, que os "azuis" lutavam contra os "vermelhos".

Pediu que lhe explicassem tudo. "Ah! Ah!", ele voltava sempre a dizer. Alegrava-lhe que as pessoas acreditassem que ele estivesse tentando compreender, mas não era capaz. Tontos!, pensou ele. Balançou a cabeça. Mas as pessoas achavam que ele balançasse a cabeça por causa da velhice. "Ah! Ah!", voltava, sempre, a dizer o *Kaiser*. As operações já estavam bastante adiantadas. A ala esquerda dos azuis, que hoje se encontrava cerca de uma milha e meia atrás da aldeia Z., recuava constantemente havia dois dias, ante o avanço da cavalaria dos vermelhos. A ala central ocupava o território em torno de P., uma área montanhosa, difícil de ser atacada, fácil de ser defendida, mas também exposta ao perigo de ser sitiada, se fosse cercada por todos os lados e isolada das alas direita e esquerda dos azuis – e era nisso que se concentravam, agora, as atenções dos vermelhos. Enquanto a ala esquerda recuava, a ala direita permanecia firme, e avançava lentamente, mostrando uma tendência de se alongar a tal ponto que parecia querer agarrar o inimigo pelo flanco. Tratava-se, na opinião do *Kaiser*, de uma situação bastante banal. Se ele estivesse no comando dos vermelhos, teria seduzido a ala corajosa dos azuis por meio de um recuo constante, de maneira a fazê-la avançar, e teria tentado engajar seu poder de fogo no ponto mais distante do seu avanço, de maneira a ocasionar o surgimento de um espaço vazio entre aquela ala e a ala central. Mas ele nada dizia, o *Kaiser*. Preocupava-o o fato terrível de que o coronel Lugatti, um triestino vaidoso como – na opinião inabalável do *Kaiser* – só os italianos eram capazes de ser, usasse uma gola de casaco altíssima, de uma maneira que não era permitida nem mesmo para golas dos paletós e que ele, para deixar visível a sua patente, também deixava horrivelmente aberta, por vaidade, essa gola de casaco. "Diga-me, senhor coronel", perguntou o *Kaiser*, "onde é que o senhor manda fazer seus casacos? Em Milão? Infelizmente já me esqueci completamente dos alfaiates de lá". O coronel Lugatti bateu os saltos das botas e fechou a gola do casaco. "Agora o senhor parece um tenente", disse Franz Joseph. "O senhor parece muito jovem!" E esporeou seu cavalo branco, e galopou em direção ao morro, sobre o qual, conforme o modelo das antigas batalhas, deviam estar os generais. Se demorasse demais, estava decidido a interromper a "batalha", pois ansiava pelo desfile. Franz Ferdinand[38] certamente faria diferente. Ele tomaria partido, juntar-se-ia a um dos lados, começaria a dar ordens e, evidentemente, vencia sempre. Onde era possível encontrar, naqueles dias, um general que ousasse derrotar o herdeiro do trono? O *Kaiser* percorreu todos os rostos com seus olhos velhos, pálidos e azuis. Um monte de rapazes vaidosos!, ele pensou. Há alguns anos, aquilo ainda seria capaz de irritá-lo. Agora não mais, não mais! Ele não sabia exatamente qual era sua idade, mas quando os outros se punham à sua volta, ele sentia que devia ser muito velho. Às vezes, tinha a impressão de que já estava flutuando acima das pessoas e da terra. Quanto mais ele os olhava, mais eles pareciam diminuir de tamanho e as palavras deles pareciam alcançar seus ouvidos vindas de longas distâncias, e voltavam a

38 O herdeiro do trono imperial. (N.T.)

despencar, como um ruído indiferente. E quando algum desastre acontecia a este ou àquele, ele via que eles se esforçavam para contá-lo com muita cautela. Ah! Eles não sabiam que ele era capaz de suportar tudo! Sua alma já estava habituada às grandes dores, e as dores novas juntavam-se às antigas como irmãos há muito esperados. Já não se enfurecia tanto. Já não se alegrava tanto. Já não sofria tanto. E então, efetivamente, mandou interromper a "batalha" e dar início ao desfile. Nos campos ilimitados, os regimentos de todas as armas posicionaram-se, infelizmente com suas fardas de campo cinzentas (aquilo também era uma invenção moderna, que não agradava ao coração do *Kaiser*). Ainda assim, o vermelho das calças da cavalaria ainda ardia sobre o amarelo ressecado dos campos tomados pelo que restara das colheitas, e se destacava do cinza da infantaria como fogo em meio às nuvens.

Os relâmpagos estreitos e opacos dos sabres estremeciam diante das fileiras simples e duplas que marchavam, as cruzes vermelhas sobre os fundos brancos reluziam atrás das divisões de armas automáticas. Como antigos deuses da guerra, os membros da artilharia aproximavam-se, em seus veículos pesados, e os belos corcéis, castanhos e cinzentos, empinavam em obediência forte e orgulhosa. Com o binóculo, Franz Joseph observava a movimentação de cada um dos pelotões; por alguns minutos ele se sentiu orgulhoso dos seus exércitos, e por alguns minutos também sentiu pena da sua perda. Pois já os via derrotados e dispersos, divididos entre os muitos povos do seu vasto império. Para ele, o grande sol dourado dos Habsburgos punha-se, esfacelado no abismo dos mundos, desfazia-se em várias pequenas esferas solares, destinadas a luzirem como estrelas independentes de nações independentes. Já não lhes agrada mais serem governados por mim!, pensou o velho. Não há nada o que fazer!, acrescentou, em silêncio. Pois ele era um austríaco...

Assim, para o horror de todos os comandantes, ele desceu do morro e começou a inspecionar os regimentos imóveis, quase que pelotão por pelotão. E, às vezes, seguia em meio às fileiras, observava as novas mochilas e as bolsas de mantimentos, tirava, aqui e ali, uma lata de conservas, perguntava o que continha, via, aqui e ali, um rosto apagado e lhe perguntava sobre seu lar, sua família e sua profissão, mal ouvia esta ou aquela resposta, e às vezes estendia sua velha mão e batia nos ombros de algum tenente. Foi assim, também, que ele chegou ao batalhão de infantaria no qual Trotta servia.

Havia quatro semanas que Trotta deixara o hospital. Estava postado diante do seu pelotão, pálido, magro e indiferente. Mas quando o *Kaiser* se aproximou dele, começou a perceber e a lamentar a sua indiferença. Tinha a sensação de estar falhando com suas obrigações. O exército tornara-se estranho a ele. E estranho era-lhe, também, o supremo senhor da guerra. O tenente Trotta se parecia com um homem que não apenas perdera sua terra-mãe, mas também a saudade desta terra-mãe. Sentia pena do velho de barbas brancas que se aproximava cada vez mais dele, apalpando, curioso, as mochilas, as bolsas de mantimentos e as latas de conservas. O tenente gostaria de sentir, novamente, aquela embriaguez que o preenchera em todas as horas solenes da sua carreira militar, em casa, nos domingos estivais, no terraço da casa paterna, e em cada parada, nas inspeções e ainda, poucas semanas antes, na procissão do *Corpus Christi* em Viena. O tenente Trotta estava totalmente imóvel, a cinco passos de distância do seu *Kaiser* e, exceto a pena que sentia de um velho, nada se movia em seu peito estufado. O major Zoglauer pronunciou, com uma voz dura e desagradável, as palavras previstas no regulamento. Por algum motivo, elas não agradaram ao *Kaiser*. Franz Joseph suspeitava que nem tudo corria da melhor maneira possível no pelotão que era comandado por aquele homem e decidiu inspecioná-lo com mais atenção. Olhou, atentamente, para os rostos imóveis, apontou para Carl Joseph e perguntou: “Ele está doente?”.

O major Zoglauer relatou o que se passara com o tenente Trotta. Aquele nome alcançou os ouvidos de Franz Joseph como algo conhecido e, ao mesmo tempo, irritante, e em sua memória despertou o caso, conforme descrito nos autos, e por trás daquele caso despertou também, novamente, aquele acontecimento há muito tempo adormecido da batalha de Solferino. Ele ainda via, precisamente, o capitão que, numa audiência ridícula, insistira tanto para que fosse excluído das cartilhas um trecho de leitura patriótica. Tratava-se do trecho de leitura número quinze. O *Kaiser* lembrou-se do número com aquela satisfação que lhe proporcionavam as pequenas provas de sua "boa memória". Seu humor melhorou visivelmente. E o major Zoglauer também lhe pareceu mais agradável. "Ainda me lembro muito bem do seu pai!", disse o *Kaiser* a Trotta. "Ele era um homem muito modesto, o herói de Solferino!" "Majestade!", respondeu o tenente. "Era meu avô!"

O *Kaiser* recuou um passo, como se tivesse sido golpeado pela enormidade do tempo que subitamente se amontoara entre ele e aquele jovem. Sim, sim! Ele ainda era capaz de se lembrar do número de um trecho de leitura, mas não era mais capaz de se lembrar do enorme número de anos que vivera. "Ah!", disse ele, "então era o seu avô! Ah! Ah! E seu pai? É coronel?". "Comissário distrital em W." "Ah! Ah!", repetiu Franz Joseph. "Vou prestar atenção nisto!", acrescentou, uma espécie de desculpa pelo erro que acabara de cometer.

Permaneceu ainda por alguns instantes diante do tenente, mas já não mais via a Trotta e nem aos demais. Já não tinha mais vontade de inspecionar as fileiras, mas era obrigado a fazê-lo, para que as pessoas não percebessem que estava assustado com a própria idade. Seus olhos voltaram-se, como de costume, para algum lugar distante, onde já se erguiam as bordas da eternidade. Enquanto isto, ele não percebeu que uma gota transparente como cristal surgia em seu nariz, e que o mundo inteiro olhava fixamente para aquela gota, que, por fim, escorreu sobre o bigode prateado e ali se acomodou, invisível.

E todos se sentiram aliviados. E o desfile pôde começar.

Fim da parte dois

Parte Três

XVI

Na vida e na casa do comissário distrital ocorreram uma série de mudanças importantes. Ele as notava, espantado e um pouco raivoso. Em pequenos sinais que, no entanto, pareciam-lhe brutais, notava que o mundo à sua volta estava se transformando, e pensava em seu desaparecimento e nas profecias de Chojnicki. Procurava um novo criado. Foram-lhe recomendados muitos jovens, evidentemente bons trabalhadores, com referências impecáveis. Homens que tinham prestado três anos de serviço militar e que até mesmo tinham alcançado o grau de sargento. A um e outro o comissário distrital engajava "em período de experiência" em sua casa. Mas não ficava com nenhum deles. Eles se chamavam Karl, Franz, Alexander, Joseph, Alois ou Christoph, ou ainda outros nomes. Mas o comissário distrital tentava chamar a todos de "Jacques". Afinal, o próprio Jacques tinha outro nome, e apenas adotara aquele, usando-o, orgulhosamente, por toda a sua vida, assim como faz um poeta famoso com seu pseudônimo literário, sob o qual escreve canções e poemas imortais. Mas, já depois de uns poucos dias, ficava claro que os Alois, os Alexanders, os Josephs e os outros não queriam ouvir o grande nome Jacques e o comissário distrital considerava esta resistência não apenas uma infração às regras da obediência e à ordem do mundo, como também uma ofensa ao morto, que nunca mais poderia ser trazido de volta. Como assim? Não lhes agradava serem chamados de Jacques?! Aqueles vagabundos, sem idade e sem méritos, sem inteligência e sem disciplina? Pois o falecido Jacques continuava vivo na lembrança do comissário distrital como um criado exemplar, e como exemplo de ser humano. E mais ainda do que a resistência dos seguidores, *Herr* von Trotta admirava-se com a leviandade dos senhores e dos funcionários, que escreviam boas referências sobre sujeitos tão miseráveis. Se era possível que um certo indivíduo chamado Alexander Cak – um homem cujo nome ele jamais esqueceria, e um nome que também era possível pronunciar com uma certa maldade, de maneira que soasse como se bastasse o comissário distrital mencioná-lo para que Cak já tivesse sido morto a tiros –, portanto, se era possível que este Cak pertencesse ao partido social-democrata e, ainda assim, tivesse alcançado o grau de sargento em seu regimento, então só restava perder a esperança, não só naquele regimento, mas no exército como um todo. E, na opinião do comissário distrital, o exército era, ainda, a única força da monarquia na qual ainda se podia confiar! Para o comissário distrital, era como se, subitamente, o mundo inteiro consistisse em tchecos: uma nação que ele considerava tola, rebelde e obstinada, e que era, na sua opinião, quem inventara este próprio conceito de nação. Podiam existir muitos povos. Mas nações, não. E, além disto, chegavam-lhe às mãos vários decretos e disposições do governo referentes a um tratamento cuidadoso das "minorias nacionais", um daqueles termos que *Herr* von Trotta mais profundamente odiava. Pois, de acordo com os seus conceitos, "minorias nacionais" não eram nada além do que grandes comunidades de "indivíduos revolucionários". Sim, ele estava cercado de indivíduos revolucionários. Até mesmo acreditava perceber que eles se multiplicavam de uma maneira antinatural, de uma maneira que não corresponde ao homem. Para o comissário distrital, tornara-se evidente que os "elementos fiéis ao estado" se tornavam cada vez mais inférteis e tinham cada vez menos filhos, como o comprovavam as estatísticas dos recenseamentos que às vezes ele costumava folhear. E não mais era capaz de ocultar de si mesmo o pensamento terrível de que a própria Providência estava insatisfeita com a monarquia e, muito embora ele fosse um cristão praticante no sentido comum da palavra, ainda que não muito crente, tendia sempre a supor que era Deus em pessoa quem estava punindo o *Kaiser*. E assim, aos poucos, vinham-lhe todos os tipos de pensamentos estranhos. É verdade que a dignidade que ele ostentava desde o dia em que se tornara comissário distrital em W. o tornara, imediatamente, velho. Mesmo quando sua barba ainda era totalmente preta, não ocorreria a ninguém considerar *Herr* von Trotta um jovem. Ainda assim, agora a gente da sua cidadezinha começava a dizer que o comissário distrital estava envelhecendo. Ele tivera que se desfazer de todo tipo de hábito consolidado. Desde a morte do velho Jacques e desde a sua volta da viagem à guarnição de fronteira do seu filho, por exemplo, ele não saía mais para caminhar de manhã, antes do café da manhã, por medo de que algum daqueles sujeitos suspeitos que o serviam, e que eram substituídos com tanta frequência, se esquecesse de colocar a sua correspondência sobre a mesa do café da manhã, ou de abrir a janela. Ele odiava a governanta da casa. Já a odiava desde sempre, mas uma vez ou outra dirigia-lhe alguma palavra. Desde que o velho Jacques não mais o servia, o comissário distrital abstinha-se de qualquer comentário à mesa. Pois, na realidade, suas palavras maldosas sempre tinham sido ditas tendo Jacques em mente, e eram, em certa medida, tentativas de agradar ao velho criado. Só agora, depois da morte do velho, é que *Herr* von Trotta se dava conta de que falava apenas a Jacques, como um ator que sabe que um antigo admirador seu se encontra na plateia. E se o comissário distrital sempre comera às pressas, agora ele se esforçava-se em deixar a mesa já depois do primeiro bocado. Pois lhe parecia pecaminoso saborear o *Tafelspitz* enquanto os vermes devoravam o velho Jacques em sua sepultura. E ainda que, a cada tanto, ele erguesse os olhos em direção ao céu, com a esperança – e com um sentido inato de crença – de que os mortos estivessem no céu e pudessem vê-lo, o comissário distrital não era capaz de ver nada além do teto bem conhecido da sua sala de refeições. Pois ele era um foragido das crenças simples e os seus sentidos não obedeciam mais às ordens do seu coração. Oh! Era um sofrimento.

Às vezes, acontecia até mesmo de o comissário distrital se esquecer de ir ao comissariado num dia de serviço. E podia acontecer que, por exemplo, numa terça-feira de manhã, ele vestisse o paletó negro para ir à missa. Só ao chegar à rua é que percebia de todos os lados os sinais inequívocos de que era um dia de semana e não domingo. Voltava, então, para casa, e vestia seu terno comum. Ao contrário, porém, em alguns domingos esquecia-se de visitar a igreja, mas mesmo assim permanecia mais tempo do que de costume na cama, e só se lembrava de que era domingo quando o maestro Nechwal surgia, embaixo, com os seus músicos. Como sempre aos domingos, havia *Tafelspitz* com verduras. E, à hora do café, vinha o maestro Nechwal. Sentavam-se na sala de estar dos cavalheiros. Fumavam um charuto. O maestro Nechwal também envelhecera. Logo iria se aposentar. Já não ia mais com tanta frequência a Viena e o próprio comissário distrital achava que conhecia exatamente, já há muitos anos, as piadas que ele contava. Continuava sem entendê-las, mas as reconhecia, assim como certas pessoas que ele sempre reencontrava, mas cujos nomes não sabia. "Como vão os seus?", perguntava *Herr* von Trotta. "Muito bem, obrigado!", dizia o maestro. "Sua esposa?" "Vai bem!" "As crianças?" (pois o comissário distrital continuava sem saber se o maestro Nechwal tinha filhos ou filhas e por isto, havia mais de vinte anos, perguntava, cautelosamente, pelas "crianças"). "O mais velho se tornou tenente!", respondia Nechwal. "Da infantaria, é claro?", perguntava, como de costume, *Herr* von Trotta e, lembrando-se, por um instante, de que seu filho agora servia na infantaria e não na cavalaria. "Sim, infantaria!", dizia Nechwal. "Logo deverá vir para uma visita. Vou me permitir apresentá-lo ao senhor!" "Por favor, por favor, vai ser um grande prazer!", disse o comissário distrital.

Certo dia veio o jovem Nechwal. Ele servia com os, *Deutschmeister*[39], fora convocado havia um ano e, na opinião de *Herr* von Trotta, parecia "um músico". "Parece-se muito com o pai", disse o comissário distrital, "é a sua cara", muito embora o jovem Nechwal se parecesse mais com sua mãe do que com o maestro. "Parece um músico": com isto o comissário distrital referia-se à segurança e à energia despreocupada do rosto do tenente; ao

39 *Deutschmeister* ou *Mestres alemães* era o nome do Quarto Regimento de Infantaria da Áustria Inferior à época do império. (N.T.)

pequeno bigode loiro, com pontas voltadas para cima, que ficava sob o nariz como um pregador de roupa horizontal e fechado, e às orelhas bonitas e bem formadas, pequenas como se fossem as de uma boneca, que pareciam feitas de porcelana, e aos cabelos obedientes, de um loiro ensolarado, repartidos ao meio. "Parece contente!", disse *Herr* von Trotta a *Herr* Nechwal. "O senhor está satisfeito?", perguntou ele, então, ao jovem. "Para lhe dizer a verdade, senhor comissário distrital", respondeu o filho do maestro, "é um pouco entediante!". "Entediante?", perguntou *Herr* von Trotta, "Em Viena?!". "Sim", disse o jovem Nechwal, "entediante! Veja, senhor comissário distrital, quando alguém serve numa pequena guarnição, nem chega a perceber que não tem dinheiro!". O comissário distrital sentiu-se ofendido. Achava que não se devia falar sobre dinheiro e temia que o jovem Nechwal estivesse fazendo uma alusão à situação financeira melhor de Carl Joseph. "Meu filho serve na fronteira", disse *Herr* von Trotta, "mas sempre se arranjou. Também quando servia na cavalaria". Enfatizou esta palavra.

Pela primeira vez, causava-lhe aflição o fato de Carl Joseph ter deixado a cavalaria. Certamente, sujeitos como aquele Nechwal não apareciam na cavalaria! E a ideia de que o filho daquele maestro pudesse pretender comparar-se, de alguma maneira, com o jovem Trotta, provocava uma dor que era quase física no comissário distrital. Ele decidiu submeter o "músico" a um exame. Pressentia que aquele jovem, cujo nariz lhe parecia "tcheco", pudesse ser um traidor da pátria. "O senhor gosta de servir?", perguntou o comissário distrital. "Para lhe dizer a verdade", disse o tenente Nechwal, "poderia imaginar uma profissão melhor!". "Como assim? Uma profissão melhor?" "Uma profissão mais prática!", disse o jovem Nechwal. "E não é prático lutar pela pátria?", perguntou *Herr* von Trotta. "Desde que haja uma necessidade prática." Era evidente que ele empregava o termo "prático" de maneira irônica. "Mas nós nunca lutamos", retrucou o tenente. "E se alguma vez chegarmos a lutar, talvez não seja tão prático assim." "Mas por quê?", perguntou o comissário distrital. "Porque com certeza haveremos de perder a guerra", disse Nechwal, o tenente. "Os tempos mudaram", ele acrescentou – e não sem maldade, conforme pareceu a *Herr* von

Trotta. Ele apertou os olhos, deixando-os semicerrados, de maneira que quase desapareceram, e seu lábio superior desnudou sua gengiva e seu bigode resvalou no nariz, que se parecia com as narinas largas de algum animal, de um jeito que pareceu totalmente insuportável ao comissário distrital. Um moleque repugnante, pensou o comissário distrital. "Os tempos mudaram", repetiu o jovem Nechwal. "Os diferentes povos não estão mais unidos!" "Ah! É assim?", disse o comissário distrital. "E de onde o senhor acha que sabe de tudo isto, senhor tenente?" E no mesmo instante o comissário distrital percebeu que sua ironia não tinha força, e se sentia como um veterano que aponta seu sabre vacilante e impotente contra um inimigo. "O mundo inteiro sabe disto", disse o jovem, "e também o diz!". "Também o diz?", repetiu *Herr* von Trotta. "Seus camaradas dizem isto?" "Sim, eles o dizem!"

O comissário distrital não disse mais nenhuma palavra. Subitamente, parecia-lhe que estava no alto de uma montanha muito alta, e que o tenente Nechwal estava diante dele num vale profundo. O tenente Nechwal era muito pequeno! Mas, embora fosse pequeno e estivesse num lugar muito baixo, tinha razão. E o mundo não era mais o mundo de antigamente. O mundo estava desaparecendo. E era de acordo com a ordem que, uma hora antes do seu desaparecimento, os vales prevalecessem sobre as montanhas, os jovens sobre os velhos, os tolos sobre os razoáveis. O comissário distrital calou-se. Era uma tarde de verão. As venezianas amarelas filtravam os raios de sol dourado que penetravam na sala de estar dos cavalheiros. O relógio tiquetaqueava. As moscas zumbiam. O comissário distrital lembrava-se do dia em que Carl Joseph chegara em sua farda de tenente da cavalaria. Quanto tempo se passara desde aquele dia? Alguns anos! Mas naqueles anos parecia ao comissário distrital que os acontecimentos tivessem se tornado mais densos. Era como se, todos os dias, o sol se erguesse e se pusesse duas vezes; como se cada semana tivesse dois domingos e cada mês, sessenta dias! E os anos tinham sido anos dobrados. E *Herr* von Trotta sentia-se logrado pelo tempo, ainda que ele lhe tivesse oferecido de tudo em dobro, e era como se a eternidade lhe tivesse oferecido anos falsos dobrados, em vez de anos simples verdadeiros. E enquanto ele desprezava o tenente, que estava à sua frente, nas profundezas do seu lamentável vale, desconfiava da montanha sobre a qual ele mesmo se colocara. Oh! Ele estava sofrendo uma injustiça! Uma injustiça! Uma injustiça! Pela primeira vez em sua vida, pareceu ao comissário distrital que estivesse sofrendo uma injustiça.

Sentia falta do doutor Skowronnek, o único homem com quem, havia alguns meses, ele jogava xadrez todas as tardes. Pois os jogos regulares de xadrez também faziam parte das mudanças que haviam ocorrido na vida do comissário distrital. Havia tempo que ele conhecia o doutor Skowronnek, assim como conhecia os demais frequentadores do café, nem mais, nem menos. Certa tarde, os dois estavam sentados, um na frente do outro. Cada um, semioculto por um jornal aberto e desdobrado. Como se estivessem obedecendo a um comando, os dois abaixaram, simultaneamente, seus jornais e seus olhos encontraram-se. Ao mesmo tempo, imediatamente, reconheceram que acabavam de ler a mesma notícia. Era uma notícia sobre uma festa de verão em Hietzing[40] na qual um açougueiro chamado Alois Schinagl saíra, graças à sua gulodice sobrenatural, vencedor de uma competição em que se tratava de ver quem era capaz de engolir a maior quantidade de pernil, e que recebera por isto a "medalha de ouro da competição de comida de Hietzing". E os olhares dos dois senhores diziam, ao mesmo tempo: nós também gostamos de pernil, mas esta ideia de conceder a isto uma medalha de ouro é uma ideia moderna absurda! Se existe amor à primeira vista é algo de que os conhecedores justificadamente duvidam. Mas que existe uma amizade à primeira vista entre homens idosos não há dúvida. Doutor Skowronnek olhava por sobre as lentes ovais e sem moldura dos seus óculos para o comissário distrital, e o comissário distrital tirava, naquele mesmo instante, seu pince-nez, balançando-o no ar. E o doutor Skowronnek aproximou-se da mesa do comissário distrital.

"O senhor joga xadrez?", perguntou o doutor Skowronnek. "Com prazer!", respondeu o comissário distrital.

40 Bairro residencial de Viena, próximo ao palácio de verão de Schönbrunn. (N.T.)

Eles não precisavam marcar encontros. Encontravam-se todas as tardes, à mesma hora. Chegavam ao mesmo tempo. Em seus hábitos diários parecia reger uma coincidência combinada com antecedência. Durante o jogo de xadrez, mal trocavam uma palavra. Também não sentiam a necessidade de conversar um com o outro. Sobre o exíguo tabuleiro, às vezes seus dedos magros encontravam-se, como pessoas numa pracinha, recuavam, rapidamente, e voltavam para casa. Mas ainda que estes encontros fossem passageiros, era como se os dedos tivessem olhos e ouvidos, e compreendiam tudo, um do outro, e também dos homens a quem pertenciam. E depois que as mãos do comissário distrital e do doutor Skowronnek tinham se encontrado algumas vezes sobre o tabuleiro de xadrez, os dois senhores tinham a impressão de que já se conheciam havia muito tempo, e de que não guardavam segredos um do outro. E assim, um dia, delicadas conversas começaram a emoldurar o seu jogo, e sobre as suas mãos, que se conheciam havia tempo, pairavam as observações dos homens a respeito do tempo, do mundo, da política e das pessoas. Um homem apreciável!, pensava o comissário distrital do doutor Skowronnek. Um homem extraordinariamente fino!, pensava o doutor Skowronnek do comissário distrital.

Durante a maior parte do ano, o doutor Skowronnek não tinha nenhuma ocupação. Ele trabalhava apenas quatro meses por ano como médico de termas em Franzensbad[41] e todo o conhecimento que tinha do mundo repousava sobre as confissões das suas pacientes, pois as mulheres contavam a ele tudo o que lhes parecia as oprimir, e não havia nada no mundo que não as oprimisse. A saúde sofria com as profissões dos seus maridos tanto quanto com a falta de amor, com a "carestia generalizada do nosso tempo", com a inflação, com as crises políticas, com a permanente ameaça de guerra, com as assinaturas de jornais dos esposos, com a própria falta de ocupação, com a infidelidade dos amantes, com a indiferença dos homens, mas também com o ciúme deles. Assim o doutor

41 Este antigo balneário, famoso por suas fontes de águas minerais desde o século XV, e outrora habitado quase exclusivamente por alemães étnicos, situa-se hoje no território da República Tcheca e tem o nome de Františkovy Lázně. (N.T.)

Skowronnek ficava conhecendo as diferentes classes sociais e suas vidas domésticas, as cozinhas e os quartos de dormir, as tendências, as paixões e as tolices. E como não acreditava em tudo o que diziam as mulheres, mas apenas em três quartos daquilo que lhe contavam, adquiriu, com o tempo, excelentes conhecimentos do mundo, que eram mais valiosos que seus conhecimentos médicos. Também quando falava com homens, pairava sobre os seus lábios aquele sorriso incrédulo e ainda assim disposto de um homem pronto a ouvir qualquer coisa. Uma espécie de bondade que o defendia luzia em seu rosto pequeno e afiado. E, efetivamente, o gosto que ele tinha pelas pessoas era equivalente ao desprezo que por elas sentia.

Seria possível que a alma simples de *Herr* von Trotta intuísse algo da esperteza cortês do doutor Skowronnek? De qualquer maneira, ele era o primeiro, depois do seu amigo de juventude, Moser, por quem o comissário distrital começava a sentir uma atenção confiante. "O senhor já mora há tempos na nossa cidade, *Herr Doktor*?", perguntou ele. "Desde que nasci!", disse Skowronnek. "Que pena, que pena", disse o comissário distrital, "que só nos tenhamos conhecido tão tarde!". "Mas eu já conheço o senhor há tempo, senhor comissário distrital!", disse o doutor Skowronnek. "Reparei no senhor algumas vezes!", retrucou *Herr* Trotta. "O senhor seu filho esteve aqui uma vez!", disse Skowronnek. "Já se passaram alguns anos!" "Sim, sim! Me lembro!", disse o comissário distrital. Ele pensava naquela tarde em que Carl Joseph viera com as cartas da falecida *Frau* Slama. Era verão. Tinha chovido. O jovem tinha bebido um conhaque ruim no balcão. "Ele pediu transferência", disse *Herr* von Trotta. "Agora, serve na infantaria, na fronteira, em B." "E ele lhe proporciona alegrias?", perguntou Skowronnek. Mas queria dizer "preocupações". "Na realidade – sim! Com certeza! Sim!", respondeu o comissário distrital. Ele se levantou, com pressa, e deixou o doutor Skowronnek.

Havia tempos que ele pensava em contar todos os seus problemas ao doutor Skowronnek. Estava ficando velho e precisava de alguém que o ouvisse. Todas as tardes o comissário distrital renovava a sua decisão de falar com o doutor Skowronnek. Mas não dizia aquelas palavras que seriam apropriadas para introduzir uma conversação íntima. O doutor Skowronnek aguardava por elas, dia após dia. Percebera que, para o comissário distrital, era chegada a hora de fazer confissões. Havia várias semanas que o comissário distrital levava no bolso uma carta do seu filho. Era preciso respondê-la, mas *Herr* von Trotta não era capaz. E à medida que o tempo passava, a carta tornava-se cada vez mais pesada, já era um verdadeiro fardo no seu bolso. Logo o comissário distrital se sentia como se estivesse suportando a carta em seu velho coração. Pois Carl Joseph escrevia-lhe que pensava em deixar o exército. Sim, a primeira frase da carta dizia: “Estou pensando em deixar o exército”. Ao ler esta frase, o comissário distrital imediatamente interrompeu a leitura e lançou um olhar sobre a assinatura para se certificar de que não tinha sido algum outro Carl Joseph que assinara a carta. Em seguida, *Herr* von Trotta tirou de sobre o nariz o pince-nez que usava para ler, e afastou a carta. Descansou. Estava sentado em seu gabinete. As cartas oficiais ainda não tinham sido abertas. Talvez hoje contivessem assuntos urgentes, que precisassem ser resolvidos imediatamente. Mas tudo o que dizia respeito ao serviço já parecia resolvido da maneira mais desvantajosa pelas considerações de Carl Joseph. Pela primeira vez em sua vida acontecia ao comissário distrital deixar suas obrigações profissionais na dependência dos seus assuntos pessoais. E ainda que ele fosse um servidor modesto e mesmo abnegado do estado, as considerações de seu filho, de deixar o exército, tinham sobre *Herr* von Trotta o mesmo efeito que teria um comunicado recebido do exército real e imperial anunciando a decisão de dissolver-se por completo. Tudo, tudo no mundo parecia ter perdido o seu sentido! O desaparecimento do mundo já começara! E para o comissário distrital, quando ele se decidiu, ainda assim, a ler a correspondência oficial, era como se estivesse cumprindo uma obrigação inútil, inominável e heroica, comparável à da telefonista de um navio que vai a pique.

Passada mais de uma hora, leu novamente a carta do seu filho. Carl Joseph pedia-lhe por seu consentimento. E o comissário distrital respondeu-lhe o seguinte:

"Meu querido filho!
Sua carta deixou-me abalado. Dentro de algum tempo vou lhe comunicar minha decisão final.
Seu pai"

Carl Joseph não respondeu mais a esta carta de *Herr* von Trotta. Sim, ele interrompeu a sequência regular dos seus relatos habituais, e assim, por muito tempo, o comissário distrital ficou sem notícias do seu filho. Todas as manhãs, o velho esperava e, ao mesmo tempo, sabia que aquela espera era em vão. Era como se não faltasse, todas as manhãs, a carta esperada, e sim como se, a cada manhã, viesse, outra vez, aquele silêncio esperado e temido. O filho permanecia calado. Mas o pai ouvia-o calando-se. E era como se, a cada dia, o filho voltasse a apresentar ao velho os seus respeitos. E quanto mais tempo se passava sem os relatos de Carl Joseph, mais difícil ficava, para o comissário distrital, escrever a carta anunciada. E se, num primeiro momento, parecera óbvio que deveria simplesmente proibir seu filho de deixar o exército, agora começava a parecer a *Herr* von Trotta que ele não tinha mais o direito de lhe proibir nada. O senhor comissário distrital estava completamente desacorçoado. Sua barba tornava-se cada vez mais prateada. Suas têmporas já estavam totalmente brancas. Às vezes sua cabeça desabava sobre o peito e o queixo, e as duas asas da sua barba jaziam sobre a camisa engomada. Assim ele adormecia, subitamente, sentado em sua cadeira, acordava depois de alguns minutos e imaginava ter dormido por uma eternidade. Seu sentido preciso da passagem das horas desaparecera desde que abrira mão de alguns dos seus antigos costumes. Pois as horas e os dias eram, antes, destinados a manter estes costumes, mas agora assemelhavam-se a recipientes vazios, que não podiam mais ser preenchidos, e com os quais já não era mais preciso se ocupar. Só à tarde, para as partidas de xadrez com o doutor Skowronnek, é que o comissário distrital aparecia pontualmente.

Certo dia, recebeu uma visita surpreendente. Estava sentado no gabinete, diante dos seus papéis, quando ouviu, fora, a voz palpitante e bem conhecida do seu amigo de juventude, Moser, e as tentativas frustradas do servente de expulsar o professor. O comissário distrital soou a campainha e mandou o professor entrar. "*Grüss Gott*, senhor governador!", disse Moser. Com seu chapéu mole, sua pasta, e sem casaco, Moser não se parecia com alguém que acabava de chegar de uma viagem e de desembarcar do trem. Parecia que vinha da casa que ficava do outro lado da rua. E o comissário distrital assustou-se com o terrível pensamento de que talvez Moser tivesse vindo para instalar-se em W. definitivamente. Primeiro o professor voltou até a porta, trancou-a com a chave e disse: "Para que ninguém nos apanhe de surpresa, meu caro! Talvez isto possa prejudicar sua carreira!". E então aproximou-se a passos lentos e largos da escrivaninha, abraçou o comissário distrital e lhe deu um beijo ressonante na careca. Em seguida, sentou-se na cadeira junto à escrivaninha, colocou a pasta e o chapéu diante dos pés, no chão, e se calou.

Herr von Trotta calou-se, igualmente. Agora, sabia o que trazia Moser ali. Havia três meses que ele não lhe enviava dinheiro. "Me desculpe!", disse *Herr* von Trotta. "Quero pagar-lhe imediatamente! Me desculpe! Estou com muitos problemas nos últimos tempos!" "Posso imaginar!", retrucou Moser. "O senhor seu filho custa muito dinheiro! Eu o vejo a cada duas semanas em Viena. Ele parece estar se divertindo bastante, o senhor tenente!"

O comissário distrital levantou-se. Agarrou seu próprio peito. Sentiu a carta de Carl Joseph em seu bolso. Aproximou-se da janela. De costas para Moser e com o olhar sobre as antigas castanheiras no parque, ele perguntou: "Você conversou com ele?".

"Sempre que nos encontramos, tomamos um copinho juntos", disse Moser. "O senhor seu filho é uma pessoa nobre!"

"Ah! Ele é uma pessoa nobre!", repetiu *Herr* von Trotta.

Ele voltou subitamente à escrivaninha, abriu, com ímpeto, uma gaveta, contou algumas notas, apanhou algum dinheiro e o deu ao pintor. Moser enfiou o dinheiro no chapéu em meio ao forro rasgado e uma concavidade ergueu-se no tecido de feltro. "Um momento!", disse o comissário distrital. Ele se aproximou da porta e disse ao servente: "Acompanhe o senhor professor até a estação de trens. Ele está indo para Viena. O trem parte dentro de uma hora!" "Fico-lhe muito reconhecido!", disse Moser, fazendo uma mesura. O comissário distrital aguardou por alguns minutos. E depois apanhou seu chapéu e sua bengala, e dirigiu-se ao café.

Estava um pouco atrasado. O doutor Skowronnek já estava sentado à mesa, com o tabuleiro de xadrez preparado, à sua frente. *Herr* von Trotta sentou-se. "Preto ou branco, senhor comissário distrital?", perguntou Skowronnek. "Hoje não vou jogar!", disse o comissário distrital. Pediu um conhaque, tomou-o e começou:

"Vou ter que incomodá-lo, doutor." "Pois não!", disse Skowronnek.

"É por causa do meu filho", começou o comissário distrital. E, em sua língua de funcionário do estado, lenta, um pouco anasalada, começou a relatar seus problemas, como se estivesse falando de assuntos do comissariado para algum conselheiro governamental. Em certa medida, dividira seus problemas entre problemas principais e problemas secundários. E, ponto por ponto, em pequenos parágrafos, contou a história do seu pai, a sua própria, e a história do seu filho. Quando terminou, o café já estava vazio e as chamas esverdeadas na sala de jogos já estavam acesas, e seu canto monótono zumbia sobre as mesas vazias.

"Sim! Assim é!", concluiu o comissário distrital.

Fez-se um demorado silêncio entre os dois senhores. O comissário distrital não ousava olhar nos olhos do doutor Skowronnek. E o doutor Skowronnek não ousava olhar nos olhos do comissário. E os dois baixavam os olhos, um diante do outro. Parecia que tinham surpreendido um ao outro fazendo algo de errado. Por fim, Skowronnek disse:

"Talvez haja uma mulher por trás disto? Que outro motivo teria o seu filho para viajar com tanta frequência a Viena?"

Efetivamente, o comissário distrital nunca chegara a pensar numa mulher. Parecia-lhe incompreensível que, até então, ele não tivesse chegado a este pensamento evidente. Pois tudo – e certamente não era muito – o que ele jamais aprendera sobre a influência nefasta que as mulheres são capazes de exercer sobre os homens precipitou-se, de uma só vez, violentamente, em seu cérebro, libertando, ao mesmo tempo, seu coração. Se não fosse nada além de uma mulher que tivesse provocado em Carl Joseph a decisão de abandonar o exército, talvez ainda fosse possível, se não reparar alguma coisa, ao menos descobrir a causa da desgraça, e o desaparecimento do mundo já não seria mais uma questão de forças irreconhecíveis, misteriosas e obscuras, contra as quais era impossível defender-se. Uma mulher!, ele pensava. Não! Não sabia de mulher alguma. E, em seu estilo burocrático, ele disse:

"Nada chegou aos meus ouvidos a respeito de qualquer mulher!"

"Alguma mulher!", repetiu o doutor Skowronnek, sorrindo: "Poderia, eventualmente, ser também uma dama!"

"O senhor acha", disse *Herr* von Trotta, "que meu filho tem a séria intenção de se casar?".

"Isto também não", disse Skowronnek. "Ninguém é obrigado a casar com qualquer dama."

Ele percebeu que o comissário distrital era uma daquelas naturezas simples, que pareciam precisar ser enviadas mais uma vez à escola. E decidiu tratar o comissário distrital como uma criança que está aprendendo a falar. E disse:

"Deixemos de lado as damas, senhor comissário distrital! Não se trata disto! Por este ou por outro motivo, seu filho não quer permanecer no exército, e eu o compreendo!"

"O senhor o compreende?"

"Com certeza, senhor comissário distrital! Um jovem oficial do nosso exército não pode estar satisfeito com sua profissão, se pensar um pouco. O desejo de um oficial é a guerra. Mas ele sabe que a guerra representará o fim da monarquia."

"O fim da monarquia?"

"O fim, senhor comissário distrital! Lamento! Deixe o seu filho fazer como ele quiser. Talvez ele se adapte melhor a alguma outra profissão!"

"Alguma outra profissão!", repetiu *Herr* von Trotta. "Alguma outra profissão!", ele voltou a dizer.

Permaneceram em silêncio, demoradamente. E então o comissário distrital disse, pela segunda vez:

"Alguma outra profissão!"

Ele se esforçava, tentava acostumar-se àquelas palavras, mas elas lhe pareciam tão estranhas quanto as palavras "revolucionário" ou "minorias nacionais" por exemplo. E para o comissário distrital era como se realmente não fosse necessário esperar muito pelo desaparecimento do mundo. Bateu na mesa, com o punho magro, o punho da camisa chiou e, sobre a mesa a lamparina esverdeada oscilou. Ele perguntou:

"Que profissão, *Herr Doktor*?"

"Talvez ele pudesse arranjar um emprego nas estradas de ferro", disse o doutor Skowronnek.

Em seguida, o comissário distrital imaginou seu filho com a farda de um condutor de trens, segurando nas mãos um alicate para cancelar os bilhetes de passagem dos viajantes. A palavra "arranjar um emprego" provocou um arrepio em seu velho coração. Ele sentiu frio.

"O senhor acha?"

"Não sei de nenhuma alternativa!", disse o doutor Skowronnek.

E como agora o comissário distrital já estava se erguendo, o doutor Skowronnek ergueu-se também e disse:

"Vou acompanhá-lo!"

Puseram-se a andar pelo parque. Chovia. O comissário distrital absteve-se de abrir o guarda-chuva. Aqui e ali, pesadas gotas desabavam das copas densas das árvores sobre os seus ombros e sobre o seu chapéu rijo. Estava escuro. Fazia-se silêncio. Sempre que passavam por algum dos poucos lampiões que escondiam suas cabeças prateadas em meio à densa folhagem, os dois homens inclinavam suas cabeças. E quando já estavam diante da saída do parque municipal, hesitaram ainda, por um instante. E o doutor Skowronnek disse, subitamente: "Até logo, senhor comissário distrital!". E *Herr* von Trotta atravessou a rua sozinho, em direção ao vasto arco do portão do comissariado distrital.

Encontrou sua governanta na escadaria e disse: "Prezada senhora, hoje não vou jantar!", e seguiu adiante, apressado. Queria subir dois degraus de cada vez, mas sentiu vergonha e continuou, com sua dignidade habitual, em linha reta, em direção ao gabinete. Pela primeira vez em sua vida, desde que dirigia aquele comissariado distrital, sentou-se em seu gabinete depois do anoitecer. Acendeu a lâmpada de mesa verde, que normalmente só era acesa nas tardes de inverno. As janelas estavam abertas. A chuva golpeava as venezianas de metal com violência. *Herr* von Trotta apanhou na gaveta uma folha de papel amarelada e escreveu:

> "Querido filho!
> Depois de muito refletir, decidi deixar a responsabilidade pelo seu futuro em suas próprias mãos. Peço-lhe, apenas, que me mantenha informado sobre as suas decisões.
> Seu pai"

Herr von Trotta demorou-se, sentado diante da sua carta. Leu algumas vezes as poucas frases que escrevera. Soavam-lhe como um testamento. Nunca lhe ocorrera antes considerar seu caráter paterno mais importante do que o seu caráter funcional. Mas como, com aquela carta, abria mão da sua autoridade sobre o seu filho, pareceu-lhe que à sua vida como um todo restava pouco sentido, e que ele também deveria, ao mesmo tempo, deixar de ser funcionário público.

Não havia nada de vergonhoso no que ele fazia naquele instante. Mas lhe parecia que estava causando uma humilhação a si mesmo. Deixou o gabinete, com a carta em mãos, e dirigiu-se à sala de estar dos cavalheiros. Ali, acendeu todas as luzes que havia, o abajur no canto e o lustre no teto, e pôs-se diante do retrato do herói de Solferino. Não conseguia enxergar com clareza o rosto do seu pai. O quadro desfazia-se em centenas de minúsculas manchas e pelotas oleosas, a boca era um risco pálido e vermelho e os olhos, dois cacos negros de carvão. O comissário distrital subiu numa cadeira (desde a sua infância ele não subia numa cadeira), ergueu-se, colocou-se na ponta dos pés, segurou o pince-nez diante dos olhos e, com muito esforço, ainda conseguiu ler a assinatura de Moser no canto direito do retrato. Desceu, com alguma dificuldade, conteve um suspiro, afastou-se, recuando até a parede oposta, colidiu, com força e dolorosamente no canto da mesa, e começou a contemplar o quadro de longe. Apagou a luz do teto. E em meio à penumbra escura, imaginou que via o rosto do seu pai reluzindo com vida. Logo o rosto aproximava-se dele, logo se afastava, parecendo refugiar-se atrás da parede, de onde observava a sala a uma distância incomensurável, como através de uma janela aberta. *Herr* von Trotta sentiu um grande cansaço. Sentou-se na poltrona, empurrou-a de maneira a se colocar bem em frente ao quadro, e abriu os botões do seu colete. Ouvia as gotas cada vez mais esparsas da chuva, que cessava golpeando duramente as vidraças a intervalos irregulares, e o vento chiando, de tempos em tempos, nas velhas castanheiras do outro lado da rua. Cerrou os olhos. E adormeceu, com a carta no envelope em sua mão e a mão imóvel sobre o encosto da poltrona.

Quando despertou, a manhã já invadia a sala, através das três portentosas janelas em arco. O comissário distrital primeiro avistou o retrato do herói de Solferino, em seguida, sentiu a carta em sua mão, viu o endereço, leu o nome do seu filho e ergueu-se, suspirando. O peito de sua camisa estava amarrotado, sua gravata larga, vermelha com pontos brancos, pendia à esquerda e sobre as calças listradas *Herr* von Trotta detectou, pela primeira vez, horríveis pregas diagonais. Observou-se por algum tempo no espelho. E viu que sua barba estava desarrumada e que alguns lamentáveis fiozinhos de cabelo grisalhos se retorciam sobre a sua calva, e que suas sobrancelhas pontiagudas estavam reviradas como se uma tempestade tivesse se abatido sobre elas. O comissário distrital olhou no relógio. E como o barbeiro deveria estar chegando a qualquer instante, apressou-se em tirar sua roupa e enfiar-se rapidamente na cama, para fazê-lo pensar que se tratava de uma manhã como qualquer outra. Mas conservou a carta em sua mão. E a segurava enquanto era ensaboado e barbeado e também logo depois, enquanto se lavava, a carta permanecia à beira da mesinha sobre a qual estava a bacia. Só quando *Herr* von Trotta se sentou para o café da manhã, entregou a carta ao servente do comissariado e lhe deu ordens para despachá-la com a próxima remessa de correspondência oficial.

Como todos os dias, tratou do seu trabalho. E ninguém seria capaz de reconhecer que *Herr* von Trotta perdera sua crença. Pois o cuidado com o qual ele desempenhava suas funções oficiais não era menor hoje do que nos demais dias. Só que se tratava de um cuidado totalmente diferente. Era simplesmente o cuidado das mãos, dos olhos, até mesmo do pince-nez. E *Herr* von Trotta assemelhava-se a um virtuose em cujo íntimo o fogo tivesse se apagado, em cuja alma tivessem se instalado a surdez e o vazio, e cujos dedos só fossem capazes de produzir os sons corretos graças à sua memória morta, com uma destreza fria adquirida ao longo dos anos. Mas, como foi dito, ninguém percebia nada. E à tarde veio, como de costume, o sargento Slama. E *Herr* von Trotta lhe perguntou: "Diga-me, caro Slama, o senhor voltou a se casar?". Ele mesmo não sabia por que tinha feito aquela pergunta e por que subitamente lhe interessava a vida particular do gendarme. "Não, senhor barão!", disse Slama. "E também não voltarei a me casar!" "E o senhor faz muito bem!", disse *Herr* von Trotta. Mas também não sabia por que o sargento haveria de estar fazendo muito bem com sua decisão.

Aquela era a hora na qual ele aparecia, todos os dias, no café, e portanto hoje se dirigiu, também, para lá. O tabuleiro de xadrez já estava sobre a mesa. O doutor Skowronnek chegou ao mesmo tempo que ele, e eles se sentaram. "Preto ou branco, senhor comissário distrital?", perguntou o doutor, como todos os dias. "Como o senhor quiser!", respondeu o comissário distrital. E começaram a jogar. Hoje *Herr* von Trotta jogava com muito cuidado, quase solenemente, e ganhou. "O senhor está se tornando um verdadeiro mestre do xadrez!", disse Skowronnek. O comissário distrital sentiu-se verdadeiramente lisonjeado. "Talvez eu pudesse ter me tornado um deles!", respondeu ele. E pensou que teria sido melhor, que tudo teria sido melhor.

"Aliás, escrevi ao meu filho", começou, passado um tempo. "Ele poderá fazer o que desejar!"

"É o que me parece certo!", disse o doutor Skowronnek. "Não podemos nos responsabilizar! Ninguém pode se responsabilizar por alguém outro."

"Meu pai se responsabilizou por mim", disse o comissário distrital, "e meu avô se responsabilizou pelo meu pai".

"Naquele tempo as coisas eram diferentes", respondeu Skowronnek. "Hoje, nem mesmo o *Kaiser* se responsabiliza por sua monarquia. Sim, parece que nem mesmo Deus quer se responsabilizar pelo mundo. Naquele tempo tudo era mais fácil! Tudo era garantido. Cada pedra repousava em seu lugar devido. As avenidas da vida eram bem pavimentadas. Telhados seguros repousavam sobre as paredes das casas. Mas hoje, senhor comissário distrital, hoje as pedras estão jogadas de qualquer jeito sobre as ruas, em amontoados perigosos, e os telhados estão esburacados, e chove dentro das casas, e cada um tem que saber que caminho percorrer e em que casa viver. Se o senhor seu pai, que Deus o tenha, disse que o senhor não iria se tornar agricultor e sim funcionário público, ele tinha razão. O senhor se tornou um funcionário público exemplar. Mas quando o senhor disse ao seu filho que dele deveria se tornar soldado, o senhor estava enganado. Pois ele não é um soldado exemplar!"

"Sim, sim!", confirmou *Herr* von Trotta.

"E por isso temos que deixar cada coisa seguir por seu próprio caminho! Se meus filhos não me obedecem, apenas tento não perder a dignidade. É tudo o que se pode fazer. Às vezes, olho para eles enquanto estão dormindo. E os rostos deles me parecem totalmente estranhos, mal sou capaz de reconhecê-los. Vejo que são pessoas que pertencem a um outro tempo, que ainda está por vir, e que eu não hei de viver. Meus filhos ainda são muito moços! Um deles tem oito anos de idade, o outro, dez, e eles têm faces redondas e rosadas enquanto dormem. E ainda assim há muita crueldade nestes rostos, enquanto eles dormem. Às vezes me parece que esta já seja a crueldade dos tempos deles, do futuro, que se derrama sobre as crianças no sono. Não quero viver este tempo!"

"Sim, sim!", disse o comissário distrital.

Jogaram ainda uma partida, mas desta vez *Herr* von Trotta perdeu. "Não vou me tornar um mestre!", disse ele, com delicadeza, e ao mesmo tempo reconciliado com os seus defeitos. Hoje outra vez ficara tarde, as lâmpadas de gás verdes e as vozes do silêncio já zumbiam e o café estava vazio. Voltaram para suas casas pelo parque. Hoje era uma noite serena e caminhantes serenos encontravam-nos. Falavam sobre as chuvas frequentes daquele verão e da secura do verão anterior e dos rigores previstos para o inverno vindouro. Skowronnek aproximou-se da porta do comissariado distrital. “O senhor fez bem com a sua carta, senhor comissário distrital!”, disse ele.

“Sim, sim!”, confirmou *Herr* von Trotta.

Sentou-se à mesa e comeu, apressadamente, seu meio frango com salada, sem dizer palavra. A governanta lançava-lhe olhares furtivos e temerosos. Ela mesma servia à mesa desde a morte de Jacques. Ela deixou o recinto ainda antes do comissário distrital com uma mesura malograda, semelhante à que fizera trinta anos antes, quando ainda era uma menina, diante do diretor da escola. O comissário distrital lhe fez um aceno de mão, um gesto semelhante ao de alguém que está espantando moscas. E então se levantou e foi dormir. Sentia-se cansado e quase doente, a noite anterior repousava em sua lembrança como um sonho distante, mas um pavor muito próximo assolava seus membros.

Adormeceu tranquilamente, achando que já tinha superado o mais difícil. O velho *Herr* von Trotta não sabia que o destino lhe estava preparando amargas preocupações enquanto dormia. Ele era velho, estava cansado, e a morte já o esperava, mas a vida não o libertava. Como uma anfitriã cruel, ela o mantinha apegado à mesa porque ele ainda não ingerira todo o fel que lhe fora preparado.

XVII

Não, o comissário distrital ainda não provara de todo o amargor! Carl Joseph recebeu a carta de seu pai tarde demais, isto é, num momento em que já havia tempos tomara a decisão de não mais abrir as cartas que recebia, e de nem escrever cartas. Quanto a *Frau* von Taussig, ela lhe enviava telegramas. Como andorinhas pequenas e ágeis, chegavam, a cada duas semanas, os telegramas dela, chamando-o. E Carl Joseph lançava-se sobre o guarda-roupa, retirava seu terno cinza, sua existência melhor, mais importante e secreta, e se trocava. Imediatamente ele se sentia em casa no mundo para o qual se dirigia. Esquecia sua vida militar. Para ocupar o lugar do capitão Wagner à frente do batalhão viera, do regimento de infantaria de Einser, o capitão Jedlicek, um "bom sujeito" de enormes proporções, gordo, sereno e delicado como todos os gigantes, e sempre pronto a ser persuadido por uma boa conversa. Que homem! Logo que ele chegou, todos sabiam que era capaz de enfrentar este pântano, e que era mais forte do que a fronteira! Nele podia-se confiar! Infringia todas as regras militares, mas era como se as abolisse! Parecia capaz de inventar um novo regulamento, de introduzi-lo e de realizá-lo! Precisava de muito dinheiro, mas o dinheiro corria às suas mãos, de todos os lados. Os camaradas emprestavam-lhe, assinavam notas promissórias em seu nome, penhoravam, para ele, seus anéis e seus relógios, escreviam, por ele, aos seus pais e às suas tias. Não que ele fosse exatamente amado! Pois o amor teria os aproximado dele, e ele não parecia querer que as pessoas se aproximassem dele. Mas já por razões físicas aquilo não teria sido fácil: seu tamanho, sua largura e sua massa espantavam a todos e por isto não lhe era difícil ser bondoso: "Vá! Vá com tranquilidade!", dizia ele ao tenente Trotta. "Eu assumo a responsabilidade!" Ele assumia a responsabilidade, e efetivamente podia assumi-la. E, a cada semana, precisava de dinheiro. O tenente Trotta obtinha-o de Kapturak. Ele mesmo precisava de dinheiro, o tenente Trotta. Parecia-lhe lamentável apresentar-se a *Frau* von Taussig sem dinheiro. Seria o mesmo que penetrar desarmado num lugar protegido por armas. Que tolice! E suas necessidades multiplicavam-se, e ele aumentou as somas que levava consigo e, ainda assim, sempre voltava desses passeios com uma única coroa em mãos, e sempre decidia que, da próxima vez, levaria mais dinheiro. Às vezes, tentava prestar contas a si mesmo do dinheiro perdido. Mas nunca conseguia se lembrar exatamente de todas as despesas, e frequentemente nem mesmo era capaz de fazer simples somas. Não era capaz de calcular. Suas cadernetas testemunhavam a favor de suas desastradas tentativas de manter a ordem. Cada uma das suas páginas estava tomada por intermináveis colunas de números. Mas aquelas cifras misturavam-se e confundiam-se, pareciam escapar ao controle das suas mãos, somavam-se, por vontade própria, e o enganavam com resultados falsos, galopavam, fugindo das suas vistas, para retornarem, transformadas e irreconhecíveis. Ele sequer era capaz de somar o total das suas dívidas. Tampouco era capaz de compreender os juros. Tudo o que tomava emprestado desaparecia por trás daquilo que devia, como um morro atrás de uma montanha. E, na verdade, não compreendia as contas que Kapturak fazia. E muito embora não confiasse na honestidade de Kapturak, confiava ainda menos em sua própria capacidade de fazer contas. Afinal, os números aborreciam-no. E assim ele abriu mão, definitivamente, de todas as tentativas de fazer contas, com a coragem e a inconsciência que vêm do desespero.

Devia seis mil coroas a Kapturak e a Brodnitzer. Mesmo para suas ideias equivocadas a respeito das cifras, aquela era uma soma gigantesca, se comparada ao seu soldo mensal. (E do soldo, um terço já era descontado todos os meses.) Ainda assim, tinha se acostumado, com o tempo, à cifra "seis mil", assim como alguém se acostuma com um inimigo mais poderoso, porém muito velho. Sim, nas boas horas até mesmo lhe parecia que aquele número estivesse se reduzindo e perdendo suas forças. Nas horas ruins, porém, parecia-lhe que aumentava e multiplicava suas forças.

Partiu para visitar *Frau* von Taussig. Havia semanas que empreendia estas breves e furtivas viagens para encontrar *Frau* von Taussig, peregrinações pecaminosas. Assim como para o piedoso ingênuo, para quem a peregrinação é uma espécie de deleite, um divertimento e às vezes até uma sensação, o tenente Trotta associava o objetivo da sua peregrinação ao lugar onde se situava, com sua eterna ânsia por uma vida de liberdade, como ele a imaginava, com os trajes civis que ele vestia e com a sedução do proibido. Amava suas viagens. Amava o trajeto de dez minutos em coche fechado até a estação de trens, durante o qual imaginava que ninguém o reconhecia. Amava as poucas notas de cem coroas que tomara emprestadas e que levava numa bolsinha oculta sobre o seu peito, debaixo da camisa, e que, hoje e amanhã, pertenciam só a ele, e das quais ninguém sabia que eram emprestadas, e nem que já começavam a crescer e a inchar nas cadernetas de Kapturak. Amava o anonimato civil com o qual passava pelo Nordbahnhof[42], deixando-o, a seguir, sem que ninguém o reconhecesse. Oficiais e soldados passavam por ele, que não os saudava, nem por eles era saudado. Às vezes o seu braço erguia-se, por vontade própria, numa saudação militar. Mas ele logo se lembrava dos seus trajes civis, e tornava a abaixá-lo. O colete, por exemplo, proporcionava ao tenente Trotta um prazer infantil. Ele enfiava as mãos em todos os bolsos, com os quais não sabia o que fazer. E, com dedos vaidosos, ele acariciava o nó da gravata acima da gola, sua única gravata – fora um presente de *Frau* von Taussig – que, apesar de muito esforço, não sabia atar. O mais simplório funcionário do setor de criminalística seria capaz de reconhecer à primeira vista em Trotta um oficial em trajes civis.

42 Estação de trens do norte de Viena, à qual chegavam os trens vindos do oriente. (N.T.)

Frau von Taussig estava na plataforma, no Nordbahnhof. Vinte anos antes – ela achava que eram quinze, pois mentira por tanto tempo sobre sua idade que ela mesma estava convicta de que os seus anos tivessem estacionado em vez de se aproximar do fim – vinte anos antes, ali mesmo, no Nordbahnhof, ela estivera à espera de um tenente que era, porém, da cavalaria. Ela perambulava pela plataforma como se estivesse num banho de rejuvenescimento. Mergulhava na nuvem penetrante do carvão de pedra, nos assovios e vapores das locomotivas que estacionavam diante das plataformas, na densa toada dos sinais. Portava um véu de viagem, curto. Imaginava que aquilo tivesse sido moda quinze anos antes. Mas, na verdade, eram vinte e cinco anos, nem mesmo vinte! Ela amava esperar na plataforma. Amava o instante da chegada do trem, quando avistava o ridículo chapeuzinho verde-escuro de Trotta na janela do compartimento do vagão, e seu rosto jovem, perplexo e amado. Pois ela tornava Carl Joseph mais jovem do que ele era, assim como fazia consigo mesma. Tornava-o mais tolo e mais perplexo, também, assim como fazia consigo mesma. No instante em que o tenente deixava o degrau inferior do vagão, seus braços abriam-se como há vinte, aliás quinze, anos. E do rosto que hoje ela tinha emergia aquele rosto anterior, rosado e liso, que ela tivera, há vinte, aliás quinze, anos, um rosto de menina, doce e um pouco acalorado. Em torno da sua garganta, em cuja pele hoje já se abriam dois sulcos paralelos, ela pendurara uma corrente fina e infantil de ouro, a única joia que possuía havia vinte, aliás quinze, anos. E assim como havia vinte, aliás quinze, anos, ela se dirigiu, com o tenente para um daqueles hoteizinhos nos quais floresciam os amores ocultos, em paraísos de deliciosos leitos alugados que rangiam, pobres. Começavam os passeios. Os quartos de hora apaixonados em meio ao verde jovem do Wienerwald[43], as pequenas e súbitas tempestades do sangue. As noites na penumbra avermelhada dos camarotes da ópera, atrás de cortinas fechadas. As carícias, carícias conhecidas e ainda assim surpreendentes, pelas

43 Wienerwald, ou "floresta vienense", é o nome de um parque florestal junto à capital austríaca. (N.T.)

quais esperava a carne experiente e ainda assim ingênua. O ouvido conhecia a música ouvida com frequência, mas os olhos conheciam apenas fragmentos da cena. Pois *Frau* von Taussig sempre se sentava na ópera com a cortina cerrada ou com olhos fechados. A ternura, que brotava da música e que parecia ter sido confiada pela orquestra às mãos do homem, chegava à pele, ao mesmo tempo fresca e incandescente, as carícias e a música eram como irmãs que se conheciam desde sempre, para sempre jovens, presentes que se recebera havia tempo, mas que já tinham sido esquecidos, e com os quais se imaginava ter sonhado, antecipadamente. Os restaurantes silenciosos abriam-se. Os jantares silenciosos começavam, em cantos onde também parecia nascer o vinho que se bebia, amadurecido pelo amor que brilhava, perene, ali, na escuridão. Chegava a hora da despedida, um último abraço, ao entardecer, ante as advertências constantes do relógio de bolso que tiquetaqueava no criado-mudo, já acompanhado da alegria do próximo encontro; e a pressa com a qual se dirigia ao trem, o último beijo, já no degrau do vagão, e a esperança, perdida no último instante, de talvez viajar junto com ele.

Cansado, mas preenchido com todas as doçuras do mundo e do amor, o tenente Trotta chegava de volta à localidade da sua guarnição. Seu ordenança, Onufrij, já aprontara a farda. Trotta trocava-se numa sala dos fundos do restaurante e se dirigia à caserna. Ia diretamente ao gabinete da sua companhia. Tudo em ordem. Nada acontecera. O capitão Jedlicek estava alegre, sereno, pesado e saudável como sempre. O tenente Trotta sentia-se aliviado e, ao mesmo tempo, decepcionado. Num canto escondido do seu coração, desejava alguma catástrofe que o impossibilitasse de continuar no serviço militar. Ele teria, então, voltado imediatamente para Viena. Mas nada acontecera. E então era preciso esperar mais doze dias ali, trancado em meio às quatro paredes do pátio da caserna, em meio às ruazinhas desertas daquela cidade. Olhou de relance para os alvos dispostos ao seu redor, nas paredes do pátio da caserna. Os homenzinhos azuis, despedaçados por tiros e outra vez repintados, pareciam ao tenente espíritos malignos, espíritos domésticos da caserna, eles mesmos ameaçando com as armas pelas quais tinham sido atingidos, não mais alvos e sim perigosos atiradores. Assim que chegou ao Hotel Brodnitzer, entrou em seu quarto despojado e se lançou sobre a cama de ferro. Decidiu que não mais voltaria à caserna, depois de sua próxima licença.

Mas não era capaz de realizar esta decisão. E sabia disto. E, na verdade, estava à espera de alguma sorte inesperada, que um dia fosse lhe cair nos braços, para salvá-lo, para sempre, do exército e da necessidade de deixar o exército por vontade própria. Tudo o que era capaz de fazer era parar de escrever ao pai e deixar fechadas as cartas que recebera do comissário distrital, para talvez um dia abri-las, talvez um dia...

Os doze dias seguintes passaram, rolando uns sobre os outros. Ele abriu o guarda-roupa e observou seu terno civil, à espera do telegrama, que chegava sempre àquela hora, na penumbra, antes do anoitecer, como um pássaro que retorna ao seu ninho. Mas hoje não chegou telegrama algum, nem mesmo depois do anoitecer. O tenente não acendeu luz alguma, para não tomar conhecimento da chegada da noite. Vestido e de olhos arregalados, permanecia deitado na cama. Todas as vozes familiares da primavera jorravam janela adentro: o canto profundo dos sapos e, acima dele, o seu irmão mais suave e agudo, o canto dos grilos e, em meio a eles, o chamado distante do corvo noturno, e os cantos dos rapazes e das moças da aldeia na fronteira. Por fim, o telegrama chegou. Informava o tenente que, desta vez, ele não poderia vir. *Frau* von Taussig teria ido ao encontro do seu marido. Ela pretendia voltar logo, mas não sabia quando. Com "mil beijos" encerrava-se o texto. Aquele número ofendeu o tenente. Ela não poderia ter economizado, ele pensou. Poderia, também, ter telegrafado cem mil! Ocorreu-lhe que tinha uma dívida de seis mil coroas. Comparados com aquela dívida, mil beijos eram uma ninharia. Ele se levantou para fechar a porta do guarda-roupa, que ficara aberta. Ali pendia, limpo e alinhado, um cadáver passado a ferro, o Trotta livre, civil, cinza-escuro. Sobre ele fechou-se a porta do armário. Um ataúde: sepultado! Sepultado!

O tenente abriu a porta que dava para o corredor. Onufrij estava sempre sentado ali, em silêncio, ou assoviando baixinho, ou com a gaita diante dos lábios e as mãos em concha sobre o instrumento, para abafar os sons. Às vezes Onufrij sentava-se sobre uma cadeira. Às vezes permanecia agachado no umbral da porta. Já havia um ano que ele devia ter deixado o exército. Permanecia como voluntário. Sua aldeia, Burdlaki, ficava perto dali. Sempre que o tenente viajava, ele ia à aldeia. Levava consigo um cajado de cerejeira, um lenço branco com flores azuis, colocava alguns objetos misteriosos neste lenço, pendurava a trouxa na ponta do cajado, apoiava-o no ombro, acompanhava o tenente até a estação de trens, esperava pela partida do trem, permanecia, saudando, paralisado, na plataforma, mesmo que Trotta não estivesse olhando pela janela do compartimento do vagão, e começava, então, sua caminhada até Burdlaki, em meio aos pântanos, sobre a trilha na qual crescia a grama, o único caminho seguro, em que não havia perigo de afundar. Onufrij voltava a tempo de esperar por Trotta. E se sentava, silencioso, diante da porta de Trotta, assoviando ou tocando sua gaita entre as mãos em concha.

O tenente abriu a porta que dava para o corredor. "Desta vez você não vai poder ir a Burdlaki! Não vou viajar!" "Sim, senhor tenente!" Paralisado em saudação, Onufrij estava postado no corredor branco, um traço reto, azul-escuro. "Você vai ficar aqui!", repetiu Trotta, achando que Onufrij não tivesse compreendido.

Mas Onufrij apenas repetiu: "Sim senhor!". E, como se quisesse provar que compreendia mais do que lhe diziam, desceu e voltou com uma garrafa de *Neunziggrädiger*.

Trotta bebeu. O quarto despojado tornou-se mais acolhedor. A lâmpada elétrica nua que pendia do teto por um fio trançado, rodada de mariposas, balançando ao vento da noite, despertou na superfície marrom polida da mesa reflexos aconchegantes e fugidios. Por fim, a decepção de Trotta transformou-se numa dor benfazeja. Fez uma espécie de aliança com sua própria tristeza. Tudo no mundo, hoje, parecia-lhe extremamente triste, e o tenente era o centro daquele mundo de lástimas. Era para ele que hoje os sapos faziam um barulho tão lamentável, e também os grilos cheios de dor gemiam por ele. Era por ele que a noite de primavera se enchia com uma dor tão doce e suave, era por ele que as estrelas brilhavam, tão inalcançáveis, no alto, no céu, e era só para ele que faiscava a sua luz, com uma saudade tão vã. A dor infinita do mundo combinava perfeitamente com o sofrimento de Trotta. Ele sofria em perfeita sintonia com o sofrimento cósmico. Atrás da abóbada azul-escura do céu, Deus olhava-o, com pena. Trotta voltou a abrir o armário. Ali pendia, morto para sempre, o Trotta livre. Ao lado dele, reluzia o sabre de Max Demant, seu amigo morto. Na mala estavam as lembranças do velho Jacques, as raízes duras como pedras, junto às cartas da falecida *Frau* Slama.

E no peitoril da janela estavam nada menos que três cartas ainda fechadas do seu pai, que talvez também já tivesse morrido! Oh! O tenente Trotta não era apenas triste e infeliz, mas era também mau, um caráter fundamentalmente mau! Carl Joseph aproximou-se, outra vez, da mesa, encheu mais um copo e o esvaziou, de um só gole. No corredor, diante da porta, Onufrij acabara de começar a tocar uma nova canção na sua gaita. Era a conhecida canção *Oh! Nosso Kaiser...* Trotta não compreendia mais as primeiras palavras ucranianas: "*Oj nasch cisar, cisarewa*". Não fora capaz de aprender o idioma local. Não só ele era um caráter fundamentalmente mau, mas também uma cabeça cansada e tola. Em poucas palavras: sua vida inteira era um equívoco! Seu peito contraiu-se, as lágrimas já brotavam em sua garganta e logo ascenderiam aos seus olhos. E ele tomou mais um copo, para lhes facilitar o caminho. Por fim, elas brotaram dos seus olhos. Colocou os braços sobre a mesa, apoiou a cabeça nos braços e começou a soluçar, miseravelmente. Chorou assim por um quarto de hora. Não ouviu que Onufrij interrompera sua música, e que batia à porta. Só no instante em que a porta se abriu ele ergueu a cabeça. E viu Kapturak.

Conseguiu conter as lágrimas e perguntar, com uma voz cortante: "Como é que o senhor entrou aqui?".

Kapturak, com a boina na mão, estava junto à porta. Sua cabeça estava apenas um pouco acima da maçaneta. Seu rosto, de um cinza amarelado, sorria. Estava vestido de cinza. Usava sapatos de lona cinzenta. Suas bordas exibiam a lama cinzenta, fresca e reluzente, que enchia as estradas daquele país na primavera. Sobre o seu crânio diminuto formavam-se alguns cachos visivelmente cinzentos. “Boa noite!”, disse ele, fazendo uma pequena mesura. Ao mesmo tempo, sua sombra galgava rapidamente a porta branca, desabando outra vez logo a seguir.

“Onde está o meu ordenança?”, perguntou Trotta. “E o que deseja o senhor?”

“Desta vez o senhor não foi para Viena!”, começou Kapturak. “Eu não vou a Viena!”, disse Trotta.

“Esta semana o senhor não precisou de dinheiro!”, disse Kapturak. “Hoje estava esperando pela sua visita. Vim me informar. Acabo de passar pela casa do senhor capitão Jedlicek. Ele não está em casa!”

“Ele não está em casa!”, repetiu Trotta, indiferente. “Sim”, disse Kapturak. “Ele não está em casa. Algo lhe aconteceu!”

Trotta ouviu que algo acontecera com o capitão Jedlicek. Mas não perguntou nada. Em primeiro lugar, ele não era curioso. (Hoje ele não estava curioso.) Em segundo lugar, parecia-lhe que, com ele mesmo, já haviam acontecido muitas coisas, coisas demais, e que por isto os outros não poderiam lhe interessar muito, e em terceiro lugar não tinha vontade de pedir a Kapturak para lhe contar coisa alguma. Estava furioso com a presença de Kapturak. Só não tinha forças para fazer alguma coisa contra aquele homenzinho. Uma lembrança muito vaga das seis mil coroas que ele devia ao visitante sempre voltava a emergir, uma lembrança incômoda. Ele tentava repeli-la. Silenciosamente, tentava convencer-se de que o dinheiro nada tinha a ver com a sua visita. São duas pessoas diferentes: uma, a quem devo dinheiro, não está aqui. A outra, que está aqui no meu quarto, apenas quer me contar alguma coisa que não me interessa a respeito de Jedlicek. Olhou fixamente para Kapturak. Por alguns instantes pareceu ao tenente que seu hóspede estivesse se desfazendo, e que se recompusesse em manchas cinzentas e pouco nítidas. Trotta esperou até que a imagem de Kapturak ressurgisse por inteiro. Era preciso fazer um certo esforço para aproveitar aquele instante, pois havia o perigo de que aquele homenzinho cinzento voltasse a se dissolver, desaparecendo imediatamente. Kapturak deu um passo em sua direção, como se soubesse que o tenente não o conseguia enxergar com nitidez, e repetiu, agora um pouco mais alto:

"Aconteceu alguma coisa ao capitão!"

"Mas, afinal, o que aconteceu com ele?", perguntou Trotta sonolento, como se estivesse dormindo.

Kapturak deu mais um passo em direção à mesa e sussurrou, fechando as mãos em concha diante da boca, de maneira que o seu sussurro se tornasse como um chiado: "Ele foi preso e enviado para longe daqui. Por suspeita de espionagem".

Ao ouvir esta palavra o tenente ergueu-se. Agora estava de pé, com as duas mãos apoiadas na mesa. Mal era capaz de sentir as pernas. Era como se apenas as mãos o sustentassem em pé. Estava quase agarrado ao tampo da mesa.

"Não quero ouvir do senhor nada a este respeito", disse ele. "Vá-se embora!"

"Infelizmente não será possível, não será possível!", disse Kapturak.

Agora estava junto à mesa, ao lado de Trotta. Baixou a cabeça, como se estivesse prestes a fazer alguma confissão vergonhosa, e disse: "Preciso insistir num pagamento parcial!".

"Amanhã!", disse Trotta.

"Amanhã!", repetiu Kapturak. "Talvez amanhã seja impossível! O senhor está vendo as surpresas que aparecem todos os dias. Perdi uma fortuna com o capitão. E quem é que sabe se um dia voltaremos a vê-lo. O senhor é amigo dele!"

"O que é que o senhor está dizendo?", perguntou Trotta. Ele levantou as mãos da mesa e, subitamente, sentia-se firme sobre os próprios pés. Compreendeu, subitamente, que Kapturak dissera uma palavra terrível, muito embora verdadeira. E só lhe parecera terrível por ser verdadeira. Ao mesmo tempo, o tenente lembrou-se do único momento em sua vida no qual ele fora um perigo para outras pessoas. Desejou estar armado como daquela vez, com sabre, pistola e o seu pelotão às costas. Aquele homenzinho cinzento era hoje muito mais perigoso do que as centenas de pessoas tinham sido daquela vez. E para compensar sua vulnerabilidade, Trotta tentou preencher seu coração com um ódio que lhe era estranho. Cerrou os punhos. Nunca fizera aquilo antes e sentia que não era capaz de se tornar uma ameaça. No melhor dos casos, era capaz de parecer ameaçador. Em sua testa uma veia azul inchou-se, seu rosto enrubesceu, o sangue subiu-lhe aos olhos e seu olhar paralisou-se. Conseguiu parecer muito perigoso. Kapturak recuou.

"Como foi que o senhor disse?", repetiu o tenente. "Nada!", disse Kapturak.

"Repita o que o senhor disse!", ordenou Trotta. "Nada!", respondeu Kapturak.

Novamente, por um instante, ele se desfez em manchas cinzentas pouco nítidas. E o tenente Trotta sentiu-se tomado por um medo terrível de que aquele homenzinho tivesse o poder fantasmagórico de se desfazer em pedaços e depois voltar a se recompor. E uma vontade irresistível de compreender a substância de Kapturak apossou-se do tenente, semelhante à paixão inexorável de um cientista. Junto à cabeceira da cama, às suas costas, pendia o sabre – sua arma, o objeto de sua honra militar e particular e, naquele instante, estranhamente, também um instrumento mágico adequado à revelação das leis que regiam os sinistros fantasmas. Sentia o sabre reluzente às suas costas e uma espécie de força magnética que emanava da arma. E, igualmente atraído por ela, recuou um passo, com o olhar fixo em Kapturak, que se dissolvia e voltava a se recompor, agarrou a arma com a mão esquerda, desembainhou-a, veloz como um raio, com a direita, e enquanto Kapturak dava um salto em direção à porta, e a boina caía de suas mãos, jazendo diante dos sapatos de lona cinzentos, Trotta perseguia-o, bradando o sabre. E sem saber o que fazia, o tenente encostou a ponta da lâmina no peito do fantasma cinzento, sentindo, em toda a extensão do metal, a resistência das roupas e do corpo, e respirou, aliviado, porque aquilo finalmente parecia-lhe comprovar que Kapturak era um ser humano. Ainda assim, não foi capaz de abaixar a lâmina. Foi só um instante. Mas, naquele instante, o tenente Trotta ouviu, viu e cheirou tudo o que vivia no mundo, as vozes da noite, as estrelas no céu, a luz da lâmpada, os objetos no quarto, sua própria figura, não como se ele mesmo a portasse, mas como se ela estivesse à sua frente, a dança dos mosquitos ao redor da lâmpada, o vapor úmido dos pântanos e o hálito fresco do vento noturno. Subitamente, Kapturak abriu os braços. Suas mãos magras e mirradas agarravam-se aos batentes da porta, à direita e à esquerda. Sua cabeça calva, com os pelos cinza encaracolados, desabava sobre os ombros. Ao mesmo tempo, ele colocava um pé à frente do outro, trançando seus ridículos sapatos cinzentos num nó. E atrás dele, junto à porta branca, ergueu-se subitamente diante dos olhos paralisados do tenente Trotta a sombra negra e vacilante de uma cruz.

A mão de Trotta estremeceu e ele soltou a lâmina. Com um delicado e ressonante lamento metálico, ela despencou. No mesmo instante, Kapturak deixou seus braços caírem. Sua cabeça escorregou do ombro e desabou sobre o peito. Seus olhos permaneciam fechados. Seus lábios estremeciam. Seu corpo inteiro tremia. Fez-se silêncio. Ouvia-se o esvoaçar dos mosquitos em torno da luz da lâmpada e pela janela aberta os sapos, os grilos e, entre eles, o latido próximo de um cão. O tenente Trotta cambaleou. Ele se voltou. "Sente-se!", disse ele, apontando para a única cadeira que havia no quarto.

"Sim," disse Kapturak, "vou me sentar!".

Aproximou-se, animado, da mesa, e a Trotta pareceu que se portava como se nada tivesse acontecido. A ponta do seu pé tocava o sabre, no chão. Ele se curvou, apanhando-o. Como se fosse sua obrigação arrumar o quarto, Kapturak dirigiu-se à mesa sobre a qual se encontrava a bainha, segurando o sabre nu entre dois dedos da mão erguida, embainhou-o e pendurou-o junto à cabeceira da cama. Em seguida, circundou a mesa e sentou-se diante de Trotta, que permanecia em pé. Só agora parecia enxergá-lo.

"Vou ficar só um instante", disse ele, "para me recuperar". O tenente calou-se.

"Peço-lhe que me entregue todo o dinheiro neste dia e exatamente nesta hora na semana que vem", prosseguiu Kapturak. "Não quero mais fazer negócios com o senhor. São ao todo sete mil duzentas e cinquenta coroas. Quero também lhe informar que *Herr* Brodnitzer está atrás da porta e que ouviu tudo o que aconteceu. O senhor conde Chojnicki, como é do seu conhecimento, virá mais tarde do que de costume este ano, e talvez nem mesmo venha. E agora me despeço, senhor tenente!”

Ele se levantou, aproximou-se da porta, abaixou-se, ergueu a boina do chão e olhou, mais uma vez, ao redor. A porta se fechou.

Agora, o tenente estava totalmente sóbrio. Ainda assim, parecia que tudo aquilo tivesse sido um sonho. Ele abriu a porta. Onufrij estava sentado na cadeira, como de costume, muito embora já devesse ser muito tarde. Trotta olhou o relógio. Eram nove e meia. “Por que você ainda não foi dormir?”, perguntou ele. “Por causa da visita!”, respondeu Onufrij. “Você ouviu tudo?” “Tudo!”, disse Onufrij. “Brodnitzer estava aqui?” “Sim senhor!”, confirmou Onufrij.

Não restavam mais dúvidas. Tudo ocorrera conforme o tenente Trotta vira. Isto significava que, na manhã seguinte, deveria relatar tudo. Os camaradas ainda não tinham retornado. Ele ia de uma porta à outra, os quartos estavam todos vazios. Todos agora estavam reunidos na cantina, e discutiam o caso do capitão Jedlicek, o terrível caso do capitão Jedlicek. Ele seria denunciado ao tribunal militar, degradado e executado. Trotta atou o sabre ao cinturão, apanhou o quepe e desceu. Precisava aguardar embaixo pela chegada dos camaradas. Patrulhava o hotel, caminhando de um lado para o outro. Mais importante do que a cena que ainda há pouco vivera com Kapturak era-lhe o estranho caso do capitão. Acreditava reconhecer os rastros traiçoeiros de uma força sombria, e a coincidência de que, justamente naquele dia, *Frau* von Taussig tivera que viajar para encontrar seu marido, pareceu-lhe sinistra. Por fim, viu também todos os acontecimentos sombrios de sua vida inseridos numa conjuntura sombria, dirigidos e dependentes de algum manipulador violento, odioso e invisível, cujo objetivo fosse destruir o tenente. Era claro, estava na cara, como se costumava dizer, que o tenente Trotta, o neto do herói de Solferino, em parte preparava a destruição de outros, e em parte era arrastado por aqueles que eram destruídos, e de qualquer maneira era uma daquelas criaturas infelizes sobre as quais uma força maligna lançara um olhar maligno. Andava de um lado para o outro pela rua silenciosa, seus passos ressoavam diante das janelas iluminadas e veladas pelas cortinas do café, em cujo interior a música soava, as cartas estalavam sobre as mesas e em vez do velho "rouxinol" alguma outra cantava e dançava: as velhas canções e as velhas danças. Hoje, decerto, nenhum dos camaradas encontrava-se ali. De qualquer forma, Trotta não queria verificar. Pois a vergonha do capitão Jedlicek recaía também sobre ele, muito embora ele há tempos odiasse o serviço militar. A vergonha do capitão recaía sobre o batalhão como um todo. A educação militar do tenente Trotta tinha sido forte o suficiente para lhe parecer incompreensível que, depois deste caso Jedlicek, os oficiais do batalhão, naquela guarnição, ainda ousassem sair à rua portando suas fardas. Sim, aquele Jedlicek! Ele era grande, forte e um bom camarada, e precisava de muito dinheiro. Tudo ele suportava em seus ombros largos, Zoglauer amava-o, as tropas amavam-no. A todos ele parecera mais forte do que o pântano e a fronteira. E era um espião! Do café, a música soava, vozes confusas ecoavam, xícaras tilintavam, e esses ruídos voltavam sempre a submergir no coro noturno dos incansáveis sapos. A primavera chegara! Mas Chojnicki não chegava! Ele era o único que poderia ajudá-lo, com seu dinheiro. Já havia tempo que não eram mais seis mil, e sim sete mil duzentas e cinquenta! A serem pagas na semana que vem, exatamente àquela hora! Se ele não pagasse, certamente haveria de vir à tona alguma ligação entre ele e o capitão Jedlicek. Ele fora seu amigo! Mas, afinal, todos tinham sido seus amigos. Ainda assim, daquele infeliz tenente Trotta podia-se esperar qualquer coisa! O destino, o seu destino! Quinze dias antes, a esta hora, ele era um homem jovem e alegre, em trajes civis. Àquela hora, ele encontrara o pintor Moser e tinha tomado um *Schnaps* com ele! E hoje ele invejava o professor Moser.

Ouviu, na esquina, passos conhecidos. Os camaradas voltavam para casa. Vinham todos juntos, os que moravam no Hotel Brodnitzer, aproximavam-se num bando silencioso. Aproximou-se deles. "Ah! você não viajou!", disse Winter. "Então você já soube! Terrível! Assustador!" Seguiram, em fila, escada acima, sem dizer palavra, todos empenhados em não fazer barulho. Galgavam a escada quase sorrateiramente. "Todos no quarto nove!", comandou o tenente-coronel Hruba. Ele morava no quarto de número nove, o maior do hotel. Todos entraram, cabisbaixos, no quarto de Hruba.

"Precisamos fazer alguma coisa!", começou Hruba. "Vocês viram Zoglauer! Ele está desesperado! Ele vai acabar se suicidando! Precisamos fazer alguma coisa!"

"Bobagem, senhor tenente-coronel!", disse o tenente Lippowitz. Ele entrara para a ativa tarde demais, depois de estudar direito por dois semestres, e nunca fora capaz de deixar de lado suas atitudes de "civil". Os militares tratavam-no com aquele respeito ao mesmo tempo tímido e irônico com o qual tratavam os oficiais da reserva. "Aqui não há nada a fazer", disse Lippowitz. "É preciso calar-se e continuar a servir! Este não é o primeiro caso deste tipo. E, infelizmente, também não será o último no exército!"

Ninguém respondeu. Eles compreenderam que nada havia a ser feito. E cada um deles tinha esperado que, reunidos todos em um quarto, encontrariam todo tipo de saída. Mas agora, de um só golpe, reconheceram que, afinal, o que os levara a se reunirem era o medo, porque cada um deles temia permanecer sozinho com seu próprio medo entre as quatro paredes do próprio quarto, mas também que em nada lhes ajudava juntarem-se num bando, e que cada um, em meio aos demais, continuava sozinho com seu medo. Ergueram as cabeças, olhando-se uns aos outros, e deixaram-nas desabar novamente. Já tinham tido uma reunião semelhante àquela, em seguida ao suicídio do capitão Wagner. Cada um deles pensava no predecessor do capitão Jedlicek, do capitão Wagner, e hoje cada um deles desejava que Jedlicek também tivesse se suicidado. E subitamente despertou em cada um deles a suspeita de que seu camarada morto Wagner talvez também tivesse se suicidado porque, se não o tivesse feito, teria sido preso.

"Vou até lá, já vou tratar disto", disse o tenente Habermann, "vou acabar com ele!".

"Em primeiro lugar, você não vai tratar de nada!", retrucou Lippowitz. "E em segundo lugar, já está tudo acertado para que ele mesmo se suicide. Assim que forem obtidas dele todas as informações, ele receberá uma pistola, e será encarcerado juntamente com ela."

"Sim, certo, é isso mesmo!", gritaram alguns dentre eles. Respiraram aliviados. Começaram a esperar que, àquela hora, o capitão já tivesse cometido o suicídio. E para eles era como se fosse graças à sua própria esperteza que este costume tão sensato tivesse sido introduzido pelo tribunal militar.

"Hoje faltou pouco para eu matar um homem!", disse o tenente Trotta.

"Quem? Como? Por quê?", perguntaram todos ao mesmo tempo.

"Trata-se de Kapturak, a quem todos vocês conhecem", começou Trotta. Ele narrava vagarosamente, procurava as palavras, enrubescia e, quando terminou, não era capaz de explicar por que não o perfurara. Sentia que eles não o entenderiam. Sim, agora eles não mais o entendiam. "Eu o teria matado!", gritou um. "Eu também", disse um outro. "E eu, idem", disse o terceiro.

"Mas isto não é assim tão fácil!", interferiu Lippowitz. "Este sanguessuga, este judeu", disse alguém – e todos ficaram paralisados porque se lembraram de que o pai de Lippowitz também era judeu.

"Sim, subitamente", Trotta recomeçou – e com muito espanto ele reparou que, naquele instante, pensava no falecido Max Demant e no avô dele, o rei de barbas brancas dos estalajadeiros – "subitamente vi uma cruz atrás dele!". Um deles riu. O outro disse, num tom glacial: "Você estava bêbado!".

"Basta!", comandou, por fim, Hruba. "Tudo isto será notificado amanhã a Zoglauer!"

Trotta olhou para os rostos dos homens, um em seguida do outro: rostos cansados, murchos, excitados, mas ainda assim, no cansaço e na excitação, rostos serenos e atraentes. Se Demant ainda estivesse vivo, pensou Trotta, poderia falar com ele, o neto do rei de barbas brancas dos estalajadeiros! Ele tentou sair despercebido. Retirou-se para o seu quarto.

Na manhã seguinte, fez uma notificação sobre o incidente. Relatou naquele idioma militar no qual desde a sua infância se habituara a relatar e a contar, na língua do exército que era a sua língua-mãe. Mas sentia, claramente, que não dissera tudo, e que nem mesmo dissera o principal, e que entre o que acontecera e o relato que ele preparara existia uma longa e misteriosa distância, como num país estranho. Não esqueceu de relatar a sombra da cruz que ele imaginava ter visto. E o major sorriu, exatamente como Trotta esperava, e perguntou: "Quanto o senhor tinha bebido?". "Meia garrafa!", disse Trotta. "Então...", observou Zoglauer.

Ele sorriu apenas por um instante, o preocupado major Zoglauer. Era uma história muito séria. Infelizmente, as histórias sérias acumulavam-se. Uma situação embaraçosa, sobre a qual, evidentemente, precisavam ser informadas as instâncias superiores. Era possível esperar. "O senhor dispõe do dinheiro?", indagou o major. "Não!", disse o tenente. E fitaram um ao outro, por um instante, perplexos, com olhos vazios e paralisados, com os pobres olhos de pessoas que sequer podem se permitir confessar a própria perplexidade. Nem tudo constava dos regulamentos, podia-se folhear o livrinho da frente para trás e de trás para frente, nem tudo constava ali! Será que o tenente tinha razão? Será que tinha apanhado o sabre prematuramente? Será que o homem, que emprestara uma fortuna e a exigia de volta, estava com a razão? E ainda que o major convocasse todos os seus senhores, para com eles se aconselhar: quem saberia dar um bom conselho? Quem poderia ser mais esperto do que o comandante do batalhão? E o que se passava com aquele infeliz tenente? Já custara muito esforço abafar aquele episódio da greve, desgraças, desgraças amontoavam-se sobre a cabeça do major Zoglauer, desgraças sobre Trotta, desgraças sobre aquele batalhão. Ele gostaria de revirar suas mãos, o major Zoglauer, se apenas fosse permitido revirar as mãos em serviço. E ainda que todos os oficiais do batalhão garantissem a dívida de Trotta, não seriam capazes de obter tal soma. E a história tornar-se-ia ainda mais complicada se a soma não fosse paga. "Como é que o senhor gastou tanto?", perguntou Zoglauer. Mas, no mesmo instante, lembrou-se de que já sabia de tudo. Acenou com a mão. Não precisava mais de nenhuma informação. "Antes de qualquer outra coisa, escreva ao senhor seu papai!", disse Zoglauer. Parecia-lhe que, assim, tivesse expressado uma ideia brilhante. E a audiência estava encerrada.

E o tenente Trotta foi para casa, sentou-se e começou a escrever ao senhor seu pai. Não era capaz de fazê-lo sem a ajuda do álcool. Desceu para o café e pediu um *Neunziggrädiger*. Tinta, pena e papel. Começou. Que carta difícil! Que carta impossível! O tenente Trotta começou algumas vezes, destruiu o que escrevera, começou de novo. Nada é mais difícil para um tenente do que escrever sobre acontecimentos que dizem respeito a ele mesmo, e que o colocam em perigo. Naquela ocasião ficou claro para o tenente Trotta que, muito embora odiasse, havia tempos, o serviço no exército, ainda possuía suficiente ambição militar para não pedir um afastamento. E enquanto tentava apresentar ao pai a complicada situação, transformou-se novamente, sem perceber, no aluno Trotta da escola de cadetes que, no passado, sentado no terraço da casa paterna, ao som da *Marcha de Radetzky*, desejara morrer pelos Habsburgos e pela Áustria. (Tão estranha, tão volúvel e tão confusa é a alma humana.)

Trotta levou mais de duas horas para colocar a situação no papel. Já era fim da tarde. Os jogadores de cartas e de roleta já se reuniam no café. E o estalajadeiro, *Herr* Brodnitzer, veio também. Sua gentileza era incomum e assustadora. Fez, diante do tenente, uma reverência muito profunda e o levou a reconhecer, imediatamente, que o estalajadeiro queria lembrá-lo da cena com Kapturak, e do seu testemunho autêntico. Trotta levantou-se, à procura de Onufrij. Entrou no corredor e gritou algumas vezes o nome de Onufrij escada a cima. Mas Onufrij não respondia. Brodnitzer, porém, aproximou-se e informou: "Seu ordenança saiu hoje cedo!".

O tenente, então, dirigiu-se, ele mesmo, até a estação de trens para despachar sua carta. Só quando já estava a caminho ocorreu-lhe que Onufrij tinha ido embora sem pedir licença. Sua educação militar ditava-lhe ódio ao ordenança. Ele mesmo, o tenente, tinha viajado com frequência para Viena – em trajes civis e sem licença. Talvez o ordenança simplesmente seguira o exemplo do seu senhor. Talvez Onufrij tenha uma namorada, que está à sua espera, continuou a pensar o tenente. Vou encarcerá-lo até ele ficar roxo! pensou o tenente Trotta. Mas, ao mesmo tempo, sentia claramente que não pensara aquela frase por si mesmo, e que não a tomava a sério. Era uma expressão mecânica, sempre pronta em seu cérebro militar, uma das incontáveis expressões mecânicas que substituem as ideias nos cérebros militares, e que se antecipam às decisões.

Não, o ordenança Onufrij não tinha nenhuma namorada em sua aldeia. Ele tinha quatro *Morgen*[44] e meio de terra, que herdara de seu pai, e que eram administrados por seu cunhado, e tinha também vinte ducados de ouro de dez coroas enterrados junto ao terceiro pasto, em frente à choupana, à esquerda, no caminho que levava ao vizinho Nikofor. O ordenança Onufrij já se levantara antes do nascer do sol, tinha lustrado as botas e arrumado a farda do tenente, tinha colocado as botas diante da porta e pendurado a farda sobre a cadeira. Apanhara seu cajado de cerejeira e começara a marchar em direção a Burdlaki. Seguia pelo caminho estreito no qual crescia a relva, o único caminho que indicava o solo seco. Pois a relva consumia toda a umidade do pântano. De ambos lados do caminho estreito pelo qual ele seguia, as névoas cinzentas, polimorfas e fantasmagóricas, erguiam-se em sua direção e o obrigavam a fazer o sinal da cruz. Ia murmurando, o tempo todo, o pai-nosso, com lábios trêmulos. Ainda assim, estava bem-disposto. Agora surgiam, à esquerda, os armazéns da estrada de ferro, com seus telhados de ardósia, que lhe proporcionavam algum consolo porque estavam justamente no lugar onde esperava encontrá-los. Fez, mais uma vez, o sinal da cruz, desta vez agradecendo à bondade de Deus, que deixara os armazéns da estrada de ferro em seu lugar costumeiro. Alcançou a aldeia de Burdlaki uma hora depois do nascer do sol. Sua irmã e seu cunhado já estavam no campo. Entrou na choupana do pai, na qual moravam. As crianças ainda dormiam nos berços que pendiam do teto por grossas cordas presas em ganchos retorcidos de ferro. Apanhou a pá e o ancinho na horta atrás da casa e saiu à procura do terceiro pasto à esquerda da choupana. Ao sair, colocou-se de costas para a porta, com os olhos voltados para o horizonte. Demorou algum

44 Antiga medida de terra, que corresponde à área que um homem é capaz de arar numa manhã, daí o nome *Morgen*, que em alemão significa manhã. (N.T.)

tempo até ele se dar conta de que seu braço direito era o direito, e o esquerdo, o esquerdo, e então saiu andando para o lado esquerdo, até o terceiro pasto, na direção do vizinho Nikofor. Ali, começou a escavar. De tempos em tempos, lançava um olhar à sua volta, para se assegurar de que ninguém estava olhando. Não! Ninguém via o que ele estava fazendo. Ele escavou e escavou. O sol erguia-se tão depressa no céu que parecia já ser meio-dia. Mas eram, ainda, nove horas da manhã. Por fim, ele ouviu a língua de ferro da pá tinir ao chocar-se contra alguma coisa dura. Deixou a pá de lado e começou a acariciar a terra solta delicadamente, com o ancinho, lançou o ancinho para longe, deitou-se sobre o chão e pôs-se a pentear o solo com todos os dez dedos, empurrando para o lado as migalhas soltas de terra úmida. Tateava, primeiro, em busca de um lenço de linho, procurando pelo seu nó. Achou-o. Puxou. Ali estava o seu dinheiro: vinte ducados de ouro de dez coroas.

Não se concedeu tempo para contar o dinheiro. Escondeu o tesouro no bolso da calça e saiu, à procura do estalajadeiro judeu da aldeia de Burdlaki, um certo Hirsch Beniower, o único banqueiro do mundo a quem ele conhecia pessoalmente. "Conheço você!", disse Hirsch Beniower, "E também conheci seu pai! Você precisa de açúcar, farinha, tabaco russo ou dinheiro?".

"Dinheiro!", disse Onufrij.

"Quanto você precisa?", perguntou Beniower.

"Muito!", disse Onufrij – e abriu os braços tanto quanto podia, para mostrar quanto precisava.

"Bem", disse Beniower, "vamos ver quanto você tem!".

E Beniower abriu um grande livro. Naquele livro estava registrado que Onufrij Kolohin possuía quatro *Morgen* e meio. Beniower estava disposto a lhe emprestar trezentas coroas, tomando aquela terra como garantia.

"Vamos falar com o prefeito!", disse Beniower. Chamou sua mulher, deixou o estabelecimento aos cuidados dela e foi encontrar-se com o prefeito, junto com Onufrij Kolohin.

Ali, deu a Onufrij trezentas coroas. Onufrij sentou-se diante de uma mesa marrom, esburacada por cupins, e começou a escrever seu nome no pé de uma página escrita. Tirou a boina. O sol estava alto no céu e era capaz de lançar seus raios, já incandescentes, através das janelas diminutas da choupana de camponês na qual o prefeito de Burdlaki desempenhava suas funções. Onufrij transpirava. Sobre a sua testa baixa, as pérolas de suor surgiam como bolhas transparentes de cristal. E cada letra que Onufrij escrevia fazia uma nova bolha de cristal surgir em sua testa. E estas bolhas escorriam como lágrimas choradas pelo cérebro de Onufrij. Por fim, seu nome estava escrito ao pé da página. E, com seus vinte ducados de ouro de dez coroas no bolso da calça e as trezentas coroas em notas de papel no bolso da camisa, Onufrij Kolohin pôs-se a caminho, de volta.

Chegou ao hotel ao entardecer. Foi até o café, à procura do seu senhor e se colocou em meio aos jogadores de cartas, quando avistou Trotta, despreocupado como se estivesse no meio do pátio da caserna. Seu rosto largo brilhou por inteiro, como se fosse o sol. Trotta fitou-o demoradamente, com ternura no coração e com severidade no olhar. "Vou colocar você na prisão até você ficar preto!", disse a boca do tenente, obedecendo às ordens que o seu cérebro militar lhe ditava. "Venha comigo para o quarto!", disse Trotta, levantando-se.

O tenente subiu pela escada. E, exatamente três passos abaixo dele, seguia Onufrij. Estavam os dois no quarto. Onufrij, ainda com seu rosto ensolarado, informou: "Senhor tenente, aqui há dinheiro!", e tirou, dos bolsos da calça e da camisa, tudo o que possuía, colocando o dinheiro na mesa. No lenço vermelho escuro, que por tanto tempo ocultara os vinte ducados de ouro de dez coroas dentro da terra, ainda estavam grudados pedaços de lama cinzenta. Junto ao lenço estavam as notas azuis de dinheiro. Trotta as contou. Em seguida, desatou o lenço. Contou as moedas de ouro. E então colocou as notas junto às moedas de ouro, no lenço, atou novamente o nó e devolveu o pacote a Onufrij.

"Infelizmente não posso aceitar dinheiro de você, você me entende?", disse Trotta. "O regulamento o proíbe, você me entende? Se eu aceitar este dinheiro, vou ser expulso do exército e degradado, você me entende?"

Onufrij assentiu.

O tenente ficou parado ali, com o pacote em sua mão erguida. Onufrij assentia com a cabeça, ininterruptamente. Estendeu a mão e apanhou o pacote, que ficou oscilando por um instante no céu.

"Retirar-se!", ordenou Trotta, e lá se foi Onufrij com seu pacote.

O tenente lembrou-se daquela noite de outono na guarnição da cavalaria, na qual ouvira, às suas costas, os passos soantes e ritmados de Onufrij. E pensou nos livrinhos de humor militar, encadernados de verde, que lera na biblioteca do hospital. Estavam repletos de ordenanças comoventes, camponeses ingênuos com corações de ouro. E muito embora o tenente Trotta não tivesse nenhum gosto literário, e muito embora, se por acaso ouvisse a palavra literatura, fosse capaz apenas de pensar na tragédia *Zriny*, de Theodor Körner, e em mais nada, criara uma certa aversão inconsciente à delicadeza melancólica daqueles livrinhos e às suas personagens com corações de ouro. O tenente Trotta não tinha suficiente experiência para saber que, também no mundo real, existem rapazes camponeses ingênuos de corações nobres, e que os livros ruins contam muitas verdades do mundo real, só que as contam mal.

Ele era, ainda, um homem inexperiente, o tenente Trotta.

XVIII

Numa manhã fresca e ensolarada de primavera, o comissário distrital recebeu a infeliz carta do tenente. *Herr* von Trotta pesou o envelope na mão antes de abri-lo. Parecia mais pesado do que todas as cartas que, até então, recebera do seu filho. Decerto, era uma carta de duas folhas, uma carta de extensão incomum. O coração envelhecido de *Herr* von Trotta encheu-se de tristeza, de raiva paterna, de alegria e, ao mesmo tempo, de uma intuição assustadora. Em torno de sua velha mão, o punho da camisa chiava um pouco enquanto ele abria o envelope. Segurava na mão esquerda o pince-nez, que no correr dos últimos meses lhe parecia ter-se tornado um pouco trêmulo, e com a direita aproximou a carta do rosto de tal maneira que as bordas de sua barba roçaram o papel, murmurando suavemente. A evidente pressa da escrita assustou *Herr* von Trotta tanto quanto o seu conteúdo incomum. E nas entrelinhas o comissário distrital buscava, ainda, por novos pavores ocultos, pois subitamente lhe pareceu que a carta não os contivesse em número suficiente, e que há tempos, especialmente depois que o filho deixara de lhe escrever, esperasse, dia após dia, pelas piores notícias. Era por isto que, ao pôr a carta de lado, ele se conteve. Ele era um homem velho de um tempo antigo. Os homens velhos dos tempos de antes da grande guerra talvez fossem mais teimosos do que os jovens de hoje. Porém, os momentos que lhes pareciam terríveis, e que, segundo os conceitos dos dias em que nós vivemos, provavelmente seriam resolvidos com um gracejo passageiro, eram enfrentados por aqueles corajosos velhos com uma equanimidade heroica. Em nosso tempo, os conceitos de honra de classe, de honra de família e de honra pessoal, baseado nos quais *Herr* von Trotta vivia, às vezes parecem remanescentes de fábulas infantis inverossímeis. Naquela época, um comissário distrital como *Herr* von Trotta teria ficado menos abalado com a notícia da morte súbita do seu único filho do que com uma notícia sobre a desonra, mesmo que apenas aparente, desse filho único. Segundo as ideias daquele tempo desaparecido, que parece sepultado sob os montes de túmulos dos caídos, um oficial do exército real e imperial que aparentemente não tivesse matado alguém que o atacara em sua honra simplesmente porque lhe devia dinheiro era uma desgraça e, pior do que uma desgraça: uma vergonha. Uma vergonha para seu progenitor, uma vergonha para o exército, uma vergonha para a monarquia. E, num primeiro instante, não foi o coração paterno de *Herr* von Trotta que se revoltou, e sim, em certa medida, o seu coração oficial. E ele disse: abandone, imediatamente, o seu cargo! Aposente-se mais cedo! Você não tem mais lugar em meio àqueles que servem ao *Kaiser*! Mas, no instante seguinte, o coração paterno gritou: a culpa é do nosso tempo! A culpa é da guarnição de fronteira! Você mesmo é o culpado! Seu filho é honesto e nobre! Só que, infelizmente, é fraco! E é preciso ajudá-lo!

Era preciso ajudá-lo! Era preciso evitar que o nome dos Trottas fosse desonrado e envergonhado. E, neste sentido, concordavam ambos corações de *Herr* von Trotta, o paterno e o oficial. Portanto, era preciso, antes de qualquer coisa, conseguir dinheiro, sete mil duzentos e cinquenta coroas! Os cinco mil *Gulden*, que uma vez tinham sido concedidos por graça imperial ao filho do herói de Solferino, assim como o dinheiro que ele tinha herdado de seu pai, havia tempos não existiam mais. Tinham escapado das mãos do comissário distrital, gastos nisto e naquilo, na manutenção da casa, na escola de cadetes em Mährisch-Weisskirchen, com o pintor Moser, com o cavalo, com obras de caridade. *Herr* von Trotta sempre fizera questão de parecer mais rico do que realmente era. Ele tinha os instintos de um verdadeiro senhor. E, àquela época (talvez assim como hoje), não havia instintos mais dispendiosos do que aqueles. Os que foram merecedores da graça de semelhante maldição nem sabem quanto possuem, nem quanto gastam. Acreditam beber de uma fonte inesgotável. Não fazem contas. Acreditam que seu patrimônio não possa ser menor do que a sua generosidade.

Pela primeira vez em sua vida já tão longa, *Herr* von Trotta via-se diante da missão impossível de arrecadar, imediatamente, uma soma relativamente grande de dinheiro. Ele não tinha amigos, exceto aqueles colegas de escola e de faculdade que hoje ocupavam cargos oficiais assim como ele, e com os quais não se encontrava havia anos. A maior parte deles eram pobres. Ele conhecia o homem mais rico daquela capital distrital, o velho *Herr* von Winternigg. E, aos poucos, começou a se acostumar com a arrepiante ideia de procurar *Herr* von Winternigg, amanhã, depois de amanhã, ou talvez ainda hoje, para lhe pedir um empréstimo. Ele não tinha muita imaginação, *Herr* von Trotta. Ainda assim, foi capaz de imaginar, com torturante nitidez, cada um dos passos daquele pedido pavoroso. E pela primeira vez em sua vida já tão longa, o comissário distrital foi obrigado a perceber como é difícil estar desamparado e ainda assim preservar a dignidade. Aquela constatação precipitou-se sobre ele como um raio e, num instante, esfacelou o orgulho que *Herr* von Trotta preservara e cultivara por tanto tempo e com tanto cuidado. O orgulho fora, antes, o companheiro forte de sua juventude, depois o amparo da sua velhice, e agora o orgulho era-lhe arrancado ao pobre, velho senhor comissário distrital! Ele decidiu que escreveria, imediatamente, uma carta a *Herr* von Winternigg. Mas, mal apanhara a pena, percebeu claramente que sequer seria capaz de anunciar uma visita, que na verdade deveria ser denominada uma súplica. E ao velho Trotta pareceu que estivesse se permitindo algum tipo de logro se nem ao menos aludisse, já desde o princípio, ao objetivo de sua visita. Mas era impossível encontrar uma forma minimamente adequada à sua intenção. E assim, permaneceu sentado por muito tempo, com a pena na mão, pensando em frases que eram sumariamente descartadas logo a seguir. É claro que também poderia, simplesmente, telefonar a *Herr* von Winternigg. Mas desde que o telefone fora instalado no comissariado distrital – e isto ocorrera havia não mais do que dois anos – *Herr* von Trotta apenas o utilizara para fins oficiais. Era-lhe inimaginável aproximar-se daquele caixote marrom, grande e também um tanto sinistro, e girar a manivela para pronunciar aquele abominável alô que lhe era quase ofensivo (porque lhe parecia a senha infantil da arrogância inadequada com a qual pessoas sérias iniciavam a discussão de assuntos sérios) e iniciar uma conversa com *Herr* von Winternigg. Neste ínterim, ocorreu-lhe que seu filho esperava por uma resposta, talvez por um telegrama. E o que haveria o comissário distrital de telegrafar? Vou tentar de tudo, mais informações a seguir? Ou: espere com paciência pelos acontecimentos? Ou: tente outros meios, aqui é impossível? – Impossível! Esta palavra despertava um eco demorado e terrível. O que era impossível? Salvar a honra dos Trottas? Mas isto tinha que ser possível! Isto não podia ser impossível! O comissário distrital andava de um lado para o outro, de um lado para o outro em seu gabinete, como naquelas manhãs dominicais nas quais submetia a seus exames o pequeno Carl Joseph. Uma de suas mãos estava apoiada às costas, e na outra chiava o punho da camisa. E então ele desceu para o pátio, levado pela ideia insensata de que talvez o falecido Jacques estivesse sentado ali, à sombra do terraço. O pátio estava deserto. A janela do casebre no qual Jacques vivera estava aberta, e o seu canário ainda vivia. Sentado no peitoril da janela, ele cantava. O comissário distrital fez meia-volta, apanhou o chapéu e a bengala, e deixou a casa. Decidira fazer uma coisa incomum: convidar o doutor Skowronnek à sua casa. Atravessou a pequena praça do mercado, entrou pela rua Lenau e pôs-se a procurar, nas portas das casas, por uma tabuleta com o nome do doutor, pois não sabia o número da sua casa e, por fim, foi obrigado a informar-se com um comerciante, muito embora lhe parecesse uma indiscrição incomodar um desconhecido com um pedido de informações. Mas também a isto *Herr* von Trotta enfrentou, com coragem e confiança, e assim entrou na casa que lhe fora indicada. Encontrou o doutor Skowronnek no jardinzinho atrás do corredor, com um livro sob o gigantesco guarda-sol. "Pelo amor de Deus!", gritou Skowronnek, pois ele sabia que algo de incomum deveria ter acontecido para que o comissário distrital viesse procurá-lo em sua residência.

Herr von Trotta formulou uma grande quantidade de complicados pedidos de desculpas antes de começar. E, sentado no banco do jardinzinho, contou, cabisbaixo, cutucando com a ponta de sua bengala os cascalhos coloridos do caminho estreito. Em seguida, pôs a carta do seu filho nas mãos de Skowronnek. E então calou-se, conteve um suspiro e respirou fundo.

"Minhas economias somam duas mil coroas", disse Skowronnek, "e eu as coloco à sua disposição, senhor comissário distrital, se o senhor me permitir". Ele pronunciou esta frase muito rapidamente, como se temesse que o comissário distrital pudesse interrompê-lo e, constrangido, apanhou e bengala de *Herr* von Trotta e começou, também, a cutucar os cascalhos, pois lhe parecia que, depois de dizer aquela frase, já não pudesse mais permanecer sentado ali, com mãos ociosas.

Herr von Trotta disse: "Obrigado, senhor doutor, aceito. Vou lhe dar uma nota promissória. E, se o senhor me permitir, vou lhe pagar em prestações".

"De maneira nenhuma! Não há pressa!", disse Skowronnek.

"Muito bem!", disse o comissário distrital. Subitamente lhe pareceu impossível dizer aquelas muitas palavras desnecessárias que, ao longo de toda sua vida, ele usara, por cortesia, diante de estranhos. Subitamente o tempo o oprimia. Os poucos dias que ele ainda tinha pela frente subitamente encolheram e se transformaram em nada.

"O resto", continuou Skowronnek, "o resto somente pode ser obtido por meio de *Herr* von Winternigg. O senhor o conhece?".

"Superficialmente."

"Não resta nenhum alternativa, senhor comissário distrital! Mas eu acho que conheço *Herr* von Winternigg. Certa vez tratei de sua nora. Me parece que ele é uma criatura desumana, como se diz. E pode ser, pode ser, senhor comissário distrital, que o senhor ouça uma recusa."

Em seguida, Skowronnek calou-se. O comissário distrital voltou a tirar a bengala das mãos do doutor. Fez-se um silêncio completo. Ouvia-se, apenas, o murmúrio da ponta da bengala no cascalho.

"Uma recusa!", sussurrou o comissário distrital. "Não temo uma recusa", disse ele, em voz alta. "Mas o que fazer então?"

"Então", disse Skowronnek, "só há uma coisa estranha, que está me passando pela cabeça, mas que me parece fantástica demais. Acho que, no seu caso, talvez nem seja tão improvável. Se eu fosse o senhor, iria diretamente ter com o velho, quero dizer, com o *Kaiser*. Pois não se trata, simplesmente, do dinheiro. Há também o perigo, e me desculpe por falar disto assim abertamente, que o seu filho, seja, seja" expulso do exército, Skowronnek quis dizer. Mas disse: "tenha que partir do exército!".

Depois de Skowronnek pronunciar aquilo, imediatamente envergonhou-se. E acrescentou: "Talvez seja uma ideia infantil. E enquanto eu a exprimo, tenho a impressão de que nós somos dois meninos que imaginam coisas impossíveis. Sim, ficamos tão velhos, e temos problemas tão difíceis, e ainda assim há algo de exagerado na minha ideia. Desculpe-me!". À alma simples de *Herr* von Trotta, a ideia do doutor Skowronnek não parecia nada infantil. Sempre, em todas as atas que escrevia ou assinava, em cada instrução insignificante que passava ao subcomissário ou até mesmo ao sargento Slama, ele se colocava, imediatamente, sob o cetro estendido do *Kaiser*. E era evidente que o *Kaiser* falara com Carl Joseph. O herói de Solferino derramara sangue pelo *Kaiser*. Carl Joseph também, num certo sentido, pois lutara contra os "indivíduos" e os "elementos" turbulentos e suspeitos. Conforme os conceitos simples de *Herr* von Trotta, não seria um abuso da graça imperial se um servidor de Sua Majestade se dirigisse, confiante, a Franz Joseph como uma criança em situação de necessidade se dirige a seu pai. E o doutor Skowronnek espantou-se, e começou a duvidar da sensatez do comissário distrital quando o velho gritou: "Excelente ideia, *Herr Doktor*, a solução mais simples do mundo!".

"Não é tão simples assim!", disse Skowronnek. "O senhor não dispõe de muito tempo. Não é possível marcar uma audiência particular com apenas dois dias de antecedência!"

O comissário distrital deu-lhe razão. E ficou resolvido que, primeiro, *Herr* von Trotta deveria procurar Winternigg. "Também no caso de uma recusa!", disse o comissário distrital.

"Também no caso de uma recusa!", repetiu o doutor Skowronnek.

E o comissário distrital imediatamente pôs-se a caminho da residência de *Herr* von Winternigg. Foi de fiacre. Era hora do almoço. Ele mesmo não comera nada. Parou diante do café e tomou um conhaque. Pensou que estava começando um empreendimento altamente inadequado.

Iria incomodar o velho Winternigg no meio de sua refeição. Mas não lhe restava tempo. Hoje à tarde, tudo precisa estar resolvido. Depois de amanhã, estaria com o *Kaiser*. Mais uma vez, ele manda o fiacre parar. Desce diante do correio e escreve, com mão firme, um telegrama a Carl Joseph: "Será resolvido. Saudações. Pai". Ele tem certeza de que tudo vai dar certo. Pois talvez não seja possível obter o dinheiro, mas ainda menos possível seria pôr em perigo a honra dos Trottas. Sim, o comissário distrital imagina que o espírito do seu pai, o herói de Solferino, o vigia e o acompanha. E o conhaque aquece seu velho coração, que, agora, bate com um pouco mais de ímpeto. Mas está totalmente tranquilo. E paga o cocheiro diante da entrada do casarão de Winternigg, e o saúda, amistosamente, com um dedo, como sempre costuma saudar gente modesta. Também sorri, amistoso, para o criado. Segurando o chapéu e a bengala na mão, aguarda.

Herr von Winternigg apareceu, pequeno e amarelado. Estendeu sua mãozinha ressecada ao comissário distrital, precipitou-se numa poltrona larga e quase desapareceu em meio ao estofamento verde. Voltou em direção à janela os seus olhos descorados. Em seus olhos não vivia nenhum olhar. Era como se escondessem seu olhar. Eram minúsculos espelhos, velhos e opacos, e o comissário distrital apenas via neles sua própria imagem, em escala reduzida. Com mais fluência do que ele imaginava ser capaz, começou com pedidos bem formulados de desculpas, e explicou por que não lhe fora possível anunciar previamente sua visita. E, em seguida, disse: "*Herr* von Winternigg, sou um velho". Não pretendia dizer esta frase. As pálpebras amareladas e enrugadas de Winternigg abriram-se e fecharam-se algumas vezes, e o comissário distrital teve a impressão de que estava falando com uma velha ave ressecada, incapaz de compreender o linguajar humano.

"Muito lamentável!", disse, porém, *Herr* von Winternigg. Falava muito baixo. Sua voz não tinha som, assim como seus olhos não tinham olhar. Falava sussurrando e, ao fazê-lo, desnudava uma dentição surpreendentemente forte, de dentes largos e amarelados, uma cerca forte que vigiava suas palavras. "Muito lamentável!", disse *Herr* Winternigg mais uma vez. "Não tenho nenhum dinheiro em espécie!"

O comissário distrital levantou-se imediatamente. Winternigg também se levantou, apressado. Minúsculo e amarelado, colocou-se diante do comissário distrital, um imberbe ante uma barba prateada, e *Herr* von Trotta parecia ter crescido, e também acreditava sentir que estava crescendo. Acaso seu orgulho tinha se quebrado? De maneira nenhuma. Tinha sido humilhado? Não. Tratava-se de salvar a honra do herói de Solferino, assim como fora a tarefa do herói de Solferino salvar a vida do *Kaiser*. Efetivamente, eram bem simples estes pedidos! Pela primeira vez em sua vida, o coração de *Herr* von Trotta encheu-se de desprezo, de um desprezo verdadeiro, e aquele desprezo era quase tão grande quanto o seu orgulho. Ele se despediu. E, com sua voz antiga, anasalada e arrogante de funcionário, disse: "Despeço-me, então, *Herr* von Winternigg!". Seguiu a pé, ereto, devagar, reluzindo em toda a dignidade da sua prata pela longa alameda que conduzia da casa de Winternigg à cidade. A alameda estava deserta, os pardais saltitavam sobre o caminho e os melros assoviavam, e as velhas castanheiras verdes ladeavam o caminho do senhor comissário distrital.

Em casa, tomou outra vez nas mãos, depois de muito tempo, o sino de mesa de prata. Sua vozinha aguda soou, depressa, pela casa inteira. "Minha cara senhora," disse *Herr* von Trotta a *Fräulein* Hirschwitz, "dentro de meia hora quero ver minha mala preparada. Minha farda, com o chapéu de abas largas e o punhal, o fraque e a gravata branca, por favor! Em meia hora!". Tirou o relógio do bolso e abriu a tampa, de maneira propositalmente audível. Reclinou-se numa poltrona e cerrou os olhos.

No armário, sua farda de gala pendia de cinco cabides: fraque, colete, calça, chapéu de abas e punhal. Parte por parte, a farda deixou o armário, como que por vontade própria, não sustentada pelas mãos cuidadosas da governanta, mas apenas por elas acompanhada. A grande mala do comissário distrital, envolta por uma capa de linho marrom, forrada por folhas de papel de seda que estalavam, abriu sua bocarra e engoliu a farda, peça por peça. Obediente, a adaga entrou em seu estojo de couro. A gravata branca envolveu-se num véu delicado de papel. As luvas brancas deitaram-se em meio ao forro do colete. E então a mala se fechou. E *Fräulein* Hirschwitz foi e informou que tudo estava pronto. E assim o senhor comissário distrital partiu para Viena.

Chegou tarde da noite. Mas sabia onde encontrar aqueles senhores de quem precisava. Conhecia as casas onde viviam, e os restaurantes onde comiam. E o conselheiro governamental Smekal e o conselheiro da corte Pollak e o membro do conselho superior de finanças Pollitzer e o conselheiro da magistratura superior Busch e o conselheiro da regência Leschnigg e o conselheiro de polícia Fuchs: todos estes e mais alguns outros viram, naquela noite, o estranho *Herr* von Trotta chegar, e embora ele tivesse a mesma idade deles, cada um deles pensava, entristecido, em como o comissário distrital envelhecera. Pois ele era muito mais velho do que todos eles. Sim, ele lhes parecia digno, e eles se sentiam quase que intimidados por sua presença, e hesitavam em tratá-lo de "você". Naquela noite, ele foi visto em muitos lugares diferentes, surgindo quase que simultaneamente em todos eles, e os lembrava de um espírito, um espírito dos velhos tempos e da velha monarquia habsbúrgica; uma sombra da História. E ainda que aquilo que ele lhes confiava soasse estranho, ou seja, seu propósito de conseguir, dentro de dois dias, uma audiência particular com o *Kaiser*, ele mesmo, *Herr* von Trotta, precocemente envelhecido e ao mesmo tempo velho desde o início, parecia-lhes ainda mais estranho e, por fim, todos acharam que seu propósito fosse correto e evidente.

No gabinete de Montenuovo, o chefe do cerimonial superior da corte, havia um homem de sorte, o Gustl, a quem todos invejavam, muito embora soubessem que seu esplendor teria um fim vergonhoso com a morte do velho e com a ascensão ao trono de Franz Ferdinand. E todos esperavam pela chegada deste dia. Enquanto isto: ele se casara, com a filha de um Fugger[45], ele, um burguês, a quem todos conheciam, que se sentava na terceira fileira, no canto esquerdo, e a quem todos tinham passado cola, e cuja "sorte" eles acompanhavam, havia trinta anos, com palavras amargas. Gustl recebera um título de nobreza e ocupava um lugar no cerimonial superior da corte. Não se chamava mais Hasselbrunner. Seu trabalho era simples, uma brincadeira de criança, enquanto eles todos, os outros, tinham que resolver assuntos insuportáveis e complicadíssimos. O Hasselbrunner! Ele era o único capaz de fazer alguma coisa.

E, na manhã seguinte, já às nove horas da manhã, o comissário distrital estava diante da porta de Hasselbrunner, no gabinete do chefe do cerimonial superior da corte. Ficou sabendo que Hasselbrunner viajara, e que talvez voltasse hoje à tarde. Por acaso Smetana, a quem ele não conseguira encontrar na véspera, passou por ali. E Smetana, rapidamente iniciado nos mistérios e ágil como sempre, sabia de muita coisa. Ainda que Hasselbrunner tivesse viajado, ao lado dele ficava o Lang. E este Lang era uma ótima pessoa. E assim começou a tortuosa peregrinação do incansável comissário distrital, de gabinete em gabinete. Ele nada sabia a respeito das misteriosas leis que governavam as instâncias oficiais na Viena real e imperial. Agora, ficou as conhecendo. Segundo essas leis, os serventes dos altos funcionários eram sempre ranzinzas, antes que ele sacasse seu cartão de visita e, em seguida, assim que ficassem sabendo do seu grau, submissos. Os funcionários que ocupavam os postos mais elevados cumprimentavam-no com delicadeza e também com cordial respeito. Cada um deles, sem exceção, parecia disposto, já depois de um quarto de hora, a colocar em risco sua carreira e até mesmo sua vida pelo comissário distrital.

45 Os Fuggers eram uma poderosa dinastia de banqueiros da Europa Central. (N.T.)

E só depois, durante o quarto de hora seguinte, seus olhos tornavam-se opacos, seus rostos, murchos, uma grande tristeza abatia-se sobre os seus corações, e paralisava suas disponibilidades, e cada um deles dizia: "Sim, se a situação fosse diferente! Com todo o prazer! Mas assim, meu caro barão Trotta, até mesmo para nós, bem, nem preciso lhe dizer". Era assim, ou quase assim, que falavam ao inabalável *Herr* von Trotta. Pelas arcadas e pelos pátios, ele subia para o terceiro andar, para o quarto andar, voltava para o primeiro, e depois para o térreo. E então decidiu esperar por Hasselbrunner. Esperou até de tarde, e descobriu que, na verdade, Hasselbrunner não tinha ido viajar, e sim tinha ficado em casa. E o lutador incansável pela honra dos Trottas insinuou-se no apartamento de Hasselbrunner. Ali, por fim, anunciou-se uma tênue esperança. Juntos, Hasselbrunner e o velho *Herr* von Trotta foram aos gabinetes deste e daquele. Se fosse preciso, estavam dispostos a avançar até mesmo até Montenuovo. E, finalmente, às sete horas da noite, conseguiram localizar um amigo de Montenuovo naquela confeitaria famosa onde os alegres e glutões portadores de dignidades do império às vezes se encontravam, à tarde. Pela quinta vez naquele mesmo dia, o comissário distrital ouviu que seu propósito era irrealizável. Mas permaneceu inabalável. E a dignidade prateada de sua idade, e a firmeza extraordinária e um pouco engraçada com a qual falava do seu filho, e do perigo que ameaçava o seu nome, a solenidade com a qual mencionava o nome do seu pai, ninguém menos do que o falecido herói de Solferino, e ninguém menos do que Sua Majestade o *Kaiser*, faziam o propósito de *Herr* von Trotta parecer justo e evidente a todos os que o ouviam. Se não fosse possível de outra maneira, dizia este comissário distrital de W., ele, um velho criado de Sua Majestade, o filho do herói de Solferino, iria lançar-se diante do coche no qual, todas as manhãs, o *Kaiser* se dirigia de Schönbrunn ao palácio imperial no centro de Viena, como se fosse um simples ajudante do Naschmarkt[46]. Cabia a ele, ao comissário distrital Franz von Trotta, colocar ordem

46 O Naschmarkt é um grande mercado de gêneros alimentícios no centro de Viena. (N.T.)

naquele assunto. E agora ele estava tão entusiasmado com sua tarefa de salvar a honra dos Trottas com a ajuda do *Kaiser* que lhe parecia que, por meio daquele incidente do seu filho, que era como ele denominava, para si mesmo, o caso, sua longa vida por fim tinha encontrado seu sentido verdadeiro. Sim, só por meio daquele incidente encontrara o seu sentido.

Era muito difícil penetrar nas fileiras do cerimonial. Aquilo lhe foi dito quinze vezes. E ele respondia que seu pai, o herói de Solferino, também tinha sido capaz de penetrar nas fileiras do cerimonial. "Assim, com a mão, ele agarrou o ombro de Sua Majestade, derrubando-o no chão!", dizia o comissário distrital. Ele mesmo, para quem a percepção, em alguém outro, de qualquer tipo de movimento impetuoso ou supérfluo provocava arrepios, levantava-se, agarrava o ombro do cavalheiro em questão, a quem justamente estivesse descrevendo a cena, e tentava representar o salvamento histórico da vida do *Kaiser* ali mesmo. E ninguém sorria. E todos tentavam, dentro das suas possibilidades, contornar as barreiras do cerimonial.

Entrou numa papelaria, comprou uma folha de papel adequado aos regulamentos, um vidrinho de tinta e uma pena de aço, da marca Adler, a única com a qual era capaz de escrever. E, com mão esvoaçante, mas com sua caligrafia costumeira, que ainda observava, rigorosamente, as leis de "cabelo e sombra"[47], compôs um requerimento oficial a Sua Majestade Apostólica Real e Imperial e nem mesmo por um instante ele duvidava, isto é, nem mesmo por um instante ele se permitia duvidar de que o assunto seria resolvido "de maneira favorável". Ele estaria disposto, até mesmo, a acordar Montenuovo no meio da noite. No correr daquele dia, na opinião de *Herr* von Trotta, o assunto de seu filho tornar-se-ia o assunto do herói de Solferino e, com isto, um assunto do *Kaiser*. E, em certa medida, um assunto da Pátria. Desde a sua partida de W., ele mal comera alguma coisa. Parecia mais magro do que costume e lembrava a seu amigo Hasselbrunner um daqueles pássaros

47 Regras da caligrafia oficial do Império Austro-Húngaro, que estabeleciam quais partes de quais letras deveriam ser grafadas com sinais largos, e quais com sinais estreitos. (N.T.)

exóticos do zoológico de Schönbrunn, que representavam uma tentativa da natureza de reproduzir, no âmbito da fauna, as fisionomias dos Habsburgos. Sim, o comissário distrital lembrava o próprio Franz Joseph a todas pessoas que alguma vez tinham visto o *Kaiser*. Não estavam, de maneira nenhuma, habituados a ver um grau de determinação semelhante ao que era demonstrado pelo comissário distrital, aqueles senhores de Viena! E o velho *Herr* von Trotta parecia a eles, que estavam habituados a desconsiderar, com alguma piada leve como uma pluma, num dos cafés da cidade da residência imperial, assuntos que diziam respeito à monarquia muito mais complicados do que aquele, uma personalidade surgida não de uma província geograficamente distante, mas sim proveniente de uma paisagem espiritual longínqua, um fantasma da história pátria e uma advertência encarnada da consciência patriótica. A permanente disposição para o humor com a qual estavam habituados a acolher todos os sinais de sua própria decadência desapareceu por uma hora, e o nome "Solferino" neles despertava arrepios e respeito, pois aquele era o nome da batalha que, pela primeira vez, anunciara o declínio da monarquia real e imperial. Ao avistar e ao ouvir os discursos que lhes oferecia aquele singular comissário distrital, eles mesmos estremeciam. Talvez já sentissem o hálito da morte que, dentro de poucos meses, haveria de apanhá-los, apanhá-los por suas nucas! E, em suas próprias nucas, eles sentiam o hálito gelado da morte.

Restavam, ainda, três dias a *Herr* von Trotta. E, numa única noite, na qual ele não dormiu, não comeu e não bebeu, ele conseguiu romper as leis férreas e douradas do cerimonial. Assim como o nome do herói de Solferino não mais podia ser encontrado nos livros de história ou nas cartilhas das escolas públicas e particulares da Áustria, o nome do filho do herói de Solferino ficou ausente dos protocolos de Montenuovo. Exceto Montenuovo e o recém-falecido criado de Franz Joseph, ninguém mais no mundo sabe que o comissário distrital barão von Trotta foi recebido, certa manhã, pelo *Kaiser*, um pouco antes da partida para Ischl.

Era uma manhã esplêndida. Durante a noite inteira o comissário distrital ficara experimentando sua farda de gala. Deixara a janela aberta. Era uma noite clara de verão. De tempos em tempos, ele se aproximava da janela. Ouviu, então, os ruídos da cidade que dormia e, aqui e ali, o canto de algum galo, em algum sítio distante. Sentia o perfume do verão, via as estrelas num pedaço de céu noturno, ouvia as passadas regulares dos policiais que patrulhavam. Esperava pela alvorada. Pela décima vez, colocou-se diante do espelho, ajeitou a gravata branca junto às arestas do colarinho alto, passou o lenço de *voile* branco pelos botões dourados do seu fraque, lustrou o cabo dourado da sua adaga, escovou seus sapatos, penteou sua barba, domou, com o pente, os poucos fios de cabelos que cresciam em sua calva, e que sempre pareciam voltar a se erguer e a se encaracolar, e escovou, uma vez mais, a cauda do seu fraque. Tomou nas mãos o chapéu de abas largas. Colocou-se diante do espelho e repetiu: "Majestade, peço misericórdia para com meu filho!". Observou, no espelho, o movimento de sua barba, e o achou inadequado, e começou, outra vez, a dizer a mesma frase, agora evitando que a barba se mexesse, mas atentando para que, ainda assim, as palavras fossem pronunciadas com clareza. Não sentia cansaço. Aproximou-se uma vez mais da janela, como alguém que se aproxima da borda da água. E esperava, ansioso, pelo amanhecer, assim como alguém que espera pela chegada de um navio da terra natal. Sim, sentia saudade do *Kaiser*. Permaneceu na janela até que os reflexos cinzentos da manhã iluminassem o céu, até que a estrela da manhã se extinguisse e que as vozes confusas dos pássaros anunciassem o nascer do sol. Então, apagou as luzes no quarto. Abriu a maçaneta da porta. Chamou o barbeiro. Tirou o fraque. Sentou-se. Mandou que o barbeasse. "Duas vezes", disse ao jovem ainda embriagado de sono, "e a contrapelo!". Agora, seu queixo reluzia, azulado, entre as asas de sua barba. A pedra de sulfato de alumínio ardia, o pó de arroz refrescava seu pescoço. Sua audiência estava marcada para as oito e meia da manhã. Escovou, mais uma vez, o fraque verde-escuro. E então repetiu, diante do espelho: "Majestade, peço clemência para meu filho!". E então fechou o quarto. Desceu a escada. A casa inteira ainda dormia. Calçou as luvas brancas, alisou os dedos, acariciou a pele de couro, permaneceu, ainda por um instante, diante do grande espelho na escadaria, entre o primeiro e o segundo andar, e tentou observar-se de perfil. E então desceu, cuidadosamente, a escadaria atapetada de vermelho, apenas tocando os degraus com as pontas dos pés, espalhando à sua volta uma dignidade prateada, um perfume de pó de arroz e de água de colônia, e um odor penetrante de graxa para sapatos. O porteiro fez uma reverência profunda. Um fiacre com dois cavalos estacionou diante da porta giratória. Com seu lenço, o comissário distrital varreu o assento estofado do fiacre e se sentou. "Schönbrunn!", ordenou ele. E durante todo o trajeto ficou paralisado sobre o assento. Os cascos dos cavalos golpeavam alegremente o calçamento recém-molhado e os meninos brancos e apressados das padarias paravam, olhando para o fiacre como se estivessem numa parada. E como a peça principal de uma parada, *Herr* von Trotta dirigia-se ao palácio do *Kaiser*.

Mandou o fiacre estacionar a uma distância que lhe parecia apropriada. E, com suas luvas ofuscantes de ambos lados do fraque verde-escuro, e colocando com cuidado um pé diante do outro para proteger suas botinas lustrosas da poeira da alameda, galgou o caminho reto que conduzia ao palácio de Schönbrunn. Acima dele, os pássaros matinais jubilavam. O perfume dos lilases e dos jasmins embriagava-o. Das flores brancas das castanheiras caía, aqui e ali, uma pétala sobre os seus ombros. Ele as removia, apanhando-as com dois dedos. Devagar, galgava os degraus planos e reluzentes, cuja brancura já era iluminada pelo sol da manhã. O vigia o saudou, o comissário distrital von Trotta entrou no palácio.

E esperou. Conforme o regulamento, foi inspecionado por um funcionário do gabinete do cerimonial superior da corte. Seu fraque, suas luvas, suas calças e suas botas estavam impecáveis. Teria sido impossível detectar alguma falha em *Herr* von Trotta. Ele esperava. Esperava na grande sala diante do gabinete de Sua Majestade, cujas seis grandes janelas em arco, ainda com as cortinas fechadas, mas com as vidraças abertas, deixavam entrar toda a opulência do início do verão, todos os perfumes doces e todas as vozes loucas das aves de Schönbrunn.

O comissário distrital parecia nada ouvir. E também parecia não perceber aquele senhor cuja tarefa era inspecionar os visitantes do *Kaiser* e informá-los a respeito das regras de comportamento. Ante a dignidade prateada e inalcançável do comissário distrital, ele emudeceu e deixou de lado suas obrigações. De ambos lados da porta alta, branca e emoldurada de dourado estavam postados dois vigias, exageradamente grandes, como esculturas sem vida. O assoalho de madeira marrom-amarelada, que só era coberto pelo tapete avermelhado em sua parte central, refletia, com pouca nitidez, a parte inferior do corpo de *Herr* von Trotta, as calças negras, a ponta dourada da bainha do punhal, e também as sombras ondulantes da cauda do seu fraque. *Herr* von Trotta levantou-se. Com passos cuidadosos e silenciosos, andava pelo tapete. Seu coração palpitava. Mas sua alma estava serena. Naquela hora, cinco minutos antes do seu encontro com seu *Kaiser*, *Herr* von Trotta sentia como se circulasse por ali havia anos, e como se estivesse acostumado a apresentar a Sua Majestade o *Kaiser* Franz Joseph I, todas as manhãs, relatórios sobre os acontecimentos da véspera no distrito de W., na Morávia. O senhor comissário distrital sentia-se totalmente em casa no palácio do seu *Kaiser*. A única coisa que talvez o incomodasse era o pensamento de que porventura ainda fosse necessário passar os dedos pela barba que cobria suas bochechas, e que agora já não tinha mais tempo de tirar as luvas brancas. Nenhum ministro do *Kaiser*, nem mesmo o chefe do cerimonial, poderia se sentir mais em casa ali do que *Herr* von Trotta. De tempos em tempos, o vento soprava as cortinas amarelas como o sol diante das grandes janelas em arco, e um pedaço de verde estival insinuava-se no campo de visão do comissário distrital. O canto dos pássaros tornava-se cada vez mais alto. E agora algumas moscas gordas começavam a zumbir, na louca e prematura crença de que era chegado o meio-dia, e afinal o calor estival também começou a se fazer sentir. O comissário distrital ficou parado no meio da sala, o chapéu de abas largas junto ao quadril direito, a mão esquerda, de um branco ofuscante, sobre o cabo do punhal, o rosto paralisado, voltado para a porta da sala na qual estava sentado o *Kaiser*. Assim ele permaneceu, por uns dois minutos. Pela janela aberta ressoavam as badaladas douradas de sinos de relógios em torres distantes. E de repente abriram-se as duas folhas da porta. E com a cabeça erguida, com passos cuidadosos, silenciosos e ainda assim firmes, o comissário distrital entrou. Fez uma reverência profunda e permaneceu curvado assim por alguns segundos, com o rosto voltado para o assoalho, sem nenhum pensamento. Quando voltou a se erguer, a porta já se fechara às suas costas. À sua frente, atrás da escrivaninha, estava o *Kaiser* Franz Joseph e, para o comissário distrital, era como se atrás da escrivaninha estivesse seu irmão mais velho. Sim, a barba que recobria as bochechas de Franz Joseph era um pouco amarelada, sobretudo em torno da boca, mas de resto tão branca quanto a barba que cobria as bochechas de *Herr* von Trotta. O *Kaiser* portava uma farda de general e *Herr* von Trotta, a farda de comissário distrital. E eles pareciam dois irmãos, dos quais um se tornara *Kaiser* e o outro, comissário distrital. Foi muito humano o movimento que Franz Joseph fez naquele instante, assim como foi muito humano todo o resto desta audiência de *Herr* von Trotta com o *Kaiser*, jamais registrada nos protocolos. Como temia que alguma gota pudesse estar pendendo do seu nariz, ele tirou o lenço do bolso da calça e o passou pela barba. Lançou um olhar sobre a ata. Aha! O Trotta! pensou ele. Na véspera, pedira explicações sobre a necessidade desta audiência súbita, mas não as ouvira com muita atenção. Já havia meses que os Trottas não paravam de aborrecê-lo. Ele se lembrava de que, na visita que fizera à manobras, conversara com o mais jovem descendente daquela família. Era um tenente. Um tenente estranhamente pálido. E este aqui decerto era o pai dele! O *Kaiser* outra vez esquecera se era o avô ou o pai do tenente quem tinha salvado sua vida na batalha de Solferino. Será que o herói de Solferino subitamente se tornara comissário distrital? Ou será que ele era o filho do herói de Solferino? Apoiou-se, com as mãos, na escrivaninha. "Então, meu caro Trotta?", perguntou. Pois uma de suas obrigações era surpreender seus visitantes, conhecendo-os pelo nome. "Majestade!", disse o comissário distrital, fazendo, outra vez, uma reverência profunda: "Peço misericórdia para com o meu filho!". "E quem é o filho do senhor?", perguntou o *Kaiser*, para ganhar tempo e não revelar, imediatamente, que não estava bem familiarizado com a história da família Trotta. "Meu filho é tenente da infantaria em B.", disse *Herr* von Trotta. "Ah! Ah!", disse o *Kaiser*. "Ele é o jovem que eu vi nas últimas manobras! Uma ótima pessoa!" E como seus pensamentos estivessem um tanto confusos, ele acrescentou: "Ele quase salvou a minha vida. Ou foi o senhor que o fez?".

"Majestade, foi meu pai, o herói de Solferino!", disse o comissário distrital, fazendo uma nova reverência.

"E que idade tem ele agora?", perguntou o *Kaiser*. "A batalha de Solferino. Ele era aquele da cartilha?"

"Sim, Majestade!", disse o comissário distrital.

E subitamente o *Kaiser* se lembrou exatamente da audiência do estranho capitão. E como daquela vez, quando o estranho capitão aparecera, Franz Joseph I também desta vez deixou seu lugar atrás da escrivaninha, deu alguns passos em direção a seu visitante, e disse: "Aproxime-se!".

O comissário distrital aproximou-se. O *Kaiser* estendeu sua mão magra e trêmula, a mão de um velho, cheia de veiazinhas azuis e de nós nas juntas dos dedos. O comissário distrital tomou a mão do *Kaiser* e fez uma reverência. Queria beijá-la. Não sabia se poderia ousar segurá-la, ou se deveria colocar sua mão na mão do *Kaiser* de tal maneira que ele tivesse, a qualquer momento, a possibilidade de retirar sua própria. "Majestade!", repetiu o comissário distrital pela terceira vez, "peço misericórdia para com o meu filho!".

Era como se fossem dois irmãos. Um estranho que os avistasse naquele instante seria capaz de acreditar que o fossem. As barbas brancas que cobriam as suas bochechas, seus ombros estreitos e caídos, suas proporções corporais semelhantes despertaram em ambos a impressão de que cada qual se encontrava diante de sua imagem especular. Um deles achava que tivesse se transformado em comissário distrital; o outro achava que tivesse se transformado em *Kaiser*. À esquerda do *Kaiser* e à direita de *Herr* von Trotta, as duas grandes janelas da sala permaneciam abertas, também elas ainda veladas por cortinas amarelas como o sol. "Que dia bonito hoje!", disse, subitamente, Franz Joseph. "Lindo dia hoje!", disse o comissário distrital. E enquanto o *Kaiser* apontava com a mão esquerda para a janela, o comissário distrital estendia a mão direita na mesma direção. E o *Kaiser* teve a impressão de que estava diante de sua própria imagem especular.

Subitamente ocorreu ao *Kaiser* que ainda lhe restavam muitos assuntos a resolver antes de sua partida para Ischl. E ele disse: "Está bem! Tudo será resolvido! O que foi que ele aprontou? Dívidas? Vou resolver! Mande lembranças ao seu papai!".

"Meu pai já morreu!", disse o comissário distrital.

"Ah! Morreu!", disse o *Kaiser*. "Que pena! Que pena!" E ele se perdeu em suas lembranças da batalha de Solferino. E voltou para junto da sua escrivaninha, sentou-se, apertou o botão da campainha, e não olhou mais para o comissário distrital que saía, cabisbaixo, com o cabo do punhal junto ao quadril esquerdo e o chapéu de abas largas junto à direita.

O ruído matinal dos pássaros preenchia a sala inteira. Apesar de toda a estima que o *Kaiser* tinha pelos pássaros, que considerava como uma espécie de criaturas prediletas de Deus, também nutria por eles uma espécie de desconfiança, nas profundezas do seu coração, semelhante à desconfiança que nutria pelos artistas. E, conforme mostrava a sua experiência nos últimos anos, os pássaros e seu gorjeio sempre tinham sido as causas de seus pequenos esquecimentos. Por isto ele anotou, rapidamente, "caso Trotta" em suas atas.

E então pôs-se à espera da visita diária do chefe do cerimonial da corte. Já batiam nove horas. Agora ele estava chegando.

XIX

O fatal assunto tenente Trotta foi sepultado num prudente silêncio. O major Zoglauer disse apenas: "Por ordens das mais altas instâncias, seu caso foi encerrado favoravelmente. Seu papai enviou o dinheiro e não há mais nada a dizer a este respeito". Em seguida, Trotta escreveu a seu pai. Relatou que os perigos que pairavam sobre a sua honra haviam sido afastados pelas mais altas instâncias. Pedia perdão pela demora herética em escrever, respondendo às cartas do comissário distrital. Estava comovido e tocado. E empenhava-se em descrever sua comoção. Mas em seu escasso vocabulário não se encontravam expressões para arrependimento, tristeza e saudades. Era um trabalho amargo. Depois que assinou a carta, ocorreu-lhe uma frase: "Penso em pedir uma licença de serviço em breve, para poder lhe pedir perdão verbalmente". Por razões formais, porém, já não era mais possível acrescentar esta frase feliz como um *postscriptum*. O tenente, portanto, pôs-se a copiar, outra vez, a carta inteira. Ao fim de uma hora, estava pronto. A cópia melhorara o aspecto da carta. E com isto tudo lhe parecia resolvido. Ele mesmo se admirava com sua "sorte fenomenal". O neto do herói de Solferino podia confiar no *Kaiser* em qualquer circunstância. E não menos satisfatório era o fato de que o seu pai possuía dinheiro. A depender das circunstâncias, agora que o perigo de ser expulso do exército estava excluído, ele poderia deixá-lo voluntariamente, viver em Viena com *Frau* von Taussig, talvez ingressar no funcionalismo público e vestir-se como um civil. Havia tempo que não ia a Viena. Estava sem notícias da mulher.

Sentia saudade dela. Tomou um *Neunziggrädiger* e a saudade se acirrou, mas agora já era aquele grau benfazejo de saudade, que lhe permitia chorar um pouco. Nos últimos tempos, as lágrimas deixavam seus olhos com muita facilidade. Mais uma vez, o tenente Trotta observou a carta com satisfação, uma obra bem-feita de suas mãos. Para recompensar-se, pediu um *Neunziggrädiger* duplo. *Herr* Brodnitzer trouxe-lhe a bebida pessoalmente e disse:

"Kapturak se foi!"

Um dia feliz, sem dúvida! O homenzinho que sempre era capaz de lembrar o tenente de uma de suas piores horas também desaparecera deste mundo.

"Por quê?"

"Foi simplesmente expulso do país!"

Sim, tão longo era o alcance do braço de Franz Joseph, do velho que falara com o tenente Trotta, com uma gotinha reluzente em seu nariz real. Tão longo, também, era o alcance da memória do herói de Solferino.

Uma semana depois da audiência do comissário distrital, Kapturak tinha sido expulso do país. Depois que os órgãos políticos tinham recebido um sinal das instâncias superiores, também proibiram o cassino de Brodnitzer de funcionar. Do capitão Jedlicek não se ouvia mais falar. Ele submergiu naquele esquecimento mudo e enigmático do qual é tão impossível voltar quanto voltar do além. Desapareceu nas prisões preventivas da antiga monarquia, nas câmaras de chumbo da Áustria. Se acaso o seu nome ocorresse aos oficiais, eles imediatamente o enxotavam. E a maioria deles era capaz de fazê-lo graças à sua capacidade natural de se esquecer de tudo. Um novo capitão surgiu, um certo Lorenz: um homem pesado, atarracado e bondoso, que tinha uma tendência incontrolável ao desleixo no serviço e na postura, que a qualquer momento estava disposto a tirar o paletó, muito embora isto fosse proibido, para jogar uma partida de bilhar. E ao fazê-lo, deixava à mostra as mangas curtas demais das suas camisas, às vezes remendadas, e um pouco suadas. Era pai de três filhos e marido de uma mulher amargurada. Logo se sentia em casa ali. Logo todos se habituaram a ele. Seus filhos, que pareciam um com o outro como se fossem trigêmeos, vinham em trio apanhá-lo no café. Com o passar do tempo, desapareceram os diferentes "rouxinóis" dançarinos, que vinham de Olmütz, Hernals e Mariahilf. Só duas vezes por semana havia música no café. Mas faltavam-lhe a verve e o temperamento, por falta de dançarinas, tocava-se música clássica, mas esta parecia mais lamentar os tempos antigos do que recordá-los. Novamente, os oficiais começaram a se sentir entediados, a menos que bebessem. Mas, quando bebiam, ficavam melancólicos e sentiam pena de si mesmos em seus corações. Era um verão muito abafado. Durante os exercícios, pela manhã, faziam-se duas pausas para descansar. As armas e as tropas transpiravam. Os sons dos trompetes soavam surdos e desanimados ante o ar pesado. Uma névoa fina cobria o céu em toda sua extensão, como um fino véu de chumbo prateado. Pairava, também, sobre os pântanos, e abafava até mesmo o ruído sempre alegre dos sapos. As folhas, nos pastos, permaneciam imóveis. O mundo inteiro parecia esperar pela chegada de algum vento. Mas todos os ventos estavam adormecidos.

Naquele ano, Chojnicki não voltara. Todos se enfureceram, como se ele fosse alguém que, estando contratualmente obrigado a entreter os membros do exército com seus divertimentos, ano após ano, durante o verão inteiro, tivesse falhado com suas obrigações. Para que a vida naquela guarnição perdida adquirisse, apesar disto, um novo brilho, o capitão de cavalaria da infantaria montada conde Zschoch teve a ideia genial de realizar um grande festival de verão. Esta era uma ideia genial simplesmente porque aquele festival poderia servir como ensaio para o grande jubileu do centenário do regimento. O centésimo aniversário do regimento de infantaria montada deveria realizar-se somente dali a um ano, mas era como se este regimento não pudesse se conter, pacientemente, com seus noventa e nove anos, assim, sem nenhum júbilo. Todos disseram que aquela era uma ideia genial. O coronel Festetics também o disse, e até imaginava que fora o primeiro a inventar aquele nome, festival de verão. Pois já havia algumas semanas que começara seus preparativos para o grande jubileu do centenário. Diariamente, nas horas vagas, ele ditava, no gabinete regimental, a submissa carta-convite que, meio ano mais tarde, seria despachada ao patrono do regimento, um príncipe menor da Alemanha, infelizmente pertencente a uma linhagem secundária e um tanto esquecida. Apenas a escrita, no estilo conveniente, daquela carta dirigida à corte ocupava dois homens, o coronel Festetics e o capitão de cavalaria Zschoch. Às vezes eles também se envolviam em discussões acaloradas sobre questões estilísticas. Assim, por exemplo, o coronel considerava que era lícita a formulação "e o regimento permite-se, submisso", enquanto o capitão de cavalaria era da opinião que "e" estava errado, e que "submisso" não estava bem de acordo com as regras. Decidiram que escreveriam duas frases por dia, e conseguiam fazê-lo. Cada um deles ditava a um escrevente, o capitão, a um sargento; o coronel, a um cabo. E então eles comparavam as frases entre si. Cada um elogiava o outro, de maneira exagerada. Em seguida, o coronel trancava os rascunhos no grande armário do gabinete regimental, cujas chaves só ele possuía. Juntava aqueles esboços aos demais planos que já fizera para a grande parada e para os torneios de tropas e de oficiais. Todos os planos ficavam guardados junto aos grandes e sinistros envelopes lacrados, nos quais ficavam encerradas as ordens secretas para o caso de uma mobilização.

Assim, depois que o capitão de cavalaria Zschoch anunciou sua genial ideia, foram interrompidos os trabalhos no texto da carta ao príncipe, e começaram a ser preparadas cartas-convite a serem despachadas em todas as direções da terra. Esses convites, formulados com maior brevidade, exigiam menos esforços literários, e ficavam prontos ao cabo de alguns dias. Havia apenas algumas discussões concernentes ao grau dos convidados. Pois, ao contrário do coronel Festetics, o conde Zschoch era da opinião de que os convites deveriam ser despachados em sequência, segundo uma hierarquia, primeiro para os que ocupavam lugares mais elevados, depois para os que ocupavam lugares inferiores. "Todos ao mesmo tempo!", dizia o coronel. "Eu lhe ordeno!" E muito embora os Festetics estivessem entre as melhores famílias da Hungria, o conde Zschoch achava que aquela ordem apontasse para alguma tendência democrática do coronel, imposta pelo seu sangue. Ele torceu o nariz e despachou todos os convites simultaneamente.

O chefe do gabinete foi chamado. Em suas mãos encontravam-se os endereços de todos os oficiais da reserva e daqueles que já tinham sido aposentados. Todos foram convidados. Foram convidados, além deles, os parentes próximos e os amigos dos oficiais da infantaria montada. Estes foram informados de que se tratava de um ensaio para as festividades do jubileu do centenário. Com isto dava-se a entender que eles tinham perspectivas de um encontro pessoal com o patrono do regimento, o príncipe alemão que, no entanto, vinha de uma linhagem secundária, pouco considerada. Muitos dos convidados pertenciam a dinastias mais antigas do que o patrono do regimento. Ainda assim, consideravam digno o encontro com o príncipe, muito embora sua dinastia tivesse sido submetida a outros nobres, e ele não fosse mais diretamente subordinado ao *Kaiser*. Como deveria se tratar de um festival de verão, decidiram tomar emprestado o bosque do conde Chojnicki. O bosque distinguia-se das florestas de Chojnicki porque parecia que a própria natureza, tanto quanto seu proprietário, o destinara a servir de palco para festividades. Era um bosque jovem, que consistia em pequenos e bem-humorados troncos de pinheiros, que ofereciam sombra e frescor, caminhos planos e algumas clareiras, cuja utilidade não era outra senão serem cobertas por palcos de dança. Assim, o bosque foi alugado. Naquela oportunidade, lamentou-se, mais uma vez, a ausência de Chojnicki. Ainda assim, ele foi convidado, com a esperança de que não seria capaz de resistir a um convite para a festa do regimento de infantaria montada, e que até mesmo seria capaz de trazer consigo "algumas pessoas encantadoras", como escrevera Festetics. Foram convidados os Hulm e os Kinsky, os Podstatzki e os Schönborn, a família Albert Tassilo Larisch, os Kirchberg, os Weissenhorn e os Babenhaus, os Sennyi, os Benkyö, os Zuscher e os Dietrichstein. Cada um deles tinha algum tipo de relação com este regimento de infantaria montada. Quando o capitão de cavalaria Zschoch examinou, mais uma vez, a lista dos convidados, disse: "Raios! Santo Deus!". E repetiu, algumas vezes, esta expressão original. Era uma lástima, mas era imprescindível que, para uma festa tão grandiosa, fossem convidados, também, os simples oficiais da infantaria. Vamos saber como mantê-los a uma distância adequada, pensou o coronel Festetics. E o mesmo pensou também o capitão da cavalaria Zschoch. Enquanto ditavam os convites aos oficiais da infantaria, um ao sargento, o outro ao cabo, eles se entreolhavam com hostilidade. E cada um deles responsabilizava o outro pela obrigação de convidar o batalhão da infantaria. Seus olhos iluminaram-se quando surgiu o nome do barão von Trotta und Sipolje. "Batalha de Solferino", disparou o coronel, a propósito. "Ah!", disse o capitão de cavalaria Zschoch. Ele estava convicto de que a batalha de Solferino ocorrera já no século XVI.

Todos os escrivães do gabinete preparavam guirlandas de papel verdes e vermelhas. Os ordenanças dos oficiais permaneciam sentados sobre os galhos finos dos pinheiros do bosque, e estendiam fios de uma arvorezinha para a outra. Três vezes por semana, as tropas da cavalaria montada não saíam para se exercitar. Tinham "aulas" na caserna. A eles se ensinava a arte de receber convidados ilustres. A metade de um esquadrão foi temporariamente cedida ao cozinheiro. Com ele, os camponeses aprendiam como lavar caldeirões, como servir em bandejas, como segurar copos de vinho e como virar o espeto dos assados. Todas as manhãs, o coronel Festetics fazia rigorosas visitas de inspeção à cozinha, à adega e à cantina. Luvas de linha foram providenciadas para todos os membros das tropas sobre os quais pairasse a mínima ameaça de virem a ter algum contato com os convidados. Aqueles membros da infantaria montada que, por algum humor de seus sargentos, tinham sido destinados a esta difícil tarefa especial, eram obrigados a submeter aos olhos do coronel, todas as manhãs, as mãos esticadas, trajadas de branco, com os dedos estendidos. Ele verificara a limpeza, o caimento e a durabilidade das costuras. Estava bem-humorado, iluminado por um sol íntimo incomum e oculto. Admirava sua própria força de vontade, gabava-se dela e exigia a admiração dos outros. Desenvolveu uma fantasia incomum. A cada dia, esta imaginação presenteava-o com, no mínimo, dez novas ideias, enquanto antes ele sempre tinha se dado por satisfeito com uma única por semana. E suas ideias não diziam respeito apenas à festa, mas também às grandes questões da vida, o regulamento dos exercícios, por exemplo, ou as fardas e até mesmo as táticas. Naqueles dias, ficou claro para o coronel Festetics que ele estava apto a ser imediatamente promovido ao posto de general.

Agora, os fios estavam estendidos entre os troncos das árvores, e era preciso neles dependurar as guirlandas. Foram penduradas em caráter experimental. O coronel as inspecionou. Era inegável a necessidade de se colocarem também lampiões ali. Mas como, apesar da neblina e do abafamento, não chovia havia muitos dias, esperava-se que, a qualquer momento, uma tempestade pudesse surpreendê-los. O coronel ordenou, portanto, que fosse estabelecida uma guarda permanente no bosque, cujo objetivo era retirar as guirlandas e os lampiões ao menor sinal de iminência de tempestade. "Os fios também?", perguntou ele, cautelosamente, ao capitão da cavalaria. Pois sabia muito bem que os grandes homens gostam de ouvir os conselhos de seus auxiliares menores. "Nada pode acontecer aos fios!", disse o capitão de cavalaria. Assim, eles foram deixados nas árvores.

Não vieram as tempestades. O tempo permaneceu abafado e pesado. Em compensação, alguns dos convidados não puderam aceitar o convite, pois no mesmo domingo no qual deveria se realizar a festa da infantaria montada, haveria uma festa num conhecido clube da nobreza vienense. Alguns dos convidados vacilavam entre seu desejo de ficar sabendo de todas as novidades da sociedade (o que só era possível no baile do clube) e o prazer aventuresco de visitar aquela região quase lendária de fronteira. O exotismo parecia-lhes tão sedutor quanto as fofocas, quanto a oportunidade de detectar uma opinião favorável ou negativa, de atender a algum pedido de proteção, ou de obter a proteção de que se necessitava de alguém. Alguns prometeram, ainda que no último instante, avisar por telegrama. Estas respostas, e a perspectiva dos telegramas de última hora, destruíram quase completamente a certeza que o coronel Festetics conquistara nos últimos dias. "É uma desgraça!", disse ele. "É uma desgraça!", repetiu o capitão da cavalaria. E os dois baixaram suas cabeças.

Quantos quartos deveriam ser preparados? Cem ou apenas cinquenta? E onde? No hotel? Na casa de Chojnicki?

Infelizmente, ele não estava lá, e nem mesmo tinha respondido! “Ele é traiçoeiro, este Chojnicki!” “Nunca confiei nele!”, disse o capitão de cavalaria. “Você tem razão!”, confirmou o coronel. E então bateram à porta e o ordenança anunciou o conde Chojnicki.

“Excelente rapaz!”, disseram os dois, ao mesmo tempo.

Saudaram-se cordialmente. Em silêncio, o coronel sentia que seu gênio estava sem saber o que dizer, e que necessitava de ajuda. O capitão de cavalaria Zschoch também sentia que seu gênio estava exaurido. Revezaram-se em abraçar o recém-chegado, cada um o fez três vezes. E cada qual aguardava, impaciente, pelo fim dos abraços do outro. E então pediram *Schnaps*. Todas suas sérias preocupações subitamente transformaram-se em ideias inconsequentes e graciosas. Quando, por exemplo, Chojnicki disse: “Então vamos reservar cem quartos, e se cinquenta deles ficarem vazios, não haverá o que fazer”, os dois gritaram, como se tivessem uma só boca: “Genial!”. E lançaram-se, uma vez mais, com seus abraços sobre o recém-chegado.

Durante a semana que ainda restava antes do início da festa, não choveu. Todas as guirlandas e todos os lampiões permaneceram pendurados. Às vezes um rugido distante, um eco de algum trovão longínquo, assustava o suboficial e os quatro soldados que permaneciam no posto de vigia montado à beira do bosque, de onde observavam o céu a ocidente, na direção do inimigo celestial. Às vezes, um débil clarão brilhava, ao entardecer, sobre a neblina cinza-azulada que se adensava no horizonte ocidental para acolher suavemente o sol que se punha, avermelhado. Decerto as tempestades precipitavam-se longe dali, como se fosse num outro mundo. No bosque silencioso, as folhas secas dos pinheiros e as cascas dos seus troncos estalavam. Os pássaros piavam, cansados, sonolentos. O solo mole e arenoso entre os galhos ardia. A chuva não vinha. As guirlandas permaneciam, pendendo dos fios.

Na sexta-feira chegaram alguns dos convidados. Tinham sido precedidos por telegramas que anunciavam suas chegadas. O oficial em serviço apanhava-os. A excitação crescia, de hora em hora, em ambas casernas. No café de Brodnitzer, os membros da cavalaria discutiam com os membros da infantaria, por motivos vãos, e com o único objetivo de ampliar ainda mais a intranquilidade. Ninguém conseguia permanecer sozinho. A impaciência levava cada um a buscar pelo outro. Eles sussurravam. Subitamente, sabiam de muitos segredos estranhos, sobre os quais nenhuma palavra tinha sido dita por anos a fio. Confiavam plenamente um no outro, amavam-se. Transpiravam, em perfeita concórdia, ante as expectativas compartilhadas. A festa encobria o horizonte, uma montanha portentosa e solene. Todos estavam convencidos de que não se tratava apenas de uma novidade passageira, mas que aquilo significaria uma transformação completa das suas vidas. No último instante, ficaram com medo de sua própria obra. A festa parecia acenar-lhes amistosamente, por vontade própria, e também ameaçá-los de maneira cada vez mais perigosa. Ela obscurecia o céu e também o tornava mais claro. As fardas de parada eram escovadas e passadas a ferro. Nem mesmo o capitão Lorenz ousava, naqueles dias, jogar uma partida de bilhar. A saudável comodidade na qual decidira passar o restante de sua vida militar fora destruída. Observava sua farda de gala com olhares desconfiados, e parecia um corcel preguiçoso que, tendo permanecido por anos a fio no frescor da sombra de seu estábulo, subitamente era obrigado a tomar parte numa corrida de trote.

Por fim, veio o domingo. Foram contados cinquenta e quatro convidados. "Raios e trovões!", disse o conde Zschoch algumas vezes. Ele sabia muito bem em qual regimento servia, mas a vista de cinquenta e quatro nomes altissonantes na lista de convidados lhe deu a impressão de que, o tempo todo, não se orgulhara suficientemente do seu regimento. À uma da tarde teve início a festa, com uma parada de uma hora de duração na praça de exercícios. Duas bandas militares de guarnições maiores tinham sido convocadas. Elas tocavam, em dois pavilhões de madeira, circulares e abertos, no bosque. As damas permaneciam sentadas em coches de bagagem cobertos de lona, trajavam vestidos de verão sobre seus rijos espartilhos, e chapéus amplos como rodas, sobre os quais se aninhavam aves empalhadas. Muito embora estivessem com calor, sorriam, cada uma delas como uma brisa serena. Sorriam com os lábios, com os olhos, com os seios prisioneiros de trajes perfumados, com suas luvas de renda translúcidas que subiam até os seus cotovelos, com seus lencinhos minúsculos, que seguravam nas mãos e que às vezes levavam aos seus narizes, com muita delicadeza para não os quebrarem. Vendiam balas, vinho, espumante e bilhetes numerados para a roda da fortuna, que seria manobrada pelo líder do regimento em pessoa, e saquinhos coloridos com confetes, com os quais todas elas estavam cobertas, e que tentavam soprar para longe, fazendo biquinhos com seus lábios bem-humorados. Tampouco faltavam as serpentinas. Envolviam gargantas e pernas, pendiam das árvores e em um único instante transformavam todos os pinheiros em árvores artificiais. Pois eram mais densas e mais persuasivas do que o verde da natureza.

Ao céu sobre a floresta, enquanto isto, tinham chegado as nuvens há tanto tempo esperadas. Os trovões aproximavam-se cada vez mais, mas as bandas militares os superavam. Quando anoiteceu sobre as tendas, coches, confetes e dança, os lampiões foram acesos, e ninguém percebeu que súbitos golpes de vento os faziam oscilar mais rapidamente do que convém a lampiões de festas. Os raios, que iluminavam o céu cada vez com maior violência, ainda não eram nada perto dos fogos de artifício que as tropas disparavam por trás do bosque. E todos consideravam os raios que eventualmente eram percebidos como rojões malogrados. "A tempestade está chegando!", disse alguém, subitamente. E os rumores sobre a tempestade começaram a se espalhar pelo bosque.

Todos, então, prepararam-se para partir, e se dirigiram, a pé, a cavalo e de coche, à casa de Chojnicki. Todas as janelas estavam abertas. O brilho das velas derramava-se livremente, como um grande leque faiscante, pela ampla alameda, e tingia de dourado o solo e as árvores, e as folhas pareciam feitas de metal. Ainda era cedo, mas já estava escuro, por causa da multidão de nuvens que se chocavam umas com as outras, vindas de todos os lados, e que se acumulavam. Diante da entrada do castelo, na ampla alameda, e na praça oval, coberta de cascalhos, diante da porta, amontoavam-se, agora, os cavalos, os coches e os convidados, as mulheres com seus trajes coloridos e os oficiais com seus trajes ainda mais coloridos. Os cavalos de montaria, presos pelos soldados na cerca, e os cavalos dos coches, contidos com dificuldade pelos cocheiros, tornavam-se impacientes. Como um pente elétrico, o vento percorria seus pelos reluzentes; eles relinchavam, assustados e pisoteavam os cascalhos com seus cascos trêmulos. E a excitação da natureza e dos animais parecia transmitir-se, também, às pessoas. Os gritos alegres que, pouco antes, acompanhavam suas brincadeiras, desapareceram. Todos olhavam, um pouco temerosos, para as portas e para as janelas. Agora, uma grande porta de duas folhas abriu-se, e os grupos de pessoas começaram a aproximar-se da entrada. Seja porque todos estavam muito preocupados com os acontecimentos da tempestade que, embora não sendo incomuns, sempre despertam a inquietação das pessoas, seja porque estavam distraídos pelos sons confusos das duas bandas militares, que já começavam a afinar seus instrumentos no interior da casa, ninguém percebeu o veloz galope do ordenança que agora se aproximava da praça diante da entrada, parava com um golpe súbito e que, trajado com sua farda de serviço, com um capacete faiscante, carabina presa às costas e munição no cinturão, rodeado por raios brancos e faiscantes, obscurecido por nuvens violetas, assemelhava-se a um mensageiro de guerra numa representação teatral. O membro da infantaria montada apeou e perguntou pelo coronel Festetics. Disseram-lhe que o coronel já estava dentro. No instante seguinte, ele saiu, apanhou uma carta das mãos do ordenança e voltou para o interior da casa. Parou na antessala redonda, na qual não havia iluminação de teto. Um criado aproximou-se de suas costas, segurando nas mãos um candelabro. O coronel abriu o envelope. O criado, embora educado desde a juventude na grande arte de servir, ainda assim não foi capaz de controlar sua mão, que se pôs a estremecer repentinamente. As velas que ele segurava começaram a vacilar. Sem que ele tivesse tentado ler alguma coisa por sobre o ombro do coronel, o texto da carta caiu no campo de visão dos seus olhos bem-educados: era uma única frase, de palavras bem claras, escrita em letras exageradamente grandes, no azul dos lápis de cópia. Assim como ele não teria sido capaz de deixar de distinguir, por trás dos seus olhos cerrados, os raios que agora brilhavam, com frequência cada vez maior, em todas as direções do céu, também não teria sido capaz de afastar seu olhar da terrível e gigantesca escrita azul: "Há rumores de que o herdeiro do trono tenha sido assassinado em Sarajevo", diziam aquelas letras.

As palavras precipitaram-se sobre a consciência do coronel e sobre os olhos do criado, como se fossem uma única palavra, sem pausas. O coronel deixou cair o envelope. O criado, sustentando o candelabro com a mão esquerda, curvou-se para apanhá-lo. Quando estava outra vez ereto, olhou diretamente no rosto do coronel Festetics, que se voltara para ele. O criado recuou um passo. Numa mão suportava o candelabro, na outra, o envelope, e ambas estremeciam. O brilho das velas bruxuleava sobre as faces do coronel, ora iluminando-o, ora precipitando-o em penumbras. O rosto normalmente rosado, ornamentado por um grande bigode loiro grisalho do coronel ora se tornava violeta, ora branco como giz. Seus lábios estremeciam e seu bigode fazia movimentos convulsivos. Não havia ninguém além do coronel e do criado naquela antessala. Do interior da casa já vinha o som abafado da primeira valsa que era executada pelas duas bandas militares, o tinir dos copos e as vozes murmurantes. Através da porta que conduzia à praça diante da casa, viam-se os reflexos de raios distantes e ouvia-se o eco esmaecido de trovões brilhantes. O coronel olhou para o criado. "O senhor leu?", ele perguntou. "Sim senhor, senhor coronel!" "Cale a boca!", disse Festetics, pousando o indicador sobre os lábios. Afastou-se. Seus passos vacilavam um pouco. Talvez fosse por causa da luz vacilante das velas que seus passos pareciam incertos.

O criado, curioso e perturbado pela proibição de falar que lhe fizera o coronel tanto quanto pela sangrenta notícia da qual acabara de ficar sabendo, esperava pelo colega que o substituiria no serviço, e que receberia de suas mãos o candelabro. Muito embora fosse um homem de meia-idade, esclarecido e sensato, aquela antessala, apenas parcimoniosamente iluminada pelas velas, que se precipitava numa escuridão marrom ainda mais profunda depois de cada um dos violentos clarões de um branco-azulado, lá fora, parecia-lhe sinistra. Ondas pesadas de ar carregado pairavam no aposento enquanto a tempestade hesitava. O criado encontrou um nexo sobrenatural entre o acaso da tempestade e a terrível notícia. Achou que, finalmente, era chegado o dia em que as forças sobrenaturais do mundo fossem se revelar, de maneira clara e cruel. E fez o sinal da cruz, enquanto segurava o candelabro com a mão esquerda. Naquele instante, Chojnicki surgiu, olhou-o, admirado, e perguntou se ele sentia tanto medo assim da tempestade. O criado respondeu que não era só a tempestade. Pois, muito embora tivesse prometido que se manteria calado, não era mais capaz de suportar sozinho o peso do conhecimento daquela notícia. "O que há além disto?", perguntou Chojnicki. "O senhor coronel Festetics recebeu uma notícia terrível", disse o homem. E citou seu conteúdo.

Chojnicki ordenou, primeiro, que fossem fechadas as cortinas de todas as janelas, que já estavam fechadas por causa da tempestade e, em seguida, que os coches fossem preparados. Queria ir à cidade. Enquanto os cavalos eram atrelados, fora, uma *Droschka* passou. Sua capota fechada, gotejando, evidenciava que vinha de uma região onde a tempestade já começara. Do fiacre desceu aquele bem-disposto comissário regional que dissolvera a manifestação política dos trabalhadores em greve da fábrica de cerdas, trazendo uma pasta debaixo do braço. Primeiro, como fosse apenas aquele o objetivo de sua vinda, informou que na cidadezinha já estava chovendo. Em seguida, informou a Chojnicki que, aparentemente, o herdeiro do trono da monarquia austro-húngara havia sido assassinado em Sarajevo. Viajantes, que tinham chegado três horas antes, tinham sido os primeiros a divulgar aquela notícia. Depois, chegara um telegrama cifrado, cheio de lacunas, do governo do estado. Evidentemente o tráfego telegráfico estava suspenso em consequência da tempestade, de maneira que a resposta ao telegrama ainda permanecia sem resposta. Além disto, hoje era domingo e havia pouca gente nas repartições públicas. A intranquilidade na cidade e mesmo nas aldeias, porém, crescia constantemente e, não obstante a tempestade, as pessoas encontravam-se nas ruas.

Enquanto o comissário narrava, apressado, aos sussurros, ouviam-se, vindos das salas, os passos dos dançarinos, que pareciam aplainar o assoalho, o tilintar agudo dos copos e, de tempos em tempos, as gargalhadas profundas dos senhores. Chojnicki decidiu primeiro convocar alguns de seus hóspedes, que ele considerava exemplares, prudentes, e que ainda estavam sóbrios, reunindo-os num aposento separado. Fazendo o uso de desculpas de todos os tipos, conseguiu levar este e aquele ao aposento previsto, apresentou-lhes o comissário distrital e relatou os acontecimentos. Entre os iniciados estavam o coronel do regimento de infantaria montada, o major do batalhão de infantaria com seus ajudantes, os portadores de muitos nomes conhecidos e, entre os oficiais do batalhão de infantaria, o tenente Trotta. O aposento no qual se encontravam oferecia-lhes poucas oportunidades para se sentarem, de maneira que muitos foram levados a se encostar nas paredes enquanto outros, ainda sem saber do que se tratava, e de maneira leviana, sentavam-se sobre o tapete, de pernas cruzadas. E assim permaneceram, mesmo depois que tudo lhes fora informado. Alguns ficaram paralisados pelo medo, outros simplesmente estavam embriagados. Outros, ainda, eram por natureza indiferentes a todos os acontecimentos do mundo e ficaram imobilizados, por assim dizer, por causa de sua nobreza inata, e lhes parecia que não ficava bem incomodar seus corpos por causa de uma simples catástrofe. Outros, ainda, sequer tinham removido as serpentinas coloridas e os confetes dos ombros, corpos e pescoços. E aqueles distintivos tolos reforçavam ainda mais o pavor causado pela notícia.

Naquele aposento diminuto, o calor logo se tornou forte. “Abramos uma janela!”, disse alguém. Um outro abriu uma das janelas altas e estreitas, inclinou-se para fora e, no instante seguinte, recuou, impetuosamente. Um raio branco, incandescente, de incomum violência, atingiu o parque sobre o qual se debruçava a janela. Muito embora não fosse possível distinguir exatamente o ponto que fora atingido, podia-se ouvir os estalos de árvores que caíam. Suas coroas, negras e espessas, sussurravam. E até mesmo aqueles que permaneciam levianamente agachados, os indiferentes, levantaram-se, sobressaltados, enquanto os que a bebida deixara alegres cambaleavam de um lado para outro. Todos empalideceram. Admiravam-se por ainda estarem vivos. Prenderam a respiração, olharam, uns para os outros, com olhos arregalados, à espera do trovão, que se seguiu, poucos segundos depois. Mas, entre o raio e o trovão, a própria eternidade parecia acumular-se. Todos tentavam se aproximar, uns dos outros. Formavam um amontoado de corpos e de cabeças em torno da mesa. Por um instante, os rostos de todos eles, apesar de seus traços tão diversos, ostentaram uma semelhança fraternal. Com medo e com respeito, aguardavam pelo estampido breve do trovão. E depois respiraram, aliviados. E enquanto as nuvens pesadas que tinham sido cortadas pelo raio se precipitavam, espumando, com um estrondo jubilante, os homens começaram a retomar seus lugares.

"Precisamos interromper a festa!", disse o major Zoglauer.

O capitão de cavalaria Zschoch, com algumas estrelas de confetes em meio aos cabelos e os restos de uma serpentina em volta do pescoço, ergueu-se. Sentia-se ofendido, como conde, como capitão de cavalaria, como membro da infantaria montada, sobretudo, como cavaleiro, de um modo geral, e especialmente como ele mesmo, como um indivíduo de natureza incomum, como Zschoch simplesmente. Suas sobrancelhas curtas e densas ergueram-se, formando duas sebes ameaçadoras de pequenos espinhos que se voltavam, paralisados, contra o major Zoglauer. Seus olhos grandes, claros e tolos, nos quais se refletia tudo aquilo que tinham enxergado anos antes, agora pareciam expressar a arrogância dos antepassados de Zschoch, uma arrogância vinda do século XV. Ele quase se esquecera do raio, do trovão, da notícia terrível e de todos os acontecimentos dos últimos minutos. Em sua memória permaneciam, apenas, os esforços que envidara para organizar aquela festa, aquela sua ideia genial. Não era capaz de suportar muita bebida. Já bebera vinho espumante e seu narizinho em forma de sela transpirava um pouco.

"Esta notícia não é verdadeira", disse ele. "Simplesmente não é verdade. Quero que alguém me prove que seja verdade. Trata-se de uma mentira tola, e já a palavra 'aparentemente' ou 'provavelmente' – ou seja lá qual for o termo político – comprova que é mentira!"

"Um rumor já basta!", disse Zoglauer.

Agora, *Herr* von Babenhausen, capitão de cavalaria da reserva, meteu-se na discussão. Estava alegre com a bebida, abanava-se com um lenço, que ora ele enfiava na manga, ora voltava a puxar. Desencostou-se da parede, aproximou-se da mesa e cerrou os olhos:

"Meus senhores", disse ele, "a Bósnia fica longe daqui. Não vamos dar nenhuma importância a rumores! Quanto a mim, pouco me importam os rumores! Se for verdade, seremos informados na hora adequada!".

"Bravo!", gritou o barão Nagy Jenö, membro da cavalaria húngara. Muito embora ele descendesse, sem dúvida nenhuma, de um avô judeu de Ödenburg, e muito embora só seu pai tivesse comprado o título de barão, considerava que os magiares fossem uma das raças mais nobres da monarquia e do mundo, e esforçava-se, com bons resultados, por esquecer a raça semita, da qual descendia, por meio da adoção de todos os defeitos da nobreza húngara.

"Bravo!", ele repetiu, mais uma vez. Conseguia amar ou odiar tudo o que parecesse, respectivamente, vantajoso ou desvantajoso à política nacional dos húngaros. Ensinara seu coração a odiar o herdeiro do trono porque se dizia que ele era favorável aos povos eslavos e desfavorável aos húngaros. O barão Nagy não viera, pessoalmente, a uma festa numa fronteira perdida para ser incomodado ali por um incidente.

Consideraria uma traição à nação magiar se um dos seus membros permitisse que um simples rumor estragasse uma oportunidade de dançar uma *Csárdás*[48], a que ele se sentia obrigado por motivos raciais. Apertou com mais força o monóculo, como sempre fazia quando precisava despertar seus sentimentos nacionais, assim como um velho segura com mais força a sua bengala antes de iniciar uma caminhada, e disse, no alemão dos húngaros,

48 *Csárdás* é uma dança tradicional húngara, normalmente acompanhada por violinos. (N.T.)

que soava como se alguém estivesse soletrando as palavras em tom choroso: "*Herr* von Babenhausen tem toda a razão! Toda a razão! Se o senhor herdeiro do trono foi assassinado, ainda há outros herdeiros do trono!".

Herr von Sennyi, de sangue mais magiar do que *Herr* von Nagy, subitamente tomado pelo medo de que um descendente de judeus pudesse ser capaz de superá-lo no tocante aos sentimentos húngaros, levantou-se e disse: "Se o senhor herdeiro do trono foi assassinado, em primeiro lugar, não sabemos nada ao certo a este respeito, e em segundo lugar isto não nos interessa!".

"Isto nos interessa, sim", disse o conde Benkyö, "mas ele não foi assassinado. É apenas um rumor!".

Fora, a chuva jorrava, com violência, ininterrupta. Os raios branco-azulados tornavam-se cada vez mais raros e os trovões afastavam-se.

O tenente-coronel Kinsky, que crescera às margens do rio Moldava, afirmava que o herdeiro do trono teria sido, de qualquer maneira, uma chance das mais incertas para a monarquia – supondo que fosse lícito usar a palavra "teria sido". Ele mesmo, o tenente-coronel, era da mesma opinião daqueles que tinham falado antes dele: o assassinato do herdeiro do trono deveria ser considerado como um falso rumor. Encontravam-se, ali, a uma distância tão grande do lugar onde supostamente aquilo teria acontecido que era impossível verificar qualquer coisa. E, de qualquer forma, a verdade inteira emergiria apenas muito depois de a festa acabar.

A seguir, o conde Battyanyi, embriagado, pôs-se a conversar em húngaro com seus compatriotas. Ninguém compreendia uma palavra do que diziam. Os outros se calaram; olhavam para os falantes, um a um, e aguardavam, um tanto abalados. Mas os húngaros pareciam dispostos a continuar, durante toda a noite. Talvez assim exigissem os seus costumes nacionais. Muito embora os demais estivessem longe de compreender uma sílaba sequer do que diziam, reconhecia-se, em seus rostos, que os húngaros estavam começando a se esquecer da presença dos outros. Às vezes gargalhavam, em uníssono. Todos os outros sentiam-se ofendidos, menos porque as gargalhadas pareciam-lhe inadequadas para aquela hora, do que pelo fato de que não podiam imaginar qual fosse o seu motivo. Jelacich, um esloveno, enfureceu-se. Odiava os húngaros tanto quanto desprezava os sérvios. Amava a monarquia. Era um patriota. Mas permanecia ali, com o amor à pátria em suas mãos estendidas e perplexas, como se fosse uma bandeira que deveria ser pendurada em algum lugar, e para a qual não fosse possível encontrar um mastro. Uma parte de seus familiares eslovenos e de seus primos croatas viviam sob domínio direto dos húngaros. A Hungria inteira separava o capitão de cavalaria Jelacich da Áustria e de Viena e do *Kaiser* Franz Joseph. Em Sarajevo, bem perto de sua terra-mãe, fora morto o herdeiro do trono, talvez pela mão de um esloveno como o próprio capitão de cavalaria Jelacich. Se agora o capitão de cavalaria fosse começar a defender o morto dos insultos dos húngaros (ele era o único que compreendia húngaro naquele grupo), talvez eles fossem retrucar-lhe que os membros do seu povo eram os assassinos. Efetivamente, ele também se sentia um pouco culpado. Não sabia por quê. Havia cerca de cento e cinquenta anos que sua família servia a dinastia dos Habsburgos com correção e devoção. Mas seus dois filhos adolescentes já falavam da independência de todos os povos eslavos do sul, e ocultavam dele as brochuras originárias da inimiga Belgrado. Mas ele amava seus filhos! Todas as tardes, à uma hora, quando seu regimento passava diante do colégio, eles se lançavam em sua direção, saíam, esvoaçando, dos grandes portões marrons da escola, descabelados e com sorrisos estampados em suas bocas abertas, e a ternura paternal obrigava-o a apear do cavalo para abraçá-los. Ele cerrava os olhos quando eles liam jornais suspeitos, e fechava os ouvidos quando os escutava dizerem coisas suspeitas. Ele era esperto e sabia que se encontrava numa posição de impotência, entre seus antepassados e seus descendentes, que estavam destinados a serem os antepassados de uma família totalmente diferente. Eles tinham o rosto, os cabelos e os olhos iguais aos dele, mas seus corações batiam num novo ritmo, suas cabeças pariam pensamentos que lhe eram estranhos e as suas gargantas cantavam hinos novos, que lhe eram desconhecidos. E, aos seus quarenta anos de idade, o capitão de cavalaria sentia-se como um velho, e seus filhos pareciam-lhe seus netos incompreensíveis.

Não importa, ele pensou, naquele instante. Aproximou-se da mesa, bateu com a mão espalmada sobre o tampo e disse: "Pedimos aos senhores que continuem a conversa em alemão!".

Benkyö, que justamente estava falando, conteve-se e respondeu: "Vou dizer em alemão: chegamos à conclusão, meus compatriotas e eu, que podemos nos dar por satisfeitos pela morte daquele porco!".

Todos se ergueram, sobressaltados. Chojnicki e o bem-humorado comissário regional deixaram a sala. Os convidados ficaram sozinhos. Deu-se a entender a eles que discórdias no âmbito do exército não suportavam testemunhas. O tenente Trotta permanecia junto à porta. Bebera muito. Seu rosto estava pálido, seus membros, flácidos, sua boca, seca, seu coração, vazio. Sentia-se embriagado mas, para sua admiração, dava pela falta daquela névoa benfazeja que normalmente lhe surgia diante dos olhos. Ao contrário, parecia-lhe que agora era capaz de enxergar a tudo com maior clareza, como que através de um cristal de gelo. Os rostos que ele hoje contemplara pela primeira vez pareciam-lhe conhecidos há muito tempo. E aquela hora lhe parecia bem conhecida também, era a realização de um acontecimento que ele já antecipara frequentemente em sonhos. A pátria dos Trottas estava se desfazendo e quebrando.

Em casa, na cidade distrital de W., na Morávia, talvez ainda fosse Áustria. Todos os domingos a banda de *Herr* Nechwal tocava a *Marcha de Radetzky*. Uma vez por semana, aos domingos, ali era a Áustria. O *Kaiser*, aquele velho esquecido de barbas brancas com as gotas reluzentes pendendo do nariz, e o velho *Herr* von Trotta eram a Áustria. O velho Jacques estava morto. O herói de Solferino estava morto. O médico do regimento, Demant, estava morto. "Deixe este exército!", ele dissera. Vou deixar este exército, pensou o tenente. Meu avô também o deixou. Vou dizer a eles, ele continuou a pensar. Assim como acontecera anos antes, no estabelecimento de *Frau* Resi, ele se sentia obrigado a fazer alguma coisa. Não havia, ali, um retrato a ser salvo? Sentia o olhar sombrio do avô em sua nuca. Deu um passo em direção ao centro da sala. Ainda não sabia o que pretendia dizer. Alguns já olhavam em sua direção. "Eu sei", começou ele, ainda sem saber o que dizer. "Eu sei", ele repetiu, avançando mais um passo, "que Sua Alteza Real e Imperial o senhor arquiduque, herdeiro do trono, realmente foi assassinado".

Calou-se. Cerrou os lábios. Agora, formavam uma estreita listra de um tom pálido de cor-de-rosa sobre o seu rosto. Em seus olhinhos azuis brilhava uma luz clara, quase branca. Seus cabelos negros, revirados, lançavam sombras sobre a sua testa baixa e obscureciam a dobra acima da raiz do nariz, a caverna do ódio, a herança dos Trottas. Mantinha a cabeça baixa. De seus braços flácidos, pendiam punhos cerrados. Todos olhavam para as suas mãos. Se os presentes conhecessem o retrato do herói de Solferino, acreditariam que o velho Trotta ressuscitara.

"Meu avô", recomeçou o tenente, e sentia o olhar do velho pairando sobre a sua nuca, "meu avô salvou a vida do *Kaiser*. E eu, seu neto, não vou admitir que a casa do nosso supremo senhor da guerra seja insultada. Os senhores estão se portando de maneira escandalosa!". Ele ergueu a voz. "É um escândalo!", ele gritou. Sequer ouviu seu próprio grito. Ele nunca gritara diante das tropas, como faziam seus camaradas. "É um escândalo!", ele repetiu. O eco de sua voz ressoava em seus ouvidos. O bêbado Benkyö cambaleou, dando um passo em direção ao tenente.

"Um escândalo!", gritou o tenente, pela terceira vez. "Um escândalo!", repetiu o capitão de cavalaria Jelacich. "E quem disser uma palavra que seja contra o morto", continuou o tenente, "será por mim abatido a tiros!". Apalpou seu bolso. Como o bêbado Benkyö começasse a murmurar alguma coisa, Trotta gritou: "Silêncio!", com uma voz que parecia ter sido tomada de empréstimo a alguém outro, uma voz trovejante, talvez a voz do herói de Solferino. Sentia-se unido a seu avô. Ele mesmo era o herói de Solferino. Era o seu próprio retrato que desaparecia na penumbra junto ao teto na sala de estar dos cavalheiros de seu pai.

O coronel Festetics e o major Zoglauer levantaram-se. Pela primeira vez desde que existia um exército austríaco, um tenente dava ordens de silêncio a capitães de cavalaria, majores e coronéis. Nenhum dos presentes ainda acreditava que o assassinato do herdeiro do trono fosse um simples rumor. Viam o herdeiro do trono como uma poça de sangue vermelha e fumarenta. Temiam, também, ver sangue ali, naquela sala, no instante seguinte. "Mande ele se calar!", sussurrou o coronel Festetics.

"Senhor tenente", disse Zoglauer, "deixe-nos!".

Trotta voltou-se para a porta. Naquele instante, ela se abriu e muitos convidados entraram, com confetes e serpentinas nos ombros. A porta permaneceu aberta. Ouviam-se, vindas das outras salas, risadas de mulheres, música e passos dos dançarinos que aplainavam o assoalho. Alguém gritou:

"O herdeiro do trono foi assassinado!" "A marcha fúnebre!", gritou Benkyö.

"A marcha fúnebre!", repetiram vários.

Deixaram, numa torrente humana, a sala. Nas duas amplas salas, nas quais até então estavam dançando, agora as duas bandas militares tocavam a marcha fúnebre de Chopin, regidas por seus sorridentes e rubicundos maestros. À sua volta, alguns dos convidados caminhavam, caminhavam ao ritmo da marcha fúnebre. Serpentinas coloridas e confetes jaziam sobre seus ombros e cabeleiras. Homens fardados e em trajes civis conduziam mulheres pelos braços. Seus pés obedeciam, vacilantes, ao ritmo macabro e cambaleante da música. Pois as bandas tocavam sem partituras, e não eram regidas, mas simplesmente acompanhadas pelos riscos que os maestros traçavam no ar, vagarosamente, com suas batutas. Às vezes uma das bandas ficava para trás da outra, tentava alcançar a que estava à frente, e era obrigada a deixar de lado alguns compassos. Os convidados marchavam, em círculo, em torno do assoalho vazio e reluzente. Assim, percorriam círculos, uns em torno dos outros, cada qual enlutado atrás do cadáver que ia à frente, e no centro permaneciam os cadáveres invisíveis do herdeiro do trono e da monarquia. Todos estavam embriagados. E quem ainda não tivesse bebido o suficiente, sentia a cabeça rodopiar por causa daquela incansável roda. Por fim, as bandas aceleraram o ritmo e as pernas dos que caminhavam puseram-se a marchar. Os tambores rufavam sem parar e os martelos pesados do grande tímpano começavam a bater, jovens e dispostos. O percussionista embriagado golpeou, subitamente, o triângulo de prata e, no mesmo instante, o conde Benkyö deu um salto de alegria. "O porco está morto!", gritou o conde, em húngaro. Mas todos o compreenderam, como se ele tivesse falado em alemão. Subitamente, alguns começaram a saltitar. As bandas faziam a marcha fúnebre soar cada vez mais depressa. E em meio a elas, o triângulo de prata tilintava, agudo, embriagado.

Por fim, os lacaios de Chojnicki começaram a remover os instrumentos. Os músicos permitiam, sorridentes. Com olhos arregalados, os violinistas seguiam seus violinos; os violoncelistas seguiam seus violoncelos; os trompetistas, seus trompetes. Alguns continuavam a tocar, com os arcos que permaneciam em suas mãos, o tecido surdo e mudo das suas mangas, e balançavam as cabeças ao som das melodias inaudíveis que ressoavam em suas cabeças embriagadas.

Depois que os instrumentos do percussionista já tinha sido levados embora, ele ainda continuava a martelar o ar. Os maestros das bandas, que de todos eram os que mais tinham bebido, por fim foram levados, cada qual por dois criados, como se fossem instrumentos. Os convidados riam. E então se fez silêncio. Ninguém dizia uma palavra sequer. Todos permaneciam imóveis nos lugares em que estavam, em pé ou sentados. Depois dos instrumentos, foram retiradas as garrafas. E os copos meio cheios que porventura ainda se encontrassem nas mãos deste ou daquele eram arrancados.

O tenente Trotta deixou a casa. Nos degraus que conduziam à entrada, estavam sentados o coronel Festetics, o major Zoglauer e o capitão de cavalaria Zschoch. A chuva já parara. Só pingava, de tempos em tempos, das nuvens agora ralas, e dos beirais do telhado. Grandes toalhas brancas tinham sido estendidas sobre as pedras para os três senhores. E era como se já estivessem sentados sobre as suas próprias mortalhas. Sobre o tecido de suas fardas, nas costas azul-escuras, jaziam grandes manchas pontiagudas de água da chuva. Retalhos encharcados de uma serpentina colavam-se, agora, inseparavelmente, à nuca do capitão da cavalaria.

O tenente colocou-se diante deles. Permaneciam imóveis e cabisbaixos. Lembravam um grupo de figuras militares feitas de cera no *Panoptikum*.

"Senhor major!", disse Trotta a Zoglauer. "Amanhã vou pedir meu afastamento do exército!"

Zoglauer ergueu-se. Estendeu a mão, queria dizer alguma coisa, mas foi incapaz de emitir qualquer som. Por fim, clareava. Um vento suave rasgava as nuvens e na prata faiscante da breve noite, à qual já se misturava uma nesga do amanhecer, era possível observar claramente os rostos. No rosto magro do major, tudo estava em movimento. As rugas chocavam-se, umas com as outras, a pele fazia movimentos convulsivos, o queixo balançava de um lado para o outro, como o pêndulo de um relógio, e em torno dos ossos das faces alguns músculos diminutos brincavam, as pálpebras piscavam e as bochechas estremeciam. Aquela movimentação fora despertada pelas palavras confusas, não pronunciadas e impronunciáveis que permaneciam no interior da sua boca. Uma sombra de loucura pairava sobre aquele rosto. Zoglauer apertou a mão de Trotta, por segundos a fio, por uma eternidade. Festetics e Zschoch permaneciam ainda agachados, imóveis, nos degraus. Sentia-se um cheiro forte de sabugueiro. Ouviam-se os pingos suaves da chuva e o chiado delicado das árvores molhadas, e logo começaram a surgir as vozes decididas dos animais, que tinham sido caladas pela tempestade. A música no interior da casa cessara. Só a conversa das pessoas continuava a sair através das janelas fechadas e cobertas com cortinas.

"Talvez o senhor tenha razão, o senhor é jovem!", disse Zoglauer, por fim. Aquilo era a parte mais ridícula e pobre do que passara por sua cabeça naquele instante. O restante, um grande emaranhado de pensamentos, ele voltou a engolir. Já passava da meia-noite. Mas, na cidadezinha, a gente permanecia diante das casas, nas calçadas de madeira, e conversava. Todos se calaram enquanto o tenente passava.

Quando ele alcançou o hotel, a manhã já se anunciava. Ele abriu o armário. Colocou na mala as duas fardas, o terno civil, a roupa de baixo e o sabre de Max Demant. Fazia-o vagarosamente, para preencher o tempo. Contava, no relógio, o tempo de cada um dos seus movimentos. Estendia seus movimentos. Temia o tempo vazio, que ainda restava antes da hora da audiência.

A manhã chegara. Onufrij estava ali. Trouxera a farda e as botas engraxadas e lustrosas.

"Onufrij", disse o tenente, "vou deixar o exército".

"Sim, senhor tenente!", disse Onufrij. Saiu pelo corredor, desceu a escada em direção ao quartinho onde vivia, juntou suas coisas num pano colorido, atou-o ao seu cajado e colocou tudo sobre a cama. Resolveu que voltaria para casa, para Burdlaki. Em breve, começariam os trabalhos da colheita. Ele não tinha mas nada a fazer no exército real e imperial. Aquilo era chamado de "deserção", e era punido com a morte por fuzilamento. Mas os gendarmes só iam a Burdlaki uma vez por semana, e era possível esconder-se. Quantos já tinham feito aquilo mesmo antes dele! Panterleimon, o filho de Ivan, Grigorii, o filho de Nikolai, Pavel, o da cicatriz, Nikofor, o ruivo. Só um deles fora apanhado e condenado, mas muito tempo já tinha se passado desde então! Quanto ao tenente Trotta, ele apresentou seu pedido de afastamento do exército durante a audiência dos oficiais. Imediatamente obteve uma licença. Na praça onde eram realizados os exercícios, ele se despediu dos camaradas. Eles não sabiam o que deveriam lhe dizer. Colocaram-se em círculo à sua volta, até que Zoglauer encontrasse a forma adequada de despedida. Era muito simples. Bastava dizer: "Tudo de bom!". Todos a repetiram.

O tenente passou pelo castelo de Chojnicki. "Na minha casa sempre há lugar!", disse Chojnicki. "Aliás, vou buscar o senhor!"

Durante um instante, Trotta pensou em *Frau* von Taussig. Chojnicki adivinhou e disse: "Ela está com o marido. Desta vez, o ataque dele está demorando mais do que de costume. Talvez ele tenha que ficar lá para sempre. E ele tem razão. Eu o invejo. Aliás, eu a visitei. Ela envelheceu, meu caro amigo, ela envelheceu!".

Na manhã seguinte, às dez horas, o tenente Trotta entrou na sede do comissariado distrital. Seu pai estava sentado no gabinete. Assim que a porta foi aberta, ele foi visto. Estava sentado diante da porta, junto à janela. O sol desenhava listras estreitas sobre o tapete vermelho escuro, atravessando as venezianas verdes. Uma mosca zumbia, um relógio de parede tiquetaqueava. Pairavam ali o mesmo frescor, a mesma sombra e o mesmo silêncio estival das férias de outrora. E, ainda assim, um brilho novo e indefinido hoje repousava sobre os objetos daquele aposento. Não se sabia de onde vinha. O comissário distrital ergueu-se. Era dele mesmo que emanava aquela nova luminosidade. A prata pura da sua barba tingia a luz verde e abafada do dia e o brilho avermelhado do tapete. A suavidade luminosa de um dia desconhecido, talvez proveniente do além, adejava ali, um dia que surgia em meio à vida terrena de *Herr* von Trotta assim como as manhãs que começam a clarear enquanto ainda estão luzindo as estrelas noturnas. Muitos anos antes, quando ele vinha passar as férias ali, vindo de Mährisch-Weisskirchen, a barba que cobria as bochechas do pai era ainda uma nuvenzinha negra, dividida em duas partes.

O comissário distrital permanecia imóvel junto à escrivaninha. Disse a seu filho para aproximar-se, colocou o pince-nez sobre suas atas e abriu os braços. Beijaram-se rapidamente. "Sente-se!", disse o velho, apontando para a poltrona na qual Carl Joseph se sentava em seus tempos de aluno da escola de cadetes, aos domingos, das nove ao meio-dia, com o quepe sobre os joelhos e as luvas brancas e reluzentes sobre o quepe.

"Pai!", começou Carl Joseph. "Vou deixar o exército."

Ele esperou. Sentiu, imediatamente, que não seria capaz de explicar nada enquanto permanecesse sentado. Levantou-se, então, e colocou-se diante do pai, na outra ponta da mesa, olhando para sua barba prateada.

"Depois da desgraça que nos aconteceu anteontem, uma saída do exército como este equivale a uma... a uma... deserção", disse o pai.

"O exército inteiro desertou", respondeu Carl Joseph. Deixou seu lugar. Começou a andar de um lado para o outro pelo gabinete, com a mão esquerda às costas, enquanto acompanhava com a direita a sua narrativa. Muitos anos antes, o velho caminhara pelo gabinete, exatamente assim. Uma mosca zumbia. O relógio de parede tiquetaqueava. As listras de sol sobre o tapete tornavam-se cada vez mais fortes, o sol galgava o céu, rapidamente, já deveria estar alto. Carl Joseph interrompeu seu relato e lançou um olhar sobre o comissário distrital. O velho permanecia sentado, suas mãos pendiam, cobertas até a metade pelos punhos reluzentes, rijos e arredondados, nos braços da poltrona. Sua cabeça precipitou-se sobre o seu peito, e os dois lados de sua barba repousavam sobre o tecido do paletó. Ele é jovem e tolo, pensou o filho. Ele é um querido e jovem tolo de cabelos brancos. Talvez eu seja o pai dele, o herói de Solferino. Eu envelheci, ele apenas passou os anos. Ele andava de um lado para o outro, e explicou: "A monarquia morreu, ela morreu!", ele gritou, e parou.

"Provavelmente", murmurou o comissário distrital.

Ele soou a campainha e chamou o criado oficial. "Diga a *Fräulein* Hirschwitz que hoje vamos almoçar vinte minutos mais tarde."

"Venha!", disse ele, levantou-se, apanhou o chapéu e a bengala. Foram para o parque municipal.

"Ar fresco não pode nos fazer mal!", disse o comissário distrital. Evitaram o pavilhão onde ficava a moça loira que vendia água gasosa com xarope de framboesas. "Estou cansado!", disse o comissário distrital. "Vamos nos sentar!" Pela primeira vez desde que *Herr* von Trotta servia naquela cidade, ele se sentou sobre um simples banco de praça. Desenhava com sua bengala riscos sem sentido e figuras sobre a terra e dizia:

"Eu estive com o *Kaiser*. Na verdade, não quis falar a você sobre isto. Foi o próprio *Kaiser* quem resolveu aquele caso para você. Não diremos mais nenhuma palavra a este respeito!"

Carl Joseph colocou a mão sob o braço do pai. Agora, sentia o braço magro do velho como anos antes, durante aquele passeio noturno por Viena. Já não mais afastou sua mão. Levantaram-se juntos. Foram para casa de braços dados.

Fräulein Hirschwitz surgiu, em seu vestido dominical de seda cinza. Uma faixa estreita de seu penteado alto, acima da testa, adquirira a cor do seu vestido de festa. Às pressas, ainda fora capaz de preparar uma refeição dominical: sopa de macarrões, *Tafelspitz* e *Knödel* de cerejas.

Mas o comissário distrital absteve-se de qualquer comentário àquele respeito. Era como se ele estivesse comendo o *Schnitzel* de todos os dias.

XX

Uma semana mais tarde, Carl Joseph deixou seu pai. Abraçaram-se no corredor da casa antes de ele subir no fiacre. Na opinião do velho *Herr* von Trotta, não ficavam bem demonstrações de ternura na plataforma do trem, diante de pessoas desconhecidas. O abraço foi rápido, como sempre, cercado pelas sombras úmidas do corredor e do hálito frio dos ladrilhos de pedra. *Fräulein* Hirschwitz aguardava no terraço, contida, como um homem. Fora em vão que *Herr* von Trotta lhe explicara que era supérfluo acenar. Talvez ela considerasse que aquilo fosse parte das suas obrigações. Embora não estivesse chovendo, *Herr* von Trotta abriu o guarda-chuva. As poucas nuvens que se juntavam no céu pareciam-lhe motivo suficiente para isto. Subiu ao fiacre, ao abrigo do guarda-chuva. Desta forma, *Fräulein* Hirschwitz não conseguia vê-lo do terraço. Ele não dizia palavra. Só quando seu filho já estava dentro do trem o velho ergueu a mão, com o indicador estendido. "Seria bom", disse ele, "se você pudesse solicitar uma licença de saúde. Não se pode deixar o exército sem um bom motivo!...".

"Sim, papai!", disse o tenente.

Pouco antes da partida do trem, o comissário distrital deixou a plataforma. Carl Joseph viu-o bater em retirada, com a coluna ereta e o guarda-chuva enrolado com a ponta voltada para o alto, como se fosse um sabre desembainhado em sua mão. Ele não mais se voltou, o velho *Herr* von Trotta.

O afastamento de Carl Joseph foi concedido. "O que você vai fazer agora?", perguntaram-lhe seus camaradas. "Tenho um emprego!", disse Trotta, e eles não perguntaram mais nada.

Ele perguntou por Onufrij. No gabinete do regimento, foi informado que o ordenança Kolohin desertara.

O tenente Trotta foi para o hotel. Trocou de roupa, vagarosamente. Primeiro, desatou o sabre, a arma e a insígnia de sua honra. Antes daquele momento, sentira medo. Admirou-se, pois tudo se passou sem tristeza. Sobre a sua mesa estava uma garrafa de *Neunziggrädiger*, mas ele sequer precisou beber. Chojnicki veio para apanhá-lo. Embaixo, seu chicote já estalava. Agora, ele já estava em seu quarto. Ele se sentou, olhando. Era de tarde. O relógio da torre batia três horas. Todas as vozes saciadas do verão entravam pela janela aberta. Era o próprio verão que chamava o tenente Trotta. Chojnicki, trajado num terno cinza-claro, com botinas amarelas e com o chicote amarelo nas mãos, era um emissário do verão. O tenente passou a manga pela bainha opaca do sabre, puxou a lâmina, bafejou sobre ela, limpou o aço com o lenço e guardou a arma num estojo. Era como se estivesse lavando um cadáver antes do funeral. Antes de fechar o estojo dentro da mala, ele ainda verificou uma vez o seu peso, na mão espalmada. Então pousou, ao seu lado, o sabre de Max Demant. Leu, ainda, a inscrição sob a empunhadura: "Deixe este exército!", dissera Demant. Agora, estava deixando aquele exército...

Os sapos coaxavam, os grilos cantavam, embaixo, diante das janelas, os cavalos castanhos de Chojnicki relinchavam, puxavam, um pouco, a carroça leve, e os eixos das rodas gemiam. Lá estava o tenente, com seu paletó abotoado, o colar negro de borracha entre as golas verdes e abertas. Voltou-se para um lado e para o outro e disse: "O fim de uma carreira!". "A carreira acabou!", observou Chojnicki. "A carreira chegou ao fim por sua própria vontade!"

Agora, Trotta tirara o paletó, o paletó do *Kaiser*. Esticara-o sobre a mesa, como aprendera a fazer na escola de cadetes. Primeiro, virara o colarinho do avesso, em seguida dobrara as mangas, pousando-as em meio ao tecido. Depois, dobrara a parte inferior do paletó e ele já se transformara num pequeno pacote. O forro de *moiré* cinzento reluzia. Por cima vinha, a seguir, a calça, dobrada duas vezes. Agora, Trotta vestira seu terno cinza. Ficara com o cinto, última lembrança de sua carreira (nunca se entendera com suspensórios). "Meu avô", dissera ele, "talvez um dia também tenha embrulhado sua personalidade militar desta maneira!".

"Provavelmente!", confirmou Chojnicki.

A mala ainda permanecia aberta. Dentro dela estava a personalidade militar de Trotta, um cadáver dobrado conforme estabelecia o regulamento. Era chegada a hora de fechar a mala. Agora, a dor tomou o tenente, subitamente, e as lágrimas subiam-lhe pela garganta. Ele se voltou a Chojnicki, e queria dizer-lhe algo. Aos sete anos de idade, ele se tornara aluno do colégio interno. Aos dez, aluno da academia de cadetes. Fora soldado por toda a sua vida. Era preciso sepultar o tenente Trotta e chorá-lo. Não se baixava um corpo à sepultura sem chorar. E era bom que Chojnicki estivesse ao seu lado.

"Vamos beber!", disse Chojnicki. "O senhor está ficando triste!"

Beberam. Então Chojnicki levantou-se e fechou a mala do tenente.

Brodnitzer em pessoa levou a mala até o coche. "O senhor foi um inquilino querido, senhor barão!", disse Brodnitzer. Com o chapéu na mão, ele aguardava junto ao coche. Chojnicki já segurava as rédeas. Trotta sentiu uma súbita ternura por Brodnitzer. Adeus! Felicidades!, ele queria dizer. Mas Chojnicki já estalara com a língua, e os cavalos puxavam, ergueram, ao mesmo tempo, suas cabeças e suas caudas e as rodas altas e leves do coche puseram-se em movimento, chiando sobre a areia da rua como sobre um leito macio.

Seguiram em meio aos pântanos, nos quais ecoava o ruído dos sapos.

"O senhor vai morar aqui!", disse Chojnicki.

Era uma casinha à beira da floresta, com venezianas verdes, iguais às que havia nas janelas do comissariado distrital. Jan Stepaniuk vivia ali, um auxiliar de guarda-florestal, um velho com um longo bigode de prata oxidada dependurado no rosto. Servira ao exército por doze anos. Ele dirigiu-se a Trotta chamando-o de "senhor tenente", e retornando, assim, à língua-mãe militar. Usava uma camisa de linho grosseiro, com um colarinho estreito bordado de azul e vermelho. O vento estufava as mangas largas da sua camisa, e elas se pareciam com asas.

Ali ficou o tenente Trotta.

Estava decidido a não rever nenhum dos seus camaradas. À luz vacilante de uma vela, em seu quarto forrado de madeira, ele escreveu uma carta a seu pai, num papel oficial amarelado e cheio de fiapos. No alto, à esquerda, a quatro dedos de distância da margem superior, ia grafada a saudação e a dois dedos de distância da margem lateral, o texto. Todas as cartas eram idênticas, como se fossem memorandos de serviço.

Seu trabalho era pouco. Registrava os nomes dos assalariados em grandes livros encadernados de preto e verde, anotava os salários, o número de hóspedes de Chojnicki.

Somava os números, de boa vontade, mas incorretamente; escrevia relatórios sobre a situação das aves, dos porcos, das frutas que eram vendidas ou que eram mantidas, do pequeno terreno onde se plantava o lúpulo amarelo, e da choupana que era alugada todos os anos a um comissionário.

Agora, ele conhecia a língua do país. Entendia mais ou menos o que os camponeses diziam. Negociava com os judeus ruivos, que já começavam a adquirir madeira para o inverno. Aprendeu as diferenças entre o valor da bétula, do pinheiro, do cedro, do carvalho, da tília e do loureiro. Era econômico. Assim como seu avô, o herói de Solferino, o cavaleiro da verdade, ele contava, com seus dedos magros e rijos, as duras moedas de prata, quando ia à cidade, às quintas-feiras, para o mercado de porcos, para comprar selas, arreios, jugos e foices, e também pedras de amolar, podadeiras, ancinhos e sementes. Se por acaso visse algum oficial passando, baixava a cabeça. Era uma cautela desnecessária. Seu bigode crescia e proliferava, e fios de barba rijos, negros e densos cobriam suas faces. Era quase impossível reconhecê-lo. Em toda a parte, já começavam os preparativos para a colheita. Diante das suas choupanas, os camponeses afiavam suas foices com pedras redondas, vermelhas como tijolos. Em toda a parte, naquelas terras, o aço zumbia nas pedras, ofuscando o canto dos grilos. À noite, às vezes o tenente ouvia música e ruídos, vindos do "novo castelo" de Chojnicki. Aqueles sons penetravam no seu sono como o canto noturno dos galos e o ladrar dos cães na lua cheia. Por fim, estava em paz, sozinho e em silêncio. Era como se nunca tivesse levado outra vida. Quando não conseguia dormir, levantava-se, apanhava o cajado, punha-se a caminhar pelos campos, em meio ao coro polifônico da noite, esperava pelo amanhecer, saudava o sol vermelho, respirava o sereno e o canto suave do vento que anuncia a chegada do dia. Sentia-se descansado, como se tivesse dormido a noite inteira.

Todas as tardes andava pelas aldeias vizinhas. "Bendito seja Jesus Cristo!", diziam os camponeses. "Eternamente, amém!", respondia Trotta. Assim como eles, andava com os joelhos um pouco fletidos. Era assim que andavam os camponeses de Sipolje.

Certa vez, ele passava pela aldeia de Burdlaki. A minúscula torre da igreja erguia-se em direção ao céu azul como um dedo da aldeia. Era uma tarde silenciosa. Os galos cantavam, sonolentos. As moscas dançavam e zumbiam ao longo de toda a rua da aldeia. Subitamente, um camponês moreno, com uma grande barba, saiu de sua choupana, colocou-se no meio do caminho e saudou: "Abençoado seja Jesus Cristo!".

"Eternamente, amém!", disse Trotta, desejando seguir adiante.

"Senhor tenente, aqui está Onufrij!", disse o camponês barbudo. A barba cobria seu rosto como um leque aberto, negro e denso. "Por que você desertou?", perguntou Trotta. "Apenas voltei para casa!", disse Onufrij. Não havia sentido em fazer perguntas tolas como aquela. Era fácil compreender Onufrij. Ele servira ao tenente assim como o tenente servira ao *Kaiser*. Não havia mais Pátria. A Pátria se partia e despedaçava. "Você não tem medo?", perguntou Trotta. Onufrij não tinha medo. Morava na casa de sua irmã. Todas as semanas, os gendarmes passavam pela aldeia, mas não procuravam por ninguém. Aliás, eles mesmos eram ucranianos, camponeses como o próprio Onufrij. Se ninguém apresentasse uma queixa por escrito ao sargento, ele não precisava se preocupar com nada. E em Burdlaki ninguém apresentava queixas por escrito.

"Adeus, Onufrij!", disse Trotta. Ele seguiu, subindo pela rua recurva que terminava, subitamente, nos campos abertos.

Onufrij acompanhou-o até a curva. Ele ouvia os passos das botas ferradas de soldado sobre os cascalhos do caminho. Onufrij levara consigo suas botas militares. Seguiu até a estalagem da aldeia, do judeu Abramtschick. Lá também era possível adquirir sabão, *Schnaps*, cigarros, tabaco ordinário e selos. O judeu tinha uma barba vermelha como o fogo. Permanecia sentado diante da porta em arco de sua taverna, e sua luz projetava-se ao longe, para além de dois quilômetros de estrada. Quando ele envelhecer, pensou o tenente, será um judeu de barbas brancas assim como o avô de Max Demant.

Trotta bebeu um *Schnaps*, comprou tabaco e selos, e seguiu. De Burdlaki, o caminho passava por Oleksk, em direção à aldeia de Sosnow, e seguia para Bytók, Leschnitz e Dombrowa. Todos os dias, ele seguia por aquele caminho. Passava duas vezes pela estrada de ferro, duas cancelas desbotadas, amarelas e pretas, e os sinais sonoros que soavam, vítreos, ininterruptamente, nas casinhas dos vigias. Eram as vozes alegres do grande mundo, que já não mais interessavam ao barão Trotta.

O grande mundo fora apagado. Os anos no exército tinham sido apagados, como se ele sempre tivesse caminhado assim, pelos campos e pelas estradas, com o cajado na mão, e nunca com o sabre junto ao quadril. Ele vivia como seu avô, o herói de Solferino, e como seu bisavô, o inválido nos jardins do castelo de Laxenburg, e talvez como seus antepassados anônimos e desconhecidos, os camponeses de Sipolje. Passava sempre pelo mesmo caminho, por Oleksk, para Sosnow, para Bytók, para Leschnitz e Dombrowa. Aquelas aldeias situavam-se ao redor do castelo de Chojnicki. Todas lhe pertenciam. De Dombrowa, um caminho coberto de relva conduzia ao castelo de Chojnicki. Ainda era cedo. Se ele apressasse o passo, chegaria até lá antes das seis horas, e não encontraria nenhum dos seus antigos camaradas. Trotta prolongou seus passos. Agora, estava abaixo das janelas. Assoviou. Chojnicki surgiu na janela, acenou com a cabeça e saiu.

"Por fim, chegou!", disse Chojnicki. "A guerra começou. Há tempos que esperávamos por ela. Ainda assim, ela nos surpreenderá. Ao que parece, os Trottas não estão destinados a viver por muito tempo em liberdade. Meu uniforme está pronto. Penso que dentro de uma semana ou no máximo duas seremos convocados."

Parecia a Trotta que a natureza nunca fora tão pacífica quanto naquela hora. Já era possível olhar para o sol a olho nu; ele se punha, com visível rapidez, a ocidente. Para recebê-lo, um vento forte soprava, enchia de cachos as nuvens brancas no céu, fazia oscilarem as espigas de trigo e de milho na terra e acariciava as faces rubras da lua. Uma sombra azul vacilava sobre os campos verdes. A leste, o bosque mergulhava num violeta negro. A casinha branca de Stepaniuk, na qual Trotta vivia, reluzia à beira do bosque. Nas janelas, brilhava a luz incandescente do sol. Os grilos cantavam com mais força. E então o vento levou suas vozes para longe, fez-se silêncio por um instante, ouvia-se a respiração da terra. Subitamente ouviu-se, vindo do alto, junto ao céu, um grito rouco e fraco. Chojnicki ergueu a mão. "O senhor sabe o que é isto? São gansos selvagens. Eles estão nos deixando cedo este ano. Ainda estamos em meio ao verão. Eles já estão ouvindo os tiros. Sabem o que estão fazendo!"

Hoje era quinta-feira, o dia das "pequenas festas". Chojnicki deu meia-volta. Trotta seguia, devagar, em direção às janelas reluzentes do seu casebre.

Naquela noite, ele não dormiu. À meia-noite, ouviu o grasnar rouco dos gansos selvagens. Vestiu-se. Aproximou-se da porta. Stepaniuk estava deitado, de camisa, diante da porta. Seu cachimbo luzia, vermelho. Permanecia deitado no chão e disse, sem se mexer: "Hoje não se pode dormir!".

"Os gansos!", disse Trotta.

"Sim, os gansos!", confirmou Stepaniuk. "Desde que me conheço por gente, nunca os ouvi tão cedo! Ouça! Ouça!"

Trotta olhou para o céu. As estrelas reluziam, como sempre. Não havia mais nada para se ver no céu. Ainda assim, os gritos roucos não paravam, sob as estrelas. "Eles estão treinando", disse Stepaniuk. "Já estou deitado aqui há tempo. Às vezes, consigo vê-los. É apenas uma sombra cinzenta. Veja!" Stepaniuk estendeu seu cachimbo incandescente em direção ao céu. Naquele instante, viam-se as minúsculas sombras brancas dos gansos selvagens sob o azul de cobalto. Eles voavam por entre as estrelas, um manto pequeno e claro. "Isto ainda não é tudo!", disse Stepaniuk. "Hoje de manhã vi centenas de corvos. Nunca tinha visto tantos. São corvos estrangeiros que vêm de localidades estrangeiras. Acho que eles vêm da Rússia. Nós dizemos que os corvos são os profetas entre as aves."

Sobre o horizonte, a nordeste, pairava uma larga faixa cinzenta, cada vez mais clara. Um vento começou a soprar. Trazia alguns sons confusos do castelo de Chojnicki. Trotta deitou-se no chão, ao lado de Stepaniuk. Olhou, sonolento, para as estrelas, e adormeceu ouvindo os gritos dos gansos.

Despertou ao nascer do sol. Era como se tivesse dormido por meia hora, mas decerto dormira por mais de quatro horas. Em vez do gorjeio habitual dos pássaros, que o saudavam todas as manhãs, hoje ressoavam os gemidos negros de centenas de corvos. Stepaniuk levantou-se, ao lado de Trotta. Tirou o cachimbo da boca (o cachimbo esfriara enquanto ele dormira) e apontou com o seu cabo para as árvores em volta. Os grandes pássaros negros permaneciam sentados nos galhos, paralisados, como frutas sinistras que tivessem caído do céu. Eles permaneciam imóveis, os pássaros negros, e apenas gemiam. Stepaniuk lançou pedras contra eles. Mas eles apenas bateram as asas algumas vezes. Permaneciam acocorados nos galhos, como frutas que tivessem nascido ali. "Vou atirar", disse Stepaniuk. Entrou na casa, apanhou a espingarda, atirou. Alguns pássaros caíram, e era como se os demais não tivessem ouvido os estampidos. Todos permaneceram acocorados nos galhos. Stepaniuk apanhou os cadáveres negros. Abatera pelo menos uma dúzia deles. Levou suas presas nas duas mãos para dentro da casa, o sangue pingava sobre a relva. "Estranhos corvos", disse ele, "não se movem daí. Eles são os profetas entre as aves".

Era sexta-feira. À tarde, como de costume, Carl Joseph saiu para caminhar pelas aldeias. Os grilos não cantavam e os sapos não coaxavam. Só os corvos gemiam, em toda a parte; eles se sentavam, nas tílias, nos carvalhos, nas bétulas, nos pastos. Talvez eles venham todos os anos, antes da colheita, pensou Carl Joseph. Eles ouvem os camponeses afiando as foices, e então se reúnem.

Passava pela aldeia de Burdlaki e, em silêncio, esperava que Onufrij tornasse a aparecer. Mas Onufrij não apareceu. Os camponeses estavam diante das choupanas e afiavam o aço nas pedras vermelhas. Às vezes olhavam para o alto. Os gemidos dos corvos incomodavam-os e eles lançavam maldições negras contra as aves negras.

Trotta passou pela taverna de Abramtschick. O judeu ruivo estava sentado diante do portão. Sua barba luzia. Abramtschick levantou-se. Tirou o barrete negro de veludo, apontou para o ar e disse: "Corvos chegaram! Eles gritam o dia inteiro! Pássaros espertos! Temos que tomar cuidado!". "Talvez, sim, talvez o senhor tenha razão!", disse Trotta, e seguiu adiante pelo caminho habitual, coberto de relva, em direção ao castelo de Chojnicki. Agora, ele estava sob as janelas. Assoviou. Ninguém apareceu.

Chojnicki decerto estava na cidade. Trotta tomou o caminho para a cidade, em meio aos pântanos, para não encontrar ninguém. Só os camponeses usavam aquele caminho.

Alguns vinham em sua direção. O caminho era tão estreito que era impossível desviar-se. Quando duas pessoas se encontravam, uma precisava parar para deixar a outra passar. Todos os que passavam por Trotta hoje lhe pareciam mais apressados do que de costume. Saudavam com mais pressa do que normalmente. Davam passadas largas. Seguiam cabisbaixos, como pessoas ocupadas por pensamentos importantes. E então, subitamente, quando Trotta já avistava a barreira da alfândega, atrás da qual começava a cidade, os caminhantes multiplicaram-se. Eram, agora, um grupo de mais de vinte pessoas, que se desfez para tomar aquele caminho em fila indiana. Trotta estacou. Percebeu que deviam ser operários, operários da fábrica de cerdas que retornavam às suas aldeias. Talvez houvesse entre eles pessoas sobre as quais ele atirara. Ele parou, para deixá-los passar. Eles seguiram, mudos, apressados, cada qual levando uma trouxa pendurada no cajado que levavam ao ombro. Agora, a noite parecia cair mais depressa, como se aquelas pessoas apressadas reforçassem a sua escuridão. O céu estava levemente nublado, o sol se punha, vermelho e pequeno, e uma névoa cinzenta e prateada erguia-se, pairando sobre os pântanos, a irmã terrestre das nuvens, que tentava alcançar suas irmãs celestiais. Subitamente, os sinos da cidadezinha começaram a soar. Os caminhantes pararam por um instante, escutando, e então seguiram adiante. Trotta deteve um dos últimos e perguntou por que badalavam os sinos. "É por causa da guerra", respondeu o homem, sem erguer a cabeça.

"Por causa da guerra", repetiu Trotta. Evidentemente, a guerra tinha começado. Era como se ele soubesse desde hoje cedo, desde ontem à noite, desde anteontem, desde há semanas, desde o seu afastamento e desde a infeliz festa da infantaria montada. Esta era a guerra para a qual ele se preparava desde que tinha sete anos de idade. Era a sua guerra. A guerra do neto. Os dias e os heróis de Solferino voltavam. Os sinos badalavam incessantemente. Agora, alcançava a barreira da alfândega. O vigia com sua perna de pau estava diante da sua casinha, cercado de gente, e à porta pendia um cartaz preto e amarelo. As primeiras palavras, em preto sobre um fundo amarelo, eram legíveis mesmo à distância. Como vigas negras, elas se alçavam acima das cabeças da multidão reunida: "Aos meus povos!".

Camponeses envoltos em peles de ovelha, curtas e de cheiro forte, judeus em caftãs de um preto esverdeado, agricultores suábios das colônias alemãs, em grossos tecidos de lã verde, burgueses poloneses, comerciantes, artesãos e funcionários rodeavam a casinha do vigia da alfândega. Em cada uma das quatro paredes externas estavam afixados os grandes cartazes, cada qual escrito em outro idioma, e todos começavam com a saudação do *Kaiser*: "Aos meus povos!". Aqueles que sabiam ler, liam os textos em voz alta. Suas vozes misturavam-se com as badaladas ressonantes dos sinos. Havia alguns que iam de uma parede a outra, para lerem o texto em outra língua. Quando o som de um dos sinos se extinguia, imediatamente outro sino começava a soar. Da cidadezinha, as pessoas lançavam-se sobre a rua larga que conduzia à estação ferroviária. Trotta seguia para a cidade, na direção contrária. Anoitecera. Como era sexta-feira, as velas ardiam nos casebres dos judeus, iluminando as calçadas. Cada casinha era como uma pequena cripta. Fora a própria morte quem acendera aquelas velas. Mais alto que nos outros feriados dos judeus, seu canto soava, partindo das casas onde oravam. Saudavam a chegada de um *Shabat* extraordinário, um *Shabat* sangrento. Em hordas negras e apressadas, deixavam suas casas, reuniam-se nas encruzilhadas e logo ergueu-se dentre eles um lamento por aqueles que, sendo soldados, amanhã já seriam convocados. Davam-se as mãos, beijavam-se nas faces, e onde houvesse dois que se abraçassem, suas barbas ruivas entrelaçavam-se, como numa despedida incomum, e depois os homens eram obrigados a separá-las com suas mãos. Sobre as suas cabeças, dobravam os sinos. Em meio aos hinos e aos gritos dos judeus surgiam as vozes cortantes dos trompetes, nas casernas. Soava o toque de recolher, o último toque de recolher. Já era noite. Não se via nenhuma estrela. Opaco, baixo e plano, o céu pairava sobre a cidadezinha!

Trotta deu meia-volta. Procurou um fiacre. Não encontrou nenhum. Com passos rápidos, dirigiu-se ao castelo de Chojnicki. O portão estava aberto, todas as salas estavam iluminadas, como nos dias de "grande festa". Chojnicki veio a seu encontro, na antessala, fardado, com capacete e cinta de munição. Mandou atrelar o coche. Dali até a sua guarnição eram três milhas de distância. Ele queria partir à noite. "Espere um momento!", disse ele. Pela primeira vez, tratou Trotta por "você", talvez por distração, talvez porque já estivesse fardado. "Vou levá-lo e depois vou para a cidade."

Passaram diante da casa de Stepaniuk. Chojnicki sentou-se. Observou Trotta tirando seus trajes civis e vestindo a farda, peça por peça. Da mesma forma ele o observara, havia apenas algumas semanas, tirando a farda no hotel de Brodnitzer. Mas quanto tempo se passara desde então! Fardado, Trotta retornava à casa. Tirou o sabre do estojo. Atou o cinturão, e a gigantesca crina preta e amarela acariciava delicadamente o metal reluzente do sabre. Agora, Trotta fechava sua mala.

Resta-lhes pouco tempo para se despedirem. Param diante da caserna da infantaria. "Adeus!", diz Trotta. Apertam-se as mãos, demoradamente, e é como se pudessem ouvir a passagem do tempo atrás das costas largas e imóveis do cocheiro. Era como se não bastasse apertarem as mãos. Sentiam que era preciso fazer algo mais. "Em nossa casa, a gente se beija", disse Chojnicki. Abraçaram-se, então, e beijaram-se rapidamente. Trotta desceu. O vigia diante da caserna saudou-o. Os cavalos puxaram. Às costas de Trotta, o portão da caserna fechou-se. Ele ainda permaneceu ali por um instante, e ouviu o coche de Chojnicki partir.

XXI

Ainda naquela mesma noite, o batalhão da infantaria pôs-se em marcha em direção a nordeste e à fronteira de Woloczyska. Começou a chover, primeiro suavemente, depois, cada vez mais forte, e a areia branca da estrada logo se tornou um lodo cinza-prateado. A lama espirrava, estalando, sob as botas dos soldados, e sujava as fardas impecáveis dos oficiais, que seguiam rumo à morte, em obediência aos regulamentos. Os sabres compridos incomodavam-nos e dos cinturões em seus quadris pendiam as esplêndidas crinas negras e douradas, embaraçadas, molhadas e manchadas por milhares de minúsculas bolinhas de lama. Ao amanhecer, o batalhão alcançou seu objetivo, juntou-se a dois regimentos de infantaria desconhecidos, e formaram um enxame alinhado. Assim esperaram por dois dias, e não havia sinal da guerra. Às vezes ouvia-se, ao longe, à direita, tiros perdidos. Eram pequenas escaramuças, na fronteira, entre exércitos montados. Às vezes viam-se funcionários de postos alfandegários da fronteira feridos e às vezes, também, algum gendarme de fronteira ferido. Os enfermeiros passavam pelos soldados que aguardavam, levando feridos como se fossem cadáveres. A guerra não queria começar. Hesitava, assim como as tempestades hesitam, por dias a fio, antes de começarem.

No terceiro dia receberam ordens para recuar, e o batalhão preparou-se para a marcha. Os oficiais e as tropas estavam desapontados. Espalhava-se o rumor de que, duas milhas a leste dali, um regimento inteiro de infantaria montada fora dizimado.

Dizia-se que os cossacos já tinham penetrado no país. Marchavam em direção ao ocidente, calados, tristonhos. Logo perceberam que uma retirada imprevista estava acontecendo, pois encontravam um burburinho confuso de homens de várias unidades militares em todos os cruzamentos das estradas e em todas as aldeias e cidadezinhas. Do comando do exército vinham ordens numerosas e muito diversas. A maior parte delas dizia respeito à evacuação das aldeias e das cidades, e ao tratamento a ser dispensado aos ucranianos, que eram favoráveis aos russos, aos sacerdotes e aos espiões. Tribunais militares anunciavam, nas aldeias, sentenças precipitadas. Espiões transmitiam informações livremente, por meio de camponeses, padres, professores, fotógrafos e funcionários. Não havia tempo. Era preciso recuar o mais rápido possível, mas também punir os traidores com a máxima rapidez. E enquanto as ambulâncias, as fileiras de soldados, a artilharia, a infantaria montada, a cavalaria e a infantaria se aglomeravam, formando novelos súbitos e desorientados nas estradas enlameadas pela chuva constante, e os mensageiros galopavam de um lado para o outro, e os habitantes das aldeias fugiam em hordas intermináveis em direção ao ocidente, rodeados por um pavor branco, carregados com colchões brancos e vermelhos, com fardos cinzentos, com peças de mobiliário castanhas e lampiões de querosene azuis, estalavam, diante das praças das igrejas das aldeias e nos povoados, os tiros dos executores apressados de sentenças apressadas, e um sombrio rufar de tambores acompanhava as vozes monótonas dos auditores que pronunciavam as sentenças, e as mulheres dos assassinados lançavam-se ao solo, diante das botas enlameadas dos oficiais, suplicando por misericórdia, e as chamas vermelhas e prateadas erguiam-se das choupanas e dos alpendres, dos estábulos e das cabanas. A guerra do exército austríaco começava com as sentenças dos tribunais militares. Por dias a fio, os traidores verdadeiros e os suspeitos de traição pendiam das árvores nas praças diante das igrejas, para assustar os vivos. Mas, em toda a parte, os vivos fugiam. Em torno dos cadáveres pendurados ardiam as chamas e a folhagem já começava a estalar, e o fogo era mais forte do que a incessante e sussurrante chuva que se derramava sobre os campos anunciando um outono sangrento. As velhas cascas das árvores antiquíssimas aos poucos carbonizavam-se, e minúsculas fagulhas, prateadas e ardentes, insinuavam-se pelas copas, como vermes de fogo, tomavam as folhas, as folhas verdes dobravam-se sobre si mesmas e tornavam-se vermelhas, depois negras, depois cinzentas. As forcas se soltavam e os cadáveres despencavam no chão, com rostos carbonizados e corpos ainda intactos.

Um dia pararam para descansar na aldeia de Krutyny. Chegaram à tarde e na manhã seguinte já deveriam seguir adiante, em direção ao ocidente, antes do raiar do sol. Naquele dia, a chuva parara e o sol de um dia do fim de setembro derramava uma luz prateada e benfazeja sobre os vastos campos, repletos de cereais maduros, de pão vivo que não mais estava destinado a ser comido. Um veranico tardio pairava, suave, no ar. Até os corvos silenciaram, enganados pela paz efêmera daquele dia, sem esperança de obterem seus desejados cadáveres. Havia oito dias que não trocavam de roupa. As botas estavam encharcadas, os pés, inchados, os joelhos, rijos, as panturrilhas, doloridas, as costas, incapazes de se dobrar. Estavam abrigados em choupanas e tentavam tirar roupas secas das malas e se lavar nas fontes escassas. Era uma noite clara e silenciosa e só os cães esquecidos e abandonados nos sítios uivavam de fome e de medo. O tenente não conseguia dormir. E deixou a choupana na qual estava abrigado. Seguiu pela longa rua da aldeia, em direção à torre da igreja, que se alçava em direção às estrelas com sua dupla cruz grega. A igreja, com seu telhado de ardósia, ficava no meio de um pequeno cemitério, cercada de cruzes tortas de madeira, que pareciam dançar sob a luz noturna. Diante do portão grande, cinzento e totalmente aberto do cemitério pendiam três cadáveres, no meio, um padre barbudo e, de ambos lados, dois jovens camponeses, vestidos com jaquetas amareladas, e sapatos grosseiros de vime nos pés imóveis. A batina negra do padre que pendia no meio chegava até os seus sapatos. E às vezes o vento noturno fazia vacilar seus pés, que golpeavam, como martelos mudos de um sino surdo e mudo, a batina ao seu redor e, mesmo sem fazer som algum, pareciam ressoar.

O tenente Trotta aproximou-se dos enforcados. Olhou para os seus rostos inchados. E achou que reconhecia, nos três, este e aquele dos seus soldados. Aqueles eram os rostos verdadeiros do povo, com o qual realizara, diariamente, os exercícios. A barba negra e larga do padre lembrava-o da barba de Onufrij. Aquela era a aparência de Onufrij quando o vira pela última vez. Quem sabe se aquele padre enforcado não era irmão de Onufrij? O tenente Trotta olhou à sua volta. Ouviu, atentamente. Não se ouvia nenhum ruído humano. Na torre da igreja, os morcegos murmuravam. Nos sítios abandonados, os cães abandonados ladravam. O tenente sacou seu sabre e cortou as cordas das quais pendiam os enforcados, um depois do outro. E então apanhou os cadáveres, um de cada vez, sobre os ombros e os levou, um depois do outro, até o cemitério. E então começou a escavar, com o sabre desembainhado, o solo em meio às sepulturas, até que lhe pareceu haver lugar suficiente para três cadáveres. E então pousou os três ali, cobriu-os com terra, usando o sabre e a bainha, pisoteou a terra e a socou. E então fez o sinal da cruz. Desde a última missa que assistira na escola de cadetes em Mährisch-Weisskirchen, nunca mais fizera o sinal da cruz. Ainda queria dizer um pai-nosso, mas seus lábios apenas se moviam, e ele era incapaz de pronunciar uma palavra. Alguma ave noturna soltou um grito. Os morcegos chiavam. Os cães uivavam.

Na manhã seguinte, antes do nascer do sol, seguiram adiante em sua marcha. As névoas prateadas da manhã de outono ocultavam o mundo. Logo, porém, o sol desceu delas, ardente como no alto verão. Os soldados estavam sedentos. Marchavam por uma região deserta e arenosa. Às vezes parecia-lhes ouvirem, ao longe, o murmúrio da água. Alguns soldados correram na direção de onde parecia vir o ruído de água, e logo fizeram meia-volta. Não havia nenhum córrego, nenhum lago, nenhuma fonte. Passaram por algumas aldeias, mas os poços estavam entupidos de cadáveres de pessoas que tinham sido mortas a tiros, ou executadas. Os cadáveres pendiam, às vezes dobrados ao meio, nas bordas de madeira dos poços. Os soldados não olhavam para dentro dos poços. Faziam meia-volta. Seguiram marchando.

A sede fazia-se mais forte. Chegava o meio-dia. Ouviram-se tiros. Lançaram-se ao solo. O inimigo provavelmente já os ultrapassara. Seguiam rastejando sobre o solo. Viam que logo o caminho se tornava mais largo. Uma estação de trens abandonada já luzia. Ali começavam os trilhos. A passo, o batalhão alcançou a estação. Lá estariam seguros. Por alguns quilômetros, estariam cobertos, de ambos lados, pela via férrea que se erguia sobre os pedregulhos. O inimigo, decerto um regimento galopante de cossacos, talvez estivesse à mesma altura que eles, do outro lado dos trilhos. Subitamente alguém gritou: "Água!". E, no instante seguinte, todos avistaram o poço na linha dos trilhos, ao lado de um posto de vigia. "Alto! Permanecer aqui!", comandou o major Zoglauer. "Alto! Permanecer aqui!", repetiram os oficiais. Mas era impossível deter os homens sedentos. Um a um, e logo em grupos, os homens corriam em direção ao declive. Tiros estalavam e os homens caíam. Os cavaleiros inimigos do outro lado da linha de trem atiravam sobre os soldados sedentos e cada vez mais homens sedentos corriam em direção ao poço letal. E quando o segundo pelotão da segunda companhia se aproximava do poço, já havia uma dúzia de cadáveres no declive verde.

"Pelotão, alto!", comandou o tenente Trotta. Deu um passo para o lado e disse: "Vou lhes trazer água! Que ninguém se mova! Esperem aqui! Tragam um balde!". Trouxeram-lhe dois baldes de lona impermeável, da divisão de metralhadoras. Ele os apanhou, um em cada mão. Então desceu, em direção ao poço. As balas zuniam à sua volta, caíam aos seus pés, voavam junto às suas orelhas e suas pernas e sobre a sua cabeça. Ele se debruçou sobre o poço. Olhou para o outro lado, além do declive, para as duas fileiras de cossacos que miravam. Não tinha medo. Ocorreu-lhe que poderia ser atingido como os outros. Já ouvia os disparos, que ainda não tinham alcançado seus alvos, e ao mesmo tempo ouvia os primeiros acordes dos tambores da *Marcha de Radetzky*. Estava no terraço da casa de seu pai. Embaixo, a banda militar tocava. Agora, Nechwal erguia a batuta negra de ébano com a empunhadura de prata. Agora soavam os tímpanos. Agora ele erguia os baldes. Em cada mão, um balde cheio, transbordante, cercado pelas balas que zuniam. Deu um passo com o pé esquerdo para descer. Deu dois passos. Agora apenas sua cabeça surgia, sobre a borda do declive.

Agora uma bala atingiu o seu crânio. Ele deu mais um passo e desabou. Os baldes cheios vacilaram, caíram e derramaram a água sobre ele. O sangue quente jorrava da sua cabeça sobre a terra fresca do declive. De baixo os camponeses ucranianos do seu pelotão gritaram em coro: "Bendito seja Jesus Cristo!".

Eternamente. Amém!, ele queria dizer. Eram as únicas palavras em ruteno que sabia. Mas seus lábios já não se moviam. Sua boca permaneceu aberta. Seus dentes brancos miravam fixamente o céu azul de outono. Sua língua aos poucos tornava-se azul. Ele sentia seu corpo esfriar. E então ele morreu.

Aquele foi o fim do tenente Carl Joseph, barão von Trotta. Tão simples e tão inadequado às cartilhas das escolas públicas e particulares da Áustria real e imperial foi o fim do neto do herói de Solferino. O tenente Trotta não morreu com a arma na mão, mas com dois baldes de água nas mãos. O major Zoglauer escreveu uma carta ao comissário distrital. O velho Trotta leu a carta algumas vezes e deixou suas mãos caírem. A carta caiu-lhe das mãos e esvoaçou sobre o tapete avermelhado. *Herr* von Trotta não tirou o pince-nez. Sua cabeça estremecia e o pince-nez esvoaçava com suas pequenas lentes ovais como uma borboleta de vidro sobre o nariz do velho. Duas lágrimas pesadas e cristalinas escorreram, ao mesmo tempo, dos olhos de *Herr* von Trotta, embaçaram as lentes do pince-nez e se derramaram sobre sua barba. O corpo inteiro de *Herr* von Trotta permanecia imóvel, só a sua cabeça oscilava, de trás para a frente, da esquerda para a direita, e as asas de vidro do seu pince-nez estremeciam. Por uma hora ou mais, o comissário distrital permaneceu sentado, assim, diante de sua escrivaninha. E então ele se levantou e, com seu jeito habitual de andar, dirigiu-se ao seu apartamento. Tirou do armário o terno preto, a gravata preta e as faixas de luto de crepe preto que usara em torno do seu chapéu e de sua manga depois da morte de seu pai. Trocava-se. Enquanto o fazia, abstinha-se de olhar no espelho. Sua cabeça continuava oscilando, muito embora ele se esforçasse em domar seu crânio indócil. Mas quanto mais ele se esforçava, mais fortemente tremia-lhe a cabeça. O pince-nez continuava sobre o seu nariz, e estremecia. Por fim, o comissário distrital desistiu de todos os esforços e deixou o crânio balançar. Foi até o quarto de *Fräulein* Hirschwitz, trajado com seu terno preto, e com as faixas pretas em volta da manga, parou diante da porta e disse: "Meu filho morreu, cara senhora!". Rapidamente, fechou a porta, foi para o comissariado e, indo de um gabinete ao outro, apenas enfiava a cabeça vacilante pelas frestas das portas e anunciava, em toda a parte: "Meu filho morreu, senhor Fulano! Meu filho morreu, senhor Beltrano!".

E então apanhou seu chapéu e sua bengala e desceu para a rua. Todos o saudavam e observavam, admirados, sua cabeça vacilante. O comissário distrital detinha-se diante de um ou outro e anunciava: "Meu filho morreu!". E não esperava para ouvir as condolências das pessoas entristecidas, mas seguia adiante, para encontrar-se com o doutor Skowronnek. Doutor Skowronnek estava fardado, um médico-chefe, pela manhã, na guarnição; à tarde, no café. Ele se ergueu quando viu o comissário distrital entrando, viu a cabeça vacilante do velho, as faixas de luto em suas mangas, e já sabia tudo. Apanhou a mão do comissário distrital e olhou para a cabeça vacilante e para o pince-nez que estremecia. "Meu filho está morto!", repetiu *Herr* von Trotta. Skowronnek segurou por muito tempo a mão de seu amigo, minutos a fio. Os dois permaneciam em pé, de mãos dadas. O comissário distrital sentou-se, Skowronnek colocou o tabuleiro de xadrez sobre uma outra mesa. Quando o garçom chegou, o comissário distrital disse: "Meu filho morreu, senhor *mâitre*!". E o garçom fez uma profunda reverência e lhe trouxe um conhaque.

"Mais um!", pediu o comissário distrital. Por fim, tirou o pince-nez. Lembrou-se que a carta com a notícia da morte ficara sobre o tapete do gabinete, levantou-se e voltou ao comissariado distrital. O doutor Skowronnek seguiu-o.

Herr von Trotta parecia não perceber. Mas tampouco pareceu surpreso quando Skowronnek abriu a porta, sem bater, entrou e ficou parado ali. "Aqui está a carta!", disse o comissário distrital.

Naquela noite e nas muitas noites seguintes o comissário distrital Trotta não dormiu. Sua cabeça vacilava e tremia, também sobre o travesseiro. Às vezes o comissário distrital sonhava com o seu filho. O tenente Trotta estava diante de seu pai, com o quepe de oficial cheio de água, e dizia: "Beba, papai! Você está com sede!". Aquele sonho repetia-se, com frequência cada vez maior. E por fim o comissário distrital tornou-se capaz de chamar o seu filho todas as noites, e em certas noites Carl Joseph até vinha mais do que uma vez. Assim, *Herr* von Trotta começou a ansiar pela noite e pelo seu leito, o dia o deixava impaciente. E quando chegou a primavera, e os dias tornavam-se mais prolongados, *Herr* von Trotta obscurecia seu quarto ao amanhecer e ao anoitecer, e assim prolongava, artificialmente, as suas noites. Sua cabeça não parava mais de estremecer. E ele mesmo e todos os outros acostumaram-se ao permanente tremor da sua cabeça.

A guerra parecia não preocupar muito a *Herr* von Trotta. Ele apenas tomava um jornal nas mãos para ocultar atrás dele o seu crânio trêmulo. Jamais ele e o doutor Skowronnek falavam a respeito de vitórias e derrotas. Na maior parte das vezes, jogavam xadrez, sem dizer palavra alguma. Mas, às vezes, um dizia ao outro: "O senhor ainda se lembra daquela partida há dois anos? Daquela vez o senhor foi tão descuidado quanto agora". Era como se falassem de acontecimentos ocorridos décadas antes.

Muito tempo se passara desde que tinha chegado a notícia da morte. As estações do ano tinham se revezado, conforme as leis antigas e infalíveis da natureza, porém mal percebidas pelas pessoas sob o véu vermelho da guerra – e pelo comissário distrital percebidas menos do que por ninguém. Sua cabeça ainda tremia, constantemente, como uma fruta grande, porém leve, num galho fino demais. O tenente Trotta já tinha apodrecido havia tempo, ou tinha sido devorado pelos corvos que, àquela época, espreitavam os mortíferos trilhos das ferrovias. Mas para o velho *Herr* von Trotta era como se, ainda na véspera, tivesse recebido a notícia da morte. E a carta do major Zoglauer, que também já tinha morrido, permanecia no bolso do peito do comissário distrital, e todos os dias ele tornava a relê-la, todos os dias ela tornava a ser recebida, com sua novidade assustadora, assim como um túmulo que é conservado por mãos cuidadosas. Que importavam a *Herr* von Trotta as centenas de milhares de outros mortos que entrementes tinham se somado a seu filho? Que lhe importavam os decretos apressados e confusos de seus superiores hierárquicos, que chegavam, semana após semana? E o que lhe importava o desaparecimento do mundo, que agora ele via aproximar-se com mais clareza do que vira, no passado, o profético Chojnicki? Seu filho estava morto. Sua função oficial terminara. Seu mundo desaparecera.

Fim da parte três

Epílogo

Resta-nos, apenas, relatar os últimos dias da vida do senhor comissário distrital Trotta. Eles se passaram quase como se fossem um único dia. O tempo passou por ele, uma torrente vasta e uniforme, com um murmúrio monótono. As notícias sobre a guerra e os diferentes decretos e determinações governamentais preocupavam-no pouco. Ele deveria estar aposentado há muito tempo. Só continuava a servir porque a guerra o exigia. E assim sentia, às vezes, que estava apenas vivendo uma vida secundária, mais pálida, e que sua vida primeira e original já se encerrara muito antes. Parecia-lhe que seus dias não corriam em direção ao túmulo, como os dos outros. Petrificado, como se fosse o seu próprio túmulo, o comissário distrital permanecia no limiar dos dias. Nunca em sua vida *Herr* von Trotta se parecera tanto com o *Kaiser* Franz Joseph. Às vezes, até mesmo ele ousava comparar-se ao *Kaiser*. Lembrava-se da audiência no castelo em Schönbrunn e, assim como os velhos simplórios, que falam de infortúnios compartilhados, ele dizia a Franz Joseph, em seus pensamentos: O quê?! Se alguém nos tivesse dito isto naquele tempo! A nós, dois velhos!...

Herr von Trotta dormia muito pouco. Comia sem perceber o que lhe era servido. Assinava autos que não lera com cuidado. Às vezes, acontecia de ele aparecer à tarde, no café, e de o doutor Skowronnek ainda não ter chegado. Então *Herr* von Trotta agarrava seu *Fremdenblatt*, que já tinha três dias, e lia novamente aquilo que ele já sabia havia tempo. Mas se o doutor Skowronnek falasse sobre as últimas notícias do dia, o comissário distrital apenas assentia com a cabeça, como se já soubesse há tempos daquelas notícias.

Um dia, ele recebeu uma carta. Uma certa *Frau* von Taussig, que lhe era totalmente desconhecida, e que atualmente servia como enfermeira voluntária no sanatório de doentes mentais Steinhof de Viena, informava a *Herr* von Trotta que o conde Chojnicki, que alguns meses antes voltara louco do campo de batalha, falava, com frequência, sobre o comissário distrital. Em seus discursos confusos, ele sempre tornava a repetir a alegação de que *Herr* von Trotta tinha algo de importante a lhe dizer. E se por acaso o comissário distrital tivesse a intenção de vir a Viena, talvez uma visita sua ao doente pudesse desencadear uma inesperada clarificação da sua consciência, como já ocorrera, algumas vezes, em casos semelhantes. O comissário distrital foi informar-se com o doutor Skowronnek. "Tudo é possível!", disse Skowronnek. "Se o senhor for suportar esta viagem, eu digo, suportá-la com facilidade..." *Herr* von Trotta disse: "Sou capaz de suportar tudo". Decidiu partir imediatamente. Talvez o doente soubesse de alguma coisa importante a respeito do tenente. Talvez tivesse recebido alguma coisa de seu filho e quisesse entregar-lhe. *Herr* von Trotta viajou a Viena.

Foi levado à divisão militar do sanatório de doentes mentais. Era fim de outono, um dia encoberto, o sanatório erguia-se sob a chuva cinzenta que escorria sobre a terra havia dias. No corredor, de um branco ofuscante, *Herr* von Trotta permanecia sentado, fitando, pelas janelas com grades, a grade mais densa e mais delicada da chuva, e pensava no declive à beira dos trilhos onde seu filho morrera. Agora, ele deve estar todo molhado, pensava o comissário distrital, como se o tenente tivesse morrido hoje ou ontem, como se o seu cadáver ainda estivesse fresco. O tempo passava devagar. Gente com rostos enlouquecidos e corpos distorcidos por posturas grotescas passava por ali, mas para o comissário distrital a loucura não significava nada de assustador, muito embora aquela fosse a sua primeira visita a um hospício. Assustadora era apenas a morte. Que pena!, pensou *Herr* von Trotta. Se Carl Joseph tivesse enlouquecido em vez de morrer, eu teria sido capaz de fazê-lo voltar à razão. E mesmo que não fosse capaz disto, viria visitá-lo todos os dias! Talvez ele andasse com o braço tão terrivelmente torcido quanto este tenente que acaba de ser levado aqui. Mas, ainda assim, seria o seu braço, e também se pode acariciar um braço torcido. E também se pode olhar para olhos revirados! O principal é que são os olhos do meu filho. Bem-aventurados os pais cujos filhos enlouqueceram!

Por fim, *Frau* von Taussig apareceu, uma enfermeira como as demais. Ele olhou apenas para os seus trajes. Que lhe interessava o rosto dela! Ela, porém, o observou demoradamente e disse, então: "Eu conheci seu filho!".

Só agora o comissário distrital dirigiu o olhar ao rosto dela. Era o rosto de uma mulher envelhecida, que ainda era bonita. Sim, a touca de enfermeira a rejuvenescia, assim como rejuvenescia a todas as mulheres, porque é da natureza das mulheres rejuvenescerem por meio da bondade e da piedade, e também por meio dos sinais exteriores de piedade.

Ela vem do grande mundo, pensou *Herr* von Trotta. "Quanto tempo faz", perguntou ele, "que a senhora conhece o meu filho?". "Eu o conheci antes da guerra!", disse *Frau* von Taussig. E então ela tomou o braço do comissário distrital, levou-o pelo corredor, como costumava fazer com os enfermos, e disse em voz baixa: "Nós nos amamos, Carl Joseph e eu!".

O comissário distrital perguntou: "Me perdoe, mas foi por causa da senhora, aquele caso tolo?".

"Também por minha causa!", disse *Frau* von Taussig. "Ah! Ah!", disse *Herr* von Trotta. "Também por sua causa." E então ele apertou um pouco o braço da enfermeira e continuou: "Gostaria que Carl Joseph ainda pudesse ter casos! Não teria nada contra!".

"Agora vamos ver o paciente!", disse *Frau* von Taussig. Pois ela sentia que as lágrimas brotavam em seus olhos, e achava que não podia chorar.

Chojnicki estava sentado num quarto austero, do qual haviam sido retirados todos os objetos, porque às vezes ele era capaz de enfurecer-se. Estava sentado sobre uma cadeira cujos pés tinham sido aparafusados no chão. Quando o comissário distrital entrou, ele se levantou, aproximou-se do visitante e disse a *Frau* von Taussig: "Saia, Wally, temos um assunto importante a tratar!". Agora, estavam a sós. Na porta havia um orifício, para que se pudesse espiar o paciente. Chojnicki aproximou-se da porta, cobriu o orifício com as costas e disse: "Bem-vindo à minha casa!". Por alguma razão inexplicável, seu crânio calvo pareceu ainda mais calvo a *Herr* von Trotta. Dos olhos azuis, grandes e um pouco arregalados do doente parecia soprar um hálito gelado, uma geada, que pairava sobre o rosto amarelado e exausto, e ao mesmo tempo inflamado, e sobre o deserto do seu crânio. De tempos em tempos, o canto direito da boca de Chojnicki fazia um movimento convulsivo. Era como se quisesse sorrir com o canto direito da boca. Sua capacidade de sorrir fixara-se justamente no canto direito dos seus lábios, tendo abandonado para sempre o resto de sua boca. "Sente-se!", disse Chojnicki. "Chamei o senhor para lhe informar de uma coisa importante. Não a conte a ninguém! Exceto o senhor e eu, ninguém mais sabe disto hoje: o velho está morrendo!"

"Como é que o senhor sabe?", perguntou *Herr* von Trotta. Chojnicki, ainda junto à porta, levantou o dedo em direção ao teto do quarto, colocou-o, então, sobre os lábios e disse: "Lá do alto!".

E então ele se voltou, abriu a porta e gritou: "Enfermeira Wally!", e disse a *Frau* von Taussig, que imediatamente apareceu: "A audiência terminou!".

Ele fez uma mesura. *Herr* von Trotta saiu.

Percorreu os longos corredores, acompanhado de *Frau* von Taussig, e desceu a ampla escadaria. "Talvez tenha dado resultado!", disse ela.

Herr von Trotta despediu-se e foi à procura do conselheiro da ferrovia Stransky. Ele não sabia ao certo por quê. Foi em busca de Stransky, que era casado com uma mulher nascida Koppelmann. Os Stransky estavam em casa. O comissário distrital não foi reconhecido imediatamente. E em seguida, saudaram-no, constrangidos, e ao mesmo tempo com frieza e com tristeza. Ofereceram-lhe café e conhaque. "Carl Joseph!", disse *Frau* Stransky, nascida Koppelmann.

"Assim que ele se tornou tenente, veio nos visitar. Era um menino querido!"

O comissário distrital passava os dedos pela barba, calado. Veio, então, o filho da família Stransky. Ele mancava e tinha aparência feia. Mancava muito. Carl Joseph não mancava!, pensou o comissário distrital. "Parece que o velho está em seu leito de morte!", disse o conselheiro superior da ferrovia Stransky, subitamente.

E então o comissário distrital levantou-se imediatamente e partiu. Ele já sabia que o velho estava morrendo. Chojnicki lhe dissera, e Chojnicki sempre soubera de tudo. O comissário distrital foi em busca do seu amigo de juventude Smetana, no cerimonial superior da corte. "O velho está morrendo!", disse Smetana.

"Quero ir a Schönbrunn!", disse *Herr* von Trotta. E foi a Schönbrunn.

Uma garoa fina e incansável envolvia o castelo de Schönbrunn como um manto, assim como no sanatório de doentes mentais de Steinhof. *Herr* von Trotta seguiu pela alameda, a mesma alameda que percorrera muito tempo antes, no dia daquela audiência secreta a respeito do seu filho. O filho estava morto. E o *Kaiser* também estava morrendo. E, pela primeira vez desde que recebera a notícia da morte, pareceu-lhe saber agora que seu filho não tinha morrido por acaso. O *Kaiser* não pode sobreviver aos Trottas!, pensou o comissário distrital. Ele não pode sobreviver a eles! Eles salvaram a sua vida, e ele não sobrevive aos Trottas.

Permaneceu do lado de fora. Permaneceu do lado de fora, junto com o populacho. Um jardineiro do parque de Schönbrunn apareceu, com um avental verde e com a pá na mão, e perguntou à gente à sua volta: "O que ele está fazendo agora?". E a gente, guardas-florestais, cocheiros, funcionários de baixo escalão, porteiros e inválidos como o fora o pai do herói de Solferino, responderam ao jardineiro: "Nada de novo! Ele está morrendo!".

O jardineiro afastou-se, lá se foi ele, com a pá na mão, para cavoucar os canteiros e a terra eterna.

Chovia, lentamente. A chuva engrossava. *Herr* von Trotta tirou o chapéu. Os funcionários de baixo escalão da corte à sua volta acharam que ele fosse um deles, ou que fosse um carteiro do correio de Schönbrunn. E um ou outro dizia ao comissário distrital: "Você o conheceu, o velho?".

"Sim", respondia *Herr* von Trotta. "Uma vez ele falou comigo." "Agora ele está morrendo!", disse um guarda-florestal. Àquela hora, o sacerdote com a hóstia consagrada entrava no quarto de dormir do *Kaiser*.

Franz Joseph estava com trinta e nove graus de febre. Acabavam de medir. "Pois é! Pois é!", dizia ele ao capuchinho. "Então esta é a morte!" Ergueu-se no travesseiro. Ouvia o ruído incansável da chuva diante das janelas e, de vez em quando, os estalos dos passos sobre os cascalhos. Ora parecia ao *Kaiser* que aqueles ruídos estivessem muito próximos, ora pareciam-lhe muito distantes. Num instante, ele reconhecia que o murmúrio diante da janela era causado pela chuva. E, no instante seguinte, esquecia que era a chuva. Perguntou, algumas vezes, ao médico: "O que é que está sussurrando assim?". Pois não era mais capaz de pronunciar a palavra "murmurar", muito embora ela estivesse na ponta da sua língua. Mas, depois de perguntar a causa daqueles sussurros, ele efetivamente acreditou estar ouvindo sussurros. A chuva sussurrava. Os passos da gente que passava sussurravam. Aquela palavra, e também o ruído que ela designava, agradavam cada vez mais ao *Kaiser*. De qualquer forma, não importava o que ele perguntava porque ninguém mais lhe dava ouvidos. Ele só mexia os lábios, mas lhe parecia que estivesse falando de maneira audível a todos, ainda que um pouco baixo, assim como fizera nos últimos dias. Às vezes ele se admirava que ninguém lhe respondesse. Mas, logo a seguir, esquecia-se das suas perguntas tanto quanto do seu espanto ante a mudez daqueles a quem eram dirigidas. E, outra vez, ele se entregava aos delicados "sussurros" do mundo que vivia à sua volta, ao morrer – e assim parecia uma criança que se rende ao sono, dominada por uma canção de ninar e por ela envolvida. Cerrou os olhos. Mas, passado algum tempo, tornou a abri-los e avistou a cruz de prata e as velas acesas sobre a mesa, que esperavam pelo sacerdote. E então soube que logo o padre chegaria. E moveu seus lábios e começou a dizer, como tinham lhe ensinado na infância: "Em arrependimento e humildade confesso os meus pecados...". Mas a isto, também, ninguém mais deu ouvidos. Aliás, logo a seguir, ele viu que o capuchinho já estava ali. "Tive que esperar muito!", disse ele. E então refletiu sobre os seus pecados. "Arrogância!", ocorreu-lhe. "Fui arrogante!", disse ele. Um após o outro, pronunciou os nomes dos pecados, conforme constavam do livro do catecismo. Fui *Kaiser* por tempo demais, ele pensou. "A guerra também é um pecado!", disse ele, em voz alta. Mas o sacerdote não o ouviu. Franz Joseph admirou-se novamente. Todos os dias chegavam as listas de derrotas, a guerra durava desde 1914. "Acabar!", disse Franz Joseph. Mas não o ouviam. "Se ao menos eu tivesse morrido em Solferino!", disse ele. Não o ouviam. Talvez, pensou ele, eu já tenha morrido e esteja falando como um morto. É por isto que eles não me entendem. E adormeceu.

Fora, em meio ao populacho, *Herr* von Trotta aguardava, com o chapéu na mão, sob a chuva fina que escorria permanentemente. As árvores do parque de Schönbrunn murmuravam e farfalhavam, a chuva as açoitava, delicadamente, pacientemente, generosamente. Veio a noite. Vieram curiosos. O parque se encheu. A chuva não parava. A multidão que aguardava dissolveu-se. Gente ia. Gente vinha. *Herr* von Trotta permanecia ali. Caia a noite, os degraus estavam vazios, a gente ia dormir. *Herr* von Trotta colocou-se junto à porta. Ouvia os coches passando, às vezes, acima dele, alguém abria uma janela. Vozes gritavam. A porta era aberta e voltava a ser fechada. Ninguém o via. A chuva pingava, incansável, delicada, as árvores murmuravam e farfalhavam.

Por fim, os sinos começaram a badalar. O comissário distrital afastou-se. Desceu os degraus planos, ao longo da alameda, até chegar diante da grade de ferro. Percorreu a pé todo o longo trajeto até a cidade, com a cabeça nua, segurando na mão o chapéu. Não encontrou ninguém. Caminhava muito devagar, como se fosse atrás de um féretro. Quando a manhã já raiava, chegou ao hotel.

Foi para a sua casa. Também na capital distrital W. chovia. *Herr* von Trotta mandou chamar *Fräulein* Hirschwitz e disse: "Vou me deitar, cara senhora! Estou cansado!". E, pela primeira vez em sua vida, ele se deitou na cama, de dia.

Não conseguia adormecer. Mandou chamar o doutor Skowronnek. "Caro doutor Skowronnek," disse ele, "será que o senhor mandaria buscar o canário?". O canário foi trazido da casinha do velho Jacques. "Dê a ele um torrão de açúcar!", disse o comissário distrital. E o canário ganhou um torrão de açúcar.

"Este animalzinho adorável!", disse o comissário distrital. Skowronnek repetiu: "Um animal adorável!".

"Ele sobrevive a todos nós!", disse Trotta. "Graças a Deus!" E então o comissário distrital disse: "Chame o sacerdote!

Mas volte, o senhor também!".

O doutor Skowronnek esperou pela chegada do sacerdote. Depois, ele voltou. O velho *Herr* von Trotta estava recostado nos travesseiros, imóvel. Seus olhos estavam semicerrados. Ele disse: "Me dê sua mão, meu caro amigo! O senhor poderia me trazer o retrato?".

O doutor Skowronnek dirigiu-se à sala de estar dos cavalheiros, subiu numa cadeira e tirou do gancho o retrato do herói de Solferino. Quando ele voltou, levando o quadro nas mãos, *Herr* von Trotta já não mais estava em condições de vê-lo. A chuva tamborilava delicadamente na janela.

O doutor Skowronnek esperou, com o retrato apoiado nos joelhos. Depois de alguns minutos ele se levantou, tomou a mão de *Herr* von Trotta, curvou-se sobre o peito do comissário distrital, respirou fundo e cerrou os olhos do morto.

Era o dia em que o *Kaiser* era sepultado na cripta dos capuchinhos. Três dias mais tarde, o corpo de *Herr* von Trotta foi baixado à sepultura. O prefeito da cidade de W. fez um discurso. Seu discurso, como todos os que eram feitos naquele tempo, começava falando da guerra. Além disto, o prefeito disse que o comissário distrital dera seu único filho ao *Kaiser*, e que, apesar disto, tinha continuado a viver e a servir. Enquanto isto, uma chuva incansável derramava-se sobre todas as cabeças nuas reunidas em torno da sepultura, e as flores e coroas encharcadas sussurravam e farfalhavam. O doutor Skowronnek, portando uma farda de médico-chefe, à qual não estava habituado, esforçava-se em ficar na posição militar de sentido, muito embora não a considerasse como uma expressão adequada de piedade. Afinal, ele era um civil e a morte não é um médico-chefe do comando supremo! pensou o doutor Skowronnek. Ele foi um dos primeiros a se aproximarem da sepultura. Desprezou a pá que lhe era oferecida pelo coveiro. Abaixou-se, arrancou um torrão da terra molhada e o esfarelou com a mão esquerda, jogando com a direita os farelos sobre o caixão. E então recuou. Ocorreu-lhe que, agora, era de tarde e que a hora do jogo de xadrez estava chegando. Mas não tinha mais com quem jogar. Ainda assim, decidiu ir até o café.

Quando deixavam o cemitério, o prefeito convidou-o a subir em seu coche. O doutor Skowronnek subiu. "Gostaria ainda de ter mencionado", disse o prefeito, "que *Herr* von Trotta não poderia ter sobrevivido ao *Kaiser*. O senhor não acha, *Herr Doktor*?". "Não sei", respondeu o doutor Skowronnek. "Acho que nenhum dos dois seria capaz de sobreviver à Áustria."

O doutor Skowronnek mandou o coche parar diante do café. Como fazia todos os dias, dirigiu-se à sua mesa habitual. Ali estava o tabuleiro de xadrez, como se o comissário distrital não tivesse morrido. O garçom veio para retirá-lo, mas Skowronnek disse: "Deixe!". E jogou uma partida consigo mesmo, sorrindo, olhando, a cada tanto, para o lugar vazio à sua frente, ouvindo o ruído suave da chuva de outono, que continuava a escorrer, incansável, pelas vidraças.

FIM

Posfácio:
Histórias de um lar perdido

Marcha de Radetzky, obra-prima do escritor judeu Joseph Roth (1894-1939), é um dos melhores romances a respeito da antiga monarquia austro-húngara, desaparecida com a Primeira Guerra Mundial. Roth consegue, aqui, a façanha de desenhar os contornos espirituais do que fora o mais importante império europeu, cujo território se estendia até os confins da Rússia, o Mar Adriático e os Cárpatos, por meio de uma atenção cirúrgica a acontecimentos, ideias e atitudes que funcionam como emblemas e desencadeantes de uma época. Consegue, igualmente, criar um romance épico que, por meio da história de três gerações, trata de uma família, da mentalidade patriarcal da velha Áustria e do declínio desta mentalidade ante o alvorecer de visões de mundo dessacralizadas, típicas do fim do século XIX. O período retratado no romance vai da Batalha de Solferino, em 1859, até a morte do *Kaiser* Franz Joseph I, em 1916.

O precário equilíbrio de um império constituído por uma multiplicidade de etnias, religiões e idiomas, todas elas sob a tutela de uma família real que se via como herdeira não só do território mas, sobretudo, das doutrinas referentes ao papel a ser desempenhado no mundo e à importância religiosa do Sacro Império Romano-Germânico, surge, neste romance, como uma ideologia moribunda e dilacerada pela praga dos nacionalismos seculares.

Certa vez, Joseph Roth descreveu o alvorecer do século XIX, do qual, no seu entender, a Primeira Guerra Mundial teria sido um desdobramento tardio, como um percurso que leva da racionalidade para a nacionalidade, e da nacionalidade para a bestialidade. O despedaçamento da monarquia austro-húngara acontece, na sua visão, em decorrência do esvaziamento de seus valores espirituais, e à custa de um irremediável sofrimento espiritual, que o afligia particularmente. Resumindo esta transição de uma concepção abrangente e ecumênica de Estado para a emergência dos particularismos nacionais mesquinhos que dilaceraram o continente e o espírito europeus a partir da Primeira Guerra Mundial, Roth escreveu: "À Europa da Idade Média, universalista, latina, unificadora e abolidora das diferenças nacionais – que na Áustria ainda resistia e era forte – haveria de suceder-se, de maneira inevitável, a Europa da Reforma, da Revolução Francesa, a Europa de Napoleão e de Bismarck. 'Da humanidade pela nacionalidade para a bestialidade' quer dizer: de Erasmo por Lutero, Frederico, Napoleão, Bismarck, para as atuais ditaduras europeias".[49]

Os nacionalismos da Europa Central e, sobretudo, o nacional-socialismo alemão, que conduziriam a Europa à maior das catástrofes de sua história, encontravam-se já em evidente ebulição à época em que Joseph Roth escrevia este romance, que rapidamente conquistou fama mundial.

Segundo seu biógrafo, David Bronsen, Roth trabalhou neste romance entre 1930 e 1932, quando já residia no exílio, em Paris, enfrentando todas as dificuldades inerentes à condição de homem sem pátria.

Em *Marcha de Radetzky*, o mergulho nas causas do esfacelamento do ecúmeno austro-húngaro, um mundo europeu inteiramente diverso daquele que se instalaria após 1918, faz-se de forma obsessiva. A descrição que Roth empreende da trajetória de três gerações da família Trotta, que vivem sob a égide do longevo Franz Joseph I, revela o crescente formalismo e enrijecimento da

49 ROTH, Joseph. "Grillparzer. Ein Porträt", em *Das Neue Tage-Buch.5* (1937) 49 p. 1169: "dem Europa des universalistischen, lateinischen, einigenden, die nationalen Verschiedenheiten aufhebenden Mittelalters – das in Österreich immer noch Bestand und Kraft hatte – unweigerlich das Europa der Reformation, der Französischen Revolution, das Europa Napoleons und das Bismarcks folgen musste. 'von der Humanität durch Nationalität zur Bestialität!' heißt: von Erasmus durch Luther, Friedrich, Napoleon, Bismarck zu den heutigen europäischen Diktaturen."

velha ordem habsbúrgica, com os quais concorre o esvaziamento crescente dos rituais que a pontuam e definem, em todas as esferas da vida cotidiana pública e privada. Trata-se de rituais que parecem imutáveis, mas cujo conteúdo, com o tempo, escapa-lhes das mãos como a areia que desliza numa inexorável ampulheta, sem que ninguém se dê conta do que sucede, exceto quando já é tarde demais.

A acomodação às rotinas e aos costumes, a obsessão pela ordem, a formalidade vazia exacerbam-se até chegarem às raias do sufocamento enquanto a ilusão cômoda da permanência se converte numa máscara que tenta ocultar as terríveis mudanças geradas pela História, para tornar-se um presídio invisível, que encerra os súditos do *Kaiser* na estagnação de seus próprios hábitos e os aliena de qualquer sentido político.

Segundo Cláudio Magris: "este abster-se de qualquer participação política e o refúgio hedonista em direção aos próprios amigos, às próprias comidas, aos próprios livros, com uma paixão epicurista pelo efêmero, eram na Áustria [...] o estilo de vida que correspondia, naturalmente, aos fundamentos contraditórios da Monarquia"[50].

Ao esfacelamento das concepções universalistas, católicas na acepção fundamental deste termo, que quer significar uma mensagem espiritual que se dirige a *todos*, corresponderia, também, a tragédia pessoal do próprio Roth.

A ascensão dos nacionalismos germânicos, na Alemanha tanto quanto na Áustria, tinha como um de seus pontos fulcrais a exclusão dos judeus do universo cultural e territorial da nação germânica, em substituição ao espírito habsbúrgico de um Estado Real de "muitas línguas e muitas coroas", que cantavam juntos o hino ao *Kaiser*, e cuja unidade possuía um significado quase religioso.

No âmbito do velho império, os judeus do leste da Europa – grande parte dos quais se encontrava sob a jurisdição e a tutela da coroa austríaca – "consideravam que a Alemanha era de

50 MAGRIS, Claudio. *Der habsburgische Mythos in der modernen österreichischen Literatur.* Viena: Zsolnay, 2000. p. 54.

Goethe e Schiller, dos poetas alemães que todos os jovens judeus estudiosos conhecem"[51]. Como afirmou Stefan Zweig em seu obituário a Joseph Roth, de quem fora amigo por várias décadas,

> [...] justamente na Áustria podia-se assegurar irrefutavelmente que em todas aquelas regiões marginais onde a preponderância da língua alemã estivesse ameaçada, o hábito da cultura alemã era conservado única e exclusivamente pelos judeus. Os nomes de Goethe, Hölderlin e Schiller, Schubert, Mozart e Bach não eram menos sagrados para estes judeus do Leste do que os dos seus patriarcas. É possível que este tenha sido um amor infeliz – e hoje certamente não correspondido, mas a existência deste amor não poderá, jamais e em tempo algum, ser obliterada do mundo, pois dela são testemunhos milhares de obras e de feitos singulares. Quanto a Joseph Roth, seu desejo mais íntimo foi, desde a infância, servir à língua alemã e, por meio dela, os grandes ideais que, antigamente, eram a honra da Alemanha: o cosmopolitismo e a liberdade de espírito.[52]

Ao rememorar o universo cultural cosmopolita e abrangente da velha Áustria que, como se vê nas páginas de *Marcha de Radetzky* não estava livre da praga do antissemitismo, mas que era incomparável, em todos os sentidos, ao que se instalaria na Europa das décadas de 1930 e 1940, Roth coloca-se, deliberadamente, na tradição da velha "escola austríaca", por meio da qual se aproximara, em sua juventude, da língua e da cultura alemãs, que não eram a língua e a cultura da casa de seus pais.

Roth, como se sabe, nasceu na cidade de Brody, hoje parte do território ucraniano. Era uma cidade na fronteira entre o Império Austro-Húngaro e a Rússia, uma localidade oriental, portanto, que fora conquistada pelos Habsburgos à Polônia cerca de um século antes do nascimento de Roth. Brody e toda região à sua volta, conhecida como Galícia, continuava a representar, no imaginário austríaco – como aliás se vê bem em *Marcha de Radetzky* naquele

51 ROTH, Joseph. *Juden auf Wanderschaft*. Colônia: Kiepenheuer & Witsch, 1964. p. 560.

52 BRONSEN, David. *Joseph Roth – Eine Biographie*. Colônia e Berlim: Kiepenheur & Witsch, 1974. p. 81. (Transcrição de um trecho do discurso que Stefan Zweig pronunciou numa solenidade fúnebre em honra a Joseph Roth.)

episódio que retrata os preparativos do comissário distrital barão von Trotta para sua viagem à fronteira, onde pretende encontrar seu filho Carl Joseph – os confins da civilização, as bordas de um reino asiático de barbárie e de tirania, o contrapolo da Europa.

Nesta Brody oriental imperavam, ainda, relações sociais feudais, algo que Roth retrata com perfeição por meio da figura do conde Chojnicki. E, para os judeus, que constituíam uma parcela significativa de sua população, a língua e a cultura alemã eram sinônimos de passagem para um outro universo, o da cultura e da ilustração ocidentais, passaportes para a emancipação e a modernização. Soma Morgenstern, também escritor, também grande amigo de Roth, originário desta mesma região, recorda-se do significado muito especial da civilização alemã para os judeus do leste do império:

> Com muita frequência ouvi-o (meu pai) dizer: você pode aprender o que quiser – se você não souber alemão, não será uma pessoa culta. Visto de maneira superficial, isto poderia ser considerado como evidente. Afinal, a Galícia era território austríaco, ainda que houvesse uma autonomia cultural irrestrita para a nação polonesa. [...] Porém quase todos os estudantes judeus conheciam suficientemente bem a língua alemã para prosseguir seus estudos sem qualquer dificuldade, depois de passado o exame de conclusão, na Universidade de Viena ou em qualquer outra universidade alemã.[53]

Evidentemente, a ascensão do nacional-socialismo alemão, a partir do fim da década de 1920, representou a ruptura radical desta concepção que fundamentara toda a formação de Roth, lançando as bases do seu percurso como grande escritor e celebrado jornalista de língua alemã. Tendo arrancadas suas afinidades eletivas com esta língua e sua cultura, na medida em que o nazismo excluía, de maneira completa, os judeus da cultura germânica, Roth torna-se um grande nostálgico, para quem o antissemitismo cada vez mais violento no mundo germânico representaria um golpe mortal no âmago do seu próprio edifício espiritual. A poucos

53 MORGENSTERN, Soma. *In einer anderen Zeit.* Berlim: Aufbau, 1999. p. 86.

anos de sua morte, Roth escreveu a Zweig: "Somos provenientes mais da 'Emancipação', da Humanidade, do 'Humano' de um modo geral do que do Egito. Nossos antepassados são Goethe, Lessing e Herder não menos do que Abrahão, Isaac e Jacó..."[54].

É neste sentido que a obra de Roth rememora a origem da falência de suas afinidades eletivas: o esforço por assimilar-se à cultura alemã, sua eleição voluntária do idioma alemão como meio de expressão choca-se, diametralmente, com a realidade política com a qual convive na Europa da década de 1930. Se em sua juventude a escolha de Roth representava o sonho oitocentista de gerações de judeus das províncias orientais do Império Austro-Húngaro, que se dedicavam com afã ao estudo e ao cultivo das letras germânicas porque aí identificavam o que de melhor havia no espírito humano, seguindo o ideário do iluminismo judaico ou da *Haskalá*, a bestialidade nazista representava o naufrágio irreversível destas aspirações.

A língua alemã, que significara, no universo judaico do leste do império, a passagem para a modernidade, para o ocidente, para uma nova terra prometida, que se anunciava como o fim dos sofrimentos inerentes à condição marginal dos judeus orientais, tornou-se, com a passagem de poucos anos, a língua dos carrascos e dos executores. O interesse de Roth pela cultura germânica, à qual se integrou, e que antes fora emblemático de uma época de passagem da situação de isolamento e pobreza em que vivam os judeus do Leste para uma era de liberdade, igualdade e emancipação, revelou-se uma falácia. Diante de tal confronto, "ele recriou para si, em sua obra de caráter épico, torrão natal perdido, aquele Império Austro-Húngaro tão detalhado, vívido e verossímil, [...] que ele povoou, em seus romances e histórias, com gente de sua vida..."[55].

Luis S. Krausz, janeiro de 2014

54 ZWEIG apud NÜRNBERGER, Helmut. *Joseph Roth*. Reinbeck: Rowohlt, 1981. p. 107.

55 KESTEN, Hermann. Die Erzählungen von Joseph Roth. In: ROTH, Joseph. *Der Leviathan*. Munique: Deutscher Taschenbuch, 1980.

tipografia Abril papel Polén Natural 70 g
impresso por Edições Loyola para Mundaréu
São Paulo, maio de 2025